리브 바이 나이트
밤에 살다

LIVE BY NIGHT
리브 바이 나이트
밤에 살다

데니스 루헤인 | 조영학 옮김

DENNIS LEHANE

황금가지

LIVE BY NIGHT
By Dennis Lehane

Copyright © 2012 by Dennis Lehane
All rights reserved.

Korean Translation Copyright © 2013 by Minumin

Korean translation edition is published by arrangement with
Dennis Lehane c/o Ann Rittenberg Literary Agency, Inc. through KCC.

이 책의 한국어판 저작권은 KCC를 통해
Ann Rittenberg Literary Agency, Inc.와 독점 계약한 ㈜민음인에 있습니다.
저작권법에 의해 한국 내에서 보호를 받는 저작물이므로 무단 전재와 무단 복제를 금합니다.

차례

제1부 보스턴 1926-1929 — 11

1장 9시 마을의 12시 친구 — 13
2장 그녀의 소원 — 38
3장 히키의 흰개미 — 60
4장 세상의 중심에 뚫린 구멍 하나 — 81
5장 고된 하루 — 95
6장 죄인은 모두 성인이다 — 118
7장 아가리 — 142
8장 땅거미 — 162
9장 아버지의 죽음 — 192
10장 면회 — 208

제2부 이보르 1929-1933 — 229

11장 최고의 메뉴 — 231
12장 음악과 총 — 259
13장 구멍 난 심장 — 279
14장 봄 — 290
15장 딸의 눈 — 320
16장 갱스터 — 346
17장 오늘 — 359
18장 아버지는 없다 — 389
19장 내일은 없다 — 421
20장 미 그란 아모르 — 437
21장 앞길을 밝혀라 — 443
22장 가라사대 성령을 소멸치 말며 — 470

제3부 폭력의 아이들 1933-1935 — 493

23장 이발 — 495
24장 종말에 대처하는 방법 — 518
25장 고지 탈환 — 526
26장 암흑 속으로 — 543
27장 피나르 델리오의 신사 농부 — 565
28장 복수 — 582
29장 황혼 — 599

엔지에게
내가 밤새도록 운전하리다……

신의 사람들과 전쟁의 사람들은 서로 묘하게 닮아 있지.

— 코맥 매카시, 『핏빛 자오선』

좋아하기엔 너무 늦었다.

— 럭키 루치아노

제1부

보스턴

1926 – 1929

1장
9시 마을의 12시 친구

 몇 년 후, 멕시코 만의 한 예인선. 조 커글린의 두 발이 시멘트 통에 담긴 채 굳어 있다. 12인의 총잡이는 뱃전에 서 있었다. 바다 멀리 나가 조를 던져버릴 작정이다. 조는 고물에서 통통거리는 엔진 소리를 듣고 물살이 하얗게 부서지는 광경을 지켜보았다. 문득 그런 생각이 들었다. 좋든 나쁘든, 지금까지 살아오며 의미 있다고 느꼈던 기억들이 모두 그날 아침 에마 굴드와 처음 마주친 그 순간에 발동했다는······.

 에마를 만난 건 1926년 어느 날 새벽, 바르톨로 형제와 함께 사우스보스턴에 있는 앨버트 화이트 소유의 비밀술집의 골방도박장을 털 때였다. 그곳에 들어가기 전만 해도, 앨버트 화이트의 소유라는 사실은 까맣게 몰랐다. 알았더라면 왔던 길로 그대로 줄행랑치면서 혹여 남았을지 모를 흔적까지 깡그리 지워댔을 것이다.

삼인조는 느긋하게 뒤쪽 계단을 내려갔다. 텅 빈 바 구역도 별 탈 없이 통과했다. 바와 카지노는 강가 가구창고 뒤쪽에 붙었는데, 팀 히키 말로는 최근 메릴랜드에서 건너온 착하디착한 그리스인들이 주인이라고 했다. 그런데 뒷방으로 들어가니 한창 포커 게임이 진행 중이지 않은가. 황갈색 피부의 캐나다인 다섯이 크리스털 잔에 술을 따라 마시며 머리 위로 담배 연기를 짙게 뿜어댔다. 탁자 중앙엔 돈이 산처럼 쌓여 있었다.

그리스인 비슷한 인간은 어디에도 없었다. 아니, 착해 보이는 사람 자체가 없었다. 정장 재킷을 의자 등에 걸쳐놓은 터라 엉덩이에 매단 총들까지 훤히 드러났으니 말이다. 조, 디온, 파올로가 권총을 꺼내 들고 들어갔을 때 당장 총을 더듬는 자는 없었지만 둘 정도가 살짝 낌새를 보이기는 했다.

여성 혼자 서빙하고 있었다. 그녀는 쟁반을 옆으로 치우더니 재떨이에서 피우던 담배를 집었다. 자신한테 총을 겨누고 있는데도 세얼간이를 향해 하품이라도 할 기세였다. 그러니까 그런 얼치기 쇼로 앙코르 한번 제대로 받겠느냐는 비아냥쯤 되겠다.

그나마 다행이라면, 조와 바르톨로 형제는 모자를 잔뜩 눌러쓰고 검은색 손수건으로 얼굴도 반 정도 가렸다. 만약 일당 중에 알아보는 자가 있었다면 한나절 이내에 황천길을 면키 어려웠으리라.

팀 히키 두목의 말은 이랬다. 누워서 떡 먹기야. 새벽이라 남아 있는 새끼도 회계실 찌질이들밖에 없거든.

사실은 살인 청부업자 다섯이 포커 게임 중이었다.

그중 하나가 말했다.

"여기가 어디인지는 알고 들어온 거냐?"

그 친구는 모르지만 그 옆의 친구는 조도 알고 있었다. 브렌던 루미스. 복서 출신이자, 팀 히키의 주류 밀매 사업 최대 라이벌 앨버트 화이트 패거리의 수족이다. 최근에 들은 바로는, 앨버트는 임박한 전쟁을 위해 톰슨 기관총을 모으고 있다고 했다. 요는 줄 한번 잘못 섰다간 그대로 인생 쫑이다.

"다들 시키는 대로 해. 손가락 함부로 놀리지 말고."

조가 경고했다.

루미스 옆의 사내가 대신 입을 놀렸다.

"여기가 누구 집인지 아느냐고 물었다, 멍청아."

디온 바르톨로가 권총으로 놈의 아가리를 갈겼다. 의자에서 나가떨어지고 입에서 피가 날 정도로 강한 타격이었다. 그 바람에 한번 대항해 보려던 놈들까지 움찔하고는 영웅이 되는 쪽과 몸 성한 쪽 중 어느 쪽이 나을지 잔머리를 굴리기 시작했다.

"여자만 빼고 모조리 무릎 꿇고 손은 머리 위로 깍지 낀다, 실시."

조가 지시했다.

브렌던 루미스가 조와 눈을 맞추었다.

"이 일이 끝나면 네 어미한테 전화를 걸어주마. 네놈 관에 씌울 천 쪼가리를 골라줘야 할 테니까."

루미스는 메케닉스 홀의 클럽 복서 출신이자 뺀질이 모 멀린스의 스파링 파트너인데 당구공 주먹으로도 유명했다. 앨버트 화이트를 위해 사람들을 죽이기도 했지만 사실 생계 때문만은 아니었다. 소문에 따르면 앨버트에게 시위를 하는 측면도 있었다. 그러니까 살인

청부를 전적으로 맡길 생각이라면 자신에게 우선권을 주어야 한다는 뜻이렷다.

루미스의 갈색 새우 눈을 들여다보았다. 실제로 전례 없는 두려움에 오한이 일 정도였으나, 막상 총으로 바닥을 가리킬 때 보니 놀랍게도 손이 흔들리지는 않았다. 브렌던 루미스는 머리 뒤로 깍지를 끼고 무릎을 꿇었다. 그가 지시에 따르자 다른 자들도 뒤를 이었다.

조가 여자를 불렀다.

"이봐, 아가씨, 이쪽으로 와. 해치지 않을 테니까."

여자는 담배꽁초를 짓누르고 조를 보았다. 새 담배를 꺼내 불을 붙이거나 술잔을 채우고 싶어 하는 눈치였지만 어쨌든 지시에는 따랐다. 나이는 스물 정도? 조와 비슷한 연배였다. 겨울처럼 서슬 푸른 눈에 투명한 피부. 그야말로 살갗 아래 피와 세포까지 보일 것만 같았다.

그녀를 지켜보는 동안 바르톨로 형제가 노름꾼들의 무기를 회수했다. 권총을 모아 가까운 블랙잭 테이블 위에 던져놓자 쿵 하고 육중한 소리가 들렸다. 그런데도 여자는 꿈쩍도 하지 않았다. 그녀의 두 눈에서 북극의 오로라 같은 불빛이 춤을 추었다.

여자는 곧바로 그의 총 앞으로 다가섰다.

"그래 잘생긴 아저씨는 오늘 아침 뭘 강도질하시려고요?"

조가 들고 온 캔버스 가방 두 개 중에서 하나를 여자에게 건넸다.

"테이블에 있는 돈, 담아."

"네네, 분부 받들겠습니다요, 장군님."

여자가 테이블로 건너가는 동안 조는 다른 가방에서 수갑을 꺼내고 가방은 파올로에게 던졌다. 파올로는 첫 번째 노름꾼에게 다가가 두 손목을 허리춤으로 돌려 수갑을 채우고 다른 놈한테로 이동했다.

여자는 테이블 중앙에서 판돈을 쓸고 노름 밑천까지 긁어모았다. 조가 보니 지폐 외에 보석류까지 들어 있었다. 파올로도 남자들 모두 수갑을 채우고 다시 하나씩 재갈을 물리기 시작했다.

조는 방 안을 둘러보았다. 룰렛 판이 안쪽에 있고 크랩 주사위 테이블은 계단 아래 벽에 붙어 있었다. 블랙잭 테이블이 셋, 바카라가 하나, 그리고 슬롯머신 여섯 개가 뒷벽을 차지했다. 낮은 테이블 위에는 10여 개의 전화기가 놓여 있었다. 그 뒤의 전광판이 어젯밤 리드빌 경주에 나온 말 목록을 나열했다. 세 사람이 들어온 문을 빼면 분필로 'T'라고 적은 화장실 문이 고작이었다. 화장실을 보자 문득 싸면서 마신다는 말이 실감 났다.

문제는…… 바를 통과할 때 이미 화장실 두 곳을 확인했다. 조가 보기엔 그 정도만으로도 충분했다. 게다가 이 방 화장실엔 맹꽁이자물쇠까지 걸려 있다.

그는 브렌던 루미스를 건너다보았다. 입에 재갈을 하고 바닥에 엎드려 있었지만 조가 복잡하게 계산기 두드리는 모습을 지켜보고 있었다. 루미스의 머릿속을 들여다보니 그 역시 성패를 점치느라 심경이 복잡했다. 그리고 맹꽁이자물쇠를 보는 순간 내막은 분명해졌다. 화장실이 아니야.

화장실은 회계실이었다.

앨버트 화이트의 회계실.

10월의 썰렁한 첫 주말, 히키의 카지노에서 이틀간 빈둥거린 경험으로 보아, 저 문 뒤에도 분명 한밑천 두둑이 들어 있을 것이다.
앨버트 화이트의 사업 밑천.
여자가 포커 판의 돈이 든 가방을 들고 돌아와 그에게 넘겼다.
"디저트 나왔습니다, 장군님."
도저히 그녀의 도발적인 시선을 감당할 수가 없었다. 그냥 바라보는 게 아니라 아예 폐부를 꿰뚫어 보지 않는가. 손수건과 모자로 감추기는 했지만 여자는 분명 그의 얼굴을 알아보고, 어느 날 아침 그가 털레털레 담배를 사러 갈 때 이렇게 외칠 것이다.
"저놈이에요."
그렇게 되는 날이면 두 눈을 감기도 전에 총알 세례에 갈가리 찢기고 말 것이다.
그가 가방을 들고 수갑을 손가락에 걸어 흔들었다.
"뒤로 돌아."
"옙, 장군님, 분부대로 하겠습니다."
여자가 돌아서서 두 팔을 등 뒤로 돌렸다. 허리춤에 손목 관절을 단단히 붙이자 손가락이 엉덩이 위에서 대롱거렸다. 다음부터는 누군가의 엉덩이에 시선을 주지 말아야겠다는 생각이 들었다. 절대로.
그가 첫 번째 수갑을 여자 손목에 채웠다.
"아프지 않게 해 주지."
"눈곱만치라도 봐주고 싶으면…… 흉터는 지지 않게 해 줘요."
여자가 어깨 너머로 뒤돌아보았다.
맙소사.
"아가씨 이름이 뭐지?"

"에마 굴드. 당신은?"

"지명수배자."

"누구한테? 여자한테, 아니면 경찰한테?"

여자를 상대하면서 동시에 실내를 신경 쓸 수는 없었다. 결국 여자를 돌려세우고 주머니에서 재갈을 꺼냈다. 재갈은 파올로 바르톨로가 직장인 울워스 백화점에서 훔친 남자 양말이었다.

"내 입에 양말을 물린다고요?"

"그래."

"남자 양말을? 내 입에?"

"신지 않은 거야. 약속하지."

조가 말했다.

그녀가 눈썹을 찡긋했다. 눈썹이 머리카락과 같은 여린 담황색에 담비처럼 부드럽고 반들반들했다.

"당신한테 거짓말할 생각 없어."

조가 말했다. 그런데 순간 정말로 그 말이 진심처럼 느껴졌다.

"거짓말쟁이들이 늘 그렇게 말하죠."

그녀가 마치 어쩔 수 없이 쓴 약을 받아먹기로 한 아이처럼 입을 열었다. 그도 뭔가 다른 말을 하고 싶었으나 아무 생각도 나지 않았다. 뭐라도 물어볼까? 목소리라도 다시 들어보게?

양말을 입에 밀어 넣자 그녀가 두 눈을 몇 번 빠르게 깜빡이더니 고개를 저었다. 뱉어내고 싶은 심정이야 굴뚝같겠지만 그야 뭐 누군들 아니겠는가. 그녀가 그의 손에 든 테이프를 보았지만, 어쨌든 조도 이미 마음을 다진 후였다. 그는 손으로 입을 막고 테이프 양쪽 끝을 두 뺨에 예쁘게 붙여주었다. 그녀가 그를 노려보았다. 내내 너무도 신사답게 굴다가(발길질까지 포함해서) 그가 끝내 배신하기라도 했다는 표정이었다.

"이래 봬도 50퍼센트 비단이야."

그가 말했다.

그녀가 다시 눈썹을 찡긋했다.

"양말 얘기야. 친구들한테 가 있어."

그녀는 브렌던 루미스 옆에 무릎을 꿇고 앉았다. 루미스는 내내 조에게서 시선을 떼지 않았다. 단 한 번도.

조는 회계실을 보고 맹꽁이자물쇠를 보았다. 그러고는 루미스의 눈길을 잡아끌어 그의 눈을 들여다보았다. 조가 지켜보는 동안 놈의 눈빛이 흐려졌다.

조가 그와 시선을 마주 보며 말했다.

"가자, 친구들. 일 끝났어."

루미스가 천천히 한번 눈을 깜빡였다. 조는 그 동작을 화해의 증표로 받아들이고 재빨리 그곳을 빠져나왔다.

셋은 강변을 따라 차를 몰았다. 거친 청색 하늘이 거친 황색을 띠기 시작했다. 갈매기들이 깍깍거리며 분주히 오르내렸다. 선박 크레인의 팔이 선창가 위로 길게 늘어졌다가 차가 그림자를 밟으며 지나자 비명을 지르며 물러났다. 공사장 말뚝 옆에서 부두 인부와 십장들이 서서 담배 연기를 내뿜었다. 일부는 갈매기들한테 돌을 던지기도 했다.

조는 차창을 내린 뒤, 눈을 잔뜩 찡그리며 얼굴에 차가운 바람을 쐬었다. 바람에서 소금과 생선 피, 기름 냄새가 났다.

앞자리의 디온 바르톨로가 돌아보았다.

"예쁜이한테 이름이라도 물어봤냐?"

"대화한 거야."

조의 대답이었다.

"수갑을 채울 때도 머리핀 꽂아주는 분위기던데? 춤이라도 추자고 하지, 왜?"

조는 잠시 창밖으로 고개를 내밀고 눅눅한 바람을 있는 대로 들이마셨다. 파올로는 부두를 빠져나가 브로드웨이 쪽으로 방향을 잡았다. 내시 로드스터가 시속 50킬로미터를 훌쩍 넘었다.

"그 여자 본 적 있어."

파올로였다.

조가 머리를 차 안으로 회수했다.

"어디?"

"몰라. 어쨌든 봤어. 분명히. 왜 시라도 써서 바치게?"

브로드웨이로 넘어서며 내시가 덜컹거리는 통에 다들 함께 들썩였다.

"시 같은 소리 하고 자빠졌네. 야, 꼭 이렇게 일 저지른 새끼처럼 차 몰 거야? 속도 줄여."

조가 투덜댔다.

디온이 조를 돌아보며 등받이에 팔을 얹었다.

"우리 형, 정말 여자한테 시 쓴 적 있어."

"설마."

파올로가 백미러로 조의 눈을 보며 심각하게 고개를 끄덕였다.

"그래서 어떻게 됐는데?"

"아무 일도 없었지. 여자가 까막눈이었거든."

디온의 대답이었다.

남쪽 도체스터로 향하는데 도로가 막혔다. 앤드루 스퀘어 바로 밖에서 말 한 필이 죽어 쓰러졌기 때문이다. 자동차들이 죽은 말과 뒤집어진 얼음 수레를 우회해야 했다. 자갈 사이에서 얼음 조각들이 금속 부스러기처럼 반짝거렸다. 얼음 장수도 기가 막히는지 죽은 말의 갈빗대를 걷어찼다. 조는 내내 여자 생각을 했다. 여자는 손이 아주 작았고 건조하면서도 부드러웠다. 손바닥은 분홍빛, 손목 핏줄에는 보랏빛이 감돌았다. 오른쪽 귓불에 검은 주근깨가 있었지만 왼쪽은 깨끗했다.

바르톨로 형제는 도체스터 애버뉴에 살았다. 바로 아랫집이 정육점과 구둣방이었다. 정육점과 구둣방 주인은 동서지간이었는데 여편네를 대하는 것보다는 덜했지만 어쨌든 당연하다는 듯 서로 증오했다. 그렇다고 공동 지하실의 비밀술집인 슈레이스의 운영에 문제가 생긴 적은 없었다. 밤이면 도체스터의 열여섯 교구뿐만 아니라 노스쇼어에서도 몰려와 몬트리올 남쪽 최고의 술을 마시며 델릴라 델루스라는 흑인 여가수의 노래를 들었다. 델릴라가 구두닦이 소년의 슬픈 사랑 이야기를 노래했기에 정육점 주인이 머리가 벗어질 정도로 노발대발하곤 했다. 바르톨로 형제도 거의 매일 밤 슈레이스를 드나들었다. 그 정도는 아무 상관 없으나, 아무리 그래도 슈레이스

위층에 사는 건 확실히 멍청한 짓이었다. 가능성이 높지는 않다고 해도, 혹여 깐깐한 경찰이나 세관원이 치고 들어올 경우 디온과 파올로의 집은 덫일 수밖에 없었다. 그럼 돈과 총과 보석까지 죄다 걸릴 텐데 기껏해야 백화점과 채소 가게에서 일하는 이탈리아계 두 놈이 해명할 수준은 못 되었다.

사실, 보석은 대개 열다섯 살 때부터 거래하던 장물아비, 하이미 드래고에게로 넘어갔고 돈은 곧바로 슈레이스의 골방 노름판에서 날리거나 아니면 매트리스 안에 감춰두었다.

그날 아침에 조는 아이스박스에 기댄 채 파올로가 자신과 동생의 몫을 보관하는 모습을 지켜보았다. 누렇게 땀에 전 시트를 걷어내자 매트리스 옆면에 그어놓은 칼자국이 여기저기 보였다. 디온이 지폐 다발을 건네자 파올로가 박제를 채우듯 쑤셔 넣기 시작했다.

파올로가 스물셋, 셋 중에서 제일 나이가 많았다. 디온은 두 살 어렸으나 더 노숙해 보였는데 그가 더 영리하거나 교활하기 때문일 것이다. 조는 그중 막내로 다음 달에나 열아홉이 되지만, 열세 살 때 팀을 이루어 가판대를 털기 시작한 이후로 자타가 공인하는 작전 참모였다.

파올로가 일어나며 무릎에 묻은 먼지를 털어냈다.

"그 여자 어디에서 봤는지 알겠다."

조가 아이스박스에서 떨어져 나왔다.

"어디?"

"저 새끼, 여자한테 훅 간 거야?"

디온이 물었다.

"어디냐니까?"

조가 재차 물었다.

파올로가 바닥을 가리켰다.

"아래층."

"슈레이스?"

파올로가 끄덕였다.

"앨버트와 같이 왔어."

"앨버트?"

"앨버트, 몬테네그로의 황제, 아니면 누구겠냐?"

불행하게도 성 없이 거론할 만한 앨버트는 보스턴에 단 한 명뿐이다. 앨버트 화이트, 조금 전 셋이 턴 남자.

앨버트는 필리핀 모로 전쟁의 영웅에 경찰 출신이었으나, 조의 형처럼 1919년 파업 이후 직장을 잃었다. 지금은 화이트 자동차 정비 및 차창 수리(구 핼로란 정비 및 타이어)와 화이트 다운타운 카페(구 핼로란의 런치타임)와 화이트 화물 및 해상운송(구 핼로란 트럭 운송)의 주인이다. 소문이 맞는다면 빗시 핼로란을 죽인 것도 그였다. 빗시는 이글스톤 스퀘어의 렉살 잡화점의 떡갈나무 전화 부스 안에서 열한 발이나 맞았다. 어찌나 인접 거리에서 난사했던지 부스에 불까지 붙었는데, 앨버트가 숯이 된 부스 잔해를 사들였다는 소문도 있었다. 지금도 애슈몬트힐의 자기 집 서재에 두고 그곳에서 전화를 건다고 했다.

"그래서? 앨버트 여자라고?"

그녀가 흔해 빠진 조폭의 정부라고 생각하니 맥이 빠졌다. 벌써부터 두 연놈이 훔친 차를 타고 대륙을 횡단하는 그림까지 그릴 수 있었다. 과거도 미래도 상관없이 멕시코의 저녁놀과 붉은 하늘을 쫓아다니는 남녀.

"둘이 붙어 다니는 것도 세 번이나 봤다."

파올로였다.

"이번이 세 번째인 거야?"

파올로가 확인을 위해 제 손가락을 꼽아보았다.

"그래."

"그런데, 그 새끼 포커 판에서 술시중을 들어?"

"그럼 뭐 하냐? 은퇴?"

디온이 따져 물었다.

"아니, 그건 아니지만……"

"앨버트는 유부남이야. 깡패 새끼가 접대부 년을 얼마나 오래 품고 있겠어?"

"여자가 접대부라고?"

디온이 엄지로 캐나다 진을 따며 조를 흘겨보았다.

"나한테는 돈 챙겨준 년일 뿐이다. 머리카락이 무슨 색인지도 모르고 노팬티인지 노브라인지도……"

"짙은 금발이야. 밝은 갈색에 가깝지만 조금 달라."

"앨버트의 정부야."

디온이 모두에게 진을 따라주었다.

"그렇겠지."

조가 인정했다.

"그 친구 아지트를 턴 것도 문제야. 앞으로 어떻게 나올까? 괜찮을까?"

조는 아무 말 하지 않았다.

"괜찮겠어?"

디온이 다시 물었다.

"괜찮아. 신경 끄자고."

조가 손을 뻗어 술잔을 잡았다.

여자는 3일 동안 슈레이스에 나타나지 않았다. 틀림없다. 조가 매일 밤, 개장에서 폐장까지 죽치고 앉아 확인한 사실이다.

앨버트는 나타났다. 흡사 리스본 거리라도 걷는 듯 특유의 세로줄 미색 정장 차림이었으며, 중절모와 구두, 줄무늬 셔츠는 모두 갈색으로 색깔을 맞추었다. 눈이 내릴 때면 갈색 정장에 미색 셔츠와 미색 모자를 쓰고, 흰색과 갈색이 섞인 각반을 했다. 2월이 깊어가면서 암갈색 정장과 암갈색 구두, 검은색 모자를 썼다. 아무래도 그를 쏘려면 밤이 제일 좋겠다. 골목 20미터 정도 거리라면 아무리 싸구려 총에 가로등이 없다 해도 저 흰색 옷이 빨갛게 물드는 모습은 볼 수 있으리라.

앨버트, 앨버트. 내가 살인에 대해 쥐꼬리만큼만 알았어도 오늘 넌 내 손에 죽었다. 조는 속으로 그런 생각을 했다. 세 번째 날 밤, 앨버트가 슈레이스에 들어와 자기 의자를 밀고 나갈 때였다.

문제는, 앨버트는 골목을 싫어한다. 설령 골목에 들어간다 해도 경호원만 넷이다. 좋다, 그래도 놈들을 뚫고 그를 처단한다고 치자. 살인자 근처에도 못 미치는 주제에 애초에 왜 앨버트 화이트를 죽일 생각을 했는지도 따지지 말자. 그래봐야 앨버트 화이트의 파트너들한테 대박 사업을 통째로 갖다 바치는 결과 말고 또 뭐가 있겠는가. 경찰, 이탈리아 조폭, 매타판의 유대인 깡패들 외에, 쿠바와 플로리다 사탕수수에 관심 있는 은행가와 투자자들을 비롯한 일부 합법적인 사업가들까지…… 이 손톱만 한 도시에서 그런 사업을 틀어버린다면 그야말로 손 살점을 조금 베어 동물원 전체를 먹이겠다는 말과 다를 바 없으리라.

앨버트가 힐긋 조를 보았다. 마치 네놈을 안다는 눈빛이었다. 네놈을 안다. 겁대가리 없이 내 아지트를 건드려? 내 여자한테 흑심을 품고? 미친놈!

앨버트는 그저 담뱃불을 빌려달라고 했다.

조는 바에 성냥을 그어 앨버트 화이트의 담배에 불을 붙여주었다.

앨버트는 입김으로 성냥불을 끄고, 조의 얼굴에 담배 연기를 내뿜더니 "고맙다, 꼬마."라는 인사를 남기고 다른 곳으로 떠났다. 피부는 정장만큼이나 하얗고 입술은 심장에서 뿜어대는 핏빛 그대로였다.

강도질 후 나흘째 되는 날, 조는 거의 본능적으로 가구창고에 돌아갔다. 그만큼 그 여자를 보고 싶었다. 사무직원들과 노동자가 거의 동시에 근무시간이 끝나는데 지게차 기사와 항만 노동자 들은 그림자가 넓은 반면 사무직원들은 상대적으로 왜소했다. 남자들은 지저분한 재킷 어깨에 작업용 갈고리를 걸고 나와, 젊은 여자들을 에워싸고 음담패설을 던지며 저들끼리 시끄럽게 웃어댔다. 여자들도 장난에 익숙한지 어렵지 않게 남자들 틈에서 빠져나왔다. 그러고도 몇몇 사내가 여자들 뒤를 쫄래쫄래 쫓아다녔으나 나머지는 뿔뿔이 흩어졌다. 부두 최악의 비밀을 향해 걸어가는 이들도 보였다. 바로 금주법 발효 후 보스턴에 첫 태양이 떠오른 이래 지금껏 술을 제공해 온 선상 건물이다.

여자들은 서로 바짝 붙은 채 물 흐르듯 부두 위로 올라갔다. 에마를 볼 수 있었던 것도, 머리카락 색깔이 같은 여자가 멈춰 서서 구두를 고쳐 신는 바람에 그녀의 얼굴이 드러난 덕분이었다.

조는 질레트사의 하역장 근처에 서 있다가 약 50미터 거리를 두고 무리 뒤를 쫓았다. 머릿속으로야 앨버트 화이트의 여자라고 수도 없이 떠들었다. 당장 정신을 차리고 미친 짓을 그만두라고 욕도 엄청 해댔다. 지금 사우스보스턴의 강변을 따라 앨버트 화이트의 여자를 쫓고 있지만, 그를 포커 판 강도로 지목할까봐 어차피 가깝게 접근하지도 못했다. 팀 히키는 럼주 거래를 위해 남쪽에 가 있기에 삼총사가 엉뚱한 카드 게임을 뒤집어엎었다는 사실을 아직 알지 못했다. 바르톨로 형제마저 납작 엎드린 채 사태를 관망하는 판이건만, 그나마 머리가 돌아간다는 조라는 놈이 썩은 고기를 쫓는 들개처럼 에마 굴드 주변을 쿵쿵거리며 쫓아다니고 있으니 기가 막힐 노릇이겠다.

달아나, 달아나, 달아나.

물론 옳은 얘기다. 이성의 목소리니까 당연하다. 이성이 싫다면 수호천사라고 해두자.

문제는, 요즘엔 수호천사가 하는 말이 전혀 귀에 들어오지 않는다는 것이다. 오로지 에마뿐이다.

여자들은 강변길을 벗어난 뒤 브로드웨이 역에서 흩어졌다. 대부분은 전차를 타기 위해 정거장 벤치로 향했으나 에마는 지하철로 내려갔다. 조는 그녀를 쫓아 회전문을 지나고 계단을 내려가 북부행 전차에 올랐다. 전차는 혼잡하고 더웠다. 조는 그녀에게서 한 번도 눈을 떼지 않았다. 그건 잘한 짓이다. 에마가 한 정거장 지나 사우스 역에서 내렸기 때문이다.

사우스 역은 환승역으로, 지하철 노선 세 개와, 철도 노선 두 개, 전차 노선 하나, 버스 노선 두 개, 통근선 노선 두 개가 모두 집중해 있다. 덕분에 객차에서 플랫폼으로 내려서자마자 뿔뿔이 흩어진 당구공 꼴이 되고 말았다. 그것도 여기저기 부딪다가 한 바퀴 돌아 다시 튕겨 나가는. 그녀도 보이지 않았다. 형 둘은 키가 무척 컸지만 조는 불행히도 그렇지 못했다. 난쟁이 똥자루까지는 아니더라도 보통 정도에서 성장을 멈춘 것이다. 그가 까치발을 하며 인파 사이를 비집고 나아갔다. 당연히 속도가 느릴 수밖에 없었다. 다행히 애틀랜틱 애버뉴 기차역 환승 터널 옆에서 언뜻 그녀의 갈색 머리를 볼 수 있었다.

플랫폼에 도착했을 때 막 기차가 들어왔다. 기차가 출발할 때 그녀는 같은 객차 문 두 개 건너에 서 있었다. 도시가 눈앞에 펼쳐졌다. 어스름이 내리면서 도시의 청색과 갈색과 붉은 벽돌의 색이 차차 어둠에 물들었고 사무실 건물 창은 어디나 노란 빛을 발했다. 거리마다 가로등도 들어오기 시작했다. 부두는 지평선 가장자리부터 어두워졌다. 에마가 차창에 기대 있었기에 조는 그 너머의 풍경을 모두 감상할 수 있었다. 에마는 멍한 시선으로 혼잡한 객차 밖을 내다보았다. 특별히 시선이 닿은 곳은 없었으나 그럼에도 잔뜩 긴장한 표정이었다. 너무도 투명했다. 그녀의 두 눈…… 맙소사, 피부보다 투명한 눈이라니! 아주아주 차가운 진이 저렇게 투명할까? 턱과 코는 뾰족한 편이었으며 주근깨로 덮였다. 도저히 범접할 수 없는 분위기…… 마치 저 차가우면서도 아름다운 얼굴 뒤에 자신을 가둔 듯한…….

그래 우리 잘생긴 아저씨는 오늘 아침 뭘 강도질하시려고요?

흉터는 지지 않게 해 줘요.

거짓말쟁이들이 늘 그렇게 말하죠.

배터리마치 역을 통과하고 노스엔드 위를 덜커덩거릴 때 조는 게토를 내려다보고 있었다. 이탈리아인들이 득시글거리는 곳. 이탈리아 얼굴, 이탈리아 억양, 이탈리아 풍습과 전통 음식…… 그럴 때마다 큰형 대니 생각을 하지 않을 수 없다. 대니 형은 아일랜드계 경찰이었지만 이탈리아 게토를 너무도 사랑한 나머지 그곳에서 살며 일했다. 대니는 덩치가 컸다. 조가 만난 어느 누구보다도. 게다가 끝내주는 복서에 끝내주는 경찰이었으며 두려움도 몰랐으나, 경우회의 조직책이자 부조합장으로서 1919년 9월, 파업에 참여한 경찰들과 함께 직장을 잃어야 했다. 복직의 기약도 없이 동부 연안 경찰직에서 쫓겨난 것이다. 소문에 따르면 형은 파산하고, 결국 오클라호마 주 털사의 흑인 구역까지 흘러들었다는데, 그마저 4년 전 폭동으로 완전히 불타버리고 말았다. 그 후, 조의 가족은 대니 형과 노라 형수에 관해 소문만 들을 수 있었다. 오스틴, 볼티모어, 필라델피아.

자라면서는 형을 존경했으나 점점 증오로 바뀌어 이제는 아예 생각도 나지 않았다. 불현듯 기억이 날 때면 솔직히 큰형의 웃음소리가 그립기는 했다.

객차 저편에서 에마 굴드의 목소리가 들렸다.

"잠깐만요. 내릴게요."

그녀는 승객들을 비집으며 문 쪽으로 이동했다. 창밖을 보니 찰스타운의 시티 스퀘어에 접근하고 있었다.

찰스타운. 총을 겨누어도 끄떡하지 않았던 이유가 있었다. 찰스타운 사람들은 저녁 식사에도 38구경을 소지하고 총신으로 커피를 저었다.

그는 유니언 스트리트 끄트머리 이층집까지 따라갔다. 그녀는 건물에 다다르기 직전 오른쪽 통로를 따라 내려갔는데 조가 집 뒤쪽 골목에 다다를 때쯤엔 아예 보이지 않았다. 골목 위아래를 훑어보았으나 온통 비슷한 이층집이었다. 대부분 목조가옥으로 창틀이 썩어가고 지붕은 타르로 여기저기 메웠다. 어느 집이나 똑같아 보였지만 그녀가 선택한 길은 마지막 골목이었다. 아무래도 저 지하실로 내려가는 철문이 달린 청회색 이층집이 목적지로 보였다.

이층집을 지나자 바로 나무 대문이 나왔다. 문은 잠겨 있었다. 대문을 잡고 넘겨다보니 또 다른 골목이었다. 지금 서 있는 골목보다 더 좁은 데다 쓰레기통 몇 개가 전부였다. 그는 일단 뒤로 물러 나와 주머니에서 늘 들고 다니는 옷핀 하나를 꺼냈다.

30초 후, 그는 대문 안쪽에 서서 기다렸다.

오래 기다리지는 않았다. 퇴근 시간이니 당연하다. 잠시 후 두 사람의 발소리가 골목을 채우더니 남자 둘이 최근 대서양을 건너다 추락한 비행기 얘기를 하며 다가왔다. 영국인 조종사도, 동체도 찾지 못했대. 하늘을 날다가 어느 순간 뿅 하고 사라진 거야. 남자 하나가 뚜껑 문을 두드렸다. 잠시 후 목소리가 들려왔다.

"똥파리."

뚜껑 문 한쪽이 삐걱 소리를 내며 열렸다가 다시 닫혔다. 자물쇠 채우는 소리도 들렸다.

조는 5분을 더 기다렸다. 그리고 시간을 확인한 다음 두 번째 골목을 빠져나와 지하실 문을 노크했다.

목소리.

"암호."

"똥파리."

철컹 빗장 젖히는 소리가 들렸다. 조가 문을 들어 올린 뒤 작은 계단을 내려가 다시 문을 닫았다. 계단 아래쪽에 두 번째 문이 있었다. 그가 다가가자 문이 저절로 열렸다. 대머리에 주먹코 사내가 손짓으로 그를 들여보냈다. 터질 듯한 혈관이 광대뼈를 뒤덮었건만 인상마저 오만상이었다.

마감질이 덜 끝난 지하실. 더러운 바닥 가운데 나무 바가 있었다. 테이블은 나무 술통이고 의자들도 싸구려 소나무 재질이었다.

조는 문에서 가까운 바에 앉았다. 뚱보 여자가 두 팔을 임신한 것처럼 볼록한 배 위에 늘어뜨리고 있다가 미지근한 맥주를 한 잔 내놓았는데 맛이 비누나 톱밥 같았다. 맥주는커녕 알코올과도 거리가 멀었다. 실내는 어둑어둑했다. 에마 굴드를 찾아보았으나 부두 노동자들, 수병 둘, 여급 몇 명이 전부였다. 계단 아래쪽 벽돌 벽에 피아노가 한 대 놓였지만, 전시용이라 건반도 몇 개 고장 난 채였다. 기껏 볼거리라고 해봐야, 여급이 둘 부족하다며 수병들과 노동자들이 쌈박질을 벌이는 정도였다.

그녀는 바 뒤쪽 문에서 나왔다. 머릿수건을 매는 중이었는데 지금은 블라우스와 스카우트도 미색 피셔맨 스웨터와 갈색 트위드 바지로 갈아입었다. 그녀는 바를 돌아다니며 재떨이를 비우고 엎질러진 술을 닦아냈다. 조에게 맥주를 내준 여자가 대신 앞치마를 벗고 뒷문으로 빠져나갔다.

그녀가 다가오더니 조의 술잔을 향해 눈을 깜빡였다. 잔은 거의 비어 있었다.

"한 잔 더 해요?"

"옙."

그녀가 그의 얼굴을 살피더니 살짝 인상을 찌푸렸다.

"여긴 누구한테 듣고 온 거죠?"

"디니 쿠퍼."

"처음 들어요."

그녀가 대답했다.

그런 이름은 그도 처음이었다. 맙소사, 어쩌다가 그런 얼빠진 이름을 끌어들였담. 디니? 왜, 차라리 디너라고 하지?

"에버렛 출신이에요."

그녀는 조의 앞자리를 닦으면서도 술을 가져다주지는 않았다.

"그래요?"

"옙. 지난주 미스틱 강 첼시아 쪽에서 같이 일했어요. 저인망 작업 알아요?"

그녀가 고개를 저었다.

"아무튼, 디니가 강 건너를 가리키며 이곳 얘기를 하더군요. 맥주 맛이 좋다고."

"거짓말."

"맥주 맛이 좋다고 해서?"

그녀는 포커 판에서처럼 그를 바라보았다. 배 속의 꼬불꼬불한 내장까지 훤히 들여다볼 법한 시선이었다. 진홍빛 허파는 물론, 뇌의 계곡을 따라 여행하는 잡념들까지 모두.

"맥주 맛이 나쁘진 않아요. 전에도 이 동네에서 이런 맥주를 마신 적이 있는데 그땐 정말……"

"사탕발림에 소질이 없죠?"

그녀가 물었다.

"예?"

"안 그래요?"

그는 화를 내는 척하기로 했다.

"거짓말 아니에요, 아가씨. 아무튼 그만둡시다. 나가면 그만이니까. 술 한 잔에 얼마입니까?"

그가 자리에서 일어나며 투덜댔다.

"20센트."

그녀가 손을 내밀었다. 그가 동전을 건네자 그녀는 바지 주머니에 집어넣었다.

"안 그러는 게 좋아요."

"예?"

"나가지 말라고요. 그렇게 나가겠다고 말하면 내가 감동해서 오, 터프가이 아저씨, 제발 내 곁에 있어줘요, 이렇게 말해 주길 바랐잖아요."

"아뇨. 정말로 떠날 겁니다."

그가 어깨를 으쓱이며 코트를 걸쳤다.

그녀가 바에 상체를 기댔다.

"이리 와봐요."

그가 고개를 갸웃했다.

그녀가 손가락을 굽혀 그를 끌어당겼다.

"이리 와보라잖아요."

그가 의자 두 개를 밀어내고 바에 기댔다.

"저기 모퉁이에 남자들 앉아 있는 거 보이죠? 사과 상자로 만든 테이블 옆에?"

고개를 돌릴 필요도 없었다. 들어오면서 이미 확인해 두었기 때문이다. 모두 셋. 표정은 부두 노동자 같았고 어깨는 돛대 같았고 두 손은 바위 같았다. 별로 눈을 마주치고 싶지 않은 부류였다.

"예, 보여요."

"사촌오빠들이에요. 나랑 많이 닮지 않았어요?"

"아뇨."

그녀가 어깻짓을 했다.

"오빠들이 무슨 일 하는지 알아요?"

두 사람의 입술이 어찌나 가까운지, 입을 벌리고 혀를 내밀면 두 혀끝이 맞닿을 것만 같았다.

"몰라요."

"당신같이 디니 어쩌고 하는 거짓말쟁이를 찾아내 죽도록 패요. 그런 다음엔 강에 던져버리죠."

그녀가 팔꿈치를 조금 밀자 얼굴이 훨씬 더 가까워졌다. 두피와 귓불이 간지러웠다.

"대단한 직업이로군."

"그러면 포커 판을 턴 일은 사라지잖아요?"

잠시 조는 표정을 어떻게 해야 할지 난감했다.

"좀 더 그럴듯한 얘기를 하죠. 당신이 내 입에 처넣은 양말 얘기는 어때요? 정말로 교묘하고 교활한 핑계를 듣고 싶은데?"

조는 아무 말도 하지 않았다.

"머리 굴리고 싶으면 이것부터 생각해 보죠. 저들도 지금 우릴 지켜보고 있어요. 내가 이 귓불을 당기는 순간 당신, 저 계단까지 가지도 못한다고요."

그녀가 투명한 눈으로 가리킨 귓불은 오른쪽이었는데 병아리콩처럼 생겼지만 더 부드러웠다. 아침에 깨어나 입으로 깨물면 어떤 맛이 날까?

조가 바를 둘러보았다.

"그럼 내가 방아쇠를 당기면?"

그녀도 그의 시선을 따라갔다. 두 사람 앞에 권총이 놓여 있었다.

"귓불에 손댈 생각 마요."

그가 경고했다.

그녀가 눈을 들어 그의 두 팔을 훑었다. 솜털이 일제히 곤두서는 기분이었다. 그녀의 눈은 다시 가슴 중앙을 지나 목을 타고 턱을 넘어섰다. 그리고 마침내 그의 눈과 만났다. 그녀의 눈은 더 크고 예리해졌다. 문명이라는 게 있기 몇백 년 전부터 세상을 지배했던 원초의 불빛이 그 안에서 이글거렸다.

"난 자정에 끝나요."

그녀가 말했다.

2장
그녀의 소원

조는 웨스트엔드의 하숙집에 살았다. 스콜레이 스퀘어의 폭동 현장에서 아주 가까운 곳이었다. 하숙집을 소유하고 운영하는 주체는 팀 히키 마피아였다. 팀 히키 일당은 오래전부터 도시에 뿌리를 내렸으나, 미국 수정 헌법 제18조(금주법 — 옮긴이)가 효력을 발생한 지난 6년 전부터 크게 세력을 넓혔다.

1층은 주로 아일랜드 거지 놈들 차지였다. 놈들이 축 늘어진 채 아일랜드 사투리를 지껄이며 배에서 내리면 조가 부두에서 맞이해 히키 소유의 급식소에 데려가 갈색 빵과 해물 수프, 으깬 감자 등을 먹였다. 그다음엔 하숙집으로 데려와 한 방에 셋씩 처넣고 딱딱하고 깨끗한 매트리스를 넣어주었고, 그동안 늙은 창녀들이 지하실에서 놈들의 옷을 세탁했다. 한두 주일 후, 놈들이 어느 정도 기운을 되찾고 머리 서캐와 썩은 이를 빼고 나면, 선거인명부에 사인하고 내년 선거에서 히키 후보를 전적으로 지지할 것임을 선언했다. 그러고는 같은 마을이나 카운티의 다른 이민자 이름과 주소를 들려 내보냈는데, 곧바로 직장을 구해 줄 사람들의 주소였다.

하숙집 2층은 카지노였기에 별개의 입구를 통해서만 입장이 가능했다. 3층에서는 매춘이 이루어졌고, 조는 4층 복도 끝방에 살았다. 4층에는 괜찮은 공용 욕실도 하나 있는데, 그때그때 마을에 들어온 거물 도박사들과 팀 히키의 스타 창녀 페니 팔룸보가 함께 사용했다. 페니는 스물다섯이지만 정말로 열일곱으로 보였다. 머리는 정말로 햇빛을 잔뜩 머금은 꿀 색이었다. 페니 팔룸보 때문에 지붕에서 뛰어내린 남자도, 배에서 다이빙한 사내도 있었다. 또 어떤 남자는 자살하는 대신 다른 사람을 죽였다. 조도 그녀를 좋아했다. 마음도 착하고 아름다웠기 때문이다. 다만 얼굴이 열일곱 살인 반면 머리는 기껏 열 살에 불과했다. 조가 아는 한, 그녀의 머릿속에는 노래 세 곡과, 언젠가 양장점 주인이 되겠다는 막연한 소망뿐이었다.

아침이면, 누가 먼저 카지노에 가느냐에 따라 서로에게 커피를 가져다주었다. 오늘 아침에는 그녀 차례였다. 두 사람은 창가에 앉아 창밖의 스콜레이 스퀘어를 내다보았다. 줄무늬 차양과 키 큰 광고판들이 광장을 가득 메웠다. 첫 번째 우유 배달 트럭 몇 대가 트레몬트 로를 따라 털털거리며 지나갔다. 패니는 어젯밤 점쟁이를 만났는데 자기가 일찍 죽거나 캔자스에서 삼위일체 오순절이 될 운명이라고 했단다. 조가 죽음이 무서우냐고 물었더니 당연히 무섭다, 그래도 캔자스로 이사하는 일이 두 배는 더 무섭다고 대답했다.

그녀가 나간 뒤, 복도에서 잠시 말소리가 들리더니 잠시 후에 팀 히키가 문가에 서 있었다. 팀은 검은색 줄무늬 조끼를 단추를 채우지 않은 채 걸치고 같은 색 바지와 흰 셔츠를 입었다. 셔츠 역시 칼라 단추를 풀고 타이도 매지 않았다. 군살이 없는 몸매에 백발도 근사했지만, 어쩐지 사형수 담당 목사의 슬프고도 무기력한 눈빛이었다.
"안녕하세요, 히키 씨."
그가 구식 잔으로 커피를 마셨다. 아침 햇살이 창유리를 때리며 튕겨 나갔다.
"굿모닝, 조. 피츠필드의 은행은 어떻게 된 거냐?"
"예?"
조가 되물었다.
"네가 만나겠다던 친구가 목요일마다 여기 오는데, 그렇지 않으면 밤에 업햄의 코너에 가도 볼 수 있을 거야. 술잔 오른편에 홈부르크 모자를 놓고 있다. 얘기하면 건물 설계도와 탈출로를 줄 거다."
"감사합니다, 히키 씨."
히키는 잔 끝으로 인사를 받았다.
"또 하나…… 지난달에 얘기한 딜러 기억하지?"
"칼요? 예, 기억합니다."
"그 새끼가 또 지랄이야."
칼 로브너는 블랙잭 딜러다. 더러운 게임 위주의 비밀술집 출신이라 이곳의 합법적인 게임에는 처음부터 부적합했다. 해당 게임에 100퍼센트 백인이 아닌 고객이 끼어 있을 때는 더더욱 아니었다. 이탈리아인이나 그리스인이 테이블에 앉으면 더 말할 필요도 없었다. 칼은 신기하게도 신사분들이 테이블을 떠날 때까지 밤새도록 10카드나 에이스를 홀딩카드로 뽑아냈다.

"해고해. 오는 대로."

히키가 지시했다.

"예, 알겠습니다."

"그런 개자식은 필요 없다, 안 그래?"

"맞습니다, 히키 씨. 옳은 말씀입니다."

"그리고 열두 번째 슬롯도 고쳐놔. 승률이 너무 높다. 여긴 도박장이지 자선단체가 아니잖아, 안 그래, 조?"

조는 마음속으로 메모를 했다.

"당연한 말씀입니다, 히키 씨."

팀 히키는 보스턴에서 합법적인 카지노 몇 곳을 운영했는데 이곳이 마을에서 가장 인기 높은 카지노에 속했으며 특히 고급 게임으로 유명했다. 팀이 조에게 한 말이 있다. 사기 게임으로 멍청이를 한두 번 벗겨 먹을 수 있지만 세 번 당하고 나면 그런 놈도 머리가 있기에 결국 손을 씻고 만다. 팀의 목표는 손님을 한두 번 터는 게 아니라 평생 단물을 빨아먹는 데 있었다. 놀고 마시게 하라. 그러면 놈들은 결국 지폐를 내주며 무거운 돈에서 해방한 데 대해 감사할 것이다. 팀의 말이다.

"고객? 그자들이야 밤이 노는 곳이지만 우리한테는 사는 곳이야. 말인즉슨, 우리 집에 놀러 온 격이지. 우리 놀이터에서 놀고 싶어 할 때 놀이기구 하나하나로 돈을 뜯어내야 한다, 이 말이야."

팀이 여러 번 한 말이다.

팀 히키는 조가 아는 누구보다도 머리가 좋았다. 금주법 초기에 시내 건달들이 인종에 따라 갈라졌을 때(이탈리아인은 이탈리아인과 놀고, 유대인은 유대인, 아일랜드인은 아일랜드인과 어울렸다.) 히키는 인종을 불문하고 끌어들였다. 페스카토레 영감이 큰집에 있는 동안, 페스카토레 마피아를 지휘하던 잔카를로 칼라브레세와도 동맹을 맺고, 함께 카리브 럼주를 거래하기도 했다. 남들이 모두 위스키 거래에 열을 올릴 때였다. 디트로이트와 뉴욕의 갱들이 닥치는 대로 위스키 거래 중개상을 끌어들이는 동안, 팀 히키와 페스카토레 마피아는 설탕과 당밀을 있는 대로 사들였다. 설탕과 당밀은 주로 쿠바에서 나와 플로리다 해협을 거쳐 미국 땅에서 럼주로 변한 다음, 심야의 동부 연안을 달린 끝에 80퍼센트 이상 비싼 가격에 팔렸다.

최근 탬파 여행에서 돌아오자마자, 팀은 조를 불러 사우디 가구 창고에서의 실패공작에 대해 언급했다. 먼저 회계실 장사밑천에 손대지 않은 일은 잘했다며 칭찬하고("그렇지 않았으면 그 자리에서 전쟁이 벌어졌을 거다."), 그따위 거짓정보가 어떻게 흘러들었는지 캐서 어떤 개새끼든 세관 첨탑에 목을 매달아 버리겠다며 화를 냈다.

사실 그를 믿고 싶었다. 그렇지 않으면, 앨버트 화이트와 전쟁을 벌이기 위해 자신을 창고에 보냈다고 생각할 수밖에 없기 때문이다. 럼 시장을 영원히 독점하기 위해서라면 자기가 키운 아이들을 사지로 모는 정도는 히키에게 아무 일도 아니다. 사실, 히키가 하지 못할 일은 없었다. 전혀. 아무튼 이 바닥에서 정상을 유지하려면 그럴 수밖에 없다. 양심 따위는 오래전에 내다 팔았다는 사실을 만천하에 알려야 하기 때문이다.

팀은 플라스크의 럼주 한 방울을 커피에 타서 홀짝거렸다. 조에게도 플라스크를 건넸으나 그가 고개를 젓자, 플라스크를 다시 주머니에 넣었다.

"요즘 어디 있었냐?"

"여기 있었는데요."

팀이 조를 응시했다.

"이번 주엔 매일 밤 나갔잖아. 지난주에도. 여자 생겼냐?"

거짓말할까도 생각해 봤으나 의미가 없었다.

"예, 사실입니다."

"좋은 애야?"

"예, 쾌활하고 또…… 특별합니다."

조는 결국 정확한 표현을 찾지 못했다.

팀이 문설주를 넘어왔다.

"이런, 완전히 코 꿰였구나, 응?"

그가 손가락을 구부려 코를 당기는 시늉을 하더니 조에게 다가와 목덜미를 꽉 쥐었다.

"그래, 눈에 보여. 좋은 여자는 많지 않아. 특히 이 바닥에서는…… 요리도 한다더냐?"

"예, 합니다."

사실, 알 리가 없다.

"중요한 얘기다. 잘하고 못하고가 아니라 요리를 하겠다는 의지가 중요한 거야. 그 친구한테 피츠필드 얘기도 해 줘."

히키가 목덜미를 쥔 손을 풀고 문간으로 돌아갔다.

"그렇게 하겠습니다."

"그래."

팀은 아래층 카지노 출납 창구 뒤쪽의 사무실로 내려갔다.

조는 이틀 밤을 더 일한 다음에야 칼 로브너를 해고해야 한다는 사실을 기억해 냈다. 최근에는 이런저런 일들을 까먹었는데 그중에 하이미 드래고와의 약속이 두 건이나 들어 있었다. 카시먼 모피 창고의 장물을 전하기로 했건만. 그나마 잊지 않고 슬롯머신의 회전대는 단단히 조였으나 그날 밤엔 에마 굴드를 만나러 가느라 로브너를 만나지 못했다.

찰스타운 지하실의 비밀술집에서 그녀를 만난 이후, 거의 매일 밤 만났다. 거의 매일인 이유는 그녀가 가끔 앨버트 화이트를 만나야 했기 때문이었다. 그때까지만 해도 성가신 일에 불과했으나 어느 순간부터는 도저히 용납할 수 없는 일로 변했다.

함께 있지 않을 때도 머릿속은 온통 그녀를 다시 만날 생각뿐이었다. 둘이 만나면, 예외 없이 서로를 탐닉하는 일부터 시작했다. 삼촌 술집이 문을 닫으면 그 안에서, 부모와 형제들이 외출하면 그녀의 집에서, 조의 차는 물론, 몰래 뒤쪽 계단으로 올라가 그의 방에서도 섹스를 했다. 헐벗은 숲 속에서 미스틱 강을 굽어보며 섹스하고 11월의 추운 해변에서는 도체스터의 사빈힐 코브를 내다보며 섹스를 했다. 서든 앉든 눕든 두 사람한테는 별 차이가 없었다. 안이든 밖이든 상관없었다. 한 시간의 사치가 주어지면 상상 가능한 신기술과 체위를 닥치는 대로 실험했고 몇 분밖에 없다 해도 그 순간을 이용해 후다닥 일을 해치웠다.

대화는 거의 없었다. 적어도 서로를 향한 무한한 탐닉과 무관한 주제는 입에 오르지도 않았다.

에마의 투명한 눈과 피부 너머에 무언가 똬리를 튼 채 갇혀 있었다. 다만 밖으로 나오려는 게 아니라 그 안으로 아무도 들이지 않으려 한다는 점이 달랐다. 그리고 그것은 조를 받아들여 사랑을 나누는 동안에만 문을 열었다. 그 순간이라면 그녀도 눈을 뜨고 세상을 보았다. 조 역시 그 눈을 통해 그녀의 영혼을 보고 심장의 붉은 불길을 보고 어릴 적 그녀가 매달렸음 직한 꿈들을 보았다. 지하실과 검은 벽과 걸어 잠근 문으로부터 잠시 풀려나 자유롭게 떠도는 꿈들.

하지만 일단 그녀에게서 떨어져 나와 그녀의 호흡이 정상으로 돌아가면 조는 그녀의 영혼과 꿈이 썰물처럼 빠져나가는 모습을 지켜보아야 했다.

어쨌든 상관없었다. 그녀와 사랑에 빠졌다고 느끼던 참이었기 때문이다. 울타리 문이 열리고 그를 받아들이는 고귀한 순간이면, 간절하게 믿고 간절하게 사랑하고 또 간절하게 살아야 할 사람을 만났다. 이제 조가 그렇게 믿고 사랑하고 살아갈 가치가 있는 사람임을 그녀가 깨닫기만 하면 되었다.

당연히 그렇게 될 것이다.

그는 그해 겨울 스무 살이 되었다. 그리고 평생 뭘 하고 싶은지 깨달았다. 바로 에마 굴드가 철저히 신뢰하는 단 하나의 사내가 되는 것.

겨울이 깊어가면서 두 사람은 위험을 무릅쓰고 함께 대중 앞에 등장하기 시작했다. 다만 앨버트 화이트와 심복들이 타지에 나가 있다고 에마가 확신하는 밤에, 그것도 팀 히키 진영에서 운영하는 장소만을 골랐다.

팀의 친구 중에 필 크레거가 있었다. 브롬필드 호텔 1층의 베네치아 가든 레스토랑을 운영하는데, 어느 추운 날 조는 에마와 함께 그곳에 갔다. 하늘은 맑지만 눈이 퍼부을 것 같은 냄새가 났다. 이제 막 코트와 모자를 거는데 부엌 뒤 밀실에서 한 무리가 빠져나왔다. 얼굴을 보기도 전에, 시가 연기와 의식적으로 큰 목소리만으로도 놈들의 정체는 분명했다. 정치꾼들.

시의원, 소방대장, 경찰서장, 검찰…… 도시의 조명이 꺼지지 않고 기차가 달리고 신호등이 작동하도록 불철주야 노력하는(개뿔!), 저 번쩍번쩍하고 요란하고 구역질 나는 역겨운 구더기들. 자신들의 헌신과 봉사가 아니라면, 크고 작은 수천 가지 이기들이 끊어질 수 있고, 또 끊어지고 만다는 사실을 끊임없이 시민들에게 주입해 대는 쓰레기들이다.

아버지를 보는 순간 아버지도 조를 보았다. 서로 한동안 만나지 않았을 때면 늘 그렇듯이, 두 사람이 서로가 너무 닮았다는 사실만으로도 당혹스러웠다. 조의 아버지는 예순이었다. 그는 상당히 젊은 나이에 두 아들을 낳고 한참 후에 늦둥이로 조를 보았다. 하지만 코너와 대니가 얼굴과 체격, 키까지 부모의 유전자를 골고루 물려받은 반면(남자들의 큰 키는 페네시 가문의 특징이다.) 조는 불행하게도 영감의 모습을 그대로 닮았다. 같은 키, 같은 체격, 딱딱한 턱 선, 코와 날카로운 광대뼈…… 눈구멍 안으로 다소 깊이 들어간 두 눈은, 사람들로 하여금 두 사람이 어떤 생각을 하는지 읽기 어렵게 해 주었다. 조가 아버지와 다른 점이 있다면 색깔뿐이었다. 조의 눈은 파랗고 아버지의 눈은 녹색이며, 머리카락은 조가 연노랑에 가깝다면 아버지는 담황색이다. 그 차이만 무시한다면, 아버지는 조를 볼 때마다, 젊었을 때의 자신이 스스로를 조롱하는 모습을 보아야 했다. 반면에 조는 아버지를 통해 검버섯과 늘어진 살갗을 보고, 새벽 3시에 침대 끝에 서서 따분한 듯 발장단을 맞추는 죽음의 사신을 만났다.

남자들이 줄을 서서 코트를 기다리는 동안, 아버지는 몇 차례 작별 인사를 하고 등을 두드려준 후 무리에서 떨어져 나와 아들 앞에 섰다. 그가 먼저 손을 내밀었다.

"어떻게 지내냐?"

조가 악수를 받았다.

"잘 지내요. 아버지는요?"

"최고다. 지난달에 진급했지."

"보스턴 경찰 경정. 말씀 들었습니다."

"넌? 요즘 어디에서 일하지?"

토머스 커글린한테 알코올 효과가 어떻게 나타나는지는 아주 아주 오랫동안 익숙해져야 겨우 알 수 있다. 말만 들어서는 전혀 티가 나지 않았기 때문이다. 독한 아일랜드 술을 반병 정도 마신 후에도 목소리는 여전히 은근하고 안정적이었다. 옥타브를 높이는 일도 없었다. 하지만 익숙해지고 나면 저 잘생긴 얼굴에서 오만하고 사악한 열기를 알아볼 수 있었다. 상대방을 재단하고 약점을 노리고, 통째로 삼킬지 말지 가늠하는 열기.

"아버지, 이 아가씨는 에마 굴드예요."

토머스 커글린이 그녀의 손을 잡고 손등에 키스했다.

"만나서 반가워요, 굴드 양."

그는 지배인에게 고개를 돌려, "제러드, 구석 자리 하나 부탁하네."라고 말하고는 다시 조와 에마에게 미소를 지었다.

"합석해도 되겠지? 이러다 굶어 죽겠다."

샐러드까지는 좋았다.

토머스는 조의 어린 시절 얘기를 했는데 당연한 얘기지만 요점은 아들이 얼마나 개구쟁이에 막무가내에 천방지축이었는지 따위였고, 기껏 할 로치의 토요일 마티네 단막극에나 어울릴 법한 내용들이었다. 그나마 일상적인 결말은 생략했다. 매질이나 채찍질 같은.

에마는 적당한 때에 미소를 짓고 키득거렸으나 물론 연기에 불과했다. 사실 셋 모두 연기를 하고 있었다. 조와 토머스는 부자간의 애정이 돈독한 척했으며, 에마는 둘이 앙숙이라는 사실을 눈치채지 못한 척했다.

수년간 수도 없이 들었기에 아버지가 어디에서 뜸을 들일지까지 알 수 있었다. 어쨌든 아버지는 정원에서 놀던 여섯 살배기 조가 저지른 만행을 모두 고발한 후 에마에게 어디 출신인지 물었다.

"찰스타운이에요."

그녀가 대답했다. 문득 그녀의 목소리에서 도발의 기운을 느낄 수 있었다. 이런, 좋지 않아.

"아니, 내 말은 이곳에 오기 전 말이오. 내가 보기엔 아일랜드계 같은데 조상이 어디에서 태어났는지 모르는 거요?"

웨이터가 샐러드 접시를 치워 갔다.
"외할아버지는 케리, 할머니는 코크 분이세요."
"나도 코크 근처라오."
토머스가 평소와 달리 환하게 웃으며 대답했다.
에마는 물을 홀짝였지만 말은 하지 않았다. 종종 이렇게 방심할 때가 있다. 그녀는 맘에 들지 않으면 주변 상황에서 초탈하는 경향이 있었다. 마치 두고 온 물건처럼 몸은 의자에 남아 있되, 에마를 에마답게 만드는 본질은 어디론가 떠나버린 것이다.
"할머님 처녀 때 성이 어떻게 되시나?"
"몰라요."
"모른다고?"
에마가 어깻짓을 했다.
"돌아가셨는걸요."
"하지만 아가씨 뿌리라오."
토머스는 난감한 표정을 지었다.
에마가 다시 어깻짓을 하고 담뱃불을 붙였다. 토머스는 내색하지 않았으나, 조가 보기엔 백이면 백 속으로 경악하고 있었다. 어린 아가씨들은 수천 가지 방식으로 그를 경악하게 만들었다. 담배를 피우고, 허벅지를 드러내고, 깊게 파인 옷을 입고, 사람들 앞에 취한 모습을 드러내면서도 도무지 부끄러워하기는커녕 다른 사람의 시선조차 개의치 않으니……
"아들과 사귄 지는 얼마나 된 거요?"
토머스가 미소 지었다.

"몇 개월요."

"둘이……"

"아버지."

"응?"

"우리가 어떤 사이인지는 우리도 몰라요."

솔직히 이 기회에 두 사람이 어떤 관계인지 에마가 속 시원히 정리해 주었으면 하는 바람도 있었다. 하지만 그녀는 얼마나 더 오래 있어야 하냐고 묻는 표정으로 그를 힐끔 쏘아보고는 다시 담배를 피워 물었다. 시선은 속절없이 넓은 식당 안을 떠돌았다.

마침내 요리가 나와 20분 동안은 스테이크와 베어네이즈 소스 맛이 어떻고, 크레거가 최근에 설치한 창문 장식이 저떻고 하며 시간을 때웠다.

디저트가 나오자 토머스도 담배를 물었다.

"그래, 아가씨는 어떤 일을 하지?"

"파파디키스 가구회사에 있어요."

"부서는?"

"비서실."

"이놈이 소파를 훔쳤나? 그래서 만난 거요?"

"아버지."

조가 투덜댔다.

"그냥 어떻게 만났는지 궁금해서 그런다."

에마가 담뱃불을 붙이더니 식당을 둘러보았다.

"여기 정말 죽이는 곳이네요."

"아들이 그런 짓으로 먹고사는 걸 알기 때문에 하는 소리요. 두 사람이 마주쳤다면, 필경 범죄 때문이 아니면 악당들이 바글거리는 공간일 가능성이 높지 않겠소?"

"아버지, 그냥 즐겁게 식사나 하시죠?"

조가 항변했다.

"식사는 끝나지 않았던가? 안 그렇소, 굴드 양?"

에마가 그를 건너다보았다.

"오늘 밤 내 질문 때문에 불편한 게요?"

에마가 특유의 차가운 시선으로 그를 보았다. 뜨거운 지붕 타르마저 얼릴 냉기였다.

"무슨 말씀을 하시는지 모르겠네요. 별로 신경 쓰지도 않지만요."

토머스는 의자에 기대 커피를 홀짝였다.

"아가씨가 범죄자들과 어울리고 다니는지 묻는 중이오. 그렇다면야 그다지 점수를 줄 생각이 없으니까. 문제의 범죄자가 내 아들이냐 아니냐는 다른 문제요. 아들이 범죄자든 아니든 내 아들이니까. 당연히 나한테 책임이 있다오. 바로 그 책임 덕분에 아들놈이 범죄자와 어울릴 법한 아가씨와 놀아나는지 알아보려는 게 아니겠소?"

토머스가 커피 잔을 받침 접시에 내려놓고 그녀에게 미소 지었다.

"이제 알아듣겠나?"

조가 일어났다.

"그만, 이제 가야겠어요."

하지만 에마는 움직이지 않았다. 그저 턱을 손에 얹은 채 토머스를 지그시 바라볼 뿐이었다. 담배가 귀 바로 옆에서 타들어 가고 있었다.

"삼촌한테 돈 뜯어 가는 경찰이 있다고 들었어요. 이름이 커글린이라고 하던데, 아저씬가요?"

그녀가 토머스 못잖게 비릿한 미소를 지으며 담배를 빨아들였다.

"그 삼촌이 로버트 삼촌인가? 다들 보보라고 부르는?"

그녀가 긍정 대신 눈썹을 깜빡였다.

"아가씨가 언급한 경관은 이름이 엘모어 콘클린이겠지. 찰스타운에 근무했는데 보보 같은 범죄조직한테 푼돈을 뜯어내며 다녔다오. 찰스타운에 가본 적은 없지만 경정으로서 기꺼이 아가씨 삼촌 조직에 각별한 관심을 두리다. 그렇게 하면 되겠소, 아가씨?"

토머스가 담배를 비벼 껐다.

에마가 조에게 손을 내밀었다.

"화장 좀 고칠래."

조가 그녀에게 동전을 주었다. 여자 화장실을 관리하는 아이한테 줄 팁이었다. 두 사람은 그녀가 레스토랑을 가로지르는 모습을 지켜보았다. 조는 그녀가 다시 테이블에 올지, 아니면 코트를 집어 들고 나가버릴지가 궁금했다.

아버지는 조끼에서 주머니 시계를 꺼내 뚜껑을 열고는 다시 재빨리 닫고 주머니에 넣었다. 18캐럿짜리 파텍필립 시계, 노친네가 가장 소중히 여기는 보물로 20년 전 어느 은행장의 선물이라고 했다.

조가 물었다.

"이게 다 무슨 소용입니까?"

"싸움을 건 원흉은 내가 아니다, 조지프. 그러니 이런 식으로 끝냈다고 원망은 마라."

아버지는 의자에 기대 다리를 꼬았다. 어떤 사람들은 맞지 않는 외투처럼 권력을 입지만 토머스 커글린에게 권력은 마치 런던에서 그를 위해 재단한 옷 같았다. 그는 방을 둘러보고 안면이 있는 사람들에게 고개 인사를 한 후 아들을 돌아보았다.

"네가 통상적이지 않은 방식으로 세상에 맞서려고 작심한 모양인데…… 내가 제대로 본 게냐?"

"예, 그렇습니다."

조가 대답했다.

아버지는 그 말에 가벼운 미소와 어깻짓을 해 보였다.

"37년을 경찰에 몸담으며 적어도 하나는 배운 교훈이 있다."

"제도적인 차원이 아니면 범죄는 절대 성공하지 못한다는 얘기요?"

조가 대답했다.

다시 가벼운 미소. 가벼운 고갯짓.

"아니, 조지프. 아니다. 내가 배운 건 폭력이 재생산된다는 사실이다. 네 범죄가 낳은 아이들은 야만적이고 무자비한 보복으로 돌아올 거야. 너야 네 아이인지 알아보지도 못하겠지만 네 아이들은 그래도 널 알아본다. 그래서 결국 보복 상대로 찍는 거야."

오랜 세월 그런 식의 연설은 얼마든지 들었다. 했던 얘기를 반복하고 있다는 것 말고도, 아버지가 깨닫지 못한 사실이 하나 더 있었다. 일반 이론은 절대 개인에게 들어맞지 않는다. 당사자가 머리가 좋아 자신의 법칙을 만든 다음 다른 사람들한테까지 그 법칙을 끼워 넣을 수 있다면야 모를까.

조는 스무 살이지만 자신이 그런 부류의 사람이라는 것 정도는 알고 있었다.

하지만 아버지의 기분을 고려해 무의미한 질문 하나를 던지기로 했다.

"그래서 폭력의 자식이 복수하는 이유가 정확히 뭐죠?"

아버지가 상체를 숙이고 팔꿈치를 테이블에 댄 뒤 두 손을 굳게 맞잡았다.

"부주의한 증식이지, 조지프."

"조라고 부르세요."

"조지프, 폭력은 폭력을 낳는다. 그건 절대적이야. 네가 세상에 뿌린 씨앗은 반드시 돌아오게 되어 있어."

그가 손을 풀고 아들을 보았다.

"예, 아버지, 저도 교리문답집은 읽었습니다."

아버지가 고개를 들었다. 에마가 화장실에서 나와 외투 보관실로 향하고 있었다. 그가 눈으로 그녀를 좇으며 말했다.

"돌아온다 해도 네가 예상한 방식으로는 아닐 게다."

"그렇겠죠."

"네 자신감 말고는 아무것도 자신하지 마라. 미처 깨닫지 못한 진리가 제일 혹독하게 타오르는 법이니까. 그래, 아주 매력적인 아가씨구나."

토머스는 계속 에마를 지켜보았다. 그녀가 보관실 여자한테 티켓을 건넸다.

조는 대답하지 않았다.

"하지만 그 밖엔 네가 왜 저런 애한테 끌렸는지 모르겠다."
아버지가 덧붙였다.
"찰스타운 출신이기 때문입니까?"
"에, 그것도 도움은 못 돼. 저 아이 아비는 뚜쟁이였고 삼촌이라는 자는 적어도 두 명을 죽였다. 하지만 그마저도 눈감아줄 수 있다, 조지프. 저 애가 저토록……"
"저토록?"
"마음이 죽어 있지만 않았다면 말이다."
아버지는 다시 시계를 보더니 짐짓 피곤한 표정을 지었다.
"너무 늦었구나."
"죽지 않았습니다. 진짜 매력이 아직 잠들어 있을 뿐이죠."
조가 항변했다.
그때 에마가 외투를 가지고 돌아왔다.
"진짜 매력? 다시는 깨어나지 않을 거다, 애야."

거리. 자동차로 향하며 조가 먼저 입을 열었다.
"조금 참지 그랬어?"
"뭘?"
"대화. 조금 더 집중하고 상냥하고……"
"함께 있는 동안 내내 저 인간이 죽도록 싫다는 말을 한 사람이 누군데?"
"내내?"
"귀에 못이 박일 정도였어."

조가 고개를 저었다.

"아버지를 싫어한다고 하지는 않았어."

"그럼 뭐라고 했는데?"

"맞지 않는다고 했지. 지금껏 한 번도."

"그래서 이유가 뭔데?"

"너무 많이 닮았기 때문이야."

"네가 아버지를 싫어하기 때문이거나."

"싫어하지 않아."

조가 항변했다. 다른 건 몰라도 그것만은 사실이었다.

"오늘 밤엔 어째 아버지 침대에라도 기어들 사람 같네?"

"뭐?"

"네 아버지는 거기 앉아 나를 쓰레기 보듯 했어. 우리 가족이 영국에 있을 때부터 쓰레기였다는 사실을 안다는 듯이 질문해 대고. 뭐, 아가씨?"

그녀가 인도에 서서 고개를 젓는데 머리 위 어둠 속에서 첫 번째 눈송이가 떨어졌다. 그녀의 목소리에 담긴 눈물도 눈에서 떨어지기 시작했다.

"우린 사람이 아니야. 훌륭한 시민은 더더욱 못 돼. 그냥 유니언 스트리트의 굴드 가족이고 찰스타운 쓰레기라고. 네 아버지의 잘난 커튼을 위해 레이스를 뜨는 노예란 말이야."

조가 두 손을 들었다.

"지금 그런 얘기가 왜 나와?"

그가 손을 내밀자 그녀는 한 걸음 물러섰다.

"나한테 손대지 마."

"알았어."

"삶에 관한 얘기야, 알아? 네 아버지 같은 사람들한테 업신여김 당하고 냉대받는 인생들 얘기라고. 그러니까 운이 좋은 것과 더, 더, 더…… 열심히 노력한 것도 구분 못 하는 인간들…… 우린 열등 동물이 아니야. 쓰레기도 아니고."

"그런 말 안 했어."

"네 아버지가 했어."

"아냐."

"나도 쓰레기가 아니야."

그녀가 속삭였다. 그녀가 밤을 향해 입을 조금 열었다. 눈이 녹아 눈물과 섞여 얼굴을 따라 흘러내렸다.

그가 두 팔을 내밀며 가까이 다가갔다.

"이리 와."

그녀는 그의 품에 들어왔지만 두 팔은 여전히 늘어뜨린 채였다. 그가 안아주자 그녀가 가슴에 대고 흐느껴 울었다. 조는 마음속으로 계속 이렇게 되뇌었다. 넌 쓰레기가 아니야. 못나지도 않았고. 사랑해. 정말로 사랑해…….

잠시 후, 두 사람은 조의 침대에 누웠다. 크고 차가운 눈송이들이 나방처럼 날아와 유리창에 부딪혔다.

"약한 모습을 보였어."

그녀가 속삭였다.

"응?"

"거리에서. 잠시 나약해졌어."

"나약하지 않았어. 그건 정직한 거야."

"남들 앞에선 한 번도 운 적 없는데."

"이런, 내 앞에서는 울어도 돼."

"나를 사랑한다고 했지?"

"그래."

"정말이야?"

그가 그녀의 맑고 투명한 눈을 보았다.

"그래."

잠시 후 그녀가 말했다.

"그래도 난 그런 말 못 해."

그래도 사랑하지 않는다는 뜻은 아니잖아? 그는 머릿속으로 중얼거렸다.

"괜찮아."

"정말 괜찮아? 꼭 들어야겠다는 남자들도 있던데."

남자들? 나를 만나기 전에 얼마나 많은 남자가 에마에게 사랑한다고 말했을까?

"나는 그런 남자들하고 달라."

그가 대답했다. 그런데 정말 다를까?

어둠 속에서 2월의 돌풍에 창문이 달그락거렸다. 어디선가 피리 소리가 들리고 스콜레이 스퀘어에선 차들이 신경질적으로 경적을 뻑뻑거렸다.

"소원이 뭐야?"

그가 물었다.

그녀가 어깨를 으쓱하고 손거스러미를 물더니 그의 상체 너머 창밖을 보았다.

"지금껏 한 번도 실현되지 않은 꿈이 많아."

"얘기해 봐."

그녀가 고개를 저었다. 어느새 그녀는 조에게서도 떠나고 있었다.

"햇빛을 갖고 싶어. 아주 아주 찬란한 햇빛."

그녀가 한참 후 중얼거렸다. 두 입술이 졸음으로 불룩해졌다.

3장
허키의 흰개미

언젠가 팀 히키가 그런 말을 했다. 가장 사소한 실수가 제일 끔찍한 참사를 부른다. 은행 밖에 도주용 차를 세워놓고 앉아 기껏 백일몽이나 꾸었다는 사실을 알면 팀이 뭐라고 했을까? 아니, 백일몽보다는 한눈을 팔았다고 해야겠다. 여인의 등. 더 구체적으로는 에마의 등, 그리고 그 등에서 본 모반에 대해 생각하고 있었다. 팀은 이렇게 말했을 것이다. *이런 멍청이, 가장 큰 실수가 제일 처참한 참사를 부를 때도 있어.*

팀이 즐겨 하는 말 중에는, 집이 무너질 경우 첫 번째 흰개미도 마지막 흰개미만큼 책임이 있다는 얘기도 있었다. 조는 그 얘기가 맘에 들지 않았다. 마지막 흰개미가 기둥을 쏠아놓을 때쯤엔 첫 번째 흰개미는 오래전에 죽었을 테기 때문이다. 안 그런가? 팀이 그 비유를 되뇔 때마다, 흰개미의 수명을 알아봐야겠다고 생각했건만 항상 까먹고 기어이 같은 얘기를 듣고 말았다. 대개는 술에 취한 데다 대화 자체가 지루한 덕에 합석한 사람들 표정은 언제나 똑같았다. *망할, 팀하고 흰개미가 한 판 한 거야, 뭐야? 왜 또 그 얘긴데?*

팀 히키는 일주일에 한 번 찰스 스트리트의 애슬럼 이발소에서 머리를 깎았다. 어느 화요일, 이발소 의자에 앉는 순간 뒤통수에 총알이 박혔다. 그 바람에 입안에서 머리카락을 찾아내기도 했지만, 어쨌든 그는 체크무늬 타일 바닥에 쓰러졌고 피가 코끝을 타고 흘러내렸다. 살인자는 옷장에서 나왔다. 그도 눈을 왕방울만 하게 뜨고 온몸을 사시나무처럼 떨었다. 옷걸이가 달그락거리며 타일 바닥에 떨어지는 통에 이발사가 펄쩍 뛰기도 했다. 살인범은 팀 히키의 시체를 내려다보다가 증인들에게 여러 번 고개를 끄덕여주고는 밖으로 빠져나갔다.

소식을 들었을 때 조는 에마와 침대에 있었다. 전화를 끊고 소식을 전하자 에마가 침대 위에 일어나 앉아 담배를 말고 종이에 침을 발랐다. 담배를 말 때면 늘 그렇게 조를 바라보았다. 그녀가 불을 붙이며 물었다.

"너한테 중요한 사람이야? 팀이?"

"모르겠어."

"어떻게 모를 수 있어?"

"그럴 수도 있고 아닐 수도 있으니까."

팀이 어린 조와 바르톨로 형제를 만났을 때 셋은 가판대에 불을 놓고 다녔다. 어느 날 아침엔 《글로브》에서 돈을 받아 《스탠더드》

가판대 하나를 날리고 다음 날엔 《아메리칸》에서 수당을 받아 《글로브》를 태우는 식이었다. 팀이 셋을 고용해 '51 카페'를 태운 이후, 셋은 비컨힐의 건물 털이로 전업했다. 뒷문은 팀이 매수한 청소부나 잡역부가 열어두었다. 팀의 일을 하면 팀이 일정한 수당을 주었고, 셋이 직접 기획한 일을 해치우면 팀에게 소위 공납금을 바치고 대부분을 직접 챙겼다. 그런 점에서 팀은 좋은 두목이었다.

팀이 하비 불의 목을 졸라 죽일 때는 얘기가 달랐다. 그 전에도 아편, 여자, 독일 포인터 견 때문에 사람을 죽였다지만 조한테는 모두 소문에 불과했다. 그런데 어느 날 하비가 카지노에 걸어 들어왔다. 둘이 잠시 얘기를 나누더니 팀이 갑자기 녹색 스탠드의 전선을 잡아채 하비의 목에 감았다. 하비도 덩치가 큰 사내라 1분가량 팀을 끌고 카지노 안을 돌아다녔다. 창녀들은 모두 숨고 히키의 총잡이들은 일제히 하비를 겨누었다. 조는 하비 불의 눈에서 체념의 빛을 보았다. 설령 팀이 손을 놓는다 해도 졸개들이 리볼버 네 정과 자동권총 하나를 그에게 쏟아부었을 것이다. 그는 무릎을 꿇고는 꺽꺽 소리를 내며 토악질을 했다. 그렇게 헐떡이며 엎드려 있는데, 팀이 무릎으로 어깻죽지를 누르더니 한 손에 전선을 단단히 감고 있는 힘을 다해 비틀고 잡아당겼다. 하비는 구두 두 짝이 날아갈 정도로 발버둥 쳤다.

팀이 손짓하자 총잡이 하나가 권총을 건넸다. 팀이 총구를 하비의 귀에 박았다. 창녀 하나가 "오, 맙소사."라고 탄성을 질렀다. 팀이 방아쇠를 당기려 할 때 하비의 눈은 무기력과 당혹감으로 변했다. 하비가 모조품 동양풍 카펫 위에서 마지막 호흡을 내뱉었다. 팀은 하비의 척추에 기대앉아 총을 졸개에게 돌려주었다. 그리고 자신이 죽인 사내의 옆모습을 내려다보았다.

사람이 죽는 장면은 그때가 처음이었다. 2분 전만 해도 주문한 마티니를 가져온 창녀한테 레드삭스 경기 스코어를 묻고 팁도 후하게 주었으며, 시계를 보고 다시 조끼 주머니에 넣은 뒤 마티니까지 홀짝였다. 불과 2분. 그런데 니미…… 갔다고? 어디로? 알 게 뭐냐? 하느님한테? 악마한테? 연옥으로? 아니면 그냥 골로 갔을 수도 있다. 팀이 일어나 눈처럼 하얀 백발을 어루만지며 카지노 매니저를 가리켰다.

"다들 새로 술 따라. 하비를 추모해야지."

두 사람이 초조하게 웃었으나 대부분은 그저 거북한 표정이었다.

지난 4년 동안 팀이 죽이거나 죽이라고 지시한 사람이 하비뿐만은 아니었지만 조가 목격한 건 그때가 처음이었다.

그런데 이제 그 팀이 갔다. 돌아오지 못할 곳으로. 지금껏 존재한 적도 없었다는 듯이.

"살해당하는 장면 본 적 있어?"

조가 에마에게 물었다.

그녀는 한동안 그를 빤히 바라보며 담배를 피우고 손거스러미를 씹었다.

"응."

"죽으면 어디로 갈 것 같아?"

"무덤."

그가 빤히 보자 그녀가 특유의 여린 미소를 지었다. 곱슬머리가 눈앞에서 대롱거렸다.

"아무 데도 가지 않을 것 같아."

그녀가 대답했다.

"나도 그런 생각이 들어서 물어본 거야."

조가 일어나 앉아 그녀에게 뜨거운 키스를 퍼부었다. 그녀도 마찬가지로 보답했다. 그녀가 두 발로 조의 등을 휘감았다. 그녀가 손으로 그의 머리를 헤집자 조는 그녀의 눈을 들여다보았다. 문득 더 이상 그녀를 볼 수 없게 된다면 특별히 그리워해야 할 모습이 있다는 생각이 들었다. 바로 지금의 이 표정…….

"내세가 없으면 어쩌지? 지금 세상이 우리의 전부라면?"

그녀가 그의 몸을 덮었다.

"난 지금이 좋아."

그가 대답했다.

"나도 지금이 좋아."

그녀가 웃었다.

"그냥 지금이 좋은 거야? 아니면 나와 함께 있는 지금이 좋은 거야?"

그녀가 담배를 끈 뒤 두 손으로 조의 얼굴을 잡고 키스하며 몸을 앞뒤로 흔들었다.

"너랑 있는 지금."

하지만 이런 순간을 나누는 사람이 나쁜은 아니잖아?

아직 앨버트가 있다. 앨버트가.

이틀 후, 카지노 옆 당구실에서 혼자 놀고 있는데 앨버트 화이트가 걸어 들어왔다. 그곳에 다다르기 전에 어떤 장애물이든 당연히 제거했으리라 확신하는지 너무도 당당한 걸음걸이였다.

조의 심장이 칼에 맞은 것처럼 쓰라렸다. 아니, 아예 멈춰버렸다.

앨버트 화이트가 이름을 불렀기 때문이다.

"네놈 이름이 조냐?"

그는 달아나고만 싶었지만 앨버트가 갑자기 손을 내밀었다.

"조 커글린, 예, 맞습니다. 만나서 영광입니다."

"그래, 얘기는 많이 들었다, 조."

앨버트가 소방펌프처럼 손을 흔들어댔다.

"영광입니다."

"이 친구는 브렌던 루미스. 내 친구다."

앨버트가 소개했다.

조는 루미스와 악수했다. 마치 후진으로 충돌하는 두 차 사이에 손을 집어넣는 기분이었다. 루미스가 고개를 갸웃하며 갈색 새우 눈으로 조의 얼굴을 훑었다. 조는 손을 거두며 문득 손목을 끊어버리고 싶다는 생각을 했다. 루미스는 자기 손을 비단 손수건으로 닦았는데 표정이 돌덩이 같았다. 그의 시선이 조를 떠나 당구실을 둘러보았다. 어쩐지 음모를 꾸미는 사람 같았다. 소문에 따르면, 총을 잘 다루고 칼 쓰는 솜씨도 거의 귀신이지만 희생자 대부분이 맞아 죽었단다.

"전에 본 적 있던가?"

앨버트가 물었다.

조는 그의 얼굴에서 웃음기를 찾았다.

"그렇지 않을 겁니다."

"아냐, 봤어. 브렌던, 너도 전에 봤지, 응?"

브렌던 루미스가 나인볼을 잡고 어루만졌다.

"아뇨."

그 말에 어찌나 마음이 놓이든지 혹여 방광이라도 터질까 불안할 정도였다. 앨버트가 손가락을 튕겨 딱 소리를 냈다.

"슈레이스. 거기 가끔 나타나지?"

"예, 그렇습니다."

조가 대답했다.

앨버트가 조의 어깨를 때렸다.

"그래, 맞아, 거기야. 그런데 지금은 내가 여기 집주인이다. 무슨 말인 줄 알겠냐?"

"아뇨, 모릅니다."

"지금 살고 있는 집에서 나가야겠다는 얘기야. 아니, 그렇다고 거리로 내몬다고 생각하지 않았으면 좋겠다."

그가 검지를 세우며 덧붙였다.

"예, 물론입니다."

"그냥 잘나가는 가게라서 그래. 이것저것 아이디어가 많거든."

"알겠습니다."

앨버트가 조의 팔꿈치 바로 위쪽에 손을 댔다. 결혼반지가 불빛에 반짝였다. 켈트족의 뱀 문양을 새긴 은반지에는 작은 다이아몬드도 두 개 박혀 있었다.

"어떤 식으로 밥벌이를 하고 싶은지도 생각해 봐, 응? 그냥 생각해 보라는 거야. 시간을 두고. 그래도 하나만은 명심해. 혼자 독립적으로 일하는 건 안 돼. 이 도시에서는. 더 이상은, 응?"

조는 팔을 잡은 손과 결혼반지에서 눈을 떼어 앨버트 화이트의 친절한 눈을 들여다보았다.

"혼자 일할 생각은 없습니다. 지금도 수입과 상관없이 팀 히키한테 세금을 내고 있습니다."

앨버트 화이트는 그러니까, 자기 구역에서 팀 히키의 이름을 거론했다는 사실 자체가 언짢은 표정이었다. 그가 조의 팔을 다독였다.

"나도 안다. 네가 잘한다는 것도, 최고라는 것도 알아. 그래도 아웃사이더와 거래하지는 않아. 독불장군? 마찬가지야. 아웃사이더니까. 지금 엄청난 팀을 만드는 중이다, 조. 믿어도 좋아…… 진짜 죽이는 팀이니까."

그는 팀의 술을 따르면서도 다른 사람한테 권하지는 않았다. 그가 잔을 들고 당구대로 건너가 가장자리에 걸터앉아 다시 조를 보았다.

"하나만 분명히 해두자. 지금처럼 일하기엔 넌 너무 똑똑해. 멍청한 이탈리아 두 놈하고 푼돈 놀이 하고 있다며. 아, 물론 좋은 친구들이겠지. 나도 알아. 하지만 그래봐야 멍청이들 아니냐, 이탈리아 놈들에다……? 어차피 서른 되기 전에 골로 갈 놈들이다. 너? 그래, 지금처럼 살아갈 수는 있겠지. 그럼 책임이야 없겠지만 친구도 없는 거야. 집은 있어도 가족이 없는 꼴이지."

그가 당구대에서 미끄러지듯 내려와 섰다.

"패밀리를 원치 않는다면 그것도 좋다. 약속한다. 하지만 이 도시에서는 어디든 영업은 안 돼. 사우스쇼어에서 어떤 놈 사시미를 뜨고 싶다면 얼마든지 좋고. 노스쇼어도 좋고. 망할, 이탈리아 놈들이 가만있지 않겠지만 내 알 바 아니다. 그런데 여기?"

그가 바닥을 가리켰다.

"여긴 조직사회다, 조. 세금은 없어. 그냥 고용주와 일꾼 관계야. 지금까지 한 얘기 중에 헷갈리는 내용이 있었나?"

"아니, 없었습니다."

"애매한 내용은?"

"없습니다, 화이트 씨."

앨버트 화이트가 팔짱을 끼고 고갯짓을 하더니 자기 구두를 내려다보았다.

"뭐, 꼬불쳐둔 정보라도 있나? 내가 알아야 할 건수는?"

조는 팀이 준 돈을 탈탈 털어 피츠필드 일에 필요한 정보를 사들이던 참이었다.

"아뇨, 없습니다."

"필요한 돈은?"

"예?"

"돈."

앨버트가 손을 주머니에 넣었다. 에마의 음부를 더듬고 체모를 잡았을 손. 바로 저 손으로 놈이 지갑에서 10달러짜리 두 장을 꺼내 조의 손바닥을 때렸다.

"주린 배로 생각이나 제대로 하겠냐, 응?"

"감사합니다."

앨버트가 그 손으로 조의 뺨을 두드렸다.
"아무튼 어디 한번 잘 해보자, 응?"

"떠나면 돼."
에마가 말했다.
"떠나자고? 같이 떠나자고?"
조가 물었다.
한낮. 오늘은 에마의 침대였다. 세 여자 형제와 세 남자 형제, 그리고 울상인 어머니와 성질 더러운 아버지가 집을 비우는 유일한 시간이었다.
"함께 떠나면 돼."
그녀가 같은 말만 되뇌었다. 그녀 자신도 확신이 없다는 뜻이다.
"그래서 어디로 가게? 뭘 먹고살고? 함께 떠나자는 말은 무슨 뜻이지?"
에마는 대답하지 않았다. 조가 두 번 같은 질문을 했지만 두 번 다 무시했다.
"합법적인 직업에 대해선 잘 몰라."
조가 선언했다.
"누가 그런 일 하래?"
조가 썰렁한 방을 둘러보았다. 에마와 자매 둘이 함께 쓰는 방. 창문 옆 회벽은 떨어져 나가고 유리창 두 곳은 금이 갔다. 방 안인데도 입김이 모락모락 나왔다.
"아주 멀리 도망가야 할 거야. 뉴욕은 너무 가까워. 필라델피아도 마찬가지고. 디트로이트? 말도 안 돼. 시카고, 캔자스, 밀워키……
나 같은 놈은 조직 말단에 들어갈 일 아니면 발도 디밀지 못해."

"그러니까 그 인간 말처럼 서부로 가야지. 아니면 남쪽으로 내려가거나."

그녀가 그의 목덜미에 코를 문지르며 한숨을 내쉬었다. 마음이 약해지고 있다는 표시다.

"그러려면 밑천이 필요해."

"정말 하려면 토요일이 좋아. 토요일 가능해?"

"떠나는 일?"

"그래."

"토요일 밤에 그 새끼 만나야 해."

"엿이나 먹으라고 그래."

"그래 맞아. 그러려고 만나는 거니까."

"아니, 내 말은……"

"무슨 뜻인지 알아."

"개새끼."

조가 그녀의 등을 보며 투덜거렸다. 촉촉한 모래색 모반.

그녀가 실망스러운 표정으로 그를 보았다. 너무나 무덤덤하기에 더욱더 두려운 표정.

"아니, 그렇지 않아."

"그 새끼를 변호하려는 거야?"

"개새끼는 아니라는 얘기야. 내 남자도 아니고 사랑하지도 존경하지도 않지만…… 그래도 그렇게 나쁜 사람은 아니야. 세상을 너무

단순하게만 보지 마."

"팀을 죽였어. 직접이든 아니든."

"그래서 팀은 뭔데? 그 인간은 살아서 고아들에게 칠면조라도 나눠줬대?"

"아니, 그래도……"

"그래도 뭐? 좋은 사람은 없어. 나쁜 사람도 없고. 그저 다들 살아가려고 애쓸 뿐이지. 사람을 함부로 판단하려 하지 마."

그녀가 담뱃불을 붙이고 성냥을 흔들어 껐다.

도저히 모반에서 눈을 뗄 수가 없었다. 그는 모래 속에서 길을 잃었고 모래 늪 속으로 빨려 들었다.

"계속 그 새끼 만날 거야?"

"그 얘기 또 할 거야? 정말 이곳을 뜬다면, 그럼……"

"떠나자."

두 번 다시 그 어떤 남자도 그녀에게 손을 대지 않게 할 수만 있다면 조는 이 나라를 떠날 수도 있었다.

"어디로?"

"빌럭시. 거기 팀의 친구가 많아. 나도 아는 친구가 있고. 럼주 일하면서. 앨버트는 캐나다에서 술을 들여오니까 위스키를 다뤄. 그러니까 빌럭시, 모바일, 아니면 뉴올리언스도 좋아. 걸프 해안에 가서 사람만 제대로 산다면 괜찮을 거야. 거긴 럼 제국이니까."

막상 그렇게 말하고 보니 그렇게 나쁜 생각 같지 않았다.

그녀는 잠시 그 얘기를 곱씹어보았다. 침대 위에서 몸을 뻗어 담뱃재를 떨 때마다 모반이 꿈틀거렸다.

"호텔 개업식에서 만나기로 했어. 프로비던스 스트리트에 있다던데?"

"스타틀러?"

그녀가 끄덕였다.

"객실마다 라디오를 설치한댔어. 이탈리아 대리석도 깔고."

"그런데?"

"내가 가도 그 사람 여편네가 있을 거야. 나를 부른 이유는, 글쎄, 아마 여편네가 있을 때 나를 보면 더 흥분하기 때문일 거야. 그다음엔 며칠 동안 디트로이트에서 가서 새로 생긴 거래처들을 둘러본다고 했어. 정확한 정보야."

"그래서?"

"필요한 시간을 벌 수 있잖아. 앨버트가 돌아와 찾을 때쯤엔 우리가 떠난 지 사나흘은 될 테니까."

조는 잠시 계산해 보았다.

"나쁘지 않은데?"

"그래. 토요일에 깨끗이 차려입고 스타틀러에 올 수 있어? 음······ 7시쯤?"

"오케이."

그녀가 어깨 너머로 그를 돌아다보았다.

"그럼, 함께 떠나는 거야. 하지만 앨버트가 나쁜 새끼라는 얘기는 하기 없기. 그 사람 덕분에 오빠도 일자리를 구했어. 작년 겨울엔 엄마한테 외투도 사주고."

"좋아, 그럼."

"나도 싸우고 싶지 않아."

조도 싸우고 싶지 않았다. 어쨌거나 두 사람이 싸울 때마다 지는 사람도 조였다. 어느새 하지도 않은 일, 할 생각도 없었던 일을 사과하고, 하지 않았기 때문에, 할 생각도 없었기 때문에 용서를 빌곤 했다. 싸우기만 하면 머리만 복잡해진다.

그가 그녀의 어깨에 키스했다.

"그럼 앞으로는 절대 안 싸운다."

그녀가 눈썹을 파르르 떨었다.

"만세."

디온과 파올로가 피츠필드에서 퍼스트내셔널 은행 일을 마치고 차에 올랐을 때 조는 후진하다가 가로등을 들이받고 말았다. 에마의 모반을 생각하다 저지른 실수였다. 모반의 촉촉한 색을 생각하고, 어쩌면 그를 사랑할지도 모른다고 말하며 뒤를 돌아볼 때 어깻죽지 사이에서 모반이 꿈틀거리던 모습을 생각했다. 앨버트 화이트가 그렇게 나쁜 인간은 아니라고 말할 때도 모반은 그렇게 꿈틀댔다. 맙소사, 앨버트야말로 천사가 아닌가. 서민의 친구. 네 몸으로 따뜻하게 안아주기만 하면 엄마한테 겨울 외투도 사준다니! 모반은 나비 모양이지만 테두리가 날카롭고 삐죽삐죽했다. 어쩌면 그 역시 에마를 상징할 수도 있겠다. 그래, 다 잊자. 오늘 밤 이 도시를 떠나면 문제가 깡그리 해결된다. 그녀는 나를 사랑해. 또 뭐가 필요해? 그 밖의 문제들이 일제히 백미러를 향해 달려들었다. 에마가 어떤 여자든 간에, 그는 아침, 점심, 저녁, 간식으로 그녀를 원했다. 남은 평생 원했다. 쇄골을 따라 뿌려놓은 주근깨, 각진 콧날, 한참 웃은 후에 흥얼거리는 콧노래, '넷'을 두 음절 단어처럼 발음하는 습관.

디온과 파올로가 은행에서 빠져나왔다.

둘은 뒷좌석에 올라탔다.

"밟아."

디온이 외쳤다.

회색 셔츠와 검은 멜빵 차림의 키 큰 대머리가 은행에서 나왔다. 손에는 곤봉을 들었다. 곤봉이 총은 아니지만 가까이 접근하면 충분히 문제가 될 수 있다.

조가 기어를 1단에 놓고 손으로 가속페달을 때렸는데…… 망할, 차가 앞이 아니라 뒤로 가고 있지 않은가! 5미터 후진. 곤봉 든 사내의 눈이 놀라서 왕방울만 해졌다.

디온이 외쳤다.

"와우, 와우!"

조는 브레이크와 클러치를 밟고 기어를 후진에서 1단으로 바꿨지만 가로등을 피할 수는 없었다. 충격은 크지 않았지만 당혹스러웠다. 저 곤봉잡이 촌놈은 아내와 친구들한테, 얼간이 총잡이 셋이 자기한테 겁을 먹고 똥줄이 타서는 후진으로 달아나려 했다는 얘기를 죽을 때까지 늘어놓을 것이다.

자동차가 앞으로 튀어 나가면서, 타이어가 지저분한 도로의 먼지와 자갈을 곤봉잡이 면전으로 차냈다. 그때쯤 다른 놈도 은행 앞에 서 있었는데 흰색 셔츠와 갈색 바지 차림이었다. 놈이 팔을 뻗었다. 백미러로 보니 팔이 휙 젖혀졌다. 조는 도대체 뭐 하는 짓인가 했지만 곧바로 이렇게 외쳐야 했다.

"엎드려!"

디온과 파올로가 뒷자리에 바짝 엎드렸다. 남자가 다시 팔을 휘둘렀다. 세 번, 네 번. 마침내 사이드미러가 박살 나며 유리가 도로에 쏟아져 내렸다.

조는 이스트 스트리트로 접어들었다가 지난주에 봐두었던 골목으로 꺾어 들어가 차를 세웠다. 시동은 걸어둔 채였다. 몇 블록 내내 공장지대 뒤쪽 선로와 나란히 달렸다. 지금쯤 경찰이 개입했을 것이다. 도로를 봉쇄하기에는 부족하지만 은행 옆 더러운 도로에서 타이어 자국을 찾아내기에는 충분한 시간이다. 삼인조 강도가 어느 쪽으로 달아났는지 정도는 쉽게 알 수 있다.

그날 아침, 셋은 100킬로미터 남쪽 치커피에 가서 자동차 세 대를 훔쳤다. 지금 타고 있는 차가 오번, 나머지는 바퀴가 닳아빠진 검은색 콜과 엔진 잡음이 엄청난 24년식 에섹스 코치였다.

조는 선로를 건넌 뒤 실버 호수를 따라 2킬로미터 정도를 더 달려 주물공장으로 들어갔다. 몇 년 전 화재로 무너진 곳인데, 검게 탄 잔해가 오른쪽 잡초가 무성한 마당 쪽으로 기울어져 있었다. 조는 건물 뒤편에 차를 세웠다. 뒷벽은 오래전에 무너져 내렸는데, 그곳에 차 두 대가 대기 중이었다. 조가 콜 옆에 차를 세우자 셋 모두 오번에서 빠져나왔다.

디온이 다짜고짜 조의 멱살을 잡고 오번의 보닛으로 밀어붙였다.

"망할, 너 뭐 하는 새끼야?"

"실수였어."

조가 중얼거렸다.

"지난주가 실수지, 새끼야. 이번 주엔 상습범이야."

디온이 다그쳤다.

조는 할 말이 없었다.

"이거 놔."

디온은 조의 멱살을 놓았지만 콧구멍으로 씩씩거리며 손가락으로 조를 가리켰다.

"네놈이 망친 거야!"

조는 모자와 머릿수건과 총을 집어 돈과 함께 가방에 넣고, 가방은 다시 에섹스 코치 뒷자리에 던져놓았다.

"알아."

디온이 살찐 두 손을 들어 보였다.

"니미, 우린 코흘리개 때부터 함께 다녔지만 이건 정말 아니잖아."

"그래."

조가 인정했다. 변명해 봐야 아무 의미가 없었다.

주물공장 뒷마당 끄트머리에 키 큰 갈색 잡초밭이 있었다. 그리고 그 순간 경찰차들이 그 벽을 뚫고 들어왔다. 모두 네 대. 잡초는 개천 바닥과 같은 색에 2미터 이상 키가 컸다. 경찰차들이 잡초를 눕히자 그 뒤로 작은 텐트 마을이 드러났다. 잿빛 숄을 걸친 여인이 꺼진 모닥불 가에 아기를 안고 앉아서 어떻게든 열기를 외투 속에 담으려 애쓰고 있었다.

조는 에섹스를 몰고 주물공장을 빠져나갔다. 바르톨로 형제의 콜이 앞질러 가기 시작했다. 콜의 뒷바퀴가 더러운 진창을 때리며 미끄러지는 바람에 진흙이 튀어 에섹스의 앞창을 빨갛게 덮어버렸다. 그는 오른손으로 운전하며 차창 밖으로 상체를 내밀고 왼팔로 오물을 닦아냈다. 그때 에섹스가 크게 덜컹거리면서 무언가 조의 귀를 크게 물어뜯었다. 다시 안으로 들어오니 시야는 훨씬 깨끗해졌다. 귀에서 피가 흘러내려 옷깃을 적시고 가슴을 타고 내렸다.

순간 핑, 탕 하는 소리가 연이어 뒤창을 때렸다. 누군가 양철지붕 위에 동전을 쏟아붓는 소리…… 이윽고 창문이 날아가고 총알이 계기판을 때리며 불꽃을 일으켰다. 경찰차 한 대가 조의 왼쪽에 나타났다. 오른쪽에도 다른 차가 따라붙었는데 뒷좌석의 경찰이 뒤창에 톰슨 총구를 댄 채 마구 쏘아댔다. 조는 있는 힘껏 브레이크를 밟았다. 그 반동에 운전석의 강철 용수철이 갈빗대를 때렸다. 조수석 창문이 날아가고 곧이어 앞창도 깨졌다. 계기반이 박살나며 조와 운전석 위로 파편을 쏟아냈다.

오른쪽 경찰차가 급브레이크를 잡으며 방향을 틀었다. 그런데 순간 한쪽으로 쏠리는가 싶더니 흡사 돌풍에 날아가기라도 하듯 허공에 뜨고 말았다. 하지만 그 차가 옆으로 떨어지기도 전에 다른 경찰차가 에섹스의 꽁무니를 때렸고 동시에 수목한계선 바로 앞 잡초 숲에서 바윗돌이 불쑥 튀어나왔다.

에섹스의 앞쪽이 부서지고 차체는 오른쪽으로 꺾였다. 그와 함께 조의 몸이 튕겨 나갔는데 나무에 부딪치고 나서야 차에서 떨어져 나왔다는 사실을 깨달았다. 조는 유리 조각과 솔잎에 덮인 채 한참을 누워 있었다. 온몸이 피로 끈적거렸다. 그는 에마를 생각하고 아버지를 생각했다. 나무에서 머리카락 타는 냄새가 났다. 혹시나 해서 팔과 머리를 확인해 봤지만 무사했다. 그는 그 자세 그대로 피츠필드 경찰이 와서 체포해 가기를 기다렸다. 검은 기름 연기가 숲을 떠돌았다. 연기는 마치 누군가를 찾기라도 하듯 나무줄기를 감으며 기어올랐다. 잠시 후 어쩌면 경찰이 오지 않을 수도 있겠다는 생각이 들었다.

자리에서 일어나 망가진 에섹스 너머를 보았다. 두 번째 경찰차는 어디에도 없었다. 첫 번째 차, 그러니까 톰슨을 갈겨대던 차는 들판에 옆으로 누워 있었다. 차가 처음 날아간 곳에서 족히 20미터는 되는 거리였다.

두 손이 엉망이었다. 유리나 파편이 차내를 날아다니며 깎아낸 상처였다. 두 다리는 무사했지만 귀에서 계속 피가 흘렀다. 에섹스 운전석 쪽 뒤창은 무사했다. 뒤창에 비춰보니 귓불이 날아간 채였다. 마치 이발소 면도기로 싹둑 잘라내기라도 한 듯했다. 창 안으로 가죽 가방이 보였다. 돈과 총을 담은 가방. 문이 열리지 않았다. 그는 박살 난 운전석 문에 두 발을 대고 있는 힘껏 잡아당겼다. 욕지기가 나고 현기증이 일었다. 결국 바위라도 찾아야 하나 하고 생각하는데 문이 끼이익 굉음을 터뜨리며 열렸다.

그는 가방을 들고 들판을 벗어나 숲 속 깊숙이 들어갔다. 마른 관목 하나가 활활 불타고 있었다. 제일 커다란 가지 두 개가 중앙의 불꽃을 향해 휘어들었는데, 그 모습이 불붙은 제 머리를 떼어내려는 사람처럼 보였다. 검은 타이어 자국 두 개가 앞쪽의 잡목 숲을 짓밟고 지나갔다. 그곳에서도 이파리들이 허공에서 불타고 있었다. 그리고 또다시 불타는 나무와 작은 잡목 숲. 지금은 타이어 자국도 더 까

많고 기름도 흥건했다. 50미터쯤 앞에 연못이 있었다. 물 가장자리를 따라 수증기가 똬리를 틀다가 흩어졌다. 처음에는 영문을 알 수가 없었다. 그를 공격한 경찰차가 불붙은 채 연못 중앙에 처박혀 있었다. 물이 앞창까지 차오르고 차체는 숯처럼 새까맸다. 지붕 위에선 여전히 푸른색 기름 불꽃이 춤을 추었다. 창문은 모두 박살 나고 톰슨 기관단총이 박아 넣은 구멍들 때문에 차 트렁크가 우그러뜨린 맥주 캔 밑동처럼 보였다. 운전사는 문 밖으로 반쯤 걸쳐 있었는데 까맣게 숯덩이가 되지 않은 부분은 눈밖에 없었다. 그래서인지 그 눈빛이 더욱더 섬뜩했다.

조는 연못으로 들어가 경찰차 조수석 옆에 섰다. 물은 허리 깊이도 되지 않았다. 자동차에는 아무도 없었다. 그는 조수석 창을 통해 머리를 집어넣었다. 덕분에 시체와 훨씬 가까워져야 했지만 도리가 없었다. 운전사의 까만 살에서 열기가 모락모락 뿜어져 나왔다. 시신은 뒤로 젖힌 자세로 상체가 밖으로 나와 있었다. 들판을 질주할 때 그 차에는 분명 경관이 둘이었다. 또다시 살점 익는 냄새가 나서 얼른 고개를 숙이고 말았다.

경관 하나는 호수 모랫바닥에 누워 위쪽을 보고 있었다. 왼쪽이 파트너만큼이나 새까맸다. 오른쪽 살갗도 불에 타지는 않았지만 누더기처럼 해진 상태였다. 나이는 조와 비슷하거나 한두 살 많은 정도였다. 오른팔이 위를 향했는데 아마도 그 팔을 이용해 불타는 차에서 빠져나온 모양이었다. 그리고 그 자세로 물에 빠져 숨을 거둔 것이었다.

하지만 조의 눈에는 그 손이 자신을 가리키는 것처럼 보였다. 의미는 분명했다.

　네가 한 짓이야.

　너. 다른 자가 아니라 바로 네놈이야.

　네놈이 첫 번째 흰개미야.

4장
세상의 중심에 뚫린 구멍 하나

그는 시내로 돌아와 훔친 차를 버리고 닷지 126로 갈아탔다. 도체스터의 플레전트 스트리트에 주차해 있던 차다. 그러고는 사우스보스턴의 K 스트리트로 건너가 그가 자란 집 앞 거리에 앉아 가능한 선택을 궁리해 보았다. 많지는 않았다. 게다가 해가 저물 때쯤이면 그마저도 없어질 수 있었다.

기사는 석간신문을 가득 채웠다.

피츠필드 경관 셋 피살
《보스턴 글로브》

매사추세츠 주에서 경관 세 명 잔인하게 피살
《이브닝 스탠더드》

매사추세츠 주 서부에서 경관 피살

《아메리칸》

연못에서 만난 두 경관의 이름은 도널드 벨린스키와 버질 오튼이고 둘 다 부인이 있었다. 오튼한테는 자식도 둘이나 되었다. 조는 잠시 사진을 살펴본 후. 순찰차 운전사가 오튼이고 벨린스키는 물속에 누운 채 그를 가리킨 경관이라고 결론 내렸다.

물론 두 사람이 죽은 진짜 이유는, 한 놈이 멍청하게도 덜컹거리는 차 안에서 빌어먹을 톰슨을 갈겨댔기 때문이다. 그건 확실하다. 히키의 흰개미는 바로 조 자신이었다. 만일 그와 바르톨로 형제가 그들의 작은 도시에 나타나 작은 은행 하나를 털지 않았던들, 도널드와 버질도 들판에 나타날 일이 없었을 것이다.

세 번째 사망 경찰인 제이콥 조브는 옥토버마운틴 주립공원 가장자리에 차를 세워놓고 대기 중이었다. 그는 그 자리에서 즉사했다. 배에 한 방 맞고 허리를 굽혔을 때 다른 총알이 정수리를 꿰뚫었기 때문이다. 살인자(어쩌면 여러 명일 수도 있다!)는 달아나면서 바퀴로 발목을 밟아 뼈를 두 조각내기까지 했다.

총은 디온이 쐈을 것이다. 그가 싸우는 방식이 그랬다. 배를 먼저 때려 상체를 숙이게 한 다음 머리를 공격해 그대로 골로 보내는 것이다. 조가 아는 한, 디온이 사람을 죽인 적은 없지만 몇 차례 위험천만한 순간은 있었다. 더군다나 디온은 경찰을 너무도 증오했다.

수사관들은 아직 용의자를 파악하지 못했다. 적어도 외부에서 보기엔 그랬다. 용의자 둘은 '거한'에 '외국인 추정'으로 묘사되었다.

세 번째 용의자 역시 '외국인으로 추정'되었으며 얼굴에 총을 맞았다고 했다. 그는 백미러에 얼굴을 비춰보았다. 기술적으로 틀린 말은 아니었다. 귓불이 얼굴에 붙어 있으니까…… 아니, 이 경우엔 과거형으로 말해야 하나?

아직 신원까지 밝혀진 건 아니라 해도 피츠필드 경찰서의 전문가가 그린 몽타주는 상당히 흡사해 보였다. 신문들 대부분이 하단에 죽은 경관 3인의 사진을 싣고, 상단에는 디온, 파올로, 조의 몽타주를 실었다. 디온과 파올로는 실제보다 아래턱이 두툼했다. 조는 자기 얼굴이 그렇게 마르고 잔인하게 생겼는지 에마한테 물어봐야겠다고 생각했지만 그래도 꽤 비슷했다.

4개 주에 걸쳐 저인망식 수사가 발동했다. 수사국(FBI의 전신 — 옮긴이)에도 협조를 요청해 합동수사도 가능해졌다.

아버지도 이미 신문을 보았을 것이다. 아버지 토머스 커글린은 보스턴 경찰 경정이다.

아들은 경관 살해범 일당과 한패다.

어머니가 2년 전 저세상으로 떠난 후, 아버지는 일주일에 6일, 탈진 지경까지 일에 매달렸다. 아들을 체포하기 위해 저인망 수사를 지시했으니 아예 사무실에 침상을 가져다 놓고 사건종결 때까지 집에도 들어가지 않을 것이다.

가족의 집은 4층짜리 연립주택이었다. 매우 인상적인 돌출형의 적벽돌 구조물로, 중앙 방은 모두 거리를 내다보고 타원형의 창가 공간은 무척이나 화려했다. 마호가니 계단, 쪽미닫이문, 쪽마루, 침실이 여섯 개, 옥내배관의 욕실 두 개, 영국 성의 대규모 홀에나 어울릴 법한 식당도 하나 있었다.

언젠가 어떤 여자가 조한테 이렇게 물은 적이 있었다. 좋은 가문 출신에 그렇게 거대한 저택에 살면서 어떻게 폭력배가 되었어요? 조의 대답은 두 가지였다. (1) 난 폭력배가 아니라 치외법인이다. (2) 우리 집이 거대하기는 하지만 위대한 가문은 아니다.

조는 아버지 집으로 들어갔다. 부엌 전화로 굴드 집에 전화를 걸었으나 받지 않았다. 들고 온 가방엔 6만 2000달러가 들어 있었다. 삼등분했는데도 조금 아껴 쓰면 10년, 어쩌면 15년까지 살 정도의 거액이다. 검소한 성격이 아니라도 4년은 족히 버티겠지만 도망자 신세라면 18개월이면 동이 날 것이다. 그 이상은 어렵겠지만 그때쯤 무슨 수를 내면 그만이다. 주특기가 아니던가? 달아나면서 생각하기.

보보 삼촌의 비밀술집에도 전화했지만 결과는 마찬가지였다. 그러다가 에마가 오늘 밤 6시에 스타틀러 호텔 개업식에 참석한다는 사실이 기억났다.

자신을 죽이려 혈안이 된 도시에서 두 시간을 죽여야 한다니.

공개 장소에 나가면 너무도 위험할 수밖에 없다. 그동안 경찰은 그의 이름과 주소를 손에 넣고 가까운 사람들과 자주 다니는 장소 목록까지 확보할 것이다. 기차역과 버스 터미널을 모두 봉쇄하고, 교외 탈출로마다 방책을 세우기에도 충분한 시간이다.

하지만 동시에 동전의 양면일 수도 있다. 도로 봉쇄는 그가 아직 도시 밖에 있음을 전제로 한 조치다. 이미 시내에 들어와 다시 빠져 나갈 계획을 꾸미고 있다고는 아무도 생각하지 못할 것이다. 그래,

절대 못 한다. 세상에 어떤 얼간이 놈이 최근 오륙 년을 통틀어 최고의 흉악범죄를 저지르고, 고향으로 알려진 곳에 돌아오려 하겠는가?

결국 조는 세상에서 가장 멍청한 범죄자가 되었다.

아니면 가장 영악하든지. 놈들이 지금 당장 수색하지 않을 곳 또한 바로 등잔불 밑이기 때문이다.

조는 그런 식으로 자신을 합리화했다.

이제 그가 무엇을 할 수 있을까. 그는 피츠필드에서 탈출을 선택했어야 했다. 두 시간 후면 불가능하다. 지금 당장. 현 상황에서 그를 차버릴지도 모를 여자를 기다리느라 어슬렁대지 말고, 남 생각도 하지 말고, 돈 가방을 챙겨 줄행랑을 쳐야 한다. 도로는 당연히 모두 검문 상태다. 기차와 버스도 마찬가지다. 도시의 남쪽이나 서쪽 농가에 숨어들어 말을 훔친들 어차피 타본 적도 없기에 아무 소용이 없다.

그럼 대안은 바다뿐이다.

배가 필요하지만 유람선은 안 된다. 소형 모터보트처럼 배달선 티가 나도 곤란하다. 결국 소형 어선뿐이다. 녹슨 갈고리와 닳아빠진 어구, 우그러진 바닷가재 덫들이 갑판에 가득한. 헐이나 그린 하버, 글로스터에서 그런 배를 본 적이 있다. 7시까지 배에 오를 수 있다면 새벽 서너 시는 되어야 어부가 배가 없어진 사실을 눈치챌 것이다.

그래서 배를 훔치기로 했다.

단, 등록증이 있는 배여야 한다. 반드시. 아니면 다른 배를 훔칠 것이다. 등록증에서 주소를 알아 배 두 척 정도 살 돈을 부칠 생각이다. 그 돈으로 배를 사든, 아니면 게잡이를 그만두든 내가 알 바는 아니다.

그렇게 생각하고 보니, 그동안 일을 많이 했음에도 주머니에 돈이 별로 없는 이유를 알 것도 같았다. 여기서 돈을 훔쳐 저기에 그냥 줘버리는 기분이 들 때도 적지 않았다. 훔치는 이유도 근본적으로 재미가 있고 소질도 있으며, 밀매와 럼 거래처럼 그가 잘하는 일들과 연결해 주기 때문이었다. 애초에 보트를 생각해 낸 것도 럼 밀매 덕이 아니던가. 지난 6월에는, 온타리오 주의 이름 없는 어촌에서 배를 운전해 휴런 호수를 거쳐 미시간 주 베이시티에 갔다. 10월에는 잭슨빌에서 볼티모어까지 몰았다. 작년 겨울에는 새로 중류한 럼 상자들을 새러소타에서 멕시코 만을 건너 뉴올리언스까지 배달했는데, 그곳 프렌치쿼터에서 주말 하루 만에 수익 전부를 날려버렸지만 무슨 일을 했는지는 기억이 잘 나지 않는다.

덕분에 배는 종류와 관계없이 거의 다 조종이 가능하다. 말인즉슨 훔칠 배를 가릴 필요가 없다는 뜻이다. 이 문을 나서면 30분이면 사우스쇼어에 도착할 수 있다. 노스쇼어는 조금 더 걸리겠지만 지금 시기라면 그곳에 선택할 배가 더 많을 것이다. 글로스터나 록포트에서 출발하면 사나흘이면 노바스코샤 주에 상륙하고 그곳에서 두 달후에 에마를 부르면 그만이다.

그런데…… 너무 길어.

그래도 기다려주겠지? 나를 사랑하니까? 그렇게 말한 적은 없지만 느낄 수는 있다. 그녀는 나를 사랑해. 나도 사랑해.

기다릴 거야.

그냥 호텔 옆을 지나치며 에마를 찾을 수 있는지 재빨리 훑어보는 거야. 우리 둘이 함께 사라지면 추적도 불가능하잖아? ……혼자 달아나 나중에 그녀를 부른다면, 그때쯤 경찰이나 수사국에서 그녀의 정체는 물론 그녀가 나한테 어떤 존재인지도 알아낼 것이다. 그럼 꼬리에 경찰 추적대를 달고 핼리팩스로 쳐들어오겠지? 그리하여 문을 열고 그녀를 맞이하는 순간 둘 다 총알 세례에 쓰러지고…….

아니, 에마는 기다리지 못해.

조는 어머니의 장식장 유리에 자신을 비춰보고 나서야 애초에 왜 이곳에 들어왔는지 기억해 냈다. 어디로 달아나든 이런 옷으로는 멀리 가지 못한다. 외투 왼쪽 어깨는 피로 시꺼멓고 구두와 바짓단은 두껍게 진흙 딱지가 앉았다. 셔츠 또한 나무에 찢기고 피에 범벅이었다.

조는 부엌으로 들어가 빵 캐비닛을 열고 핑크 럼주 한 병을 꺼냈다. 그리고 구두를 벗어 들고 다용도 계단을 통해 아버지 침실로 올라갔다. 제일 먼저 욕실. 귀에 말라붙은 피부터 최대한 닦아냈다. 딱지의 중심은 건드리지 말아야 했다. 다행히 더 이상의 출혈은 없을 것 같았다. 그다음에는 다른 귀와 얼굴도 씻었다. 모양이 흉하기야 하겠지만 그래도 딱지가 떨어져 나가면 특별히 시선 끌 일은 없으리라. 사실 검은 딱지 대부분이 귀 아래쪽에 매달려 있기는 했다. 당연히 눈에 띄겠지만 검게 멍든 눈이나 부러진 코보다는 백 배 낫다.

아버지 벽장에서 정장을 고르며 핑크를 몇 모금 홀짝였다. 정장은 모두 열다섯 벌. 경찰 봉급으로는 지나치게 과한 수준이었는데 구두, 셔츠, 타이와 모자도 마찬가지였다. 조는 흰색 애로 셔츠와 하트

샤프너 막스의 황갈색 줄무늬 정장을 골랐다. 비단 넥타이는 검은색이고 10센티미터 간격으로 붉은색 대각선 무늬가 있었다. 구두는 검은색 네틀턴, 모자는 비둘기 가슴만큼 부드러운 나프펠트였다. 그는 자기 옷을 벗어 깔끔하게 개어 바닥에 놓았다. 총과 구두도 그 위에 내려놓고 아버지 옷으로 갈아입은 다음 권총은 다시 허리춤 혁대에 끼웠다.

바지 길이로 봐도 아버지와는 키가 엇비슷했다. 아버지가 조금 큰 정도? 모자는 조금 작은 듯해서 정수리 뒤쪽으로 젖히는 식으로 문제를 해결했다. 그렇게 하니 경쾌해 보였다. 바짓단은 두 번 접은 다음 돌아가신 어머니 반짇고리에서 옷핀을 찾아 고정했다.

그다음에는 자기 옷과 럼주를 들고 아버지 서재로 내려갔다. 비상사태라고는 해도 아버지 부재중에 서재 문지방을 넘자니 불경죄를 짓는 기분이었다. 그는 잠시 문지방에 서서 집 안 소리를 들어보았다. 라디에이터가 타닥거리는 소리. 홀의 괘종시계가 4시를 때리기 직전에 내는 태엽 소리…… 분명 집은 비어 있건만 어쩐지 감시당하는 기분이었다.

시계가 4시를 알리기 시작하는 순간 조는 서재로 들어갔다.

책상은 거리와 면한 퇴창 앞에 놓여 있었다. 빅토리아풍 공용 책상으로 19세기 중반 더블린에서 제작했다고 들었다. 클로나킬티의 빈민가 소작농 아들이 집에 들일 수 있는 종류는 분명 아니었다. 그 점에서라면 창문 아래의 같은 소재 책장도 마찬가지였다. 동양풍 깔개, 호박색의 두툼한 커튼, 워터포드 유리병들, 떡갈나무 선반, 읽은 흔적이 하나도 없는 가죽 장정의 책들, 청동색 커튼 봉, 골동품 가죽 소파와 팔걸이의자들, 호두나무 담뱃갑 등등…….

조는 책장 아래 웅크리고 앉아 캐비닛 하나를 열고 그 안의 금고를 열었다. 3-12-10. 조와 두 형이 태어난 달을 조합한 번호였다. 금고를 열어보니 어머니의 보석 일부, 현금 500달러, 집문서, 부모님의 출생증명서, 조에게는 아무 의미 없는 서류 다발, 그리고 채권이 1000달러 이상 들어 있었다. 조는 채권을 모두 꺼내 캐비닛 문 오른쪽 바닥에 두었다. 금고 안쪽에 역시 두터운 강철로 만든 벽이 있었다. 조는 오른쪽 모퉁이를 양쪽 엄지로 세게 눌러 제거해 첫 번째 금고 바닥에 내려놓았다. 두 번째 금고의 다이얼이 보였다.

이번 번호는 조합이 훨씬 어려웠다. 가족 생일을 모두 갖다 붙였지만 아무것도 얻지 못했다. 아버지가 몇 해 동안 일했던 경찰서 번호들도 마찬가지였다. 때때로 행운, 불행, 죽음이 삼위일체로 닥친다던 아버지 말이 기억나 그 숫자를 섞어보았다. 역시 헛수고였다. 조는 열네 살에 이 일을 시작했다. 열일곱 살 때의 어느 날, 아버지가 이 책상 위에 놓아둔 편지 한 장을 보았다. 메인 주 루이스턴 소방대장으로 승진한 친구에게 보낸 편지인데, 언더우드 타자기로 타이핑한 거짓말들이 리본처럼 편지지를 칭칭 감고 있었다. "엘렌과 나는 아주 행복해. 처음 만난 그날처럼 사랑하지……", "에이든은 끔찍한 9/19 사건을 지혜롭게 극복했어……", "코너는 결점을 거의 완벽하게 보완했지……", "조지프는 가을에 보스턴 대학에 들어갈 것 같아……."

그런 식의 헛소리 아래 사인도 있었다. "건승을 빌며, TXC." 아버지는 늘 그렇게 사인했다. 이름을 모두 기록한 적은 한 번도 없는데 그렇게 하면 명예를 더럽히기라도 한다고 생각하는 듯했다.

TXC.

토머스 제이비어 커글린.

TXC.

20-24-3.

그 번호를 돌리자 두 번째 금고가 삐 소리를 내며 열렸다.

대충 60센티미터 깊이였다. 그중 50센티미터가량이 돈으로 가득했다. 빨간색 고무줄로 단단히 묶은 돈다발. 조가 태어나기 전의 돈도 있고 지난주에 들어간 다발도 있을 것이다. 평생의 봉급과 뇌물과 착복이 이루어낸 금자탑…… 아버지는 우주의 중심이고 미국의 아테네이자 빛의 도시에 세워놓은 열주이며, 조가 갈망하는 어느 누구보다 뻔뻔한 범죄자다. 조는 세상에 하나의 얼굴밖에 내밀지 못하지만, 아버지는 너무도 많은 얼굴을 자유자재로 구사했다. 문제는 그중 어느 얼굴이 본모습이고 어느 얼굴이 가짜인지 아버지 자신도 알지 못한다는 사실이었다.

오늘 금고를 털면 앞으로 10년 이상 도피 생활을 하며 살 수 있다. 영원히 찾지 못하도록 멀리멀리 달아날 수만 있다면, 쿠바 시가를 만들고 당밀을 증류하며 3년 안에 제왕으로 변신할 수도 있다. 그럼 더 이상 은신처나 먹거리를 걱정할 필요도 없으리라.

하지만 아버지 돈은 필요 없다. 옷을 훔친 이유는 나이 든 개자식처럼 차려입고 도시를 빠져나가면 좋겠다는 생각 때문이지만, 아버지 돈을 쓰느니 차라리 손목을 끊어버리겠다.

그는 가지런히 개킨 옷과 더러운 구두를 아버지의 더러운 돈 위에 올려놓았다. 메모를 남길까도 했지만 이 의식보다 더 좋은 말이 떠오르지 않아 그냥 문을 닫고 다이얼을 돌렸다. 첫 번째 금고의 가짜 벽도 세우고 그 금고도 다시 채웠다.

그러고는 잠시 사무실을 어슬렁거리며 마지막으로 생각을 정리했다. 오늘 모임은 도시의 저명인사들이 대부분 참석하기에 리무진과 초대장이 필수일 것이다. 그런데 그런 와중에 에마에게 접근한다고? 세상에 그런 미친 짓은 없다. 아버지의 시원한 서재에 있자니, 아버지의 무자비한 실용주의도 어느 정도 색이 바래는 듯했다. 조에게는 지금 신들의 선택이 필요했다. 다들 조가 진입하리라 기대하는 바로 그 도시를 탈출하기 위한 정확한 통로. 시간도 턱없이 부족했다. 당장 집을 나가 훔친 닷지에 올라탄 뒤 도로에 불이라도 붙은 것처럼 북쪽으로 달아나야 했다.

창밖 K 스트리트를 내다보니 습한 봄날 저녁이었다. 그는 그녀가 기다린다고 확신했다. 사랑하니까.

그는 닷지에 앉아 그가 태어난 집, 지금의 그를 만들어준 집을 되돌아보았다. 아일랜드계 보스턴 시민 기준으로도 호사를 누리며 자랐다. 굶주린 채 잠들어본 적도 없고 구두 밖으로 발가락이 삐져나온 적도 없었다. 교육도 받았다. 처음엔 수녀들, 그다음엔 11학년으로 그만둘 때까지 예수회 수사들이었다. 같은 계통 친구들 대부분과 비교해도 온실 속 화초가 따로 없었다.

하지만 그 중심엔 항상 구멍이 있었다. 조와 부모님 사이의 엄청난 거리감은 어머니와 아버지, 그리고 어머니와 세상의 괴리감을 그대로 드러내주었다. 조가 태어나기 전 두 사람은 큰 전쟁을 치렀다. 전쟁은 끝났지만 그 뒤의 평화라고 해봐야 그 위에 겨우 살얼음이 언 수준에 불과했다. 발밑을 의식하는 순간 평화가 산산조각 날 수 있기에 아무도 그 문제를 언급하지 않았다. 당연히 둘 사이의 전장은 여전히 남아 있었다. 어머니는 어머니 진영이 있고 아버지도 자기 진영이 있었다. 그리고 조는 그 중간, 참호 사이에 홀로 나와 있었다. 포화에 그슬린 진창 속에. 이 집 중심의 구멍은 곧 부부의 중심에 난 구멍이었다. 그리고 어느 날 구멍이 결국 조의 중심을 찾아냈다. 어린 시절, 몇 년 동안을 상황이 달라지면 얼마나 좋을까 하고 바랐으나 지금은 왜 그렇게 생각했는지조차 기억에 없었다. 어느 상황이든 그렇게 될 수밖에 없는 이유가 있다. 현재는 현재일 수밖에 없기 때문에 현재다. 아무리 바란다고 상황이 바뀌는 법은 없다. 너무도 단순한 진실.

그는 세인트제임스의 이스트코스트 버스 터미널로 차를 몰았다. 터미널은 작고 노란 벽돌 건물이었지만 주변은 빌딩 숲이었다. 조는 도박을 걸었다. 경찰이 노린다면 건물 북쪽의 버스 승차장 옆이어야 했다. 남서쪽 모퉁이의 물품 보관함은 절대 아니었다.

조는 출구를 통해 들어가 출근길 군중 속에 섞여들었다. 무리에 몸을 맡긴 채 흐름을 거부하지도 않고 비집고 들어갈 생각도 하지 않았다. 생전 처음 크지 않은 키에 감사했다. 일단 무리에 휩쓸리자 그저 수많은 승객 중 하나가 될 수 있었다. 터미널 문 옆에 경찰 둘, 그리고 20미터 거리의 군중 속에 한 명이 보였다.

급류처럼 흐르는 인파에서 조용한 보관함으로 빠져나왔지만, 그곳이야말로 혼자라는 이유 때문에라도 시선을 제일 많이 끌 수밖에 없었다. 가방은 미리 3000달러를 꺼낸 뒤 다시 잠가둔 터였다. 그는 오른손에 217번 열쇠를 들고 왼손에는 가방을 들었다. 217번 보관함에는 7435달러, 주머니 시계 열두 개, 손목시계 열세 개, 순은 머니클립 두 개, 황금 넥타이핀, 이런저런 여성용 보석 장신구들이 들어 있었다. 수사망이 좁혀든다는 생각에 팔 생각도 하지 못한 장신구들이었다. 그는 자연스럽게 보관함으로 다가가 오른손으로 문을 열었다. 손이 가볍게 떨렸다.

그때 등 뒤에서 누가 불렀다.

"이봐요!"

조는 뚫어져라 앞만 보았다. 보관함을 여는데 손이 사시나무처럼 흔들렸다.

"어이!"

조는 가방을 보관함에 넣고 문을 닫았다.

"이봐, 당신! 당신 말이야!"

조는 열쇠를 돌려 문을 잠그고 열쇠를 주머니에 넣었다.

"이봐!"

조가 돌아섰다. 경관이 리볼버를 꺼낸 채 기다리고 있다고 생각했다. 그것도 다혈질의 젊은 놈이⋯⋯. 쓰레기통 옆에 알코올중독자가 앉아 있었다. 빨간 눈과 빨간 뺨, 핏줄밖에 보이지 않을 만큼 앙상한 사내. 그가 턱으로 조를 가리켰다.

"병신, 뭘 꼬나봐?"

저도 모르게 웃음이 터져 나왔다. 조는 주머니에서 5달러 지폐 다섯 장을 꺼내 중독자 영감한테 주었다.
"영감을 꼬나봤지. 왜, 그럼 안 되나?"
그 말에 영감이 트림했다. 조는 벌써 군중 속으로 사라졌다.
세인트제임스에서는 동쪽으로 걸었다. 새 호텔 위 낮은 구름 아래로 조명 두 개가 앞뒤로 왔다 갔다 했다. 그가 돌아올 때까지 돈이 보관함 안에 안전히 있으리라는 생각에 잠시 마음이 가라앉았다. 평생 도주를 각오해야 하는 마당에 대단한 편법이잖아? 그는 에섹스 스트리트로 접어들면서 그런 생각을 했다.
나라를 떠날 생각이라면 돈을 왜 이곳에 두는데?
그래야 돈을 가지러 돌아올 수 있으니까?
돈을 가지러 돌아와야 하는 이유는?
오늘 밤, 탈출에 실패할 경우에 대비해서지.
그래, 대답 한번 잘했다.
대답? 무슨 대답?
넌 경찰한테 돈까지 들키고 싶지 않은 거야.
그래 맞아.
결국 너도 알고 있다는 얘기지. 잡힐 거라는 사실을.

5장

고된 하루

스타틀러 호텔은 직원 전용 출입구를 통해 들어갔다. 포터와 접시 닦이가 의심스러운 시선을 보낼 때도 모자를 건드리며 자신 있는 미소와 손 인사를 건넸다. 그렇게 혼잡한 정문을 피해 들어온 괴팍한 손님 흉내에 종업원들도 고갯짓과 미소로 답해 주었다.

부엌을 지나자 로비에서 피아노와 경쾌한 클라리넷과 차분한 베이스 소리가 들려왔다. 그는 어두운 콘크리트 계단을 올라가 문을 열고 대리석 계단으로 빠져나온 다음 빛과 담배와 음악의 왕국으로 들어왔다.

지금껏 최고급 호텔 로비는 몇 번 봤지만 맹세코 이런 곳은 처음이었다. 클라리넷과 첼로 연주자가 청동 출입문 옆에 서 있었는데, 문이 어찌나 깨끗한지 빛이 반사하며 공기 중 먼지를 금으로 만들어 놓았다. 코린트 양식의 열주들이 대리석 바닥에서 솟아나 연철 발코니까지 이어졌다. 천장 마감은 크림색 설화석고였다. 10미터 간격으로 매단 대형 샹들리에는 2미터 크기의 나뭇가지 모양 촛대와 마찬가지로 펜던트형이었다. 동양풍 깔개 위에 암적색의 긴 의자들을 배치하고, 그랜드피아노 두 대가 로비 양쪽에 있었다. 주변은 온통 하얀 꽃밭이었다. 피아노 연주자들이 가볍게 음을 맞춘 다음, 손님과 동료 연주자와 함께 선곡을 상의했다.

WBZ 방송이 중앙계단 앞 검은 스탠드에 라디오 마이크 세 대를 설치해 두었다. 남색 드레스 차림의 덩치 큰 여자가 그 옆에 서서, 낙타색 정장에 노란색 나비넥타이 사내와 얘기를 나누며, 묶은 머리를 매만지거나 탁한 색의 음료를 마셨다.

대부분 턱시도와 디너재킷 차림이었다. 정장도 몇 명 보였다. 덕분에 조가 군계일학처럼 드러나지는 않았으나 아직 모자를 벗지 않은 사람으로는 유일했다. 모자를 벗을까도 했지만 그랬다간 석간신문 일면에 얼굴이 대문짝만 하게 실리고 말 것이다. 발코니 중이층을 올려다보니 모자가 많이 보였다. 기자와 사진사 들이 도시 멋쟁이들과 섞여 있는 곳이다.

그는 고개를 숙인 채 가까운 계단으로 향했다. 무리를 헤집고 나가기가 쉽지는 않았다. 사람들이 마이크와 남색 드레스의 뚱보 여자를 보고 몰려들었기 때문이다. 고개를 숙이기는 했지만, 채피 게이건과 붑 파울러가 레드 러펄과 대화 중인 장면은 볼 수 있었다. 물론 아무리 레드삭스 팬이라고 해도, 지명수배자가 야구선수 셋에게 다가가 타율에 대해 수다를 떨 수는 없었다. 그래도 야구선수들 뒤쪽으로 비집고 들어가기는 했다. 혹시 게이건과 파울러의 트레이드 소문에 대한 진상을 얻어들을까 하는 바람에서였지만 기껏 주식시장이 이러쿵저러쿵 하는 얘기들뿐이었다. 게이건은 진짜 돈을 벌고 싶으면 신용거래를 하라고 떠들었다. 그 밖에는 결국 빈털터리 신세가 되고 만다는 얘기였다. 뚱보 여자가 마이크로 다가가 목청을 가다듬었다. 옆에 있던 남자도 다른 마이크로 가서 관중을 향해 한쪽 팔을 들었다.

"신사 숙녀 여러분, 잠시 주목 부탁드립니다. 다이얼 1030, 보스턴 WBZ 라디오가 역사적인 호텔 스타틀러 그랜드 로비에서 인사드립니다. 저, 에드윈 멀버, 대단히 기쁜 마음으로 여러분께 샌프란시스코 오페라의 메조소프라노 마드무아젤 플로렌스 페렐을 소개해 올립니다."

에드윈 멀버가 턱을 쳐들고 물러나자 플로렌스 페렐이 다시 한 번 묶은 머리를 매만지며 마이크를 향해 숨을 내쉬었다. 이윽고 내쉰 숨은 예고도 없이 엄청난 고음으로 치솟더니 군중을 두드리고 3층 높이 천장까지 흔들어놓았다. 목소리가 어찌나 화려하고 진중하던지 순식간에 조를 고독감으로 휩싸버렸다. 그녀는 신의 메시지를 전했다. 메시지가 그녀의 몸에서 조의 몸으로 이동하면서 조는 문득 언젠가 자신도 죽는다는 사실을 깨달았다. 문을 통해 들어오는 죽음과는 또 달랐다. 아득한 가능성에 불과했던 죽음이 어느새 돌이킬 수 없는 현실이 되어 당혹감을 더욱 부추겼다. 너무도 명백한 내세의 증거 앞에서 비로소 자신이 무가치한 인간에 불과함을 깨달았던 것이다. 세상에 들어온 순간부터 세상에서 멀어지려 애를 써왔다는 사실까지 포함해서.

아리아가 중반에 이르면서 가락은 훨씬 높고 훨씬 길어졌다. 조는 그녀의 목소리가 어두운 바다처럼 한계도 깊이도 없다는 생각을 했다. 그는 주변을 둘러보았다. 남자들은 턱시도를 입고, 여자들은 호박단이나 비단 드레스 차림에 레이스 화환을 머리에 둘렀다. 로비 중앙의 분수에서 샴페인이 흘러내렸다. 판사 한 명과 컬리 시장, 풀러 주지사, 그리고 레드삭스 팀 내야수 베이비 돌 제이콥슨을 알아볼 수 있었다. 한쪽 피아노 옆에는 이 지역 스테이지 스타 콘스탄스 플래그스테드가 맨발로 유명한 아이라 범트로스와 잡담을 나누었다. 잘 웃는 사람도 있고 너무 점잔을 떠는 통에 외려 비웃음을 사는 자도 있었다. 콧수염이 구레나룻과 이어진 남자들, 교회 종 모양의 치마를 입은 날씬한 여자들도 보였다. 상류층, 귀족, 미국애국여성회 회원은 한눈에도 티가 났다. 밀주업자와 밀주업자의 변호사, 심지어 테니스 선수 로리 요한센도 있었다. 로리는 지난해 윔블던 준준결승까지 올라갔다가 프랑스 선수 앙리 코셰한테 완패했다. 젊은 아가씨들은 대화 기술은 빵점이었지만 반짝이는 눈과 아찔한 각선미를 자랑했고, 안경잡이 샌님들은 슬금슬금 아가씨들 쪽을 엿보았다. 하지만…… 머지않아 모두 지구에서 사라질 운명이다. 지금으로부터 50년, 누군가 오늘 밤의 사진을 볼 것이다. 그때가 되면 이 방의 사람들 대부분이 죽고 남은 사람들도 살 날이 얼마 남지 않았으리라.

플로렌스 페렐의 아리아가 끝났다. 2층 정면을 올려다보니 앨버트 화이트가 그곳에 있었다. 그의 아내가 오른쪽에 충실하게 붙어 있었다. 여자는 중년의 나이에 나뭇가지처럼 말랐다. 돈 많은 유부녀 특유의 풍성함은 눈곱만치도 보이지 않았다. 그녀에게 제일 큰 부위는 두 눈이었다. 때마침 컬리 시장이 스카치 잔을 들고 접근하자 앨버트가 키득거리며 무슨 말인가를 했는데, 그 말에 미소를 지을 때 그녀의 두 눈이 어찌나 뒤룩거리던지 조가 있는 자리에서도 분명하게 보일 정도였다.

에마는 발코니에서 몇 미터 아래쪽에 있었다. 난간 근처의 무리 속에 서 있는데 은색 드레스 차림으로 왼손에 샴페인 잔이 들려 있었다. 조명 탓인지 피부가 눈처럼 하얬다. 그러고 보니 어딘가 슬프면서도 외로운 표정이었다. 내가 옆에 없을 때 에마의 본모습일까? 그녀의 마음에 형언할 수 없는 상실감이 남아 있기라도 했던 건가? 한순간 발코니에서 뛰어내릴까 불안했지만 때마침 에마의 고통스럽던 얼굴에 미소가 어렸다. 그리고 그렇게 슬퍼 보였던 이유도 알 수 있었다. 조를 영원히 다시 보지 못할 줄 알았던 것이다.

그녀의 미소가 커졌다. 그녀는 손으로 미소를 가렸다. 샴페인을 든 손이라 술잔이 기울어지며 몇 방울이 아래쪽 사람들에게 떨어졌다. 한 남자가 뒤통수를 만지며 고개를 들고 뚱뚱한 여자는 오른쪽 눈을 몇 번 깜빡이며 이마를 닦았다.

에마가 난간에서 물러나면서 그가 있는 곳 계단을 향해 고갯짓을 했다. 조도 끄덕였다. 그녀가 난간에서 빠져나왔다.

그는 아래층 길을 헤쳐 나갔고 그녀도 위층 무리 속으로 사라졌다. 중이층의 기자들 대부분이 모자를 젖혀 쓰고 넥타이를 비뚤게 맸기에 그도 모자를 젖히고 타이를 조금 풀었다. 마침내 인파를 뚫고 계단에 다다랐다.

그때 도널드 벨린스키 경관이 그를 향해 달려 내려왔다. 유령이 연못 바닥에서 일어나 뼈에서 불탄 살갗을 발라내며 터벅터벅 조를 향해 다가오고 있었다. 금발, 부스럼투성이 얼굴, 기이할 정도로 붉은 입술과 흐리멍덩한 눈……. 아냐, 이자는 살집이 더 많아. 금발도 이미 빠지기 시작한 데다 다소 붉은빛이 강하잖아. 연못 바닥에 똑바로 누운 모습밖에 보지 못했지만 벨린스키가 이 남자보다 키도 더 컸다. 모르긴 몰라도 체취와 냄새도 더 좋았을 것 같았다. 이 친구한테서는 양파 냄새가 났다. 계단통에서 서로 스칠 때 남자가 눈을 가늘게 떴다. 그가 반지르르하니 붉은 기가 도는 금발 머리를 이마 뒤로 넘겼다. 모자는 다른 손에 들려 있었다. 그로그랭 리본 안쪽에 《보스턴 이그재미너》 신분표찰이 붙어 있었다. 조가 마지막 순간에 옆으로 비켜서자 남자가 모자를 더듬거렸다.

"죄송합니다."

조가 사과했다.

"제가 죄송해야죠."

남자가 말했다. 재빨리 계단을 오르는데 등 뒤로 남자의 시선을 느낄 수 있었다. 멍청하게도 기자의 얼굴을 빤히 쳐다본 꼬락서니가 되고 말았다.

사내가 계단 아래서 외쳤다.

"이봐요, 미안하지만, 뭔가 떨어뜨렸습니다."

아니, 아무것도 떨어뜨리지 않았어. 조는 그대로 올라갔다. 위에서 한 무리가 계단통에 들어섰다. 이미 술이 거나한 듯 보였다. 한 여자가 다른 여자를 헐거운 겉옷처럼 끌어안았다. 조는 무리를 지나쳤다. 뒤돌아볼 생각조차 없었다. 절대로. 오직 앞만 보았다.

오직 그녀만 보았다.

그녀는 작은 손가방을 들었다. 옷과 은색 깃털과 은색 머리띠가 모두 같은 색이었다. 그녀의 목에서 작은 핏줄이 하나 꿈틀거렸다. 양어깨가 흔들리고 두 눈은 빛을 발했다. 당장에라도 안아 올리고 싶었지만, 그녀가 두 발로 그의 허리를 감싸고 입에 키스하게 하고 싶었지만, 대신 그는 그녀를 지나치며 이렇게 말했다.

"나를 알아보는 놈이 있어. 따라와."

그녀가 그의 옆에 바짝 붙었다. 둘은 붉은 카펫의 중앙무도장을 지나갔다. 이곳도 혼잡하기는 했지만 아래층보다는 나아 주변을 에두르면 어렵지 않게 통과할 수 있었다.

"다음 발코니 바로 옆에 직원용 엘리베이터가 있어. 지하실로 가. 세상에 여기 나타나다니 믿기지 않아."

그녀가 속삭였다.

조는 다음 입구에서 오른쪽으로 꺾었다. 고개는 숙이고 모자는 잔뜩 눌러쓴 터였다.

"어떻게 안 올 수 있겠어?"

"달아났어야지."

"어디로?"

"몰라. 맙소사, 그럴 땐 누구나 달아나."

"난 아냐."

중이층 뒤쪽은 사람들이 더 많았다. 주지사가 방송국 마이크를 들고 오늘을 매사추세츠 스타틀러 호텔의 날로 정한다고 선언하자 환호가 터졌다. 손님들도 꽤나 취한 상태였다. 에마가 옆으로 오더니 팔꿈치로 찔러 그를 왼쪽으로 몰아갔다.

이제 조의 눈에도 보였다. 복도가 다른 복도와 마주치는 지점, 연회 테이블과 조명과 대리석과 붉은 카펫 뒤쪽에 좁고 어두운 공간이 있었다.

아래층의 관악대가 호른을 연주하자, 중이층 사람들이 발을 구르며 좋아했다. 플래시가 퍽 하고 터지고 뒤이어 쉭 소리도 들렸다. 어느 사진사가 보도국에 돌아가 사진 뒤쪽 배경에 서 있는 남자를 알아볼까? 황갈색 정장을 입고 머리에 값비싼 모자를 쓴 남자를?

"왼쪽, 왼쪽."

에마가 재촉했다.

왼쪽 연회 테이블 사이를 지나면서 대리석 바닥도 검은색 타일로 바뀌었다. 다시 계단을 두 개 내려가자 엘리베이터였다. 그가 하강 버튼을 눌렀다.

술 취한 사람 넷이 중이층 가장자리를 지나갔다. 조보다 두 살 정도 많아 보였는데「하버드 찬가」를 합창 중이었다.

"불타는 진홍색 관람석 너머 하버드 깃발 나부끼네."

조가 다시 하강 버튼을 눌렀다.

한 남자가 그의 눈을 보고 다시 에마의 엉덩이를 음흉한 눈으로 보았다. 그가 친구 옆구리를 찔렀다. 노래는 계속 이어졌다.

"일제사격의 포성이 하늘까지 울려 퍼지듯 환호하고 또 환호하라."

에마가 손등으로 조의 손을 쓸었다.

"망할, 망할, 망할."

웨이터 하나가 커다란 쟁반을 들고 왼쪽 부엌문을 열고 나왔다. 불과 1미터 거리였으나 그쪽을 보지는 않았다.

하버드 사내들이 지나가고 목소리만 계속 들렸다.

"그러니 싸우라 싸우라 싸우라! 오늘 밤 우리는 이길지어다."

에마가 앞으로 나서서 다시 버튼을 눌렀다.

"하버드여 영원하라!"

부엌을 통해 빠져나갈까 생각도 해봤지만 아무래도 작은 식품용 엘리베이터밖에 없을 것 같았다. 정작 진짜 부엌은 두 층 아래에 있을 것이었다. 차라리 에마가 먼저 그에게 접근했으면 좋았으련만. 그 반대가 아니라. 생각이라도 제대로 하고 싶었지만 실제로 그래본 지가 언제인지 기억도 나지 않았다.

버튼을 향해 다시 손을 내미는데 승강기 올라오는 소리가 들렸다.

"누가 타고 있으면 그냥 등만 보여. 지금은 다들 바쁠 테니까."

"내 등을 보면 아닐걸?"

그녀가 대답했다. 엄청난 압박감에 눌려 있는 와중에도 저절로 미소가 흘러나왔다.

승강기가 도착했는데도 문이 열리지 않았다. 조는 심장박동을 다섯 번 센 다음 문을 열었다. 안에는 아무도 없었다. 그가 어깨 너머로 에마를 돌아보았다. 그녀가 먼저 타고 그가 뒤를 쫓았다. 그가 입구를 닫고 문도 닫았다. 크랭크를 돌리자 승강기가 내려가기 시작했다.

그녀가 손바닥을 그의 성기에 갖다 댔다. 성기가 금세 딱딱해졌다. 그녀가 키스를 했다. 그가 드레스 안에 손을 넣고 허벅지 사이를 더듬자 그녀가 그의 입술에 대고 신음을 토했다. 그녀의 눈물이 그의 턱뼈 위로 떨어졌다.

"왜 울어?"

"너를 사랑하나보지."

"사랑하나보다고?"

"그래."

"그럼 웃어."

"못 해. 안 돼."

"세인트제임스 버스 터미널 알지?"

그녀가 그를 보며 미간을 좁혔다.

"어디? 오, 알아. 물론."

그가 그녀의 손에 보관함 열쇠를 넘겼다.

"혹시 일이 잘못되면."

"뭐?"

"자유를 얻지 못할 수도 있으니까."

"안 돼, 안 돼, 안 돼, 안 돼. 네가 가져. 난 싫어."

그가 손을 저어 그녀의 손을 뿌리쳤다.

"빨리 가방에 넣어."

"조, 정말 싫어."

"돈이야."

"뭔지 알아. 그래서 싫다는 거야."

그녀가 열쇠를 돌려주려 했지만 그는 두 손을 높이 들었다.

"잊어버리지 마."

"싫어. 그 돈은 함께 써야 해. 지금은 같이 있잖아, 조. 함께 있잖아. 그러니 열쇠 갖고 있어."

그녀가 다시 돌려주려 했으나 엘리베이터가 지하실에 다다랐다.

문 밖은 깜깜했다. 이런저런 이유로 조명이 모두 꺼졌기 때문이었다.

아니, 이런저런 이유가 아니었다. 이유는 하나뿐이었다.

그가 크랭크를 돌리려는데, 갑자기 문이 활짝 열리더니 브렌던 루미스의 손이 조의 타이를 잡고 승강기 밖으로 끌어냈다. 조의 허리춤에서 권총도 빼내 어두운 시멘트 바닥 어딘가로 집어던지고는 얼굴과 머리를 수도 없이 때리기 시작했다. 순식간에 벌어진 일이었다.

어떻게든 에마에게 돌아가 보호하고 싶었으나 브렌던 루미스의 주먹은 소를 도살할 때 쓰는 망치처럼 단단했다. 뻑, 뻑, 뻑, 뻑, 머리를 맞을 때마다 골이 울리고 눈앞이 새하얘졌다. 뻑, 뻑, 뻑. 코 부러지는 소리도 났지만 루미스는 같은 부위를 세 번 더 가격했다.

루미스가 타이를 놓자 조는 시멘트 바닥에 두 손 두 발을 꿇고 말았다. 수돗물이 새듯 뭔가 똑똑 떨어지는 소리가 들렸다. 눈을 떠보니 피가 시멘트 바닥으로 흘러내렸다. 동전만 한 핏덩이들이 흐르다시피 떨어져 바닥에 금세 웅덩이가 고였다. 조는 간신히 고개를 돌려 에마를 보았다. 에마가 그가 맞는 틈을 이용해 엘리베이터 문을 쾅 닫고 달아났기를 바랐지만…… 엘리베이터는 그가 끌려 나온 위치에 있지 않았다. 아니, 그가 엘리베이터에서 나온 위치에 있지 않았다고 해야 하나? 눈에 보이는 거라곤 시멘트 벽뿐이었다.

그때 브렌던 루미스가 배를 걷어찼다. 몸이 허공에 뜰 정도로 강한 타격이었다. 조는 태아처럼 잔뜩 웅크린 채 떨어졌다. 도무지 숨을 쉴 수가 없었다. 아무리 캑캑거려도 호흡이 돌아오지 않았다. 무릎으로 일어나고 싶었지만 다리가 자꾸만 미끄러졌다. 그는 팔꿈치를 이용해 가슴을 시멘트 바닥에서 떼어내고는 간신히 물고기처럼 헐떡였다. 어떻게든 목구멍 안으로 공기를 밀어 넣고 싶었으나 가슴이 검은 돌처럼 굳어 있었다. 입구도 균열도 없이 조금의 공간조차 허락하지 않는 딱딱한 바윗돌…… 도무지 숨이 돌아오지 않았다.

바윗돌은 마치 만년필에 풍선을 밀어 넣듯 목구멍을 타고 올라오며 심장을 뒤틀고 허파를 짓누르고 기도를 막았다. 그리고 마침내 바윗돌이 편도선을 지나더니, 꼬리에 휘파람을 매단 채 입 밖으로 튀어나왔다. 한 번의 피리 소리와 여러 차례의 헐떡임. 그래도 그것으로 끝이었다. 다시 숨을 쉴 수가 있었다. 적어도 숨을 쉴 수는…….

루미스가 뒤에서 삽을 걷어찼다.

조는 시멘트 바닥에 머리를 박은 채 기침을 해댔다. 토악질을 했을지는 몰라도 기억은 나지 않았다. 이전에는 상상도 하지 못했던 고통이었다. 불알이 사타구니에 박히고 불꽃이 위벽을 핥았다. 심장박동이 얼마나 빠른지 당장에라도 터질 기세였다. 당장에라도. 머리는 누가 두 손으로 쪼개 양쪽으로 갈라놓은 기분이었다. 눈에서 피가 흘렀다. 조는 기어이 토악질을 하고 말았다. 담즙과 불이 바닥에 흥건하게 고였다. 이제 다 틀렸어. 그는 벌러덩 누워 브렌던 루미스를 올려다보았다.

루미스가 담뱃불을 붙였다.

"어째 힘들어 보인다."

루미스가 지하실과 함께 양옆으로 크게 흔들렸다. 조는 그 자리에 그대로 있건만 방 전체가 도무지 가만히 있지를 못했다. 루미스가 조를 내려다보며 검은 장갑을 손에 끼고는 손가락을 쥐락펴락하며 자리를 잡았다. 앨버트 화이트가 그의 옆에 나타났다. 앨버트도 함께 흔들렸다. 두 사람이 동시에 조를 내려다보았다.

"안됐다만 널 본보기로 삼아야겠다."

앨버트가 말했다.

조는 눈에 맺힌 피를 통해 앨버트를 보았다. 하얀 디너재킷 차림이었다.

"내 말을 무시해도 괜찮다고 생각하는 놈들 모두한테 말이야."

에마를 찾아보았지만 요동치는 공간 어디에도 엘리베이터가 보이지 않았다.

"별로 예쁘장한 본보기는 못 될 거다. 역시 유감이긴 하다만."

앨버트 화이트가 조의 얼굴 앞에 쪼그리고 앉았다. 슬프고 지친 표정.

"내 모친 말씀이, 어느 일이나 다 이유가 있다셨지. 맞는 말인지는 모르겠다만 이따금 사람들이 생긴 대로 논다는 생각은 들어. 옛날엔 경찰로 살 줄 알았는데 시에서 내 일자리를 빼앗아 가는 바람에 이렇게 됐잖아. 솔직히 맘에 들지는 않아. 조, 진심으로 역겹다는 얘기야. 그래도 어떻게? 아무래도 나한테는 제격인 것 같은데? 아주 죽여줘. 너야 이제 인생 끝난 거지. 걸음아 나 살려라 하고 달아나야 했는데 그러지 않았으니까…… 그래서 하는 말인데…… 날 봐!"

조가 얼굴을 왼쪽으로 돌렸다가 다시 앨버트를 향했다. 맙소사, 저 자상한 눈빛이라니. 그가 조를 향해 애처로운 미소를 지었다.

"어차피 사랑 때문에 죽는 거라고 스스로를 속일 놈이지만 그야말로 진짜 구라다. 넌 그놈의 성격 때문에 골로 가는 거야. 네놈이 저지른 짓에 마음속 깊이 죄의식을 느꼈기 때문이라 이거야. 그래서 잡히려는 거잖아? 하지만 이 바닥 일을 하려면 매일 밤 죄의식 따위는 과감히 내쳐야 하거든? 그런 건 두 손으로 말아 공으로 만든 다음 불 속에 던져버리는 거야. 그런데, 네놈은 그러지 못했어. 짧은 생애 내내 누군가 네 죄를 벌해 주기를 기다리다 날려버린 거라고. 그래, 내가 바로 그 누군가다."

앨버트가 일어났다. 잠시 의식을 잃었던지 세상이 온통 뿌예졌다. 순간 은빛이 반짝이기에 새우 눈을 했더니 사물의 윤곽이 또렷해지고 다시 초점도 잡혔다.

차라리 보지 않았으면 좋았을걸.

요동까지는 아니더라도 앨버트와 루미스는 여전히 흔들렸다. 에마는 앨버트 옆에 그의 팔을 잡고 서 있었다.

처음에는 언뜻 그림을 이해할 수 없었지만 그나마도 잠시였다.

그가 에마를 올려다보았다. 이제 어떻게 되든 상관없다. 죽어도 좋다. 사는 게 이토록 괴로운데.

"미안해. 정말 미안해."

그녀가 속삭였다.

"미안하단다. 우리 모두 미안하다."

앨버트가 누군가를 향해 손짓을 했다.

"에마를 데려가."

뚱뚱이가 에마의 팔을 잡았다. 조잡한 모직 재킷 차림에 털모자를 이마까지 눌러쓴 놈이었다.

"죽이지 않겠다고 했잖아요."

에마가 앨버트에게 말했다.

앨버트가 어깨를 으쓱했다.

"앨버트, 약속했잖아요."

"약속은 지킨다. 걱정 안 해도 돼."

앨버트가 대답했다.

"앨버트."

그녀의 목소리가 울 것만 같았다.

"응?"

"저 사람을 데려온 이유는 당신이 약속……"

앨버트가 한 손으로 에마의 뺨을 때리고 다른 손으로는 자기 셔츠를 매만졌다. 어찌나 세게 때렸던지 에마의 입술이 찢어졌다.

그가 자기 셔츠를 내려다보았다.

"네년은 무사할 것 같냐? 내가 창녀한테 오쟁이 지고 가만있을까봐? 망할, 내가 완전히 맛이 간 줄 아나보지? 그래, 어제까지는 그랬는지 모르겠다만 그것도 밤새 안녕이야, 이년아. 이미 대타로 갈아 탔다. 알았냐? 넌 나중에 보자."

"아까는 그렇게 말하지……"

앨버트가 손수건으로 자기 손에 묻은 에마의 피를 닦아냈다.

"차에 태워, 도니. 당장."

뚱뚱이가 에마를 덥석 끌어안고 뒷걸음으로 끌고 가기 시작했다.

"조! 제발 그만 때려요! 조, 미안해. 미안해."

그녀가 비명을 지르며 발버둥을 치고 도니의 얼굴을 할퀴었다.
"조, 사랑해. 정말 사랑해!"
엘리베이터 문이 쾅 소리를 내며 닫히고 승강기도 지하실을 떠났다.
앨버트가 옆에 웅크리고 앉아 조의 입에 담배를 물렸다. 성냥에 불이 붙고 담배가 빠지직거리며 타들어 갔다.
"빨아. 정신이 좀 더 빨리 돌아올 거다."
조는 시키는 대로 했다. 잠시 후에는 바닥에 앉아 담배를 피웠다. 앨버트도 쪼그린 자세 그대로 담배를 피웠다. 브렌던 루미스는 서서 지켜보았다.
"에마를 어떻게 할 생각이죠?"
조가 물었다. 질문이 가능할 정도로 정신을 회복한 후였다.
"저년? 너를 팔아버린 년인데?"
"이유가 있었겠죠. 그것도 타당한 이유가. 맞죠?"
그가 앨버트를 보았다.
앨버트가 키득거렸다.
"너 멍청이냐, 응?"
조가 찢어진 눈썹을 치뜨자 피가 눈에 들어왔다. 그가 눈을 훔쳤다.
"어떻게 할 생각입니까?"
"네놈을 어떻게 할 건지부터 걱정해야 하잖아?"
"예, 합니다. 어쨌든 에마를 어떻게 할 겁니까?"
앨버트가 어깻짓을 하고 손가락으로 담배꽁초를 튕겨냈다.
"아직 모른다. 하지만 조, 네놈은 본보기로 삼기로 했지. 일으켜 세워."

그가 루미스에게 지시했다.

"어떤 본보기죠?"

루미스가 뒤에서 양쪽 겨드랑이를 끼고 일으켜 세웠다.

"앨버트 화이트의 구역을 넘보다가는 조 커글린 꼴이 되니까 까불지 말라는 본보기."

조는 아무 말도 하지 않았다. 사실, 아무렇지도 않았다. 지금 스무 살. 이 세상에서 그가 얻을 수 있는 최선이었다. 20년의 세월. 열네 살 이후로 한 번도 울지 않았지만 그 역시 그에게 남은 최선의 선택이었다. 앨버트의 눈을 보면서 절대 울지도 않고 살려달라고 애원하지도 않기.

앨버트의 얼굴이 누그러졌다.

"살려둘 수는 없다, 조. 다른 방법이 있다면 어떻게 해보겠지만…… 여자 문제가 아니야. 별로 도움은 안 되겠지만 창녀야 어디서나 구할 수 있잖아? 이 일 마치고 만나려고 아주 예쁜 애도 대기해 두었다."

그가 잠시 자기 손을 살펴보았다.

"넌 마을 하나를 뒤엎고 6만 달러를 훔치고 짭새 셋을 죽였어. 내 허락도 없이. 덕분에 우리가 덤터기를 쓰게 되었단 말이다. 뉴잉글랜드 경찰은 누구나, 보스턴 갱단이 미친개들이니까 미친개 취급을 해야 한다며 떠들고 다니잖아. 그래서 사실은 그렇지 않다고 그 친구들을 설득해야 한다고. 야, 본스가 어디 있다고 했지?"

그가 루미스에게 물었다.

줄리언 본스. 앨버트의 총잡이.

"골목에 있습니다. 시동을 걸어두라고 지시했습니다."

"가자."

앨버트가 엘리베이터까지 앞장서서 걸어가 문을 열었다. 브렌던 루미스가 조를 승강기 안으로 끌어들였다.

"돌려세워."

루미스가 조를 돌리자 담배가 입술에서 떨어졌다. 루미스가 뒤통수를 잡더니 얼굴을 벽에 밀어붙였다. 그런 다음 둘은 조의 두 손을 뒤로 빼내 조잡한 끈으로 손목을 감았다. 루미스가 있는 힘껏 끈을 당겨 끄트머리까지 단단히 묶었다. 조 역시 그 점에서는 전문가라 완벽한 매듭이 어떤 수준인지 정도는 알고 있었다. 놈들이 그를 이 엘리베이터 안에 혼자 남겨두고 4월에 돌아온다 해도 그때까지 속박을 풀지 못할 것이다.

루미스가 그를 돌려세운 다음 크레인을 조작했다. 앨버트는 백랍 상자에서 담배를 새로 꺼내 조의 입술에 물리고 불을 붙여주었다. 성냥 불빛을 통해서나마 조는 앨버트가 이런 일에 전혀 흥미가 없음을 알 수 있었다. 조가 머리에 가죽 올가미를 쓰고 발목에 돌이 가득 든 부대를 찬 채 미스틱 강 바닥에 가라앉으면 이 더러운 세상에서 사업을 하는 대가가 비싸다며 씁쓸해할 인간임은 틀림없었다.

물론 그것도 하룻밤뿐이겠지만.

그들은 1층에서 엘리베이터를 나와 텅 빈 직원 전용 복도를 걸어갔다. 파티의 소음이 벽을 뚫고 그곳까지 들려왔다. 두 대의 피아노와 호른이 절정에 이르고 흥겨운 웃음소리도 한창이었다.

복도 끝에 문이 있었다. 문 중앙에 파란색 페인트로 '배달실'이라는 도장을 찍어놓았다.

"괜찮은지 확인해 보겠습니다."

루미스가 문을 열자 밖은 3월의 밤이었다. 기온도 급격하게 떨어졌다. 가랑비가 내린 탓에 철제 비상구에서 은박지 냄새가 났다. 새로 지은 건물 냄새도 맡을 수 있었다. 착암기에 날린 석회 먼지가 아직도 허공을 떠도는 듯했다.

앨버트가 조를 자기 쪽으로 돌려세우고 타이를 고쳐주었다. 두 손바닥에 침을 발라 머리까지 어루만졌다. 가슴이 찢어질 듯 아픈 사람의 표정이었다.

"이익 때문에 사람을 죽이리라고는 상상도 못 했다. 바라지도 않았고…… 지금도 그래. 하룻밤도 맘 편히 자는 날이 없으니, 원. 단 하룻밤도 없어, 조. 매일 아침 일어날 때마다 두려움에 떨고, 밤에도 마찬가지 심정으로 머리를 베개에 대거든. 넌 어때?"

그가 조의 옷매무시를 고쳐주었다.

"예?"

"다른 사람이 되고 싶은 적 있었냐?"

"아뇨."

앨버트는 조의 어깨에서 뭔가를 집어 손가락으로 튕겨냈다.

"너를 데려다 주면 죽이지는 않겠다고 약속했다. 오늘 밤 네가 나타날 거라고 생각하는 사람은 아무도 없었지만 난 자신 있었지. 결국 에마는 널 구하기 위해 그러마 하고 대답한 거야. 어쨌든 나한테는 그렇게 말하더군. 하지만 어쩔 수 없이 죽여야 한다는 건 나도 알고 너도 알잖아, 조?"

그가 조를 보았다. 두 눈이 눈물로 촉촉해졌다.

"알지?"

조가 끄덕였다.

앨버트도 끄덕였다. 그가 상체를 숙이며 조의 귀에 속삭였다.

"에마도 죽일 거야."

"예?"

앨버트가 눈썹을 찡긋해 보였다.

"나도 그 애를 사랑하니까. 게다가 그날 새벽 내 포커 게임을 어떻게 털었겠냐? 에마가 정보를 줬을 것 아냐?"

"잠깐. 아뇨. 그런 적 없습니다."

앨버트가 조의 옷깃과 셔츠를 매만져주었다.

"너는 그렇게 말하겠지. 이런 식으로 생각해. 너희 둘이 정말로 사랑한다며? 그러니까 오늘 밤 천국에서 다시 만나는 거야."

그가 조의 배에 주먹을 먹이더니 그대로 태양신경절(복부에 신경이 집중된 곳 ─ 옮긴이)까지 끌어 올렸다. 조는 허리를 굽혔다. 또다시 산소를 모두 잃고 말았다. 로프에서 손을 빼고 머리로 앨버트를 들이받으려 했지만 앨버트가 조의 뺨을 때리고 골목 문을 열었다.

앨버트가 머리채를 잡아 일으킨 덕에 대기 중인 차를 볼 수 있었다. 뒷문이 열려 있고 줄리언 본스는 그 옆에 서 있었다. 루미스가 골목을 건너와 조의 팔꿈치를 잡고 앨버트와 함께 문지방 너머로 끌고 나갔다. 이제 뒷좌석 가죽 냄새는 물론, 기름걸레와 오물 냄새도 났다.

두 사람이 조를 안으로 밀어 넣으려다가 갑자기 손을 놓았다. 조는 자갈길 위에 무릎을 꿇었다. 앨버트의 고함도 들렸다.

"가! 가! 가!"

이윽고 자갈 밟는 발소리들. 어쩌면 놈들이 벌써 뒤통수를 쏘았는지도 모르겠다. 천국은 빛살의 모습으로 내려온다지 않는가.

그의 얼굴이 하얀 빛으로 덮였다. 골목 주변 건물들이 청색과 적색으로 물들었다. 자동차 타이어들이 끼이익 비명을 질러댔다. 누군가 메가폰으로 소리치고 또 누군가는 총을 쏘았다.

한 남자가 하얀 빛을 뚫고 다가왔다. 세련된 외모에 자신감까지 넘치는 남자. 지도력을 모반처럼 타고난 남자.

아버지.

등 뒤 빛 속에서 남자들이 걸어 나오더니 이내 10여 명의 보스턴 경관이 조를 둘러쌌다.

아버지가 고개를 갸웃했다.

"그래서 이제 경관 살해범이 되었구나, 조지프."

"아무도 죽이지 않았어요."

아버지는 조의 대답을 무시했다.

"공범들이 너를 죽음의 드라이브에 데려가려 한 모양이로군. 네가 너무 많이 안다고 여겼더냐?"

경찰 몇이 곤봉을 빼 들고 있었다.

"에마가 차 뒤에 실려 있어요. 놈들이 죽일 겁니다."

"누구?"

"앨버트 화이트, 브렌던 루미스, 줄리언 본스. 도니라는 자도 있어요."

골목 밖 거리에서 여자들 비명 소리가 들렸다. 자동차 경적 소리가 터지고 뒤이어 쾅 하고 충돌하는 굉음도 들려왔다. 다시 비명 소리. 골목에서는 가랑비가 폭우로 변해 쏟아붓기 시작했다.

아버지가 부하들을 보고 다시 조를 보았다.

"대단한 친구들을 두었구나, 아들. 나한테 얘기할 거짓말이 또 있느냐?"

"거짓말 아니에요. 놈들이 에마를 죽일 거라니까요."

조가 입에서 침을 뱉어냈다.

"이런, 우린 널 죽이지 않는다, 조지프. 아니, 털끝 하나 건드리지 않아. 어쨌든 대화를 원하는 동료는 몇 명 있지만."

토머스 커글린이 상체를 굽히고 두 손으로 무릎을 잡은 자세로 아들을 노려보았다.

강철보다 차가운 시선 어딘가, 1911년 조가 열병에 걸렸을 때 3일을 조의 병실 바닥에서 잠들었던 남자가 있었다. 그 당시만 해도 도시의 신문 여덟 종을 처음부터 끝까지 읽어주고, 사랑한다고 말하고, 하느님께서 아들을 데려가려거든 그 아비부터 상대하셔야 할 거라고 큰소리를 쳤다. 토머스 제이비어 커글린. 물론 그 말이 어떤 끔찍한 결과로 나타날지는 그야말로 신만이 알 일이었다.

"아버지, 제 말 좀 들어보세요. 에마가……"

아버지가 그의 얼굴에 침을 뱉었다.

"이제 너희들이 맡아라."

그가 부하들에게 선언하고 자리를 피했다.

"차를 찾아요! 도니를 찾으라고요! 에마가 도니 차로 끌려갔어요!"

조가 비명을 질렀다.

첫 번째 주먹이 조의 턱을 가격했다. 두 번째는 곤봉이었다. 관자놀이를 겨냥한 걸까? 순간 어둠을 밝히던 조명들이 순식간에 꺼지고 말았다.

6장
죄인은 모두 성인이다

지긋지긋한 기자들이 보스턴 경찰서를 덮칠 것 같다는 얘기를 토머스에게 처음 알린 사람은 구급차 운전사였다.

경찰이 조를 나무 들것에 묶어 구급차 뒷자리에 실었다.

"지붕에서 떨어뜨리기라도 한 겁니까?"

빗소리가 어찌나 시끄럽던지 운전사의 질문에 모두들 고함을 질러야 했다.

"우리가 오기 전에 그런 거예요!"

토머스의 부관이자 운전사, 마이클 풀리 경사의 대답이었다. 구급차 운전사가 조와 경사를 번갈아 보는데 흰 모자의 검은 챙에서 물이 쏟아져 내렸다.

"그래요? 세상에, 지독하군요."

비가 내리고 있었지만 토머스는 골목이 너무 덥다고 생각했다.

"이놈은 뉴햄프셔의 경관 셋을 살해했다는 혐의를 받고 있다."

풀리 경사도 덧붙였다.

"이제 감이 오슈, 응?"

구급차 운전사가 조의 맥박을 재며 시간을 확인했다.

"나도 신문은 읽습니다. 운전석에 앉아 망할 놈의 신문 훑는 게 일이니까. 이 친구는 운전사였어요. 경찰에 쫓기면서 놈들이 다른 경찰차를 날려버렸다더군요."

그가 조의 손목을 가슴에 올려놓았다.

"적어도 이 친구 짓은 아닙니다."

"은행을 털지 않았다면 그 친구들도 죽지 않았을 거야."

토머스가 반박했다.

"경찰이 기관총을 사용하지 않았어도 죽지 않았겠죠."

운전사가 문을 닫으며 풀리와 토머스를 노려보았다. 그의 반감 어린 눈빛에는 토머스도 움찔하지 않을 수 없었다.

"그래서 이렇게 죽도록 두들겨 팬 건가요? 이 친구가 범죄자입니까?"

호송차 두 대가 구급차 뒤에 따라붙어 모두 세 대가 어둠 속으로 출발했다. 토머스는 마음속으로, 두들겨 맞은 채 저 구급차에 실린 사내가 '범인'이라고 다그쳐야 했다. 아들이라고 생각하면 너무 괴로웠기 때문이다. 자신의 살과 피가, 그 많은 피와 살이 골목에 아무렇게나 버려졌다.

"앨버트 화이트는 지명수배했지?"

그가 묻자 풀리가 고개를 끄덕였다.

"루미스와 본스와 도니도 했습니다. 성이 없지만 도니 기슐러일 겁니다. 화이트의 똘마니죠."

"기슐러를 최우선으로 잡아. 차 안에 여자가 있다는 사실도 알리고. 포먼은 어디 있지?"

풀리가 턱으로 가리켰다.

"아직 골목입니다."

토머스가 걸음을 떼자 풀리도 뒤를 쫓았다. 직원용 출입구 옆에는 아직 경관들이 많이 남아 있었다. 토머스는 오른발 옆에 고인 조의 피를 애써 외면했다. 빗물을 그렇게 받아 마시고도 웅덩이는 여전히 시뻘겠다. 그는 대신 수사반장 스티브 포먼한테로 시선을 돌렸다.

"차에 대해 건진 게 있나?"

포먼이 속기 공책을 펼쳤다.

"접시닦이 말로는 콜 로드스터가 골목에 서 있었답니다. 8시 15분에서 8시 30분 사이였는데 그 후엔 로드스터가 나가고 대신 닷지가 들어섰다는군요."

토머스가 경관들을 데리고 들이닥쳤을 때 조를 태우려고 했던 차가 닷지였다.

"로드스터를 최우선으로 수배해. 도널드 기슐러가 운전하는데 뒷좌석에 여자가 타고 있을 거야. 에마 굴드. 스티브, 에마가 바로 찰스타운 굴드 집안이다. 무슨 말인지 알겠지?"

"아, 예, 물론입니다."

포먼이 대답했다.

"보보가 아니라 올리 굴드 쪽이야."

"옙."

"누구든 보내서 올리가 유니언 스트리트에서 발 뻗고 자지 못하게 해. 풀리 경사?"

"예."

"도니 기슐러라는 놈, 직접 본 적 있나?"

풀리가 고개를 끄덕였다.

"170센티미터에 86킬로그램. 늘 검은색 털모자를 쓰고 다니고 마지막으로 봤을 땐 찰리 채플린 콧수염이었습니다. 1-6에 머그샷이 있을 거예요."

"아무나 보내서 가져오고 인상착의를 전국에 내려보내."

결국 아들의 피 웅덩이를 보고 말았다. 그 안에 치아 하나가 떠다녔다.

장남 에이든과도 몇 년 동안 대화 한 번 없었다. 이따금 편지를 받기는 해도 뜬구름 잡는 얘기들뿐, 개인적인 얘기는 단 한 줄도 없었다. 그가 어디에 사는지…… 아니, 사실은 살았는지 죽었는지조차 모른다. 둘째 아들 코너는 1919년 경찰 폭동 와중에 실명했다. 물리적으로야 비교적 빠른 속도로 장애에 적응했다지만 정신적으로는 자기 연민과 알코올에 대한 의존도가 높아졌다. 자살 시도가 실패한 후에는 아예 종교에 빠져들었다. 잠시 입질을 하더니만 아예 맹인과 장애인을 위한 사일러스 애버츠퍼드 학교에 거처를 정한 것이다. 하느님이야 숭배자들로부터 언제나 순교자의 연애 감정 이상을 요구하지 않았던가. 학교에서는 그에게 수위직을 맡겼다. 맙소사, 주 역사상 주요사건에 수석 검사로 임명된 최연소 지방검사보였던 인재가 그런 곳에 살면서 보이지도 않는 바닥에 걸레질을 하다니. 학교에서 교직을 제안했다지만 그는 겸손을 가장하며 모두 거절했다. 토머스의 아들들이 겸손해야 할 이유는 어디에도 없었다. 코너는 그를 사랑하는 사람들 모두에게 문을 닫아버렸는데, 이 경우 그 대상은 바로 토머스 자신이었다.

그리고 여기 막내아들이 있다. 범죄와 창녀와 밀주와 총잡이의 세계에 빼앗긴 아들…… 언제나 매력과 부를 약속하지만 그 어떤 약속도 지키지 않는 세계가 아닌가. 게다가 막내아들은 그의 패거리와 토머스 자신의 부하들 덕에 오늘 밤을 넘기지 못할 수도 있다.

그렇게 빗속에 서 있는 동안 토머스는 자신의 끔찍한 자아가 뿜어내는 악취 외에 아무 냄새도 맡을 수가 없었다.

"여자애를 찾아내."

그가 풀리와 포먼에게 지시했다.

세일럼의 순경이 도니 기슐러와 에마 굴드를 목격했다. 추적이 끝날 즈음 순찰차 아홉 대가 개입했는데 모두 노스쇼어의 소읍인 비벌리, 피보디, 마블헤드 소속이었다. 일부는 자동차 뒷좌석에서 여자를 보았지만 그렇지 못한 경관도 있었다. 심지어 여자가 둘 이상이었다고 주장하는 이도 있었는데 나중에 확인한 결과 경관이 술에 취한 상태였다. 도니 기슐러는 고속으로 순찰차 두 대를 도로 밖으로 떨어뜨려 큰 피해를 입혔다. 결국 도니가 사격을 개시했고(실력은 형편없었다.) 경찰도 응사할 수밖에 없었다.

도니 기슐러의 콜 로드스터가 도로 밖으로 날아간 시각은 밤 9시

50분이었다. 마블헤드의 레이디스 코브를 따라 오션 에버뉴를 질주하는데 경관 하나가 운 좋게 기슐러의 타이어를 맞춘 것이다. 아니, 어쩌면 타이어가 마모해 그냥 터져버렸을 수도 있겠다. 폭우 속에서 시속 60킬로미터로 달렸으니 가능성이 없지도 않았다. 그 지점이라면 도로는 적고 바다만 무한했다. 콜은 갓길 위에 떨어져 한 바퀴 공중제비를 돌다가 도로 밖으로 사라졌다. 자동차는 창 두 개가 터져 나간 상태로 수심 2.5미터 물속에 처박혀 경관들이 순찰차에서 내리기도 전에 가라앉고 말았다.

비벌리 소속의 루 벌리가 팬티만 입고 뛰어들었으나 어차피 어두운 밤이었다. 누군가가 순찰차의 전조등을 일제히 비춰보자고 제안했지만 어둡기는 마찬가지였다. 루 벌리는 얼음물에 네 번이나 뛰어든 탓에 저체온증으로 하루 종일 병원에 입원했음에도 불구하고 끝내 차를 찾아내지는 못했다.

다음 날 오후 2시 직후 잠수부들이 차를 찾아냈다. 기슐러는 운전석에 앉아 있었다. 운전대가 부러져 겨드랑이를 찌르고 기어도 사타구니를 꿰뚫었지만 어느 쪽도 사인은 아니었다. 그날 밤 경찰이 쏜 50여 발 중 하나가 뒤통수를 맞힌 것이다. 타이어가 터지지 않았다 해도 결국 물속에 곤두박질쳤으리라.

경찰은 차 천장에서 은 팔찌와 은색 깃털도 찾아냈지만 에마 굴드는 어디에도 보이지 않았다.

스타틀러 호텔 뒤에서 경찰과 삼인조 갱 사이에 벌어진 총격전은 사건 발생 10분 만에 도시의 역사적 미스터리로 기록되었다. 사실

혼란한 와중에도 총에 맞은 사람도 없었고 총성도 몇 번 울리지 않았다. 때마침 극장 관객들이 식당에서 나와 콜로니얼 극장이나 플리머스 극장으로 몰려든 덕분에 범인들도 골목에서 빠져나갈 수 있었다. 콜로니얼 극장의 「피그말리언」 재공연은 3주간 매진이었으며, 플리머스도 「서부 난봉꾼」을 무대에 올림으로써 워치앤드워드(보스턴을 중심으로 활동한 도덕성 회복 운동 단체 — 옮긴이)의 공분을 샀다. 워치앤드워드는 인상 더럽고 입심 끝내주는 여자 회원 10여 명을 보내 항의했으나 기껏 연극에 관한 관심만 커지고 말았을 뿐이었다. 여자들의 요란한 등장은 흥행에도 도움이 되었을 뿐만 아니라 갱단들한테도 뜻밖의 횡재였다. 삼인조가 골목에서 빠져나왔을 때 경찰이 바로 뒤쪽 거리에 등장했다. 그런데, 워치앤드워드 여자들이 총을 보고 비명을 지르고 고함을 치고 삿대질을 해대는 바람에. 연인들이 극장으로 들어가다가 기겁을 하고는 어정쩡하게 문 뒤로 숨었으며, 어느 피어스 애로 운전사는 주인을 태운 채 가로등을 들이받았다. 가랑비도 하필 그때 폭우로 돌변했다. 경찰이 정신을 차렸을 때쯤엔 삼인조 갱단은 피드몬트 스트리트에서 차를 빼앗아 폭우로 뒤덮인 시내로 빠져나간 후였다.

'스타틀러 총격전'은 기막힌 기삿거리였다. 기사는 간단하게 시작했다. 영웅적인 경관들, 경관 살해범들과 총격전 끝에 진압, 한 명 체포. 하지만 상황은 이내 복잡해져 갔다. 구급차 운전사 오스카 페이엣의 진술에 따르면 경찰이 심하게 구타하는 바람에 범인이 그날 밤을 넘기기 어려웠다. 자정 직후, 미확인 보도가 워싱턴 스트리트의 보도국을 휩쓸었다. 범인을 태운 차가 마블헤드의 레이디스 코브 앞 바다에 빠져 순식간에 침몰했는데 뒷자리에 여자가 갇혀 있었다는 내용이었다.

그 후 스타틀러 총격전에 연루된 갱 중에 사업가 앨버트 화이트가 포함되어 있다는 소문이 퍼졌다. 그때까지만 해도 앨버트 화이트는 보스턴 사교계에서 남부럽지 않은 입지를 차지하고 있었다. 그는 누가 보아도 밀매업자, 럼주 거래인, 무법자였다. 그가 공갈, 협박에도 손을 뻗친다는 사실을 다들 인정하면서도 묘하게 근래 주요 도시에서 발생하는 폭동과는 무관하다고 믿으려는 분위기였다. 앨버트 화이트는 소위 '착한' 밀주업자이자 가벼운 악습의 배급자였다. 연한 색 정장도 잘 어울리고, 전쟁 무용담과 경찰 시절 얘기로 좌중을 즐겁게 하는 능력도 있었다. 하지만 스타틀러 총격전(E. M. 스타틀러가 신문사에 명칭을 재고해 달라고 요청했지만 소용은 없었다.) 이후 그런 식의 호감은 완전히 사라졌다. 경찰은 앨버트에게 체포영장을 발부했다. 그가 결국 무죄가 된다 해도 명사들과 희희낙락하던 시절은 종친 셈이었다. 비컨힐의 거실과 응접실 잡담에서도 인정하는 바이지만, 대리만족과 외설에서 비롯한 쾌락에는 한계가 있는 법이었다.

그 밖에는 토머스 경정이 감내해야 할 시련이 있었다. 한때는 차기 경찰청장은 물론 의회 진출까지 유력한 인물로 통했다. 다음 날 석간에서, 체포 후 현장에서 구타당한 범인이 다름 아닌 커글린의 아들임을 밝혔을 때만 해도 아버지라는 이유만으로 그를 판단해서는 안 된다는 분위기였다. 천방지축 아들을 훈육하기 어렵다는 사실 정도는 다들 알기 때문이었다. 그러던 중《이그재미너》칼럼니스트 빌리 켈러허가 스타틀러 계단에서 조지프 커글린과 조우한 얘기를 보도했다. 사실, 경찰에 조를 신고한 것도 퀠러허였고 토머스 커글린이 제 아들을 사자 떼에게 던져주는 장면을 목격한 것도 퀠러허였다. 대중은 술렁거렸다. 아들을 제대로 기르는 문제는 그렇다 치자. 그런데 아들을 죽도록 패라고 지시했다고?

 토머스는 펨버튼 스퀘어의 청장실에 불려 갔을 때 이미 청장 자리가 물 건너갔음을 깨달았다.

 허버트 윌슨 경찰청장은 책상에 앉은 채 손짓으로 토머스를 의자에 앉혔다. 윌슨은 1922년부터 그 자리에 앉았다. 전임 청장 에드윈 업튼 커티스가 고맙게도 심장마비로 죽었기 때문이었다. 하긴 벨기에 황제가 나라를 말아먹은 것만큼이나 커티스가 경찰을 망쳐놓기도 했다.

 "앉으라고, 톰."

 토머스 커글린은 톰이라는 호칭을 싫어했다. 얕잡아 보거나 쓸데없이 다정하게 군다는 인상이 강하기 때문이다.

 그가 자리에 앉았다.

 "아들은 어때?"

 윌슨 청장이 물었다.

 "혼수상태입니다."

 윌슨이 고개를 끄덕이며 천천히 코로 숨을 내쉬었다.

 "톰, 계속 그런 식일수록 여론은 아들을 성인처럼 대할 걸세."

 청장이 책상 너머로 그를 보았다.

 "얼굴이 크게 상했어. 잠은 자나?"

 토머스가 고개를 저었다.

"그 이후로는……"

그는 이틀 밤을 아들 병실에서 지내며 자기 죄를 되새기고 믿지도 않는 신에게 기도했다. 의사 말로는 조가 깨어난다 해도 뇌 손상 가능성이 있었다. 부하들에게 아들을 죽도록 패라고 지시한 이유는 너무 화가 나서였다. 그러니까, 역겨운 아버지부터 아내와 아들들까지 한결같이 두려워했던 그의 불같은 성격 때문이었다. 이제 뜨거운 갈탄 위에 놓아둔 칼날처럼 자신의 치욕을 선명하게 들여다볼 수 있었다. 칼날이 까맣게 타고 끄트머리를 따라 연기가 뱀처럼 똬리를 틀며 미끄러지기 시작했다. 칼날은 이제 갈빗대 아래를 뚫고 들어가 배 속을 휘저으며, 더 이상 보지도 숨을 쉬지도 못할 때까지 닥치는 대로 베어냈다.

"다른 두 놈은 아무 소식 없나? 바르톨로 형제라고 했던가?"

청장이 물었다.

"지금쯤 아실 거라고 생각했습니다만."

윌슨이 고개를 저었다.

"오전 내내 예산회의가 있었어."

"조금 전에 텔레타이프 통신으로 들어온 소식입니다. 파올로 바르톨로를 잡았답니다."

"어디서?"

"버몬트 주경찰."

"산 채로?"

토머스가 고개를 저었다.

사실 이런저런 이유 때문에 석연치 않은 구석이 많았다. 파올로 바르톨로는 차에 햄 통조림을 가득 싣고 운전 중이었다. 통조림은 뒷좌석을 가득 채우고 조수석 발밑까지 차지했다. 캐나다 국경에서 25킬로미터 거리, 세인트올본의 사우스메인 스트리트의 적색 신호를 지나칠 때 주경찰이 차를 세우라고 했다. 파올로는 거부했다. 그래서 경찰이 추격하고 다른 주경찰들이 합류해 결국 차를 도로 밖으로 밀어낸 것이었다. 이너즈버그필 낙농장 인근이었다.

청명한 봄날 오후, 파올로가 차에서 내리면서 총을 뽑았는지는 여전히 오리무중이다. 허리춤에 손을 댔을 수는 있겠다. 어쩌면 두 손을 드는 속도가 조금 느렸을 수도. 어쨌든 파올로나 디온이 주경찰 제이콥 조브를 죽였다는 사실을 감안했는지 경찰들은 조금도 망설이지 않았다. 한 명당 적어도 두 발씩은 발사했다고 했다.

"경찰 몇 명이 발사했지?"

윌슨이 물었다.

"일곱이라고 들었습니다, 청장님."

"그래서 그 친구한테 몇 발이 맞은 거야?"

"열한 발입니다만, 정확한 내용은 일단 부검결과를 봐야 합니다."

"디온 바르톨로는?"

"몬트리올이나 그 인근에 숨어 있을 겁니다. 둘 중 디온이 더 똑똑했죠. 파올로는 겁대가리가 없는 쪽이고요."

청장이 책상의 소형 파일에서 서류 한 장을 집어 다른 소형 파일 위에 놓았다. 그러고는 창밖을 내다보았는데 흡사 몇 블록 저쪽의 세관 빌딩에 매혹되기라도 한 사람 같았다.

"자네 계급장을 달고 이 방에서 다시 나가게 할 수는 없네. 이해하지?"

"예, 이해합니다."

토머스는 청장실을 둘러보았다. 지난 10년간 그렇게나 탐냈건만 묘하게도 전혀 아쉽지가 않았다.

"자네를 소장으로 강등하려면 파출소도 하나 찾아봐야 해."

"그러실 필요 없습니다."

청장이 상체를 숙이며 두 손을 맞잡았다.

"그래, 그래서 그렇게 하지 않기로 했네. 이제 온전히 아들을 위해 기도해도 돼, 토머스. 승진 걱정은 더 이상 하지 않아도 되니까."

"에마는 죽지 않았어요."

조가 말했다.

조는 네 시간 전에 혼수상태에서 깨어났다. 전화를 받은 후 토머스는 10분 만에 매사추세츠 종합병원에 도착했다. 변호사 잭 자비스와 함께였다. 잭 자비스 영감은 키가 작고 정장 차림이었다. 짙은 갈색, 젖은 모래색, 검은색 등, 옷은 전반적으로 칙칙한 분위기 일색이었고 그나마도 몹시 바랬다. 타이는 정장과 색이 비슷했다. 셔츠도 누렇게 변색했으며, 모자는 너무 커서 귀 위에 살짝 얹어놓은 것처럼 보였다. 잭 자비스는 당장에라도 은퇴할 사람처럼 보였다. 아니, 겉모습으로야 정말로 30년 전에 은퇴해야 마땅했으나 이방인이 아니면 외모에 속는 사람은 아무도 없었다. 도시에서 제일 유명한 형사법 변호사인 데다 그와 견줄 만한 인물도 거의 없기 때문이었다. 오랜 세월 토머스가 지방검찰에 들고 간 철벽사건 가운데 최소 열두 건 이상이 잭 자비스한테 박살이 났다. 실제로 잭 자비스가 죽으면 천국에 앉아 과거 고객들을 지옥에서 석방시키면서 시간을 때우리라는 우스갯소리가 있을 정도였다.

의사들이 두 시간 동안 조를 검사하는 동안 토머스와 자비스는 복도에 서서 병실 담당 순경과 함께 기다려야 했다.

"저 애를 빼낼 수는 없소."

자비스가 말했다.

"압니다."

"하지만 기소 중지는 장담하지. 2급 살인기소는 개소리야. 주검사도 그 정도는 알지만 어쨌든 어느 정도 복역할 각오는 해야 하오."

"얼마나 될까요?"

자비스가 어깨를 으쓱했다.

"내 계산엔 10년 정도."

토머스가 고개를 저었다.

"찰스타운에서요? 그럼 그 문을 나설 때쯤 저놈은 아무것도 남아 있지 않을 겁니다."

"경찰이 죽었소, 토머스."

"저 애가 죽인 건 아닙니다."

"그 덕분에 전기의자를 면한 거요. 당신 아들이 아니었다면 당신도 20년은 때리려 했을걸?"

"하지만 내 아들입니다."

토머스가 항변했다.

의사들이 병실을 빠져나왔다.

그중 한 사람이 걸음을 멈추고 토머스에게 말을 걸었다.

"아드님 두개골을 뭘로 만드셨는지 모르겠지만 우리 판단으로는 뼈는 아닙니다."

"예?"

"괜찮다는 뜻입니다. 두개골 내 출혈도 없고, 기억상실증이나 언어장애도 없습니다. 코와 갈빗대 반이 부러진 탓에 당분간은 피오줌을 싸겠지만 뇌 장애는 없는 것 같습니다."

토머스와 자비스가 들어가 조의 병상 옆에 앉았다. 조는 까맣게 부어오른 눈으로 두 사람을 보았다.

"내가 잘못했다. 무조건 이 아비가 잘못했어. 변명의 여지도 없다."

조가 잔뜩 꿰맨 입술로 대답했다. 입술이 모두 시꺼멓게 탔다.

"나를 때리라고 한 일 말인가요?"

토머스가 끄덕였다.

"그래, 터무니없는 짓이었다."

"지금 사과하시는 겁니까?"

토머스가 고개를 저었다.

"아니, 내가 직접 할걸 그랬구나."

조가 콧구멍으로 간신히 키득거렸다.

"아무리 생각해도 아버지 부하들한테 맞아서 다행이에요. 아버지였다면 그 자리에서 죽었을 테니까요."

토머스가 미소 지었다.

"그래서, 날 미워하지 않겠다는 거냐?"

"10년 만에 아버지가 처음으로 맘에 드는걸요."

조가 머리를 들려고 했으나 실패했다.

"에마는 어디 있죠?"

잭 자비스가 무슨 말을 하려 했지만 토머스가 제지했다. 그는 마블헤드의 사고를 전하는 동안 아들한테서 시선을 떼지 않았다.

조는 잠시 아버지 얘기를 머릿속으로 굴려보다가 입을 열었다. 다소 굳은 목소리.

"에마는 죽지 않았어요."

"아니, 죽었다. 그날 밤 즉시 조치를 취했다 해도 도니 기슐러는 절대 산 채로 잡힐 놈이 아니었어. 그 차에 타자마자 놈이 죽였을 거야."

"시신이 없었다면서요. 그럼, 안 죽었어요."

조가 단언했다.

"조지프. 타이태닉호가 침몰했을 때도 시신은 절반도 찾지 못했지만 다시 살아 돌아온 경우는 없었다."

"믿을 수 없어요."

"못 믿겠다는 게냐, 안 믿겠다는 게냐?"

"마찬가지예요."

토머스가 고개를 저었다.

"아니, 달라. 그날 밤 사건 정황을 어느 정도 파악했다. 그 애는 앨버트 화이트의 노리개였어. 널 배신한 거야."

조가 꿰맨 입술을 비틀며 미소 지었다.

"예, 배신했어요. 그래도 상관없어요. 그 애한테 미쳤으니까."

"미친 건 사랑하고 달라."

"예, 그럼 뭐죠?"

"그냥 미친 거지."

"아버지, 이런 말씀드리긴 싫지만, 18년 동안 지켜본 바로는 두 분의 결혼도 사랑은 아니었어요."

토머스도 인정하며 한숨을 내쉬었다.

"그래, 아니었지. 무슨 얘기를 하려는지 안다. 어쨌든 그 애는 죽었어, 아들. 네 엄마처럼. 삼가 명복은 빌어주마."

"앨버트는요?"

조가 물었다.

토머스가 병상 옆에 앉았다.

"아직."

그때 잭 자비스가 끼어들었다.

"복귀하려고 협상 중이라는 소문은 있더군."

"누구시죠?"

조가 자비스한테 물었다.

변호사가 손을 내밀었다.

"존 자비스라고 하네, 커글린 군. 다들 잭이라고 부르지만."

조의 퉁퉁 부은 눈이 왕방울만 해졌다. 토머스와 잭이 병실에 들어온 후 처음으로 놀란 표정이었다.

"빌어먹을. 들어본 이름입니다."

그가 중얼거렸다.

"나도 네 이름을 들어봤다. 불행하게도 매사추세츠 전체가 들었지. 아무튼 네 아버지가 취한 최악의 결정이 너한테 최대의 선물로 돌아갈 수는 있을 거야."

"어떻게요?"

토머스가 물었다.

"죽도록 팬 덕분에 아들을 피해자로 만들었잖아. 주검사도 기소를 원치 않을 거야. 물론 기소야 하겠지만 원치는 않을 거라 이거야."

"주검사가 지금도 본듀랜트인가요?"

조가 물었다.

자비스가 끄덕였다.

"그 친구를 아나?"

"예, 압니다."

조가 대답했다. 멍든 얼굴에 두려움이 가득했다.

"토머스, 당신도 본듀랜트를 아오?"

자비스가 그의 표정을 살피며 물었다.

토머스가 대답했다.

"예, 알아요."

캘빈 본듀랜트는 비컨힐의 레녹스 가문과 결혼해 날씬한 딸 셋을 낳았다. 그중 하나가 최근에 로지 가문과 결혼해 사교계 소식란에서 명성을 높이기도 했다. 본듀랜트는 열렬한 금주법 지지자이자 온갖 유형의 악과 의연히 맞서는 십자군이다. 그의 주장에 따르면, 범죄는 지난 70년간 이 위대한 땅에 휩쓸려 들어온 하층민과 열등 인종의 산물이었다. 70년 이민사는 기본적으로 두 민족에 대한 얘기였다. 아일랜드계와 이탈리아계. 그만큼 본듀랜트의 메시지는 단순하기가 그지없었다. 몇 년 후 주지사 선거에 나서면 비컨힐과 백베이의 후원자들도 그가 정말로 단순무식하다는 사실을 알게 될 터였다.

본듀랜트의 비서가 토머스를 사무실로 안내하고 문을 닫았다. 본듀랜트는 창문 옆에서 돌아서서 토머스를 무덤덤한 시선으로 마주했다.

"오실 줄 알았습니다."

10년 전, 토머스가 한 하숙집에 있는 캘빈 본듀랜트를 급습한 적이 있었다. 본듀랜트는 샴페인 몇 병에 취해 벌거벗은 젊은 멕시코 남자와 흥청거리고 있었다. 멕시코 젊은이는 애송이 매춘부일 뿐만 아니라 판초 비야의 북군 출신으로 고국에서는 반역죄로 수배 중이었다. 토머스는 혁명당원을 치와와 주로 추방하고 본듀랜트의 이름을 체포자 명단에서 빼내주었다.

"예, 왔습니다."

토머스가 대답했다.

"아드님을 범죄자에서 피해자로 만들었습니다. 놀라운 속임수였어요. 그렇게 영리하셨던가요, 경정님?"

"누가 그렇게 영리하겠습니까?"

본듀랜트가 고개를 저었다.

"아니, 드물지만 있습니다. 경정님도 그중 하나일지 모르죠. 유죄를 인정하라고 하세요. 경찰 셋이 죽었습니다. 내일이면 장례식이 일제히 일면을 차지할 거예요. 은행 강도를 인정한다면, 글쎄요, 중과실치상? 12년 정도면 될 겁니다."

"12년?"

"경찰 셋이 죽었어요. 그 정도면 가벼운 겁니다, 토머스."

"5년."

"예?"

"5년으로 합시다."

토머스가 되뇌었다.

"불가능합니다."

본듀랜트가 고개를 저었다.

토머스는 의자에 앉은 채 꼼짝도 하지 않았다.

본듀랜트가 다시 고개를 저었다.

토머스가 발목을 교차했다.

본듀랜트가 입을 열었다.

"이런, 맙소사."

토머스가 가볍게 고개를 갸웃했다.

"제가 한두 가지 정리해 드리겠습니다, 경정님."

"경감입니다."

"예?"

"어제 경감으로 강등되었죠."

비릿한 미소가 본듀랜트의 입술까지 닿지는 않았으나 눈을 스치기는 했다. 반짝, 그리고 소멸.

"그럼 정리까지 할 필요는 없겠군요."

"정리도 오해도 필요 없습니다. 난 현실적인 사람이니까."

그가 주머니에서 사진을 꺼내 본듀랜트의 책상에 놓았다.

본듀랜트는 사진을 내려다보았다. 문. 바랜 적색 문. 중앙의 29호실 간판. 백베이의 연립주택 문이었다. 이번에 본듀랜트의 눈에 비친 빛은 미소와는 정반대였다.

토머스가 그의 책상에 손가락 하나를 얹었다.

"검사님이 밀통을 위해 다른 건물로 자리를 옮기시면 한 시간 내에 내 귀에도 들어옵니다. 요즘 주지사 선거를 위해 정치자금을 모으신다고 들었습니다. 이왕이면 크게 모으시죠. 정치자금이 넉넉하면 누구든 포용할 수 있지 않겠습니까?"

토머스가 머리에 모자를 얹고 챙 중앙을 당겨 자리를 잡았다.

본듀랜트가 책상 위 사진을 보았다.

"할 수 있는 일을 찾아보리다."

"찾아보는 건 관심 없습니다."

"나라고 뭐든 가능한 게 아니지 않습니까."

"5년. 내 아들은 5년 형을 받습니다."

토머스가 선언했다.

다시 2주 후 나한트 해안에 여자의 팔 하나가 떠내려왔다. 3일 후 한 어부가 린 해안에서 어망으로 허벅지를 건져냈다. 부검 결과 허벅지와 팔은 동일 인물이었다. 20대 초반의 여성. 북유럽 태생으로 추정되었으며 주근깨가 많고 투명한 피부였다.

매사추세츠 대 조지프 커글린 사건에서, 조는 무장강도를 교사하고 지원한 혐의로 유죄를 인정하고 5년 4개월 징역형을 선고받았다.

그는 그녀가 살아 있다고 확신했다.

확신하는 이유는 그렇지 않다면 그가 살아 있을 이유가 없기 때문이었다. 그는 그녀의 실존을 믿었다. 믿지 않는다면 박탈감과 허탈감에 이미 끝장났을 것이기 때문이다.

"그 애는 죽었다."

아버지가 단언했다. 서퍽 카운티 감옥에서 찰스타운 교도소로 이송하기 직전이었다.

"아니, 안 죽었어요."

"너도 속으로는 인정하잖아."

"도로 밖으로 떨어질 때 에마를 본 사람은 아무도 없잖아요."

"밤새 비도 많이 내린 데다 고속 질주였어. 놈들은 그 애를 차에 실었고 차는 바다로 곤두박질쳤다, 아들. 죽어서 바다 깊숙이 흘러간 거야."

"내 눈으로 시신을 보기 전에는 아닙니다."

"시신 일부를 발견했잖니?"

아버지가 사과하듯 한 손을 들어 보였다. 다시 입을 열었을 때는 목소리도 한층 누그러졌다.

"도대체 뭘 어떻게 해야 이성을 되찾을 테냐?"

"그녀가 죽었다는 얘기도 이성과는 거리가 멉니다. 살아 있다는 사실을 확인할 때까지는 아니에요."

사실 그렇게 말할수록 그녀가 이 세상 사람이 아니라는 생각이 강해졌다. 그녀가 그를 사랑했음을 느끼듯, 그녀의 죽음을 느낄 수 있었다. 그녀가 배신했을 때조차 사랑을 느끼지 않았던가. 하지만 그 사실을 인정하고 직면해야 한다면, 북동부 최악의 감옥에서 어떻게

5년을 지낼 수 있겠는가? 친구도 신도 가족도 없이.

"에마는 살아 있어요, 아버지."

아버지가 잠시 그를 보았다.

"그 애의 어디를 사랑했더냐?"

"예?"

"그 애의 어떤 점이 좋았는지 물었다."

조는 몇 가지 적절한 표현을 저울질해 보았으나 어느 것 하나 딱히 맘에 들지 않았다.

"적어도 나한테는 세상에 드러난 것과 다른 모습을 보여주려던 참이었어요. 글쎄, 잘 모르겠군요. 좀 더 부드러웠다고 할까?"

"그건 가능성이다. 사랑이 아니라."

"뭐가 다르죠?"

아버지가 그 말에 고개를 갸웃했다.

"넌 네 어미와 내 사이를 이어줄 아이였어. 알고 있었니?"

"두 분 사이가 좋지 않다는 것 정도는 알았죠."

"그럼 계획이 어떻게 틀어졌는지도 알겠구나. 사람들은 서로를 바꾸지 못해, 조지프. 사람은 변하는 존재가 아니라 늘 똑같기 때문이란다."

"그런 말 안 믿어요."

아버지가 두 눈을 감았다.

"믿지 않는 거냐? 믿지 않겠다는 거냐? 아들아, 살아 있다는 건 순간순간이 모두 운이다."

그가 눈을 떴을 때 눈가가 붉게 물들었다.

"업적? 역시 운이 만들어주지. 적절한 시대, 적절한 장소에 적절한 피부색으로 태어나야 하니까. 출세를 하려면 적절한 시대에 적절한 장소에서 그만큼 오래 목숨을 부지하며 살아야 하는 거야. 그래, 그래, 재능도 필요하고 열심히 일하면 뭐든 달라지기야 하겠지. 그런 요인도 중요하다. 그것까지 부정하지 않으마. 하지만 그래도 삶의 기초는 누구에게나 운이야. 행운이든 불운이든. 운이 삶이고 삶이 운이다. 그리고 운은 손에 잡히는 순간부터 새어 나간단다. 죽은 여자나 그리워하면서 운을 낭비하지 마라. 애초에 너와 어울리는 애도 아니었어."

조가 입을 앙다물고 한마디만 했다.

"운도 자신이 만드는 겁니다, 아버지."

"그럴 때도 있겠지. 하지만 대개는 운이 너를 만든단다."

두 사람은 잠시 아무 말도 하지 않았다. 조의 심장이 미칠 듯이 뛰었다. 가슴을 사정없이 두들겨 패는 것 같았다. 그는 그 느낌을 자신에게 없는 뭔가를 찾듯 간절하게 찾았다. 비 오는 날 길 잃은 개가 이런 기분이겠지?

아버지가 시계를 보고 다시 조끼 주머니에 넣었다.

"저 안에 들어가면 첫 주부터 누군가 널 위협할 거다. 들어가자마자 시작할 수도 있고. 그자의 눈을 들여다보면 뭘 원하는지 알 수 있어. 말을 하든 하지 않든."

조의 입술이 타들어 갔다.

"그럼 운동장이나 식당에서 누군가 널 보호하려 들 거야. 넌 그자를 상대해야 해. 그자는 상대를 물리친 다음에 네가 그 안에 있는 동안 지켜주겠다고 나설 거다. 조? 내 말 잘 들어라. 넌 그자를 죽여 놔야 해. 다시는 건드리지 못하도록 확실하게. 그자의 팔꿈치나 무릎뼈를 아작 내라. 둘 다 아작 내도 좋고."

조는 심장이 목구멍 밖으로 튀어나올 것 같았다.

"그럼 날 건드리지 않을까요?"

아버지가 딱딱한 미소를 지으며 고개를 끄덕이려 했지만 그 순간 미소는 사라지고 고갯짓도 함께 사라졌다.

"아니, 그렇지 않아."

"그럼 어떻게 해야 하죠?"

아버지가 잠시 시선을 피하며 우물거렸다. 그가 다시 돌아보았을 때, 더 이상 눈물은 보이지 않았다.

"방법은 없다."

7장
아가리

서퍽 카운티에서 찰스타운 교도소까지 거리는 2킬로미터도 되지 않았다. 죄수들을 호송버스에 태워 발목에 속박을 채울 시간이면 충분히 걸어 도착할 거리였다. 그날 아침 호송해야 할 죄수는 모두 넷이었다. 깡마른 흑인과 뚱보 러시아인(둘 다 이름은 모른다.), 그리고 유약하고 겁 많은 백인 소년 노먼과 조. 노먼의 감방이 조 맞은편이라 둘은 구치소에서 몇 차례 얘기도 나누었다. 노먼은 비컨힐, 핑크니 스트리트의 축사에서 말을 돌보는 일을 하던 중 불행히도 주인집 딸의 매력에 빠지고 말았다. 여자애는 열다섯 살에 임신했고, 열두 살에 고아가 된 열일곱 살의 노먼은 이제 강간죄로 1급 보안 교도소에서 3년을 썩을 팔자가 되었다.

노먼은 요즘 성경을 읽으며 자신의 일탈을 속죄할 각오를 다진다고 말했다. 하느님께서 항상 함께하시고, 또 만인이 선하다 하셨으니 아무리 악독한 인간이라도 당연히 선한 면이 있을 거예요. 솔직히 여기 사람들보다 저 안에 있는 사람들이 더 좋을지 누가 알겠어요?

이렇게 겁에 질려 있는 사람은 조도 처음 보았다.

찰스리버 도로에서 버스가 덜컹거리자 간수가 속박을 재점검했다. 그는 자신을 해먼드 씨라고 소개하며 몇 가지 정보도 주었다. 너희들은 동쪽 감방에 들어간다. 물론 깜둥이는 네놈 동족이 있는 남쪽 감방으로 간다.

"규칙은 모두에게 동일하다. 피부색, 종교? 전혀 상관없다. 절대 간수님의 눈을 똑바로 보지 말고 간수님의 지시에 토를 달지도 마라. 벽을 따라 그어놓은 선을 넘어가서도 안 되고 자신에게든 남에게든 절대 위해를 가해서도 안 된다. 신참답게 얌전히 있다 나가도록. 불평도 불만도 금물이다. 그럼 출소하는 날까지 우리도 얌전히 대해 주겠다."

교도소는 100년도 넘은 건물이지만, 최초의 검은 화강암 건물에 흉물스러운 적벽돌 구조물들이 더해졌다. 십자형 구조의 핵심은 당연히 중앙탑에서 뻗어 나간 4개의 감방동이었다. 탑 꼭대기에는 둥근 지붕의 감시대가 있어 항상 4인 1조의 간수들이 소총을 들고 살폈다. 물론 죄수들이 달아날 방향을 한 사람씩 담당하는 식이었다. 교도소 주변으로는 강 하류의 노스엔드에서 서머빌까지 선로와 온갖 공장들이 이어졌다. 공장들은 스토브와 직물을 생산하고 마그네슘, 납, 유독가스를 흘려보냈다. 버스가 언덕 아래로 내려가 평지로 접어들 때 하늘이 짙은 연기구름 뒤에 숨더니, 잠시 후 이스턴 화물

열차가 기적을 울리며 달려왔다. 호송버스는 기차가 지나가기를 기다렸다가 선로를 건너 300미터 거리의 교도소 구내로 들어갔다.

버스가 멈추자 해먼드 씨와 다른 간수가 속박을 풀어주었다. 노먼이 부들부들 떨다가 울기 시작했다. 눈물이 턱 밑에서 땀처럼 흘러내렸다.

"노먼."

조가 불렀다.

노먼이 그를 건너다보았다.

"그러지 마라."

하지만 노먼은 울음을 그칠 수가 없었다.

조의 감방은 동쪽 감방동이었다. 감방은 전등 없이 촛불을 사용했다. 전기는 당연히 복도, 식당, 사형실 전기의자의 몫이었다. 찰스타운 교도소는 아직 실내화장실이 없어서 수감자들은 나무 양동이에 대소변을 봐야 했다. 조의 감방은 독방용으로 만들었으나 침상이 무려 네 개나 되었다. 감방 동료 셋은 이름이 올리버, 유진, 톰스라고 했다. 올리버와 유진은 각각 리비어와 퀸시 출신으로 히키 밑에서 별 볼 일 없는 권총 강도 일을 했다. 조와는 함께 일할 기회도 없었고 이름도 들어보지 못했지만, 아는 사람 이름 몇 개를 주고받은 후에는 그들도 조가 혼자 살겠다고 변절할 위인이 아님을 알아보았다.

톰스는 나이도 많고 조용했다. 머리는 뻣뻣하고 팔다리는 탄탄했는데 두 눈이 어찌나 사악한지 차마 똑바로 볼 수가 없었다. 첫날 밤 해가 저물 때 그는 다리를 늘어뜨린 채 2층 침상에 앉아 있었다. 이따금 담담한 시선이 조를 향했는데, 그러면 조도 가만히 받아주다가 아무렇지도 않은 척 시선을 돌릴 수밖에 없었다.

조의 자리는 아래 침상이고 올리버 맞은편이었다. 매트리스는 다 해지고 침상도 푹 내려앉았으며 시트는 거친 데다 곰팡이가 슬어 냄새까지 퀴퀴했다. 결국 발작적으로 졸기는 했지만 깊은 잠은 처음부터 무리였다.

아침에 마당에 있는데 노먼이 다가왔다. 두 눈이 시꺼멓게 멍들고 코도 깨진 것 같았다. 조가 이유를 물으려는데, 노먼이 인상을 쓰고 아랫입술을 깨물더니, 조의 목에 주먹을 날렸다. 조는 오른쪽으로 두 걸음 밀려나고 말았다. 이유를 물으려 했지만 그럴 경황이 없었다. 노먼이 두 팔을 어정쩡하게 든 채 달려들었던 것이다. 만일 노먼이 머리가 아니라 몸을 때렸다면 조도 끝장이었다. 아직 갈비뼈가 낫지 않은 터라 아침에 일어나 앉기만 해도 별을 볼 정도로 고통이 심했다. 그는 발을 끌어 뒤꿈치를 진창에 단단히 박았다. 머리 위에선 감시탑의 간수들이 서쪽 강이나 동쪽 바다를 감시했다. 노먼이 반대편 목에 주먹을 날리는 순간 조가 발을 들어 노먼의 무릎을 찍었다.

노먼이 뒤로 벌렁 넘어졌다. 오른발이 기이한 각도로 꺾였지만 그래도 진창을 구르더니 팔꿈치를 이용해 일어나려 했다. 조가 무릎을 재차 밟자 마당의 수감자 절반이 다리 부러지는 소리를 들었다. 노먼의 비명은 그냥 비명과 달랐다. 더 부드럽고 더 깊고 더 고통스러운 신음. 지하실로 기어들어 죽을 때를 기다리는 개가 저런 소리를 낼 것이다.

노먼은 진창에 누운 채 두 팔을 양옆으로 축 늘어뜨렸다. 눈물이 귀 안까지 흘러들었다. 더 이상 해가 될 일이 없으니 일으켜 세울 수도 있겠지만 그 역시 약한 모습으로 보일 것이다. 조는 그대로 돌아섰다. 운동장을 가로지르는데 아침 9시인데도 벌써부터 무덥기 시작했다. 수감자들의 눈이 그를 좇았다. 무수한 눈동자. 모두가 그를 보고 있었다. 다음엔 어떤 장난을 칠까 궁리하는 눈들이었다. 저 쥐새끼를 얼마나 더 데리고 놀다가 잡아먹으면 좋을까?

노먼은 기껏 몸풀기에 불과했다. 누구든 조의 갈빗대가 크게 망가졌다는 걸 눈치챘다면 아침쯤에는 뼈도 추리지 못했을 것이다. 지금 이 순간, 이렇게 걷는 것만으로도 죽고 싶을 정도로 아프지 않은가.

올리버와 유진이 서쪽 벽에 서 있다가 어느새 조용히 무리 속으로 숨어들었다. 일이 어떻게 풀리는지 확인할 때까지 절대 개입하지 않겠다는 뜻이다. 그래서 모르는 무리를 향해 걸어가야 했다. 갑자기 멈춰 서서 주변을 두리번거린다면 바보처럼 보일 것이다. 이곳에선 멍청한 짓 또한 약점에 속했다.

그가 운동장 끄트머리의 무리에 다다랐으나 그들 역시 슬며시 자리를 피했다.

하루 종일 그런 식이었다. 아무도 그와 얘기하려 들지 않았다. 말을 걸어도 못 들은 척했다.

그날 밤, 감방에 돌아갔을 때 매트리스가 바닥에 떨어져 있었다. 다른 매트리스들은 간데없고 침상도 동료 수감자도 보이지 않았다. 매트리스와 가려운 시트, 더러운 침상 하나를 빼면 아무것도 없었다. 뒤돌아보니 해먼드 씨가 문을 잠그고 있었다.

"다들 어디 갔죠?"

"떠났다."

해먼드 씨는 간단히 내뱉고 계단을 내려갔다.

두 번째 밤도 조는 잠을 이루지 못했다. 갈빗대와 두려움 때문만은 아니었다. 감방은 덥고 악취 또한 저 밖의 공장 악취와 맞먹었다. 감방 3미터 높이에 작은 창문이 있기는 했다. 죄수들에게 바깥세상의 공기를 맡게 해 주겠다는 자비로운 의도였는지는 모르겠지만 지금은 기껏 공장 매연과 방적공장의 악취, 석탄 타는 냄새를 불러들이는 창구에 불과했다. 감방의 무더위와 벽을 따라 벌레들 기어 다니는 소리, 밤마다 들리는 신음 소리만으로라도, 5년은 고사하고 5일도 견디지 못할 것 같았다. 에마를 잃고 자유를 잃었다. 이제 마지막 영혼마저 깜빡거리며 꺼져가는 기분이었다. 저들이 모든 것을 빼앗아 갔다.

다음 날도, 그다음 날도 마찬가지였다. 조가 접근하면 다들 자리를 피했다. 눈을 마주치려고 하면 고개를 돌렸다. 하지만 그가 시선을 돌리는 순간 모두가 그를 지켜보았다. 모두가 그랬다. 교도소 수감자 모두가…… 그를 감시했다.

그리고 기다렸다.

"왜죠? 도대체 뭘 기다리는 겁니까?"

소등 시간, 해먼드 씨가 문을 잠글 때 그가 불쑥 물었다.

해먼드 씨가 담담한 시선으로 창살 너머 조를 바라보았다.

"솔직히, 나 때문에 기분 상한 사람이 있다면 풀고 싶습니다. 왜 그러는지 모르겠지만, 내가 잘못했다 해도 알고 한 일은 아닐 거예요. 그러니 기꺼이……"
 해먼드 씨는 먼저 위쪽과 뒤쪽의 감방층을 돌아보았다.
 "넌 괴물의 아가리에 들어왔다. 괴물이 혓바닥으로 이리저리 굴려 보기로 한 거야. 그러다 네 몸 깊숙이 이빨을 박아 넣거나 아니면 네가 이빨 위에 올라가 뛰어내리도록 만들거나. 어쨌든 결정은 그가 한다. 네가 아니라."
 해먼드 씨가 커다란 열쇠 꾸러미를 돌리다가 허리춤에 매달았다.
 "넌 기다리면 돼."
 "얼마나요?"
 조가 되물었다.
 "그가 결정할 때까지."
 해먼드 씨가 위층으로 올라갔다.

 다음에 달려든 아이는 정말로 어렸다. 잔뜩 겁에 질려 덜덜 떨기까지 했지만 위험하기는 마찬가지였다. 토요일에 샤워를 하러 가는데 열 명 정도 선 줄에서 아이가 빠져나와 조를 향해 걸어왔다. 놈이 줄을 빠져나오는 순간 자신을 노리고 있음을 알았지만 그렇다고 막을 방법은 없었다. 아이는 줄무늬 죄수복에 가운을 걸치고, 다른 사람처럼 수건과 비누를 들었다. 그리고 오른손에 감자칼이 보였는데 숫돌에 갈았는지 칼날이 무척이나 날카로웠다.
 조도 아이를 맞이하기 위해 줄에서 빠져나왔다. 아이는 계속 걸어올 것 같더니 갑자기 수건과 비누를 떨어뜨리고 발밑을 다진 뒤 조의 머리를 노리며 팔을 휘둘렀다. 조는 오른쪽으로 움직이는 척했다. 그런데 아이도 예상했던지 왼쪽으로 이동해 감자칼을 조의 허벅지 안쪽에 박았다. 조는 고통을 느낄 새도 없었다. 곧바로 칼을 빼내는 소리가 들렸다. 무엇보다 소리 때문에 화가 났다. 말 그대로 물고기 내장을 하수구에 쏟아내는 소리가 아닌가. 피부와 피와 살이 칼날에 뜯겨 나갔다.

아이가 두 번째로 배나 사타구니를 노렸다. 호흡도 거칠고 칼을 마구잡이로 휘두르는 탓에 어느 쪽을 노리는지는 알 수는 없었다. 조는 아이의 겨드랑이로 파고들어 뒤통수를 잡고 가슴 쪽으로 끌어당겼다. 놈이 다시 찔렀다. 이번에는 엉덩이였지만 힘도 빠진 데다 그 뒤에 이어지는 동작도 없었다. 물론 개가 무는 것보다 훨씬 아프기는 했다. 놈이 좀 더 확실하게 찔러 넣기 위해 팔을 젖혔으나 조가 놈을 뒤로 밀어붙여 머리에서 쩍 소리가 나도록 화강암 벽에 처박았다.

놈이 신음을 흘리며 감자칼을 떨어뜨렸다. 조가 다시 한 번 놈의 머리를 벽에 처박는 것으로 마무리를 지었다. 아이가 바닥으로 미끄러졌다.

한 번도 본 적이 없는 아이였다.

양호실. 의사가 허벅지 상처를 소독하고 꿰매고 붕대로 단단히 묶어주었다. 의사는 당분간 다리와 엉덩이를 움직이지 말라고 했다. 그에게서 약 냄새가 났다.

"무슨 수로요?"

조가 물었다.

의사는 못 들은 척 자기 할 말만 했다.

"상처를 깨끗이 소독하고 붕대는 하루에 두 번 갈아."

"붕대를 줄 건가요?"

"아니."

의사가 대답했다. 그런 말도 안 되는 질문이 어디 있느냐는 투였다.

"그럼……"

"알아서 해."

의사가 내뱉곤 곧바로 물러났다.

간수들이 와서 싸움에 대해 책임을 묻고 징계를 내릴 줄 알았다. 그를 공격한 소년이 살았는지 죽었는지 얘기해 주리라고 생각했다. 그런데 아무도 말을 걸지 않았다. 사건 전체가 그의 상상 속에서만 존재한 듯했다.

소등 시간에 다시 해먼드 씨에게 물었다. 샤워실로 가는 통로에서 싸움이 났다는데 무슨 얘기 못 들었습니까?

"몰라."

"몰라요? 듣지 못한 겁니까? 아니면 싸움이 없었다는 겁니까?"

"몰라."

해먼드 씨는 그대로 떠나버렸다.

칼부림 며칠 후, 동료 수감자 하나가 말을 걸었다. 남자의 목소리는 별 특징이 없었다. 살짝 이탈리아 억양이 느껴지고 다소 걸걸했지만 일주일 만에 듣는 사람 목소리가 그렇게 반가울 수가 없었다. 목이 메고 가슴이 팔딱거릴 지경이었다.

남자는 나이가 많았다. 안경알은 두꺼운 데다 얼굴에 비해 지나치게 컸다. 조가 절룩이며 운동장을 걸어가는데 그가 먼저 접근했다. 조금 전까지 토요일 샤워 차례를 기다리고 있었는데…… 물론 안면은 있었다. 표정이 너무도 불안한 탓에 이 교도소 안에서 얼마나 공포에 시달렸는지 짐작이 가능했기 때문이다.

"너하고 싸울 놈이 동날 것 같나?"

키는 조와 비슷했다. 머리는 벗어지고 구레나룻과 가느다란 콧수염 여기저기 은빛이 감돌았다. 기다란 다리와 짧고 땅딸막한 상체. 작은 손. 움직일 때는 까치발이라도 딛는지 무척이나 섬세했으나, 두 눈만은 처음 입학식을 치르는 아이처럼 순수하고 희망으로 가득해 보였다.

"그럴 리야 없겠죠. 후보자야 얼마든지 있을 테니."

조가 대답했다.

"너도 굉장히 빠르더구나."

"빠르긴 하지만 굉장히는 아닙니다."

노인이 작은 캔버스 천 주머니를 꺼내더니 담배 두 개비를 끄집어냈다.

"아니, 굉장히 빨라. 두 번 다 봤다. 얼마나 빠른지, 다른 놈들은 네가 갈빗대를 조심한다는 사실도 눈치채지 못했잖아."

조가 움찔했다. 노인은 성냥을 엄지손톱에 때려 담뱃불을 붙였다.

"그런 적 없습니다."

노인이 미소 지으며 벽과 철조망 너머를 가리켰다.

"아주 옛날 여기 들어오기 전 복서들을 키운 적이 있다. 레슬러들도. 돈은 많이 벌지 못했지만 예쁜 여자들은 많이 만났지. 아무튼 남자가 갈빗대를 보호하는 정도는 알아본다. 부러진 거냐?"

두 사람이 다시 걷기 시작했다.

"아무 문제 없어요."

조가 우겼다.

"약속하지. 만약 너와 싸우라면 난 발목만 잡고 늘어질 거다."

조가 키득거렸다.

"발목만 잡아요?"

"코만 공략할 수도 있다. 나한테 유리하다면야."

조가 노인을 건너다보았다. 이곳에 오래 있으면서 노인은 희망을 깡그리 잃어버리고 온갖 치욕을 겪어야 했으리라. 그리고 이제는 저들도 노인을 건드리지 않았다. 그간의 생존 시험을 모두 통과했거나 아니면 이제 쭈그렁 영감이라 건드릴 가치가 없다고 판단했기 때문일 것이다. 전혀 위협이 되지 못하는 존재.

"에, 내 코를 보호하려면……"

조는 담배를 길게 빨아들였다. 다음에 또 언제 피우게 될지 기약이 없어선지 맛이 환상 그 자체였다.

"몇 달 전, 갈빗대 여섯 개가 부러지고 나머지도 금이 가거나 어긋났죠."

"몇 달 전이라. 그럼 네가 살 날도 기껏 두 달 정도밖에 남지 않았겠군."

"설마요."

노인이 고개를 저었다.

"부러진 갈빗대는 깨진 심장과 같다. 치료하려면 적어도 6개월은 필요해."

그렇게 오래 걸린다고? 조가 속으로 중얼거렸다.

노인이 비쩍 마른 배를 쓰다듬었다.

"이놈의 배는 거지가 들어앉았나, 툭하면 꺼지니…… 사람들이 널 뭐라고 부르지?"

"조."

"조지프는 아니고?"

"아버지만 그렇게 부릅니다."

영감이 끄덕이며 느긋하게 담배 연기를 내뿜었다.

"여긴 희망이라곤 없는 곳이다. 얼마 되지 않았지만 너도 그 정도는 깨달았겠지?"

조가 고개를 끄덕였다.

"사람을 잡아먹는 곳이지. 한번 물면 절대 뱉지도 않아."

"얼마나 되셨습니까?"

그가 우중충한 하늘을 올려다보고는 담뱃진으로 끈적거리는 침을 뱉어냈다.

"계산 안 해본 지 오래야. 그래도 모르는 게 없을 정도는 있었다. 뭐든 이해되지 않는 얘기가 있으면 물어봐."

노인이 자신의 말처럼 이곳 리듬에 완벽하게 적응했을 것 같지는 않았지만 그래도 인사 정도는 챙기기로 했다.

"그러죠. 도움 말씀 감사합니다."

두 사람은 운동장 끝에 다다랐다. 그래서 왔던 길로 다시 돌아가려는데 노인이 팔을 뻗어 조의 어깨를 감쌌다.

수감자들이 모두 보고 있는데…….

노인이 담배를 버리고 손을 내밀었다. 조가 악수를 받았다.

"내 이름은 토마소 페스카토레다. 다들 마소라고 부르지만, 네가 내 보호를 받고 있음을 명심해라."

조도 아는 이름이었다. 마소 페스카토레는 노스엔드는 물론, 노스쇼어의 도박과 매춘 대부분을 장악했다. 교도소에 들어와 있지만 플로리다산 밀주에도 여전히 관여했다. 팀 히키는 여러 해 동안 그와 일을 했지만, 그럴 때마다 언제나 극도로 주의하고 긴장해야 한다고 투덜댔다.

"보호를 원한 적 없습니다, 마소."

마소는 조의 어깨에서 손을 풀고 대신 한 손을 이마 위에 올려 햇볕을 가렸다. 조금 전만 해도 순수하기 그지없던 눈이 지금은 오히려 지독히 교활해 보였다.

"좋든 싫든 여태껏 살면서 원해서 되는 일만 있었다더냐? 이제부터는 페스카토레 씨라고 불러라, 조지프. 그리고 다음에 아버지 만나면 이놈을 줘."

마소가 쪽지 한 장을 조의 손에 건넸다.

주소. 아무렇게나 갈겨쓴 필체였다. 블루힐 애버뉴 1417. 그뿐이었다. 이름도 전화번호도 없이 달랑 주소뿐.

"아버지한테 전해. 딱 한 번만이다. 더 이상의 요구는 없다."

"거절하면요?"

조가 물었다.

마소는 그 질문에 정말로 당혹한 표정을 지었다. 그가 고개를 한

쪽으로 갸웃하며 조를 바라보았다. 이윽고 작고 호기심 어린 미소가 입술에 어리는가 싶더니, 점점 커지며 마침내 가벼운 웃음으로 번졌다. 그는 고개를 몇 번 젓고는 손가락 두 개로 조에게 인사한 뒤 부하들이 기다리는 벽으로 돌아갔다.

대기실. 토머스는 아들이 절룩거리며 걷는 모습을 지켜보았다. 조가 자리에 앉았다.
"어떻게 된 거냐?"
"누가 다리를 찔렀어요."
"왜?"
조가 고개를 저었다. 그가 테이블 너머로 손을 밀었다. 토머스는 그 아래 종이쪽지를 보았다. 그는 아들의 손에 자신의 손을 포개고 잠시 체온을 느꼈다. 지난 10년 동안 왜 이 손을 잡아줄 생각조차 하지 못했던가? 그가 쪽지를 받아 주머니에 넣고 아들을 보았다. 퀭하게 꺼진 눈과 움츠러든 자세. 문득 지금의 상황을 이해할 수 있었다.
"내가 누군가의 지시를 따라야 하는 거냐?"
조가 고개를 들어 아버지의 눈을 보았다.
"누구냐, 조지프?"
"마소 페스카토레."
토머스는 등을 의자에 기대며 아들을 정말로 얼마나 사랑하는지 자문해 보았다.
조는 아버지의 눈에서 망설임을 보았다.
"아버지가 깨끗하다는 말씀은 마세요."

"나는 문명인들과 문명인다운 거래를 한다. 넌 지금 나한테 야만적인 이탈리아 놈들 발밑에 들어가라고 말하고 있어."

"그자들 발밑이 아니에요."

"아니라고? 종이에 뭐가 적혔는데?"

"주소."

"주소만?"

"예. 그 이상은 나도 몰라요."

아버지가 씩씩 코로 숨을 내뿜으며 몇 차례 고개를 끄덕였다.

"넌 아직 어려. 이탈리아 놈들이 네 아비한테 주소를 전하라고 했다. 그것도 고위 경찰인 아버지한테…… 그런데 그 주소가 라이벌의 불법 공급처라는 사실조차 모르겠다고?"

"어디죠?"

"아마도 밀주가 넘쳐나는 창고겠지."

아버지는 천장을 올려다보다가 한쪽 손으로 짧은 백발 머리를 쓸었다.

"이 건뿐이라고 했어요."

아버지가 사악한 미소를 지었다.

"그래서, 그 말을 믿겠다고?"

토머스가 교도소를 빠져나왔다.

통로를 따라 자동차로 걸어가는데 사방이 화학약품 냄새였다. 공장 굴뚝마다 매연이 솟아올랐다. 매연은 대부분 암회색이었지만 정작 하늘은 갈색으로, 땅은 검은색으로 물들였다. 마을 변두리에서

철거덕철거덕 기차 소리가 들렸다. 기차를 보자 기이하게도 어슬렁거리며 환자 막사를 노리는 늑대 무리가 생각났다.

지금껏 일하는 동안 최소 1000명은 이곳으로 보냈고 그중 상당수가 저 화강암 담벼락 안에서 죽었다. 인간미 따위의 환상을 품고 왔다 해도 이곳에선 오래가지 못한다. 죄수는 너무 많고 간수는 너무 적다. 당연히 엉망일 수밖에 없다. 야수들의 수용소이자 전쟁터. 인간으로 왔다가 짐승이 되어 나가는 곳. 짐승으로 들어왔다면 발톱과 이빨을 더욱 날카롭게 벼리는 곳이다.

그에 비해 아들은 너무 나약했다. 탈법, 아버지와 사회에 대한 반항 등, 몇 년 동안 일탈이 적지는 않았지만 그래도 세 아들 중에서는 제일 솔직한 아이였다. 아무리 두툼한 외투를 둘러도 심장을 꿰뚫어 볼 수 있었으니 말이다.

토머스는 통로 끝 비상전화로 향했다. 그리고 시계에 부착한 열쇠를 꺼내 덮개를 열었다. 손에는 주소가 들려 있었다. 매타판 블루힐 애버뉴 1417. 유대인 왕국. 요컨대, 창고 주인이 앨버트 화이트의 공급자 제이콥 로슨일 가능성이 크다는 얘기다.

화이트는 도시에 돌아왔다. 감옥에서는 단 하룻밤도 보내지 않았는데, 역시 잭 자비스에게 변호를 맡긴 덕택이리라.

그는 교도소를 돌아보았다. 아들이 있는 곳. 슬프기는 했지만 놀랍거나 하지는 않았다. 그간의 집요한 반대와 훈육에도 불구하고 아들은 꾸준히 이 방향의 길만을 고집했다. 만일 이 비상전화를 이용한다면 평생 페스카토레 일당에게 매이고 말 것이다. 이 나라 해안에 무정부주의자와 폭탄 테러범, 암살자, 흑수단을 불러들여, '오메르타

오르가니자'라는 끔찍한 조직을 만들고 밀주사업 전체를 무력으로 장악한 인물이 아닌가.
당연히 그 이상을 내주게 될 것이다.
그자를 위해 일한다고?
그의 반지에 입을 맞추고?
그는 비상전화 덮개를 닫고 시계를 주머니에 넣은 다음 다시 자동차로 향했다.

다음 이틀간 종이쪽지에 대해 고민했다. 이틀간 존재도 믿지 않는 신에게 기도했다. 자신을 인도해 달라고 기도하고, 저 화강암 담벼락 안의 아들을 위해 기도했다.

토요일은 비번이었다. 토머스는 K 스트리트의 집 창틀을 다시 칠하기 위해 사다리를 타고 올라갔다. 덥고 습한 오후. 보랏빛 먹구름이 출렁거리며 몰려들었다. 그는 3층 창을 통해 예전에 에이든이 쓰던 방을 들여다보았다. 3년을 비워뒀다가 아내가 바느질 방으로 썼지만 수면 중에 숨을 거둔 지도 벌써 2년이라 지금은 페달 재봉틀과 목제 선반뿐이었다. 그 말은 그 선반 위에 수선해야 할 물건들이 방치된 지도 2년이라는 뜻이었다. 어쨌거나 방은 앞으로도 에이든의 방으로 둘 생각이었다. 그때 아래쪽에서 어떤 남자가 길을 물었다.
"죄송하지만 길 좀 묻겠습니다."
토머스가 내려다보니 10미터 아래 보도에 남자가 서 있었다. 남색 정장에 하얀 셔츠, 붉은 넥타이를 맸고 모자는 쓰지 않았다.

"뭘 도와드릴까요?"

토머스가 물었다.

"L 스트리트의 목욕탕을 찾고 있는데요."

이곳에서는 목욕탕이 훤히 보였다. 굴뚝뿐만 아니라 벽돌 건물 전체가. 그 너머 작은 개펄이 이어지고 대서양이 고향까지 뻗어 나갔다.

"길 끝입니다."

토머스는 손으로 가리키고 고갯짓까지 해 준 뒤 다시 페인트칠로 돌아갔다.

남자가 다시 물었다.

"이 길 끝 말씀인가요? 저기요?"

토머스가 돌아보며 고개를 끄덕였다. 다만 이번엔 남자에게서 눈을 떼지 않았다.

"이따금, 길을 벗어날 수 없습니다. 그런 적 있으시죠? 어떤 일을 해야 하는지는 알겠는데 평생 걸어온 길을 포기하지 못하는 거죠."

남자는 금발에 온화하며 미남형이지만 기억에 남을 인상은 아니었다. 크지도 작지도 않고, 뚱뚱하지도 마르지도 않았다.

"아드님을 죽이지는 않을 겁니다."

그가 가볍게 말했다.

"지금 뭐라고 했소?"

토머스가 되물으며 브러시를 페인트 통에 던져 넣었다.

남자가 손을 사다리에 얹었다.

그 위치라면 크게 힘쓸 필요도 없을 것이다.

남자가 토머스를 올려다보고 다시 거리를 살폈다.

"차라리 죽여주기를 바라기야 하겠죠. 죽는 날까지 매일매일 죽고 싶도록 만들어줄 테니까요."
"보스턴 경찰서에서 내가 어떤 위치에 있는지는 알고 있나?"
토머스가 물었다.
"아드님은 자살하고 싶을 겁니다. 당연하죠. 하지만 그럴 수도 없어요. 자살하면 네 아비부터 죽이겠다고 할 테니까요. 그러고도 매일 아드님한테 새로운 시련을 던져줄 겁니다."
검은색 모델 T가 갓길에서 나오더니 천천히 거리 중심으로 이동했다. 남자는 인도에서 벗어나 차에 올라탔고 자동차는 첫 번째 좌회전 길에서 사라졌다.
토머스가 내려왔다. 집에 들어간 후에도 두 팔이 파르르 떨렸다. 늦었어. 너무 늦었어. 사다리에 올라간 것부터가 잘못이었다. 멍청하게 고집만 부리고 있었으니…….
늙은이들한테 남은 선택이라면 최대한 너그럽게 다음 세대에 자리를 내주는 것뿐이겠지.
그는 매타판 제3지구 파출소장 케니 돈런을 찾아갔다. 사우스보스턴 제6지구 시절 케니는 5년 동안 토머스의 부관으로 재직했다. 경찰서 지휘계통이 대개 그렇듯 케니 역시 토머스 덕분에 성공한 경우였다.
"비번에도 여전하십니다."
부관이 토머스를 들이자 케니가 인사부터 챙겼다.
"우리 같은 인간들한테 비번이 다 뭔가."
"지당하신 말씀입니다. 그래, 어떻게 도와드릴까요?"

"블루힐 애버뉴 1417. 창고인데, 도박 장비용으로 임대했을 거야."
"그런데 내용물이 다르겠죠?"
케니가 되물었다.
"그래."
"어떻게 처리하면 좋겠습니까."
"깡그리 쓸어버려. 깡그리."
토머스가 이를 갈았다. 순간 마음 한구석이 무너지며 비명이 터져 나왔다.

8장
땅거미

 그해 여름 찰스타운 교도소. 매사추세츠 주정부는 유명한 무정부주의자 둘을 사형시키기로 했다. 범세계적인 저항도 소용없었고 단말마 같은 마지막 항고와 집행보류, 그에 따른 재항고도 마찬가지였다. 사코와 반제티가 데덤에서 찰스타운의 사형실로 이감되어 전기의자를 기다릴 즈음, 조는 검은 화강암 담벼락 너머, 분노한 시민들의 함성 덕에 잠에서 깨고 말았다. 시위대는 이따금 밤새도록 노래를 부르고 메가폰에 대고 고함치고 구호를 외쳤다. 시위에 중세적 분위기를 더하기 위해 횃불까지 밝힌 모양이었다. 덕분에 잠에서 깨었을 때 기름 타는 냄새가 진동했다.
 비몽사몽의 며칠 밤이 아니라면, 두 사형수의 운명은 조의 삶에 아무런 영향을 미치지 못했다. 아니, 마소 페스카토레 빼고는 아무도 두 사람의 운명에 신경 쓰지 않았다. 전 세계가 지켜보는 바람에 그가 야간 교도소 담벼락 산책을 중단해야 했던 것이다.

8월 말의 어느 날 밤, 불운한 이탈리아인 사형수들한테 과다한 전류를 쏟아붓느라 교도소 여기저기에서 전기 부족 사태가 발생했다. 각 층의 조명들이 깜빡거리고 흐려지거나, 아니면 완전히 꺼졌다. 무정부주의자들을 포레스트힐로 데려가 화장하자 시위대도 목표를 잃고 뿔뿔이 흩어졌다.

마소는 야간 산책을 재개했다. 벌써 10년 동안 해오던 일이었다. 그는 담벼락 위에서 두꺼운 철망과 어두운 감시탑을 따라 돌며, 안으로는 교도소 구내를 살피고, 밖으로는 공장과 슬럼가의 풍경을 즐겼다.

이따금 조를 산책에 데려갔는데, 놀랍게도 조는 마소에게 일종의 상징이 되어 있었다. 고위 경찰에게서 빼앗아 발아래 둔 전리품인지, 아니면 조직의 잠재적 구성원이나 단순히 애완견인지는 조도 알지 못했고 묻지도 않았다. 야간에 마소와 함께 담벼락 위에 서 있다는 사실만으로 적어도 하나는 분명해졌다. 보호받고 있다는 사실…… 그러니 왜 묻겠는가?

"두 사람이 유죄라고 생각하세요?"

어느 날 밤 조가 물었다.

마소가 어깨를 으쓱였다.

"그건 상관없다. 문제는 메시지야."

"어떤 메시지죠? 무죄일지도 모를 사람 둘을 사형시켰는데요?"

찰스타운 교도소는 그해 여름 사방에 피를 뿌렸다. 처음에는 조도 그런 식의 만행이 본성이라고 믿었다. 자존심 때문에 동족을 죽이는 사악한 인간들…… 저들은 줄을 차지하고, 원하는 길을 계속 걷고, 남들한테 밀려나거나 발등을 밟히지 않을 권리를 위해 살인을 저지른다.

그런데 결국 그보다는 훨씬 더 복잡했다.

동관의 수감자 하나는 누군가 유리를 밀어 넣는 바람에 두 눈을 잃었다. 남관에서는 갈빗대 밑을 수십 차례 찔린 수감자가 발견되었다. 냄새로 보아 간을 꿰뚫린 듯했는데 덕분에 두 개 층 아래의 수감자들까지 남자가 죽어가는 동안 악취에 시달려야 했다. 로슨 블록에서 철야 강간 파티가 열린다는 소문도 있었다. 로슨 블록은 로슨 가문의 삼대, 즉 할아버지, 아들 하나, 손자 셋이 동시에 들어와 있어서 붙은 별명이었다. 손자 에밀 로슨은 로슨 가문 수감자 중 제일 어렸지만, 항상 최악이었기에 결국 밖으로 나가지 못했다. 형기가 무려 114년에 달했던 것이다. 보스턴으로서야 좋은 소식이었겠지만 찰스타운 교도소로서는 악몽이었다. 에밀 로슨은 신참들을 집단강간하지 않을 때면 누구든 돈을 받고 살해했다. 최근의 말썽은 모두 마소의 지시에 따른 것이라는 소문도 있었다.

전쟁은 럼주 때문이었다. 물론 외부의 전쟁이라 시민들이 놀라기야 했지만, 전쟁이 난다 해도 아무도 거들떠보지 않고 눈 하나 깜빡하지 않을 바로 이곳 교도소 안도 조용하지만은 않았다. 앨버트 화이트는 북부에서 위스키를 수입했지만, 마소 페스카토레가 출소하기 전에 남부 럼주까지 손대기로 결심했다. 팀 히키가 화이트 대 페스카토레 전쟁의 첫 번째 제물이었다. 그리고 그해 여름이 끝날 무렵 희생자는 10여 명으로 늘어났다.

위스키 전쟁은 보스턴과 포틀랜드, 그리고 캐나다 국경에 접한 뒷길 여기저기에서 벌어졌다. 뉴욕 마세나, 버몬트 더비, 메인 알라개시 같은 마을에선 트럭들이 도로 밖으로 곤두박질쳤다. 단순히 강탈만 하는 경우도 있었지만, 화이트 진영의 운전사 하나는 솔잎 더미에 무릎을 꿇린 채 턱이 통째로 날아갔다. 말대꾸를 했다는 이유였다.

럼 전쟁은 주로 신규 세력의 진입을 막기 위한 싸움이었다. 남쪽으로는 멀리 캘리포니아, 북쪽으로는 로드아일랜드까지 트럭들이 수난을 당해야 했다. 화이트의 부하들은 운전사들을 꼬드겨 차를 갓길에 대고 밖으로 나오게 한 다음 트럭에 불을 질렀다. 불붙은 트럭들은 바이킹의 장례용 배처럼 밤하늘을 사방 수 킬로미터까지 노랗게 물들였다.

"어딘가에 창고가 있을 거야. 놈은 뉴잉글랜드 럼이 씨가 마를 때까지 기다리는 중이다. 그다음엔 구세주가 되어 비축분을 풀겠지."

마소가 산책 도중 말했다.

"화이트한테 술을 대주는 바보가 있을까요?"

조는 사우스플로리다의 공급자 대부분을 알고 있었다.

"바보가 아니라 똑똑한 거야. 나 같아도 앨버트처럼 약삭빠른 놈한테 줄을 설 테니까. 나는 늙은 데다 차르가 러시아를 잃기 전부터 여기 들어와 있었어."

"하지만 어디에나 눈과 귀가 있잖습니까?"

노인이 고개를 끄덕였다.

"문제는 내 손에 달려 있지 않은 이상 진짜 눈도 귀도 아니라는 데 있지. 권력을 휘두르는 건 내 손이니까."

그날 밤, 마소에게 고용된 간수 하나가 비번을 맞아, 사우스엔드의 비밀술집에 들어갔다가 아무도 본 적이 없는 여자를 데리고 다시 나왔다. 진짜 미인이었지만 동시에 프로이기도 했다. 세 시간 후 발견된 간수는 프랭클린 스퀘어의 벤치에 앉아 있었다. 물론 죽은 후였고 목울대에서 피가 폭포처럼 쏟아졌다.

마소의 형기가 석 달 후이기에 앨버트 쪽에서도 조금씩 똥줄이 타기 시작했다. 결국 절박하면 일은 꼬이게 마련이다. 마지막 날 밤, 마소의 최고 밀주업자 보이드 홀터가 다운타운의 에임스 건물에서 추락했다. 하필 엉덩이로 떨어지는 바람에 척추 뼛조각들이 쐐기로 변해 두개골에 박히고 말았다.

마소의 부하들도 보복으로 앨버트의 구역 중 하나를 날렸다. 모튼 스트리트의 정육점이었는데 양옆 미용실과 신사용 양품점까지 덤으로 무너지고 거리의 자동차들은 차체만 남았다.

아직 승자는 없고 혼란뿐이었다.

담벼락을 산책하던 중, 조와 마소는 잠시 걸음을 멈추고 오렌지색 달을 구경했다. 하늘만큼이나 커다란 달이 공장 굴뚝과 잿더미와 유독가스의 들판 위로 휘영청 떠올랐다. 그리고 마소가 조에게 접은 종이를 건넸다.

조는 쪽지를 보지 않았다. 그저 두 번 더 접은 다음, 구두창을 찢어 만든 틈새에 감추고 아버지를 만날 때까지 기다렸다.

"펴봐."

조가 쪽지를 감추기 전 마소가 지시했다.

조가 그를 보았다. 달빛 때문에 대낮만큼이나 밝았다.

마소가 고개를 끄덕였다.

조는 쪽지를 뒤집고 엄지로 위쪽을 툭 쳐서 폈다. 처음엔 이해가 가지 않았다. 쪽지엔 단 두 단어만 적혀 있었다.

브렌던 루미스.

마소가 말했다.

"어젯밤에 체포되었다. 필렌 양복점 밖에서 사람을 팼다더군. 둘 다 같은 외투를 사려고 했기 때문이라는데, 그 새끼야 대가리가 없는 야만인이잖아? 맞은 놈한테도 친구가 있었어. 덕분에 앨버트의 오른팔은 가까운 시일 내에 앨버트에게 돌아가진 못할 거야."

마소가 조를 보았다. 달빛에 피부가 오렌지색으로 물들었다.

"그자를 증오하지?"

"물론입니다."

"잘 됐어. 쪽지를 아버지한테 줘라."

마소가 조의 팔을 한번 다독여주었다.

구리 철망 아래 쪽지를 주고받을 정도의 틈새가 있었다. 마소의 쪽지를 그 틈으로 넘길 생각이었지만 도저히 무릎에 둔 쪽지를 들어 올릴 엄두가 나지 않았다.

그해 여름, 아버지의 얼굴은 양파 껍질처럼 물렀고 두 손의 핏줄은 터무니없을 정도로 진했다. 진한 청색에 진한 적색. 눈과 어깨는 처지고 머리도 벗어졌다. 매일매일 60년의 세월이 표면에 드러나고 있었던 것이다.

그래도 그날 아침만은 목소리도 힘이 있고 초록색 눈에는 생기가

지 돌았다.

"누가 돌아오는지 넌 상상도 못 할 거다."

그가 말했다.

"누가 와요?"

"네 형, 에이든."

아, 그럼 그렇지. 아버지가 제일 좋아하는 아들. 사랑하는 탕아.

"대니 형이 와요? 그동안 어디 있었대요?"

"오, 여기저기. 편지를 받았는데 읽는 데 15분이나 걸렸다. 털사와 오스틴, 심지어 멕시코에도 있었다더라. 최근에는 뉴욕에 있었던 모양인데 내일 온단다."

"형수님은요?"

"노라 얘기는 없었어."

토머스가 대답했다. 노라 얘기는 하고 싶지 않다는 말투였다.

"왜 돌아오는지 얘기는 없었어요?"

토머스가 고개를 저었다.

"그냥 지나가는 길이라고만 했다."

아버지는 말끝을 흐리며 주변 벽을 둘러보았다. 도저히 익숙해질 수가 없다는 표정이었다. 아마도 그럴 것이다. 그럴 필요가 없는 일에 누군들 익숙해지겠는가?

"잘 지내냐?"

"전······"

조가 어깨를 으쓱했다.

"응?"

"애쓰고 있어요, 아버지."

"그래, 그 수밖에 없겠지."

"예."

두 사람은 철망을 통해 서로를 보았다. 마침내 조도 용기를 내고 쪽지를 집어 아버지에게 건넸다.

아버지가 쪽지를 펼쳐 그 안의 이름을 보았다. 한동안 숨도 쉬지 않는 듯 보였다. 그리고……

"싫다."

"예?"

"싫어. 안 한다."

토머스가 테이블 너머로 쪽지를 돌려주었다.

"'싫어'는 마소가 원하는 대답이 아니에요, 아버지."

"그래서 이젠 아예 '마소'라고 부르는 거냐?"

조는 대답하지 못했다.

"난 청부 살인자가 아니야, 조지프."

"그러라는 얘기가 아니잖아요."

조가 항변했다. 아니, 그러라는 얘기인가?

아버지가 코로 숨을 쉬기 시작했다.

"결국 끝을 봐야 정신을 차릴 생각이냐? 경찰서에 갇힌 사람의 이름을 주는 건 그가 감옥에서 목을 매달든지 아니면 '탈옥을 시도하다가' 뒤통수에 총에 맞도록 해달라는 뜻이다. 조지프, 네가 그 정도로 멍청하게 끌려다니니 하는 말이다만, 이제부터 이 아비가 하는 말을 똑바로 듣도록 해라."

조는 아버지의 눈을 보며 그 안에 담긴 사랑과 상실감의 깊이에 놀라야 했다. 분명한 사실은, 아버지가 이제 인생 여로의 정점에 다다랐으며 그가 하려는 얘기는 바로 그 삶의 요약이 될 것이다.

"명분 없이 다른 사람의 목숨을 취할 수는 없다."

"살인자라도요?"

조가 되물었다.

"그래, 살인자라도 마찬가지야."

"내가 사랑하는 여자를 죽인 놈이에요."

"나한테는 그 애가 살아 있다고 고집을 부렸잖느냐?"

"그게 요점은 아니잖아요."

"그래, 네 말이 맞다. 내가 살인을 교사하지 않겠다는 게 요점이니까. 더 이상은 아냐. 네가 충성을 맹세한 이탈리아인 악마 놈을 위해서라면 더더욱 할 수 없지."

"나도 죽을 수는 없어요. 이 안에서."

조가 따졌다.

"그럼 너도 할 일을 해라. 그 때문에 너를 비난하는 일은 없을 테니까. 하지만 살인을 저지를 수는 없어."

아버지가 고개를 끄덕였다. 두 눈이 평소보다 더 반짝였다.

"나를 위해선데요?"

"너를 위하니까 못 하는 거야."

"그럼 난 죽어요, 아버지."

"그래, 그럴 수도 있겠지."

조는 테이블을 내려다보았다. 나무 테이블이 흔들려 보였다. 세상이 흔들려 보였다.

"그것도 금방."

"그렇게 되면 나도 상심해서 곧 죽게 될 게다. 그래도 아무리 너를 위해서라도 살인은 안 돼. 널 위해 죽을 수는 있다. 물론. 하지만 살인? 절대 못 한다."

아버지의 목소리는 속삭임에 가까웠다.

조가 고개를 들었다. 하지만 입을 여는데 창피하게도 목소리에 수치심이 가득했다.

"제발."

아버지가 고개를 저었다. 부드럽고도 천천히.

이것으로 끝이다. 더 이상 할 말은 없다.

조가 일어났다.

아버지가 불렀다.

"잠깐."

"예?"

아버지는 조의 등 뒤, 문가에 서 있는 간수를 보았다.

"교도관, 마소의 앞잡이 맞지?"

"예, 왜요?"

아버지는 조끼에서 시계를 꺼내 체인을 떼어냈다.

"싫어요, 아버지. 안 돼요."

토머스는 체인은 주머니에 넣고 시계만 테이블 너머로 밀어냈다.

조는 눈물이 나오려는 걸 애써 참았다.

"할 수 있다. 해야 해."

아버지가 철망 너머로 치솟는 불길을 보듯 아들을 노려보았다. 더 이상 무기력한 얼굴이 아니었다. 절망에 사로잡힌 얼굴도 아니었다.
"그래도 상당한 값어치가 있다. 그래봐야 쇳덩이에 불과하다만 이 시계로 목숨을 사라. 알겠니? 이탈리아 놈한테 주고 목숨을 구걸하란 말이야."
조는 손으로 시계를 덮었다. 아직 아버지의 온기가 남아 있었다. 시계가 손바닥 안에서 심장처럼 똑딱거렸다.

그는 식당에서 마소를 만났다. 예상치 못한 일이었다. 막연하나마 어느 정도는 시간이 있으리라고 믿었던 것이다. 식사 시간에 조는 페스카토레의 졸개들과 함께 앉았다. 고위급들은 항상 마소와 함께 첫 번째 테이블을 차지했다. 조의 맞은편에는 일수쟁이 리코 가스트마이어, 그리고 간수 막사 지하실에서 쓰레기 진을 만드는 래리 칸이 앉았다. 조가 아버지 면회를 마치고 돌아왔을 때는 소거스의 위조범 어니 롤랜드와 리코가 맞은편에 앉아 있었다. 그런데 잠시 후 마소의 측근 행동대원 히포 파시니가 둘을 구석으로 밀쳐냈고, 조는 마소와 테이블을 마주하고 앉아야 했다. 날도 알리앙트와 히포 파시니가 조의 양쪽을 맡았다.
"그래서 언제 한다더냐?"
마소가 물었다.
"예?"
마소는 실망스러운 표정을 지었다. 설명을 다시 해야 할 때면 늘 그런 표정이었다.

"조지프."

대답을 하는데 가슴이 메었다. 목이 메었다.

"하지 않으시겠답니다."

날도 알리앙트가 가볍게 키득거리며 고개를 저었다.

"거부했다고?"

마소가 물었다.

조가 끄덕였다.

마소가 날도를 보고 다시 히포 파시니를 보았다. 잠시 아무도 입을 열지 않았다. 조는 식판을 내려다보며 음식이 식어간다는 생각을 했다. 빨리 먹어야 할 텐데. 이곳에서 식사를 거르는 건 자살 행위다.

"조지프, 나를 봐라."

조가 테이블을 건너다보았다. 마소의 얼굴은 즐겁고 호기심으로 가득했다. 그러니까 예상치 못한 곳에서 이제 막 태어난 병아리를 만난 늑대의 표정이 저럴까?

"아버지를 좀 더 설득해 보지 그랬냐?"

"페스카토레 씨, 노력했습니다."

조가 대답했다.

마소가 부하들을 번갈아 보았다.

"노력했단다."

날도 알리앙트가 미소를 지었다. 들쭉날쭉한 이가 흡사 동굴에 매달린 박쥐들 같았다.

"시늉은 했나보죠."

"잠깐만요, 아버지가 준 물건이 있습니다."

"아버지가……?"

마소가 손을 귀 뒤로 가져갔다.

"이걸 드리라고 했어요."

조가 시계를 테이블 너머로 건넸다.

마소는 순금 덮개가 맘에 드는 듯했다. 그가 덮개를 열더니 시계를 이리저리 살펴보았다. 덮개 안쪽에 무척이나 우아한 필체로 '파텍 필립'이라고 새겨져 있었다. 마소가 만족스러운 듯 눈썹을 찡긋거렸다.

"1902년. 18캐럿짜리야."

그가 날도에게 말하고 조를 돌아보았다.

"불과 2000개만 제작했지. 지금은 내 집보다도 비쌀 거다. 그런데 어떻게 짭새 손에 들어갔을까?"

"1908년에 은행 강도를 잡았습니다. 코드먼 스퀘어였는데, 한 놈이 은행 매니저를 죽이기 직전에 아버지 총에 맞았다고 들었습니다."

에디 삼촌이 100번도 넘게 한 얘기였다. 아버지는 한 번도 언급한 적이 없지만.

"그래서, 은행 매니저가 이 시계를 선물했다?"

조가 고개를 저었다.

"은행장이 줬습니다. 매니저가 은행장 아들이었거든요."

"그런데 이제는 아들을 구해 보겠다는 건가?"

조가 끄덕였다.

"나한테 아들이 셋 있다. 알고 있냐?"

"예, 그렇다고 들었습니다."

"덕분에 아버지가 뭔지는 나도 안다. 아들을 얼마나 사랑하는지도 알고."

마소가 등을 기대고 앉아 잠시 시계를 보았다. 이윽고 한숨을 내쉬고 시계를 주머니에 넣더니 테이블 너머로 손을 내밀어 조의 손을 세 번 두드려주었다.

"네 아비 만나면 선물 고맙다고 해라. (자리에서 일어나며) 그리고 까불지 말고 시킨 일이나 하라고 전해."

마소의 부하들도 모두 일어나 함께 식당을 나섰다.

조는 체인 상점에서 파견 근무를 마친 후 감방으로 돌아왔다. 무척이나 무더웠다. 남자 셋이 안에서 기다렸는데 모두 처음 보는 얼굴이었다. 침상 침대는 여전히 없지만 바닥에 매트리스가 깔려 있고 남자들은 그 위에 앉아 있었다. 조의 매트리스는 창 밑 벽에 붙어 있었는데, 그러니까 철창에서 제일 먼 곳이었다. 둘은 전에 본 적이 없지만 세 번째는 어딘가 인상이 낯익었다. 나이는 서른 정도. 키가 작고 얼굴은 말상이며 턱이 코만큼이나 뾰족했다. 두 귓불도 뾰족했다. 교도소에서 새로 알게 된 이름과 얼굴을 하나씩 떠올려본 다음에야 그가 바로 바실 치기스, 즉 에밀 로슨의 부하임을 알 수 있었다. 두목과 마찬가지로 무기징역에 가석방 가능성이 제로인 인물이었다. 첼시아의 지하실에서 아이를 살해하고 손가락을 모두 뜯어 먹었다는 얘기도 들었다.

조는 남자들 하나하나의 시선을 받아주는 식으로, 자신의 용기를 시위했지만 속으로는 무서워서 미칠 지경이었다. 남자들도 눈을 깜빡이며 쳐다볼 뿐 말은 하지 않았다. 그래서 그도 입을 다물었다.

잠시 후, 지켜보는 것도 지겨운지 셋이 카드놀이를 시작했다. 판돈은 뼈였다. 작은 뼈다귀들. 메추라기나 병아리 등 작은 새들로 보였다. 작은 주머니에 뼈다귀를 넣어 판돈을 담을 때마다 달그락거렸다. 게임은 조명이 어두워지도록 이어졌는데 그동안 대화라고 해봐야 "받아.", "이런.", "죽을래." 정도였다. 이따금 한 명이 흘긋 조를 보았지만 곧바로 카드놀이로 돌아갔다.

어둠이 깊어지고 교도소 조명도 꺼졌다. 세 남자는 승부를 내려 했으나 잠시 후 바실 치기스의 목소리가 어둠을 흔들었다.

"집어치워."

남자들은 카드를 바닥에 내팽개치고 뼈다귀를 다시 부대에 담았다. 뼈다귀가 달그락거렸다.

그리고 어둠 속에 가만히 앉아 있었다. 거친 숨소리.

그날 밤은 도무지 시간을 가늠할 수가 없었다. 어둠 속에 한참을 앉아 있었건만 30분인지 두 시간인지 모호하기만 했다. 남자들은 맞은편에 반원으로 모여 앉았다. 구취에 체취까지 맡을 정도로 가까운 거리였다. 악취는 오른쪽 남자가 특히 최악이었다. 얼마나 오랫동안 씻지 않았는지 땀내가 나다 못해 시큼한 냄새가 코를 찔렀다.

창밖의 공장 어딘가에서 호각 소리가 들렸다.

무기가 있다면 저 셋을 찌를 수 있었을까? 평생 사람을 찌른 적이 없음을 감안한다면, 접근도 하기 전에 놈들한테 무기를 빼앗겨 역으로 당하고 말 것이다.

저들은 그가 먼저 말하기를 기다렸다. 어떻게 아는지 설명하기는 어려웠지만 그것만은 분명했다. 말을 하는 순간 저들은 처음의 의도대로 조를 처리하려 들 것이다. 만약 말을 한다면 애원이나 구걸이 될 수밖에 없다. 평생 애원해 본 적도 목숨을 구걸해 본 적도 없지만 입을 여는 행위 자체가 애걸이기 때문이다. 그러면 놈들은 그를 비웃으며 죽일 것이다.

바실 치기스의 눈은, 강이 얼어붙기 직전만큼이나 서슬이 푸르다. 어둠 속이라 시간이 걸리기는 했지만 조는 똑똑히 보았다. 저 두 눈에 엄지 두 개를 박으면 손가락이 녹아내리고 말 것이다.

저들도 사람이야. 악마가 아니라. 사람은 얼마든지 죽일 수 있다. 아무리 셋이라도. 그저 실행에 옮기기만 하면 되는 거야. 그가 속으로 중얼거렸다.

바실 치기스의 서슬 퍼런 두 눈을 들여다보며, 저들의 위협이 조금씩 누그러진다는 생각이 들었다. 저들도 조 자신만큼이나 힘이 없다는 사실을 떠올릴수록 더욱 그랬다. 정신과 수족과 의지력을 하나로 묶는다면 저들보다 더 큰 위력을 발휘할 수도 있었다.

하지만 그다음엔? 어디로 가지? 길이 2미터, 너비 3미터에 불과한 방구석에서?

저들을 죽여야 한다. 지금 당장. 저들이 선수 치기 전에. 놈들을 쓰러뜨린 다음 모조리 목을 꺾어놓아야 한다.

그런 상상을 하고는 있지만 당연히 불가능한 일이다. 상대가 한 명이고 기습으로 허를 찌른 다음 시도한다면야 가능성이 아주 없지는 않겠지만…… 이렇게 앉은자리에서 셋을 공격해 성공하겠다고?

두려움이 배 속을 헤집고는, 스멀스멀 목구멍을 타고 올라와 머리를 움켜쥐었다. 자신도 모르게 땀이 나고 두 팔이 하릴없이 떨렸다.

움직임은 좌우에서 동시에 일어났다. 미처 깨닫기도 전에 쇳조각이 조의 귓불에 닿았다. 무기는 보지도 못했다. 바실 치기스가 죄수복 주름에서 뭔가를 꺼내기는 했다. 무기는 가느다란 쇠막대였다. 길이가 당구봉 절반이었기에 조의 목 아래 붙이기 위해 바실은 팔까지 구부려야 했다. 그가 조의 뒤로 돌아가 허리춤에서 뭔가를 꺼냈다. 조는 보고 싶지 않았다. 애초에 이들과 한방에 있다는 사실조차 믿고 싶지 않았다. 바실 치기스가 기다란 쇠막대 뒤로 망치를 들어 올렸다.

마리아 만세! 전능하신 마리아여……

나머지는 옛날에 잊었다. 자그마치 6년이나 복사 노릇을 했건만 그 정도도 기억하지 못하다니.

바실의 눈빛은 전혀 변하지 않았다. 딱히 결연한 의지도 보이지 않았다. 그저 담담하게 왼손으로 쇠막대를, 오른손으로 망치 손잡이를 잡고 있을 뿐이었다. 팔을 한번 휘두르는 순간 쇠막대 끝이 조의 목을 뚫고 곧바로 심장에 박힐 것이다.

……주님이 함께하시도다. 오, 주여, 우리를 축복하시며 주님의 선물이…….

아니, 아니야. 은총이 맞아. 저녁기도 때 하는 말. 전능하신 마리아도 아니야. 그 구절은 이렇게…….

기억이 나지 않았다.

하늘에 계신 우리 아버지. 우리가 우리의 죄를 용서하듯이 우리 죄를…….

감방 문이 열리더니 에밀 로슨이 들어왔다. 그는 무리를 향해 다가와 바실 치기스 옆에 무릎을 꿇고 조를 보며 고개를 갸웃했다.
"예쁘다는 얘기는 들었는데 거짓말은 아니구나. 지금 너한테서 뭘 빼앗아 가려는데 뭔지 짐작은 가냐?"
그가 양 볼의 수염 난 자리를 두드리며 말했다.
내 영혼? 이 암흑의 지옥이라면 충분히 가능한 얘기였다.
그래도 대답은 절대 하지 않겠다.
"대답해라. 한쪽 눈을 뽑아 바실한테 먹이기 전에, 응?"
에밀 로슨이 윽박질렀다.
"아니, 아무것도 안 빼앗겨요."
조가 대답했다.
에밀 로슨은 손바닥으로 바닥을 훔치고 자리에 앉았다.
"우리가 갔으면 좋겠지? 너만 남겨두고?"
"예."
"페스카토레 씨 일을 거절했다며?"
"거절하지 않았어요. 최종 결정은 내 능력 밖인걸요."
쇠막대가 목에 흐르는 땀을 스치며 살점까지 함께 뜯어 갔다. 바실 치기스가 무기 끝을 목울대에 갖다 댔다.
"네 짭새 아비 말이야. 그 새끼한테 무슨 일을 맡겼는데?"
뭐라고?
"네 아비한테 뭘 지시했냐고 묻잖아."
조가 길고도 느리게 숨을 들이마셨다.
"브렌던 루미스."

"그놈은 왜?"

"지금 잡혀 있는데 내일모레 법정에 섭니다."

에밀 로슨이 두 손을 깍지 끼고는 자기 뒤통수에 대며 미소를 지었다.

"그래서 네 아버지한테 죽이라고 했는데 거절한 거야?"

"예."

"아냐, 하겠다고 했을 거야."

"아뇨, 거절하셨습니다."

에밀 로슨이 고개를 저었다.

"내일 페스카토레 부하 놈을 만나면, 아버지가 간수를 통해 연락을 취했다고 얘기해라. 네 아비가 브렌던 루미스도 손볼 거라고 해. 앨버트 화이트가 밤에 어디서 자는지도 알아냈다고 하고. 그럼 넌 그 주소를 페스카토레한테 전하면 되는데, 단 직접 만나서 해. 내 말 이해했냐, 예쁜이?"

조가 끄덕였다.

에밀 로슨이 기름천 뭉치를 조에게 건넸다. 풀어보니 또 다른 무기였다. 바늘만큼이나 예리한. 스크루 드라이버, 안경 이음매를 조이는 데 사용하는 종류지만 이놈은 정말로 날카로웠다. 송곳 끝이 장미 가시 같아 가볍게 손바닥에 긋자 금세 실처럼 가는 핏자국이 이어졌다.

놈들이 귀와 목을 겨누던 쇠막대를 거두어들였다.

에밀이 상체를 기울였다.

"페스카토레한테 귓속말로 주소를 불러줄 때 놈의 대갈통에 박아 넣어. 목에 박아도 돼. 죽이기만 하면 되니까."

"페스카토레 밑에서 일하는 줄 알았는데요."

조가 중얼거렸다.

"난 내 밑에서 일해. 돈을 받고 몇 가지 허드렛일을 하기는 했지만 지금은 다른 사람 돈을 받는다."

"앨버트 화이트."

조가 말했다.

에밀 로슨이 상체를 기울이더니 가볍게 조의 뺨을 때렸다.

"그래, 내 두목이다. 이제 네 두목이기도 하고."

K 스트리트 저택 뒤 작은 부지에 화단이 하나 있었다. 토머스의 노력은 오랫동안 이런저런 성공도 거두고 실패도 했지만 엘렌이 죽고 2년 동안 그에겐 시간이 넘쳐흘렀다. 지금은 어찌나 수확량이 많은지 매년 여분을 팔아 소소하게나마 이익을 낼 정도였다.

아주 옛날 어느 해 7월이었다. 조가 대여섯 살이었을 때쯤 아버지 대신 추수를 하겠다고 덤빈 적이 있었다. 토머스는 2교대를 끝내고 에디 매케너와 술도 약간 한 터라 꾸벅꾸벅 졸고 있었다. 문득 뒷마당에서 들리는 말소리에 잠을 깨었는데 당시만 해도 조는 혼잣말이 심했다. 아니면 상상의 친구라도 있었겠지만 어느 쪽이든 토머스로서는 용납할 수가 없었다. 아들이 집 주변 아이들과는 별로 대화를 하지 않았기 때문이다. 토머스는 너무 바빴다. 엘렌 역시 그즈음에는 만병통치 약 팅크처 넘버23에 푹 빠져 있었다. 조를 낳기 전 유산한 후 처음 소개받았다는 약인데 당시만 해도 큰 문제는 아니었다.

적어도 토머스는 그런 식으로 자신을 합리화했다. 아무튼 그때 상황을 조금 과하게 지레짐작했던 모양이다. 그날 아침 조를 돌보는 사람이 거의 없으리란 정도는 알고 있었다. 그는 침대에 누운 채 막내아들이 쿵쾅거리며 현관까지 왔다 갔다 하며 혼자 재잘거리는 소리를 들었다. 토머스는 아들이 어디를 저렇게 오가는지 궁금했다.

그는 침대에서 일어나 가운을 걸치고 슬리퍼를 신었다. 그러고는 부엌을 가로질러 뒷문을 열었다. 부엌에서는 엘렌이 차 한 잔을 두고 앉아 잔뜩 풀린 눈으로 미소를 지어 보였다.

현관을 처음 봤을 때 정말로 비명이라도 지르고 싶었다. 정말로. 무릎을 꿇고 하늘을 향해 울부짖고 싶었다. 당근과 방풍나물, 토마토 들이 모조리 현관에 놓여 있었다. 잔디처럼 새파란 채소들이 뿌리까지 뽑힌 채 흙과 나무 위에 널브러져 있었던 것이다. 조는 양손에 다른 작물을 들고 올라오고 있었다. 이번에는 비트였다. 아들은 두더지 꼴이라 피부와 머리카락이 온통 흙투성이였다. 그나마 하얀 부분이라면 눈과 이뿐이었다. 그것도 아들이 토머스를 보자마자 미소를 지었기에 알 수 있었지만…….

"안녕, 아빠."

토머스는 입을 다물지 못했다.

"아빠 돕는 거야."

조가 비트 하나를 토머스의 발밑에 내려놓고 더 가져오겠다며 돌아갔다.

1년 농사를 망쳤다. 가을 수확은 물 건너갔다. 그런데도 아들은 파괴를 마무리 짓겠다며 당당하게 걸어갔다. 문득 자기도 모르게 실소가 나왔다. 가슴 밑바닥에서 터져 나온 웃음인지라 누구보다 그 자신이 놀랐다. 웃음소리가 어찌나 컸던지 가까운 나뭇가지에 앉았던 다람쥐들이 날아가고, 현관 마루가 흔들렸다.

문득 그때 생각에 슬그머니 미소를 지었다.

최근에 아들한테 인생은 운이라는 얘기를 했다. 하지만 나이가 들어보니 삶은 기껏 기억에 불과했다. 종종 과거 자체보다는 과거의 회상이 훨씬 풍요로우니 말이다.

습관적으로 시계를 찾다가 너 이상 주머니에 없음을 떠올렸다. 시계와 관련된 사실이 그 주변을 떠도는 전설보다 다소 복잡하기는 하지만 그래도 아쉽기는 마찬가지였다. 시계는 배럿 W. 스탠퍼드의 선물이었다. 사실이다. 토머스가 목숨을 걸고 배럿 W. 스탠퍼드 2세, 즉 코드먼 스퀘어에 있는 퍼스트보스턴 은행의 매니저를 살려 준 것 또한 의심의 여지가 없다. 또 하나의 사실은, 임무를 수행하는 도중에 모리스 돕슨이라는 스물여섯 살 청년이 토머스의 총에 맞아 즉사했다.

방아쇠를 당기기 직전, 토머스는 뭔가를 감지했다. 다른 사람은 상상도 못한 것. 바로 모리스 돕슨의 진짜 의도를. 토머스는 배럿 W. 스탠퍼드 2세한테 먼저 경고하고, 똑같은 이야기를 에디 매케너와 총경한테 전하고 보스턴 경찰 저격 팀에도 알려줄 수 있었다. 그리고 그들의 허락에 따라, 신문 매체와 배럿 W. 스탠퍼드한테도 전할 수 있었다. 너무나 감사하다며 토머스에게 시계를 준 은행장에게도 말해 줄 수 있었다. 취리히에 있을 때 조지프 에밀 필립 본인한테 받은 시계라고 했다. 그런 값비싼 시계를 받을 수 없다며 세 번이나 거절했으나 배럿 W. 스탠퍼드는 아랑곳하지 않았다.

그래서 시계를 갖고 다녔다. 다른 사람들이 추측하듯 자랑하기 위해서가 아니라, 깊은 우애와 존경심이 담겼기 때문이었다. 전설에 의하면 모리스 돕슨의 의도는 배럿 W. 스탠퍼드 2세를 죽이는 데 있었다. 누가 그 해석에 토를 달겠는가? 배럿의 목에 총을 대고 있었으니 말이다.

하지만 마지막 순간 돕슨은 항복할 생각이었다. 토머스가 그의 눈에서 읽은 바로는 그랬다. 그야말로 찰나였다. 토머스는 1.5미터 거리에서 리볼버를 들고 손가락을 방아쇠에 걸었다. 물론 기꺼이 당길 생각이었다. 당연한 얘기다. 아니면 애초에 왜 총을 꺼내 들었겠는가. 그런데 모리스의 어둡고 거친 눈에서 운명에 대한 체념을, 이제 감옥에 들어가면 이 일도 끝나는구나 하는 안도감을 보고 말았던 것이다. 토머스는 어쩐지 배신당한 기분이었다. 처음에는 무엇에 대한 배신인지 몰랐으나 방아쇠를 당기는 순간 분명히 깨달을 수 있었다.

총알은 불쌍한 모리스 돕슨의 왼쪽 눈을 꿰뚫었다. 돕슨은 바닥에 닿기도 전에, 그리고 총알의 열기가 배럿 W. 스탠퍼드 2세의 관자놀이 바로 아래 가벼운 화상을 입히기도 전에 숨을 거두었다. 총알이 궁극의 목표를 달성했을 때 토머스는 왜 갑자기 배신감을 느꼈는지, 왜 그런 식의 극단적인 조치까지 취해 가며 배신감을 거부해야 했는지 이해했다.

두 사내가 서로에게 총을 겨눈 순간 이미 신을 증인으로 계약을 맺은 셈이었다. 계약의 이행은 오로지 둘 중 하나가 상대방을 저세상으로 보냄으로써 완료한다.

적어도 당시엔 그렇게 느꼈다.

세월이 지난 후 술에 완전히 인사불성이 되었을 때조차, 모리스 돕슨의 눈에서 무엇을 보았는지에 말해 본 적은 없었다. 에디 매케너처럼 온갖 비밀을 알고 있는 상대라 해도 마찬가지였다. 그날의 행동에 자부심 따위는 없었다. 주머니 시계를 소지한다고 생길 자부심도 아니건만 그럼에도 집을 나설 때면 항상 시계부터 챙겼다. 자신의 본분을 망각한 데 따른 지대한 책임을 증거해 주기 때문이었다. 우리는 인간의 법칙이 아니라 자연의 법칙을 집행한다. 신은 하얀 법의를 입고 툭하면 인간사에 개입하는 감상적인 존재가 아니라, 스스로 심형(心型)을 만들어내는 쇠이자 용광로 속에서 100년을 불타는 불이다. 신은 쇠의 법칙이자 불의 법칙이다. 신은 자연이요, 자연이 곧 신이다. 전자 없이 후자 없다.

그리하여 막내아들 조지프야, 내 방탕한 낭만이자 성마른 심장아, 이제 네가 그들에게, 최악의 악마들에게 그 법칙을 깨닫게 해 주어라. 그러지 못하겠다면, 차라리 나약함으로, 도덕적 과실로, 의지박약으로 죽는 게 낫구나.

내 너를 위해 기도하마. 권력을 잃으니 이제 기도만 남았구나. 이제 내겐 그 어떠한 권력도 없단다. 저 화강암 담벼락 너머에 손이 닿지도 않고, 시간을 늦추거나 멈출 수도 없단다. 아니, 이 순간, 지금이 몇 시인지조차 모르겠으니……

그가 화단을 내다보았다. 수확을 앞둔 화단. 그리고 조를 위해 기도했다. 조상들에게도 기도했다. 대개는 모르는 존재들이지만 지금은 너무도 또렷하게 볼 수 있었다. 국외로 탈출한 후 술과 기근과 암흑의 충동에 굴복한 영혼들. 그는 그들의 영혼이 평화롭기를 바랐다. 손자라도 있으면 좋으련만.

조는 운동장에서 히포 파시니를 찾아 아버지가 마음을 바꾸었다고 얘기했다.
"그럴 줄 알았다."
히포가 말했다.
"나한테 주소를 하나 줬어요."
뚱보가 상체를 젖히며 관심 없다는 듯 딴청을 부렸다.
"그래? 누구?"
"앨버트 화이트."
"앨버트 화이트는 애슈몬트힐에 살아."
"최근에는 잘 가지 않는다던데요."
"좋아, 주소 말해 봐."
"웃기지 마세요."
히포 파시니가 땅을 보자 삼중 턱이 죄수복 무늬까지 내려왔다.
"뭐라고?"
"마소한테 전해요. 오늘 밤 담벼락에서 알려주겠다고."
"넌 거래할 만한 위치가 못 돼, 꼬마."
조가 노려보자 히포도 어쩔 수 없이 눈을 마주쳤다.
"아니, 돼요."
조가 내뱉고는 마당을 가로질러 갔다.
페스카토레와 만나기 한 시간 전, 두 번이나 나무 양동이에 토악질을 했다. 두 팔이 떨렸다. 턱과 입술도 경련을 일으켰다. 누가 주먹으로 때리기라도 한 것처럼 귀가 펄떡펄떡 뛰기도 했다. 송곳은 에밀 로슨이 가져다 준 가죽 구두끈으로 손목에 묶었다. 감방을 떠나기 전에 엉덩이로 옮길 생각이었다. 로슨은 처음부터 엉덩이에 단단히 끼워두라고 우겼지만, 마소의 부하가 용케 알아내고 조를 강제로 앉힐까봐 불안했다. 떠나기 10분 전에 위치를 바꾸고 걷는 연습을 할 생각이었는데 하필 40분 전에 간수가 찾아와 누가 면회 왔다고 말해 주었다.

이미 해 질 무렵이니 면회시간은 오래전에 끝이 났다.

"누구죠?"

간수를 따라 복도를 걸으며 물었는데, 문득 송곳이 여전히 손목에 매여 있다는 사실이 기억났다.

"떡밥이 뭔지 제대로 아는 사람."

조는 부지런히 간수를 따라갔다. 간수의 걸음이 무척이나 가벼웠다.

"예…… 그게 누구예요?"

간수가 감방동 문을 열고 조를 내보냈다.

"네 형이라고 하더라."

그는 방에 들어오면서 모자를 벗었다. 문을 통과할 때는 고개까지 숙였다. 보통 사람보다 머리 하나는 족히 큰 사내. 검은 머리가 살짝 세고 귀 위로 흰머리도 조금 보였다. 계산해 보니 지금쯤 서른다섯이겠다. 기억보다 나이 들어 보였으나 여전히 기막힌 미남이었다.

다소 낡은 어두운색 스리피스 정장에 옷깃은 네 잎 클로버 모양이었는데, 곡물창고 매니저처럼도 보였고, 선원이나 노조 조직책처럼 길에서 많은 시간을 보내는 사람처럼도 보였다. 안에는 흰색 셔츠를 입었고 타이는 매지 않았다.

그는 모자를 카운터에 놓고 철망 안을 들여다보았다.

"맙소사, 너 이제 열세 살이 아니구나, 응?"

형의 눈은 빨갛게 충혈된 채였다.

"형도 스물다섯이 아니잖아."

대니가 담뱃불을 붙이는데 성냥을 잡은 손이 파르르 떨렸다. 커다란 흉터가 손등을 덮었다. 흉터 중앙은 온통 주름투성이였다.

"아직도 맞고 다니냐?"

조가 어깻짓을 했다.

"아닐걸? 요즘은 진짜 싸우는 법을 배우고 있거든."

대니가 눈썹을 찡긋하고는 담배 연기를 내뿜었다.

"돌아가셨다, 조."

조는 누구 얘기인지 알았다. 이 방에서 마지막으로 봤을 때 이미 알고 있었다. 다만 마음 한구석에서 인정할 수 없을 뿐이었다. 인정하지 않으려 했을 뿐이었다.

"누구?"

형이 한동안 천장을 보다가 다시 조를 보았다.

"아버지. 조, 아버지가 돌아가셨어."

"어떻게?"

"내 짐작을 묻는 거라면…… 심장마비 같다."

"형은……?"

"응?"
"돌아가실 때 곁에 있었어?"
대니가 고개를 저었다.
"30분 늦었다. 내가 발견했을 때 아직 체온이 따뜻하더구나."
"혹시……"
"뭐?"
"암살 같은 건 아니겠지?"
대니가 기가 막힌다는 눈으로 주변을 돌아보았다.
"도대체 이곳에서 뭘 배우는 게냐? 아니다, 조. 분명 심장마비나 뇌졸중이었어."
"어떻게 알아?"
대니가 새우 눈을 했다.
"미소 짓고 계셨다."
"뭐?"
대니가 키득거렸다.
"그래. 특유의 야릇한 미소 알지? 은밀한 농담을 듣거나 우리가 태어나기 전 아득히 먼 옛날 일을 떠올리실 때 같은…… 기억나지?"
"그래, 기억해."
조가 대답했다. 그리고 놀랍게도 그 말을 다시 되뇌기까지 했다.
"기억하고말고."
"그런데 시계는 없었다."
"응?"
조의 머릿속이 윙윙거렸다.

"아버지 시계. 아버지한테 없었어. 한 번도……"

"나한테 있어. 아버지가 주셨어. 내가 곤경에 빠질 때 쓰라고. 이 안이 어떤지 형도 알지?"

"그래서 너한테 있다고?"

"그래."

그가 대답했다. 거짓말에 속이 쓰렸다. 마소가 시계에 손을 올렸을 때 정말로 콘크리트 벽에 머리를 박고 죽고만 싶었다.

"그래, 그럼 됐다."

대니가 말했다.

"아니, 안 됐어. 되는 일이 개뿔도 없거든. 지금 내 꼬락서니가 그래."

잠시 두 사람 다 아무 말도 하지 않았다. 멀리 교도소 밖에서 공장 호각 소리가 들려왔다.

"코너가 어디 있는지 아냐?"

대니의 질문에 조가 고개를 끄덕였다.

"애버츠퍼드."

"맹인학교? 거기서 뭘 하는데?"

"거기 살아. 어느 날 아침에 일어나 갑자기 세상을 등지기로 한 거야."

"그래, 그런 종류의 상처라면 누구라도 힘들겠지."

"둘째 형은 부상을 입기 오래전부터 힘든 사람이었어."

대니가 어깻짓으로 동의하고 잠시 입을 다물었다.

"아버지 봤을 때…… 어디 계셨어?"

대니는 바닥에 담배를 버리고 발로 짓밟았다. 그런 다음 입술을 동그랗게 말아 연기를 내뿜었다.
"어디였겠냐? 현관 의자에 앉아 계시더라. 알지? 마당을 내다보시면서……"
대니가 고개를 떨구며 아무렇게나 손을 저었다.
"화단."
조가 말했다.

9장
아버지의 죽음

감옥에 있다 해도 바깥세상 소식이 조금씩 새어 들어온다. 그해 스포츠 관련 대화는 온통 뉴욕 양키스와 콤스, 쾨니히, 루스, 게릭, 뮤젤, 라체리로 이어지는 살인 타선뿐이었다. 루스 혼자서만 기적의 60호 홈런을 때린 데다 그 밖의 타자 5인 역시 발군의 실력인지라, 남은 문제라고는 월드 시리즈에서 파이어리츠가 얼마나 굴욕적인 점수 차이로 깨지느냐뿐이었다.

조는 걸어 다니는 야구 백과사전이기에, 당연히 양키스의 경기를 보고 싶었다. 그런 팀이 다시는 나오지 않을 것이기 때문이다. 하지만 찰스타운에서 복역하다 보니 야구선수들을 살인 타선으로 부르는 자가 있으면 본능적으로 거부감부터 일었다.

살인 타선을 보고 싶냐? 내가 지금 그들을 만나러 간다. 해가 저문 직후였다. 교도소 벽 통로에 들어가는 입구는 북관의 제일 위층에서도 F 블록의 끄트머리 문을 통과해야 나온다. 사람들 몰래 문에 접근하는 건 절대 불가능했다. 심지어 최고층에 들어가려 해도 별개의 출입문 세 곳을 통과해야 했다. 문을 통과하면 텅 빈 층이 나온다. 이렇게 죄수가 많은 교도소에서도 감방 열두 곳을 비워두고 있었는데 심지어 세례 이전의 교회 성수반보다도 깨끗했다.

텅 빈 층을 지나며 조는 그곳이 얼마나 깨끗한지 보았다. 믿을 수 있는 죄수가 감방들을 돌아다니며 혼자 걸레질을 하고 있었다. 높은 창들은 조의 감방 창과 똑같았고 창밖으로 사각형 하늘이 보였다. 지금은 칠흑에 가까운 군청색이었다. 문득 이 감방의 청소부들이 얼마나 많은 걸 보았을까 하는 생각이 들었다. 조명은 모두 복도에 있기에, 황혼이 어둠으로 바뀌면 간수들도 등불을 준비할 것이다.

하지만 간수라고는 고작 조를 안내하는 간수뿐이었다. 면회실을 오갈 때 안내했던 바로 그 걸음 빠른 사내였다. 호송 자체가 죄수를 앞서게 하는 데 목적이 있기에, 언젠가는 저 빠른 걸음 때문에 곤욕을 치르고 말 것이다. 간수가 앞서 나갈 경우 죄수는 온갖 못된 짓을 할 수 있기 때문이다. 불과 5분 전 송곳을 손목에서 엉덩이로 옮긴 것도 그 덕분이었다. 문제는, 연습이 부족했다. 항문을 꽉 조인 채 자연스럽게 걷는 일이 결코 쉽지만은 않았다.

그런데 다른 간수들은 다 어디 있지? 마소가 담벼락 위를 산책하는 날이면 그들도 자리를 지켰다. 간수들 모두 매수되지야 않았겠지만 매수된 자들을 고발하거나 하지는 않았다. 그런데 주변을 힐끔거리며 걷는 동안 문득 자신이 무엇을 두려워하는지 깨달을 수 있었다. 지금 이곳에는 간수가 없었다. 조는 감방을 청소하는 수감자들을 자세히 살펴보았다.

살인 타선.

아무리 교도소 빵모자를 뒤집어쓴들 바실 치기스의 뾰족 머리를 감출 수는 없었다. 바실은 일곱 번째 감방에서 걸레를 밀고 있었다. 여덟 번째 방은 악취의 사나이, 그러니까 조의 오른쪽 귀를 쇠막대로 찔렀던 놈이 맡았다. 열 번째 빈방에서 양동이를 밀고 다니는 자는 돔 포카스키, 자기 가족을 산 채로 불태운 자다. 부인과 두 딸, 장모를 포함해, 고양이 세 마리까지 과일창고에 가두고 불을 질렀다고 했다.

맨 끝 계단통 문에 히포와 날도 알리앙트가 서 있었다. 평소 죄수들의 움직임이나 간수들의 감시 수준에서 조금이라도 어긋나는 기미가 보이는 순간, 최고급의 방어체계를 발동할 인간들이었다. 사실 놈들의 표정에선 어떤 느낌도 읽어낼 수 없었다. 다만 권력자들의 오만함뿐.

이봐, 친구들, 각오하라고. 변화의 파도가 몰려들고 있어.

"손들어. 몸수색 좀 해야겠다."

조는 망설이지 않았지만 송곳을 엉덩이에 더 깊숙이 집어넣을걸 하고 후회했다. 아무리 작다고 해도 손잡이가 척추 끝에 걸렸던 것이다. 히포가 이상한 감촉이라도 느끼는 날에는, 셔츠를 끌어 올린 다음 바로 그 송곳으로 조를 찌를 것이다. 그런데 팔을 올리고 있는 동안 기이할 정도로 마음이 차분했다. 동요도 땀도 두려운 기색도 없었다. 히포는 두 손으로 조의 다리를 치면서 올라갔다가, 갈빗대를 더듬은 다음 한 손으로는 가슴 아래쪽을, 다른 손으로는 등을 더

들었다. 히포의 손가락 끝이 드라이버 손잡이를 건드렸다. 손잡이가 슬쩍 기울어지는 느낌도 있었다. 조는 엉덩이에 힘을 주었다. 항문을 단단히 조이는 따위의 헛지랄에 생사의 문제가 걸려 있다니 기가 막힐 노릇이었다.

히포가 조의 어깨를 잡고 자기 쪽으로 돌려세웠다.

"아가리 벌려."

조가 입을 벌렸다.

"더 크게."

더 크게 벌렸다.

히포가 입안을 들여다보았다.

"이상 없음."

그가 선언하고 물러났다.

조가 통과하려고 하자 날도 알리앙트가 문을 막아서더니 조의 얼굴을 노려보았다. 얼굴 뒤의 거짓말을 모두 알고 있기라도 한 눈빛이었다.

"네 목숨은 영감 마음에 달려 있다. 알고 있지?"

그가 경고했다.

조가 끄덕였다. 그가 죽든, 페스카토레가 죽든, 날도는 지금 마지막 호흡을 이어간다고 봐도 좋다.

"물론."

날도가 옆으로 물러서자 히포가 문을 열고 조를 들여보냈다. 문밖에는 나선형 철제 계단뿐이었다. 계단은 콘크리트 구조물에서 천장 문으로 이어졌는데 열린 문을 통해 어두운 밤하늘이 보였다. 조는 바지 속에서 송곳을 꺼내 줄무늬 셔츠 주머니에 넣었다. 계단 위에 다다른 다음에는, 오른손 주먹을 쥐고 검지와 중지를 펼쳐 문밖으로 들어 보였다. 가까운 감시탑의 간수가 볼 수 있도록 하기 위해서였다. 탐조등이 빠른 속도로 왼쪽, 오른쪽, 왼쪽, 오른쪽, 지그재그를 그렸다. 이상 무. 조가 입구를 빠져나갔다. 주변을 둘러보니 15미터 떨어진 벽 아래 마소가 서 있었다. 중앙 감시탑 바로 앞이었다.

조가 다가갔다. 송곳이 가볍게 엉덩이를 스쳤다. 중앙탑의 맹점은 바로 아래쪽 공간이다. 마소가 그 자리에 있는 한 간수들도 볼 수 없다. 마소는 황폐한 도시 너머 서쪽을 보며 쓰디쓴 프랑스 담배를 피웠다. 평소에 즐기는 노란색이었다.

그가 잠시 조를 보았지만 아무 말 없이 담배만 뻐끔뻐끔 빨아댔다. 목울대가 달그락거렸다.

"네 아비 일은 미안하게 됐다."

마침내 그가 내뱉었다.

조는 자기 담배를 찾다가 포기했다. 밤하늘이 망토처럼 얼굴을 덮었다. 주변 공기가 증발이라도 하는지 산소 부족에 머리가 지끈거렸다.

마소가 알 방법은 없었다. 아무리 권력이 하늘을 찌르고 부하들이 많다 해도. 대니 형이 마이클 크롤리 총경과 직접 만났다고 했다. 과거 아버지와 함께 도보순찰을 다니고, 스타틀러 사건 다음 날 아버지가 그의 직책을 이어받기로 내정까지 되어 있던 인물이다. 그의 말에 따르면, 토머스 커글린은 몰래 집 뒷문으로 실려 나와 위장 경찰차를 탔으며, 또 지하 입구를 통해 부검실에 들어갔다.

'네 아비 일은 미안하게 됐다.'

아냐, 절대. 저자가 알 리가 없어. 불가능해.

조는 담배를 찾아 입에 물었다. 마소가 난간에 성냥을 그어 담뱃불을 붙여주었다. 영감의 눈에는 자애로움이 가득했는데 필요할 때면 언제든 저런 표정을 지었다.

"미안할 일이 뭐가 있겠습니까?"

조가 물었다.

마소가 어깨를 으쓱했다.

"본성에 어긋나는 일을 할 수는 없는 법이다. 아무리 사랑하는 사람을 위해서라고 해도. 네 아버지한테 부탁한 일, 너한테 시킨 일, 그래, 공정하지 못했다. 하지만 이 빌어먹을 세상에서 도대체 뭐가 공정하단 말이냐?"

조의 심장박동이 귀와 목구멍을 통해 흘러나오고 있었다.

조와 마소는 팔꿈치를 옥상 가장자리에 기댄 채 담배를 피웠다. 미스틱 강을 따라 바지선 불빛들이 별똥별처럼 아득히 어둠을 가르고 달아났다. 주물공장 연기가 뱀 떼처럼 스멀스멀 감시탑 쪽으로 기어오고 공기에서는 답답한 열기와 아직 내리지 않은 비 냄새가 났다.

"다시는 너와 네 아버지한테 어려운 부탁하지 않으마, 조지프. 약속한다."

마소가 조를 향해 고개를 끄덕였다.

조가 그의 눈을 마주 보았다.

"어차피 못 하실 겁니다, 마소."

"페스카토레 씨다, 조지프."

"죄송합니다."

조는 담배를 떨어뜨리고 다시 줍기 위해 상체를 굽혔다.

하지만 담배를 줍는 대신 두 팔로 마소의 발목을 안고 힘껏 잡아당겼다.

"소리 내지 마. 소리 지르면 떨어뜨리겠다."

조가 몸을 일으키자 영감의 머리가 난간 끄트머리 너머 허공으로 넘어갔다.

노인이 숨을 가쁘게 몰아쉬며 조의 갈빗대를 걷어찼다.

"발버둥 치지 않는 게 좋을 텐데? 그럼 붙들고 있을 수가 없잖아?"

잠시 시간은 걸렸지만 결국 마소도 저항을 포기했다.

"지금 무기를 갖고 있지? 거짓말할 생각은 말고."

마소의 목소리가 난간 너머를 불안하게 떠돌았다.

"있다."

"얼마나?"

"딱 하나."

조가 발목을 놓았다.

마소가 두 팔을 허우적거렸다. 그 순간은 흡사 나는 법을 배우는 어린 새 같았다. 그의 가슴이 밖으로 미끄러지며 어둠이 머리와 상체를 집어삼켰다. 어쩌면 비명도 질렀을 것이다. 조는 마소의 죄수복 허리띠를 잡고 발꿈치를 난간에 받친 다음 힘껏 잡아당겼다.

마소가 연이어 기이한 신음을 뱉어냈다. 상당한 고음이라 흡사 들판에 버린 신생아 울음소리처럼 들렸다.

"무기가 얼마나 있다고?"

조가 다시 물었다.

한동안은 신음 소리뿐이었다.

"둘."

"어디?"

"면도기는 발목에, 못은 주머니에."

못? 확인할 필요가 있겠다. 영감의 주머니를 두드려보니 이상한 덩어리가 들어 있었다. 조는 조심스럽게 손을 넣어 물건을 꺼냈다. 처음에는 단순히 머리빗인 줄 알았는데, 그건 아니었다. 나무 막대에 짧은 못 네 개를 박고 다시 네 개의 이상한 고리로 묶은 무기였다.

"이게 당신 손에 맞아?"

조가 물었다.

"그래."

"추잡한 인간."

그는 무기를 난간 위에 놓고 마소의 양말에서 업소용 면도기를 찾아냈다. 진주 손잡이의 윌킨슨. 그 역시 못 너클 옆에 두었다.

"어지럽냐?"

"그래."

답답한 목소리.

"그럴 거야. 내가 손을 떼는 순간 죽은 쥐새끼 신세라는 정도는 알고 있겠지?"

"그래."

"당신 때문에 감자칼에 찔려 다리에 구멍이 났어."

"난…… 난…… 널……"

"뭐? 제대로 말해."

"네 목숨을 구해 줬다."

신음에 가까운 목소리.

"대신에 아버지를 그렇게 만들었지."

조가 팔꿈치로 마소의 어깨 한가운데를 내리찍었다. 영감이 외마디 비명을 질렀다.

"원하는 게 뭐냐?"

마소가 산소 부족으로 헐떡거리기 시작했다.

"에마 굴드라고 알아?"

"아니."

"앨버트 화이트가 죽인 여자다."

"들어본 적 없다."

조가 그를 붙잡아 올린 다음 뒤로 뒤집어주었다. 그리고 한 걸음 물러나 영감이 숨을 고르게 해 주었다.

조는 손을 내밀어 손가락을 까딱했다.

"시계 내놔."

마소는 망설임 없이 바지 주머니에서 시계를 꺼내 건네주었다. 조가 시계를 쥐자 초침의 움직임이 틱틱 손바닥을 간질이며 혈관 속으로 스며들었다.

"오늘 아버지가 돌아가셨다."

조가 불쑥 내뱉었다. 어쩌면 헛소리처럼 들릴 수도 있었다. 아버지에서 에마, 그리고 다시 아버지 얘기니 말이다. 상관은 없다. 이루 형언하기 힘든 일을 말로 할 수만 있다면.

마소가 눈을 한참 굴리다가 다시 목을 문지르기 시작했다.

조가 끄덕였다.

"심장마비라. 빌어먹을."

그가 마소의 구두를 때렸다. 그 바람에 영감도 깜짝 놀라 두 손바닥으로 난간을 짚었다. 조가 미소 지었다.

"당신도 빌어먹을 놈이다. 저 쫄따구들까지 모두."

"그럼 죽여."

마소가 선언했지만 그다지 자신감은 없어 보였다. 그가 어깨 너머를 보고 다시 조를 보았다.

"그러라고 지시를 받았지."

"누구한테?"

"로슨. 저 아래 한 무리가 당신을 기다리고 있다. 바실 치기스, 포카스키, 사이코 식인종들 모두. 당신 부하? 날도와 히포? (고개를 저으며) 지금쯤 골로 갔을 거야. 내가 실패할 경우에 대비해 저 계단 아래 사냥 팀을 대기시킨다고 했거든."

영감도 어느 정도 기개를 회복한 듯 보였다.

"그래서 놈들이 널 살려둘 것 같더냐?"

그 생각도 많이 해보았다.

"그럴 수도. 당신네 전쟁은 시체를 수도 없이 만들어냈으니까. 똑똑한 사람들이 너무 많이 남았잖아? 나도 앨버트는 알아. 함께 일했던 적도 있으니까. 내가 보기엔 이건 그의 평화 제안이야. 마소를 죽이고 고향으로 돌아와라."

"그런데 왜 죽이지 않았지?"

"죽이고 싶지 않으니까."

"그래?"

조가 고개를 끄덕였다. 이제 다시 관계를 회복할 때다.

"앨버트를 죽이고 싶어."

"앨버트?"

"방법은 모르지만 완전히 파괴해 버리고 싶어."

마소가 주머니에서 프랑스제 담배를 꺼내 불을 붙였다. 여전히 호흡이 고르지 못했다. 이윽고 그가 조의 눈을 보며 고개를 끄덕였다.

"그런 야심이라면 얼마든지 축복해 주마."

"당신 축복 따위 필요 없어."

조가 투덜댔다.

"이 자리를 모면하려고 하는 얘기가 아니다. 나 또한 보복을 통해 큰 이익을 볼 수 있으니까."

"이익 얘기가 아니라고."

"사나이의 인생은 뭐든지 이익이다. 이익 아니면 성공." 마소가 하늘을 올려다보고 다시 조를 보았다. "그런데 어떻게 살아서 저 아래로 내려가지?"

"감시탑 간수 중에 믿을 만한 심복이 있나?"

"우리 머리 위에 있는 놈. 다른 둘은 돈에 충성을 바친다."

"간수가 내부 간수들과 연락이 가능한가? 지금 당장 로슨의 부하들을 기습하게 하면?"

마소가 고개를 저었다.

"간수 하나가 로슨과 가깝다면 곧바로 아랫놈들한테 보고가 들어가 역으로 우리가 당할 거야."

조가 길고 느리게 숨을 내뱉으며 주변을 보았다.

"이런, 망할. 그럼 할 수 없지. 더러운 방법으로 해결할 수밖에."

마소가 간수와 얘기하는 동안 조는 옥상 문으로 돌아갔다. 죽어야 한다면 아마도 지금이 될 것이다. 한 발 한 발 뗄 때마다 언제든 총알이 날아와 뇌를 뚫거나 척추를 박살 낼 수 있기 때문이다.

뒤를 돌아보니 마소도 통로에서 벗어나 지금은 어둠과 감시탑밖에 보이지 않았다. 별도 달도 없이 칠흑 같은 어둠.

조가 옥상 문을 열고 소리쳤다.

"끝났어요."

"넌 안 다쳤나?"

바실 치기스도 큰 소리로 물었다.

"아뇨. 그래도 깨끗한 옷은 필요해요."

누군가가 어둠 속에서 키득거렸다.

"그럼, 내려와."

"올라와요. 시체를 옮겨야 하잖아요."

"그건……"

"신호는 오른손이에요. 검지와 중지를 올렸다가 붙여요. 그러니 손가락 잘린 놈 올려 보내지 말고."

조는 누가 더 반박하기 전에 문에서 빠져나왔다.

1분 후, 첫 번째 희생자가 올라오는 소리가 들렸다. 남자의 손이 입구로 나왔는데 조가 말한 대로 손가락 두 개를 올렸다. 탐조등이 호를 그리며 손을 지나쳤다가 다시 훑기를 반복했다.

조가 말했다.

"이상 무."

포카스키였다. 조직의 막내. 그가 고개를 삐쭉 내밀고 주변을 둘러보았다.

"서둘러. 다른 사람도 오라고 하고. 시체를 끌어 내리려면 두 명이 더 필요하니까. 엄청 무거운 데다 난 갈빗대가 부러졌어."

포카스키가 미소를 지었다.

"다치지 않았다며?"

"죽을 정도는 아니니까. 빨리 움직이기나 해."

조가 재촉했다.

바실 치기스가 포카스키를 따라오고 언청이 땅딸보가 그 뒤를 이었다. 언젠가 식사 중에 누가 일러준 적이 있다. 엘던 더글러스…… 그런데 죄목이 뭐였더라?

"시체는 어디 있냐?"

바실 치기스가 물었다.

조가 가리켰다.

"이런, 어디……"

빛이 먼저 바실 치기스를 때렸다. 곧이어 총알이 뒤통수로 들어가 얼굴로 나오며 코를 뜯어냈다. 포카스키는 지상 최후의 행동으로 눈을 깜빡였다. 이윽고 목이 잘리며 펄럭이더니 붉은 핏줄기가 터져 나왔다. 포카스키는 뒤로 넘어져 두 다리를 버둥거렸다. 엘던 더

글러스가 계단 입구를 향해 몸을 날렸으나 감시탑의 세 번째 총알이 쇠메를 휘두르듯 두개골을 박살 냈다. 그는 문 오른쪽으로 넘어져 꼼짝도 하지 않았다. 정수리가 날아갔다.

조는 빛을 들여다보았다. 주변에는 시체 셋이 널브러지고 아래로는 사람들이 소리를 지르며 달아났다. 차라리 저들과 함께라면 좋을 텐데. 무모한 계획이었다. 조명이 시야를 가리면서 조준기가 가슴을 겨냥한 것도 느낄 수 있었다. 총알이야말로 폭력의 자식이 될 것이다. 아버지가 경고한. 마침내 창조주뿐만 아니라 그가 낳은 폭력의 자식들까지 만날 때가 된 것이다. 그나마 다행이라면 죽음이 순식간에 찾아오리라는 사실이다. 이제 15분 후면 아버지, 에디 삼촌과 맥주 한잔을 기울이고 있겠지?

조명이 딸깍 꺼졌다.

뭔가 부드러운 물건이 얼굴을 때리며 어깨 위로 떨어졌다. 조가 어둠 속에서 눈을 깜빡였다. 작은 수건.

"얼굴 닦아라. 엉망이야."

얼굴을 닦자 시야가 어느 정도 회복되었다. 마소가 1미터 앞에 서서 프랑스 담배를 피우고 있었다.

"네놈을 죽일 줄 알았냐?"

"그런 생각도 했습니다."

마소가 고개를 저었다.

"난 엔디콧 스트리트의 이탈리아계 쓰레기 출신이다. 비싼 술집에 다니지만 아직 어떤 포크를 써야 하는지도 몰라. 교양도 교육도 엉망일지 몰라도 배신은 하지 않는다. 널 믿겠다. 네가 날 선택한 것처럼."

조가 끄덕이며 발밑의 시체들을 보았다.

"이놈들은 어쩌죠? 우리가 제대로 물먹인 모양인데요."

마소가 포카스키의 시체를 넘어 조에게 건너왔다.

"신경 꺼. 당해도 싼 놈들이니까. 넌 눈 깜빡할 사이에 이곳에서 빠져나가게 될 거야. 돈 벌 각오는 되어 있냐?"

"물론입니다."

"네 의무는 페스카토레 패밀리가 최우선이다. 네가 두 번째고. 맹세할 수 있냐?"

조는 노인의 눈을 들여다보았다. 영감과 함께 엄청난 돈을 주무를 수는 있다. 하지만 절대 믿을 수는 없다.

"예, 맹세합니다."

마소가 손을 내밀었다.

"그럼 됐다."

조가 손에서 피를 닦고 마소의 손을 잡았다.

"예."

"페스카토레 씨."

누군가 아래쪽에서 불렀다.

"가자, 조지프."

마소가 옥상 문으로 향하고 조가 뒤를 따랐다.

"조라고 불러주세요. 아버지만 조지프라고 불렀습니다."

"알았다. 아버지와 아들이 왜 재미있느냐면…… 제국을 세우고 왕이 된다고 치자. 미합중국 대통령도 하느님도 될 수 있지만 그래도 아버지 그림자를 벗어날 수는 없거든. 늘 그림자에 갇혀 살아야 하지."

어둠 속에서 나선형 계단을 내려가며 마소가 말했다.
조는 그를 따라 어두운 계단을 내려갔다.
"별로 맘에 드는 얘기는 아니군요."

10장
면회

토머스 커글린의 장례는 사우스보스턴의 '천국의 문'에서 아침에 치러졌으며, 도체스터의 시더 그로브 공동묘지에 안치되었다. 조는 장례식에 참석할 수 없기에 《트래블러》의 기사로 읽어야 했다. 그날 저녁 마소의 간수 하나가 신문을 가져다주었다.

제임스 마이클 컬리 시장은 물론, 전임 시장인 허니 피츠와 앤드루 피터스까지 장례식에 참석했다. 그 밖에도 전임 주지사 둘, 전임 지방검사 다섯, 전임 주검찰청장 둘이 참석했다.

경찰들은 수도 없었다. 남쪽으로는 델라웨어에서, 북쪽으로는 메인의 뱅고어까지, 계급과 보직을 불문하고 현직 및 전직 시경찰, 주경찰이 총출동한 듯 보였다. 기사에 붙은 사진에는 네폰셋 강이 묘지 저 끝까지 굽이쳐 흘렀지만 파란색 모자와 파란색 정복들에 가려 거의 보이지도 않았다.

이게 권력이야. 이게 유산이고. 조는 그런 생각을 했다.

이율배반에 가까운…… 그래서?

아버지의 장례식에는 네폰셋 강둑을 따라 1000여 명의 인파가 몰려들었다. 언젠가 보스턴 경찰 대학에 토머스 X 커글린관이 생기거나, 아침이면 시민들이 커글린 다리를 건너 출근을 할지도 모를 일이다.

죽이는군.

어쨌든 죽음은 죽음이고 간 사람은 갔다. 기념탑도 유산도 없고, 아버지 이름을 붙인 다리도 없다.

아버지, 이제 기껏 삶 하나를 졸업한 겁니다. 그러니 실컷 즐기세요.

그는 신문을 침대 위에 놓았다. 매트리스는 새것이었다. 어제 파견 근무에서 돌아와 보니 감방이 바뀌어 있었다. 작은 협탁과 의자도 있고 책상용 등잔도 있었다. 협탁 서랍에는 성냥에 새 머리빗까지 들어 있었다.

그는 등잔불을 불어 끄고 어둠 속에 앉아 담배를 피웠다. 공장의 소음을 듣고, 바지선들이 좁은 수로를 지나며 서로 불어대는 고동 소리를 들었다. 아버지 시계 뚜껑을 열고 닫았다가 다시 딸깍 열어도 보았다. 닫고, 열고, 닫고, 열고, 닫고…… 공장 화학약품 냄새가 높은 창을 기어 올라왔다.

아버지는 죽었다. 이제 난 아들이 아니다.

과거도 미래도 없는 남자다. 텅 빈 석판. 누구에게도 속하지 않은.

문득 조국의 해안에서 떠밀리듯 쫓겨난 순교자가 된 기분이었다. 영원히 고향을 떠나 검은 하늘 아래 검은 바다를 지나 어두운 신세계에 도착했다. 영원히 기다리기라도 했다는 듯, 무정형의 모습으로 기다리는 세계.

나를 기다린 세계.

내가 이름을 지어주고 내 이미지로 재창조하나니, 비로소 이 땅은 내 가치를 귀히 여겨 전 세계에 전파하리로다.

조는 시계를 덮은 뒤 그 위에 손을 얹고 두 눈을 감았다. 드디어 신세계의 해안이 나타났다. 검은 하늘이 물러나고 저 멀리 하얀 별들이 모습을 드러내더니 그를 비추고 육지까지의 짧은 바다를 비추었다.

아버지를 그리워하고 애도합니다. 이제 난 갓 태어난 아기예요. 정말로 자유로운 신생아.

장례 이틀 후 대니가 마지막으로 찾아왔다.
"잘 지냈냐, 동생?"
그가 상체를 기울이며 물었다.
"방법을 찾는 중이야. 형은?"
조가 되물었다.
"알잖아."
"아니, 몰라. 아무것도. 형은 8년 전에 노라, 루터와 함께 털사로 떠났고 그 후로는 소문만 무성했어."
대니도 고갯짓으로 사실을 인정했다. 그가 담배를 찾아 불을 붙인 다음 뜸을 들였다.
"나와 루터는 그곳에서 함께 사업을 벌였다. 건설업이었지. 유색인종 구역에 집을 짓는 일인데 그럭저럭 괜찮았어. 대박은 아니었지만 쏠쏠했거든. 게다가 부보안관 노릇도 했다. 웃기지?"

조가 미소 지었다.

"카우보이모자 쓰고?"

"그럼, 육혈포도 찼는걸. 양쪽 엉덩이에 하나씩."

대니가 콧소리를 냈다.

조가 웃었다.

"끈 모양 넥타이도?"

대니도 웃었다.

"당연하지. 부츠도 신고."

"박차도?"

대니가 미간을 좁히며 고개를 저었다.

"사나이는 어디든 선을 그을 줄 알아야 해."

조는 여전히 키득거렸다.

"그래서 어떻게 됐어? 폭동이 있었다는 얘기는 들었는데."

대니의 눈빛이 어두워졌다.

"완전히 불타버렸어."

"털사?"

"그래, 털사의 흑인 거주 지역. 루터가 살던 곳은 그린우드라고 불렸지. 어느 날 밤, 백인들이 구치소를 찾아와 흑인 하나를 죽였어. 엘리베이터에서 백인 여자의 성기를 만졌다는 이유였지만 사실은 몇 달 동안 몰래 사귀는 사이였다더군. 그러다가 남자가 헤어지자고 했더니 여자가 화가 나서 터무니없는 민원을 넣은 거야. 어쨌든 체포는 해야 했지. 그 후 증거 불충분으로 남자를 풀어주려는데 털사의 백인들이 로프를 들고 들이닥쳤어. 루터를 포함한 흑인들도 나타났고. 에, 아무도 예상하지 못했지만 흑인들은 무장까지 했다더군. 덕분에 백인 폭도들이 물러나기는 했어. 적어도 그날 밤에는."

대니가 발뒤꿈치로 담배꽁초를 짓이겼다.

"다음 날 아침, 백인들이 기어이 선을 넘고 만 거야. 백인한테 총을 겨누면 어떻게 되는지 흑인들에게 확실하게 보여주었지."

"그래서 폭동이 일어났군."

대니가 고개를 저었다.

"폭동이 아니라 대학살이었어. 흑인들을 보이는 대로 쏴 죽이거나 불태워 죽였으니까. 아이, 여자, 노인…… 전혀 가리지 않았어. 웃기는 사실은, 사격을 주도한 사람들이 바로 공동체의 주축이었다는 거야. 교회 신자들과 로터리클럽 회원들 같은. 놈들은 비행기로 농약을 살포하고 건물마다 수류탄과 사제 폭탄을 던지기까지 했어. 백인들은 기관총을 설치해 놓고 불타는 집에서 빠져나오는 흑인들을 그대로 쓸어버렸어. 그것도 그냥 길거리에서. 정말 빨갛게 염색한 옷다발처럼 보였단다."

대니가 두 손으로 뒤통수를 잡고 입으로 바람을 내뿜었다.

"그 후 돌아다니면서 시신을 수레에 싣는데…… 머릿속에서 내내 그런 생각만 들더라. 내 나라는 어디 있지? 도대체 어디로 간 거야?"

둘 다 한참 동안 아무 말 하지 않았다. 먼저 입을 연 쪽은 조였다.

"루터는?"

대니가 한 손을 들었다.

"루터는 살아남았다. 마지막으로 봤을 땐 처자식과 함께 시카고로 떠나더구나. 그런 일이 있으면 어떤 줄 아니, 조? 그렇게 살아남잖아? 그럼 너무 수치스러워. 설명은 못 하겠지만…… 정말 미치도록 수치스러워. 창피해서 죽을 것 같단 말이다. 다른 사람들도 마찬가지야. 너무 수치스러워 서로 눈을 쳐다보지도 못해. 온통 악취를 뒤집어쓰고는 어떻게 남은 평생을 악취를 풍기며 살아갈지 걱정만 하는 거야. 결국 똑같은 악취의 사람들을 피하게 되고 말지. 서로 가까이 있으면 아주 악취가 진동하니까."

"형수님은?"

조가 물었다.

대니가 끄덕였다.

"아직 함께 있다."

"아이는?"

대니가 고개를 저었다.

"너한테 알리지도 않고 삼촌 만들었을까봐?"

"8년 만에 형을 처음 본 거야. 그동안 무슨 짓을 했을지 어떻게 알겠어?"

대니가 끄덕였다. 그리고 조는 지금껏 추측했던 바를 확인할 수 있었다. 형은 마음 한구석이, 아니 마음 한가운데가 무너지고 만 것이었다.

하지만 그렇게 생각하는 순간, 예전의 대니가 교활한 미소를 지으며 돌아왔다.

"나와 네 형수는 몇 년 전부터 뉴욕에 있다."

"무슨 일 하는데?"

"쇼를 만들어."

"쇼?"

"영화 말이야. 그곳에선 그렇게 부르더구나. 쇼라고. 그래서 다소 혼란스럽기는 해. 대부분 연극도 쇼라고 부르거든. 어쨌든 영화를 한다, 조. 환등기. 쇼. 영화."

"영화 일을 한다고?"

대니가 끄덕였다. 다시 활기를 찾은 표정이었다.

"노라가 시작했지. 실버프레임이라는 회사에 취직을 했어. 처음엔 부기를 했는데 나중에 홍보 관련 일도 요구하고 심지어 의상 일도 시켰어. 당시만 해도 그랬거든. 그냥 닥치는 대로 뭐든 하는 거야. 감독이 커피를 타고 카메라맨이 주연 여배우의 개를 돌보고."

"영화?"

조가 되물었다.

대니가 웃었다.

"그래, 기다려. 본론은 지금부터니까. 나도 사장을 만났어. 험 실버라는 사람인데 좋은 사람이더라. 야구도 좋아하고. 나보고 스턴트맨을 해보겠느냐고 했지."

"스턴트맨은 또 뭐야?"

조가 담뱃불을 붙였다.

"배우가 말에서 떨어지잖아? 사실은 배우가 아니라 스턴트맨이야. 전문가들이지. 배우가 바나나 껍질을 밟고 갓길에 넘어지거나 말을 타고 거리를 달리는 것도. 나중에 화면을 자세히 봐. 그럼 주인

공이 아니라 나 또는 나 비슷한 사람일 거다."
"잠깐. 형은 영화에 얼마나 많이 출연한 거야?"
대니가 잠시 계산해 보았다.
"75편?"
"75편?"
조가 입에서 담배를 빼냈다.
"하지만 상당수가 단편영화야. 단편영화가 뭐냐면……"
"맙소사, 단편영화가 뭔지는 알아."
"그래도 스턴트는 몰랐지, 응?"
조가 가운뎃손가락을 세웠다.
"그래, 지금까지 바삐 살았다. 실제로 단편까지 몇 편 썼는걸."
조가 입을 딱 벌렸다.
"형이 뭘 써……?"
대니가 끄덕였다.
"자잘한 내용들이야. 로어이스트사이드 아이들이 부잣집 여자를 위해 개를 목욕시키려다 잃어버리고 여자가 경찰에 신고하고 아이들이 달아나고…… 뭐, 그런 내용들."
조가 담배를 후다닥 내던졌다. 하마터면 손끝을 델 뻔했다.
"얼마나 썼는데?"
"지금까지 다섯 편. 힘이 나한테 감이 있다면서 장편도 써보랬어. 그럼 시나리오 작가가 되는 거야."
"시나리오 작가는 또 뭐야?"
"영화 대본을 쓰는 사람들, 바보야."

대니가 조에게 가운뎃손가락을 돌려주었다.

"그런데 노라 형수는 어디 있는 건데."

"캘리포니아."

"뉴욕에 있다고 했잖아."

"그랬지. 그런데 실버프레임이 최근에 제작한 저예산 영화 두 편이 크게 히트를 쳤어. 그런데 에디슨이 카메라 특허권으로 뉴욕 사람들을 모조리 고소하기 시작한 거야. 그 특허라는 게 캘리포니아에서는 아무것도 아니거든. 게다가 그곳 날씨가 365일 중 360일이 화창해서 다들 그곳으로 옮기고 있어. 실버 형제? 당연히 옮길 때라고 생각한 거야. 노라는 일주일 먼저 떠났어. 제작부장이거든…… 그래, 그냥 고속승진을 했지. 나도 3주 후에「페코스의 보안관」이라는 스턴트 준비를 해야 해. 아버지한테도 다시 서부로 가니까 은퇴한 다음에 들르시라고 말하려고 온 거야. 언제 다시 뵐지 몰랐으니까. 망할, 또 봅시다, 아버지."

"형이 자랑스러워."

조는 말하면서도 정말 터무니없다는 생각에 고개를 젓고 말았다. 미국적 삶이라는 게 있다면 대니의 삶이 그랬다. 복서, 경찰, 노조 조직책, 사업가, 부보안관, 스턴트맨, 떠오르는 신인 작가.

"와라."

형이 말했다.

"응?"

"여기서 나오면 찾아와. 진심이다. 말에서 떨어지고, 총에 맞아 설탕으로 만든 유리창에 떨어지는 시늉을 하면서 돈 버는 일이야. 남은 시간은 풀장에서 햇볕을 즐기며 예쁜 여배우들하고 놀 수도 있어."

조도 그런 삶을 상상할 수는 있었다. 또 다른 삶. 푸른 바다의 꿈, 꿀처럼 달콤한 피부의 여자들, 야자수.

"그냥 2주짜리 기차 여행만 하면 된다, 동생."

조는 머릿속으로 그림을 그리며 좀 더 웃어주었다.

"정당한 일이다. 오기만 하면 다 가르쳐주마."

대니가 말했다.

조는 미소를 지으며 고개를 저었다.

"정직한 일이기도 하고."

"알아."

조가 대답했다.

"내내 뒤를 돌아보며 살 필요도 없어."

"그 때문이 아니야."

"그럼 뭐가 문제지?"

"밤. 밤은 나름의 규칙이 있어."

"낮에도 규칙은 있지."

"오, 알아…… 하지만 난 낮의 규칙은 싫어."

두 사람은 한참 동안 철망을 통해 서로를 보았다.

"이해를 못 하겠구나."

대니가 조용히 내뱉었다.

"그럴 거야. 형 같은 사람들은, 그저 착한 사람, 나쁜 사람으로 보려고 하니까. 고리대금업자한테 빚을 갚지 않으면 다리를 부러뜨려.

하지만 같은 이유로 은행도 사람들을 집에서 쫓아내잖아? 그런데도 차이가 있다고 생각하지. 은행은 자기 일을 하는 거고 고리대금업자는 범죄자라는 식으로. 내가 고리대금업자를 좋아하는 이유는 착한 척하지 않기 때문이야. 오히려 은행가들이 지금 이곳에 들어앉아야 해. 어쨌든 난 세금 내고 사장한테 레모네이드를 갖다 바치고 생명보험에 들면서 인생을 낭비할 생각 없어. 늙고 뚱뚱해지면 백베이의 남성클럽에 가입해 스쿼시와 아이 성적 얘기나 하겠지? 그렇게 일하다 죽으면 땅에 묻히기도 전에 사람들은 사무실 명패를 떼어내고?"

"인생이 원래 그래."

대니가 말했다.

"그런 인생이 있는 거야. 그 세상 규칙대로 놀고 싶어? 그럼 가서 놀아. 하지만 내가 보기엔 그 규칙은 병신 같아. 나한테는 남자가 스스로 만들어 나가는 규칙이 전부니까."

두 사람은 다시 철망을 통해 서로를 보았다. 어렸을 때만 해도 대니는 조의 영웅이었다, 아니, 신이었다. 그런데 어느덧 신은 인간이되어 생계를 위해 말에서 떨어지고 생계를 위해 총에 맞는 시늉을 한다.

"와우. 너 정말 많이 자랐구나."

대니가 조용히 중얼거렸다.

"그래."

조가 말했다.

대니는 담배를 주머니에 넣고 모자를 썼다.

"안됐다."

감옥 내 화이트 대 페스카토레 전쟁은 화이트의 전사 셋이 '탈옥을 기도하다' 사살당한 것으로 끝이 났다.

하지만 여기저기 국지전이 벌어졌고 갈등의 골은 날로 깊어졌다. 지난 6개월 동안 조가 깨달은 바로는, 전쟁은 절대 끝나지 않는다. 조와 마소 군단이 권력을 장악하기는 했지만 어느 간수가 매수당해 보복을 가할지, 어느 죄수를 믿을지 판단하기란 완전히 불가능했다.

미키 배어가 운동장에서 꼬챙이에 당했다. 후에 알고 보니 죽은 돔 포카스키의 매형이었다는데, 다행히 목숨은 보전했다지만 남은 평생 오줌 눌 때마다 고생깨나 할 것이다. 담벼락 밖에서도 가드 콜빈이 화이트 패거리의 시드 마요와 붙었다는 얘기가 들려왔다. 콜빈이 열세였다.

그다음이 화이트의 졸개 홀리 펠레토스였다. 과실치사로 5년 형을 받고 들어왔는데 식당에 올 때마다 세력 교체에 대해 나발을 불고 다녔다. 결국 위층에서 밀어버려야 했다.

몇 주 동안 이삼일씩 잠을 이루지 못할 때도 있었다. 주로 두려움 때문이었지만, 변수를 계산하거나 아니면 심장이 터질 듯 가슴이 계속 방망이질 쳤기 때문이다.

두려움에 먹히지 않겠다고 다짐했잖아.

이 지옥에 영혼을 빼앗기지 않겠다고 했잖아.

하지만 무엇보다 중요한 말도 했다. 살아남을 거라고.

살아서 이곳에서 걸어 나가겠다고.

어떤 희생을 치르더라도.

마소는 1928년 봄에 풀려났다.

"다음에 만나는 날은 면회일이 될 게다. 난 저 철망 밖에 있겠지."
그가 조에게 말했다.

조가 악수했다.

"몸조심하세요."

"내 변호사를 붙였으니 너도 곧 나올 수 있다. 조심해, 조. 죽지 말고."

그 말에 위안을 얻고 싶었으나 그게 전부라면…… 그러니까 말뿐이라면 형기는 두 배나 길게 느껴질 수밖에 없었다. 이미 희망을 허용했기 때문이다. 마소가 교도소를 등진 이상 조 따위야 얼마든지 등질 수 있지 않겠는가.

이 담벼락 안에서 마소의 지시에 순종하도록 그에게 어느 정도 당근을 줄 수도 있겠다. 물론 그 경우 그 밖으로 나가는 순간 토사구팽은 시간문제가 된다.

어느 쪽이든 그저 앉아서 상황이 어디로 튀는지 두고 볼 수밖에 없다.

마소가 거리를 쳤을 때는 장관이 따로 없었다. 안에서 부글부글 끓던 열기가 밖으로 나가자마자 기름을 뒤집어쓴 격이었다. 살육의 5월, 삼류 잡지들은 그렇게 불렀다. 보스턴은 역사상 처음으로 디트로이트나 시카고처럼 보였다. 마소의 전사들이 수렵 시즌이라도 맞은 듯 앨버트 화이트의 마권 판매소, 증류업자, 트럭, 병사들을 습격했다. 아니, 실제로도 수렵 시즌이었다. 한 달 안에 마소는 앨버트 화이트를 보스턴에서 몰아냈다. 얼마 남지 않은 부하들도 황급히 그를 따라 달아났다.

교도소 내에서는 물탱크에 '평화' 약을 풀어놓기라도 한 듯했다. 칼부림도 끝이 났다. 1928년이 끝날 때까지 위층에서 떨어지거나 식당에 줄을 서다가 꼬치가 되는 일도 없었다. 조는 태평성대임을 확신하자마자, 교도소 내 앨버트 화이트의 최고 증류업자 둘과 음모를 꾸며 담벼락 안에서 거래를 하기 시작했다. 간수들도 머지않아 찰스타운 교도소 밖으로 진을 빼돌리기 시작했다. 술이 어찌나 기가 막힌지 심지어 페널 코드라는 별명까지 얻었다.

1927년 여름 교도소 문을 통과한 이후 처음으로 숙면을 취할 수 있었다. 아버지와 에마를 추모할 여유도 생겼다. 다른 수감자들에게 괴롭힘을 당하는 동안 극단적인 생각을 하면서조차 끝내 놓지 않았던 기억이다.

1928년 후반, 신이 가한 가장 잔인한 장난은 잠자는 동안 에마를 보내 면회하게 한 일이었다. 그녀의 다리가 가랑이 사이로 파고들고, 그녀가 귀 뒤에 한 방울씩 떨어뜨리던 향수 냄새가 코끝을 스치고, 입술로 그녀의 입김을 느꼈다. 마침내 그녀의 벌거벗은 등을 쓸어내리기 위해 매트리스에서 두 팔을 들고, 그녀를 두 눈으로 보기 위해 눈을 떴건만⋯⋯.

아무도 없었다.

그저 어둠뿐.

기도하리라. 그녀가 살아 있도록 신께 기도하리라. 다시는 보지 못해도 좋으니 부디 살아만 있게 하소서.

그건 그렇고, 이봐요, 하늘에 계신 양반, 살아 있든 죽었든, 이제 내 꿈속에는 그만 좀 보내시지? 그녀를 잃고 또 잃고…… 그게 얼마나 고통스러운지나 알아요? 얼마나 잔인한 노릇인지 알아요? 이봐요, 제발, 자비심 좀 챙깁시다.

하지만 신은 개의치 않았다.

면회는 계속되었다. 앞으로도 계속될 것이었다. 적어도 찰스타운 교도소에 갇혀 있는 동안은.

아버지는 오지 않았지만 그래도 살아 있을 때와는 또 다른 방식으로 그를 느낄 수 있었다. 이따금 침상에 앉아 시계 덮개를 열고 닫고, 열고 닫으면서 대화를 시도하기도 했다. 이 해묵은 죄악들과 좌절된 기대들이 방해하지 않았다면 언젠가 한 번쯤은 해봤을 대화들.

어머니 얘기 해 주세요.
뭘 알고 싶은 게냐?
어떤 분이셨어요?
겁이 많았다. 아주 많았어.
뭘 그렇게 무서워했나요?
저 바깥세상.
거기 뭐가 있는데요?
네 엄마가 이해하지 못하는 얘기들이 있지.
어머니가 저를 사랑하셨나요?
나름의 방식으로.
그럼 사랑이 아니죠.
네 어미한테는 사랑이었다. 너를 버렸다는 식으로 볼 필요는 없어.

그럼 어떤 식으로 봐야 하는데요?

그래도 너 때문에 버틴 거야. 그렇지 않았다면 벌써 오래전에 우리 곁을 떠났을 게다.

그립지는 않아요.

재미있구나. 나는 그리운데.

조가 어둠 속을 보았다. 아버지는 그리워요.

이제 곧 만나게 될 거야.

교도소의 증류 및 밀매 공정은 물론, 사업보호 장치까지 어느 정도 궤도에 올려놓은 후에는 독서 시간이 많아졌다. 조는 교도소 도서관에 소장된 도서를 거의 모조리 읽었는데, 결코 만만한 성취는 아니었다. 그 점에 대해서는 랜슬럿 허드슨 3세에게 감사드린다.

랜슬럿 허드슨 3세는 찰스타운 교도소에 수감된 죄수 중에서, 조가 기억하는 한 돈이 제일 많은 사람이었다. 바람난 아내 캐서린을 비컨 스트리트의 타운하우스 4층 저택 옥상에서 던져버렸는데 때마침 그 아래로 1919년 독립기념일 퍼레이드가 지나가고 있었다. 당시 랜슬럿의 죄가 너무 난폭하고 노골적인지라, 상류층 사람들조차 찻잔을 내려놓고 자신들 중 하나를 토착 주민들에게 먹잇감으로 내줄 만한 일인지 고민했을 정도였다. 랜슬럿 허드슨 3세는 과실치사로 찰스타운에서 7년을 복역했다. 중노동까지는 아니었다 해도 분명 어려운 시간이었겠으나 그나마 그가 교도소에 들여온 책 덕분에 숨을 쉴 수는 있었다. 교도소는 출소 후 도서를 기증한다는 조건으로 그의 제안을 받아들였다. 조는 허드슨 장서를 100권도 넘게 정독했는데, 읽고 난 책에는 속표지 오른쪽 모퉁이에 작은 펜글씨로 "원래 랜슬럿 허드슨 3세의 소유. 고맙소이다."라고 적었다. 조는 뒤마와 디킨스와 트웨인을 읽었다. 맬더스, 애덤 스미스, 마르크스와 엥겔스, 마키아벨리도 읽고, 『연방주의자 논집』과 바스티아의 『경제적 궤변』도 읽었다. 허드슨 장서를 섭렵한 이후에도, 책이라면 손에 잡히는 대로 읽었다. 주로 싸구려 소설과 서부 모험물을 읽었고 교도소가 구독하는 잡지와 신문도 가리지 않았다. 교도소에서 어떤 단어와 문장을 검열하는지에 대해서도 전문가 수준이 될 수 있었다.

《보스턴 트래블러》를 뒤지던 중, 세인트제임스의 이스트코스트 버스 터미널 화재 소식을 접했다. 낡은 전선에 스파크가 일어 터미널 크리스마스트리에 옮겨붙었는데, 불이 순식간에 건물 전체로 번졌다. 피해 사진을 보며 조는 숨이 멎을 것만 같았다. 피츠필드 건 6만 2000달러를 포함해, 평생의 보험금을 은닉해 둔 보관함이 사진 한 구석에 있었다. 보관함은 새까맣게 탄 채 들보 아래 옆으로 쓰러져 있었다.

어느 쪽도 맘에 들지 않았다. 다시는 숨을 쉬지 못할 것 같은 기분도 그렇고, 목구멍으로 불을 토해 낼 것 같은 느낌도 마찬가지였다.

기사에는 터미널 건물이 전소해 아무것도 구해 내지 못했다고 했으나, 그 말을 믿을 수는 없었다. 언젠가 시간이 허락하면, 이스트코스트 버스 터미널 직원 중에서 젊은 나이에 은퇴해 해외에서 떵떵거리며 사는 자가 있는지 한번 추적해 봐야겠다.

그때까지는 아무래도 할 일이 있어야겠다.

그해 늦겨울, 마소가 일거리를 제안했다. 항고가 빠르게 진행되고 있다는 얘기도 함께였다.

"이제 곧 나올 거다."

마소가 철망 너머로 단언했다.

"고맙습니다. 그게 언제죠?"

조가 물었다.

"여름 전에."

조가 미소를 지었다.

"정말입니까?"

마소가 끄덕였다.

"하지만 판사들은 비싸. 열심히 일해서 갚아야 한다."

"그때 죽이지 않은 걸로 비긴 셈 치죠."

마소가 새우 눈을 했다. 캐시미어 톱코트에 모직 정장 때문인지 무척이나 말쑥해 보였다. 비단 모자 리본, 옷깃에 매단 하얀 카네이션도 어울렸다.

"괜찮은 거래군. 어쨌든 우리 친구 화이트 씨가 소란을 부리고 있다. 탬파에서."

"탬파?"

마소가 끄덕였다.

"놈은 아직 이곳 여기저기에 매달려 있어. 뉴욕 지분도 있는 데다 그쪽에서 건드릴 생각 말라고 협박을 하는 터라 완전히 밟아줄 수가 없었지. 지금 놈이 우리 통로에 럼을 대는 모양인데 현재로서는 속수무책이다. 그나마 내 구역을 건드리는 바람에 뉴욕에서도 놈을 밀어내는 것 정도는 허락해 주었다."

"허락 수준은요?"

"죽이지만 말 것."

"오케이. 그럼 어떻게 하실 거죠?"

"내가 할 일은 없다. 네가 할 일이지. 내려가서 인수해."

"하지만 루 오미노가 탬파를 쥐고 있지 않나요?"

"그 친구도 더 이상 골치 썩고 싶지 않을 거야."

"그게 언젠데요?"

"네가 도착하기 10분 전."

조가 잠시 생각을 정리했다.

"탬파라고요?"

"더운 곳이다."

"더위는 신경 안 씁니다."

"하기야 아무리 더워도 여기만 하겠냐?"

조가 어깨를 으쓱했다. 영감은 과장하길 좋아했다.

"그곳에 믿을 수 있는 사람이 필요합니다."

"그렇게 말할 줄 알았다."

"예?"

마소가 끄덕였다.

"이미 박아놨어. 벌써 여섯 달 전에."

"어디에서 찾아냈는데요?"

"몬트리올."

"여섯 달? 언제부터 계획한 건데요?"

"루 오미노가 내 몫을 자기 주머니에 챙겨 넣고 앨버트 화이트가 나머지를 긁어 갈 때부터."

그가 상체를 기울였다.

"조, 내려가서 정리만 잘 하면 평생을 왕처럼 살 수 있다."

"그래서 내가 그곳을 맡으면 우린 파트너가 되는 겁니까?"

"아니."

마소가 미간을 좁혔다.

"루 오미노는 파트너 아닌가요?"

"그래서 돌아가는 꼬락서니를 봐라."

마소는 철망 너머로 솔직한 기분을 드러냈다.

"그럼 내 지분은 얼마죠?"

"20퍼센트."

"25퍼센트."

"좋다. 하지만 밥벌이는 해야 한다."

마소가 눈을 반짝였다. 그의 눈빛은 30퍼센트까지 생각했다고 말하고 있었다.

제2부

이보르
1929 – 1933

11장
최고의 메뉴

웨스트플로리다를 넘기겠다고 제안하면서 마소는 더위에 대해 경고했다. 하지만 1929년 8월 아침, 탬파유니언 정거장 플랫폼에 내릴 때 더위가 돌벽처럼 막아서리라고는 상상도 못 했다. 그때는 여름용 체크무늬 정장 차림이었다. 조끼는 옷 가방에 넣었지만 재킷을 팔에 얹고 타이를 끄른 채 플랫폼에서 짐꾼을 기다리는데, 담배 한 개비를 끝낼 때쯤 완전히 땀에 젖고 말았다. 월튼 모자는 기차에서 내릴 때 벗었다. 머리 포마드가 녹아 비단 안감에 스며들까 불안했지만 결국 저 바늘 같은 햇빛으로부터 머리를 보호하기 위해서라도 다시 쓸 수밖에 없었다. 가슴과 팔에서 계속 땀이 샘처럼 솟았다.

태양은 하늘 높이 걸려 있고 구름은 한 점도 보이지 않았다. 애초에 구름이라는 게 있기는 했나 싶을 정도였는데, 아니, 그러고 보니 정말로 구름이 존재하지 않는 곳이라는 생각도 들었다. 햇볕뿐만이 아니었다. 습도까지 밀림 버금가는 탓에 표현 그대로 기름 단지 안의 강철 공에 갇힌 기분이었다. 게다가 버너는 분초를 다투듯 한 눈금씩 올라갔다.

조와 함께 기차에서 내린 사람들도 지금은 다들 정장 재킷을 벗었다. 일부는 조끼와 타이를 벗고 셔츠 소매를 접거나 모자를 썼다. 모자를 벗어 부채 대신 부치는 사람도 보였다. 여성 여행자들은 챙 넓은 벨벳 모자와 펠트 옷, 아니면 포크보닛 모자 차림이었다. 대개가 크레이프 드레스와 비단 스카프를 했으니 날씨가 맘에 들 리가 없었다. 얼굴은 벌겋게 타고 애써 손질한 머리카락이 삐져나와 갈라지거나 비틀렸다. 쪽머리가 풀려 목덜미로 흘러내린 여자들도 있었다.

그 지방 사람들은 쉽게 구별이 갔다. 남자들은 챙이 넓은 밀짚모자를 쓰고 짧은 소매 셔츠와 개버딘 바지 차림이었다. 구두는 요즘 유행하는 투톤이었지만 기차 승객들보다 색이 밝았다. 여자들 모자는 거의가 밀짚 지골로였다. 드레스는 무척이나 단순하고 흰색이 주를 이루었다. 지금 막 앞을 스쳐 간 소녀가 그랬다. 하얀 스커트와 블라우스는 별 특징이 없고 다소 낡기까지 했지만…… 오, 맙소사, 그 속에 감춘 몸은 정말! ……여자의 몸이 얇은 옷 안에서 꿈틀거렸는데, 흡사 청교도가 득세한 후 마을에서 달아난 금지된 욕망이 그런 모습일 것 같았다. 낙원은 음흉하고 관능적이며, 흐느적거리는 수족을 덮어준다.

더위 때문에 평소보다 걸음이 느렸던 모양이다. 여자가 그의 시선을 잡았다. 고향에서는 상상도 못 했던 일이다. 물라토인지 흑인인지 모르겠지만 정말로 진한 구릿빛 피부였는데, 갑자기 여자가 두 눈을 파르르 떨고는 계속 걸어가는 게 아닌가. 그것도 더위 때문인 것 같았다. 2년 동안 교도소에 있었기 때문이겠지만 얇은 옷에 비친 여자의 몸놀림에서 눈을 뗄 수가 없었다. 느릿하게 엉덩이를 씰룩일 때면 등뼈와 등 근육이 온몸과 합창을 이루면서 그 자체로 음악이 되었다. 맙소사, 너무 오래 감옥에 있었나봐. 뻣뻣한 흑발을 목덜미 근처에서 쪽을 지었는데 올 하나가 목을 타고 흘러내렸다. 그녀가 고개를 돌리더니 다시 이글거리는 시선을 쏘아 보냈다. 그는 재빨리 고개를 떨구었다. 마치 학교 운동장에서 여자애의 땋은 머리를 잡아 당기다가 걸린 아홉 살짜리 소년이라도 된 기분이었다. 그런데 내가 부끄러워해야 할 이유가 뭐지? 먼저 돌아본 건 저 여자 아냐?

다시 고개를 들었을 때 여자는 플랫폼 저쪽 인파 속으로 사라진 후였다. 두려워할 필요 없소. 내 심장을 찢어놓지만 않으면 나도 당신 심장을 건드리지 않으리다. 상심이라면 나도 지긋지긋하다오.

지난 2년 동안, 에마가 죽었다는 사실을 받아들이는 훈련을 했다. 다시는 사랑에 빠지지 않겠다는 다짐도 했다. 언젠가 결혼이야 하겠지만 그 역시 형식적인 절차에 불과하다. 조직 내 입지를 다지고 상속자를 만들기 위한…… 상속자. 그 단어가 맘에 들었다. 노동계급은 아들을 낳지만 성공한 남자는 상속자를 만든다. 그 밖에는 홍등가를 이용하면 그만이다. 조금 전 날 째려본 여자도 '정숙한' 척하는 창녀일 것이다. 그래, 창녀라면 한번 만나주마. 암흑계의 왕자에게 어울리는 아름다운 물라토 창녀를.

짐꾼이 가방을 앞에 내려놓았다. 조는 지폐를 팁으로 주었다. 이제는 돈마저 젖어 축 늘어졌다. 기차에서 내리면 누군가가 마중 나올 거라고 들었지만 군중 속에서 어떻게 알아볼지는 물어보지 못했다. 천천히 한 바퀴 돌며 범죄자처럼 보이는 남자를 찾는데, 그 대신 물라토 여자가 그를 향해 돌아오고 있었다. 여자가 삐져나온 머리카락 한 올을 빈손으로 쓸어 넘겼다. 다른 팔은 라틴계 남자의 팔을 끌어안았다. 남자는 밀짚모자를 쓰고 색 바랜 비단 바지를 칼같이 다려 입었다. 흰색의 깃 없는 셔츠 단추는 목까지 모두 채웠다. 단추를 목울대까지 꽁꽁 채웠건만, 이 무더위에도 얼굴에는 셔츠만큼이나 땀이 배지 않았다. 동작은 여자만큼이나 부드러웠다. 문제는 장딴지와 발목이었다. 발걸음이 어찌나 다급하던지 두 발에 플랫폼이 뜯겨 나갈 것만 같았다.

남녀는 스페인어를 썼다. 말도 빠르고 경쾌했다. 여자가 조를 힐긋 돌아보았는데 너무도 순간적이라 헛것을 본 듯했다. 물론 그럴 리는 없었다. 남자가 플랫폼 아래를 가리키며 스페인어로 빠르게 지껄이자 둘이 키득거리며 웃었다.

그래서 다른 사람을 찾아보려고 돌아서는데 누군가가 그를 번쩍 들어 올렸다. 정말로 세탁물 보따리라도 되는 듯 가볍게 들어 올린 것이었다. 내려다보니 한 남자가 두 팔로 허리춤을 끌어안고 있었는데, 생양파와 아라비안 셰이크 향수 냄새가 났다. 익숙한 냄새였다.

"디온."

조가 이름을 불렀다.

디온은 이제 뚱뚱한 정도가 아니라 비대했다. 샴페인 색 바탕에 흰색 줄무늬 4버튼 정장 차림이었다. 셔츠는 라벤더 색이었는데 옷깃은 선명한 흰색이었으며 넥타이마저 검은 줄무늬가 박힌 암적색이었다. 검은색과 흰색의 화려한 구두를 신고 발목 위에서 구두끈을 맸다. 시력 나쁜 노인한테 100미터 거리에서 깡패를 하나 골라내라고 하면, 부들부들 떨리는 손으로 분명 디온을 가리킬 것이다.

"조지프."

그가 거북살스럽게 예를 갖추어 부르더니, 갑자기 환한 미소를 지으며 다시 조를 들어 올렸다. 이번에는 정면인 데다 힘까지 더해 척추가 부러질까 불안했다.

"아버지 얘기는 들었어."

그가 속삭였다.

"파올로 소식도 들었다. 유감이야."

"그래, 고맙다. 햄 통조림 때문이었어. 돼지나 키우라고 사줄걸 그랬다."

신기할 정도로 밝은 목소리였다. 그가 조를 내려놓으며 미소 지었다.

두 사람은 더운 플랫폼을 따라 걸었다.

디온이 조의 옷 가방 하나를 들었다.

"레프티 다우너가 몬트리올로 찾아왔어. 페스카토레 패밀리가 함께 일하고 싶어 한다고. 솔직히 말해서 개소리라고 생각했는데 네가 영감하고 교도소에 함께 있었다는 거야. 그래서 다시 생각했지. '세상에 그 악마 놈 넋을 빼앗을 사람이 있다면 내 옛 친구뿐이야.'"

그가 굵은 팔로 조의 어깨를 때렸다.

"돌아와서 정말 반갑다."

"자유를 찾아서 기뻐."

"찰스타운에서는……?"

조가 끄덕였다.

"소문보다 지독했지만 어쨌든 살 방법을 찾기는 했지."

"당연하지. 네가 누군데."

주차장은 더 더웠다. 폭염이 조개껍데기 포도로, 자동차들 위로 사정없이 쏟아졌다. 한 손을 들어 눈썹 위에 대봤지만 소용이 없었다.

"맙소사, 이 날씨에 웬 스리피스야?"

조가 물었다.

"이거 알아? 다음에 백화점에 가면 너한테 맞는 셔츠를 모조리 사 둬. 하루에 무려 네 번씩 갈아입어야 하거든."

마몬34 앞에 닿자 디온이 조의 가방을 바닥에 내려놓았다.

조가 라벤더 색 셔츠를 보았다.

"그 색으로 네 벌이나 있어?"

디온이 차의 뒷문을 열고 조의 짐을 안에 넣었다.

"여덟 벌. 몇 블록만 가면 되지만 이 더위라면……"

조가 조수석 문을 향해 손을 내미는데 디온이 빨랐다. 조가 그를 보았다.

"지금 놀리는 거야?"

"내가 아래다. 조 커글린 대장."

"그만둬."

조가 터무니없는 소리에 고개를 저으며 차에 올라탔다.

정거장 주차장을 빠져나오는데 디온이 말했다.

"시트 아래를 뒤져봐. 친구가 있을 거야."

의자 밑에서 나온 물건은 32구경 새비지 자동권총이었다. 인디언 헤드 손잡이에 8센티미터 총신. 조는 바지 오른쪽 주머니에 넣고 디온에게 권총집이 있어야겠다고 말했다. 디온은 미처 준비하지 못했다는 자책 때문인지 다소 당황해하는 눈치였다.
"내 거 줄까?"
디온이 물었다.
"아냐, 괜찮아."
조가 대답했다.
"정말 써도 돼."
"괜찮아. 지금 당장 있어야 한다는 얘긴 아니야."
문득 두목 노릇도 어지간히 훈련이 필요하겠다는 생각이 들었다.
"오늘 저녁. 그때까지는 확실하게 구해 놓을게."
디온이 단언했다.
자동차는 느린 속도로 이동했다. 아니, 이곳은 만사가 다 그런 식이었다. 디온이 차를 몰고 들어간 곳은 이보르였다. 백열처럼 작렬하던 하늘도 어느새 공장 매연과 청동색 저녁노을에 뒤덮였다. 여긴 시가로 세운 동네야. 디온이 벽돌건물들과 키 큰 굴뚝, 작은 오두막들을 가리키며 설명했다. 오두막은 하나같이 앞뒷문을 열어두었는데 그 안에서 노동자들이 웅크리고 앉아 시가를 만다고 했다.
그가 시가 이름을 줄줄이 읊어댔다. 엘 렐로흐, 쿠에스타레이, 부스티요, 셀리스티노베가, 엘파라이소, 라필라, 라트로차, 엘나랑할, 페르펙토가르시아. 공장에서 제일 좋은 보직은 책 읽는 사람이야. 직원들이 고생하는 동안 작업장 한가운데 앉아 제일 큰 소리로 명작

소설들을 읽어주지. 시가 만드는 사람은 타바케로, 작은 공장은 친찰스, 또는 버카이라고 부르고, 요리하는 냄새가 나면 십중팔구는 볼로스 아니면 엠파나다스일 거야 등등……"
"네 말을 들으니 진짜 스페인 왕이 쓰는 언어 같다."
조가 휘파람을 불었다.
"여기서 지내려면 어쩔 수 없어. 이탈리아어도 알아야 해. 공부해 두는 게 좋아."
"넌 이탈리아어를 할 줄 알잖아. 옛날에 대니 형도 했는데, 난 해 본 적이 없어."
"에, 옛날처럼 학습능력이 탁월하길 빌어주지. 여기 이보르에서 사업을 하는 이유는, 도시에서 건드리지 않기 때문이야. 이쪽 사람들은 우리를 그저 스페인과 이탈리아 쓰레기 정도로 생각하고 있지. 너무 크게 잡음을 일으키거나, 노동자 파업으로 사업주들이 경찰과 구사대를 불러들이게 만들지만 않으면, 그냥 우리 하는 대로 내버려두는 거야."

그가 7번 애버뉴로 돌아섰다. 한눈에도 중심가였다. 사람들이 판자보도를 따라 분주하게 움직이고 길가엔 2층짜리 건물들이 길게 이어졌다. 주택마다 넓은 발코니와 격자 울타리가 있고 벽은 벽돌이나 치장벽토였는데, 문득 2년 전 뉴올리언스에서 지낸 주말이 생각났다. 거리 중심으로 전차 선로가 이어졌다. 때마침 일곱 블록 저 멀리에서 전차가 한 대 들어왔는데 아지랑이 너머로 전차 코가 보이다 사라지다를 반복했다.

"식은 죽 먹기 같지? 항상 그런 식으로 돌아가지는 않아. 이탈리아 놈들과 쿠바 놈들은 끼리끼리 놀고, 쿠바 흑인 놈들은 쿠바 백인 놈들을 싫어하고, 백인은 쿠바 흑인을 깜둥이 취급하는데, 그러면서도 다른 인종을 멸시하는 건 둘 다 똑같아. 쿠바 놈들은 스페인 놈들을 싫어하고 스페인 놈들은 쿠바 놈들을 건방진 똥대가리쯤으로 여기고 있지. 미국 놈들이 1898년에 자유를 선물한 다음부터 분수를 모르고 까불거든. 그리고 쿠바 놈들과 스페인 놈들은 푸에르토리코 놈들을 우습게 알고 도미니카 놈들 정도는 아예 개똥 보듯 해. 이탈리아인이라면 너희 아일랜드인은 좋아해…… 새로 온 이민자들만 아니라면. 그리고 아메리카노들은 대체로 저들이 무슨 생각을 하든 쥐뿔도 관심 없어."

"지금 우리를 아메리카노라고 부르는 거냐?"

디온이 좌회전을 한 뒤 다시 넓은 가로수 길을 달렸다. 이번에는 포장도로가 아니었다.

"난 이탈리아 놈이야. 이 동네? 당근, 우리 이탈리아가 장땡이지."

조는 푸른 바다를 보았다. 항구의 선박들과 키 큰 기중기들도 보고 소금과 폐유와 썰물의 냄새를 맡았다.

"탬파 무역항."

디온이 손을 저으며 가르쳐주었다. 노동자들이 지게차를 몰고 붉은 벽돌 거리를 가로지르며 경유 연기를 뿜어댔고, 기중기들을 2톤짜리 깔판들을 머리 위에서 휘둘러댔다. 그물 그림자가 차창을 가로지르고 어디선가 증기선 기적 소리도 들렸다.

디온이 화물 하역장 옆에 차를 세우자 두 사람은 차에서 내렸다. 저 아래로 노동자들이 삼베 부대들을 분류하느라 분주했는데, 자루마다 과테말라, 에스쿠인틀라라는 도장이 찍혀 있었다. 냄새로 보아 적어도 일부는 커피와 초콜릿 같았다. 남자 대여섯이 부지런히 짐을 내리면 기중기가 그물을 부리고 빈 깔판을 보충했다. 그러면 창고에서 대기 중이던 사내들이 저 아래 문 안으로 끌고 가 사라졌다.

조는 디온을 따라 사다리를 내려갔다.

"어디로 가는 거지?"

"오면 알아."

화물창 바닥에 내려와 보니 노동자들이 이미 문을 닫은 뒤였다. 더러운 바닥에서는 지금껏 탬파의 태양 아래 부렸던 화물을 통째로 버무린 듯한 냄새가 났다. 바나나, 파인애플, 각종 곡물, 원유, 감자, 아세트산, 화약, 상처 난 과일, 신선한 커피 등등. 바닥은 완전히 질퍽거렸다. 디온이 사다리 반대편 시멘트 벽에 손바닥을 대고 오른쪽으로 밀자 벽이 함께 움직였다. 불과 60센티미터 거리에서도 균열이 보이지 않았는데 그냥 불쑥 밀려난 것이었다. 문이 나타나자 디온이 두 번 노크하고 입술을 오물거려 무슨 말인가를 하곤 다시 네 번 노크했다. 이윽고 반대편에서 목소리가 들렸다.

"암호?"

"흔들고 두 배."

디온의 대답에 문이 열렸다.

눈앞에 좁은 복도가 나타났다. 문을 열어준 남자는 무척이나 마른 체구였다. 누렇게 바랜 셔츠를 입었는데 몇 년간 땀에 찌들기 전만 해도 하얀색이었을 것이다. 갈색 데님 바지에 목에는 손수건을 두르고 카우보이모자를 썼다. 허리띠 밖으로 육혈포가 삐죽 나와 있었다. 카우보이가 디온에게 고개를 끄덕이고 들여보낸 다음 벽을 밀어 다시 제자리에 돌려놓았다.

복도가 어찌나 좁은지 디온이 앞장서 걷는 동안 어깨가 내내 벽에 쓸렸다. 머리 위 파이프에 흐린 조명이 몇 개 매달렸다. 대충 칠팔 미터 간격이었으나 그나마 절반은 꺼진 채였다. 그래도 복도 저 끝으로 어렴풋이 다른 문이 보이기는 했다. 거리가 400미터 정도니까 헛것을 보았을 수도 있지만. 두 사람은 터벅터벅 진창을 지나갔다. 천장에서 물방울이 떨어져 바닥을 웅덩이로 만들어놓았다. 디온의 설명에 의하면, 툭하면 터널이 침수되기에 아침이면 이따금 알코올중독자 시체도 떠다녔다…… 어젯밤에도 부랑자 놈이 낮잠을 자다가 봉변을 당했다고 했다.

"그래?"

조가 되물었다.

"그래. 심할 경우는 쥐들이 몽땅 뜯어 먹는다니까."

조가 주변을 둘러보았다.

"그런 역겨운 얘기는 정말 몇 달 만에 처음이다."

디온이 어깨를 으쓱하곤 계속 걸어갔다. 조는 벽 위아래와 통로를 두리번거렸다. 쥐는 없었다. 아직은.

"피츠필드 은행 돈은?"

디온이 물었다.

"안전해."

조가 대답했다. 머리 위에서 전차가 덜그럭거리는 소리가 들리더니 곧이어 딸깍딸깍 소리도 느린 속도로 지나갔다. 누가 말을 타고 가는 모양이었다.

"어디에 있는데?"

디온이 어깨 너머로 조를 보았다.

"놈들이 어떻게 알았을까?"

조가 되물었다.

머리 위에서 경적이 몇 번 울리더니 부르르 자동차 시동이 걸렸다.

"알다니, 뭘?"

얼핏 보니 디온도 대머리가 되고 있었다. 옆쪽 머리카락은 짙고 검었지만 정수리는 듬성듬성 빈 곳이 보였다.

"분명 매복 중이었어."

디온이 다시 돌아보았다.

"그냥 알았겠지."

"그냥 알 수는 없어. 몇 주 동안 철저히 살폈잖아. 경찰이 그쪽으로 올 리도 없었어. 이유가 없으니까. 보호할 장소도 신경 쓸 사람도……"

디온이 커다란 머리를 끄덕였다.

"아무튼, 난 아무 말 하지 않았어."

"나도."

조가 말했다.

터널 끝에 이르니 철문과 강철 빗장이 모습을 드러냈다. 거리 소음도 잦아들어 지금은 기껏 웨이터들이 분주히 오가며 접시와 쟁반을 내려놓는 수준이었다. 조는 주머니에서 아버지 시계를 꺼내 뚜껑을 열었다. 정오.

디온은 통이 넓은 바지 어딘가에서 커다란 열쇠 꾸러미를 꺼내 자물쇠를 열고 빗장을 젖혔다. 그러고는 고리에서 열쇠를 꺼내 조에게 건넸다.

"받아. 필요하게 될 거야."

조가 열쇠를 주머니에 넣었다.

"건물주가 누구지?"

"오미노였지."

"였지?"

"오, 오늘 신문 안 읽었어?"

조가 고개를 저었다.

"어젯밤에 피 좀 흘렸다나봐."

디온이 문을 열었고, 둘은 사다리를 타고 다른 문을 향해 올라갔다. 문은 열려 있었다. 넓고 습한 방은 온통 시멘트 바닥과 시멘트 벽이었다. 벽을 따라 테이블이 줄지어 붙어 있고 그 위에 이런저런 도구들이 놓여 있는데 조도 대충은 짐작하던 대로였다. 발효기, 추출기. 증류기, 알코올램프, 비커와 통과 거름 기구들.

"구입 가능한 최고 술이야."

디온이 온도계들을 가리키며 말했다. 온도계는 모두 벽에 부착하고 고무 튜브를 이용해 증류기와 연결했다.

"순한 럼을 원하면 75~85도 사이에서 끓이면 돼. 진짜 중요한 문제는, 우리 술을 마시고 죽지 말아야 해. 우리 애들은 그런 실수 안 해. 다들……"

"럼 만드는 법은 알아. 감방에서 2년 있으니까 마약까지 농축할 수 있겠더라고. 구두도 증류하라면 하겠지만, 솔직히 궁금한 게……
럼을 만들 때 정말 중요한 요소가 두 가지 빠져 있잖아."
"오? 뭔데?"
디온이 물었다.
"당밀과 일꾼들."
"그럴 줄 알았어. 여기도 문제가 있기는 해."

텅 빈 비밀술집을 지나자 이번에도 닫힌 문이 나왔다. 이번에도 암호 "흔들고 두 배"로 통과하니 이스트팜 애버뉴의 이탈리아 식당 주방이었다. 두 사람은 주방을 지나 식당으로 들어가 거리 쪽에 자리를 잡았다. 식탁 옆에 검은색 선풍기가 하나 있었는데 어찌나 거대한지 운반하려면 남자 셋과 소 한 마리는 있어야 할 듯싶었다.
"운반하는 놈이 빈손으로 돌아오고 있어."
디온이 냅킨을 펼쳐 옷깃에 끼워 넣고 정성껏 어루만졌다.
"그런 것 같더군. 왜지?"
조가 물었다.
"듣기로는 배가 계속 침몰한다나봐."
"운반책이 누군데?"
"개리 L. 스미스라는 놈."
"엘스미스?"
"아니. L은 중간 이름 머리글자야. 그 친구, 중간 이름 머리글자 신봉자야."
"왜?"

"남부 기질이라나 뭐라나."

"개지랄은 아니고?"

"기질이 다 개지랄 아냐?"

웨이터가 메뉴를 가져와 디온이 레모네이드 두 잔을 주문했다. 조에게는 이곳 레모네이드가 최고라고 장담했다.

"운반책은 왜 필요하지? 공급자와 직접 거래하지 않고?"

"음, 공급자가 너무 많은 데다 모조리 쿠바 놈들뿐이야. 스미스를 통하는 덕분에 그나마 직접 거래할 필요가 없지. 스미스는 딕시들과도 장사를 해."

"오지랖이 넓군."

디온이 끄덕이는데 웨이터가 레모네이드를 가져왔다.

"그래, 여기에서 버지니아까지 지방 총잡이들이야. 플로리다를 가로질러 해안 지방까지 담당하고 있어."

"그런데 화물 손실이 크다면서?"

"응."

"얼마나 많은 배가 가라앉고 트럭이 습격당해야 단순히 불운 이상의 문제가 되는 건데?"

"글쎄……."

디온이 그렇게 대답한 건 달리 할 말이 없기 때문이었다.

조가 레모네이드를 홀짝였다. 솔직히 최고라는 생각은 들지 않았다. 게다가 최고라고 해봤자 기껏 레모네이드 아닌가. 레모네이드 맛이 좋다고 방방 뜰 일이 뭐가 있겠는가.

"내가 편지한 대로 해봤어?"

디온이 끄덕였다.

"하나도 빠짐없이."

"내 추측이 얼마나 들어맞았는데?"

"확률이 아주 높아."

조가 메뉴판에서 아는 이름을 찾아보았다.

"오소부코 먹어봐. 여기가 최고야."

디온이 제안했다.

"너한테야 뭐든 최고겠지. 레모네이드건, 온도계건."

디온이 어깨를 으쓱이며 자기 몫의 메뉴판을 펼쳤다.

"미식가거든,"

"선택 끝. 일단 식사부터 하고 개리 L. 스미스를 만나봐야겠어."

그가 메뉴를 닫고는 눈짓으로 웨이터를 불렀다.

디온은 계속 메뉴판을 살폈다.

"얼마든지."

개리 L. 스미스의 사무실 앞 대기실. 테이블에 《탬파 트리뷴》 조간이 놓여 있었다. 루 오미노의 시신은 차에 앉아 있었고 차창은 박살나고 시트는 피범벅이었다. 흑백사진 속 시신은 늘 이런 식이다. 품위라고는 눈곱만치도 없는 풍경. 헤드라인도 다를 바 없었다.

악명 높은 암흑가 거물 피살

"이 양반 잘 알아?"

디온이 끄덕였다.

"응."

"좋아했나?"

디온이 어깨를 으쓱했다.

"나쁜 사람은 아니었지. 두어 번 만났을 때 발톱을 깎기는 했지만. 작년 크리스마스엔 거위도 선물했어."

"산 놈으로?"

디온이 끄덕였다.

"집에 데려갈 때까지는."

"마소가 왜 제거한 거지?"

"너한테 얘기 안 했어?"

조가 고개를 끄덕였다.

디온이 어깻짓을 했다.

"나한테도 얘기하지 않았어."

조는 잠시 시계 재깍거리는 소리에 귀를 기울였다. 개리 L. 스미스의 비서는 《포토플레이》의 두꺼운 페이지를 넘겨댔다. 비서는 로 양이라고 불렸는데, 검은 머리를 바짝 치켜 자르고 구불구불한 웨이브를 넣었다. 은색 반소매 블라우스 위로 늘어진 검은색 비단 넥타이가 흡사 합장한 손처럼 보였다. 의자에 앉은 채로도 어찌나 허리와 엉덩이를 꼬아대던지 조는 신문을 접어 얼굴에 부채질을 해야 했다.

아무래도 여자를 안을 때가 됐나봐.

조가 다시 상체를 기울였다.

"가족이 있어?"

"누구?"

"그 양반."

"루? 당근 있지. 그건 왜 물어?"

"그냥 궁금해서."

"가족 앞에서도 발톱을 깎았을 거야. 더 이상 쓰레받기로 발톱 쓸어 담을 일 없으니 좋겠지, 뭐."

비서실 책상 버저가 울리더니 가느다란 목소리가 들렸다.

"로 양, 친구들 들여보내."

조와 디온이 일어섰다.

"친구라."

디온이 중얼거렸다.

"친구?"

조도 투덜대며 커프스를 밖으로 빼내고 머리를 매만졌다.

개리 L. 스미스는 치아가 옥수수만큼이나 자잘하고 누렸다. 로 양이 문을 닫고 나간 뒤, 두 사람에게 미소를 지었지만 자리에서 일어나지는 않았다. 물론 미소도 건성이었다. 책상 뒤 나무 블라인드가 웨스트탬파의 낮 풍경을 대부분 가려 방 안은 은은한 버번 빛이었다. 스미스는 남부 신사 복장이었는데, 하얀 정장 안에 하얀 셔츠를 받쳐 입고 검고 가는 타이를 맸다. 두 사람이 자리를 잡고 앉는 동안 난감한 표정을 지었는데 조가 읽기에는 분명 둘을 두려워하고 있었다.

스미스가 담배 상자를 두 사람에게 밀어주었다.

"자네가 마소의 새 친구로군. 자, 우선 한 대씩 하세. 이곳에서 최고 시가라네."

디온이 끙 하고 신음을 내뱉었다.

조는 거절했지만 디온은 네 개비를 집어 세 개비는 주머니에 넣고, 하나는 끄트머리를 물어뜯어 손에 뱉더니 책상 가장자리에 문질렀다.

"그래, 어쩐 일들이신가?"

"루 오미노 사건을 조사해 보라는 얘기가 있어서요."

"그런데 임시직이겠지?"

스미스가 시가에 불을 붙이며 물었다.

"무슨 말이죠?"

"자네가 루 대신으로 온 것 말일세. 내가 묻는 이유는, 여기 사람들은 아는 사람하고만 거래하려고 하는데, 자네는 아무도 모르거든. 아, 기분 나쁘라는 얘기는 아니고."

"그래서 조직 내에서 누가 했으면 좋겠습니까?"

스미스가 잠시 머리를 굴렸다.

"리키 포체타."

디온이 그 말에 고개를 갸웃했다.

"포체타는 개하고 소화전도 구별 못 하는 놈이오."

"그럼 델모어 시어스."

"그자도 멍청하기로는 매한가지인데?"

"에…… 그럼 좋아, 내가 하리다."

"나쁜 생각 같지는 않군요."

조가 말했다.

개리 L. 스미스가 두 손을 펼쳐 보였다.
"그보다 자네들 생각에 내가 적임자로 보이기는 하나?"
"가능은 하지만, 최근 공급 물량이 연속 세 차례 공격당한 이유부터 알아야겠어요."
"북쪽으로 가던 물건들?"
조가 끄덕였다.
"재수 옴 붙었지. 내 생각은 그렇네. 항상 있는 일이니까."
"통로를 바꾸지 않는 이유가 뭐죠?"
스미스가 펜을 꺼내 종이에 잠깐 긁적거렸다.
"좋은 질문이야, 커글린 군."
조가 고개를 끄덕였다.
"아주 기막힌 생각이야. 내 한번 생각해 보겠네."
조는 잠시 사내가 담배 피우는 모습을 지켜보았다. 햇빛이 블라인드를 비집고 들어와 그의 정수리에서 부서졌다. 조의 시선에 스미스가 다소 당혹스러운 표정을 지었다.
"운행이 왜 그렇게 불규칙한 겁니까?"
"오, 그건 쿠바 놈들 때문이야. 그 문제에 대해서라면 우리도 힘이 없다네."
스미스가 당연하다는 듯 대답했다.
"두 달 전, 당신은 한 주 동안 선적을 열네 번이나 했어. 그런데 3주 후에는 다섯 번, 마지막 주엔 한 번도 없었어."
디온이 지적했다.
"시멘트 만드는 일하곤 달라. 물을 똑같이 붓는다고 매번 똑같은 품질이 나오나, 어디? 공급자도 다양하고 일정도 제각각이지. 그놈들한테도 설탕 공급자가 있는데 파업 중일 수도 있고 배를 모는 새끼가 갑자기 뒈져버렸을 수도 있고 말이야."

"그럼 다른 공급자를 찾아야죠."

조가 따졌다.

"그렇게 간단한 일이 아니라니까 그러네."

"왜 아니죠?"

스미스는 짜증 섞인 말투였다. 그러니까, 소귀에 경이라도 읽어주는 사람 같았다.

"다들 같은 조직에 조공을 바치고 있잖나, 안 그래?"

조는 주머니에서 작은 수첩을 꺼내 페이지를 찾았다.

"그러니까…… 수아레스 조직 얘긴가요?"

스미스가 수첩을 보았다.

"그렇지. 7번 애버뉴의 트로피케일 주인 말이야."

"그러니까, 그 조직이 유일한 공급자다?"

"아니, 조금 전에 말했잖나."

"무슨 말이죠?"

조가 미간을 좁혔다.

"그러니까…… 그쪽에서 우리 물건 일부를 공급하지만 다른 조직도 있네. 에르네스토라고 나하고 거래하는 영감이 있는데 손 하나가 나무 의수야. 대단하지 않아? 그 영감……"

"다른 공급자들이 모두 한 공급자에게 복종한다면 공급자는 하나예요. 그가 가격을 정하면 다른 사람들은 따라갈 수밖에 없으니까.

안 그래요?"

스미스가 답답하다는 듯 크게 한숨을 내쉬었다.

"그렇게 생각할 수도 있겠지."

"생각?"

"그렇게 간단하지가 않다니까 자꾸 그러네."

"왜 간단하지 않죠?"

조는 기다렸다. 디온도 기다렸다. 스미스가 시가에 불을 붙였다.

"공급자들이 더 있으니까. 그쪽에도 배가 있고……"

"그래봐야 중간 상인이지요. 좋아요, 난 원공급자와 거래하고 싶어요. 가능한 한 빨리 수아레스 패들과 만나죠."

"안 돼!"

스미스가 외쳤다.

"안 된다고요?"

"커글린 군, 자넨 이보르에서 사업이 어떻게 돌아가는지 몰라. 내가 에스테반 수아레스와 거래하네. 그의 여동생을 포함해서. 브로커와 거래하는 것도 나여야 해."

조는 스미스의 팔꿈치 쪽으로 전화기를 밀어냈다.

"전화해요."

"내 말을 듣지 않았군, 커글린 군."

"아니, 들었어요. 그러니, 수화기 들고 수아레스 남매한테 전화해서 오늘 밤 나와 내 부하가 트로피케일에서 저녁을 먹을 테니 식당에서 제일 좋은 자리를 내주고 식사를 끝낸 후엔 몇 분 시간도 내주면 감사하겠다고 전해요."

"이틀 정도 기다리면서 이곳 관습을 먼저 익히는 게 어떤가? 그럼 전화를 걸지 않게 말려주셔서 정말로 고맙다고 나한테 인사하게 될 거야. 그다음 함께 그 사람들을 만나는 거야. 약속하지."

조가 주머니에서 잔돈을 꺼내 책상에 놓았다. 담뱃갑과 아버지 시계가 따라나왔다. 32구경은 스미스를 겨눈 채 압지대 앞에 놓았다. 그러고는 스미스를 노려본 채로 담뱃갑에서 한 개비를 꺼냈다. 결국 스미스도 수화기를 들고 외부 통화를 신청해야 했다.

스미스가 스페인어로 통화하는 동안 조는 담배를 피웠다. 디온이 통화 내용 일부를 통역해 주었다. 마침내 스미스가 전화를 끊었다.

"9시에 테이블 하나를 예약해 두었다는군."

디온이 통역해 주었다.

"9시에 테이블 하나를 예약했네."

스미스가 말했다.

"고맙습니다. 수아레스는 남매 팀인가요?"

조가 한쪽 발을 무릎 위에 올렸다.

스미스가 끄덕였다.

"맞네, 에스테반과 이벨리아 수아레스."

조는 양말 복숭아뼈 옆에서 줄 하나를 꺼내 흔들다가 개리 L. 스미스의 깔개에 떨어뜨렸다.

"이봐요, 개리, 직접 앨버트 화이트를 위해 일해요? 아니면 우리가 모르는 브로커가 있는 겁니까?"

"뭐라고?"

"당신 술병을 봤어요, 개리."

"뭘 봐?"

"당신 증류 물건에 우리가 표시를 했어요. 두 달 전쯤. 오른쪽 모퉁이에 작은 점들이 있을 거예요."

개리가 조를 향해 미소 지었다. 무슨 개소리냐는 뜻이겠다.

"목적지에 닿지 못한 공급 물량 말이에요. 보니까 모조리 앨버트 화이트의 술집으로 흘러들었더군. 어떻게 된 거죠?"

조가 책상에 담뱃재를 떨었다.

"그게 무슨 말인가?"

"정말 몰라서 묻는 겁니까?"

조가 두 발을 다시 바닥에 댔다.

"아니…… 내 말은…… 그러니까."

조가 총을 향해 손을 뻗었다.

"에이, 모를 리가 있습니까?"

개리는 미소를 지으려다 곧바로 포기했다. 그리고 다시 미소 지었다.

"아니, 정말 모르네. 이봐, 이것 보라고."

"당신이 앨버트 화이트한테 우리 북동 공급 통로를 까발렸어."

조가 32구경 탄창을 빼내 손바닥에 얹고 손가락으로 제일 위쪽 총알을 꺼냈다.

개리가 다시 애원했다.

"이봐, 그러지 말고."

조가 가늠자를 보며 디온에게 말했다.

"약실에 아직 하나가 남았어."

"하나는 남겨놓는 게 좋아. 만약을 위해서."

"만약이라니?"

조는 약실에서 총알을 빼내 책상에 놓았다. 역시 개리 L. 스미스를 겨냥한 위치였다.

"모르지. 예상치 못한 위험은 늘 있는 법이니까."

조는 탄창을 손잡이에 끼우고 총알을 약실에 박은 다음 총을 무릎 위에 두었다.

"오는 길에 디온한테 부탁해서 댁 앞을 지나왔죠. 집 좋더군. 디온 말로는 동네 이름이 하이드파크라던가?"

"그래, 맞네."

"재밌군요."

"재미있다니?"

"보스턴에도 하이드파크가 있거든요."

"오, 재미있군."

"에, 그렇다고 웃겨 죽을 정도는 아니고, 그냥 흥미롭단 얘깁니다."

"그래, 흥미롭군."

"치장벽토?"

"응?"

"치장벽토. 치장벽토로 만들었죠?"

"에, 틀은 목재지만, 어쨌든 치장벽토를 겉에 발랐지."

"오, 내가 틀렸군요."

"아니, 틀리지 않았어."

"나무라면서요."

"뼈대는 나무이지만 겉, 표면…… 그래, 껍데기는 치장벽토 맞아. 그러니까, 에…… 그 말이 맞네. 치장벽토."

"맘에 듭니까?"

"응?"

"나무 뼈대에 치장벽토를 바른 집 말이에요. 맘에 들어요?"

"지금은 너무 휑뎅그렁한 편이지. 애들이……"

"예?"

"다 자라서 말이야. 모두 출가해서 그러네."

조가 32구경 총열로 뒤통수를 긁었다.

"이제 짐을 싸셔야 할 겁니다."

"무슨 그런……"

조가 눈썹을 찡긋거리며 전화기를 가리켰다.

"아니면 짐 쌀 사람을 구하시든가요. 짐은 어디로 가시든 보내드리죠."

스미스는 15분 전으로 돌아가고 싶었다. 그때는 칼자루를 쥐고 있다는 착각이라도 할 수 있었건만…….

"가다니? 내가 어딜 가?"

조가 일어나 정장 주머니에 손을 넣었다.

"저 여자랑 자요?"

"뭐? 누구?"

조가 엄지로 등 뒤의 문을 가리켰다.

"로 양 말이에요."

"그게 무슨……"

조가 디온을 보았다.

"했네, 했어."

디온도 일어났다.

"당근이지."

조는 재킷에서 기차표 두 장을 꺼냈다.

"끝내주는 여자입니다. 로 양 말이에요. 저런 여자와 한 판 뛰고 잠들면 천국이 따로 없겠어요. 그럴 수 있다면야 만사가 평안하지 않겠습니까?"

그가 책상에 기차표를 놓았다.

"마누라, 로 양…… 누굴 데려가든 상관없습니다. 뭐, 둘 다 데려가도 좋고 버려도 좋아요. 어쨌든 개리, 11시에 시보드 기차를 타요. 오늘 밤에."

개리 L. 스미스가 웃었다. 아주 짧은 웃음.

"자네가 무슨 자격으로……"

조가 노인의 뺨을 때렸다. 강한 타격에 개리는 의자에서 떨어져 라디에이터에 머리를 부딪치기까지 했다.

두 청년은 영감이 일어나기를 기다렸다. 개리가 의자를 일으켜 세우고 자리에 앉았다. 뺨과 입술을 제외하면 얼굴에 핏기가 하나도 남지 않았다. 디온이 손수건을 그의 가슴에 던져주었다.

"개리, 기차에 타요. 아니면 기차 아래로 던져버릴 테니까."

조가 책상에 놓인 총알을 집었다.

자동차로 가는 도중 디온이 물었다.

"정말로 그렇게 할 거야?"

"그래."

조는 다시 초조해졌지만 이유는 분명치 않았다. 이따금 그냥 어둠이 덮쳤다. 이런 식의 우울증이 수감 생활 이후 생겼다고 말하고 싶었지만 사실은 그가 기억하기 훨씬 이전부터 그를 괴롭혀왔다. 이유도 예고도 없이. 이 경우엔 스미스한테 자식이 있다는 얘기를 들었기 때문이리라. 자신이 굴욕을 안겨준 사내한테 이런 일 외에 또 다른 삶이 있다는 생각은 하고 싶지도 않았다.

"그래서 영감이 기차에 타지 않으면 정말 죽이려고?"

아니면 애초에 어두운 성격인데 기분이 꿀꿀해졌기 때문일 것이다.

"아니. 다른 애를 시켜서 죽일 거야. 망할, 내가 지금 현장에서 뛸 군번이야?"

조는 디온이 차 문을 열 때까지 기다렸다가 차에 올라탔다.

12장
음악과 총

조는 애초에 마소에게 부탁해 호텔에 거처를 마련했다. 처음 한 달간은 일에만 몰두하고 싶었다. 당연히 식사를 어디에서 하고 시트와 옷 세탁을 어디에 맡기고, 화장실에서 줄을 서서 기다리는 문제들을 신경 쓰고 싶지 않았다. 마소가 탬파베이 호텔을 예약하겠다고 했을 때 상상력이 부족한 이름이기는 했지만 불만은 없었다. 중급 정도의 호텔에 깨끗한 침대, 밋밋하지만 먹을 만한 식사, 포근한 베개 정도는 있겠지.

그런데 디온은 호숫가의 궁전 앞에 차를 세웠다. 조가 웬 궁전이냐고 묻자 디온도 "실제로 사람들도 그렇게 불러. 플랜트 궁전."이라고 대답했다. 헨리 플랜트가 지은 궁전. 그는 자신이 설계한 플로리다의 호텔들을 본떠 지은 이 건물에 지난 20년간, 벌 떼처럼 몰려드는 투기꾼들을 끌어들였다.

디온이 문 앞에 차를 대기 전에 기차가 먼저 길을 막아섰다. 장난감 기차가 아니라 전장 400미터의 대륙횡단 기관차였다. 조와 디온은 주차장 바로 앞에 멈춰 서서 기차에서 부자 남자와 부자 여자와 부자 아이 들이 쏟아져 나오는 광경을 지켜보았다. 기다리는 동안 조는 호텔의 창문을 세었다. 100개가 넘었다. 붉은 벽돌 위로 돔 지붕도 몇 개 있었는데 아무래도 스위트룸인 것 같았다. 여섯 개의 첨탑이 돔 지붕보다 훨씬 더 높이 치솟아 희고 딱딱한 하늘을 찔렀다. 맙소사, 플로리다 준설 소택지 한가운데 러시아에나 있을 겨울 궁전이라니!

흰옷을 떨쳐입은 부자 커플이 기차에서 내렸다. 유모 셋과 부자 아이 셋도 그 뒤를 따랐다. 흑인 포터 두 명이 수레 두 대에 짐짝을 잔뜩 싣고는 열심히 뒤를 쫓았다.

"돌아가자."

조가 말했다.

"뭐? 여기에 주차하고 짐을 맡기면……"

"돌아가. 줄 서서 기다릴 생각 없으니까."

조는 부부가 걸어가는 모습을 지켜보고 있었다. 이곳보다 두 배는 넓은 곳에서 자란 사람들답게 활개가 장난이 아니었다.

디온은 뭔가 따지려다가 가볍게 한숨을 쉬고는 다시 왔던 길을 돌아가 작은 나무다리를 지나고 골프장을 지났다. 어린 남미 소년이 인력거를 끌고 달렸는데 그 안에도 나이 든 백인 부부가 앉아 있었다. 아이는 하얀 옷에 하얀 바지 차림이었다. 작은 나무 표지판들이 셔플보드 경기장, 사냥 금지구역, 카누, 테니스장, 경주장 등을 가리

컸다. 골프장을 지나는데 더운 날씨 탓인지 눈이 부시도록 푸르렀다. 사람들은 대부분 흰옷을 입고 남자들까지 양산을 들고 다녔다. 웃음소리가 건조하면서도 아련했다.

라파예트의 다운타운으로 들어가는 도중에 디온은 수아레스 남매 얘기를 해 주었다. 남매는 쿠바를 오가며 살지만 두 사람에 대해 아는 사람은 거의 없었다. 소문에 따르면 이벨리아의 남편은 1912년 사탕수수 노동자 폭동 와중에 죽었다. 반대로 레즈비언임을 감추기 위해 만들어낸 헛소문이라는 소문도 있다고 했다.

"에스테반은 여기저기 회사가 많아. 누나보다 나이가 어리고 젊지만 아주 똑똑하지. 아버지도 이보르와 직접 거래했다더군. 당시엔 이보르가……"

"잠깐. 이 도시가 기껏 남자 이름을 딴 거야?"

"맞아. 비센테 이보르. 시가를 만들던 친구지."

"그래, 요즘엔 시가가 권력이니까."

조가 중얼거리며 창밖을 내다보았다. 동쪽으로 이보르 시가 보였다. 거리가 멀어서인지 아름답기까지 했다. 뉴올리언스를 닮았다는 생각도 들었지만 그보다는 훨씬 작았다.

"글쎄. 커글린 시? 별로 어울리지 않는 것 같지?"

디온이 물었다.

"그래. 커글린 카운티는 어때?"

디온이 키득거렸다.

"오, 나쁘지 않아."

"듣기 괜찮지?"

"교도소에 있을 때 도대체 얼마나 꼴통 짓을 한 거야?"

디온이 물었다.

"좋을 대로 생각해. 꿈은 크게 꿔야지."

"커글린 공화국은 어때? 아니 잠깐만 이왕이면 커글린 대륙?"

조가 웃었다. 디온은 아예 운전대를 때리며 낄낄댔다. 문득 그동안 디온 같은 친구가 얼마나 그리웠는지 새삼 실감이 났다. 만약 주말쯤 그를 살해하라고 지시해야 하는 상황에 몰린다면 조 역시 가슴이 찢어지고 말 것이다.

디온은 제퍼슨 거리를 따라 법원과 관공서 밀집 지역으로 향했다. 잠시 후에는 교통체증에 걸리는 바람에 다시 차 안이 뜨거워지고 말았다.

"다음 의제는 뭐야?"

조가 물었다.

"하고 싶은 게 있어? 헤로인? 모르핀? 코카인?"

조가 고개를 저었다.

"그런 취미는 사순절에 모조리 교회 줘버렸다."

"에, 혹시 약에 취하고 싶으면 여기가 천국이야. 플로리다 탬파. 불법 마약의 남쪽 성전."

"상공회의소에서도 알고 있어?"

"알다뿐이야? 골머리를 썩고 있는걸. 어쨌든 그 얘기를 꺼낸 이유는……"

"오, 핵심이 나오려고 하는군."

"……나도 가끔 하기 때문이야."

"계속해 봐."

"에스테반의 부하 중에 아르투로 토레스라는 놈이 있어. 지난주에 코카인 때문에 걸려 들어갔어. 보통 때라면 30분 만에 풀려날 일인데 하필 연방 수사팀이 냄새를 맡으며 돌아다녔지. 초여름엔 국세청이 판사들까지 개 떼처럼 몰고 내려왔고. 결국 용광로는 터지고 아르투로는 국외추방될 거야."

"그런데 왜 우리가 신경 쓰지?"

"에스테반의 최고 요리사니까. 이보르 주변에서 럼주 코르크에 토레스의 머리글자가 붙으면 가격이 두 배로 뛰어."

"언제 추방하는데?"

"두 시간쯤 후."

조는 모자를 깊게 눌러쓰고 의자에 깊이 파묻혔다. 오랜 기차 여행, 더위, 이런저런 고민들, 돈 많은 백인들과 그들이 입고 있던 값비싼 흰옷들까지…… 갑자기 피곤이 몰려왔다.

"도착하면 깨워줘."

판사와 만난 뒤, 두 사람은 법정을 나와 의례적으로 탬파 경찰서장 어빙 피기스를 방문했다.

경찰본부는 플로리다와 잭슨 모퉁이에 위치했다. 호텔에서 나와 이보르에 들어가려면 매일 그 옆을 지나야 한다는 사실쯤은 충분히 각오한 터였다. 그런 점에서 경관들은 수녀와도 같았다. 항상 우리를 감시하고 있다고 선전포고하는 존재들.

"우리를 부른 이유는 자기가 대장한테 올 생각이 없어서야."

디온이 경찰서 계단을 오르며 설명했다. 언제부턴가 디온은 조를 대장으로 부르기 시작했다.
"어떤 인간이야?"
"짭새지, 개자식이고. 그 밖에는 괜찮아."
디온이 대답했다.
피기스는 서장실을 사진으로 도배를 했다. 아내, 아들, 딸. 하나같이 사과색 머리에 놀랍도록 매력적이었다. 아이들의 피부가 어찌나 깨끗한지 흡사 천사들이 빡빡 닦아주기라도 한 모양이었다. 서장은 조와 악수를 나누며 눈을 똑바로 쳐다보았다. 둘은 서장이 권하는 의자에 앉았다. 어빙 피기스는 키나 덩치가 크지도 않고 근육질도 아니었다. 작고 날씬했으며 회색 머리는 아주 짧게 이발했다. 한눈에 보기에도 제대로 대접하면 보답하지만, 혹여 갖고 놀려고 했다간 지옥을 두 배로 겪게 만들 사람 같았다.
"구차하게 직업을 따지지는 않으리다. 그러니 나한테 거짓말을 할 생각도 하지 말도록. 그쪽이 피차 공정하지 않겠소?"
조가 고개를 끄덕였다.
"경찰서장의 아들이었다고?"
조가 다시 끄덕였다.
"그럼 이해하겠군."
"무슨 말씀이십니까, 서장님?"
서장은 자기 가슴과 조의 가슴을 번갈아 가리켰다.
"지금 이건 우리가 사는 방법이고……"
그는 벽에 걸어둔 사진들을 대충 가리켰다.

"에, 저쪽은 우리가 사는 이유 아니겠소?"

조가 끄덕였다.

"예, 그리고 둘은 절대 만나지 말아야겠죠."

피기스 서장이 미소 지었다.

"교육도 웬만큼 받았다고 들었소. 그쪽 바닥에서는 드문 경우 아니오?"

서장이 힐끔 디온을 보았다.

"여기도 별 차이는 없지 않나요?"

피기스는 미소 지으며 고개를 갸웃하는 것으로 동의를 표했다. 그가 부드러운 눈빛으로 조를 보았다.

"이곳에 정착하기 전에는 군대를 거쳐 연방 보안관 노릇을 했지. 지금까지 일곱 명을 죽였고."

그가 너무도 담담한 목소리로 설명했다.

일곱 명? 맙소사. 조는 속으로 탄성을 질렀다.

피기스 서장의 시선은 여전히 부드러웠다.

"좋아서 한 일은 아니오. 직업상 어쩔 수 없었으니까. 솔직히 말하면, 밤마다 그 사람들 얼굴 때문에 잠을 설친다오. 그래도 오늘 밤 이 도시를 보호하고 지키기 위해 여덟 번째가 필요하다면? 그래요, 난 얼마든지 당당하게 방아쇠를 당길 수 있소. 무슨 말인지 이해하시오?"

"예."

조가 대답했다.

피기스 서장이 책상 뒤로 가더니 벽에 붙은 도시 전도 옆에 서서 손가락으로 천천히 이보르 시에 동그라미를 그렸다.

"2번가 북쪽, 27번가 남쪽, 34번가 서쪽, 그리고 네브래스카 동쪽…… 이곳에서 사업을 하겠다면 나하고 부딪칠 일은 거의 없으리라 믿소. 여기까지는 문제없겠지?"

"좋습니다."

조가 대답했다. 도대체 무슨 협박을 하려고 이렇게 뜸을 들이는 걸까?

피기스 서장은 조의 눈에서 의구심을 읽고 가볍게 눈빛을 흐렸다.

"뇌물은 사절이오. 뇌물을 받았다면야 일곱 중에 셋쯤은 아직 살아서 돌아다닐 테지."

서장이 돌아와 책상 끄트머리에 앉았다. 목소리가 너무나도 나지막했다.

"커글린 씨, 이 도시가 어떻게 돌아가는지 정도는 정확히 알고 있소. 내가 볼스테드를 어떻게 생각하는지 묻는다면, 그저 부글부글 끓는 주전자 생각을 하면 정확할 거요. 부하 경관 상당수가 돈을 받고 딴짓을 한다는 사실도 알고, 내가 몸담고 있는 이 도시가 부패에 허우적댄다는 사실도 알고 있소. 세상 자체가 타락했으니 아닐 까닭이 없지. 하지만 내가 부패한 공기를 마시고 부패한 사람들과 무릎을 맞댄다고 해서 나를 매수할 수 있다는 오판은 삼가는 게 좋을 거요."

남자의 눈에서 허풍이나 자존심의 기미를 찾아보았다. 자수성가한 놈들은 늘 그런 약점이 있게 마련이 아닌가.

하지만 조를 노려보는 서장의 시선엔 차분한 인내심뿐이었다.

피기스 서장은 절대 얕잡아볼 위인이 아니었다.

"방문 고마웠소. 햇볕 조심하시오. 당신네들 피부색 보니 불이 쉽게 붙을 것 같군그래."

피기스의 얼굴에 가벼운 장난기가 스쳤다.

"만나서 반가웠습니다, 서장님."

조가 문으로 향하자 디온이 문을 열었다. 그런데 문밖에 10대 소녀가 서 있었다. 너무도 활달한 인상. 사진 속 소녀였다. 사과색 머리의 예쁜 딸. 부드러운 빛을 발할 정도로 깨끗한 황금빛 피부…… 열일곱 아니면 열여덟? 소녀의 아름다움에 숨이 막힐 지경이었다. 목구멍에 가시가 걸린 사람처럼 머뭇거리다 입 밖으로 낸 소리라고는 "아가씨는……" 정도였다. 하지만 그녀의 아름다움은 그의 성욕을 자극하지 않았다. 그보다 훨씬 순수한 매력…… 어빙 피기스의 딸이 보여주는 아름다움은 꺾어버리기보다는 더욱 아름답게 가꿔주어야 할 지상목표였다.

"아빠, 죄송해요. 혼자 계신 줄 알고……"

소녀가 말했다.

"괜찮다, 로레타. 신사분들도 돌아가시는 중이구나. 인사해야지."

"예, 아빠, 죄송해요."

그녀가 돌아서서 조와 디온에게 예의를 차렸다.

"로레타 피기스라고 합니다."

"조 커글린입니다, 로레타 양. 만나서 반갑습니다."

가볍게 악수를 하는데 기이하게도 한쪽 무릎을 꿇고 싶었다. 그런 기분은 오후 내내 그를 따라다녔다. 너무도 순결한 소녀. 너무도 섬세한 소녀…… 그렇게 연약한 딸을 지켜내는 일도 보통 일이 아니리라.

저녁 늦게, 둘은 베다도 트로피케일에서 저녁 식사를 했다. 무대 오른쪽에서 조금 벗어난 자리였기에 무용수와 밴드가 한눈에 들어왔다. 드럼, 피아노, 트럼펫, 트롬본…… 이른 시간이라 밴드는 기운이 넘쳤지만 아직 흥이 절정에 이르지는 않은 듯 보였다. 무용수들은 거의 속옷 차림에 가까웠고, 입은 옷들도 얼음처럼 투명했다. 모자도 그만큼 색이 연했지만 모양은 제각각이었다. 그중 둘은 금박 장식의 브래지어를 했으며 이마 한가운데 아치형의 깃털 장식을 매달았다. 다른 무용수들은 머리망사를 뒤집어쓰고 구슬 장미와 술 장식을 매달았다. 무용수들이 한 손을 엉덩이에 대고 다른 손으로는 손님들을 가리키는 춤 동작을 선보였다. 여자 손님들을 불쾌하게 만들지도 않고 남자 손님들이 다시 오게 할 정도의 노출과 춤사위였다.

"여기 저녁도 도시 최고라고 할 거야?" 조가 디온에게 물었다.

디온이 새끼 돼지 바비큐와 유카 튀김을 잔뜩 포크로 찍으며 미소를 지었다.

"아니, 전국 최고."

조도 미소 지었다.

"나쁘지는 않군."

조는 쇠고기 요리와 검은콩, 볶음밥을 주문했다. 사실 접시를 싹싹 비우며 접시가 더 컸으면 하고 아쉬워하던 참이기도 했다.

지배인이 다가오더니 주인 남매가 커피를 준비하고 기다리는 중이라고 말해 주었다. 조와 디온은 남자를 따라 하얀 타일 바닥을 가로지르고 검은색 벨벳 커튼을 통과했다. 떡갈나무 소재의 럼주 궤짝으로 만든 복도. 이 복도를 만들기 위해 바다 건너에서 수백 통이나 들여온 걸까? 아니, 실제로는 수백 통도 훨씬 넘을 것이다. 업무실도 같은 목재로 만들었으니 왜 아니겠는가.

실내는 서늘했다. 바닥은 어두운색 대리석이고 철제 선풍기가 대들보에 매달려 쉬지 않고 삐걱거렸다. 꿀 색 블라인드가 열려 창밖으로 저녁의 거리 풍경이 내다보였다. 잠자리들도 쉴 새 없이 붕붕거렸다.

에스테반 수아레스는 날씬한 체구에 피부는 깨끗하고 맑은 홍차색이었다. 두 눈은 고양이처럼 연노란색이었다. 머리는 포마드를 발라 뒤로 넘겼는데 역시 커피테이블 위의 짙은 럼주와 같은 색조였다. 지금은 디너재킷과 검은 나비넥타이 차림이었다. 그가 활짝 웃으며 다가와 힘차게 악수를 나눈 다음, 구릿빛 커피테이블 주변에 미리 배치해 둔 중역용 의자로 안내했다. 테이블 위에도 쿠바 커피 넉 잔, 물 넉 잔이 놓여 있고, 수아레스 리저브 럼 술병이 왕골 바구니에 담겨 있었다.

에스테반의 누이 이벨리아가 일어나 손을 내밀었다. 조는 인사를 하고 손을 잡아 가볍게 입술로 가져갔다. 손에서 생강과 톱밥 냄새가 났다. 동생보다는 훨씬 나이가 많았지만, 피부가 팽팽하고 광대뼈와 이마도 지극히 섬세했다. 턱은 주걱턱에 가까웠으며, 짙은 눈썹은 누에처럼 꿈틀거렸다. 두 눈이 두개골 안에 갇힌 채 탈출이라도 하려는 듯 개구리처럼 씰룩거렸다.

"식사는 어땠나?"

에스테반이 자리에 앉으며 물었다.

"최고였습니다. 감사합니다."

조가 대답했다.

에스테반이 럼 잔을 모두 채우고 자기 잔을 들어 건배를 청했다.

"건설적인 관계를 위해."

술맛은 놀라울 정도로 부드럽고 풍부했다. 한 시간 정도 증류하고 일주일 발효하는데 이런 맛이 나오다니, 세상에.

"아주 특별하군요."

"15년산이네. 럼주 색이 옅을수록 품질이 좋다는 스페인 속담이야말로 진짜 개소리지."

그가 고개를 저으며 발목을 교차했다.

"물론 우리 쿠바인들이야, 뭐든 옅을수록 좋다고 믿고는 있지만 말이야. 머리카락, 피부, 눈 모두."

수아레스 남매의 피부색도 옅은 갈색이기는 했다. 아프리카계가 아니라 스페인 혈통이라는 뜻이렷다.

"그래, 누님과 난 흑인이 아니야. 그렇다고 우리 섬에서 피부색으로 등급을 매긴다는 뜻은 아닐세."

그가 조의 생각을 읽고 미리 대답했다.

그가 럼을 다시 한 모금 마셨다. 조도 마셨다.

"우리가 북쪽에서 팔고 싶습니다."

디온이 다짜고짜 선언했다.

이벨리아가 웃었다. 너무도 짧고 날카로운 웃음.

"언젠가는. 거기 정부가 당신네들을 다시 어른 취급하면."

"서두르지 않으면 모두들 실직할 겁니다."

조가 반박했다.

"누님과 나야 무슨 상관이겠나. 이 식당도 있고 하바나에 둘, 키웨스트에 하나가 더 있는걸. 카르데나스의 사탕수수 농장하고 마리아나오의 커피 농장도 우리 거야."

"그럼 왜 이 일을 하는 거죠?"

에스테반이 어깨를 으쓱했다. 흠잡을 데 없는 디너재킷이었다.

"돈이지."

"돈이야 많을수록 좋겠죠."

그가 그 말에 잔을 건배했다.

"돈만 있다면야 쓸 곳은 무궁무진하지. 살 것도 많고."

그가 팔을 저어 방을 가리켰다.

"그래서 부자들이 더하다는 말도 있죠."

디온의 말에 조가 흘겨보았다.

그러고 보니 사무실 서쪽 벽은 완전히 흑백사진으로 덮여 있었다. 대부분 거리 풍경이었고, 나이트클럽, 사람들 사진이 몇 장씩 있었다. 마을 사진은 두 장이었는데, 어찌나 황폐한지 다음 태풍쯤엔 완전히 유령마을이 될 것만 같았다.

이벨리아가 그의 시선을 좇았다.

"우리가 찍었어요."

"예?"

조가 되물었다.

에스테반이 끄덕였다.

"고향 가는 길에. 취미 생활이지."

"취미는 무슨…… 동생 사진은 《타임》에도 실린 적이 있어요."

에스테반이 멋쩍은 듯 다시 어깻짓을 했다.

"멋진 사진입니다."

조가 인정했다.

"언젠가 자네도 찍고 싶군그래, 커글린 군."

조가 고개를 저었다.

"그런 점에서라면 불행하게도 전 인디언에 가깝습니다."

에스테반이 그 말에 교활한 미소를 지었다.

"사로잡힌 영혼 얘기라면, 유감스럽게도 어젯밤 오미노 씨의 부고를 들었어요."

"유감이십니까?"

디온이 되물었다.

그 말에 에스테반이 키득거렸지만 어찌나 나지막한지 그저 숨을 한번 내쉰 것처럼 들렸다.

"친구들 말이, 개리 L. 스미스를 시보드 기차에서 봤다는데, 여편네와 애인이 각자 다른 기차에 올랐다더군. 부랴부랴 싼 것처럼 보였는데도 짐이 무척 많더라는 얘기도 들었지."

"사내야 가끔 변화가 필요하지 않겠습니까? 새 출발이야말로 새로운 활력소죠."

"당신 얘긴가요? 이보르에 새 출발 하러 온 거예요?"

이벨리아가 물었다.

"제가 온 건 악마의 럼을 정제하고, 증류하고, 배급하기 위해서입니다. 유감스럽게도 수입 스케줄이 들쭉날쭉하는 통에 제대로 해내지 못하고 있습니다만."

"우리가 배와 세관원, 부두까지 하나하나 챙길 수는 없으니까."

에스테반이 말했다.

"챙기시잖습니까?"

"그렇다 해도 파도까지는 장담 못 하지."

"배가 마이애미에 닿지 못하는 이유가 파도 탓은 아닙니다."

"마이애미행 배는 내 소관이 아니라서."

"알고 있습니다. 네스토르 파모사 소관이죠. 그 양반이 우리 식구한테 확인해 준 바로는 올여름 바다는 더할 나위 없이 잠잠했다더군요. 일기예보도 잘 맞았고. 제가 알기로도 그는 거짓말할 위인이 못 됩니다."

에스테반이 모두에게 새로 럼을 따라주었다.

"그럼 내가 거짓말쟁이겠구먼그래. 파모사를 들먹이는 이유도 자네와 내가 합의하지 못할 경우 그 친구가 내 공급 통로를 건드릴 거라는 은근한 협박이고, 응?"

조는 테이블에서 잔을 들어 조금 홀짝였다.

"파모사를 들먹인 이유는…… 맙소사, 이 럼은 정말 완벽합니다! 예, 그 이유는 올여름 바다가 잠잠했다는 사실을 강조하기 위해섭니다. 기이할 정도로 잠잠했다더군요. 수아레스 씨, 전 말주변이 없어서 말을 돌리지 못합니다. 개리 L. 스미스한테 물어보시죠. 제 바람은 중개인들을 모두 자르고 직접 거래하는 것뿐입니다. 더 나아가 우리 둘이 합작으로 최고의 증류시설을 만들 수도 있습니다. 7번 애버뉴의 쓰레기들을 모조리 쓸어버리는 거죠. 전 루 오미노의 책임은 물론, 그가 주무르던 의원, 경찰, 판사 들까지 물려받았습니다만, 대부분 수아레스 씨와 대화를 기피합니다. 쿠바 출신이기 때문이죠. 예, 저야 신분은 상관없습니다만, 그래도 이쪽을 통하면 그들과도 연줄이 닿을 수 있습니다."

"커글린 군, 오미노 씨가 판사와 경찰과 닿은 이유는 스미스를 얼굴마담으로 내세웠기 때문이라네. 그자들이 거래를 기피한 대상이라면 쿠바인 외에 이탈리아인도 있지. 그자들한테야 우린 모두 라틴계에, 부려먹기 좋은 검둥개가 아니던가?"

"다행히도 전 아일랜드인입니다. 아르투로 토레스라는 이름을 아시죠?"

에스테반이 눈썹을 까딱했다.

"오늘 오후 국외로 추방당했다고 들었습니다."

조가 말했다.

"나도 들었네."

에스테반의 동의에 조가 끄덕였다.

"신뢰의 표시로 아르투로는 30분 전에 풀려나 우리가 대화하는 동안 아래층에 와 있을 겁니다."

순간, 이벨리아의 말상 얼굴이 더 길어지고 밝아졌다. 그녀가 에스테반을 돌아보자 그가 고개를 끄덕였다. 이벨리아가 동생의 책상을 돌아가 전화를 걸기 시작했다. 기다리는 동안 남자들은 럼을 조금 홀짝였다.

이벨리아가 전화를 끊고 자리로 돌아왔다.

"바에 와 있대."

에스테반이 의자에 등을 기대더니 두 손을 내밀었다. 시선은 조에게서 떠나지 않았다.

"아무래도 우리 당밀에 대한 독점권을 원하겠지?"

"독점권은 아닙니다. 하지만 백인 조직이나 그들과 가까운 조직에는 팔 수 없습니다. 그쪽과도 우리 쪽과도 관계가 없다면 군소 조직들하고는 얼마든지 사업을 해도 좋습니다. 어차피 우리 품 안으로 끌어들일 테니까요."

"자네가 오늘 접촉한 판사는 연방 판사인가?"

"오칼라에 사는 흑인 여자에게서 세 자녀를 두었더군요. 그의 부인과 허버트 후버가 알면 기절초풍할 노릇이겠죠."

에스테반이 한참 누이를 본 후에 다시 조를 돌아보았다.

"앨버트 화이트는 좋은 고객이었어. 오랫동안."

"2년 전부터였죠. 누군가 이스트 24번가의 매음굴에서 클라이브 그린의 목을 끊은 후에 말입니다."

에스테반이 두 눈썹을 치켰다.

"전 1927년 3월 이후 교도소에 있었습니다, 수아레스 씨. 제 앞가림하기도 바빴죠. 자, 앨버트 화이트한테 이런 제안을 할 능력이나 있습니까?"

"아니. 하지만 그 친구를 등지면 전쟁을 치러야 할 텐데 내겐 그럴 능력이 없네. 정말로. 자네를 2년 전에만 만났어도 좋았을 텐데."

에스테반이 동의했다.

"에, 지금 만나고 계십니다. 전 지금껏 판사와 경찰, 정치가 들을 제안하고, 증류 모델 얘기도 했습니다. 두 진영이 공평하게 이윤을 나눌 모델이죠. 제 쪽에서 제일 문제가 많은 고리 둘을 끊어내고 수아레스 씨가 아끼는 증류 전문가의 국외추방도 막아드렸습니다. 제가 그렇게 한 이유는, 수아레스 씨께서 이보르에서 페스카토레 진영에 대한 금지 조치를 풀어주셨으면 하는 바람 때문입니다. 수아레스 씨께서 그런 메시지를 보냈다고 판단했고 그래서 메시지를 들었다는 사실을 알리기 위해 이곳에 온 겁니다. 당연히 원하는 바를 말씀하시면 얼마든지 드리겠습니다만, 물론 우리도 원하는 물건이 있습니다."

에스테반이 다시 누이와 시선 교환을 했다.

"원하는 물건이 있기는 해요."

그녀가 말했다.

"말씀하시죠."

"하지만 감시도 심하고 저항도 만만치 않을 텐데."

"예, 좋습니다. 구해 드리겠습니다."

"그게 뭔지도 모르면서?"

"구해 오면 앨버트 화이트 쪽과 완전히 단절하시겠습니까?"

"그래요."

"피를 부른다 해도?"

"당연히 피를 부르겠지."

에스테반이 인정했다.

"예, 그럴 겁니다."

조가 대답했다.

에스테반은 잠시 그 생각을 했다. 잠시 무거운 침묵…… 하지만 그가 곧바로 분위기를 바꾸었다.

"소원만 들어준다면 앨버트 화이트는 수아레스의 럼은 고사하고 당밀 한 방울도 구경하지 못할 걸세. 단 한 방울도."

"수아레스 씨한테서 설탕 대량 구매도 불가능한 거죠?"

"물론."

"거래 성사. 자, 뭘 원하십니까?"

"총."

"좋습니다. 모델을 알려주시죠."

에스테반은 뒤쪽 책상에서 종이쪽지 하나를 꺼내 안경을 매만지며 읽어 나갔다.

"브라우닝 자동소총, 자동권총, 50구경 기관총, 물론 거치대 포함해서."

조가 디온을 보더니 함께 키득거리며 웃었다.

"그 밖에는?"

"음, 수류탄. 목함지뢰."

"목함지뢰가 뭡니까?"

"배에 실려 있네."

에스테반이 말했다.

"어떤 배죠?"

"군 수송선, 7번 부두. 여기서 아홉 블록 거리예요."

이벨리아가 뒷벽을 향해 고개를 갸웃해 보였다.

"그러니까 우리보고 해군 선박을 공격하라는 얘기입니까?"

"그래, 그것도 이틀 내에. 그 후엔 배가 떠나니까."

에스테반이 시계를 보며 덧붙이고는 조에게 쪽지를 접어 건넸다. 조는 쪽지를 펼치면서 마음 한가운데가 텅 비는 기분이 들었다. 아버지한테 이런 쪽지를 얼마나 많이 가져다주었던가. 아버지가 죽은 이유가 그 쪽지의 무게 때문이 아니라고 자위하며 2년을 탕진하기도 했다. 거의 그렇게 믿을 뻔한 적도 있었다.

쿠바노 클럽, 아침 8시.

"아침에 그곳에 가면 여자가 있을 걸세. 그라시엘라 코랄레스. 여자와 파트너한테서 지시를 받게."

에스테반이 말했다.

조가 쪽지를 주머니에 넣었다.

"여자 명령은 받지 않습니다."

"앨버트 화이트를 탬파에서 몰아내고 싶으면 그 아이 지시에 따라야 해."

에스테반이 딱 잘라 말했다.

13장
구멍 난 심장

 디온은 두 번째로 조를 호텔로 데려다 주었고 조는 디온에게 멀리 가지 말라고 지시해 두었다. 오늘 밤 숙소에 머무를지 여부를 아직 결정하지 못했기 때문이다.
 벨보이는 서커스 원숭이처럼 붉은색 벨벳 턱시도와 같은 색 터키 모자 차림이었다. 그가 뒤에서 통통한 손을 불쑥 내밀더니 디온의 손에서 조의 옷 가방을 빼앗아 들고 조를 안으로 안내했다. 디온은 차에서 기다리기로 했다. 조는 대리석 프런트에서 체크인을 하고, 호텔 소유의 황금 만년필로 장부에 기록했다. 프랑스인 직원이 만년필을 건네고는 인형만큼이나 찬란한 미소와 생기 없는 눈으로 지켜보다가, 짧은 벨벳 끈에 달린 황동 열쇠를 내놓았다. 끄트머리에 매단 두툼한 금패에 방 번호가 적혀 있었다. 509호실.
 스위트룸이었다. 침대는 사우스보스턴만 하고 세련된 프랑스 의자와 세련된 프랑스 책상 너머로 호수가 내다보였다. 당연히 욕실도 개인용이었지만 찰스타운의 감방보다도 더 넓었다. 벨보이가 배수구의 위치를 알려주고 램프와 천장 선풍기 켜고 끄는 법도 일러주고, 옷을 걸 수 있도록 벽장까지 안내도 해 주었다. 방마다 라디오가 있어 에마는 물론 스타틀러 호텔의 화려한 개업식도 생각났다. 그는 벨보이를 팁을 주어 쫓아낸 다음, 프랑스 의자에 앉아 담배를 피우며 검은 호수와 수면에 비친 대도시를 내려다보았다. 검은 수면에 비친 비스듬히 기울어진 사각의 불빛들. 아버지라면, 에마라면 저곳에서 뭘 보았을까? 그들도 나를 볼까? 과거와 미래를 보고, 내 상상 너머 저 광활한 세상들을 볼까? 아니, 어쩌면 아무것도 보지 못할 것이다. 이제 아무것도 아니기 때문에. 죽어서 뼈가 되고 먼지가 되어 상자에 담겼기 때문에…… 더군다나 에마는 아직 시신도 찾지 못하지 않았던가.

조는 이 세상 너머에 아무것도 없을까봐 두려웠다. 아니, 그저 두려운 정도가 아니었다. 이 우스꽝스러운 의자에 앉아 창밖으로 검은 수면과 검은 수면에 비친 노란 창문들을 바라보고 있자니, 모든 것이 너무도 확연해졌다. 죽는다고 더 나은 곳으로 가지는 않는다. 죽지 않은 이상 이곳이 더 낫다. 천국은 구름 속이 아니라 내가 숨 쉬는 공기 속에 있다.

방을 휘둘러보았다. 높은 천장과 샹들리에. 그 아래 거대한 침대, 허벅지만큼이나 두꺼운 커튼들…… 그렇다고 기뻐 날뛰고 싶은 생각은 추호도 없었다.

"죄송합니다. 이렇게 할 생각은 아니었는데……"

그가 다시 방을 둘러보았다. 아버지한테 한 얘기였지만 물론 듣지 못하실 것이다.

그는 담배를 비벼 끄고 방을 나섰다.

이보르를 벗어나면 탬파는 완전히 백인 천지였다. 디온이 24번 스트리트 위쪽 여기저기를 보여주었는데, 그 문제에 대해 백인들의 입장을 드러내는 간판들도 적지 않았다. 19번 애버뉴의 채소 가게는 "애완견 및 남미계 출입금지."라고 선언하고, 콜럼버스의 잡화상 왼쪽 간판에는 "남미계 출입금지.", 오른쪽에 "이탈리아계 출입금지."라고 분명히 밝혀두었다.

조가 디온을 보았다.

"기분 지랄 같지 않아?"

"당근 지랄 같지. 하지만 그렇다고 뭘 어쩌겠어?"

조는 디온의 플라스크를 빨고 곧바로 돌려주었다.

"이 근처에 돌멩이가 좀 있을 거야."

언제부턴가 비가 내렸지만 날은 전혀 시원해지지 않았다. 이곳에선 비도 땀과 같아서 자정이 가까웠건만 더 덥기만 하고 습도는 마치 양털로 온몸을 감싸는 것 같았다. 조는 운전석으로 자리를 옮겨 시동을 걸어두었다. 그동안 디온은 잡화상의 창문 두 개를 박살 낸 뒤 자동차로 돌아왔다. 이보르로 돌아오면서 디온이 이곳에 이탈리아 사람들이 산다는 얘기를 해 주었다. 주로 15번 스트리트와 23번 스트리트의 높은 번지수였다. 피부색이 옅은 스페인계는 10번 스트리트와 15번 스트리트 사이였으며, 검둥이 스페인계는 10번 스트리트와 12번 애버뉴 서쪽으로, 시가 공장 대부분이 그곳에 있었다.

그곳에 비밀술집도 있었다. 가설도로 끄트머리였는데 도로는 바요 시가 공장을 지나 맹그로브와 삼나무 숲 속으로 사라졌다. 술집은 기둥 위에 세워 늪지를 내려다보는 허름한 오두막에 불과했다. 강둑 위 나무들에 그물을 걸어, 오두막과 그 옆 싸구려 목제 테이블과 뒷마당 현관에 그늘을 만들어놓았다.

실내에서 연주도 했지만 그렇게 조용한 음악은 생전 처음이었다. 쿠바 룸바와 비슷했지만 좀 더 거칠고 아슬아슬했다. 댄스 플로어의 사람들의 움직임 또한 춤보다는 성행위 동작에 훨씬 가까웠다. 손님들도 대부분 흑인들이었지만 미국계는 일부에 불과하고 대개가 쿠바인이었다. 피부색이 갈색인 사람들 또한, 쿠바나 스페인 명문가 출신이 흔히 보이는 인디언의 외양적 특징이 보이지 않았다. 그보다는 얼굴이 둥글고 머리카락도 거칠었다. 손님 중 절반 이상이 디온을 알고 있었다. 중년의 여자 바텐더가 묻지도 않고 럼주 병과 잔 두 개를 내놓았다.

"당신이 새 두목인가요?"

그녀가 조에게 물었다.

"그런 모양이네요. 조라고 합니다. 부인은?"

"필리스. 여기 주인이에요."

그녀가 마른 손으로 조의 손을 잡았다.

"좋군요. 여기 이름이 뭐죠?"

"필리스 주점."

"아, 그렇겠군요."

"직접 보니까 어때요?"

디온이 필리스에게 물었다.

"너무 꽃미남이야. 누가 마구 주물러줘야 할 것 같아."

"에, 우리도 애는 써볼게요."

"나중에 또 봐요."

그녀가 양해를 구하고 다른 손님을 맞이했다.

그들은 병을 들고 뒤쪽 현관으로 나가, 술은 작은 탁자에 올려놓고 각각 흔들의자를 골라 앉았다. 철망 틈으로 늪지를 보는데 어느새 비도 그치고 잠자리들도 돌아왔다. 수풀 사이로 뭔가 무거운 물체가 움직이는 소리가 들렸다. 현관 아래에서도 역시 커다란 동물이 잽싸게 달아났다.

"파충류."

디온이 말했다.

조가 현관에서 얼른 발을 떼었다.

"뭐?"

"악어가 있어."

"설마."

"설마가 사람 잡는다지? 악어도 사람 잡지 않나?"

디온이 이죽거렸다.

조가 두 무릎을 높이 들었다.

"젠장, 이런 데서 악어랑 뭐 하자는 거야?"

디온이 어깻짓을 했다.

"여기 오면 어쩔 도리가 없어. 사방에 깔렸으니까. 물만 있어보라고. 그 안에 열 놈은 숨어서 눈을 부라리며 노릴 테니까. 멍청한 양키 놈들 들어오기만 해봐라."

디온이 열 손가락을 꿈틀거리고 눈을 부라렸다.

발밑에서 한 놈이 주르르 미끄러져 나가더니 잠시 후에는 맹그로브 숲을 헤집었다. 기가 막혀서 아무 말도 할 수가 없었다.

디온이 키득거렸다.

"물에 들어가지만 않으면 돼."

"근처도 안 간다."

"그럼 더 오래 살겠지."

둘은 현관에 앉아 술을 마셨다. 마지막 비구름이 바람에 날려가고 달이 돌아오자 디온의 얼굴이 실내처럼 선명하게 보였다. 옛 친구가 빤히 바라보기에 조도 마주 보았다. 한참 동안 아무도 입을 열지 않았지만 그럼에도 조는 둘 사이에 무수한 대화가 오갔다고 생각했다. 마음이 편했다. 디온도 그럴 것이다. 마침내 둘 사이의 앙금 하나를 떨어낸 것이다.

디온이 싸구려 럼을 꿀꺽꿀꺽 들이켜고 손등으로 입술을 훔쳤다.

"나라는 사실을 어떻게 알았어?"

"내가 아니니까."

조가 대답했다.

"형일 수도 있잖아."

"안됐지만 파올로는 누구를 배신할 만큼 똑똑하지 못했어."

디온이 끄덕이며 잠시 구두를 내려다보았다.

"오히려 부러워."

"뭐가?"

"죽은 것. 대장, 난 형을 죽게 한 놈이야. 그런 심정으로 사는 기분이 어떤지 모르지?"

"알아."

"대장이 어떻게?"

"믿어. 나도 경험이 있으니까."

"나보다 두 살이 많았지만 형 노릇은 내가 도맡아 했어, 알지? 형을 지켜야 했으니까. 처음 가판대 털면서 건달 짓 할 때 기억나? 어린 동생이 하나 더 있었잖아. 세피라고."

조가 끄덕였다. 우스웠다. 몇 년 동안 그 꼬맹이 생각은 해본 적도 없는데.

"소아마비였지?"

디온이 끄덕였다.

"죽었어. 여덟 살 땐가? 그 후로는 엄마도 이상해졌지. 그때 파올로 형한테 한 얘기가 있어. '형, 우리 능력으로는 세피를 구할 수 없었어. 그냥 하느님이 데려간 거야. 하지만 우리 둘? 우리 둘은 서로 지켜줄 수 있어.'"

그가 좌우 엄지를 꼰 다음 주먹을 입술로 가져갔다.

술집 안에서 드럼과 베이스가 쿵쿵거렸다. 앞쪽 늪지에서 모기 떼들이 먼지바람처럼 일어나더니 달빛을 향해 날아갔다.

"그래서, 지금은? 대장은 나를 감방에서 빼내 주었고 사람을 몬트리올로 보내 여기까지 끌고 내려왔어. 번듯하게 살게도 해 주고. 이유가 뭐지?"

"왜 그런 짓을 한 거냐?"

조가 물었다.

"그가 시켜서."

"앨버트?"

조가 속삭였다.

"아니면 누구겠어?"

조는 잠시 눈을 감고 애써 심호흡까지 했다.

"너한테 우리를 배신하게 했다고?"

"그래."

"돈 주고?"

"아냐, 제길. 주겠다고 했지만 그런 돈을 어떻게 받겠어? 나쁜새끼."

"아직 앨버트 일 하냐?"

"아니."

"왜 털어놓는 거냐, 디온?"

디온이 부츠에서 잭나이프를 꺼내 탁자 위에 올려놓았다. 38구경 두 정과 32구경도 내놓고 그 위에 납 곤봉과 놋쇠 너클까지 더했다. 그러고는 두 손을 깨끗이 닦아 손바닥을 조에게 보여주었다.

"내가 죽으면, 이보르 주변에서 브루시에 블럼이라는 자를 알아봐. 언젠가 6번 애버뉴 인근에서 만나게 될 거야. 걷는 것도 말하는 것도 이상한 놈인데 왕년에 자기가 거물이었다는 사실도 기억 못해. 예전에는 앨버트 밑에 있었어. 불과 6개월 전이었지. 여자를 너무 밝혀서 옷도 기막히게 입고 다녔지만, 지금은 완전히 맛이 가서, 푼돈이나 동냥하고 아무 데나 오줌 지리고, 자기 구두끈도 매지 못

하는 신세야. 그가 거물이었을 때 마지막으로 한 일이 뭔지 알아? 팜에 있는 술집으로 날 찾아와 이렇게 말하더라고. '앨버트가 얘기하잔다. 거부하면 어떻게 되는지 알지?' 그래서 난 거부했어. 그리고 그 새끼 대가리를 깨부쉈지. 아니, 더 이상 앨버트 일은 하지 않아. 일회용 심부름이었으니까. 브루시에 블럼한테 알아봐."

조는 맛이 형편없는 럼을 홀짝였다. 말은 하지 않았다.

"직접 할 거야? 아니면 다른 사람 시킬 거야?"

조가 그의 눈을 보았다.

"넌 내가 직접 죽여."

"좋아."

"죽일 일이 생긴다면 말이지."

"그 문제를 정리해 주면 고맙겠어. 어떤 식으로든."

"네가 뭘 고마워하든 상관없어, 디온."

이제는 디온이 입을 다물 차례였다. 쿵쿵거리는 소리가 조금 잦아들고, 자동차들도 하나둘씩 진창길을 지나 시가 공장으로 돌아가기 시작했다.

"아버지가 돌아가셨다. 에마도 죽고 네 형도 죽고 내 형들은 다 뿔뿔이 흩어졌어. 제길, 디온, 네놈이 내가 아는 마지막 인간이야. 너마저 잃으면 내가 뭐가 되겠냐?"

디온이 조를 보았다. 구슬 같은 눈물이 뚱뚱한 얼굴을 타고 흘러내렸다.

"돈 때문에 배신하지 않았다고? 그럼 왜 그랬는데?"

조가 물었다.

"대장 때문에 모두 죽을 판이었어. 그 여자애에게 정신 팔려 제정신이 아니었잖아. 그날 은행에서도 우리를 사지로 몰아넣을 뻔했고. 형은 동작이 굼떠서 자칫 그날 골로 갈 수도 있었어, 대장. 우리랑은 달랐으니까. 그래서 내 생각엔…… 내 생각엔……"

그가 천천히 몇 차례 심호흡을 했다.

"……1년간 거리를 떠나야겠다는 생각을 했지. 그게 계약이었어. 앨버트가 판사를 알고 있었는데, 모두 1년씩만 받게 해 주겠다고 약속했거든. 은행 털 때 총을 꺼내지 않은 이유가 그래서야. 1년. 그 정도면 앨버트의 여자가 대장을 잊고 대장도 여자를 잊기에 충분한 시간 아닌가?"

조가 탄성을 흘렸다.

"맙소사, 이게 모두 내가 그 새끼 여자한테 홀려서 벌어진 일이라고?"

"대장하고 앨버트 둘 다 여자 때문에 제정신이 아니었어. 대장은 몰랐겠지만, 여자를 만난 후로는 정말이지 미친놈이 따로 없었으니까. 솔직히 아직도 이해는 안 돼. 내가 보기엔 다른 여자들하고 똑같던데."

"아니, 달랐어."

조가 반박했다.

"어떻게? 난 도무지 모르겠던데?"

조가 럼주를 마저 비우고 자기 가슴을 때렸다.

"에마를 만나기 전엔 여기 한가운데 총구멍이 있는지도 몰랐어. 바로 여기. 그런데 그 애가 다가와서 채워준 거야. 이제 에마는 죽고 구멍이 다시 생겼지. 지금은 거의 축구공만 한데 매일매일 더 커지기만 해. 그저 에마가 다시 돌아와 채워주었으면 하고 바랄 뿐이야."

디온이 조를 바라보았다. 얼굴의 눈물은 이미 마른 뒤였다.

"밖에서 볼 때는 그 여자가 구멍이었어."

호텔에 돌아오자 야간 근무자가 데스크에서 나와 조에게 메시지 몇 개를 건넸다. 모두 마소의 호출이었다.

"교환이 24시간 일하나요?"

조가 물었다.

"물론입니다."

조는 방으로 돌아가 교환을 불렀다. 잠시 후 보스턴 노스쇼어의 전화벨이 울리고 마소가 전화를 받았다. 조는 담배를 문 채 고된 하루에 대해 모두 보고했다.

"배? 너한테 배를 치라고 했다고?"

마소가 물었다.

"해군함이에요."

조가 대답했다.

"다른 건은 어때? 해답은 얻었냐?"

"예, 얻었습니다."

"그래서?"

조는 셔츠를 벗어 바닥에 떨어뜨렸다.

"나를 넘긴 놈은 디온이 아니라 디온 형이었어요."

14장
붐

쿠바노 클럽은 이보르의 사교 클럽 중에서도 가장 최근에 생겨난 축이었다. 1890년대에 스페인인들이 7번 애버뉴에 최초의 클럽, 센트로 에스파뇰을 세웠다. 세기말, 북부 스페인인들이 센트로 에스파뇰을 허물고 9번가와 네브래스카 거리 모퉁이에 센트로 아스투리아노를 다시 지었다.

이탈리아 클럽은 센트로 에스파뇰에서 두 블록 아래에 있었으며 둘 다 이보르의 노른자위 땅을 차지했다. 하지만 쿠바인들은 사회적 지위가 상대적으로 낮다는 점을 의식해 훨씬 허름한 블록에 둥지를 틀어야 했다. 쿠바노 클럽은 9번 애버뉴와 14번 스트리트 모퉁이였다. 거리 맞은편은 양장점과 약국이었다. 두 곳은 그나마 버젓한 장사였지만 바로 옆집이 실바나 파딜라의 매음굴이었다. 시가 공장의 막일꾼들을 상대해서 툭하면 칼부림이 나고, 창녀들도 지저분해 툭하면 매독에 걸렸다.

디온과 조가 갓길에 차를 세우는데, 두 집 위쪽에서 창녀 하나가 잔뜩 헝클어진 드레스 차림으로 나왔다. 여자는 두 사람을 지나치며 주름치마를 매만졌는데, 너무도 늙고 지치고 술에 굶주린 표정이었다. 조가 보기엔 기껏 열여덟 살 정도였다. 여자를 따라 나온 남자도 있었다. 정장에 밀짚모자 차림으로, 놈은 휘파람까지 불며 반대편 방향으로 떠났다. 조는 불현듯 놈을 쫓아가 14번 스트리트 건물 벽에 대가리를 찧고 싶다는 생각을 했다. 귀에서 피가 철철 나올 때까지 짓이기고 싶었다.

"건물 주인이 누구야?"

조가 턱으로 매음굴을 가리켰다.

"우리도 일부 갖고 있어."

"그럼 우리 몫에선 여자들 몸 팔지 못하게 해."

디온이 조를 보았다. 분명 농담은 아니었다.

"옙, 조 신부님, 알아 모시겠습니다. 그보다 먼저 급한 불부터 끄면 안 될까요?"

"생각 중이야."

조는 백미러를 보며 타이를 만진 뒤 차에서 내렸다. 기껏 아침 8시인데도 어찌나 더운지 발밑으로 열기를 느낄 정도였다. 하필 고급 구두를 신었건만. 더위에 아무리 정신이 몽롱해도 지금 당장 생각을 정리할 필요가 있었다. 다른 친구들이야 거칠고 무모하거나 총을 잘 다루지만, 조는 머리로 승부해야 조금이라도 승산이 있었다. 하지만 지금은 누구든 나타나 저놈의 무더위 좀 어떻게 해 줬으면 하는 생각뿐이었다.
　집중. 집중하자. 지금은 문제가 있고 또 반드시 해결해야 한다. 어떻게 미 해군의 무기 60상자를 빼낼 것인가? 그것도 살해당하거나 병신이 되지 않고?
　쿠바노 클럽 계단을 오르는데 여자가 나와 둘을 맞이했다.
　사실, 조한테 나름대로 무기탈환 작전은 있었다. 그런데 여자를 보고 여자가 그를 보는 순간, 그만 머릿속이 하얘지고 말았다. 어디서 봤더라? ……그렇다. 어제 기차역에서 본 여자. 구릿빛 피부에 지금까지 만난 누구보다 머리가 검고 긴 여자. 다만 지금은 검은 눈으로 그를 노려보고 있다는 점이 달랐다.
　"커글린 씨?"
　그녀가 손을 내밀었다.
　"예."
　둘은 악수를 했다.
　"그라시엘라 코랄레스예요. 늦으셨군요."
　그녀가 부드럽게 손을 빼냈다.
　그녀는 둘을 안으로 안내했다. 흑백의 타일 바닥이 백색 대리석 계단으로 이어졌다. 그 안은 훨씬 시원했다. 높은 천장, 검은 나무 패널, 타일과 대리석이 열기를 효과적으로 차단한 덕분일 것이다.
　그라시엘라 코랄레스가 조와 디온을 등진 채 물었다.
　"보스턴 출신 맞죠?"
　"예."
　조가 대답했다.

"보스턴 사람들은 다들 그렇게 기차역에서 여자를 훔쳐보나요?"
"미인한테만 그럽니다. 그마저 조심하려고 노력은 합니다만."
그녀가 어깨 너머로 두 사람을 돌아보았다.
"무례한 행동이에요."
"난 이탈리아 출신이거든요."
디온이 끼어들었다.
"그쪽 사람들도 못잖아요."
계단 꼭대기는 무도회장이었다. 벽에는 사진들을 잔뜩 걸어두었는데 바로 이 방에 모였던 다양한 쿠바인들의 사진이었다. 자세를 잡은 사진도 있었지만 대개는 한창 흥이 올랐을 때 찍은 사진들이라, 다들 두 손으로 허공을 젓고, 엉덩이를 내밀고, 치마를 펄럭여댔다. 셋은 빨리 걸었지만 그 와중에도 조는 사진 중에서 그라시엘라를 찾아냈다. 아니, 자신은 없었다. 사진 속 여자가 머리를 풀어 헤친 채 고개를 젖히고 웃었기 때문인데…… 저 여자가 머리를 풀어 헤치다니 도무지 상상이 가지 않았다.

무도회장을 지나자 당구장이 나왔다. 쿠바인 중에서도 무지무지 부자인 모양이었다. 당구장 너머는 서재였고 희고 두꺼운 커튼과 나무 의자 네 개가 먼저 눈에 들어왔다.

한 남자가 활짝 웃으며 다가와 씩씩하게 악수를 청했다.

에스테반. 그는 어젯밤에 만난 적이 없는 것처럼 반갑게 악수했다.

"에스테반 수아레스요, 신사 양반들. 어서어서, 이리 와서 앉으시게. 어서."

둘은 의자에 앉았다.

"여기 두 분뿐이신 게 맞나요?"

"무슨 말인가?"

"어젯밤, 우린 한 시간을 함께 있었습니다. 그런데 처음 만난 사람처럼 악수를 하시네요."

그는 마치 낙제 학생을 놀리기라도 하듯 미소를 지었다.

"에, 어젯밤에는 엘 베다도 트로피케일의 주인을 만났고 오늘 아침에는 쿠바노 클럽 서기를 만나는 게지. 아무튼…… 도와준다니 고맙구먼."

조와 디온은 고개를 끄덕였지만 말은 하지 않았다.

"나한테 30명이 있네. 아무래도 30명은 더 필요할 것 같은데 그쪽은……"

조가 말을 끊었다.

"우리 쪽에선 아무도 참여하지 않습니다. 물자 지원도 없을 겁니다."

그라시엘라가 에스테반을 보았다.

"없다고요? 그게 무슨 말씀……"

"여기 온 이유는 얘기를 듣기 위해섭니다. 개입 여부는 그때 결정하죠."

그라시엘라도 에스테반 옆에 앉았다.

"그쪽한테는 선택권이 없지 않나요? 여러분 조직은 지금 단 한 사람이 공급하는 상품에 목을 매고 있어요. 요구를 거절하면 공급 줄도 당연히 끊기겠죠."

"그 경우 전쟁으로 번질 겁니다. 물론 우리가 이겨요. 우리한테는 사람이 있지만, 에스테반, 당신한테는 없으니까요. 나도 고민 많이 했습니다. 정말로 미국 군대를 상대로 내 목숨을 걸어야겠습니까? 그보다 탬파 거리에서 쿠바인 수십 명 상대하는 편이 쉽지 않겠어요? 적어도 싸우는 이유는 확실하니까."

"돈."

그라시엘라가 말했다.

"예, 생계수단이죠."

조가 덧붙였다.

"불법 행위예요."

조가 상체를 기울이더니 방 안을 훑어보았다.

"여기는요? 가만히 앉아 오리엔탈 깔개나 세고 있나요?"

"나는 시가를 말아요, 커글린 씨. 라트로차에서. 매일 오전 10시부터 저녁 8시까지 나무 의자에 앉아 그 일을 하죠. 어제 당신이 플랫폼에서 나한테 추파를 던졌을 때……"

"추파 던진 적 없습니다."

"……2주 만에 첫 비번이었어요. 비번일 때는 여기 와서 자원봉사를 하죠. 그러니까 예쁜 드레스에 현혹되진 마세요."

그녀가 씁쓸한 미소를 지었다.

"이 클럽은 기부금으로 운영하지요. 문도 마찬가지로 항상 개방하고 있답니다. 쿠바인들은 금요일 밤에 외출하고 싶어 하고 그럴 때면 여느 때보다 잘 차려입어요. 하바나에 돌아온 기분을 느낄 수 있는 곳, 괜히 폼이라도 잡고 싶은 곳. 바로 여기, 지상낙원 아니겠소?

이곳에서는 누구도 남미 쓰레기나 깜둥이라 부르지 않으니까. 마음 대로 모국어로 말하고 우리 노래를 부르고 우리 시를 낭송하니까."

"음, 멋지군요. 차라리 이렇게 말씀하시지 그래요? 수아레스 씨의 조직을 까부수느니 그 시간에 해군 수송함을 시적으로 기습하라고 말입니다."

그 말에 그라시엘라가 입을 벌리며 눈을 부라렸지만 에스테반이 그녀의 무릎에 손을 얹으며 말렸다.

"커글린 군 말이 맞아. 그래, 어쩌면 우리 조직 정도야 쉽게 박살 낼 수 있겠지. 하지만 그래봐야 빌딩 몇 채밖에 더 얻겠나? 하바나의 공급 통로와 중간 상인들, 쿠바의 동업자와 협력자…… 커글린 군하 고는 절대 일하지 않으려 할 거네. 자, 빌딩 몇 채와 럼주 몇 상자를 얻겠다고 황금거위를 잡을 생각인가?"

조도 미소로 그의 미소를 받아주었다. 두 사람은 서로를 이해해 가고 있었다. 아직 상대를 존중하지는 않지만 가능성은 얼마든지 있 었다.

조는 엄지로 뒤쪽을 가리켰다.

"저 사진들은 복도에서 찍으셨습니까?"

"대부분."

"도대체 정체가 뭐죠, 에스테반?"

에스테반은 그라시엘라의 무릎에서 손을 거두고 의자에 등을 기 댔다.

"쿠바의 정치에 대해 아는 게 있나, 커글린 군?"

"아뇨. 알고 싶지도 않습니다. 이 일을 하는 데 도움이 될 것 같지도 않고요."

에스테반이 발목을 교차했다.

"니카라과는?"

"제 기억이 맞는다면 몇 년 전 우리가 그곳의 반란을 진압했죠."

"무기는 그곳으로 간다네. 애초에 반란 따위는 없었지. 자네 나라가 제멋대로 그 나라를 접수한 거야. 우리나라를 빼앗아 갔듯이."

"플랫 수정법(미국이 쿠바의 내정에 간섭할 근거가 된 특별조항.—옮긴이)에 호소해 보지 그러십니까."

그 말에 그녀가 눈썹 하나를 찡긋해 보였다.

"엘리트 조폭?"

"난 조폭이 아닙니다. 그보다 치외법인이라고 해두죠."

말은 그렇게 했지만 솔직히 더 이상 확신은 없었다.

"2년 동안 독서 말고 딱히 할 일이 없었을 뿐입니다. 아무튼…… 해군이 무슨 이유로 니카라과에 무기를 공수하는 겁니까?"

"군사훈련 학교를 지었으니까. 니카라과, 과테말라, 파나마의 군대와 경찰을 훈련하는 곳이야. 불쌍한 농민들을 겁주는 최고의 방법이지."

"그래서 미 해군 무기를 훔쳐 니카라과 반군에게 재배분하겠다는 건가요?"

조가 물었다.

"니카라과는 우리 상대가 아닐세."

에스테반이 대답했다.

"그럼 쿠바 반군을 무장시킬 계획이겠군요."

고갯짓.

"마차도는 대통령이 아니라, 총 든 도둑놈일 뿐이지."

"그러니까 우리 군대 무기를 도둑질해 당신네 군대를 타도하겠다?"

에스테반이 그 말에 고개를 살짝 갸웃했다.

"그래서…… 문제가 되나요?"

그라시엘라가 물었다.

"전혀 안 되죠. 넌?"

조가 디온을 돌아보았다.

디온은 그라시엘라에게 물었다.

"그쪽에서 스스로를 지키고, 대통령이 취임선서 후 5분 만에 뒤통수를 치지만 않았어도, 우리가 애써 쳐들어갈 이유는 없었다는 생각은 안 해봤나요?"

그라시엘라가 담담한 시선으로 그를 보았다.

"이 나라가 군침을 흘릴 만한 환금작물이 있기 때문이에요. 그렇지 않았다면, 쿠바라는 나라에 대해 들을 이유도 없었을 겁니다."

디온이 조를 보았다.

"나도 상관없어. 계획이나 들어보자."

조가 에스테반을 돌아보았다.

"계획이 있는 거죠?"

에스테반의 눈이 처음으로 노기를 띠었다.

"누군가가 오늘 밤 배에 올라가 앞 간판 쪽에서 소동을 유도할 걸세."

"어떤 식으로?"

디온이 물었다.

"화재. 놈들이 불을 끄러 가면 우리가 창고로 내려가 무기를 빼낼 거네."

"창고는 잠겨 있을 겁니다."

에스테반이 걱정 말라는 듯 미소를 지었다.

"그 문제라면 절단기가 있지."

"자물쇠를 보신 적이 있습니까?"

"설명은 들었네."

디온이 상체를 기울였다.

"어떤 재질로 만들었는지는 모르시죠? 절단기보다 더 튼튼할 수도 있습니다."

"그럼, 총으로 쏘면 되네."

"총소리를 듣고 군인들이 달려오면? 게다가 튀어나온 총알에 맞아 누군가 죽을 수도 있어요."

"재빨리 움직이면 되지."

"소총과 수류탄 60상자를 들고? 얼마나 빠를 수 있다는 거죠?"

"우리한테 서른 명이 있고, 자네가 도와주면 추가로 서른 명이……"

"저쪽은 300명은 될 겁니다."

"그래도 쿠바인 300명은 아니네. 미군은 자부심을 위해 싸우지만 쿠바인은 조국을 위해 싸우니까."

"맙소사."

조가 신음을 흘렸다.

에스테반의 미소는 더욱 오만해졌다.

"우리의 용맹을 의심하는 건가?"

"아니요. 그보다 제정신인지 의심스럽군요."

"죽는 건 두렵지 않네."

에스테반이 단언했다.

"전 두렵습니다. 아니, 두렵지 않다 해도 이왕이면 이보다는 그럴 듯한 명분에 죽고 싶군요. 소총 상자를 드는 데 두 명이 필요합니다. 즉 60명이 불타는 해군 선박을 두 번 왕복해야 한다는 뜻이죠. 그런데도 가능하다고 생각합니까?"

조가 담뱃불을 붙였다.

"우리도 불과 이틀 전에 선박 정보를 입수했어요. 시간이 있다면 인력도 계획도 보강했겠지만 배는 내일 떠나는걸요."

그라시엘라였다.

"그럴 필요 없어요."

조가 말했다.

"무슨 뜻이죠?"

"배에 사람을 보낼 수 있다고 했죠?"

"예."

"그러니까 이미 내부에 사람이 하나 있다는 뜻이지요?"

"그건 왜요?"

"망할, 묻는 말에 대답이나 하세요, 에스테반? 선원을 매수했습니까, 아닙니까?"

"매수했어요."

그라시엘라가 대답했다.
"보직은요?"
"엔진실."
"어떤 일을 하기로 했죠?"
"엔진 고장."
"그럼 밖에서 안으로 들여보낼 친구는요? 정비공인가요?"
둘이 동시에 고개를 끄덕였다.
"엔진을 고치러 올라가 불을 내면 무기창고를 턴다?"
"그래요."
에스테반이 인정했다.
"계획만이라면 나쁘지만은 않군요."
"고맙군."
"고마워하실 필요 없습니다. 나쁘지만은 않다는 얘기가 좋다는 뜻은 아니니까. 언제 실행에 옮길 생각이죠?"
"오늘 밤, 10시. 달빛이 거의 없다더군."
에스테반이 대답했다.
"한밤중, 그러니까 새벽 3시쯤이 더 좋을 겁니다. 대부분 잠들어 있을 시간이니까요. 거추장스러운 영웅도, 목격자도 거의 없고. 우리 쪽 사람이 무사히 탈출하려면 그때밖에 없습니다."
그가 두 손을 깍지 껴 뒤통수에 대고 잠시 고민에 잠겼다.
"정비공이…… 쿠바인인가요?"
"그렇소."
"피부가 얼마나 검죠?"

"그건 왜……"

에스테반이 머뭇거렸다.

"에스테반, 그라시엘라, 두 분 중 어느 쪽입니까?"

"피부색이 아주 연한 편이긴 한데……"

"그럼 스페인 사람으로 행세할 수 있겠네요."

에스테반이 그라시엘라를 보고 다시 조를 보았다.

"그야 물론이지."

"왜 그래야 하죠?"

그라시엘라가 물었다.

"문제를 일으킬 경우, 미 해군이 그를 기억하고 추적할 테니까요."

"그래서 어떤 문제를 일으킬 생각인가요?"

그라시엘라가 물었다.

"우선…… 폭탄으로 배에 구멍을 낼 겁니다."

거리 모퉁이 무정부주의자한테서 웃돈까지 주고 구입한 폭탄은 못과 쇳조각으로 채운 조잡한 상자 타입이 아니라 훨씬 세련되고 정교해 보였다. 어쨌거나 그자의 주장은 그랬다.

세인트피터즈버그 센트럴 애버뉴, 페스카토레의 비밀술집 바텐더 중에 셸던 부드르라는 친구가 있다. 해군에 복무하며 서른 번 이상 폭탄을 제거하던 중 1915년 아이티에서 다리 하나를 잃었다. 포르토프랭스 점령기에 통신장비의 오작동 때문이었다는데, 지금도 그 얘기만 나오면 이성을 잃고 흥분하기 일쑤였다. 그가 무척 까다로운 폭파장치를 만들어주었다. 어린아이 구두상자 크기의 철제 상자로,

베어링과 황동 문고리는 물론, 화약도 워싱턴 기념탑에 터널을 뚫을 만큼 넣었다고 했다.

"반드시 엔진 바로 밑에 넣으슈."

셸던이 바 너머로 폭탄을 넘겨주었다. 지금은 갈색 종이로 포장한 상태였다.

"엔진 정도가 아니라 선체까지 박살 내야 해요."

조가 말했다.

셸던은 바를 내려다보며 틀니 끝을 잇몸에 대고 혀를 쯧쯧 찼다. 물론 무지하게 열 받았다는 뜻이겠다. 조는 그가 진정하기를 기다렸다.

"빌어먹을, 집채만 한 엔진이 선체를 뚫고 힐스버러 부두로 날아오면 어떻게 될 것 같소?"

"그렇다고 부두를 모두 날리자는 얘기는 아닌데."

"그게 이년의 매력이오. 사방으로 퍼지는 대신 한 곳만 노리거든. 잘 모르겠으면 이년이 터질 때 그 앞에 서 있든가."

"폭발력이 어느 정도죠? 에…… 이년이?"

조가 물었다.

셸던이 새우 눈을 하더니 고양이 등을 애무하듯 갈색 포장지를 두드렸다.

"이년을 하루 종일 망치로 때려도 콧방귀도 안 뀌겠지만…… 허공에 던진다? 그럼 사정거리를 빠져나가기도 전에 그냥 꽝!"

그는 혼자서 몇 번 고개를 끄덕이고 입술을 우물거렸다. 조와 디온이 시선을 교환했다. 이자가 제정신이 아니라 해도, 어쨌든 이 폭탄을 차에 싣고 탬파 부두를 달려야 하는 것이다.

셸던이 손가락 하나를 들었다.

"작은 문제가 하나 있긴 한데……"

"작은 뭐가 있다고요?"

"주의사항 같은 것 말이오."

"뭡니까?"

그가 겸연쩍은 미소를 지었다.

"불을 붙이는 사람은 아무래도 발이 정말 빨라야 할 거요."

세인트피터즈버그에서 이보르까지는 40킬로미터 거리다. 조는 가는 동안 거리를 꼼꼼히 살펴보았다. 자동차가 언제 덜컹거리고 기울어지는지까지 모두. 차체가 흔들릴 때마다 당장에라도 심장이 멎을 것만 같았다. 두 사람은 무섭다는 말도 꺼내지 못했다. 말할 필요가 없었다. 두려움이 두 눈을 채우고 자동차를 채우고 금속성 땀을 흘리게 만들었기 때문이다. 둘은 눈을 부릅뜨고 앞만 보다가, 간디 교를 건널 때만 이따금 교각 사이를 힐끔거렸다. 양쪽으로 기다랗게 이어진 해안선이 검푸른 수면을 배경으로 하얀 칼날처럼 빛났다. 펠리컨과 해오라기들이 난간을 떠나 수면을 향해 총알처럼 곤두박질쳤다. 새들은 고요한 바다를 뚫고 들어갔다가 부리에 버둥대는 물고기를 물고 빠져나왔다. 입을 여는 순간, 물고기는 크기와 상관없이 그 안으로 사라지고 없었다.

디온은 차를 몰면서 물웅덩이를 치고 도로 요철을 치고 다시 물웅덩이를 지났다. 조는 두 눈을 질끈 감았다.

태양은 차창 안으로 몸을 집어던지려 덤비며 유리 안으로 불을 토했다.

다리를 건너자 포장도로는 조개껍데기와 자갈 길로 바뀌고 2차선도 1차선으로 좁아졌다. 도로 상태도 여기저기 파이고 들쭉날쭉거렸다.

"내 말은……"

디온이 입을 열었으나 더 이상 말을 잇지는 못했다.

자동차는 한 블록을 더 가다가 갑자기 교통체증에 가로막혔다. 조는 차라리 디온을 버리고 차 밖으로 뛰어나가고 싶다고 생각했다. 이 모든 상황에서 달아나고만 싶었다. 빌어먹을 폭탄을 차에 싣고 이 끝에서 저 끝까지 달려야 한다니. 이런 미친놈들.

미친놈. 죽고 싶어 환장한 놈. 행복이 사람을 길들이기 위해 만들어낸 거짓말이라고 믿는 자들이라면야 얼마든지 죽고 싶어 환장 하겠지만 조는 이미 행복을 경험한 사람이었다. 행복은 실재한다. 그런데 30톤짜리 엔진을 날려 강철판을 뚫을 정도로 강력한 폭탄을 운반하는 지금, 다시 행복을 맞이할 가능성마저 통째로 위기에 빠지고 있었다.

그에겐 남길 것도 없다. 자동차도 옷도. 서른 개의 치아는 분수에 던져진 동전처럼 수면을 찰랑거리다가 사라질 것이다. 손가락 관절이라도 찾아 시더 그로브 가족 묘지에 소포로 보내줄 수 있으면 좋으련만.

마지막 블록이 최악이었다. 자동차는 간디 교를 빠져나온 다음에도 울퉁불퉁한 길을 따라 선로와 나란히 달렸다. 오른쪽으로 기울어지는 진창길에 불쑥불쑥 웅덩이까지 팬 도로였다. 냄새도 지독했다. 곰팡내는 기본이고, 더운 진창 속에서 기어 다니다가 죽어서 화석이 된 태곳적 벌레들 냄새까지 가지각색이었다. 잠시 후 자동차는 키 큰 맹그로브 숲으로 들어갔다. 여기저기 물웅덩이에 갑작스러운 구덩이까지 도로는 곰보가 따로 없었다. 그렇게 몇 분을 덜컹거린 끝에 자동차는 대니얼 지소자의 오두막에 도착했다. 조직에서 은닉 공간을 제일 잘 만드는 인물이었다.

대니얼은 연장통에 위장 바닥을 제작해 주었다. 상자 아래쪽을 더럽힌 다음 기름과 윤활유와 먼지뿐만 아니라 세월 냄새까지 나게 만들었다. 하지만 그 안에 넣은 연장들은 최고급 제품이었고 손질까지 기가 막혔다. 모두 최근에 닦고 기름칠한 다음 기름천으로 포장까지 해둔 것들이었다.

상자 바닥의 장치를 보여줄 때 그는 방 하나짜리 오두막의 부엌 테이블에 서 있었다. 임신한 아내가 어기적거리며 옥외변소에 가고 두 아이는 마룻바닥에서 인형 두 개와 놀고 있었다. 사실 인형이라고 해봐야 넝마를 대충 바느질해 만든 고릴라에 불과했다. 아이들과 어른 매트리스가 바닥에 따로 놓여 있었지만 둘 다 시트도 베개도 보이지 않았다. 똥개 한 마리가 코를 킁킁거리며 드나들고 사방에 파리와 모기가 윙윙거렸다. 그 와중에도 대니얼 지소자는 셸던의 작품을 꼼꼼히 살폈다. 순수한 호기심 때문인지, 정말로 미친놈인지는 알 수 없었다. 조는 그때쯤 창조주를 만날 생각에 머릿속이 하얗게 되었다. 지소자가 스크루 드라이버로 폭탄을 찔러대고, 여편네가 돌아와 개를 때리기 시작했으니 왜 아니겠는가. 급기야 아이들까지 걸레 인형을 서로 갖겠다며 싸우고 비명을 지르기 시작했다. 그 바람에 지소자는 제 아내를 흘겨보았고 그러자 여자는 개를 내버려두고 이제 아이들을 때리기 시작했다. 매질은 얼굴이고 목이고 가리지 않았다.

아이들도 화가 나서 악을 바락바락 써댔다.

"물건 하나는 끝내주네요. 그렇게 알고 쓰면 돼요."

마침내 지소자가 선언했다.

그때 동생이 울음을 그쳤다. 기껏 다섯 살 정도? 지금껏 세상이 끝나기라도 한 듯 악을 써대던 놈이었다. 그런데 정말로 영혼의 촛불이 훅 꺼지기라도 한 듯 아이가 울음을 그치고 얼굴이 새하얘지더니, 갑자기 바닥에서 아버지 스패너를 집어 들어 개의 머리를 때리기 시작했다. 개도 으르렁거리며 아이를 물 것처럼 굴었지만 아무래도 역부족이라고 판단했는지 후다닥 오두막에서 달아나버렸다.

"언젠가 저 새끼들을 모조리 때려 죽이고 말겠어. 개새끼든, 애새끼든."

지소자가 중얼거렸다. 그래도 시선은 연장통을 떠나지 않았다.

조는 쿠바노 클럽의 서재에서 폭파 전문 조직원인 매니 부스타멘테를 만났다. 조를 제외하면 그라시엘라까지 모두가 시가를 피워댔다. 길거리 사정도 다르지 않았다. 아홉 살에서 열 살 또래 아이들이 제 다리만 한 싸구려 여송연을 물고 거리를 활보했다. 새끼손가락만 한 뮤라드 담배에 불을 붙일 때마다 도시 전체가 비웃는 기분이었지만 시가만 피우면 머리가 아프니 도리가 없었다. 그날 밤 머리 위로 자욱한 갈색 연기구름을 보며 아무래도 두통을 피할 수 없겠구나 하는 생각도 들었다.

매니 부스타멘테는 하바나의 토목기사였다. 불행히도 아들이 하바나 대학 학생연맹 소속으로 마차도 정권에 반대 목소리를 냈다. 마차도는 대학을 폐쇄하고 학생연맹을 박살 냈다. 어느 날 해가 뜨자마자 군복 차림의 괴한들이 매니 부스타멘테의 집에 쳐들어와, 아들을 부엌에 무릎 꿇리고 얼굴을 쏘았다. 아내가 욕을 하자 그녀까지 쏴버렸다. 매니는 감옥에 들어갔다. 그 후 놈들은 매니를 풀어주며 죽고 싶지 않으면 나라를 떠나라고 했다.

그날 밤 10시, 매니는 서재에서 조에게 그 얘기를 들려주었다. 조의 명분에 충성하겠다는 나름대로의 선언인 셈이었으나, 조의 근심은 매니의 충성도가 아니라 매니의 속도에 있었다. 매니는 키 159센티미터에 꿀단지 체형이었고 계단을 조금만 올라도 숨을 헐떡였다.

모두들 선박 설계도를 검토했지만 특히 매니는 배가 처음 부두에 들어왔을 때 엔진 점검을 한 경험이 있었다.

"해군에 자체 기술자가 없나?"

디온이 물었다.

"있기는 하지만, 그런 낡은 엔진은 당근 어렵죠. 그럴 때는 에……전문가를 불러야 하는데…… 이 선박은 25년이나 된 고물이거든요. 처음 만들 때도 에, 그러니까……"

그가 손가락을 꼼지락거리다가 재빨리 그라시엘라에게 스페인어로 말했다.

"처음엔 호화여객선으로 만들었대요."

그녀가 사람들에게 통역해 주었다.

"그래요."

매니가 동의한 뒤 다시 스페인어로 그라시엘라에게 얘기했다. 이번엔 꽤나 긴 문장이었다. 그가 말을 끝내자 그녀가 설명을 대신했다. 배는 제1차 세계대전 당시 해군으로 넘어가 의료선으로 개조되었으며, 최근에는 승무원 300명의 수송선으로 용도 변경된 상태였다.

"엔진실은 어디 있죠?"

조가 물었다.

이번에도 매니가 그라시엘라의 통역을 거쳐 대답했다. 덕분에 진행은 훨씬 빨라졌다.

"선미 하부."

"한밤중에 배에 오르면 누가 맞아주나요?"

조가 매니에게 물었다.

매니는 조에게 말하려다가 다시 그라시엘라를 돌아보며 질문했다.

"경찰?"

그녀가 인상을 찌푸리며 되물었다.

그가 고개를 저으며 다시 말했다.

"아, 베오, 베오, 시(맞아요, 맞아요, 예). (조를 돌아보며) 해경이라네요."

"해군 헌병 얘기로군. 네가 처리할 수 있지?"

조가 디온을 보며 물었다.

디온이 끄덕였다.

"헌병대장을 잡고 있으니까."

"그럼 매니, 당신이 해군 헌병대를 지나 엔진실로 들어가요. 제일 가까운 침실이 어디죠?"

"한 갑판 위, 반대편입니다."

매니가 대답했다.

"그럼 당신 앞에 있는 승무원은 기술자 둘뿐인가?"

"예."

"그자들을 어떻게 끌어낼 거죠?"

이번엔 에스테반이 대답했다. 그는 조금 떨어진 창가에 있었다.

"수석 엔지니어는 술에 취해 있을 거네. 만에 하나 매니의 작업을 확인하러 엔진실에 들어간다 해도 형식적이기에 오래 머물지는 않을 걸세."

"오래 머무르면요?"

디온의 질문에 에스테반이 고개를 으쓱했다.

"그럼 상황에 따라 대처해야겠지."

조가 어깻짓을 했다.

"임기응변은 안 됩니다."

그때 매니가 부츠에서 진주 손잡이의 데린저 단발총을 꺼내는 바람에 모두 기겁하고 말았다.

"놈들이 안 가고 버티면 처리하면 됩니다."

조가 디온을 보며 눈을 굴렸다.

"그거 내놔."

디온이 매니 옆에 있다가 그의 손에서 데린저를 빼앗았다.

"사람 쏴본 적 있어요? 죽여봤어요?"

조가 물었다.

매니가 한 걸음 물러났다.

"아뇨, 없습니다."

"다행이네요. 오늘 밤은 사람 죽일 일 없으니까."

디온이 총을 조에게 던져주었다. 조가 총을 잡아 매니 앞에 들어 보였다.

"당신이 누굴 죽이든 상관없어요. 하지만 몸수색이라도 당하는 날에는 금세 발각되고 말아요. 그럼 당신 연장통을 철저히 뒤져 폭탄도 찾아내겠지? 오늘 밤, 매니, 당신 임무는, 작전을 엿 먹이는 게 아니에요. 감당할 자신이 있긴 한 겁니까?"

"예, 예, 물론이죠."

매니가 대답했다.

"만약 수석 엔지니어가 버티고 있으면 엔진만 고치고 그냥 빠져나와요."

에스테반이 창문에서 떨어져 나왔다.

"안 돼!"

"아니, 됩니다. 이봐요, 이건 미국 정부에 대한 반역 행위예요. 알겠습니까? 이 일을 하다가 잡혀서 감옥에 처박힐 생각은 눈곱만큼도 없단 말입니다. 매니, 뭐든 낌새가 이상하면 그냥 빠져나와요. 다른 방안을 생각해 볼 테니까. 날 봐요, 매니. 절대로…… 절대로 임기응변은 안 돼, 콤프렌데(이해했어요)?"

매니도 결국 고개를 끄덕였다.

조는 발밑 캔버스 가방 속 폭탄을 가리켰다.

"이놈은 퓨즈가 아주, 아주 짧아요."

매니가 눈을 끔벅이자 눈썹에서 땀 한 방울이 떨어졌다. 그가 손등으로 이마를 훔쳐냈다.

"알고 있습니다. 이번 일에 목숨을 걸 생각입니다."

맙소사, 이 양반, 과체중에 과열 기미까지…… 미치겠군.

조가 잠시 그라시엘라의 눈을 보았다. 그녀의 눈빛도 같은 걱정을 하고 있음을 보여주었다.

"고마워요, 매니. 하지만 이제부터 내 말 명심해요. 당신 임무는, 일을 마친 다음에 살아서 배를 빠져나오는 거예요. 내가 마음이 착해서 당신을 걱정하는 게 아닙니다. 난 착하지도 않고 당신 걱정도 안 해요, 알겠어요? 하지만 당신이 죽고, 놈들이 당신이 쿠바인임을 알아내는 순간 이 일은 물거품이란 말입니다. 이해했어요?"

매니가 상체를 숙였다. 손가락 사이에 망치 손잡이만큼 두꺼운 시가가 들려 있었다.

"난 조국의 자유를 원합니다. 마차도의 죽음을 원하고 미국이 내 땅을 떠나기를 바랍니다. 커글린 씨. 지금은 재혼해서 자식도 셋입니다. 제일 큰놈이 여섯 살이 안 됐죠. 죽은 아내한테는 미안하지만 새 아내를 더 사랑합니다. 그래도 약자로 살기보다 용감하게 죽을 만큼 오래 살았다고 자부합니다."

조가 그에게 미소로 답해 주었다.

"좋아요, 그럼 매니한테 안심하고 폭탄을 맡기죠."

미 군함 머시호는 전장 120미터 폭 16미터로, 두 개의 굴뚝과 두 개의 마스터가 달린 직립형 선수의 배수형 1만 톤급 선박이다. 주돛 위에 전망탑까지 있어 조의 눈에는 해적들이 공해를 활보하던 옛 시대의 유물처럼 보였다. 굴뚝에는 아직 빛바랜 십자가가 남아 있어 흰색 페인트와 더불어 왕년에 병원선으로 활약했음을 시위했다. 지금이야 다 낡아 삐걱거리는 신세지만 하얀 페인트만은 검은 바다와 밤하늘을 배경으로 찬란하게 빛을 발했다.

조, 디온, 그라시엘라, 에스테반, 네 사람은 매케이 스트리트에 있는 곡물 사일로 위 통로에 서서, 7번 부두에 정박 중인 선박을 내려다보았다. 그곳에는 20미터 급 사일로만 10여 개가 모여 있었는데, 마지막으로 곡물을 저장한 선박은 오늘 오후 카길호였다. 야간 경비원은 매수가 끝난 터라, 내일 아침 경찰한테는 스페인 놈들한테 묶여 있었다고 진술하기로 했다. 거래를 성사한 후 디온이 납 곤봉을 두 번 휘둘러 그를 기절시켰다. 물론 실감 나도록 만들기 위해서다.

그라시엘라가 어떻게 생각하는지 물었다.

"뭘 어떻게 생각해요?"

"승률 말예요."

그라시엘라의 시가는 길고 가늘었다. 그녀는 좁은 통로 너머로 연기 고리를 내뱉고는 저 멀리 번져나가는 모습을 지켜보았다.

"솔직하게? 거의 불가능해요."

"당신 계획 아니에요?"

"내가 생각해 낼 수 있는 최선의 계획이죠."

"내가 보기엔 아주 좋아요."

"칭찬인가요?"

그녀가 고개를 저었다. 순간 그녀의 입술이 가볍게 떨렸는데······ 아니, 단순한 착각일까?

"사실이 그렇다는 얘기예요. 당신이 기타를 잘 치면 잘 친다고 인정하지만 그렇다고 좋아한다는 뜻은 아니라고요."

"내가 추파를 던졌기 때문에?"

"거만하기 때문이에요."

"오."

"미국인들이 다 그렇죠, 뭐."

"그럼 쿠바인들은?"

"자존심이 강한 거예요."

그가 미소 지었다.

"내가 읽는 신문에는, 당신네들이 게으르고 성질 급하고 낭비벽이 심한 데다 무분별하다더군요."

"그런 얘기를 믿어요?"

"아뇨. 국가나 민족에 대한 통념이라면 대개 개소리라고 생각해요."

그녀가 시가를 빨고 잠시 그를 보다가 다시 배를 돌아보았다.

선창의 불빛이 수평선 하늘을 붉은색 분필로 문지른 것처럼 물들였다. 수로 너머로 도시가 안개 속에 잠들어 있었다. 아득히 멀리 가느다란 번갯불들이 세상의 살갗에 지그재그로 하얀 핏줄을 새기고 있었다. 이따금 갑자기 번개가 칠 때마다 서양자두처럼 시꺼먼 먹구름이 적군처럼 응집하는 모습이 드러났다. 한번은 소형 비행기 한 대가 머리 바로 위로 지나가기도 했다. 하늘 위 네 개의 불빛. 소형 엔진. 100미터 상공. 물론 합법적인 비행이겠으나 새벽 3시에 비행이라니, 분명 뜬금없는 일이라는 생각은 들었다. 하기야, 탬파에 온 지 얼마 되지는 않았지만 도무지 합법적인 행동을 본 기억이 거의 없다.

"오늘 밤, 매니한테 한 얘기 말인데요. 매니가 죽든 살든 당신한테 아무 상관 없댔죠? 진심이에요?"

조가 난간에 팔꿈치를 기댔다.

"물론."

"사람이 어떻게 그렇게 냉담할 수 있어요?"

"생각보다 쉬워요."

조가 대답했다.

매니가 현문에 올라서자 해안 경비대 수병 둘이 그를 맞았다. 그가 두 팔을 들었다. 수병 하나가 몸을 수색하고 다른 한 명이 연장통을 열었다. 수병은 여기저기 뒤지다가 위 칸을 들어내 부두 위에 올려놓았다.

"이번 일이 성공하면 당신은 탬파의 럼 배급을 독점하게 돼요."

"실제로는 플로리다의 절반에 해당하죠."

조가 말했다.

"대단한 권력도 얻게 되겠죠."

"어쩌면."

"그럼 당신의 오만에 새로운 차원이 더해지겠군요."

"음, 바라는 바요."

수병들이 몸수색을 마치고 매니도 손을 내렸다. 그런데 그때 수병이 접근하더니 동료와 함께 연장통을 보고는 고개를 숙인 채 무슨 얘긴가를 했다. 한 놈은 손을 45구경 손잡이에 갖다 대기까지 했다.

조가 난간 아래 디온과 에스테반을 내려다보았다. 두 사람도 잔뜩 긴장한 채 목을 빼고 시선을 연장통에 고정했다.

수병들이 매니를 불렀다. 매니도 수병 사이에서 함께 들여다보았다. 수병 하나가 손으로 가리키자 매니가 연장통에 손을 넣어 럼 두 병을 꺼냈다.

"망할, 누가 뇌물 얘기를 한 거죠?"

그라시엘라가 투덜댔다.

"난 아냐."

에스테반이 말했다.

"저 친구 혼자 일을 꾸미고 있어. 기가 막히는군. 아주 잘하는 짓이다."

조가 투덜댔다.

디온이 손으로 난간을 때렸다.

"난 저렇게 하라고 한 적 없소."

에스테반이 다시 한 번 강조했다.

"그렇게나 당부했건만. 임기응변은 금물이라고. 당신 임무는……"

조가 말했다.

"수병들이 술병을 받고 있어요."

그라시엘라가 말했다.

조가 돌아보니, 수병들이 술병을 하나씩 주머니에 챙기고 옆으로 물러섰다.

매니가 연장통을 닫고 현문으로 올라섰다.

잠시 네 사람은 아무 말도 하지 못했다.

디온이 먼저 입을 열었다.

"제길, 오금 저려 죽는 줄 알았네."

"먹혀들었어요."

그라시엘라가 중얼거렸다.

"이제 배에 올랐을 뿐이에요. 일을 마치고 빠져나와야 해."

조가 말했다. 아버지 시계를 보니 정확하게 새벽 3시였다. 그가 돌아보자 디온이 그의 생각을 읽고 대답했다.

"계산상으로는 10분 전에 술집을 난장판으로 만들기 시작했어."

이제 기다리는 일만 남았다. 하루 종일 8월 햇볕에 달궈진 터라 철제 바닥이 아직도 따뜻했다.

5분 후 갑판 전화가 울리자 수병 하나가 걸어가 받았다. 잠시 후 그가 현문으로 달려가 파트너의 팔을 건드렸다. 둘은 황급히 몇 미터 거리의 순찰차로 달려가 올라탔고 부두를 지나 왼쪽 이보르로 꺾어 들어갔다. 물론 17번가 클럽으로 가는 것이었다. 지금 이 순간 디온의 부하 열 명이 수병 스무 명을 신 나게 두들겨 패고 있을 터였다.

디온이 조에게 미소 지었다.

"지금까지는…… 대장도 인정하슈."

"뭘 인정해."

"시계처럼 딱딱 맞아떨어지잖아."

"아직까지는."

조가 인정했다.

그라시엘라가 다시 시가를 피워 물었다.

드디어 쿵 하는 굉음. 뒤이은 메아리도 놀랍도록 묵직했다. 소리는 정작 그다지 크지 않았지만 사일로의 좁은 통로가 흔들리는 바람에 팔을 내밀어 자전거 타듯 난간을 붙잡아야 했다. 머시호도 몸서리를 쳤다. 철로 된 솜처럼 묵직한 잿빛 연기가 피아노만 한 선체 구멍에서 꾸역꾸역 뿜어져 나왔다.

연기는 점점 자욱해지고 새까매졌다. 잠시 후 그 뒤에서 노란 불공이 심장처럼 맥박 치더니 붉은 불꽃과 엉켜 순식간에 짙은 연기 너머로 사라졌다. 연기는 막 증류해 낸 타르만큼이나 새까맸다. 연기는 수로를 채우고 그 너머 도시와 하늘을 가득 메웠다.

디온이 웃었다. 조가 그의 눈을 보았다. 디온은 고개까지 저으며 웃다가 조를 향해 고갯짓을 해 보였다.

조도 고갯짓의 의미는 알고 있었다. 둘이 치외법인이 된 이유가 거기에 있지 않은가. 이 세상의 보험 외판원, 트럭 운전사와 변호사, 은행 출납원과 목수, 부동산 업자들은 상상도 할 수 없는 순간을 살고 있으니 말이다. 그물 없는 세상의 순간들. 그 누구의 간섭도, 방해도 받지 않는 세상. 디온을 보고 있자니 문득 열세 살 무렵 처음 보든 스트리트의 신문 가판대를 뒤집어엎었을 때가 생각났다. 우린, 어른이 되기 전에 죽고 말 거야.

하지만 최후의 순간 암흑의 나라에 들어가 암흑의 황야를 지나고 안개 강둑을 넘어 미지의 세계로 향해 갈 때, 마지막으로 어깨를 넘겨다보고, 내가 이래 봬도 1만 톤급 군용 수송선을 까부순 사람이야라고 말할 사람이 몇이나 되겠는가?

조가 다시 디온의 눈을 보며 키득거렸다.

"아직 나오지 않았어요."

그라시엘라는 옆에서 계속 배를 지켜보았다. 지금은 연기 때문에 거의 아무것도 보이지 않는 수준이었다.

조는 아무 말도 하지 않았다.

"매니 말이에요."

그녀가 덧붙였지만 그럴 필요도 없었다.

조가 끄덕였다.

"죽었을까요?"

"글쎄."

조가 대답했지만 그의 머릿속에 떠오른 생각은 달랐다. 차라리 죽었기를.

15장
딸의 눈

새벽, 수병들이 무기를 빼내 부두 위에 쌓아두었다. 머지않아 무기 상자들 위로 아침 햇살이 비추자 이슬은 금세 증기가 되어 사라졌다. 소형 보트 몇 대가 도착하고 선원들과 경관들이 차례로 내려와 선체의 구멍을 살펴보았다. 탬파 경찰이 출입 한계선을 설치해 둔 터라, 조, 에스테반, 디온은 그 너머 구경꾼들 사이를 이리저리 돌아다니며 이런저런 정보를 수집했다. 배가 바닥에 닿아 어쩌면 구조가 불가능할지 모른다는 얘기도 있었다. 해군은 일부러 잭슨빌에서 바지선으로 크레인까지 실어 보내 그런 식의 의혹에 대응했다. 무기에 관해서라면, 짐을 다시 실을 탬파행 선박을 수소문 중이었다. 어쨌거나 그때까지는 어디든 쌓아두어야 했다.

조는 부두에서 벗어나 9번가 카페에서 그라시엘라를 만났다. 둘은 주랑 현관 아래 야외 테이블에 앉았다. 전차가 딸랑거리며 가로수

길 중앙 선로를 지나 바로 앞에 멈춰 섰다. 승객 몇이 내리고 탄 다음 전차가 다시 떠났다.

"아직 매니 소식은 없나요?"

그라시엘라가 물었다.

조개 고개를 저었다.

"디온이 지켜보고 있어요. 구경꾼에도 애들을 심었으니까……"

그가 어깨를 으쓱하고 쿠바 커피를 홀짝였다. 밤을 꼬박 새운 터였다. 그 전날 밤도 설치기는 했지만 쿠바 커피만 떨어지지 않는다면 일주일도 버틸 자신이 있었다.

"여기 뭘 넣어요? 코카인?"

"그냥 커피예요."

그라시엘라의 대답은 그랬다.

조는 커피를 마저 마시고 컵을 잔 받침에 내려놓았다.

"보드카를 그냥 감자 주스라고 하는 격이로군. 고향이 그리워요?"

"쿠바 말인가요?"

"예."

"미치도록."

그녀가 끄덕였다.

"그럼 왜 여기 있는 거죠?"

그녀가 거리를 내다보았다. 마치 그 너머에서 하바나라도 본 사람 같았다.

"더위를 싫어하죠?"

"예?"

"당신, 항상 손이나 모자로 부채질을 하잖아요. 얼굴을 찡그리고 해를 올려다보는 것도 봤어요. 표정이 딱, 해야 빨리 져라더군요."

"그렇게 노골적이었는지 몰랐네요."

"지금도 그런걸요."

그녀 말이 맞았다. 모자를 벗어 열심히 얼굴에 부채질을 하고 있으니 말이다.

"이걸 더위라고 하나요? 뭐, 태양 위에서 사는 기분이라는 사람도 있다지만, 나라면 태양 안에서 산다고 하겠어요. 어떻게 이런 곳에서 사람 구실을 하죠?"

그녀가 의자에 등을 기댔다. 단철 등판을 배경으로 갈색 목의 곡선이 너무도 사랑스러웠다.

"그렇게 덥다는 생각을 해본 적이 없으니까요."

"미쳤군요."

그녀가 웃었다. 웃음이 목을 타고 솟아오르는 모습까지 보일 정도로 진솔한 웃음. 그녀가 두 눈을 감았다.

"그러면 당신은 더위가 싫은데도 여기 있는 건가요?"

"그래요."

그녀가 눈을 뜨고는 고개를 갸웃하며 그를 보았다.

"왜죠?"

에마를 향한 감정은 분명 사랑이었다. 그것만은 분명하다. 따라서 그라시엘라 코랄레스가 흔들어놓은 감정은 당연히 욕정이어야 했다…… 그런데 지금껏 느낀 그 어떤 욕정과도 분명히 달랐다. 저렇게 검은 눈을 본 적이 있던가? 그녀의 행동은 예외 없이 어딘가 나른해 보였다. 걷는 자세에서 담배를 피우고 연필을 집는 행동까지 모두…… 그녀를 안는다면? 그를 몸 안으로 받아들이며, 저 나른한 나신이 어떻게 꿈틀대고 그의 귀에 어떻게 길게 한숨을 불어 넣을지 상상하기란 너무도 쉬웠다. 그녀의 나른함은 나태함이 아니라 정교함을 닮았다. 시간도 그녀의 나른함을 이기지 못했다. 원한다면 그녀는 특유의 나른함으로 시간도 마음껏 풀어낼 것이다.

수녀들이 욕정과 욕망의 죄에 그렇게 격렬하게 저항한 이유는 분명히 있었다. 암보다 강력하게 사람을 소유하고 두 배나 빨리 죽이는데 왜 안 그렇겠는가.

"왜냐고요?"

그가 되물었다. 잠시 대화의 흐름을 잃었던 것이다.

그녀가 이상하다는 듯 그를 바라보았다.

"예, 왜죠?"

"일 때문이지요."

그가 대답했다.

"나도 같은 이유로 왔어요."

"시가를 말기 위해?"

그녀가 자세를 고치며 고개를 끄덕였다.

"하바나에서 어떤 일을 했을 때보다도 수입이 좋아요. 수입 대부분을 가족한테 보내죠. 남편이 풀려나면 그때 어디서 살지 정할 거예요."

"오, 결혼했군요."

조가 되물었다.

"예."

그녀의 눈에서 승리의 불빛이 반짝였다. 아니, 이번에도 상상인 걸까?

"남편이 교도소에 있어요?"

다시 끄덕끄덕 고갯짓.

"하지만 당신하고는 이유가 달라요."

"내가 어떤 이유로 들어갔는데요?"

그녀가 허공에 손을 내저었다.

"흉악범 아니었던가요?"

"오, 그렇지. 흉악범. 그런 모양이네요."

그가 고개를 끄덕였다.

"아단은 훨씬 더 큰 대의를 위해 싸우는 중이에요."

"그래서 몇 년 형을 받은 겁니까?"

그녀의 얼굴이 어두워졌다. 더 이상의 농담은 없다.

"공범을 대라고 고문을 당했죠. 나와 에스테반이 공범이지만 남편은 끝내 불지 않았어요. 놈들이 무슨 짓을 해도."

그녀는 이를 앙다물고 눈에서 불꽃을 튀겼다. 어젯밤 함께 보았던 번갯불 같은 섬광.

"돈을 내 가족에게 보내지 않는 이유는 나에게 가족이 없기 때문이에요. 돈은 아단의 가족한테 보내요. 가족들이 그를 역겨운 감옥에서 빼내 조국과 내게 돌려주려고 노력 중이거든요."

이런 감정이 단순히 욕정일까? 아니면 정체를 알 수 없는 또 다른 차원의 감정일까? 어쩌면 탈진 때문일 수도 있고, 2년간의 수감과 더위 때문일 수도 있다. 어쩌면. 아마도. 그럼에도 그녀에게 끌리는 감정을 떨쳐낼 수가 없었다. 이미 끝났다고 생각했던 감정, 두려운 동시에 분노하고 분노하는 동시에 벅찼던 느낌. 그녀의 내면이 그의 내면 어딘가를 건드리고 만 것이다.

"운이 좋은 남자군요."

조가 말했다.

그리고 그 말에 비아냥 따위가 전혀 들어 있지 않음을 그녀가 깨닫기 전에, 그는 테이블 위에 후다닥 동전 몇 닢을 내려놓았다.

"예, 아주 운이 좋은 남자예요. 자, 이제 전화를 걸 시간이로군."

두 사람이 전화를 한 곳은 이보르 동쪽의, 파산한 시가 공장이었다. 텅 빈 사무실의 더러운 바닥에 앉아 전화를 거는 동안 그라시엘라는 메시지를 마지막으로 훑어보았다. 조가 어젯밤 자정쯤에 타이핑해 놓은 내용이었다.

"시청 안내실입니다."

남자가 전화를 받았다. 조가 수화기를 그라시엘라에게 넘겼다.

"어젯밤 반미 제국주의와의 성전을 주도한 사람이다. 미 군함 머시호 사건에 대해 아나?"

남자의 목소리는 조에게도 들렸다.

"그래, 그래, 안다."

"안달루시아 민족연합에서 자랑스럽게 공표한다. 우리는 쿠바가 정당한 주인인 에스파냐에 돌아올 때까지 전 미군을 상대로 계속 투쟁할 것이며, 나아가 수병들도 직접 응징할 것임을 선언한다. 이상."

"잠깐, 잠깐. 수병들이라니? 수병을 응징한다는 말이 무슨······"

"전화를 끊을 때쯤 모두 죽어 있을 것이다."

그녀가 전화를 끊고 조를 보았다.

"효과가 있어야 할 텐데."

조가 돌아왔을 때 호송 트럭들이 부두에 접어들고 있었다. 50명가량의 승무원이 떼로 몰려다니며 눈으로 건물 지붕들을 훑고 다녔다.

호송 트럭은 하나씩 부두로 들어와 곧바로 흩어졌다. 트럭 한 대당 수병 20명 정도씩 탔는데, 첫 번째는 동쪽, 다음은 남서쪽, 다음은 북쪽, 그런 식이었다.

"매니 소식은?"

조가 디온에게 물었다.

디온이 어두운 표정을 지으며 고갯짓으로 어딘가를 가리켰다. 구경꾼들과 무기 상자 너머였다. 그곳 선창 끄트머리에 캔버스로 된 시신 수습가방이 놓여 있었는데, 다리, 가슴, 목을 묶은 채였다. 한참 후 흰색 밴이 도착하더니 시체를 싣고 어디론가 사라졌다. 해안 순찰차 한 대가 밴을 에스코트했다.

그 후 오래지 않아 마지막 호송 트럭이 부르르 시동을 걸었다. 트럭은 유턴한 뒤 다시 멈추고 후진으로 무기 상자에 접근했다. 트럭 엔진 소리가 갈매기 울음소리와 섞여 더욱 시끄러웠다. 수병 하나가 폴짝 뛰어내려 트럭 뒷문을 열었다. 머시호에 남은 소수 병력도 종대로 이동하기 시작했는데 모두 브라우닝 자동소총을 들고 대부분 비상용 무기까지 소지했다. 그들이 현문 옆에 모이는 동안 준위 한 명이 선창에서 기다리고 있었다.

살 우르소가 옆으로 물러나며 디온에게 열쇠 몇 벌을 건넸다.

디온이 그를 조에게 소개해 둘이 악수를 나누었다. 사우스탬파의 페스카토레 스포츠 도박 본부에서 일한다는 설명도 있었다.

"차는 20미터 뒤쪽에 준비해 두었습니다. 기름은 가득하고 군복도 몇 벌 시트에 준비해 두었습니다."

그가 디온을 위아래로 훑어보았다.

"옷이 잘 맞지 않겠는데요?"

디온이 그의 머리를 때렸지만 아플 정도는 아니었다.

"바깥 상황은 어때?"

"경찰들이 사방에 깔렸지만 스페인 놈들만 노립니다."

"쿠바가 아니고?"

살이 고개를 저었다.

"덕분에 도시가 발칵 뒤집혔어요."

수병들이 모두 집결하자 지휘관이 상자를 가리키며 지시를 내렸다.

"움직일 시간이다. 만나서 반가웠어요, 살."

"저도 반가웠습니다, 커글린 씨. 곧 다시 뵙겠습니다."

그들은 구경꾼 인파에서 빠져나와 살이 얘기한 트럭을 찾아냈다. 2톤짜리로 철제 짐칸이 있고 철봉은 캔버스 방수포로 덮였다. 모두 앞에 올라타자 조가 기어를 1단으로 놓고 곧바로 19번 스트리트로 향했다.

20분 후 41번 루트 옆에 차를 세웠다. 이곳에도 숲이 있었다. 조로서는 상상도 못 할 정도로 키가 큰 왕솔나무와 그보다 조금 작은 테다소나무들까지. 거대한 팔메토 야자와 브라이어, 구골나무의 빽빽

한 군락지도 여기저기 치솟아 있었다. 바람 냄새로 미루어, 동쪽 어딘가에 늪지가 있을 것 같았다. 그라시엘라가 나무 옆에서 기다리고 있었는데 최근의 폭풍 탓인지 나무 허리가 반으로 꺾여 있었다. 지금은 옷차림이 바뀌었는데, 지그재그로 감침질한 검은 망사 이브닝 가운이 무척이나 섹시해 보였다. 모조 금 구슬과, 검은색 시퀸 장식이 달린 옷이었는데, 깊이 파인 목선 밖으로 가슴 굴곡과 브래지어 컵의 가장자리까지 드러나 마치 파티걸처럼 보였다. 그것도 파티가 끝난 후까지 남았다가 동이 틀 무렵 다시 터덜터덜 싸구려 술집을 찾아 떠나는 매춘부.

조는 트럭에서 내리지 않은 채 차창 밖으로 그녀를 바라보았다. 조금씩 호흡이 거칠어졌다.

"내가 대신 할 수 있어."

디온이 말했다.

"아냐. 내 계획이고 내 책임이잖아."

조가 잘라 말했다.

"애들 시킨다고 문제 될 것 없잖아."

조가 디온을 돌아보았다.

"내가 좋아서 한다는 얘기냐?"

디온이 어깻짓을 했다.

"두 사람이 서로 바라보는 시선을 알아서 그래. 어쩌면 거칠게 놀고 싶은 건지도 모르지. 대장도 그렇고."

"그건 또 웬 개소리야? 우리가 서로를 어떻게 본다고? 네 일이나 신경 써, 인마. 저 여자 말고."

"예예, 물론입죠. 부디 대장님도 그러시기를."

디온이 중얼거렸다.

제길, 죽일 놈 살려놨더니 아예 개기기까지 하는군.

조는 트럭에서 내렸다. 그라시엘라가 그를 지켜보았다. 이미 직접 손을 써둔지라, 드레스 왼쪽 어깨 부분이 찢어지고 왼쪽 가슴에도 가볍게 긁힌 자국이 보였다. 아랫입술을 깨물어 피를 내기도 했다. 그가 다가가자 그녀가 손수건으로 피를 찍어냈다.

디온이 운전석에서 내리자 두 사람은 그를 쳐다보았다. 그가 군복을 들어 보였다. 살 우르소가 미리 준비해 둔 군복이었다.

"일들 보세요. 옷 좀 갈아입을 테니."

디온이 키득거리며 트럭 뒤로 돌아갔다.

그라시엘라가 오른팔을 들었다.

"시간이 많지 않아요."

갑자기 누군가의 손을 잡기가 너무도 낯설어졌다. 맙소사, 이렇게 어색할 수가.

"당신도 마찬가지예요."

그라시엘라가 재촉했다.

그가 손을 내밀어 그녀의 손을 잡았다. 지금껏 만난 그 어떤 여자의 손보다도 단단한 손. 하루 종일 시가를 말아서인지 손바닥이 바위 같았고 가느다란 손가락은 상아 같았다.

"지금?"

그가 물었다.

"지금이 최선이에요."

그녀가 대답했다.

그는 왼손으로 그녀의 왼손을 잡고 오른손 손톱을 어깨에 박은 다음 팔을 따라 긁어 내려갔다. 이윽고 그가 팔꿈치에서 손을 떼며 한숨을 내쉬었다. 머릿속에 젖은 신문을 가득 채워 넣기라도 한 기분이었다.

그라시엘라가 손목을 빼내고 긁힌 자국을 살펴보았다.

"진짜처럼 보여야 한다고 했잖아요."

"그 정도면 충분히 진짜 같아요."

그녀가 자기 팔을 가리켰다.

"고작해야 분홍색인 데다 팔꿈치에서 끝났어요. 피도 나고 상처도 손까지 이어져야 한다면서요? 잊었어요?"

"알고 있어요. 내 계획이니까."

조가 말했다.

그녀가 쑥 팔을 내밀었다.

"그럼 제대로 해요. 깊이 박아서 긁으란 말이에요."

문득 트럭 뒤에서 웃음소리가 흘러나온 것 같았지만 확실치 않았다. 그녀의 이두근을 단단히 잡고, 이미 희미하게 그어놓은 자국에 손톱을 깊이 찔러 넣었다. 그라시엘라도 큰소리를 치긴 했지만 눈동자가 흔들리고 살이 파르르 떨렸다.

"망할, 미안해요."

"어서, 어서."

그녀가 그의 눈을 보았다. 그는 그녀의 팔 안쪽을 긁어 내리며 지나가는 자리마다 살갗을 찢었다. 팔꿈치를 지나 팔을 돌릴 때쯤엔 그녀가 쉿 하고 한숨까지 내쉬었다. 그녀가 팔을 돌린 덕에 손톱자국이 팔뚝을 지나 무사히 손목까지 이어질 수 있었다.

마침내 손을 놓자 그녀가 그 손으로 조를 때렸다.

"맙소사, 나도 좋아서 한 짓은 아니라고요."

그가 탄성을 흘렸다.

"알 게 뭐예요."

그녀가 다시 때렸다. 이번에는 아래턱과 목을 함께 얻어맞았다.

"이런, 얼굴에 온통 상처 자국을 하고 저놈들 경비초소에 가라는 거예요?"

"그럼, 날 막아보든가요!"

그녀가 다시 주먹을 휘둘렀다.

이번 공격은 피할 수 있었다. 미리 예고한 덕분이었다. 그도 반격을 가했다. 물론 합의야 있었다. 하지만 언제나 행동보다야 논의가 더 쉬운 법인 데다 얼굴까지 두 차례나 얻어맞고 나니 화가 머리끝까지 치밀었다. 손등으로 그녀의 뺨을 때리는데 그만 관절에 힘이 잔뜩 들어갔다. 그녀는 상체를 옆으로 비틀고는 얼굴을 머리카락으로 가린 채 꼼짝도 않고 숨만 씩씩거렸다. 한참 후 자세를 바로 하고 보니, 얼굴이 벌겋게 붓고 눈가가 경련으로 씰룩거렸다. 그녀가 길가 팔메토 숲에 침을 뱉었다.

조는 쳐다보려고도 하지 않았다.

"괜찮으니까, 이제 신경 끄세요."

그도 뭔가 말을 하고 싶었지만 아무 생각도 나지 않았다. 그래서 그냥 트럭 앞쪽으로 돌아가기로 했다. 디온이 조수석에서 그를 지켜보았다. 조는 문을 열다 말고 멈춰 서서 다시 그녀를 보았다.
"나도 좋아서 한 일이 아니에요."
"그렇겠죠. 그래도 당신 계획이잖아요."

도로로 빠져나간 후 디온이 말했다.
"대장, 나도 여자를 때리고 싶지 않지만 가끔 매를 버는 여자들이 있어."
"잘못 때문에 때린 게 아냐." 조가 변명했다.
"알아. 저 여자가 브라우닝과 톰슨을 잔뜩 챙겨 제 나라 찌질이들한테 보내게 하려고 때렸겠지. (어깻짓) 지랄 같은 사업이야. 그래서 지랄 같은 일을 하겠지. 여자는 대장한테 무기를 챙기게 해달라고 부탁하고 대장은 그 방법을 만들어냈어."
"무기는 아직 손에 넣지 못했어." 조가 대답했다.
차는 마지막으로 길가에 멈췄다. 조가 군복으로 갈아입기 위해서였다. 디온이 운전석과 짐칸 사이 벽을 두드리며 말했다.
"주변에 개 떼들이 득시글하니 다들 조용할 것, 오케이?"
짐칸에서 "시(예)."라는 대답이 들려왔다. 이윽고 들리는 소리라고는 숲 속의 벌레 울음소리뿐이었다.
"준비됐나?"
조가 물었다.
디온이 문 옆을 때렸다.
"준비야 태어나기 전부터 됐수다."

미국 주 방위군 병기고는 탬파에서도 비합병 지구인 힐스버러 카운티 북단에 위치했다. 감귤 숲과 삼나무 늪지와 싸리밭의 거친 풍경마저 햇볕에 바싹 말라, 언제든 불을 피워 카운티 전체를 검은 연기로 뒤덮을 기회만을 엿보았다.

정문은 경비병 둘이 지켰다. 하나는 콜트 45구경, 다른 하나는 브라우닝 자동소총으로 무장했다. 바로 세 사람이 훔쳐야 할 무기였다. 권총을 든 병사는 키가 크고 머리카락은 검고 빳빳했다. 양볼이 푹 꺼졌는데 아주 늙거나 충치 있는 어린애 볼이 그럴 것 같았다. 브라우닝을 든 병사는 아직 기저귀도 벗지 못했을 만큼 어려 보였다. 머리는 오렌지색에 두 눈은 흐리멍덩했고 검은 주근깨가 후춧가루처럼 얼굴을 덮었다.

그 친구보다는 키다리가 골칫거리로 보였다. 어딘가 분위기가 음흉하고 날카로웠다. 그러니까, 상대가 기분 나빠하든 말든 노골적으로 노려보고 꼼꼼히 살피는 부류였기 때문이다.

"폭발 때 다친 거요?"

키다리는 이가 싯누렇고 삐뚤빼뚤했다. 몇 개는 오래된 묘비처럼 안쪽으로 기울어지기까지 했다.

디온이 끄덕였다.

"배에 엄청 큰 구멍이 났어요."

키다리가 조를 지나쳐 디온을 보았다.

"야, 뚱보, 너 요전에 적성검사 통과하는 데 얼마 썼냐?"

땅딸보가 초소에서 나왔다. 브라우닝을 대충 팔에 얹고 총열을 비스듬히 엉덩이 쪽으로 늘어뜨린 채였다. 그는 트럭 옆을 지나며 비가 오기라도 바라는 듯 입을 반쯤 벌렸다.

"뚱보, 내가 질문했잖아."

문 옆 병사가 재차 물었다.

디온이 가볍게 미소를 지었다.

"50달러요."

"그것밖에 안 들었어?"

"옙."

디온이 대답했다.

"진짜 싸게 먹혔네. 누구한테 냈는데?"

"예?"

"돈 처먹은 놈 이름과 계급이 뭐냐고?"

"브로건 중사님요. 왜요, 들어오시게요?"

디온이 물었다.

키다리는 눈을 끔벅이며 차가운 미소를 지었지만 말은 하지 않고 그대로 서 있기만 했다. 어느덧 미소도 지워졌다.

"난 뇌물 안 먹는다."

"좋네요."

조가 중얼거렸다. 조금씩 초조해지던 참이었다.

"좋아?"

조가 끄덕이고는 애써 바보 같은 미소를 지었다. 자신이 얼마나 괜찮은 놈인지 보여주려는 의도였다.

"내가 좋은 건 나도 알아. 몰라서 그런 줄 알아?"

조는 아무 말도 하지 않았다.

"당연히 좋지, 제길. 좋은 놈이니까? 그런데, 내가 네놈 칭찬 듣자고 한 말 같나?"

조는 가만히 있었다.

"개자식, 웃기고 있네."

병사가 투덜댔다.

트럭 뒤에서 뭔가 쿵 하는 소리가 들렸다. 키다리가 파트너를 찾기 위해 뒤돌아보았다가 다시 고개를 돌렸을 때 조가 그의 코에 새비지 32구경을 박았다.

키다리가 총구를 보더니 눈은 사팔이 되고 호흡도 거칠고 길어졌다. 디온이 트럭에서 나와 놈의 권총을 빼앗았다.

"이빨이 너 같은 놈은 말이야. 다른 사람 흠 잡으면 안 되지. 그냥 아가리 닥치고 있는 게 좋지 않겠어?"

디온이 이죽거렸다.

"예, 맞습니다."

병사가 중얼거렸다.

"이름이 뭐냐?"

"퍼킨입니다."

"그래, 퍼킨입니다 군, 오늘 너를 살릴지 여부는 나중에 파트너와 상의해 볼게. 죽지 않으면 오늘 천사를 만났구나 생각하면 돼. 혹시 저세상에 가더라도 다음에 태어나면 사람들한테 더 친절해야겠구나 반성하면서 지내라고. 자, 두 손부터 등 뒤로 돌려봐."

페스카토레 패거리들이 선두 트럭에서 빠져나왔다. 모두 넷, 여름 정장과 화려한 넥타이 차림이었다. 그들이 오렌지색 머리의 병사를 앞으로 밀어내자 살 우르소가 빼앗은 소총으로 그의 등을 찔렀다. 오렌지색 머리는 오늘은 죽고 싶지 않다는 둥, 헛소리를 뇌까리기 시작했다. 그 뒤를 따라 쿠바인들이 쏟아져 나왔는데, 대략 30명 정도였고 대부분 흰색 끈바지와 펑퍼짐한 흰색 셔츠 차림이었다. 조 눈에는 파자마처럼 보였다. 조직원들은 모두 소총이나 권총을 들었다. 사탕수수 칼을 든 자도 있고 대형 나이프 두 개를 준비한 친구도 있었다. 에스테반이 팀을 이끌었는데, 지금은 암녹색 튜닉에 같은 색 바지 차림이었다. 필경 바나나 공화국의 혁명가들을 위해 정선한 전투복일 것이다. 그는 조에게 고갯짓을 해 보였다. 그와 그의 부하들은 마당으로 들어갔다가 건물 뒤쪽으로 산개했다.

"안에 얼마나 있지?"

조가 퍼킨에게 물었다.

"열넷."

"왜 그렇게 조금이야?"

문득 그의 두 눈에 비아냥거리는 눈빛이 스쳤다.

"주중이니까. 주말에 오셨다면 고생 좀 하셨을 거요."

조가 트럭에서 내렸다.

"그래, 그랬겠지. 하지만 퍼킨, 지금 당장은 너부터 처리해야겠다."

무장한 쿠바인 서른 명이 무기 저장 구역으로 쳐들어갔을 때 저항한 자는 단 한 명이었다. 조가 보기에도 195센티미터는 되는 거구였는데 순식간에 쿠바인 셋을 쓰러뜨렸다. 쿠바인들은 쏘지 말라는 지시를 받은 터였기에 방아쇠를 당기기는 했어도 거한을 맞히지는 않왔다. 다만 6미터나 벗어나는 바람에 대신 쿠바인이 맞았다. 그것도 거한 뒤에서 달려들던 친구가.

조와 디온은 바로 뒤에 있었기에, 쿠바인이 총에 맞아 한 바퀴 돌다가 철퍼덕 쓰러지는 모습을 보고 말았다.

조가 소리쳤다.

"사격 중지!"

디온도 악을 썼다.

"데하르 데 디스파라르(사격 중지)! 데하르 데 디스파라르!"

총질이 멈췄다. 하지만 단지 저들이 뻐걱거리는 볼트액션 소총을 재장전하는 중인지 어쩐지는 조도 알 수 없었다. 조는 총 맞은 조직원의 소총 총열을 집어 들고 팔을 들었다. 거한이 총격을 피해 잔뜩 웅크리고 있다가 막 일어나려는 참이었다. 조가 있는 힘껏 머리 옆쪽을 가격했다. 거한은 벽에 부딪쳤다가 다시 튕겨 나와 두 팔을 허우적거리며 달려들었다. 조는 총을 고쳐 잡고 거한의 팔을 피한 다음 소총 개머리로 코를 정통으로 갈겼다. 쩍 하고 코뼈 부러지는 소리가 들렸다. 아니, 개머리가 빗겨 나가며 턱까지 부순 모양이었다. 소총을 집어던지자 거한도 쿵 하고 바닥에 고꾸라졌다. 조가 주머니에서 수갑을 꺼냈다. 디온이 놈의 손목 하나를 잡고 조가 다른 팔을 잡아 둘이 함께 등 뒤에서 수갑을 채웠다. 놈이 씩씩거리며 숨을 몰아쉬는데 피가 바닥에 후드득 쏟아졌다.

"그래서 살겠냐?"

조가 거한에게 물었다.

"네놈을 죽이고 말겠다."

"기세가 등등하니 죽지는 않겠군."

조는 총질을 즐긴 쿠바인 세 명을 돌아보았다.

"다른 놈 데려오고 이놈은 감방에 처넣어."

쿠바인은 바닥에 웅크린 채 숨을 몰아쉬었다. 숨소리가 심상치 않았다. 사실 상태도 나쁘기는 마찬가지였다. 안색이 대리석처럼 하얀데다 허리에서 피가 너무 많이 흘러내렸다. 조가 옆에 무릎을 꿇고 앉는데 바로 그 순간 숨이 끊기고 말았다. 오른쪽으로 치켜뜬 눈이 마치 아내의 생일이 언제인지, 지갑을 어디에 두었는지 궁리하는 것처럼 보였다. 옆으로 누운 자세였기에 한 팔은 어설프게 몸 아래 깔리고 다른 팔은 머리 뒤쪽으로 아무렇게나 널브러졌다. 셔츠가 말려 올라가서 배가 훤히 드러났다.

그를 죽인 놈 셋이 거한을 끌고 나가며 재빨리 성호를 그었다.

시신의 눈을 감겨주다 보니 너무도 어린 나이였다. 스무 살 정도? 아니, 어쩌면 열여섯일 수도 있겠다. 조는 시신을 똑바로 눕히고 가슴에 두 팔을 모아주었다. 두 손 아래, 그러니까 갈빗대 끄트머리의 동전만 한 구멍에서 검은 피가 샘솟고 있었다.

디온과 부하들이 주 방위군들을 벽에 세운 다음 팬티만 남기고 옷을 모두 벗겼다.

죽은 아이는 손가락에 결혼반지를 꼈는데 주석으로 만든 것 같았다. 몸 어딘가에 아내 사진도 있겠지만 찾아볼 생각은 추호도 없었다.

신발 한 짝도 보이지 않았다. 총에 맞았을 때 떨어져 나간 모양이나 아무리 해도 부근에는 보이지 않았다. 방위군들이 속옷 차림으로 끌려간 다음 조는 복도에 나가 찾아보았다.

역시 없었다. 시신 밑에 깔린 걸까? 문득 신발을 찾아야겠다는 생각에 시신을 굴려 확인해 볼까도 했지만, 정문으로 돌아가야 하는데다 다른 유니폼으로 갈아입을 시간도 부족했다.

그는 시신의 셔츠를 끌어 내려 배를 덮어주었다. 그리고 자리를 떠나려는데 신들이 지루해하거나 심드렁해하면서 지켜만 보고 있다는 생각이 들었다. 시신은 구두 한쪽은 신고 한쪽은 벗은 채로 제가 흘린 피 속에 누워 있었다.

5분 후, 무기를 실은 트럭이 정문에 정차했다. 운전사는 조금 전 숨을 거둔 아이 또래였지만 조수석에 30대 중반의 부사관이 앉아 있었다. 부사관은 풍파에 까맣게 찌든 얼굴이었다. 1917년식 콜트 45구경을 엉덩이에 찼는데 손잡이가 닳을 대로 닳았다. 무심한 눈을 잠깐 보았을 뿐인데도, 만약 쿠바 삼인조가 저자와 맞부딪쳤다면 바닥에 수의를 뒤집어쓰고 누워 있는 쪽은 바로 그 셋이 되었으리란 생각이 들었다.

신분증을 확인해 보니 오르윗 플러프 이등병과 월터 크래딕 중사였다. 조는 신분증과 함께 크래딕이 제시한 명령서도 함께 건넸다.

크래딕이 갸웃하는 바람에 조도 중간에서 멈칫했다.

"그 서류는 담당 사관한테 줘야지."

"아, 물론 그래야죠."

조가 손을 거두며 멋쩍은 미소를 지었다. 크게 티를 내지는 않았다.

"어젯밤에 이보르에 재밌는 일이 있었다는데 그 얘기 아십니까?"

크래딕이 고개를 저으며 차창을 내다보았다.

"아니, 모른다. 술 안 마셔. 불법이니까. 저 램프로 후진하면 되나?"

"옙. 그냥 짐만 내리고 가도 됩니다. 나중에 한꺼번에 안으로 옮기면 되니까요."

크래딕이 조의 어깨에 붙은 견장을 보았다.

"무기를 안전하고 확실하게 배달하라는 지시를 받았다, 병장. 짐은 우리가 창고에 부려놓겠다."

"좋으실 대로. 그대로 램프까지 후진."

조는 차단기를 올리며 디온의 눈을 보았다. 디온이 레프티 다우너에게 무슨 말을 하고는 무기고를 향해 걸어갔다.

조, 레프티, 그리고 병장으로 위장한 페스카토레 부하 셋이 트럭을 따라 하역 램프로 향했다. 레프티를 고른 이유는 디온의 부하 중 제일 똑똑하고 침착하기 때문이었다. 다른 셋, 코르마르토, 파사니, 파로네는 영어를 미국 사람처럼 했다. 다들 주말 병사로 보이기는 했으나, 주차장을 지날 때 보니 파로네의 머리가 너무 길었다. 방위군 소속이라고 해도 마찬가지였다.

이틀간 거의 잠을 이루지 못했다. 이제는 걸음을 내딛고 정신을 집중하려 할 때마다 머리가 어질거렸다.

트럭이 램프까지 후진하는 동안 크래딕이 그를 지켜보았다. 원래 의심이 많은 놈인지, 조가 빌미를 줬는지 모르겠지만…… 그러다 문득 큰 실수를 저질렀음을 깨달았다.

근무 위치에서 벗어난 것이다.

맙소사, 초소를 비우다니! 군인으로서는 도저히 용납불가한 행동이다. 아무리 술 취한 주 방위군이라 해도 안 될 말이다.

조는 뒤를 돌아보았다. 당연히 정문이 비어 있으니 크래딕이 45구경으로 뒤통수를 갈길 일이건만, 맙소사, 에스테반 수아레스가 경비 초소에 똑바로 서 있지 않은가! 병장 군복까지 입고 있어서 아무리 의심 많은 자가 보더라도 영락없는 군인 그대로였다.

에스테반, 당신을 잘 모르지만 머리에 키스라도 해 주고 싶군요.

조는 속으로 탄성을 질렀다.

트럭 쪽으로 고개를 돌리니 크래딕도 지금은 다른 곳을 보고 있었다. 크래딕이 몸을 돌려 뭔가 지시하자 이등병이 브레이크를 밟고 시동을 껐다.

크래딕이 조수석에서 뛰어내려 트럭 뒤에 대고 소리쳤다. 조가 도착할 때쯤 수병들이 램프로 나오고 트럭 짐칸이 열렸다.

크래딕이 조에게 회람판을 주었다.

"첫 번째와 세 번째 페이지에 머리글자를 쓰고 두 번째는 사인해. 우리가 무기를 3시간에서 36시간까지 이곳 책임하에 둔다는 사실도 명기하고."

조가 사인했다.

"주 방위군 병장, 앨버트 화이트."

크래딕이 레프티, 코르마르토, 파사니, 파로네를 보고 다시 조를 보았다.

"다섯 명? 병력이 이게 단가?"

"해군에서 튼튼한 놈들을 데려오신다고 들었는데요."

조가 램프의 수병 10여 명을 가리키며 대답했다.

"육군답군. 일이 골치 아프면 으레 뒷짐만 지려고 드니, 원."

조가 햇빛 때문에 눈을 끔뻑였다.

"그래서 늦으셨습니까? 일이 빡세서?"

"무슨 말이지?"

조가 시비를 걸었다. 열이 받기도 했지만 가만히 있으면 더 의심받을 수 있기 때문이었다.

"30분 전에 오신다고 연락을 받았는데요?"

"15분. 도중에 약간 문제가 있었다."

"어떤 문제죠?"

"자네와 상관없는 일이다, 병장…… 하지만 굳이 알고 싶다면…… 여자 때문에 늦어졌다고 할 수 있지."

조가 레프티와 부하들을 보며 웃었다.

"여자라면 빡세게 해야죠."

레프티가 키득거리자 조직원들도 따라 웃었다.

크래딕이 자신도 농담을 마다하지 않는다는 듯 한 손을 들고 미소까지 지었다.

"좋아, 좋아. 어쨌든 대단한 미인이더군. 안 그래, 플러프 이병?"

"예, 중사님, 완전 킹카였습니다. 그런데 엄청 사납더군요."

"피부색도 너무 진해. 내 취향은 아니야. 어쨌든 여자가 도로 한가운데 나왔는데, 스페인 애인 놈한테 엄청 두드려 맞더라고. 칼로 찌르지 않은 게 다행이야. 칼이라면 환장하는 인종이잖아?"

"그런데 그냥 두고 온 겁니까?"

"수병 하나를 남겨뒀다. 가는 길에 데려가야 하니까 이제 무기를 내리게 해 주겠나?"

"얼마든지요."

조가 뒤로 물러났다.

크래딕은 조금 누그러지기는 했지만 신중하기는 마찬가지였다. 그의 눈은 닥치는 대로 주변을 빨아들였다. 조도 딱 붙어 떨어지지 않았다. 크래딕이 상자 손잡이를 잡으면 반대편을 들고 함께 하역장 통로를 지나 창고까지 운반했다. 창문 너머로는 또 다른 통로와 그 너머 사무실들이 보였다. 디온은 백인 피부의 쿠바인들을 사무실에 앉히고 모두 창을 등지고 앉혔다. 지금은 언더우드 타자기로 아무렇게나 타이핑하거나 신호 끊어진 수화기를 귀에 대고 있었다. 그렇다 해도, 복도를 통과하면서 문득 눈에 보이는 사람들이 하나같이 흑발이라는 사실을 깨달았다. 금발이나 연갈색은 하나도 없었다.
"해외 파병은 어디로 나갔습니까?"
조가 물었다.
크래딕은 창에서 눈을 떼지 않았다.
"내가 외국에 있었다는 건 어떻게 알았나?"
총알 자국. 저 총잡이 쿠바 놈들 때문에 벽에 총알 자국이 남았을 거야.
"얼굴에 산전수전 다 겪었다고 쓰였는걸요."
크래딕이 조를 보았다.
"얼굴만 보고 전쟁 경험이 있는지 알아본다고?"
"오늘은요. 아무튼, 중사님 보고 그런 생각이 들었습니다."
"길가의 스페인 여자를 쏠 뻔했다."
크래딕이 조용히 중얼거렸다.

"그래요?"

그가 끄덕였다.

"어젯밤 폭발도 스페인 놈들 짓이었다. 저 애들은 아직 모르지만 스페인 놈들이 부대원 전체를 상대로 협박까지 했다더군. 오늘 모두 죽이겠다고."

"저도 못 들었습니다."

"당연하지. 아직 발표하지 않았으니까. 그런데 41번 고속도로 한가운데에서 스페인 여자가 손을 흔들며 달려오는 거야. 문득 그런 생각이 들었지. 월터, 저년 가슴을 쏴버려."

둘은 창고에 도착해 상자를 왼쪽 첫 번째 더미 위에 쌓았다. 복도 역시 더웠다. 크래딕이 옆으로 물러서며 손수건을 이마에 댔다. 선원들이 마지막 상자들을 들고 복도를 따라 오고 있었다.

"정말 쏠 생각이었는데 여자 눈이 딸아이 눈을 닮았더군."

"누구?"

"스페인 여자 말이야. 도미니카 파병 중에 낳은 딸이 있거든. 한 번도 만난 적은 없지만 아이 엄마가 이따금 사진을 보내 와. 카리브 여자들처럼 눈이 크고 짙더군. 오늘 그 여자 눈도 그랬어. 결국 총을 총지갑에 다시 집어넣었지."

"총까지 꺼냈어요?"

그가 끄덕였다.

"반쯤. 머릿속으로는 정말로 죽였지. 그냥 쏴버려. 저년 죽여버려. 그렇다고 백인들이 혀를 나불대지는 않을 거 아냐? 하지만…… 딸아이 눈 때문에."

그가 어깨를 으쓱했다.

조는 아무 말도 하지 않았지만 눈에 핏발이 섰다.

"그래서 대신 처리할 애를 보냈지."

"예?"

그가 끄덕였다.

"사이러스라는 놈이야. 싸움을 좋아하는 놈이라 그렇잖아도 근질거렸거든. 스페인 여자는 놈의 눈을 보고 곧바로 달아났지만 사이러스는 사냥개만큼이나 빠른 데다 앨라배마 국경 늪지에서 자란 친구야. 땀 한 방울 흘리지 않고 여자를 찾아내겠지."

"여자를 어디에서 태울 거죠?"

"태우기는 왜 태워. 우리를 공격한 여자다, 병장. 어쨌든 그 여자 동족이 저지른 일이잖아. 사이러스 놈이 실컷 갖고 놀다가 나머지는 파충류 먹이로 던져버릴 거다."

그가 시가 토막을 입에 물고 부츠에 성냥을 긋고는 불꽃 너머로 조를 보았다.

"아까 한 질문에 대답해 주지. 그래, 전쟁을 겪었다. 도미니카 놈도 하나 죽이고 아이티 놈들은 무더기로 죽였지. 사실이야. 몇 년 후 톰슨 기관단총으로 파나마인 셋을 죽였는데, 그때만 해도 가책이 있었지만…… 이봐, 까놓고 말해 볼까?"

그가 시가에 불을 붙이고 성냥을 어깨 너머로 던졌다.

"솔직히 재미가 기똥차더라니까."

16장

갱스터

수병들이 떠난 직후 에스테반은 차를 구하기 위해 배차장으로 달려갔다. 조는 군복을 벗고 다른 옷으로 갈아입었다. 디온이 트럭을 램프에 대자 쿠바 조직원들이 상자를 창고에서 다시 꺼내기 시작했다.

"여기 맡을 수 있지?"

디온이 활짝 웃었다.

"당근. 이미 우리 거잖아. 대장은 가서 여자부터 구해. 한 시간 후에 그곳에서 보자고."

에스테반이 고속 순찰차를 끌어와 조가 폴짝 올라탔다. 자동차는 순식간에 41번 고속도로를 질주하고 5분도 되지 않아 800미터 앞에서 달리는 수송 트럭을 찾아냈다. 도로가 어찌나 곧게 뻗었는지 저 너머 앨라배마까지 보일 지경이었다.

"우리가 보면 저들도 우릴 볼 수 있어요."

조가 말했다.

"오래는 아냐."

에스테반의 대답이었다.

왼쪽에 도로가 나타났다. 팔메토 숲을 지나고 고속도로를 가로지르자 반대편의 잡목과 팔메토 숲으로 다시 돌아왔다. 에스테반이 왼쪽으로 꺾자 차가 덜컹거리며 길 위에 올랐다. 도로는 자갈과 흙이 대부분이었고 흙은 절반이 진흙이었다. 에스테반은 근심 때문에 운전까지 무모해졌다.

"그 친구 이름이 뭐죠? 죽은 아이?"

"기예르모."

조는 아이의 눈을 감겨주었다. 그라시엘라의 눈까지 그렇게 만들 수는 없다.

"혼자 두는 게 아니었는데."

에스테반이 중얼거렸다.

"압니다."

"놈들이 그 애한테 사람을 보낼 줄이야."

"예, 알아요."

"애초에 하나를 더 보내 숨어서 지켜보게 했어야지."

"제길, 안다잖아요. 그런다고 뭐가 도움이 됩니까?"

조가 버럭 짜증을 냈다.

에스테반이 가속페달을 밟자 자동차는 내리막길을 날아 반대편 바닥을 들이받았다. 충격이 어찌나 센지 순찰차가 도로에 코를 박고 뒤집어질까봐 더럭 겁이 났다.

그렇다고 속도를 줄이라고 말할 수도 없었다.

"우린 강아지만 했을 때 처음 만났네, 우리 가문 농장에서."

조는 아무 말 하지 않았다. 왼쪽 소나무 사이로 늪지가 보였다. 삼나무와 풍향수나무와 이름도 모르는 식물들이 양쪽으로 길게 이어지다가 한참 후에는 초록색과 노란색의 평원이 그림처럼 펼쳐졌다.

"그 애 가족은 이주 농민이었지. 매년 몇 달씩 걸려 '고향'을 찾아가는데 자네도 그 마을을 봐야 해. 그 마을을 봐야 미국도 가난이 뭔지 알 걸세. 내 부친은 일찍이 그 애의 총명함을 알아보고는 부모를 만나 수습 하녀로 고용하고 싶다고 했지. 하지만 사실은 나한테 친구를 만들어주려는 의도였다네. 그때까지 친구라고는 말과 소뿐이었거든."

순찰차가 다시 쿵 하고 도로를 때렸다.

"이 와중에 그런 말을 해야겠습니까?"

"그라시엘라를 사랑했네. 지금은 다른 여자를 사랑하지만, 정말 오랫동안 사랑했지."

에스테반이 엔진 소리 때문에 큰 소리로 외쳤다.

그가 조를 보았다. 조는 고개를 저으며 앞을 가리켰다.

"앞에 봐요, 에스테반."

다시 충격. 이번에는 둘 다 의자에서 붕 떠올랐다가 쿵 떨어져 내렸다.

"남편 때문에 이 일을 한다고 하던데요?"

대화를 시도하자 조금은 두려움이 가라앉았다. 무기력한 기분도 조금은 덜 수 있었다.

"쳇, 그 새끼는 남편도, 남자도 아니야."

"혁명가 아니었나요?"

에스테반은 침까지 뱉었다.

"도둑 새끼겠지……. 에스타파도르, 자네 나라에서는 사기꾼이라고 부르던가? 혁명가처럼 차려입고 시를 읊어대는 바람에 그 애가 넘어간 거야. 그놈 때문에 모든 걸 잃었지. 가족, 돈, 친구. 친구가 많지는 않았지만 나만 빼고 다들 떠난 것도 그 때문이었어. 지금은 그놈이 어디 있는지도 모르는걸."

그가 고개를 저으며 투덜댔다.

"감옥에 있지 않아요?"

"나온 지 2년이나 됐어."

다시 쿵. 이번에는 옆으로 기울어지며 조수석 꽁무니로 어린 소나무를 때렸다가 덜컹 도로 위에 내려앉았다.

"지금도 남자 가족한테 돈을 보낸다던데?"

"그 인간들이 거짓말한 거야. 그 새끼가 탈출해서 언덕에 숨어 있는데 니에베스 모레혼 교도소의 자칼 일당과 마차도 부하들이 쫓고 있다고. 그라시엘라가 쿠바에 들어오면 둘 다 위험하다고 말리는 것도 그 가족들이지. 조지프, 빚쟁이 빼고 놈을 쫓는 사람은 아무도 없다네. 그라시엘라에게 말해 봐야 헛수고지만…… 그 인간 말종 새끼 얘기라면 도무지 들을 생각도 않으니."

"예? 똑똑한 여자가 왜 그러죠?"

그는 조를 힐긋 보고 어깨를 으쓱했다.

"누구나 거짓말을 믿지 않나? 진실보다 편하니까. 그 애도 다르지 않다네. 남들보다 거짓이 더 크다뿐이지."

얘기하다가 옆길로 꺾을 타이밍을 놓치고 말았다. 다행히 조가 곁눈으로 보고는 차를 세우게 했다. 차는 급브레이크를 밟고도 20미터쯤 미끄러진 후에야 멈췄다. 에스테반은 후진했다가 옆길로 꺾어 들어갔다.

"사람을 몇 명이나 죽여봤나?"

에스테반이 물었다.

"사람 죽인 적 없습니다."

"이런, 자넨 조폭이잖아."

조폭과 치외법인의 차이를 논해 봐야 무슨 소용이겠는가. 나 자신도 정말 다른지 판단이 서지 않는 판에.

"조폭이라고 다 사람을 죽이지는 않아요."

"그래도 죽일 생각은 있겠지?"

조가 끄덕였다.

"에스테반 씨만큼은 있겠죠."

"난 사업가야. 사람들이 원하는 상품을 제공하지 사람을 죽이지는 않네."

"쿠바 혁명가들한테 무기를 제공하잖습니까?"

"대의명분을 위해서지."

"그 와중에도 사람은 죽습니다."

"차이가 있어. 난 명분을 위해 죽이니까."

에스테반이 말했다.

"명분이 뭐죠? 잘나빠진 이상입니까?"
조가 되물었다.
"바로 맞혔네."
"그래서 어떤 이상이죠, 에스테반?"
"그 누구도 타인의 삶을 속박할 수 없다."
"재미있군요. 우리 무법자들도 바로 그런 이유 때문에 살인한답니다."

그녀는 그곳에 없었다.
소나무 숲에서 나와 41번 루트에 접근했으나 그라시엘라도 없고, 그녀를 사냥하기 위해 남았다는 수병도 보이지 않았다. 오직 더위와 붕붕거리는 잠자리 떼, 그리고 백색의 도로뿐.
두 사람은 도로를 따라 800미터를 왔다가 진창길로 후진해 다시 북쪽으로 800미터를 뒤졌다. 잠시 후 다시 돌아오는데 문득 소리가 들렸다. 까마귀나 매의 울음소리?
"시동 꺼요. 어서."
에스테반이 시동을 껐다. 둘은 순찰차에 앉아 도로와 소나무 숲, 그 너머 늪지, 도로만큼이나 눈부신 하늘을 살폈다.
아무것도 없었다. 오직 잠자리 소리뿐. 그리고 보니 저놈의 붕붕거리는 잠자리 소리는 쉬는 법이 없었다. 아침, 오후, 밤. 마치 기차가 지나간 선로에 귀를 대고 사는 기분이다.
에스테반이 의자에 등을 기댔다. 조가 밖으로 나가려다 우뚝 멈췄다.
바로 동쪽에서 뭔가 보였다. 방금 지나온 곳인데 어딘가…….

"저쪽."

그가 가리켰다. 그 순간 소나무 숲에서 그녀가 뛰쳐나왔다. 차가 있는 방향으로 오진 않았다. 새삼 느끼지만 정말 똑똑한 여자였다. 만일 그랬다면 50미터 거리를 낮은 팔메토 야자와 어린 소나무를 뚫고 전속력으로 달려야 했으리라.

에스테반은 시동을 걸고 갓길 아래 도랑에 들어갔다가 빠져나왔다. 조는 차창 위에 손을 대고 중심을 잡았다. 이제 총성도 들렸다. 주변에 아무것도 보이지 않았지만 딱딱 콩 볶는 소리가 신경을 긁어댔다. 그가 있는 위치에서는 사냥꾼이 보이지 않았지만 늪지는 보였다. 그녀는 그곳으로 향하고 있었다. 조는 에스테반을 툭 차며 손으로 왼쪽을 가리켰다. 그들이 달리는 방향에서 남서쪽이었다.

에스테반이 운전대를 돌리는데 순간적으로 군청색이 스치더니 남자 머리가 보이고 소총 소리가 들렸다. 위쪽에서는 그라시엘라가 늪 속에 무릎을 꿇고 쓰러졌다. 쓰러진 이유가 발을 헛디딘 탓인지 총에 맞아서인지는 알 수 없었다. 순찰차가 도로를 벗어났다. 저격수는 바로 오른쪽에 있었다. 에스테반이 늪지대로 들어서며 속도를 줄이는 순간 조가 순찰차에서 뛰어내렸다.

달이 녹색이라면 달 위로 뛰어내리는 기분이 이럴 것이다. 삼나무들이 녹색의 탁한 물 속에서 커다란 계란처럼 솟아오르고, 늙은 벵골보리수들이 10여 개의 가지를 뻗으며 성문지기처럼 보초를 섰다. 에스테반이 오른쪽으로 차를 몰자, 그라시엘라가 왼쪽 삼나무 사이에서 뛰쳐나왔다. 그때 뭔가 께름칙하면서도 육중한 물체가 발을 타고 넘어가는 동시에 다시 총소리가 들렸다. 총성이 훨씬 가까워졌다. 그라시엘라가 숨어 있던 삼나무에서 큰 가지 하나가 총탄에 맞아 뜯겨 나갔다.

　젊은 수병이 3미터 거리의 삼나무 뒤에서 걸어 나왔다. 키와 체격은 조와 비슷하고 머리카락은 짙은 적색이며 얼굴은 무척 갸름했다. 놈은 스프링필드 소총을 어깨에 올리고 가늠자를 눈에 붙인 채 총구는 삼나무를 겨냥했다. 조는 32구경 자동권총을 꺼내 깊은 숨을 내쉰 뒤, 3미터 거리의 사내를 쏘았다. 소총이 튕기며 허공에서 마구 공중제비를 돌았다. 덕분에 사람이 아니라 총만 맞췄나보다는 생각이 들었지만 총이 녹차 빛 물에 빠지며 수병도 함께 쓰러졌다. 수병의 왼쪽 겨드랑이에서 피가 흘러 나와 물을 더욱 검게 물들였다.

　"그라시엘라. 나예요. 괜찮습니까?"

　그녀가 나무 뒤에서 얼굴을 내밀었다. 조가 고개를 끄덕여주었다. 에스테반이 그녀 뒤쪽에 차를 댔다. 에스테반은 그녀를 차에 태우고 조에게 차를 몰고 왔다.

　조는 소총을 집고 수병을 내려다보았다. 수병은 두 팔을 무릎 아래로 떨어뜨린 채 고개를 숙였는데 마치 숨을 고르려고 애쓰는 사람처럼 보였다.

　그라시엘라가 차에서 내렸다. 아니 반쯤은 넘어지다시피 조에게 안긴 형국이었다. 그가 그녀를 안아 부축했다. 흡사 소몰이 막대에라도 맞은 듯 아드레날린이 그라시엘라의 전신을 헤집었다.

　수병 뒤쪽의 맹그로브 숲 속에서 뭔가가 움직였다. 암녹색의 기다란 괴물.

　수병이 조를 올려다보며 헉헉 가쁜 숨을 몰아쉬었다.

"백인이군."

"그래."

조가 대답했다.

"제길, 근데 왜 쏜 거야?"

조가 에스테반을 보고 그라시엘라를 보았다.

"이놈을 여기 내버려두면 2분 안에 뭐든 나타나 먹어치울 겁니다. 차에 실어 데려가든지 아니면……"

놈들이 더 많이 몰려오는 소리가 들렸다. 수병의 피도 계속해서 녹색 늪지 위로 쏟아져 내렸다.

"차에 실어 데려가든지……"

조가 다시 말했다.

"그러기엔 그라시엘라의 얼굴을 너무 잘 알아."

에스테반이 말을 끊었다.

"그건 알지만."

"놈은 나를 갖고 놀았어요."

그라시엘라가 입을 열었다.

"뭐?"

"사냥 게임. 여자애처럼 계속 키득거리며 웃더군요."

조가 수병을 보았다. 수병도 그를 보았다. 눈 속 깊이 두려움이 숨어 있었지만 나머지는 도발과 무모함뿐이었다.

"내가 살려달라고 애원하길 바란다면 애초에……"

조가 그의 얼굴을 쏘았다. 뇌수가 온통 고비밭에 흩어졌다. 악어 떼들도 기다렸다는 듯 달려들었다.

그라시엘라가 저도 모르게 나지막이 비명을 흘렸지만 사실 조도 마찬가지였을 것이다. 에스테반이 그의 눈을 보며 고개를 끄덕였다. 고맙네. 어차피 해야 할 일이었지만 누구도 원치 않은 일을 해 준 데 대한 인사였다. 총격의 현장에 서 있자니 화약 냄새도, 32구경 총구에서 꿈틀거리는 화약 연기도 담배 연기만큼이나 비현실적이었다. 망할, 정말로 사람을 죽이게 될 줄이야. 조가 속으로 욕설을 토했다.

발밑에 한 남자가 죽어 쓰러졌다. 이 사람은 순전히 조가 태어났기 때문에 죽은 것이다.

세 사람은 아무 말 없이 순찰차에 올랐다. 그동안 허락을 기다리기라도 한 듯 악어 두 마리가 냉큼 시신을 향해 달려들었다. 한 놈은 맹그로브 숲에서 살찐 개처럼 뒤뚱뒤뚱 기어 나왔고 다른 놈은 순찰차 타이어 옆 나리가 자라는 웅덩이를 미끄러져 왔다.

에스테반이 차를 빼내자 두 놈이 동시에 달려들어 한 놈은 팔을, 다른 놈은 다리를 노렸다.

소나무 숲으로 빠져나온 후, 에스테반은 늪지 가장자리를 타고 남동쪽으로 차를 몰았다. 도로와 수평이기는 했지만 아직 그쪽으로 접어들지는 않았다.

조와 그라시엘라는 뒷좌석에 앉았다. 그날 늪지의 약탈자가 악어와 인간 무리만은 아니었다. 퓨마 한 마리가 물가에 서서 구릿빛 물을 핥고 있었다. 나무와 똑같은 황갈색이어서 자칫 놓칠 뻔했지만 20미터 거리에서 차가 지나가자 놈이 고개를 들었다. 배 밑과 목은 크림처럼 하얀색이고 젖은 털에서는 김이 모락모락 피어올랐다. 놈은 차가 아니라 조를 노려보고 있었다. 조도 놈의 투명한 눈을 보았다. 지혜로우면서도 무자비한 황색의 눈. 심신이 지친 상태였는데도 문득 머릿속에서 놈의 목소리가 들렸다.

넌 절대 벗어나지 못해.

무슨 뜻이지? 퓨마를 붙잡고 되묻고 싶었지만 때마침 에스테반이 운전대를 돌렸다. 자동차는 늪지 가장자리를 벗어나면서 거칠게 나무뿌리를 타고 넘었다. 그리고 다시 돌아보았을 때 퓨마는 사라졌다. 숲 근처를 아무리 둘러봐도 놈은 다시 나타나지 않았다.

"저거 봤어요?"

그라시엘라가 멍하니 그를 보았다.

"퓨마였는데……"

그가 두 팔을 벌리며 중얼거렸다.

그녀가 새우 눈을 하고는 일사병 걸린 사람 살피듯 바라보았다. 그녀도 엉망이었다. 몸 전체가 상처투성이였다. 놈한테 맞은 자리가 퉁퉁 붓고, 온갖 모기와 등에와 불개미까지 달려들어 물어뜯은 탓에 발과 종아리도 온통 벌겋게 물린 자국투성이였다. 드레스는 어깨와 왼쪽 엉덩이가 찢기고 솔기도 뜯어졌다. 신발은 보이지 않았다.

"이제 그것 좀 치우지 그래요?"

그녀가 투덜댔다.

그라시엘라의 시선을 따라가 보니 여전히 오른손에 총이 들려 있었다. 조는 총의 안전장치를 걸고 등 뒤 총지갑에 넣었다.

41번 루트에 접어들자 에스테반이 가속페달을 힘껏 밟았다. 순찰차가 잠시 제자리에서 헛바퀴를 돌다가 도로 아래로 총알처럼 쏟아져 나갔다. 조개껍데기 포도가 차 뒤로 멀어져 갔다. 무자비한 하늘에서 무자비한 햇볕이 비명을 지르며 쏟아져 내렸다.

"나를 죽이려고 했어요."

땀에 젖은 머리가 그녀의 얼굴과 목에 달라붙었다.

"알아요."

"다람쥐가 점심거리 찾듯 쫓아다니더군요. 그러면서 계속, '자기야, 자기야. 먼저 다리에 한 방 놔주고 그다음에 잡아줄게.' '잡아준다'는 뜻이……?"

조가 고개를 끄덕였다.

"그자를 살려두었으면 내가 체포되었을 거예요. 그다음엔 당신도 체포되었을 테고."

조가 다시 고개를 끄덕였다. 그는 발목의 물린 상처를 보다가, 고개를 들어 허벅지를 보고, 드레스를 가로질러 눈을 들여다보았다. 그녀도 한참 시선을 마주 보다가 슬며시 고개를 돌렸다. 그녀는 오렌지색 과수원을 보다가 한참 후 다시 그를 보았다.

"내 기분이 엿 같을 것 같아요?"

그가 물었다.

"모르겠어요."

"별로 나쁘지 않아요."

"그렇겠죠."

"기분이 좋지는 않아요."

"당연히 좋을 리가 없죠."

"그렇다고 나쁘지도 않아요."

그 말에는 많은 의미가 들어 있었다.

난 더 이상 치외법인이 아니다. 난 조직폭력배고 이 사람들이 내 조직이다.

시큼한 오렌지 냄새가 순찰차 뒤로 멀어져가고 다시 늪지의 가스 냄새가 코를 찔러댔다. 그녀는 한참 동안 그의 눈을 들여다보았다. 웨스트탬파에 다다를 때까지 둘 다 아무 말도 하지 않았다.

17장
오늘

이보르에 돌아온 뒤 에스테반은 어느 건물 앞에 그라시엘라와 조부터 내려주었다. 아래층이 카페이고 위층에 그라시엘라의 방이 있었다. 살 우르소가 순찰차를 사우스탬파 어딘가에 버리러 떠났다. 조는 그녀를 위층까지 바래다주기로 했다.

그라시엘라의 방은 무척 좁지만 깔끔했다. 단철 침대는 흰색으로 칠해서 자기 세면기, 그 위의 타원형 거울과 색을 맞추었다. 옷은 소나무 벽장에 걸었다. 건물보다 더 오래 묵은 듯한 낡은 옷장이었지만 먼지와 곰팡이는 보이지 않았다. 조가 보기에도 이런 기후에 가구를 이렇게 깔끔하게 유지하는 건 거의 불가능한 일이었다. 하나뿐인 창밖으로 11번 애버뉴가 보였지만 온도를 낮출 양으로 차양을 내린 터였다. 하나 있는 드레싱스크린도 벽장과 마찬가지로 파도 문양의 목재였다. 그녀는 조에게 창을 향하게 하고 스크린 뒤로 돌아갔다.

"그래서…… 이제 당신이 왕이군요."

그녀가 말했다. 조는 차양을 들어 거리를 내다보던 참이었다.

"뭐라고 했죠?"

"럼 시장을 손에 넣었잖아요. 이제 왕이 될 거예요."

"왕자 정도는 되겠죠. 아직 앨버트 화이트와의 거래가 남았어요."

"이미 그 방법도 마련했을 거라는 생각이 드는데요?"

그가 담뱃불을 붙이고 창턱에 앉았다.

"성공하기 전까진 계획이란 늘 꿈에 불과해요."

"이게 당신이 원하던 일인가요?"

"그래요."

"음, 그럼, 축하해요."

그가 그녀를 돌아보았다. 더러운 이브닝가운이 스크린에 걸쳐 있었다. 그녀의 맨어깨가 보였다.

"어째, 진심이 담기지 않은 목소린데요."

그녀가 손짓으로 돌아설 것을 지시했다.

"진심이에요. 당신이 원한 일이고 결국 얻어냈잖아요. 어떤 점에서든 대단한 일 아닌가요?"

그가 키득거렸다.

"어떤 점에서든."

"하지만 이제 그 권력을 어떻게 유지하죠? 내가 보기엔 흥미로운 질문 같은데?"

"아직 그만큼 강하지 못하다고 생각하는 건가요?"

그가 다시 돌아보았지만 이번에는 그녀도 나무라지 않았다. 어쨌든 상체는 흰 블라우스로 가린 후였다.

"그보다 그만큼 잔인한지 잘 모르겠어요. 그런데 정말 그렇다면 무척 슬플 것 같긴 해요."

그녀가 검은 눈을 빛냈다.

"정말 강하다면 굳이 잔인할 필요가 없지 않겠어요?"

"하지만 다들 그런걸요."

그녀는 스크린 아래로 고개를 숙이고 스커트를 입었다.

"자, 이제 내가 옷 입는 모습을 봤어요. 나도 당신이 사람 쏘는 장면을 목격했고. 그러니 사적인 질문 하나 정도는 괜찮겠죠?"

"물론."

"그 여자 누구죠?"

"누구?"

그녀의 머리가 다시 스크린 위로 올라왔다.

"당신이 사랑하는 여자."

"내가 누굴 사랑한다고 누가 그래요?"

그녀가 어깨를 으쓱했다.

"지금 내가 그래요. 여자들은 느낌이 있어요. 지금 플로리다에 있나요?"

그가 미소를 지으며 고개를 저었다.

"떠났어요."

"당신을 버리고?"

"아니, 죽었어요."

그녀가 눈을 끔벅이며 그를 보았다. 농담일지 모른다는 생각에서였지만 금세 아니란 걸 깨달았다.

"이런, 미안해요."

그가 주제를 바꾸었다.

"무기 건은 맘에 듭니까?"

그녀가 스크린 위에 두 팔을 기댔다.

"너무나. 마차도의 통치를 끝내려면 우리한테도…… 대규모…… 병…… 병…… 그걸 뭐라고 부르죠? 무기고?"

"병기고, 병참?"

"예, 그래요, 병참. 우리도 그게 필요해요."

"그래서 무기가 더 있다는 뜻인가요?"

그녀가 고개를 저으며 스크린 뒤에서 나왔다. 지금은 시가 공장에서 일하는 여자 노동자의 옷차림이었다. 흰색 블라우스에 연갈색 치마, 허리를 띠로 질끈 묶었다.

"첫 번째도 아니고 마지막도 아니에요. 때가 되면 우리도 만반의 준비를 갖출 겁니다. 왜요, 우리 일이 바보 같아요?"

"전혀. 고귀한 명분이잖아요. 다만 내 명분이 아닐 뿐이죠."

"당신 명분은 뭐죠?"

"럼."

"고귀한 사람이 되고 싶지 않아요? 코딱지만큼도?"

그녀가 엄지와 검지로 원을 만들어 보였다.

그가 고개를 저었다.

"고귀한 사람들에 대해 반감은 없지만 내가 보기엔 마흔을 넘기기가 어려운 직업 같더군요."

"조폭도 마찬가지예요."

"그야 그렇지만 그래도 우린 더 좋은 식당에서 식사해요."

그녀는 벽장에서 셔츠와 같은 색 단화 한 켤레를 꺼내 침대에 앉아 신었다.

그는 창가를 떠나지 않았다.

"언젠가 혁명이 성공한다고 쳐요."

"예."

"그런다고 뭐가 바뀔까요?"

"사람이 바뀌어요."

그녀가 신을 마저 신었다.

그가 고개를 저었다.

"세상은 변할 수 있어요. 하지만 사람? 아뇨, 사람은 늘 똑같습니다. 설령 마차도를 축출한다 해도 더 지독한 놈이 나올 수 있어요. 게다가 당신은 몸이 상하거나 최악의 경우……"

"죽을 수도 있겠죠. 이 일이 어떻게 끝날지는 나도 알아요, 조지프."

"조."

"조지프. 동료의 배신으로 죽을 수도 있고, 오늘처럼 끔찍한 놈이나 그보다 더한 자들한테 잡힐 수도 있겠죠. 내 몸이 견디지 못할 정도로 고문도 당하겠지만 그렇다고 고귀한 죽음이라는 생각은 해본 적 없어요. 고귀한 죽음 따위가 있을 리 없으니까. 울고 사정하고 죽을 때 똥구멍으로 똥까지 싸지르겠죠. 놈들은 나를 죽이면서 키득거리고 시신에 침을 뱉겠지만 그래도 사람들은 나라는 존재를 금세 잊을 거예요. 마치…… 존재한 적도 없었던 것처럼 말이에요. 그 정도는 나도 알아요."

그녀가 손가락을 튕기며 말했다.

"그런데 왜 하죠?"

그녀가 일어나며 치마를 매만졌다.

"내 나라를 사랑하니까."

"나도 내 나라를 사랑합니다. 하지만……"

"하지만은 없어요. 우리 사이에 차이가 있죠. 당신 나라는 저 창밖으로 보이잖아요?"

그가 끄덕였다.

"예, 그렇군요."

그녀가 자신의 가슴 중앙과 관자놀이를 두드렸다.

"내 나라는 여기에 있답니다. 예, 이렇게 애쓴다고 조국이 나한테 고마워하지 않는다는 것도 알아요. 내 사랑에 보답하지도 않을 테죠. 애초에 불가능한 일이에요. 처음부터 조국의 사람과 건물과 냄새 따위를 사랑한 게 아니라 이상을 사랑했으니까. 예, 이상은 처음부터 내가 만들어냈으니 사랑하는 조국은 다시 말해 존재하지 않는 조국이겠죠. 당신이 죽은 여성을 사랑하는 것처럼."

조는 대꾸할 말을 찾지 못해 가만히 그녀를 바라보기만 했다. 그녀는 스크린으로 가서 늪지에서 입었던 옷을 빼냈다. 함께 방을 나서는데 그녀가 옷을 건넸다.

"불태워줄 거죠?"

무기는 하바나 서쪽, 피나르 델 리오에 보내기로 하고 오후 3시, 세인트피터즈버그의 보카시에가 부두에서 농어잡이 배 다섯 대에 나눠 실었다. 디온, 조, 에스테반, 그라시엘라는 배를 배웅했다. 조는 늪지에서 돌아다니느라 못 입게 된 정장 대신 그의 옷 중에서 제일 밝은색 옷으로 갈아입고 그라시엘라와 함께 두 사람의 옷을 태웠다. 그녀는 옷 태우는 모습을 지켜보며 삼나무 늪지에서 사냥감으로 쫓기던 시간이 벌써부터 아련하다는 생각을 했다. 그녀는 부두 가로등 아래 벤치에 앉아 꾸벅꾸벅 졸면서도, 차에 들어가 기다리거나 차를 태워줄 테니 이보르에 먼저 돌아가라는 제안을 모두 거절했다.

마지막 농어잡이 배 선장이 손을 흔들며 떠난 후 네 사람은 서로를 바라보았다. 그러고 보니 다음 할 일에 대해 아무 생각도 하지 못했다. 도대체 뭘 해야 지난 이틀간의 모험을 온전히 털어낼 수 있지? 하늘은 벌써 붉게 물들었다. 맹그로브 숲 너머, 삐뚤거리는 해안선 어딘가에서 캔버스 돛이나 방수포가 산들바람에 퍼덕거렸다. 조는 에스테반을 보고 그라시엘라를 보았다. 그녀는 눈을 감은 채 가로등에 기대 있었다. 디온도 보았다. 펠리컨 한 마리가 머리 위로 날아가는데 부리가 배보다 더 컸다. 배들도 까마득히 멀어져 종이배처럼 보였다. 조가 갑자기 웃기 시작했다. 어쩔 수가 없었다. 디온과 에스테반도 뒤에 서 있다가 곧 같이 웃기 시작했다. 그라시엘라는 손으로 잠시 얼굴을 가리고 있다가 역시 웃기 시작했다. 조가 훔쳐보니, 그녀는 어린 소녀처럼 미친 듯이 웃고 미친 듯이 울었다. 그러다가는 결국 두 손으로 머리카락을 헤집고 블라우스 옷깃으로 얼굴을 훔쳐댔다. 넷은 함께 부두 가장자리로 걸어갔다. 폭소는 키득거리는 수준으로 잦아들다가 잠시 후에는 그마저도 여운만 남았다. 바닷물은 붉은색 하늘 아래 보라색으로 변했고 배들도 마침내 수평선에 다다라 하나씩 그 너머로 사라졌다.

조는 그다음 일에 대해서는 별로 기억이 없었다. 우선 15번가와 네브래스카 모퉁이, 마소의 술집으로 자리를 옮겼다. 에스테반은 벚나무 통에서 숙성하여 색이 진한 럼 한 상자를 주문하고 절도에 가담한 사람들을 모두 불러들였다. 머지않아 페스카토레의 조직원들과 에스테반의 혁명가들이 한데 섞였다. 여자들도 비단 드레스와 시퀸 장식 모자 차림으로 나타났고 밴드도 무대 위에 자리를 잡았다. 그리하여 술집은 대리석이 깨져 나갈 정도로 들썩거리기 시작했다.

디온은 동시에 여자 셋과 춤을 추었다. 넓은 등과 땅딸막한 다리로 여자들을 후리고 돌리는 솜씨가 놀랍도록 능숙했다. 하지만 춤이라면, 에스테반이 단연 최고였다. 그는 고양이가 나뭇가지를 타듯 가볍게 발을 놀리면서도 절도 있는 동작을 선보였다. 나중에는 밴드마저 그의 템포에 맞추어 연주할 정도였다. 조는 그 모습을 보며 영화에서 투우사를 연기하던 발렌티노를 떠올렸다. 그 정도로 남성적인 매력이 돋보였던 것이다. 머지않아 여자 절반이 그와 함께 스텝을 맞추거나 밤을 지새우려고 열을 올렸다.

"저렇게 유연한 남자는 처음이에요."

조가 그라시엘라에게 말했다.

그녀는 부스 구석에 앉고 그는 그 앞 바닥에 앉아 있었다. 그녀가 상체를 기울여 그에게 귓속말했다.

"여기 처음 왔을 때 저분 하는 일이 저거였어요."

"무슨 뜻이죠?"

"직업이었다고요. 다운타운의 직업 무용수."

그가 고개를 기울여 그녀를 올려다보았다.

"설마…… 도대체 못하는 게 뭡니까?"

"하바나에 있을 때 전문 댄서였어요. 아주 유명한…… 어느 제작사에서건 선두는 아니었지만 그래도 늘 사람들이 찾았죠. 그렇게 법대 학비를 벌었는걸."

조는 거의 술을 뱉을 뻔했다.

"변호사까지?"

"예, 하바나에서."

"나한테는 농가에서 자랐다고 했는데?"

"그랬죠. 우리 가족도 저 사람 농장에서 일했어요. 우린 그때……"

그녀가 그를 보았다.

"이주농?"

"그렇게 불러요?"

그녀가 그를 보며 얼굴을 찡그렸다. 적어도 그만큼은 취한 듯 보였다.

"아니, 아니에요. 소작농이었어요."

"아버지가 에스테반 부친한테서 땅을 빌리고 대신 수확물로 갚았어요?"

"아뇨."

"그게 바로 소작농이에요. 제 할아버지가 아일랜드에서 그렇게 살았죠."

정신을 집중해 유식한 척해 봤으나 자꾸 술기운이 좀먹고 들어왔다.
"이주농은 계절과 작물에 따라 이 농장 저 농장 옮겨 다니죠."
"아, 똑똑도 하셔라. 도무지 모르는 게 없군요, 조지프."
그녀가 투덜댔다. 멍청이, 그런 식으로 분류할 필요까진 없었잖아?
"당신이 물었어요, 치카(아가씨)."
"지금 나한테 치카라고 했어요?"
"그런 모양이요."
"발음 정말 끔찍하군요."
"진짜 끔찍한 건 당신의 게일어요."
"뭐라고요?"
그가 손사래를 쳤다.
"나도 열심히 노력 중이라는 뜻이에요."
"저분 아버지도 대단한 분이셨어요. 나를 집으로 데려와 개인 침실을 주고 깨끗한 시트도 줬죠. 개인 교사한테 영어도 배우고. 그때는 엄청 촌년이었거든요."
"그래서 대가로 뭘 달라던가요?"
그녀가 그의 눈빛을 읽었다.
"역겨운 인간 같으니."
"솔직히 당연한 질문이라고 봐요."
"아무것도 요구하지 않았어요. 살짝 미쳤는지도 모르죠. 그래서 어린 촌년한테 그렇게 인심을 썼는지도 모르지만 그게 전부였어요."
그가 한 손을 들었다.

"알았어요. 사과하죠."

그녀가 고개를 저었다.

"당신은 최고의 사람한테서 최악을 봐요. 그리고 최악의 사람한테서…… 최선을 보더군요."

그녀의 공격에 대꾸할 말이 없었다. 그래서 그는 어깨를 으쓱하고 잠시 침묵을 지켰다. 분위기를 좀 더 부드럽게 해 준 은인은 역시 술이었다.

"가요. 우리 춤춰요."

그녀가 부스에서 빠져나가며 그의 손을 잡아당겼다.

"난 춤 안 춰요."

"오늘 밤은 누구나 춰요."

그녀에게 이끌려 일어나기는 했지만 에스테반과 같은 무대에 선다는 생각만으로도 현기증이 났다. 그보다는 덜하지만 디온도 상당히 신경 쓰였다.

디온이야 당연히 노골적으로 비웃었지만 그도 잔뜩 취한 터라 따질 여력은 없었다. 다행히 그라시엘라의 리드에 따르자 곧 박자를 잡고 어느 정도 스텝을 따라갈 수는 있었다. 두 사람은 한참 플로어에 머무르며 수아레스의 진한 색 럼 술병을 앞뒤로 전달했다. 어느 순간 그녀의 이중 이미지에 빠지기도 했다. 갑자기 삼나무 늪지에서 절박한 사냥감이 되어 달아나는가 하면, 바로 눈앞에서 엉덩이를 씰룩이고 어깨와 고개를 흔들며 술병을 입술로 가져가는 것이다.

이 여자를 위해 살인을 했다. 물론 자신을 위한 일이기도 했다. 그런데 하루 종일 아무리 애를 써도 대답을 찾지 못한 의문이 하나 있었다. 왜 수병의 얼굴을 쏜 걸까? 크게 화가 나지 않는 한, 가슴을 쏘지 얼굴을 쏘는 경우는 없다. 따라서 얼굴을 날려버렸다는 얘기는 감정이 개입되었다는 얘기다. 그녀의 이미지가 오락가락하는 동안 깨달은 사실은, 수병의 눈에서 그라시엘라를 향한 경멸을 보았기 때문이었다. 그녀의 피부가 갈색이기 때문에. 그녀를 겁탈해도 죄가 되지 않기 때문에. 그러니까…… 놈한테는 그저 전리품을 갖고 노는 행위에 불과했다. 그 과정에서 그녀가 죽건 살건 전혀 문제가 되지 않았다.

그라시엘라가 두 팔을 머리 위로 올렸다. 술병도 함께였다. 그녀는 손목을 교차한 채 두 팔을 꿈틀거렸는데 상처 투성이의 얼굴엔 비릿한 미소를 얹고 두 눈은 조를 향했다.

"무슨 생각을 해요?"

그녀가 물었다.

"오늘."

"오늘이 왜요?"

그녀가 물었지만 이미 그의 눈에서 답을 본 듯했다. 그녀가 두 팔을 내리고 술병을 건넸다. 둘은 무대 중앙에서 테이블로 빠져나와 럼주를 마셨다.

"그자가 신경 쓰여서 이러는 게 아니에요. 그저 다른 방법이 없었을까 해서."

"없었어요."

그가 고개를 끄덕였다.

"내 행동을 후회하지는 않아요. 다만 그런 일이 일어났다는 사실이 아쉬운 게지."

그녀가 그에게서 술병을 받았다.

"자기 목숨을 걸고 남의 생명을 구해 준 사람한테는 어떻게 감사해야 하죠?"

"목숨을 걸어요?"

그녀가 손등으로 입술을 훔쳤다.

"예, 어떻게 하죠?"

그가 그녀를 보며 고개를 갸웃해 보였다.

그녀가 그의 마음을 읽고 웃었다.

"다른 방법 찾아봐요, 치코."

"그냥 고맙다고 하면 돼요."

그가 병을 받아 한 모금 마셨다.

"고마워요."

조가 과장된 몸짓으로 절을 하다가 그만 그녀한테로 넘어지고 말았다. 그녀가 비명을 지르며 머리를 때리고는 일어나도록 도와주었다. 둘 다 웃고 숨을 헐떡이며 비틀비틀 테이블로 돌아갔다.

"우린 절대 연인이 못 돼요."

그녀가 말했다.

"왜 그렇죠?"

"서로 다른 사람을 사랑하니까요."

"에, 내 여자는 죽었어요."

"내 남자도 죽었을지 몰라요."

"오."

그녀가 고개를 저어 술에서 깨려 했다.
"그럼 우린 유령들을 사랑하네요."
"그래요."
"그럼 우리도 유령이에요."
"당신은 취했고."
그가 말했다.
그녀가 웃으며 테이블 맞은편을 가리켰다.
"취한 건 당신이야."
"당근."
"우린 절대 연인이 될 수 없어요."
"아까 얘기했잖아요."

카페 위층 그녀의 방에서 처음 섹스를 했을 때 마치 자동차가 충돌한 것만 같았다. 둘은 서로의 뼈를 짓이기고, 침대에서 떨어지고 의자를 넘어뜨렸다. 그가 안으로 들어갈 때 그녀는 그의 어깨를 물어 피까지 냈다. 섹스는 접시 하나 설거지할 시간도 못 되어 끝이 나 버렸다.
두 번째는 30분 후였다. 그녀는 그의 가슴에 럼을 쏟아 모두 핥았고 그도 똑같이 해 주었다. 두 사람은 느긋하게 서로의 리듬을 익혔다. 그녀는 키스는 절대 하지 않겠다고 했지만 그건 애초에 연인이 아닐 때 얘기였다. 두 사람은 느긋한 키스와 진득한 키스를 모두 실험했다. 입술을 훔치듯 톡 쏘는 키스, 혀만 맞닿는 키스.
놀랍게도 두 사람 모두 크게 섹스를 즐겼다. 조는 평생 일곱 명의 여자와 섹스를 했지만, 의미야 어쨌든 사랑을 나눈 상대는 오로지 에마뿐이었다. 둘의 섹스가 무모하고 때때로 무분별했지만 에마는 항상 자신의 일부를 남겨두었다. 그 바람에 섹스를 하는 동안에도 그녀가 그 과정을 지켜보고 있다는 느낌은 어쩔 수 없었다. 그 후에도 에마는 마음을 닫고 점점 더 깊숙이 들어가기만 했다.

그라시엘라는 전혀 망설이지 않았다. 마치 상대를 해치려는 것처럼…… 시가를 말던 손으로 닥치는 대로 머리카락을 잡아당기고 목을 움켜쥐었다. 이러다가 목이라도 꺾지 않을까 은근히 두려울 정도였다. 그녀는 살갗, 근육, 뼈까지 닥치는 대로 물어뜯었다. 하지만 이 모두가 그를 안기 위한 노력이었다. 그녀는 마치 융합이라도 할 사람처럼 파고들었다. 내일 아침에 깨어났을 때 그녀가 그의 몸속으로 녹아들었든, 아니면 그 반대든 할 것만 같았다.

그날 아침, 잠에서 깨었을 때 조는 어처구니없는 생각이 떠올라 실소를 짓고 말았다. 그녀는 등을 돌린 채 옆으로 누워 잠을 자고 있었다. 머리는 산발이 되어 베개와 침대 머리로 흘러내렸다. 문득 침대에서 빠져나가 옷을 챙겨 몰래 떠나야 하나 하는 생각이 들었다. 술에 취했다느니 실수였다느니 하는 입씨름을 하고 싶지가 않았다. 후회할 일 만들기 전에? ……하지만 그는 도망가는 대신 그녀의 어깨에 키스했다. 그러자 그녀가 재빨리 돌아누우며 그의 입술을 탐했다. 그래, 후회는 다음 날 해도 늦지 않잖아?

"전문적인 조합이 될 거예요."
아래층 카페에서 아침 식사를 하며 그녀가 설명했다.

"어떻게 그렇죠?"

그가 토스트를 씹었다. 바보처럼 자꾸 웃음이 나왔다.

그녀 역시 적당한 어휘를 고민하면서도 얼굴에서 미소가 걷히지 않았다.

"이렇게 서로의…… 필요를 채우면서 적절한 시기에……"

"'적절한 시기?' 개인 교습을 했다더니 영어가 수준급이네요."

그녀가 의자에 등을 기댔다.

"내 영어는 아주 훌륭해요."

"아, 물론, 물론이에요. 당신이 놈들을 '파장' 낸다고 할 때 '아작' 낸다는 뜻으로 알아들으면 아무 문제 없으니까."

그녀가 허리를 곧추세웠다.

"칭찬 고마워요."

그는 계속해서 얼간이 표정이었다.

"얼마든지. 그래서 언제까지 우리가 음…… 지금의 관계를 유지하는 거죠?"

"내가 쿠바로 돌아가 남편과 함께 있을 때까지."

"그럼 나는?"

"당신?"

그녀가 포크로 달걀부침 한 조각을 찍었다.

"옙. 당신이 남편한테 돌아가고 나면 난 뭐가 되는데요?"

"당신은 탬파의 왕이 되잖아요."

"왕자."

"조지프 왕자. 나쁘지는 않지만 별로 어울리지는 않아요. 그런데 왕자가 자비로워야 하지 않아요?"

"예를 들어?"

"자기만 아는 조폭은 곤란하니까요."

"부하도 있어요."

"예, 부하도 있겠죠."

"부하들을 잘 보살피는 일도 자비예요."

그녀가 좌절과 혐오가 묘하게 섞인 표정으로 그를 보았다.

"왕자예요? 아니면 조폭이에요?"

"솔직히 몰라요. 마음이야 치외법인으로 남고 싶지만 그마저 이제 헛소리 같다는 생각이 들어서."

"그럼 내가 귀국할 때까지 나만의 치외법인 왕자님 해요. 어때요?"

"기꺼이. 자, 그럼 내 임무는 뭔가요?"

"빚을 갚아야죠."

사실 그때쯤이면 췌장을 내놓으라고 해도 "좋아요."라고 대답했을 것이다. 그가 테이블 맞은편의 그녀를 보았다.

"좋아요. 어디서부터 시작할까요?"

"매니."

그녀의 검은 눈이 갑자기 심각해졌다.

"가족이 있었어요. 집사람하고 딸 셋."

"기억하는군요."

"물론 기억해요."

"그 친구가 살든 죽든 상관없다고 하지 않았나요?"

"조금 과장은 있었죠."

"그 친구 가족을 돌볼 거죠?"

"얼마나 오랫동안?"

"평생. 당신을 위해 목숨을 바쳤어요."

그녀는 당연하지 않느냐는 투로 단언했다.

그가 고개를 저었다.

"아무리 양보해도, 그 친구는 당신네를 위해 목숨을 바친 거예요. 당신과 당신네 대의명분."

"그럼……"

그녀가 토스트를 입으로 가져가다 멈췄다.

"그러니까, 당신네 명분을 위해, 나한테 돈이 들어오는 대로 기꺼이 부스타멘테 가족에 돈 가방을 보내리다. 그러면 되지 않나요?"

그녀가 토스트를 씹으며 미소를 지었다.

"그럼 돼요."

"오케이. 그런데…… 그라시엘라 말고 부르는 애칭은 없어요?"

"뭐라고 부르면 좋겠어요?"

"글쎄. 그라시에?"

그녀가 뜨거운 석탄이라도 깔고 앉은 듯 잔뜩 인상을 찌푸렸다.

"래시?"

다시 인상을 찌푸렸다.

"엘라?"

그래도 조는 포기하지 않고 다시 찔러보았다.

"왜 그런 식으로 불러야 해요? 내 부모님이 주신 이름이 그라시엘라인데?"

"나도 부모님이 주신 이름이 있어요."

"하지만 당신이 반 토막 냈잖아요."

"조는 호세와 뿌리가 같아요."

그가 대답했다.

"무슨 뜻인 줄은 알지만 호세는 조지프를 뜻해요. 조가 아니라. 그러니까 당신도 조지프라고 불러야 해요."

"아버지와 똑같은 소리를 하네요. 그 양반도 일편단심 조지프라고 불러댔죠."

"당신 이름이니까. 그런데, 정말 먹는 속도가 느리네요. 참새 같아요."

"그 얘기도 들었어요."

그녀가 고개를 들어 그의 등 뒤를 보았다. 그도 의자에서 몸을 돌렸다. 앨버트 화이트가 뒷문으로 들어오고 있었다. 그때보다 나이 들어 보이지는 않았지만, 혁대 위로 똥배가 튀어나온 탓인지 기억보다 부드러운 인상이기는 했다. 하얀 정장, 하얀 모자, 하얀 각반을 선호하는 것도 그대로였고, 이 세상이 오로지 그를 위해 만든 놀이터라는 양 휘적거리는 걸음걸이도 여전했다. 본스와 브렌던 루미스가 함께였는데, 다가오면서 아예 의자를 하나 집어 들었다. 부하들도 의자를 들고 와 조의 테이블에 앉았다. 앨버트는 조의 옆에, 루미스와 본스가 그라시엘라 양옆에 앉았다. 셋이 무표정한 얼굴로 조를 노려보았다.

"얼마 만이냐? 2년 좀 넘었나?"

앨버트가 물었다.

"2년 반."

조가 커피를 홀짝였다.

"네 말이 맞겠지. 빵에 들어갔다 온 게 너니까. 전과자들이 날짜 하나만은 귀신같이 세잖아, 안 그래?"

그가 조의 팔 너머로 손을 내밀더니 접시에서 소시지 하나를 집어 닭다리처럼 잡고 뜯기 시작했다.

"총이라도 꺼내지그래?"

"없는지도 모르죠."

"설마."

"앨버트, 사업가잖아요. 총싸움 벌이기엔 보는 눈이 너무 많지 않아요?"

앨버트가 식당 안을 획 둘러보았다.

"그 반대야. 나한테는 아주 이상적으로 보이거든. 조명 좋고 시야 완벽하고, 그렇게 시끄럽지도 않고 말이야."

카페 주인은 50대에 접어든 쿠바 여인이었는데, 원래도 겁먹은 인상이었지만 지금은 훨씬 더 불안해 보였다. 남자들 사이의 긴장감을 누구보다 잘 읽기 때문이리라. 그놈의 긴장감이 저 창문이든, 출입문이든 당장 꺼져버리기를 바라는 것 같았다. 바로 옆 카운터에 노년의 커플이 앉아 있었는데, 두 사람은 험악한 분위기에 아랑곳하지 않고 오늘 밤 탬파 극장에서 영화를 볼 것인지, 트로피케일에서 티토 브로카의 연주를 들을지에 대해 논하고 있었다.

그 밖에는 아무도 없었다.

조는 그라시엘라를 확인했다. 두 눈이 평소보다 크고 목에는 전에 보지 못한 핏줄이 꿈틀거렸지만 침착해 보였다. 두 손도 호흡만큼이나 흔들림이 없었다.

앨버트가 소시지를 한 입 더 물고 그녀를 향해 상체를 기울였다.

"아가씨는 이름이 뭔고?"

"그라시엘라."

"때깔 고운 깜둥인지 가무잡잡한 스페인인지 잘 모르겠군."

그녀가 미소를 지어 보였다.

"오스트리아 출신이에요. 보면 몰라요?"

앨버트가 폭소를 터뜨렸다. 그가 자기 허벅지를 때리고 테이블을 때리자, 안하무인의 노년 커플도 이쪽을 돌아보았다.

"오, 죽이는 개그 아니냐? 세상에, 오스트리아라니."

그가 루미스와 본스를 보며 키득거렸다.

둘 다 농담을 이해하지 못했다.

"이놈들 보게. 오스트리아 몰라?"

앨버트가 둘에게 손을 내밀어 보였는데 한 손에는 아직 소시지가 대롱거렸다. 결국 그도 한숨을 쉬며 돌아섰다.

"냅둬라, 이놈들아. 그래, 오스트리아 아가씨, 풀네임이 어떻게 되신다고?"

"그라시엘라 도밍가 마엘라 코랄레스."

앨버트가 휘파람을 불었다.

"오, 입에 착착 감기는데? 그 예쁘장한 입술 꽤나 놀려봤나봐, 응? 내 말이 맞지, 아가씨?"

"그만하죠. 그냥…… 앨버트, 이분은 끌어들이지 맙시다, 예?"

앨버트가 조를 돌아보며 소시지를 마저 씹었다.

"내가 그렇게는 잘 못하잖아, 조. 몰라서 그래?"

조가 고개를 끄덕였다.

"원하는 게 뭡니까?"

"네놈이 교도소에서 뭘 배웠는지 그게 궁금해. 엉덩이 대주느라 너무 바빴더냐? 나오자마자 여기 내려오더니 단 이틀 만에 내 구역을 건드려? 거기서 완전히 또라이가 돼서 나온 거야, 조?"

"그냥 당신의 관심을 받고 싶었는지도 모르죠."

"그럼 대박 성공이다. 오늘 여기에서 새러소타까지 술집, 식당, 당구장, 비밀술집 등등, 모조리 챙겨봤는데, 더 이상 나한테 돈을 낼 수 없다는 거야. 이젠 네놈한테 내야 한다면서. 그래서 당연히 에스테반 수아레스를 만나러 갔더니, 그 새끼도 갑자기 조폐국보다 경호원이 많아진 거 있지? 아예 만나주지도 않더라고. 네놈하고 이탈리아 놈들, 그리고 또 뭐냐? 깜둥이들?"

"쿠바인들입니다."

앨버트는 조의 토스트 조각을 먹기 시작했다.

"나를 밀어낼 수 있다고 생각해?"

조가 끄덕였다.

"벌써 끝난 일이에요, 앨버트."

앨버트가 고개를 저었다.

"네놈이 죽는 순간, 수아레스 일당도 줄줄이 무너질 거야. 그 잘난 딜러 놈들도 마찬가지고. 몰라서 그래?"

"나를 죽일 생각이었으면 벌써 했겠죠. 여기 협상하러 온 거 아닌가요?"

앨버트가 다시 고개를 저었다.

"네놈을 죽여야겠어. 협상 따위는 없다. 좋아, 내가 변했다는 사실 정도는 알려주지. 솔직히 많이 약해졌거든? 그러니까 단둘이 뒷문으로 나가는 게 어때. 대신 네 계집은 머리카락 하나 안 다칠 테니까. 그 정도는 나도 해 줄 수 있다."

앨버트가 일어나며 똥배 위의 정장 코트 단추를 여미고 모자챙을 바로잡았다.

"소란 부리면 이년도 데려가서 함께 죽인다."

"그게 제안인가요?"

"그래."

조가 끄덕이고는 재킷 주머니에서 종이 한 장을 꺼내 테이블 위에 펼쳤다. 그리고 앨버트를 올려다본 뒤 그곳에 적은 이름들을 읽어 내려갔다.

"피터 매카퍼티, 데이브 커리건, 제러드 뮬러, 딕 키퍼, 퍼거스 뎀시, 아치볼드……"

앨버트가 조의 손에서 목록을 빼앗아 직접 나머지를 읽었다.

"요즘 만나지 못했죠, 앨버트? 당신 오른팔들인데? 전화든 초인종이든 대답 없을 겁니다. 우연의 일치라고 우기고 싶겠지만 어차피 말도 안 되는 소리인 거 알잖아요, 예? 우리가 손 좀 봤습니다. 하나도 빠짐없이 모두. 앨버트, 이런 말 해서 안됐지만, 그 친구들 절대 당신한테 돌아가지 않아요."

앨버트가 키득거렸지만 이미 붉은 얼굴이 상아처럼 새하얘진 후였다. 그가 본스와 루미스를 돌아보며 조금 더 키득거렸다. 본스도 따라서 웃었으나 루미스의 표정은 창백하기만 했다.

"당신 조직원 얘기는 그 정도로 하고…… 내가 이곳에 있다는 건 어떻게 안 거죠?"

앨버트가 힐긋 그라시엘라를 보더니 안색이 조금 밝아졌다.

"넌 단순해, 조. 그냥 저년만 따라다니면 된다."

그라시엘라가 이를 악물었지만 대답은 하지 않았다.

"좋은 작전 같기는 한데 어젯밤에 내가 있는 곳을 몰랐다면 여기까지 따라붙지는 못했겠죠. 아, 당연히 몰라야 해요. 그건 아무도 모르니까."

앨버트가 두 손을 들었다.

"인정. 하지만 나한테도 방법이 하나는 아니다."

"내 조직에 심어둔 애처럼?"

앨버트의 눈에서 웃음기가 걷히더니 눈까지 끔벅였다.

"나를 카페로 데리고 들어가라고 얘기해 준 그 친구 얘긴가요? 거리로 데리고 나가지 말고?"

앨버트의 눈에서 미소가 완전히 사라졌다. 눈도 동전처럼 가늘게 떴다.

"카페로 데려가면 내가 여자 때문에 싸우지 못할 거라고 말하던가요? 하이드파크 싸구려 여인숙에 돈 가방을 숨겨두었는데, 결국 그곳까지 안내할 거라는 얘기는 안 하던가?"

"쏴버려요, 두목. 당장 쏘세요."

브렌던 루미스가 으르렁거렸다.

"진작에 저 문으로 들어왔을 때 쐈어야지."

조가 말했다.

"그런다고 못 쏠 줄 아냐?"

"당연히 못 쏘지."

디온이 루미스와 본스 뒤에서 나타났다. 총신이 긴 38구경이 둘을 겨누었다. 살 우르소는 현관문으로 들어오고 레프티 다우너가 그 뒤를 따랐는데, 구름 한 점 없는 날씨이건만 둘 다 트렌치코트 차림이었다.

카페 주인은 물론 카운터의 노부부까지 결국 잔뜩 겁에 질리고 말았다. 영감은 계속 자기 가슴을 때리고 카페 주인은 묵주를 돌리며 미친 듯이 입술을 달싹였다.

조가 그라시엘라에게 말했다.

"저 사람들한테 가서 염려하지 않아도 된다고 말해 줘요."

그녀가 끄덕이며 테이블에서 일어났다.

앨버트가 디온을 돌아보았다.

"그래서, 뚱보, 결국 배신이 네 트레이드 마크라는 거냐?"

"딱 한 번이다, 꼰대. 작년 이맘때 당신이 날 매수하기 전에 당신 똘마니 블럼이 어떻게 됐는지 좀 더 생각해 봤어야지, 안 그래?"

"밖에 애들이 얼마나 더 있나?"

조가 물었다.

"차 네 대에 만땅."

디온이 대답했다.

조가 일어났다.

"앨버트, 카페에서 사람 죽일 생각 없지만 쓸데없이 장난치면 어떻게 될지 나도 몰라요."

앨버트가 미소를 지었다. 수적으로도 화력으로도 열세이건만 거드름은 여전했다.

"장난칠 생각은 없다만…… 앞으로 협조하는 게 어떻겠나?"

조가 그의 얼굴에 침을 뱉었다.

앨버트의 눈이 후추알만 해졌다.

한참 동안 카페의 어느 누구도 움직이지 않았다.

"손수건을 꺼내고 싶은데 괜찮겠나?"

앨버트가 물었다.

"뭐든 꺼내봐. 지금 서 있는 자리에서 끝장내 줄 테니까. 그냥 소매로 닦아."

조가 내뱉었다.

침을 닦는 동안 앨버트는 애써 미소를 되찾았지만 눈만은 여전히 살기가 가득했다.

"그래서, 나를 죽이거나, 마을에서 내쫓을 생각인가?"

"바로 맞혔다."

"어느 쪽이지?"

조는 카페 주인과 묵주를 보고, 그 옆에 서 있는 그라시엘라를 보았다. 그녀의 손은 여주인의 어깨에 가 있었다.

"오늘 당장 쏠 생각은 없다, 앨버트. 당신은 이제 전쟁을 벌일 총도 자금도 없어. 내가 신경 쓸 만한 세력을 재건하려 해도 몇 년은 필요하겠지."

앨버트가 자리에 앉았다. 옛 친구라도 만난 것처럼 느긋한 태도였다. 조는 그냥 서 있었다.

"뒷골목 사건 이후에 음모를 꾸몄겠군."

앨버트가 말했다.

"물론."

"그래도 어느 정도는 사업상 의견 차이 때문이라고 말해 주겠나?"

조가 고개를 저었다.

"이번 일은 철저히 사적인 문제다."

앨버트도 그 말을 인정하고 고개를 끄덕였다.

"그 애 소식을 묻고 싶나?"

조는 그라시엘라의 시선을 느꼈다. 디온의 시선도.

"아니, 별로. 당신은 그녀를 데리고 놀았고 난 사랑했어. 그래서 당신이 죽였지. 그런데 더 할 얘기가 뭐가 있겠나."

앨버트가 어깨를 으쓱였다.

"나도 그 애를 사랑했어. 네가 상상한 것보다 열렬하게."

"난 상상력이 아주 풍부한 놈이다."

"이번엔 틀렸어."

조는 앨버트의 얼굴 이면의 얼굴을 읽으려 했으나, 스타틀러 호텔의 지하실 직원용 통로에서 느꼈던 감정에서 달라진 것은 없었다. 에마를 향한 앨버트의 마음은 조와 비교해도 손색이 없어 보였다.

"그런데 왜 죽였지?"

"내가 아니라 네가 죽인 거야. 네가 그 애 몸속에 네 물건을 꽂는 순간. 여자는 얼마든지 있었어. 너도 그 정도면 미남이고⋯⋯ 그런데 감히 내 여자를 빼앗아? 사내가 오쟁이를 지면 선택은 두 가지밖에 없어. 나가 죽든지, 죽이든지."

"당신은 날 죽이지 않았어. 여자를 죽였지."

앨버트가 어깻짓을 했다. 조가 보기에도 분명 그 일 때문에 괴로운 눈치였다. 맙소사, 에마, 당신은 우리 둘 다 가졌군.

앨버트가 카페를 둘러보았다.

"네 주인이 나를 보스턴에서 몰아냈다. 그런데 이제 네놈이 나를 탬파에서 쫓아내는군. 각본이었나?

"비슷하다."

앨버트가 디온을 가리켰다.

"저 새끼가 피츠필드에서 널 넘겼다는 사실은 아냐? 그래서 2년이나 교도소 신세를 졌는데?"

"그래, 알고 있다. 이봐, 디온?"

디온은 본스와 루미스한테서 눈을 떼지 않았다.

"옙?"

"앨버트 머리에 총알 두 방만 박아."

앨버트의 눈이 왕방울만 해졌다. 카페 주인이 악 하고 비명을 질렀다. 디온이 손을 내민 채 성큼성큼 걸어왔다. 살과 레프티는 레인코트 아래로 톰슨 기관단총을 드러내며 루미스와 본스를 막아섰다. 디온이 앨버트의 이마에 총구를 박자 앨버트가 두 눈을 질끈 감고 두 손을 번쩍 들었다.

"잠깐."

디온이 멈췄다.

조가 바지를 매만지며 앨버트 앞에 웅크리고 앉았다.

"내 친구 눈을 봐라, 앨버트."

앨버트가 디온을 올려다보았다.

"그 눈에서 당신을 향한 사랑이 조금이라도 보이나?"

앨버트가 눈을 끔벅였다.

"아니, 아니, 안 보여."

조가 디온에게 고개를 끄덕이자 디온이 앨버트의 머리에서 총을 거두었다.

"운전해서 왔나?"

"응?"

"이곳까지 운전해서 왔는지 물었다."

"그렇긴 한데……"

"잘 됐군. 당신 차로 가서 곧바로 북쪽 주 경계 밖으로 달아나. 그래, 아무래도 조지아가 좋겠군. 이제부터 내가 앨라배마, 미시시피 해안, 여기서 뉴올리언스까지 도시 모두를 지배할 테니까. (미소를 지으며) 다음 주에도 뉴올리언스 문제로 회담이 있지."

"저 바깥 도로에서 나를 노리지 않는다고 어떻게 장담하지?"

"이런, 앨버트. 당연히 당신을 지켜볼 거야. 주 경계를 벗어날 때까지 쫓아갈 텐데? 안 그런가, 살?"

"연료는 가득 채웠습니다, 커글린 씨."

앨버트가 살의 톰슨 기관단총을 보았다.

"도로에서 나를 죽이지 않는다고 어떻게 믿지?"

"누가 믿으래? 어쨌든 지금 당장 얌전히 탬파를 떠나면 태평양과 대서양을 이용할 자격을 주겠지만 내일이면 구경도 못 할 거야. 난 당신이 내일을 봤으면 좋겠어. 그래야 복수라도 꿈꾸지 않겠어?"

"그런데 왜 날 살려두는 거지?"

조가 자리에서 일어섰다.

"내가 당신의 모든 것을 빼앗았어. 그 사실이야 누구나 알지만 당신은 처음부터 나를 막을 능력이 없었어. 앨버트, 내가 죽이지 않는 이유는, 그 구차한 모습을 원하는 사람이 이제 아무도 없기 때문이야. 단 한 명도."

18장
아버지는 없다

황금기가 무르익을 즈음, 디온이 조에게 말했다.
"운은 끝이 있다."
그것도 여러 번.
그러면 조는 이렇게 대답했다.
"행운에 끝이 있으면 불운도 마찬가지야."
"운이 오래갔잖아. 대장의 불운을 기억하는 사람은 지금 아무도 없어."

조는 9번가와 19번가 모퉁이에 직접 자신과 그라시엘라가 살 집을 지었다. 대리석 작업에는 스페인, 쿠바, 이탈리아 인력을 부르고, 뉴올리언스에서 건축가들을 불러 라틴계가 주로 사는 뷔카레에 다양한 스타일을 접목시켰다. 그라시엘라와 함께 뉴올리언스 프렌치 쿼터를 여러 차례 드나들며 영감을 얻고, 도보로 이보르를 돌아보기도 했다. 두 사람이 결정한 디자인은 그리스 복고풍과 스페인 식민지풍을 결합한 종류였다. 건물 전면을 적벽돌로 두르고 담황색 콘크리트 발코니에 단철 난간을 달았다. 창문은 녹색으로 칠하고 덧창을 달아, 건물 전체가 거리에서 훤히 보이기는 해도 사람이 있는지 여부를 판단하기는 어려웠다.

안쪽 방들은 넓고 적갈색 천장은 높았으며 키 큰 아치형 통로 밖으로 안뜰, 어린이 풀장, 정원이 내다보였다. 정원에는 베르가못, 바이올렛, 기생초 들과 더불어 유럽 부채야자들이 한창이었다. 치장벽토는 담쟁이덩굴로 덮였다. 겨울에는 부겐빌레아와 함께 노란색 캘리포니아 재스민이 한창이다가 봄이 되면 모두 시들고 블러드오렌지만큼이나 진한 능소화들이 그 자리를 대체했다. 돌길이 안뜰의 분수 주변을 꿈틀거리다가 로지아 아치 길을 지나 계단과 만나는데, 계단은 다시 나선을 그리며 달걀색 벽돌담을 지나 집 안으로 들어갔다.

집 안의 문들은 두께가 최소 15센티미터였고 숫양 뿔 돌쩌귀와 흑철 빗장을 달았다. 조는 3층 살롱을 돔 지붕으로 하고 테라스를 만들어 건물 뒤편의 골목을 내려다보게 했다. 2층 발코니가 집 주변을 에두르고, 회랑에 거리만큼 넓은 베란다가 있다는 점을 감안하면, 사실 그런 식의 현관은 무의미했다. 덕분에 그도 종종 까먹는 곳이기도 하다.

하지만 일단 시작하자 조도 자신을 제어하지 못했다. 운 좋게 그라시엘라의 자선모금 행사에 초대받은 사람들은 살롱이나 중앙 그랜드홀의 위용에 눈을 휘둥그레 뜰 수밖에 없었다. 두 배나 넓은 계단과 외제 비단 휘장, 이탈리아 주교의 의자들, 나뭇가지 모양 촛대를 부착한 나폴레옹 3세풍의 전신거울, 플로렌스산 대리석 벽난로 장식, 에스테반의 추천으로 파리의 화랑에서 구입한 금박 액자 등으로 화려하기가 극에 달했던 것이다. 건물 앞쪽의 쪽마루는 안으로 들어가면 대리석 바닥으로 바뀌어 실내를 시원하게 유지했다. 여름이면 가구들은 하얀 면으로 덮고, 샹들리에마다 무명베를 드리워 벌레들이 접근하지 못하게 했다. 조와 그라시엘라의 침대는 물론 고양이 발 욕조에도 모기장을 매달았는데, 하루 일과가 끝나면 둘은 종종 욕조에 함께 들어가 와인을 즐기고 거리의 소음을 만끽했다.

그라시엘라는 부자가 되면서 친구를 잃었다. 대부분이 공장 동료거나 쿠바노 클럽 초기에 자발적으로 그녀를 도운 사람들이었다. 그라시엘라의 갑작스러운 부와 행운을 시기해서라기보다는(그런 사람도 당연히 있기는 했다.) 값비싼 물건을 건드려 대리석 바닥에 떨어뜨릴까봐 무서웠기 때문이었다. 그라시엘라가 반갑게 맞아주었지만, 오래지 않아 공통 화제마저 떨어지면 좌불안석으로 있을 수밖에 없었다.

이보르 사람들은 그의 저택을 엘 알칼데 데 라 만시온, 즉 시장의 저택이라고 불렀지만 조가 그 이름을 들은 건 거의 1년이나 지나서였다. 거리의 목소리를 듣기엔 그의 위치가 너무 높았기 때문이다.

그동안 커글린과 수아레스의 동업관계는 질투가 날 만큼 단단해졌다. 조와 에스테반은 7번가의 랜드마크 극장에 증류소를 설치하고, 로메로 호텔 부엌 뒤쪽에도 또 하나를 마련한 다음, 지속적인 생산이 가능하도록 주변을 확실하게 청소했다. 배당을 두둑이 쳐주고 럼의 품질을 높이는 방식으로 소규모 조직들도 계속 포섭해 나갔는데 앨버트 화이트의 군소조직들도 예외는 아니었다. 고속 선박도 다수 사들이고 트럭과 수송차량의 엔진을 일제히 교체했으며, 2인승 수상비행기를 구입해 도서지역을 담당하게 했다. 수상비행기 조종은 파루코 디아스가 맡았다. 멕시코 혁명가 출신으로 살짝 맛이 간 만큼이나 재주가 많았다. 얼굴은 손톱만큼이나 깊은 마맛자국으로 뒤덮이고 머리카락은 퉁퉁 불은 파스타처럼 힘이 없고 끈적거렸는데, '만약의 사태'에 대비해 조수석에 기관총을 설치한 것도 파루코의 고집 때문이었다. 어차피 혼자 비행하기에 '만약의 사태'가 일어난다 해도 기관총을 쏠 사람이 없지 않느냐고 조가 지적하자, 파루코도 결국 인정할 수밖에 없었다. 그에 따라 비행기에는 거치대만 놓아두고 총은 들어냈다.

두 동업자는 다시 사우스 전역과 이스턴 시보드를 따라 통로란 통로는 모두 사들였다. 조의 논리대로 하자면, 딕시 갱들한테 대가를 지불하고 그쪽 도로를 이용한다면 그들도 그 지역의 법 문제를 해결해 줄 테고, 그럼 체포당할 위험과 화물 손실 비율도 30~35퍼센트 정도 낮아질 것이었다.

손실 비율은 70퍼센트까지 떨어졌다.

조와 에스테반은 눈 깜짝할 사이에 연간 100만 달러짜리 사업을 600만 달러짜리 공룡으로 키워놓았다.

그것도 악화일로의 범세계적 경제 위기 와중이었다. 경제 위기의 충격은 매번 커졌고, 날마다 달마다 더욱 심각해졌다. 사람들은 직장과 주거와 희망을 바랐지만, 그 어느 것도 가망이 없자 술에 의존

했다.

악은 불경기가 없다.

조가 깨달은 사실이다.

그 밖에는 별다를 게 없었다. 불경기와는 무관했지만 지난 몇 년간 곤두박질치기만 하는 경제 상황에는 조 역시 다른 사람들만큼이나 당혹스러웠다. 1929년의 경제공황 이후 은행 1만 곳이 파산하고 1300만 노동자가 일자리를 잃었다. 재선 선거를 앞둔 후버는 터널 끝에 빛이 보인다는 개소리를 늘어놓았으나, 이제는 빛이 남았다 해도 그들 모두를 짓밟기 위해 전속력으로 달려오는 기차 불빛뿐임을 모르는 사람은 없었다. 결국 후버도 최후의 발악으로 갑부들의 세금을 25에서 63퍼센트로 올리겠다고 나섰지만 유일한 지지층의 표만 잃고 말았다.

기이하게도 그레이터탬파만은 호황이었다. 조선과 통조림 사업 덕분이었다. 이보르는 완전히 그 반대였다. 시가 공장은 은행보다 더 빠른 속도로 무너지기 시작했다. 담배는 싸다는 이유만으로 국가의 합법적 악덕으로 새롭게 부각한 반면, 시가 매출은 50퍼센트 이상 곤두박질쳤다. 공장 10여 곳에서 노동자들이 파업을 일으켰으나, 끝내 조폭과 경찰과 KKK단에게 박살 나고 말았다. 이탈리아인들이 썰물처럼 이보르를 떠나자 곧이어 스페인인들도 빠져나가기 시작했다.

그라시엘라도 기계 때문에 직장을 잃었는데 조에게는 차라리 다행이었다. 몇 달 동안 라트로차에서 그녀를 빼낼 기회만 기다려왔기 때문이다. 그녀는 그의 조직에 없어서는 안 될 존재였다. 그녀는 배를 타고 건너온 쿠바인들과 접선해, 상황에 따라 사교 클럽, 병원, 쿠바인 전용 여인숙 등으로 안내했다. 조의 사업에 적합하다 싶은 사람을 만나면 일자리를 제안하기도 했다.

게다가 천성이 박애주의자라는 점도 도움이 되었다. 조와 에스테반에게는 무엇보다 돈세탁이 목적이었지만, 어쨌든 조는 이보르 시의 5퍼센트 정도를 사들였다. 시가 공장 두 곳을 인수해 노동자를 모두 재고용하고, 파산한 백화점을 학교로, 배관 자재 판매 회사는 무료 병원으로 개조했다. 텅 빈 건물 여덟 채를 구입해 주류 밀매점으로 활용했는데 물론 거리에서 보면, 양복점, 담배 가게, 꽃집 두 곳, 정육점 세 곳, 그리스식 간이식당에 불과했다. 특히 간이식당은 어찌나 장사가 잘되던지, 아테네에서 요리사 가족을 모두 불러들여 일곱 블록 동쪽에 새로 분점까지 열었다. 그 사실엔 누구보다 조가 크게 놀랐다.

그래도 그라시엘라는 공장 생활을 그리워했다. 동료 노동자들과 떠들던 농담과 얘기들이 그립고, 친구들이 스페인어 소설을 읽어주던 것도 그립고, 하루 종일 모국어로 수다 떨던 기억도 간절했다.

매일 밤 조가 지은 집에서 지내면서도 카페 위의 집도 포기하지 않았다. 조가 알기로도, 그곳에서 하는 일이라고는 기껏 옷 갈아입는 것뿐이었는데 그나마 자주 가지도 않았다. 그의 집에도 벽장이 있었고 벽장은 그가 선물한 옷으로 가득했다.

"당신이 사준 옷이잖아. 나도 직접 내 물건을 사고 싶어."

사준 옷을 왜 잘 입지 않느냐고 따지자 그녀는 그렇게 대답했다.

그녀에게는 옷 살 돈이 없었다. 돈을 모두 쿠바로 보냈기 때문이다. 물론 수혜자는 게으름뱅이 남편 가족이나 마차도 저항조직 친구들이었다. 에스테반도 이따금 이런저런 나이트클럽 개장과 자금 조달을 빙자해, 그녀를 위해 쿠바를 드나들었다. 그리고 돌아올 때마다 운동에 대한 희망적인 소식을 가져왔는데, 경험에 따르면 다음 여행 때면 예외 없이 좌절로 끝나는 종류들이었다. 사진도 많이 찍었다. 심미안도 날로 예리해져, 이제는 바이올린 주자가 활을 다루듯 카메라를 휘둘렀다. USS 머시호를 파괴한 전력 덕분에, 남미의 반정부 조직 사이에선 그도 이미 명사로 통했다.

"아주 골치 아픈 여자야, 응?"

에스테반이 물었다. 여행에서 돌아온 직후였다.

"알아요."

조가 인정했다.

"그 애가 왜 당혹해하는지 이해하나?"

조가 수아레스 리저브를 한 잔씩 따랐다.

"아뇨. 원하는 건 뭐든 살 수도, 할 수도 있어요. 최고급 옷을 사고 최고급 미용실에서 머리도 하고, 최고급 식당에서……"

"남미인 출입이 가능한 최고급 식당이겠지."

"그야 그렇죠."

"그렇지?"

에스테반이 상체를 기울여 두 발을 바닥에 내려놓았다.

"내 말은…… 이겼잖아요. 그러니 즐겨야죠. 나와 함께 느긋하게 늙어가면 되지 않나요?"

"그라시엘라가 그러고 싶다던가? 부잣집 마나님이 되고 싶대?"

"여자들은 대개 다 그렇지 않아요?"

에스테반이 묘한 미소를 지었다.

"언젠가 나한테 그랬지? 보통 조폭들과 달리 집안이 가난하지 않았다고?"

"부자까지는 아니었지만……"

"그래도 좋은 집이 있고 배불리 먹을 수 있었겠지? 학교에도 다니고."

"예."

"그래서 자네 모친이 행복하셨나?"

조는 한참 동안 아무 대답도 못 했다.

"그렇지 않았던 모양이로군."

에스테반이 확인해 주었다.

결국 조도 입을 열었다.

"부모님은 먼 사촌 사이 같았어요. 그라시엘라와 저요? 우린 다릅니다. 항상 대화하고 항상…… 사랑을 나누고 함께 있고 싶어 해요."

"그래서?"

"그런데 날 사랑하지 않을 이유가 뭐죠?"

에스테반이 웃었다.

"당연히 자넬 사랑하네."

"그런 말 절대 안 하던데요."

"사랑한다는 말 안 하면 어떤가?"

"나한테는 중요해요. 게다가 그 개자식하고도 이혼하지 않고 있잖아요."

"그 이유는 나도 모르겠네. 앞으로 1000년을 살아도 그 얼뜨기 어디가 좋은지 절대 이해하지 못할 거야."

"그자를 봤습니까?"

"올드 하바나 최악의 우범지대에 갈 때마다 본다네. 술집에 퍼질러 앉아 그라시엘라의 돈으로 퍼마시고 있지."

내 돈입니다. 내 돈. 조가 속으로 투덜댔다.

"그곳에 아직 그라시엘라를 쫓는 자가 있나요?"

"리스트에 있으니까."

에스테반이 대답했다.

조는 잠시 생각해 보았다.

"2주면 위조 신분을 만들 수 있겠죠?"

에스테반이 고개를 끄덕였다.

"물론. 그보다 빨리도 가능해."

"그럼 그라시엘라를 보내 개자식이 돈 지랄 하는 장면을 보게 해 줘요. 그러면…… 그럼 어떻게 되죠, 에스테반? 그 정도면 놈을 떠날 것 같습니까?"

그가 어깨를 으쓱했다.

"이봐, 조지프, 그라시엘라는 자넬 사랑해. 난 평생 그녀를 알았고 또 사랑에 빠진 모습도 보았네. 하지만 자네는? 후유. 그 애한테도 이런 기분은 처음일 거야. 잊었나? 그라시엘라는 지난 10년간 자기 자신을 혁명가로 규정하며 살았어. 그런데 지금은 매일 아침 눈을 뜰 때마다 그 모든 짐을 어깨에서 떨쳐내려 애쓰고 있다고. 신념, 조국, 소명…… 얼뜨기 남편까지 전부. 그것도 양키 조폭과 함께 있기 위해서 말이야. 그런데 그 사실을 스스로 납득시킬 수 있겠나?"

"왜 아니죠?"

"그럼 자신이 사이비 혁명가라는 사실을 인정해야 하는데 절대 못해. 그보다는 혁명을 향한 신념을 재확인하고 자네를 멀리하려 들 거라고."

그가 고개를 젓다가 천장을 올려다보며 잠시 생각에 잠겼다.

"자네가 이렇게 속내를 드러내는 걸 보니 이미 무슨 탈이 난 모양이군그래."

조가 얼굴을 붉혔다.

"예, 바로 맞혔어요."

2년간은 만사가 순조로웠다. 사업도 대박 행진을 이어갔다. 적어도 로버트 드루 프루잇이 나타나기 전까지는.

에스테반과 만난 후 월요일, 디온이 오더니 RD가 또 다른 클럽을 습격했다고 보고했다. RD는 로버트 드루 프루잇의 별명인데, 8주 전 출소한 이후, 이보르의 골칫거리로 부상했다. 갑자기 나타나 존재감을 드러내기 시작한 것이었다.

"놈을 찾아 처리하지 않는 이유가 뭐죠?"

"그럼 KKK단이 좋아하지 않을 거야."

최근 탬파에는 KKK단이 크게 득세하고 있었다. 놈들은 금주법을 광적으로 지지했다. 술을 마시지 않아서가 아니었다. 놈들도 음주를 즐기고 또 자주 마셨지만 알코올이 유색인들에게 권력에 대한 망상을 심어주고 종족 간 간통을 유도한다고 믿었던 것이다. 독실한 기독교인들을 나약하게 만들어 천주교도들이 세상을 정복하게 하려는 교황의 음모라는 얘기도 있었다.

불황이 닥치기 전만 해도 KKK단은 이보르를 외면했다. 경기가 곤두박질친 후, 소위 백인 권력의 메시지에 절박한 신도들이 몰려들었는데, 그러니까…… 미친 목사한테 교인이 더 많이 꼬이는 현상과 비슷하겠다. 사람들은 상심하고 겁에 질렸으나 올가미는 은행가나 증권브로커들한테 닿지 못했다. 그래서 보다 가까운 곳에서 사냥감을 찾기 시작했다.

그들이 화풀이 상대로 찾아낸 사냥감은 시가 노동자들이었다. 노동운동과 급진사상의 오랜 역사를 지닌 조직이기 때문이었다. 얼마 전에도 KKK단이 파업을 박살 낸 적이 있었다. 놈들은 시위대가 모일 때마다 닥치는 대로 들이닥쳐 소총과 권총을 쏴댔다. 시위 참가자의 집 잔디밭에서 십자가를 불태우고, 17번가에서는 화염병을 던졌으며, 여자 시가 공장 노동자 둘을 겁탈했다. 셀레스티노 베가 공장에서 집으로 귀가하던 도중이었다.

파업은 연기되었다.

RD 프루잇이 레이퍼드의 주립 교도소 농장에서 2년을 복역하기 전 KKK 단원이었기에, 출옥 후 다시 합류하지 않았다고 믿을 만한 이유는 없었다. 그가 처음 깨부순 것은 27번가 철길 건너 바로 맞은 편 잡화점 뒷마당에 있는 낡고 허름한 주점이었다. 과거 그 오두막도 KKK단의 본부였고 켈빈 보리가드가 운영했다는 소문도 있었다. RD는 야간 금고를 털고는 철길 쪽 벽을 가리키며 이렇게 외쳤다.

"우리 모두 지켜보고 있다. 경찰 부르면 알지?"

그 말을 듣고 조는 진짜 멍청이와 상대하고 있다는 사실을 깨달았다. 비밀술집이 털렸다고 어찌 경찰을 부르겠는가. 아무튼 '우리'라는 말에는 주춤하지 않을 수 없었다. KKK 놈들은 조 같은 자가 머리를 빼꼼 내밀기만을 기다리기 때문이다. 남미계 사람, 이탈리아인, 깜둥이와 함께 일하고, 쿠바 여자와 동거하며 악마의 럼으로 돈을 버는 가톨릭 양키…… 도무지 예뻐할 구석이라곤 하나도 없지 않은가?

머지않아 깨달은 바이지만 놈들을 정확히 그 점을 노렸다. 조를 밖으로 끌어내기. KKK의 행동대원이라면 삼류 학교에서도 낙제한 천생 얼간이들이 득시글했지만, 지도자 중에는 그나마 조금 똑똑한 놈들도 있었다. 지방 통조림 공장 주인이자 시의원인 켈빈 보리가드 외에, 제13법원의 프랭클린 판사와 10여 명의 경찰, 심지어 《탬파 이그재미너》의 편집자 호퍼 휴잇까지 끼어 있다는 소문도 있었다.

조가 보기에, 훨씬 복잡하고 중요한 문제는 RD의 매형이 일명 독수리 눈 어브, 즉 탬파의 경찰서장 어빙 피기스라는 데 있었다.

1929년에 처음 만난 이후로 피기스 서장은 몇 차례 조를 불러, 서로가 반대 입장임을 분명히 했다. 그의 집무실에 앉으면 서장은 비서에게 레모네이드를 가져오게 했고 그동안 조는 책상 위의 사진들을 구경했다. 아름다운 아내, 사과색 머리의 두 아이…… 아들 캘럽은 아버지를 그대로 빼닮았고 딸 로레타는 여전히 조의 머리를 명하게 할 만큼 미인이었다. 4학년 때에는 힐스버러 고등학교 축제의 여왕으로 뽑혔고 지방극단에 데뷔한 이후로는 온갖 상을 휩쓸다시피 했다. 졸업 후 곧바로 할리우드로 떠난다 해도 놀랄 사람은 아무도 없었다. 조 역시 언젠가 대형 스크린에서 그녀를 볼 수 있기를 기대했다. 저 미모에 조명까지 받으면 주변 사람들은 그대로 돌이 되고 말 것이다.

어빙은 자신의 완벽한 삶에 고무되어 조에게도 여러 차례 경고한 바 있었다. 머시호 사건과 엮을 근거만 찾아낸다면 감방에 처넣고 영원히 나오지 못하게 하겠다는 얘기였다…… 연방정부가 어떻게 나올지 누가 알겠는가? 그 목에 올가미를 걸고 교수대에 매달지, 응? 하지만 그 밖에는 조와 에스테반 일당이 탬파의 백인 거주 구역을 건드리지 않는 한 모르는 척 내버려두었다.

그런데 RD 프루잇 놈이 불과 한 달 만에 페스카토레 비밀술집 네 곳을 급습하고 조가 반격에 나서기를 자극하고 있었다.

"바텐더 넷의 증언이 똑같아. 완전히 미친놈이래. 그냥 보면 알 수 있다더군. 머지않아 누군가 죽이고 말 거라면서."

디온의 말이었다.

교도소에 있을 때 그런 유형의 개자식들은 얼마든지 보았는데, 상대할 방법은 단 세 가지뿐이다. 부하로 만들 것. 상대하지 말 것. 이도 저도 아니면 미련 없이 죽일 것. RD를 포섭할 방법은 없었다. 그가 가톨릭교도나 쿠바인의 지시를 받을 리 없기 때문이었다. 그렇다면 대안은 두 번째와 세 번째만 남는다.

2월 어느 날 아침, 트로피케일에서 피기스 서장을 만났다. 덥고 건조한 날이었다. 10월 말부터 4월 말까지 이곳 기온이 구제불능이라는 정도는 터득한 지 오래였다. 두 사람은 커피에 수아레스 리저브를 조금 타서 마셨다. 피기스 서장은 의자에 앉은 채 몸을 뒤척이며 불안한 눈빛으로 7번가를 내다보았다.

서장은 최근 마음 한구석에 쐐기 같은 놈이 박혔는데 아무리 해도 빼낼 수가 없었다. 그 바람에 느닷없이 귀가 욱신거리고 목이 욱신거리다, 급기야는 눈까지 개구리처럼 툭 불거지기도 했다.

서장의 삶에 어떤 굴곡이 있는지 조가 알 도리가 없었다. 아내가 달아났나? 아니면 사랑하는 사람이 죽기라도 했나? 어쨌거나 최근 크게 괴로운 일이 생겨 용기와 자신감이 축나고 있음은 분명해 보였다.

"페레스 공장이 문을 닫았다는 얘기는 들었나?"

서장이 물었다.

"이런, 그럼 어떻게 되죠? 노동자 400명은 해고되겠군요."

조가 대답했다.

"500명. 500명 이상이 실직자가 되고 500쌍의 손이 일자리를 잃고 악마의 유혹을 기다린다는 얘기겠지만 요즘 같아서야 어디 악마인들 취직하겠나? 그런 친구들이 거리로 나오면 마시고 싸우고 강도질밖에 더 하겠어? 나로서도 더 바빠지기는 하겠지만 적어도 나한테는 직장이라도 있으니."

"제브 폴이 포목상 문을 닫았다는 얘기는 들었습니다."

조가 덧붙였다.

"그래, 그랬다더군. 도시 이름이 생기기 전부터 이어온 가업인데."

"끔찍하군요."

"그래, 끔찍해. 정말로."

두 사람이 술을 마시는데 RD 프루잇이 거리를 어슬렁거렸다. 지금은 골프장에라도 나가려는지, 옷깃이 넓은 황갈색 니커 정장에, 흰색 골프모자, 그리고 투톤의 옥스퍼드 셔츠 차림이었다. 입에는 이쑤시개를 물고 이리저리 굴렸다.

프루잇이 자리에 앉는 순간, 조는 그의 얼굴에서 분명히 볼 수 있었다…… 두려움. 두려움은 RD의 두 눈 깊이 들어앉아 땀구멍마다 새어 나왔다. 다른 사람들이야 그가 화를 낼 때 두려움 대신 겉으로 드러난 증오심과 심술만 보겠지만, 조는 찰스타운에서 2년간 두려움을 연구한 적이 있었다. 그가 깨달은 바로는, 가장 최악의 부류가 가장 겁에 질린 놈이었다. 그러니까 그런 자들은 자신이 겁쟁이라는 사실을 들킬까봐 두려워하고, 더 나아가 똑같이 겁에 질린 쓰레기들의 밥이 될까봐 두려워했다. 두려움에 빠진 자는 더 많은 두려움을 전염시키며, 또한 두려움의 독을 더 널리 퍼뜨린다. 이런 식의 두려움은 수은처럼 그런 자들의 두 눈을 헤집고 다니지만, 반드시 최초의 만남, 첫 대면의 순간에 본질을 파악해야 한다. 그렇지 않으면 영원히 알아볼 수 없다. 하지만 첫 대면의 순간에조차 그들은 상대를 경계하기에, 반드시 두려움이 동굴 속으로 쏜살같이 달아나기 전에 판단해야 한다. 슬프게도 RD 프루잇의 두려움은 불곰만큼이나 컸다. 요컨대 두려움이 두 배로 크기에, 두 배로 비열하고 두 배로 불합리하다는 뜻이겠다.

　RD가 앉자 조가 손을 내밀었다.

　RD가 고개를 젓고는 미소와 함께 두 손바닥을 조에게 보여주었다.

　"교황 끄나풀과는 악수하지 말 것. 기분 나쁘라고 한 얘기는 아니오."

　"기분 나쁠 것 없습니다. 하지만 십수 년째 성당에 가본 적이 없다면 악수가 가능한가요?"

　RD가 키득거리며 다시 고개를 저었다.

조는 손을 거두고 자리에 앉았다.

"RD, 소문에 듣자 하니 이보르에 돌아와서도 옛날처럼 놀고 다닌다며?"

RD가 매형을 볼 때는 두 눈이 너무도 크고 순진해 보였다.

"그게 어때서요?"

"여기저기 강탈까지 한다는 얘기도 들었다."

"여기저기 어디요?"

"비밀술집."

RD의 눈이 갑자기 작고 어두워졌다.

"오, 법이 있는 나라에 그런 곳이 다 있어요?"

"그래."

"어쨌든 불법이잖아요. 당연히 문을 닫아야 하고."

"그래, 그렇긴 하다만."

RD가 고개를 저었다. 다시 천사의 눈빛으로 돌아갔다.

"솔직히 전 아무것도 모릅니다."

조와 피기스가 시선을 교환했다. 둘 다 한숨을 내뱉지 않기 위해 무진 애를 쓰고 있었다.

RD가 손가락으로 둘을 가리키며 웃었다.

"하하, 하하. 그냥 농담입니다. 다 아시잖습니까, 하하."

피기스 서장이 고개를 기울여 조를 가리켰다.

"RD, 이분은 사업가시다. 새로운 사업을 하신다니 네가 도와드리면 어떨까 싶다."

"그쪽도 알지 않소, 응?"

RD가 조에게 물었다.

"물론, 압니다."

"내가 무슨 농담을 하는지?"

RD가 되물었다.

"농담이시겠죠."

"물론이오. 잘 아시는군."

그가 피기스 서장을 향해 씩 웃어 보였다.

"안다는데요?"

"좋다, 그럼. 우린 다 친구가 된 거야."

피기스가 말했다.

RD가 보드빌 통속극 배우처럼 눈을 굴렸다.

"전 그렇게 말하지 않았습니다."

피기스가 몇 차례 눈을 깜빡였다.

"어쨌든, 다들 서로를 이해한 거다, 응?"

RD가 손가락으로 조의 얼굴을 가리켰다.

"이 친구는 밀주꾼에다 깜둥이들과 놀아나는 놈이에요. 동업이 아니라 개박살을 내야 한단 말입니다."

조는 RD의 손가락을 보며 미소 지었다. 머릿속으로는 저놈의 손가락을 낚아채 관절을 으깨버릴까 하는 생각을 하고 있었다.

그 전에 RD가 손을 내리며 큰 소리로 말했다.

"하하하, 농담입니다. 농담인 거 알죠, 응?"

조는 아무 말 하지 않았다.

RD가 테이블 너머로 손을 내밀고는 주먹으로 조의 어깨를 툭 건드렸다.

"농담이라니까 그러네, 응? 응?"

조가 RD의 얼굴을 보았다. 지금껏 보았던 그 누구보다 친근한 표정이었다. 오직 상대의 행복만을 빌 것 같은 얼굴. 하지만 계속 노려보니 기어이 잔뜩 두려움에 젖은 짐승 한 마리가 RD의 선하면서도 광기 어린 두 눈을 뚫고 달려 나왔다.

"좋아요, 농담."

"그런 사람만 아니면 되는 것 아니오, 응?"

RD가 꼬리를 달았다.

조가 고개를 끄덕였다.

"내 친구들 말이, 파리지앵에 자주 다닌다던데?" RD는 장소를 떠올리려는 듯 미간을 좁혔다. "거기 '프렌치 75'라는 음식을 좋아한다고 들었어요."

RD가 제 다리를 긁었다.

"그렇소만?"

"단골 이상이 되시면 어떨까 제안하는 겁니다."

"단골 이상이 뭐요?"

"파트너."

"뭐가 좋은 거요?"

"수익의 10퍼센트를 받을 수 있어요."

"당신이 그렇게 해 주겠다고?"

"물론."

"이유는?"

"야심을 존중한다고 해두죠."
"그게 다요?"
"재능을 사기도 합니다."
"에, 그럼 10퍼센트로는 부족해 보이는군."
"당신 생각을 말해 보시죠."
RD의 얼굴은 밀밭만큼이나 온화하고 아름다웠다.
"내 생각은 60퍼센트요."
"도시에서 가장 잘나가는 클럽의 수익 60퍼센트를 갖겠다는 겁니까?"
RD가 끄덕였다. 유쾌하고 평온한 표정.
"어떤 일을 하는 대가로? 구체적으로 얘기해 봐요."
"나한테 60퍼센트를 내면 친구들이 당신을 조금 덜 미워할 거요."
"당신 친구들이 누군데?"
조가 물었다.
"60퍼센트."
RD가 처음 하는 이야기인 것처럼 다시 말했다.
"이봐요, 친구. 60퍼센트는 터무니없는 요구요."
"난 당신 친구가 아니오. 그럴 생각도 없고."
RD가 온화한 목소리로 말했다.
"다행이로군."
"그래서?"
"15퍼센트."
조가 잘라 말했다.

"찢어 죽일 놈 같으니."

RD가 속삭였다.

적어도 조가 듣기엔 분명 그렇게 속삭였다.

"뭐라고?"

RD가 턱을 세게 문지르자 수염 긁는 소리까지 들렸다. 그가 너무도 공허하면서도 밝은 눈으로 조를 노려보았다.

"좋소, 그 정도면 아주 합리적인 조건으로 보이는군."

"어느 쪽이?"

"15퍼센트. 20퍼센트로 올릴 생각은 없을 것 아뇨?"

조가 피기스 서장을 보고 다시 RD를 보았다.

"15퍼센트면 아주 관대한 액수요. 게다가 가게에는 아예 나타날 필요도 없으니까."

RD는 수염을 조금 더 문지르며 테이블을 내려다보았다. 마침내 고개를 들었을 때는 너무도 소년다운 미소였다.

"옳은 말씀이오, 커글린 씨. 합리적인 거래였소. 나도 조건에 동의할 수 있어 무척 기쁘외다."

피기스 서장이 의자에 등을 기대고 두 손은 탄탄한 배에 얹었다.

"잘 됐다, 로버트 드루. 결국 합의할 줄 알았어."

"예, 합의했습니다. 그런데 어떻게 배당액을 받죠?"

RD가 물었다.

"매달 두 번째 화요일마다 저녁 7시경에 들러 매니저를 찾으면 됩니다. 시앤 맥알핀."

"슈완?"

"비슷해요."

"그도 교황파요?"

"남자가 아니라 여자지만 물어본 적은 없어요."

RD가 두 손으로 테이블을 때리며 일어났다.

"시앤 맥알핀. 파리지앵. 화요일 밤. 에, 아주 좋소이다. 만나서 반가웠소, 커글린 씨, 매형."

그가 두 사람 모두에게 모자를 건드리고 대충 손을 저으며 멀어져 갔다.

한동안 두 사람 다 아무 말도 하지 못했다.

결국 조가 살짝 몸을 돌리며 피기스 서장에게 물었다.

"저 친구는 머리가 얼마나 나쁜 겁니까?"

"포도처럼 물렁하지."

"바로 그 점이 걱정이에요. 정말 거래를 받아들일 것 같습니까?"

피기스가 어깨를 으쓱해 보였다.

"그야, 두고 보자고."

처음 파리지앵에 나타나 배당을 요구했을 때 시앤 맥알핀이 돈을 건네자 RD는 고맙다는 인사까지 챙겼다. 그녀에게 이름 철자가 어떻게 되는지 묻고 그녀가 대답하자 아주 예쁘다고 칭찬을 하고, 관계가 오랫동안 이어지기를 기대한다며 바에서 술도 한잔 했다. 마주치는 사람 모두에게 환한 표정도 지었다. 그리고 술집을 나와 자기 차에 올라탄 뒤 바요 시가 공장을 지나 필리스 플레이스로 향했다. 조가 이보르에 왔을 때 처음 술을 마신 술집이다.

RD 프루잇이 필리스 플레이스에 던진 폭탄은 폭탄 같지도 않았지만 사실 그럴 필요도 없었다. 덩치 큰 남자가 손뼉을 치면 팔꿈치가 벽에 닿을 정도로 좁은 곳이기 때문이었다.

죽은 사람은 없었다. 쿠이 콜이라는 드러머는 왼쪽 엄지를 잃고 다시는 연주할 수 없게 되었다. 한 소녀는 아버지를 집에 태워 가기 위해 잠시 들렀다가 발 한 짝을 잃었다.

조가 2인조 팀을 보내 조사한 결과 RD 개자식의 짓이었으나 도무지 행방을 찾을 수가 없었다. 이보르 전체를 뒤지고, 웨스트탬파를 뒤지고, 나중엔 탬파 일대를 샅샅이 훑었으나 놈은 어디에도 없었다.

RD는 일주일 후 동쪽에 나타났다. 조의 주점으로 거의 쿠바 흑인들만 드나드는 곳이다. RD가 들어갔을 때는 밴드의 연주가 절정에 이르러 술집이 한창 들썩거리던 참이었다. 놈은 느릿느릿 무대로 걸어가 베이스트롬본 연주자의 무릎과 가수의 배에 총을 쏘고, 무대 위에 봉투 하나를 던진 다음 뒷문으로 빠져나갔다.

봉투에는 '깜둥이랑 붙어먹는 조지프 커글린 씨' 앞이라고 적혀 있었고 안에는 단 한 단어뿐이었다.

60퍼센트.

조는 켈빈 보리가드를 만나기 위해 통조림 공장으로 향했다. 디온과 살 우르소도 함께였다. 건물 뒤쪽 보리가드의 집무실은 검수 구역이 잘 내려다보이는 위치였다. 공장 안은 찌는 듯 무더웠지만 작업복에 앞치마를 두르고 같은 색 머리띠까지 두른 여성들이 구불거리는 컨베이어 장치 주변에 서 있었다. 보리가드는 전면 전망창을 통해 지켜보고 있었으면서도 조 일행이 들어와도 일어나기는커녕 한참 동안 고개를 돌리지도 않았다. 마침내 그가 의자에서 돌아앉아 미소를 지으며 유리를 향해 엄지를 세웠다.

"새로 물건이 오면 눈을 뗄 수가 없어서 말이야. 자네들 생각은 어떤가?"

그가 물었다.

"새것도 적하장을 벗어나는 순간 헌것이 됩니다."

디온이 대답했다.

켈빈 보리가드가 눈썹을 치켰다.

"그래, 그래, 아주 좋은 지적이야. 자, 신사 여러분, 뭘 도와드릴까?"

그가 책상 위 담배 상자에서 시가 하나를 꺼냈지만 아무한테도 권하지는 않았다.

조는 오른쪽 다리를 왼쪽 다리에 걸치고 발목 커프스를 당겨 단단히 조였다.

"RD 프루잇의 머리에 상식을 심어줄 수 있을지 얘기해 보고 싶어서요."

"내가 알기로도 여태껏 성공한 사람이 없는 것 같던데?"

보리가드가 대답했다.

"그렇다 해도. 시도는 한번 해보시죠."

조가 말했다.

보리가드는 입으로 시가 끝을 잘라 휴지통에 뱉었다.

"RD는 어른이야. 나한테 조언을 청하지도 않았는데 함부로 나서면 예의가 아니지. 이유가 정말로 타당하다면 또 모르지만…… 그래, 말해 보게나. 나도 당혹스럽긴 하네만 이유가 뭔가?"

보리가드는 시가에 불을 붙였다. 조는 시가에 불꽃이 일고 연기가 뿜어 나올 때까지 한참을 기다려주었다.

"그의 안녕을 바라는 마음에서입니다. RD가 내 클럽을 더 이상 망가뜨리지 않고 나와 만나야 화해가 가능하지 않겠습니까?"

"클럽? 어떤 클럽?"

조가 디온과 살을 건너다보았지만 말은 하지 않았다.

"브리지클럽? 로터리클럽? 나 자신이 그레이터탬파 로터리클럽에 속하네만 자네를 본 기억은……"

"성인 대 성인으로 사업 문제를 상의하기 위해 왔습니다. 그런데 지금 장난이나 치자는 겁니까?"

조가 따져 물었다.

켈빈 보리가드가 두 발을 책상 위에 올렸다.

"하기 싫다면?"

"당신이 그 새끼를 우리한테 보냈어요. 완전히 미친놈이라는 사실을 알면서. 그래봐야 결국 그놈만 죽을 겁니다."

"내가 누굴 보내?"

조는 코로 길게 숨을 삼켰다.

"당신은 이곳 KKK단의 대마법사요. 그건 좋아요, 당신 문제니까. 하지만 우리 구역에서까지 당하고만 있을 줄 압니까? 당신이나 당신 일당처럼 대가리에 똥만 든 쓰레기들한테?"

보리가드가 가볍게 키득거렸다.

"오, 이런, 우리를 그렇게 봤다면 크게 헛다리 잡은 거야. 우리는 공무원과 집달관, 교도소 간수와 은행가 집단이라네. 경찰 간부와 보안관도 있고 판사도 있지. 아, 그렇잖아도 결심한 게 있는데, 커글린 군."

그가 책상에서 발을 내렸다.

"이제부터 자네들을 조금 들볶을 모양이야. 스페인, 이탈리아 놈들까지 모두. 뭐, 이참에 모조리 마을에서 쓸어낼 수도 있겠지. 혹시라도 우리한테 대들 생각이라면, 자네 주변에 기꺼이 성스러운 유황불을 잔뜩 퍼부어주지."

"그러니까 나를 협박하려고 보낸 자들이 당신보다 더 힘이 센 인간들이라는 얘긴가?"

"바로 맞혔네."

"망할, 그럼 지금 이러고 떠들 이유가 없잖아."

조가 투덜대며 디온에게 고개를 끄덕였다.

켈빈 보리가드가 미처 "뭐라고?"라고 묻기도 전에 디온이 그의 뇌수로 거대한 창문을 범벅으로 만들어버렸다.

디온은 켈빈 보리가드의 담배 상자에서 시가를 꺼내 입에 물었다. 그리고 권총에서 맥심 소음기를 풀어 레인코트 주머니에 집어넣으며 짜증을 부렸다.

"젠장, 더럽게 덥네."

"요즘 툭하면 계집애처럼 징징거린다니까."

살 우르소가 놀렸다.

셋은 사무실을 나온 뒤 철제 계단을 통해 통조림 공장으로 내려왔다. 공장 안으로 들어가기 전에 중절모를 깊숙이 눌러쓰고 화려한 정장 위에 밝은색의 레인코트까지 걸쳤다. 노동자들이 쉽게 조폭임을 알아보고 재빨리 고개를 돌리도록 유도하기 위해서였다. 자세히 살펴봐야 서로 좋을 일이 없었다. 셋은 들어갈 때와 같은 길로 걸어 나왔다. 행여 이보르 주변에서 본 적이 있다면 당연히 그들의 명성도 알 터였다. 따라서 죽은 켈빈 보리가드의 통조림 공장 검역소에서 제대로 시선을 들지 못하게 하는 것만으로도 효과는 충분했다.

조는 하이드파크 피기스 서장의 집 현관에 앉아 아버지의 시계 뚜껑을 만지작거렸다. 열었다 닫았다. 열었다 닫았다. 그의 집은 고전적인 적벽돌 단층집으로, 달걀색으로 마감장식이 되어 있고 공예 장식들이 여기저기 화려했다. 현관은 거대한 히커리나무 줄기를 깎아 만들었다. 똑같은 재목의 가구를 현관에 내놓았으며 그네도 역시 달걀색으로 마감장식 했다.

피기스 서장이 차에서 내려와 적벽돌 통로를 지나왔다. 양쪽으로 깨끗하게 손질한 잔디밭이 넓게 이어졌다.

"이런 식으로 내 집에 와?"

그가 조에게 물었다.

"잡으러 오실 수고를 덜어드린 겁니다."

"내가 왜 자넬 잡아야 하는데?"

"애들이 그러는데 절 찾으신다고요?"

"오, 그래, 그래."

피기스는 현관에 올라온 다음에도 한동안 계단에 팔을 올려놓고 가만히 있었다.

"자네가 켈빈 보리가드의 머리를 날렸나?"

조가 그를 올려다보았다.

"켈빈 보리가드가 누구죠?"

"그럼 나도 질문 끝. 맥주 한잔 할 텐가? 유사 맥주지만 맛은 나쁘지 않네."

서장이 말했다.

"좋죠."

피기스는 집으로 들어가 유사 맥주 두 캔과 개 한 마리를 데리고 나왔다. 맥주는 시원했고 개는 늙수그레했다. 회색의 블러드하운드는 귀가 부드럽고 바나나 잎만큼이나 컸는데 밖으로 나와서도 조와 문 사이에 웅크리고 앉아 두 눈을 뜬 채 코를 골았다.

"RD를 잡아야겠습니다."

조가 맥주 고맙다고 인사를 챙긴 뒤 말했다.

"그렇게 나올 줄 알았네."

"서장님께서 도와주시지 않으면 이 일이 어떻게 끝날지 아시잖습니까?"

"아니, 모르네만."

"시신과 유혈사태가 늘고 신문들은 연일 '시가 도시의 학살' 같은 기사를 토해 낼 겁니다. 결국 서장님도 밀려나게 될 거고요."

"자네도 마찬가지야."

조가 어깨를 으쓱했다.

"어쩌면요."

"차이는 있겠지. 자네를 쫓아낼 때는 뒤통수에 총알을 박아 넣을 테니까."

"RD가 떠나면 전쟁이 끝나고 평화가 돌아올 겁니다."

조가 밀어붙였다.

피기스가 고개를 저었다.

"내 처남이야. 그런 식으로 팔아넘길 수는 없네."

조가 거리를 내다보았다. 아름다운 벽돌 거리였다. 단층집들은 밝고 깔끔한 색이고 남부 스타일의 옛집은 현관도 넓고 거리 쪽으로 활 모양 건축물이 두 개씩 붙어 있었다. 떡갈나무들은 모두 튼튼하고 컸으며 바람에서 치자나무 냄새가 났다.

"이렇게 하고 싶지 않았습니다."

"하다니, 뭘?"

"서장님이 저를 막다른 골목으로 몰아가시는군요."

"자네를 몰아간 적 없네, 커글린."

"아니, 몰아가셨습니다."

조는 재킷 안주머니에서 첫 번째 사진을 꺼내 피기스 서장 옆에 내려놓았다. 피기스는 알았다, 그 사진을 봐서는 안 된다는 걸. 그냥 알 수 있었다. 그는 한참 동안 오른쪽 어깨 쪽으로 턱을 기울였다가 결국 고개를 돌려 조가 현관에 내려놓은 사진을 보고 말았다. 현관 문에서 겨우 두 발자국 떨어진 곳에서…… 그의 얼굴이 창백해졌다.

그는 조를 올려다보고 다시 사진을 보고 얼른 고개를 돌렸다. 조는 사냥감을 물고 늘어졌다.

그는 두 번째 사진을 첫 번째 사진 옆에 놓았다.

"할리우드에 가지 못했습니다, 어빙. 겨우 로스앤젤레스에서 붙잡혔죠."

두 번째 사진을 힐긋 보는 것만으로도 어빙의 두 눈에 불이 붙었다. 그가 두 눈을 질끈 감고 계속 중얼거렸다.

"이건 옳지 않아. 절대 이럴 수는 없다."

그는 정말로 흐느껴 울었다. 두 손으로 얼굴을 감싼 채 고개를 숙이고 어깨까지 들먹이면서.

울음을 그친 뒤에도 손을 떼지는 않았다. 개가 건너와 바로 옆에 눕더니 머리로 피기스의 허벅지를 밀며 부르르 떨었다. 입술도 달싹거렸다.

"따님은 특별한 의사가 돌보고 있습니다."

조가 말했다.

피기스가 두 손을 내리고 조를 보았다. 충혈된 눈에 증오가 가득했다.

"의사라니?"

"사람을 헤로인과 떼어내는 일을 합니다, 어빙."

피기스가 손가락 하나를 들었다.

"다시는 내 이름을 부르지 마라. 피기스 서장님이라고 불러. 앞으로 우리가 며칠, 몇 년을 만나든 간에 호칭은 하나뿐이다. 피기스 서장님. 알아듣겠나?"

"우리 짓이 아닙니다. 우린 그저 따님을 찾아내 빼냈을 뿐이죠. 아주 질이 안 좋은 곳이었습니다."

"그래서, 그걸 빌미로 어떻게 콩고물을 얻어먹을지 궁리했겠지.

내 딸이든 다른 누구든 간에, 어차피 네놈들이 만들어놓은 시궁창이야."

피기스가 딸 사진을 가리켰다. 사진에는 남자 셋에 철제 개 목걸이와 사슬까지 있었다.

"내가 아닙니다. 내가 파는 물건은 럼이에요."

조가 반발했지만 피기스의 귀에 들릴 리가 없었다.

피기스가 손바닥으로 눈물을 닦고 손등으로 한 번 더 훔쳤다.

"럼을 판 돈으로 조직이 다른 물건들을 사들이겠지. 뻔한 얘기야. 쓸데없는 변죽으로 물 흐릴 필요 없으니 값이나 읊어."

"예?"

그가 조를 돌아보았다.

"대가. 내 딸이 있는 곳을 얘기해 주는 대가. 어서 말해. 어디 있지?"

"훌륭한 의사와 함께 있습니다."

피기스가 주먹으로 현관을 때렸다.

"깨끗한 시설이죠."

이번에는 마루청을 때렸다.

"아직은 말할 수 없습니다."

"언제까지?"

조가 한참 동안 그를 보았다.

마침내 피기스가 일어났다. 개도 따라 일어났다. 그가 스크린도어를 열고 들어간 후 전화 다이얼을 돌리는 소리가 들렸다. 전화 거는 목소리가 평소보다 높고 거칠었다.

"RD, 그 친구 다시 만나. 그 문제로 더 이상 논쟁하면 절대 안 돼."
조는 담뱃불을 붙였다. 몇 블록 너머 하워드에서 경적 소리가 들렸다.
"그래, 나도 가마."
피기스가 전화기에 대고 소리쳤다.
조는 입에 물던 담배를 빼어 바람 속으로 튕겨냈다.
"넌 안전해. 내가 책임진다."
그가 전화를 끊고 잠시 스크린도어 안쪽에 서 있다가 문을 열고 현관으로 나왔다. 개도 따라왔다.
"롱보트키에서 만나기로 했다. 거기에 리츠 호텔을 짓고 있지. 오늘 밤 10시. 자네 혼자 오라더군."
"알겠습니다."
"딸애 있는 곳은 언제 알려줄 텐가?"
"RD와 만나 살아서 돌아오면요."
조가 자기 차로 걸어갔다.
"네가 직접 해."
조가 피기스를 돌아보았다.
"예?"
"그 애를 죽이려면 남자답게 직접 방아쇠를 당기란 말이다. 다른 자들한테 모조리 떠맡길 만큼 자존심도 없는 놈이었냐? 네놈이 직접 해."
"자존심 내걸 만한 일이 어디 있던가요?"
"아니, 있다. 매일 아침 일어나면 나는 거울을 들여다보며 정당한 길을 걷고 있다고 확신할 수 있다. 네놈은?"

피기스는 질문을 허공에 내걸었다.

조가 차 문을 열고 차에 올랐다.

"잠깐."

조가 현관을 돌아보았다. 서장은 더 이상 남자답게 보이지 않았다. 조가 그에게 가장 소중한 것을 훔쳐내 차를 타고 달아나려 했기 때문이다.

피기스는 조의 정장 재킷을 노려보았다. 목소리도 흔들렸다.

"그 안에 사진이 더 있나?"

조는 주머니에 들어 있는 사진들을 만지작거렸다. 종기 난 잇몸처럼 역겨운 사진들.

"아뇨."

그는 차를 타고 그곳을 빠져나왔다.

19장

내일은 없다

존 링링, 서커스 흥행주이자 새러소타의 위대한 은인이 1926년 롱보트키에 리츠칼튼 호텔을 세웠다. 하지만 곧바로 돈줄이 끊기는 바람에 호텔은 바다를 등진 채 진퇴양난에 빠지고 말았다. 객실에 가구를 들이지 못하고 벽에 크라운몰딩 시공조차 하지 못했다.

처음 탬파로 이사했을 때 조는 해변을 따라 10여 차례 산책하며 암거래 물건들을 풀어놓을 장소를 물색했다. 그와 에스테반한테는 당밀을 탬파 부두로 들여올 배가 몇 척 있었고 도시를 철저히 장악한 덕에 화물 소실률도 10분의 1 수준으로 줄어들었다. 하지만 럼을 배달하려면 여전히 뱃삯을 지불해야 했다. 하바나에서 웨스트센트럴플로리다로 직수입하는 스페인산 아니스와 오루호인데, 미국에서의 증류 과정을 생략했기에 시간은 크게 단축했지만, 탈세 감시관, 수사국, 해안 경비대 등 볼스테드 경찰의 광범위한 수사망에 선박이

노출될 수밖에 없었다. 파루코 디아스가 아무리 정신 나간 귀신이라 해도, 기껏해야 경찰의 접근을 예견하는 정도일 뿐 막을 능력은 없었다. 그가 기관총과 거치대를 맡을 사람이 있어야 한다고 지금껏 주장하는 이유도 그 때문이다.

하지만 조와 에스테반이 해안 경비대, J. 에드거 일당 등과 공개전쟁을 결심하기까지만 해도, 멕시코 만 해안을 따라 점점이 박힌 방파제 형상의 작은 섬들, 특히 롱보트키, 케이시키, 시에스타키는 화물을 숨기거나 들여오기에 더없이 좋은 장소였다.

포장을 위한 장소도 따로 있었다. 모래사장을 들고 나는 방법이 단 두 가지뿐이었기 때문이다. 하나는 타고 온 배. 그리고 두 번째가 다리인데 다리도 하나밖에 없었다. 따라서 경찰이 포위해 메가폰으로 떠들고 탐조등을 부라릴 경우, 하늘을 날지 않는 한 섬을 빠져나갈 방법은 없게 된다. 그럼 안됐지만, 곧바로 감옥행이다.

임시방편으로 리츠에 짐을 부린 것도 지난 몇 년 동안에만 벌써 10여 차례였다. 조가 직접 하지는 않았지만 그곳에 대한 얘기들은 얼마든지 들었다. 링링은 호텔 뼈대를 올리고 배관공사에 바다 기초까지 다져놓고서 그냥 손을 떼고 말았다. 말 그대로 그냥 버려둔 것이다. 객실 300개의 스페인 지중해. 건물이 어찌나 큰지 불을 밝혔다면 정말 하바나에서도 볼 수 있었으리라.

조는 한 시간 일찍 도착했다. 플래시도 챙겼다. 디온한테 좋은 놈으로 구해 오라고 했는데 나쁘지는 않지만 그래도 자주 껐다 켜야 했다. 불빛이 조금씩 흐려지다가 깜빡거리면서 이내 완전히 어두워지기 때문이었다. 그럴 때면 잠시 껐다가 켜면 다시 불이 들어왔고 시간이 지나면 또 그 과정을 반복해야 했다. 3층에 올라가 식당으로 계획했음 직한 공간의 어둠 속에서 기다리고 있자니 문득 사람들이 플래시 같다는 생각이 들었다. 환히 빛나다가 흐려지고 마침내 깜빡거리다가 완전히 꺼지고 마는 존재. 건전하지도 어른답지도 못한 비유이지만, 그곳까지 차를 몰고 오는 동안, RD 프루잇을 향한 짜증 덕분에 그만큼 우울하고 유치해졌는지도 모르겠다. RD 같은 놈은 얼마든지 있다. 놈은 예외도, 돌연변이도 아니다. 따라서 오늘 밤 골칫거리를 제거한다 해도 머지않아 또다시 RD 프루잇이 나타날 것이다.

그의 사업은 불법이고, 따라서 더러울 수밖에 없다. 더러운 사업에는 더러운 인간들이 꼬인다. 편협한 데다 잔인하기까지 한 종자들이.

조는 흰색 석회암 베란다로 나가 파도 소리를 들었다. 링링이 수입했다는 대왕야자 잎들이 따뜻한 밤바람에 바스락거렸다.

금주파들이 열세에 몰리고 헌법 수정안 제18조에 반대하는 목소리는 커졌다. 머지않아 금주법은 끝날 것이다. 그것도 10년 정도가 아니라 2년 이내에. 어느 쪽이든 이미 사망선고는 내려진 셈이며 다만 발표를 미루고 있을 뿐이다. 조와 에스테반은 걸프 해안 위아래와 이스턴 시보드를 따라 무역회사들을 사 모으는 참이었다. 아직은 자금이 달리지만, 알코올이 합법이 되는 첫날 동이 트자마자, 다시 스위치를 올리고 가동을 시작하면, 사업은 밝은 새날을 향해 용틀임을 하기 시작할 것이다. 증류주 공장들은 모두 태세를 갖추었다. 무역회사들도 현재 탄산음료 회사에 병을 공급하는 공병 공장들에 공을 들이고 있었다. 첫날 오후가 되기 전, 일제히 가동을 시작하면, 미국 럼 시장의 16~18퍼센트를 장악하는 것도 시간문제다.

조는 두 눈을 감고 바닷바람을 깊이 들이마셨다. 목표를 이루기까지 RD 프루잇 같은 놈들을 얼마나 더 상대해야 하는 걸까? 솔직히, 이해가 불가능한 존재들이다. 오로지 제 머릿속에서만 존재하는 경쟁에서 이기기 위해 이 세상에 나온 존재들. 그럼에도 싸움에는 늘 사활을 건다. 죽음이야말로 놈들이 지상에서 찾아낸 유일한 축복이자 평화이기 때문이다. 어쩌면 조를 괴롭히는 문제가 RD만은 아니다. 그보다는 놈들을 멸종시키기 위해 택해야 하는 조처가 더 힘들었다. 어빙 피기스같이 좋은 남자한테, 아리따운 그의 장녀가 엉덩이에 성기를 박고, 목에 사슬을 감고, 햇볕에 바짝 마른 가터뱀처럼 주사 자국으로 팔을 뒤덮은 사진 따위를 보여주어야 하다니.

두 번째 사진까지 내놓을 필요는 없었지만, 일 처리를 빠르게 하려면 그마저 불가피했다. 이 사업이 점점 더 불안한 이유는, 편의주의라는 이름으로 양심을 팔아 치울수록 가책도 점점 엷어진다는 데 있었다.

어느 날 밤, 그라시엘라와 함께 리비에라에서 한잔 하고, 컬럼비아에서 저녁 식사를 한 다음 새틴스카이에 들러 쇼를 관람했다. 운전사 살 우르소가 운전 겸 호위를 맡고 레프티 다우너도 차를 몰고 그림자처럼 따라다녔다. 디온이 일이 있을 때면 다우너가 두 사람을 지켰다. 그라시엘라가 테이블에 다다랐을 때, 리비에라의 바텐더가 의자를 빼주다 넘어져 한쪽 무릎을 꿇었다. 그 바람에 컬럼비아의 여급이 술을 엎질러 조의 바지에 조금 튀었을 때는, 매니저는 물론 주인까지 달려와 사과했다. 그때 조는 여급을 해고하지 말라고 단단히 주의를 주었다. 이번 일은 단순한 실수에 불과하고 그 밖에는 서비스가 완벽했으며, 이곳에 올 때마다 그녀의 접대(접대라는 단어가 맘에 들지는 않았지만)를 받을 수 있어 기뻤다는 말도 덧붙였다. 남자들은 화를 누그러뜨렸으나 세틴스카이로 가는 도중 그라시엘라가 다음 주에도 여자가 잘리지 않는지 두고 보라며 딴죽을 걸었다. 천하의 커글린 앞에서 지들이 어쩌겠어? 세틴스카이에 자리가 없어서 대기 중인 자동차로 돌아가려는데 매니저 페페가 달려오더니 손님 네 분이 막 계산을 끝냈다고 말해 주었다. 하지만 그라시엘라와 함께 들어가보니, 남자 둘이 4인용 식탁에 앉아 있는 부부에게 귓속말을 하더니 팔짱 끼고 서서 노려보며 내몰고 있었다.

두 사람은 식탁에 앉고도 한참 동안 아무 말도 않고 술만 홀짝였다. 그라시엘라는 실내를 두리번거리다가 차 옆에 서 있는 살을 보았다. 그의 눈은 두 사람을 놓치는 법이 없었다. 손님과 웨이터들은 애써 두 사람을 모른 척했다.

"옛날에는 부모님이 다른 사람을 떠받들어 모셨는데, 이젠 내가 그 계급이 되었나봐."

그녀가 중얼거렸다.

조는 아무 말도 하지 않았다. 머릿속에 떠오른 대답도 모두 거짓말뿐이었다.

낮의 규칙에 따라 살기 시작하면서는 두 사람 사이에도 어딘가 괴리가 생겼다. 상류층이 살고 보험 외판원과 은행가 들이 사는 곳, 반상회가 열리고 작은 깃발을 휘날리며 메인 스트리트를 행군하는 곳, 진실을 팔고 허구로 포장하는 곳.

하지만 그와 반대로 노란색 흐린 불빛이 비치는 보도와 골목 안, 그리고 버려진 주차장에 들어가면 가난한 사람들이 먹을 것과 입을 것을 구걸했다. 모르는 척 그냥 지나친다 해도 다음 모퉁이에서 또 손을 벌리는 아이와 마주치리라.

사실은, 그도 자신의 허구를 좋아했다. 진실보다는 좋아했다. 진짜 모습이라면, 헛발질투성이 하류인생에 불과했다. 여전히 보스턴 억양에 옷도 제대로 입지 못하는 데다 생각도 지나치게 많았지만 그마저도 지금은 다른 사람들 눈에 '흥미로운' 모습으로 비쳤다. 그의 진짜 모습은, 어느 일요일 오후에 부모님 돋보기를 아무 데나 놓아두고 잊어버린 겁쟁이 소년에 불과했다. 형들이 심심할 때마다 챙겨주기는 했지만 결국 둘 다 예고 없이 왔다가 아무 말 없이 떠나버렸다. 텅 빈 집에 혼자 남아 누군가 침실을 노크하며 잘 있는지 물어주기만 기다리는 외로운 꼬마. 그의 진짜 모습은 바로 그 꼬마에 불과했다.

반면에 허구는 조폭 왕자였다. 상근 운전사와 경호원이 딸린 사내. 부와 지위를 차지한 사내. 그가 탐을 낸다는 이유만으로 사람들이 자리를 양보하는 사내.

그라시엘라의 말이 옳았다. 두 사람은 그들의 부모들이 받들어 모시던 그런 부류가 되었다. 하지만 그들은 더 나은 비전을 가지고 있었다. 부모님들은 아무리 굶주렸다 해도 딱히 돌파구를 찾지 못했을 것이다. 절대 가진 자와 싸울 수는 없다고 생각했으니까. 할 수 있는 일이 있다면, 스스로 부자가 되어 부자들이 자신한테 없는 바를 구걸하게 만드는 것뿐이라고 생각했으니까.

조는 베란다를 벗어나 다시 호텔로 들어갔다. 플래시를 켜자 아주 넓은 방이 나왔다. 상류층이 모여 먹고 마시고 춤을 추고, 그 밖에 온갖 추잡한 짓거리들을 하도록 만들어놓은 공간이었다.

그런데 상류층은 어떤 짓거리를 하지?

당장 떠오르는 대답이 없었다.

그럼 사람들은 뭘 하지? 먹고 마시고 춤추는 것 빼고?

사람들은 일을 한다. 일자리가 있다면. 일자리가 없다 해도, 가족을 부양하고 차를 몬다. 물론 그 역시 차량 유지비와 기름 값이 있을 때 얘기다. 사람들은 영화를 보러 가고 라디오를 듣고 쇼를 감상한다. 담배도 피운다.

그럼 부자들은……?

도박.

너무도 분명했다. 서민들이 줄을 서서 수프와 잔돈푼을 구걸하는 동안 부자들은 여전히 부자였다. 게다가 한가하고 따분했다.

그가 통과한 식당, 한 번도 식당 노릇을 해본 적이 없는 이 식당은 진짜 식당과는 한참 거리가 멀었다. 이곳은 카지노 홀이었다. 중앙에 룰렛 머신이 있고 남쪽 벽에는 크랩 테이블이, 북쪽 벽에는 카드 테이블들이 놓여 있었다. 페르시아 카펫과 루비와 다이아몬드 장식을 매단 크리스털 샹들리에도 보였다.

그는 방을 나와 중앙 복도를 걸어갔다. 회의실을 지나자 음악 홀이 나왔다. 방 한 곳은 대형 밴드, 다른 방에서는 보드빌 통속극 공연, 세 번째는 쿠바 재즈…… 모르긴 몰라도 네 번째는 영화관일 것이다.

객실. 그는 4층으로 올라가 객실들도 둘러보았다. 바다가 내려다보이는 방들…… 숨 막힐 정도의 절경이었다. 층마다 집사가 딸려 있어 승강기 옆에 서서 고객들이 내리자마자 접대를 하게 할 것이다. 집사는 하루 24시간, 담당 층의 고객 모두를 담당할 것이다. 당연히 방마다 라디오가 있고 천장 선풍기도 있을 것이다. 엉덩이까지 물을 뿜어 올린다는 프랑스식 변기도 있을지 모른다. 안마사와 24시간 룸서비스가 대기하고, 관리인도 둘, 아니 셋은 있어야겠다. 조는 다시 2층으로 내려갔다. 플래시도 휴식이 필요할 테니 잠시 꺼두기로 했다. 어차피 계단도 어느 정도는 익숙해졌다. 2층에는 무도장이 있었다. 2층 중앙 홀을 거대한 돔 지붕으로 덮었는데, 따뜻한 봄날 밤이면 별이 그려진 지붕 아래에서 엄청난 갑부들이 춤추는 모습을 구경할 수도 있었다.

너무도 분명한 사실은, 부자들은 화려함과 우아함을 위해, 조작된 게임을 상대로 운을 실험할 기회를 위해 이곳을 찾으리란 것이었다. 수백 년 동안 그들이 가난한 이들에게 써먹었던 바로 그 속임수를 상대하기 위해서.

그는 그 점을 채워주고 부추길 것이다. 그리하여 이득을 취할 것이다.

그 누구도 도박에서 이길 수 없다. 록펠러도 듀폰도 카네기도 J. P. 모건도 이길 수 없다. 그들 자신이 도박이라면 몰라도. 그리고 이 카지노에서 유일한 도박은 바로 자신 조 커글린이다.

플래시를 몇 차례 흔들자 다시 불이 켜졌다.

어떤 이유에서든, 그를 기다리는 자들 때문에 놀랄 수밖에 없었다. RD 프루잇과 남자 둘. RD는 빳빳한 황갈색 정장과 검은색 줄무늬 타이 차림이었다. 바짓단을 짧게 말아 검은 구두와 하얀 양말이 드러나 보였다. 남자 둘은 겉모습으로 보아 구두닦이로 보였다. 둘 다 정장 없이 옷깃 짧은 셔츠에 울 소재의 멜빵바지를 입고 짧은 타이를 맸는데, 옥수수 위스키와 시큼한 엿기름, 메탄올 냄새가 났다.

놈들이 플래시를 일제히 조에게 집중했다. 덕분에 조는 눈을 깜빡이지 않기 위해 애를 써야 했다.

"왔군."

RD가 먼저 입을 열었다.

"왔다."

"매형은?"

"오지 않았다."

"차라리 잘 됐군."

그가 오른쪽 사내를 가리켰다.

"여긴, 카버 프루잇, 내 사촌이다."

다시 왼쪽을 가리켰다.

"여기는 사촌의 이종사촌? 해럴드 라뷰트. 이봐들, 켈빈을 죽인 자야. 조심하도록. 너희 둘 다 죽일지도 모르니까."

카버 프루잇이 소총을 어깨 위로 올렸다.

"그렇게는 안 될걸."

RD가 조를 가리키며 옆걸음으로 무도회장을 돌기 시작했다.

"쥐새끼처럼 교활한 놈이야. 한눈 파는 날에는 너희들 목숨이 저 새끼 손에 들어가 있을 거다."

"아휴, 무섭겠군그래."

조가 빈정거렸다.

"약속은 지켰겠지?"

RD가 조에게 물었다.

"누구와 약속하느냐에 따라 다르다."

"그러니까 지시대로 혼자 온 게 아니다?"

"당연히 혼자 오지 않았지."

조가 대답했다.

"그래? 그럼 다들 어디 있나?"

"이런 RD, 그걸 말하면 재미가 없잖아."

"네놈이 들어오는 걸 봤어. 여기 세 시간 동안 앉아 있었으니까. 넌 기껏 한 시간 전에 도착했어. 기습할 생각이었냐? 그런데 외톨이라는 사실을 들켜버렸으니, 이걸 어쩐다?"

그가 키득거렸다.

"믿어도 된다. 혼자가 아니야."

조가 대답했다.

RD가 무도회장을 가로질렀다. 총잡이 둘도 따라와 모두 방 중앙에 멈춰 섰다. 조는 가져온 잭나이프를 열어놓고 오늘 이 기회를 위해 차고 온 손목 시곗줄 안에 손잡이를 끼워두었다. 손목을 꺾으면 칼이 손바닥 안으로 떨어지도록 해두었다.

"60퍼센트 얘기는 그만두지."

"알고 있어."

조가 대답했다.

"그럼 뭘 원할 것 같냐?"

"그야 모르지. 나보고 추측해 보라고? 글쎄, 평소 하던 대로 배당을 정하면 되나? 그럼 너무 후한가?"

"곧 죽어도 큰소리라더니."

"그런데 평소 하던 대로가 없다. 그게 문제야, RD. 2년 동안 교도소에 있으면서 독서만 했는데 그때 뭘 깨달았는지 아나?"

조가 물었다.

"아니, 어쨌든 들어주지."

"우리가 끝장날 수밖에 없다는 사실을 알아냈지. 허구한 날 서로 죽이고 겁탈하고 훔치고 파괴하거든. 그게 우리야, RD. 과거도 없고 미래도 없는 괴물들."

"으흠."

RD가 코웃음을 쳤다.

"이곳이 어떻게 변할지 아나? 이 건물로 우리가 뭘 할 것 같지?"

조가 물었다.

"모른다."

"미국에서 가장 큰 카지노를 만들 거야."

"도박을 허가해 줄 리가 없잖아."

"RD, 내 생각은 달라. 전국이 취해 있어. 은행은 문을 닫고 도시는 파산하고 사람들은 일자릴 빼앗기고 있어."

"빨갱이를 대통령으로 뽑아서 그래."

"땡. 그야말로 완전 개소리지만, 뭐 좋다. 정치 논쟁하려고 온 건 아니니까. 내가 온 이유는 금주법이 끝나는 이유가 바로……"

"하느님을 두려워하는 나라라면 금주법은 절대 끝나지 않아."

"아니, 끝난다. 관세, 수입세, 유통세, 주간 운송세 등등, 지난 10년 동안 거두지 못한 수백만 달러가 지금 이 나라에 필요하거든. 아니, 어쩌면 수십억 달러가 될 수도 있겠군. 어쨌든 나 같은 사람들에게 술을 합법적으로 팔고 수백만 달러를 만들어 나라를 구해 달라고 애원하게 될 거야. 그리고 바로 그 이유 때문에, 머지않아 주에서도 도박을 합법화하겠다고 달려든다. 카운티 의원과 시의원, 주 상원의원들을 제대로 구워삶을 수 있다면 충분히 가능한 일이다. 이봐, 너도 사업에 참여할 수 있다, RD."

"네놈하고 사업할 생각 없다."

"그럼 왜 여기 온 거지?"

"네놈이 암적인 존재라고 면상에 대고 말해 주기 위해서. 네놈은 이 나라를 좀먹는 좀벌레야. 네놈과 네놈의 깜둥이 창녀, 더러운 스페인과 이탈리아 친구 놈들 모두. 파리지앵은 내가 맡겠다. 60퍼센트가 아니라 통째로. 그다음엔? 다른 클럽도 모조리 빼앗고 아예 네 모든 걸 빼앗아주마. 네놈의 으리으리한 집에 찾아가 깜둥이 년 먼저 따먹고 먹을 딸지도 모르지."

그가 사촌들을 돌아보며 웃고 다시 조를 보았다.

"아직 실감이 안 나지? 하지만 마을에서 도망칠 때는 짐 쌀 시간도 모자랄 거다."

조는 RD의 밝지만 비열한 두 눈을 들여다보았다. 깊이깊이. 저 밝은 빛을 지나자 마침내 비열함밖에 남지 않았다. 흡사 개의 눈을 들여다보는 기분이랄까? 그것도 심하게 두드려 맞고 굶주리고 학대받아 세상에 돌려줄 거라곤 으르렁거리는 이빨뿐인 그런 개였다.

그 순간, 문득 불쌍하다는 생각이 들었다.

RD 프루잇도 조의 눈에서 동정심을 보았다. 그리고 그 순간 그의 눈에서 분노의 포효가 터져 나왔고, 칼이 번뜩였다. 조도 칼을 보기는 했다. 하지만 RD의 손을 내려다볼 때쯤 이미 조의 배에 박힌 후였다.

조는 RD의 손목을 잡았다. 온 힘을 그곳에 집중했기에 RD도 더 이상 움직일 수가 없었다. 상하좌우 어디로도. 조가 들고 있던 칼은 철커덩 소리를 내며 바닥에 떨어졌다. RD는 손을 빼내려 안간힘을 썼다. 둘의 입에서 동시에 이를 가는 소리가 새어 나왔다.

"잡았다. 드디어 네놈을 잡았어."

RD가 속삭였다.

조는 RD의 손목을 놓은 뒤 두 손으로 가슴을 때려 물러나게 했다. 칼이 뽑히고 조는 바닥에 쓰러졌다. RD가 웃었다. 두 놈도 따라 웃었다.

"잡았다!"

RD가 소리치며 조에게 다가섰다.

조는 피가 뚝뚝 떨어지는 칼을 보며 한 손을 들었다.

"잠깐."

RD가 멈췄다.

"다들 그렇게 애원하지."

"너한테 하는 얘기가 아니다."

조는 어둠 속을 올려다보았다. 홀 위의 돔 천장에서 별이 반짝였다.

"오케이, 지금."

"그럼 누구한테 하는 얘기야?"

RD가 물었다. 느린 걸음. 아주 아주 느린 걸음. 그가 비열하기 짝이 없는 자가 된 것도 어쩌면 그 느린 걸음 때문일지도 모르겠다.

디온과 살 우르소가 탐조등을 켰다. 오늘 오후, 둘이 낑낑거리며 천장까지 끌고 올라간 탐조등이었는데, 스위치를 넣으니 마치 두꺼운 먹구름 뒤에서 보름달이 두둥실 튀어나온 듯했다. 무도회장이 백색으로 바뀌었다.

총알이 우박처럼 쏟아지자, RD 프루잇, 사촌 카버, 사촌의 이종사촌 해럴드는 호들갑스럽게 스텝을 밟았다. 그야말로 발작적으로 악악거리면서 뜨거운 석탄 위를 달리는 꼬락서니였다. 최근 디온은 톰슨 기관단총을 다루는 솜씨가 귀신을 능가하는지라, RD 프루잇의 몸에 X 자를 수놓아주었다. 사격을 멈출 즈음엔 남자 셋의 몸뚱이 조각이 무도회장을 뒤덮었다.

부하들이 황급히 계단을 내려오는 소리가 들렸다.

무도회장에 들어서면서 디온이 살에게 외쳤다.

"의사 데려와! 의사!"

살의 발소리가 반대편으로 멀어졌고 디온이 달려와 조의 셔츠부터 찢었다.

"우우, 이런."

"왜? 심각해?"

디온은 코트를 벗고 자기 셔츠를 찢어 여러 겹으로 접은 다음 상처에 댔다.

"잡고 있어."

"심각해?"

조가 되물었다.
"좋지 않아. 기분은?"
디온이 물었다.
"발이 시리고. 배는 뜨거워. 비명 지르고 싶어."
"그럼 질러. 아무도 없으니까."
디온이 말했다.
조가 비명을 질렀지만 그 여파로 온몸이 울리는 듯했다. 메아리가 호텔에 울려 퍼졌다.
"기분이 좀 나아졌어?"
"그럴 줄 알았는데 아니야."
"그럼 하지 마. 금방 의사가 올 테니까."
"의사도 데려온 거냐?"
디온이 고개를 끄덕였다.
"배에 타고 있어. 살이 신호를 보냈을 테니 전속력으로 부두로 달려오고 있을 거야."
"잘했다."
"저 새끼가 찌를 때 소리라도 내지 그랬냐? 저 위에선 볼 수가 없잖아. 그냥 신호만 기다렸다고."
"몰라. 놈이 좋아하는 꼴을 보고 싶지 않았나봐. 오, 빌어먹을, 진짜 아프네."
디온이 손을 내밀자 조가 꽉 잡았다.
"찌를 생각도 없으면서 그렇게 가깝게 접근할 때까지 방치한 이유는 또 뭐냐?"

"그게 어때서?"

"칼까지 든 놈이 그렇게 가깝게 들어오는데? 그럴 거면 먼저 찔렀어야지, 바보야."

"그 친구한테 괜히 사진을 보여줬나봐, 디온."

"저놈한테 사진까지 보여줬어?"

"뭐라고? 아니, 저놈 말고 피기스. 괜히 보여준 것 같아."

"맙소사. 그 바람에 이 미친 개새끼를 처리하게 된 거로군."

"정당한 대가가 아니야."

"어쨌든 대가는 대가야. 어쨌든 대가를 치렀으니까 더 이상 당하지 마."

"오케이."

"대장. 잠들면 안 돼."

"아, 제길, 얼굴 좀 그만 때려."

"눈 감지 말라니까."

"멋진 카지노가 될 거야."

"뭐가?"

"정말이야."

조가 대답했다.

20장
미 그란 아모르

5주가 지났다.

그렇게 병원 침대에 누워서 지냈다. 처음엔 쿠바노 클럽 바로 옆 동네인 14번가 곤살레스 의료원에 있었고, 그다음엔 열두 블록 동쪽의 센트로 아스투리아노 병원에서 일명 로드리구오 마르티네스의 치료를 받았다. 쿠바인들은 스페인인들과 싸울 수 있었다. 남부 스페인인이 북부 스페인인과 싸우고, 그 모두가 합심해 이탈리아인, 미국 흑인 들과 드잡이질을 할 수도 있었다. 하지만 의료행위에 대해서라면 이보르는 상호 협력이 잘되어 있었다. 탬파 백인 구역에서는 손톱에 긁힌 백인은 도움을 받을지언정, 유색인종이라면 심장에 구멍이 나도 치료를 받지 못한다는 사실을 모르는 사람은 없었기 때문이다.

의료진은 그라시엘라와 에스테반이 특별히 선발했다. 쿠바인 외과의가 최초로 수술을 집도하고, 스페인인 흉부외과 전문의가 복벽 재건을 위한 2차, 3차, 4차 수술을 맡았다. 그리고 최고 명성의 미국인 약리학자가 파상풍 백신을 처방하고 모르핀 투여량을 조절했다.

관주(灌注), 세척, 절개, 봉합 등의 기초 처치는 모두 곤살레스 의료원이 맡았는데, 조가 그곳에 있다는 소문이 새고 말았다. 조는 의식불명이라 전혀 기억하지 못했지만, 두 번째 날 밤 KKK 단원들이 말을 타고 나타나 9번가를 오르내리는 바람에, 횃불의 기름 냄새가 창문 틈으로 새어 들어왔다. 칼에 찔린 후 2주 동안 기억이 지극히 단편적이었기에 그 사실도 수개월의 회복 기간 동안 그라시엘라가 얘기해 주어서 알았다.

심야의 카우보이들은 7번가를 따라 허공에 소총을 쏴댄 다음 떠났다. 디온은 아이들을 보내 미행하게 했다. 말 한 필당 두 명씩. 그리고 새벽 동이 트기 전, 정체불명의 암살자들이 그레이터탬파와 세인트피터즈버그 인근의 여덟 집에 난입해 놈들을 죽도록 패주었다. 가족들이 보는 앞에서 폭행당한 자도 있었다. 템플 테라스에서는 여자가 끼어들자 몽둥이로 두 팔을 모두 부러뜨려놓기도 했다. 이집트 호수 인근에서는 아들이 막아섰다. 디온의 부하들은 아이를 나무에 묶어 개미와 모기 밥으로 만들어주었다. 가장 지독한 피해자는 치과의사 빅터 톨이었는데, 소문에 따르면 켈빈 보리가드 후임으로 마을 KKK단 본부의 지도자가 된 자였다. 톨 박사는 자동차 후드에 묶인 채, 자기가 흘린 피 웅덩이에 누워 집이 불에 타 쓰러지는 냄새를 맡아야 했다.

그 사건은 그 후 3년간 탬파에서 KKK단의 위세를 효과적으로 차단했지만 페스카토레 패밀리와 커글린-수아레스 조직이 그 사실까지 예측할 수는 없었다. 그래서 만약에 대비해 조를 센트로 아스투리아노 병원으로 옮긴 것이었다. 조는 튜브를 삽입해 내출혈을 빼냈다. 처음 의사가 내출혈 이유를 찾지 못해 두 번째 의사에게 보냈는데 아주 친절한 스페인인이었다. 그라시엘라는 의사를 보더니 그렇게 아름다운 손가락은 처음 봤다고 했다.

그때쯤 조는 과다출혈로 인한 쇼크의 위험에서 벗어난 상태였다. 배를 찔렸을 경우 출혈 쇼크가 가장 위험한 사망원인이고 두 번째가 간 손상인데, 다행히 간도 전혀 문제가 없었다. 의사 말에 의하면 아버지의 시계 덕분이었다. 먼지 덮개에 새로 긁힌 자국이 있었다. 그러니까 칼끝이 먼저 덮개에 맞고 살짝 비껴 나갔다는 얘기였다.

첫 번째 의사는 최선을 다해 십이지장, 직장, 결장, 담낭, 비장, 회장 등의 상처를 확인했다. 상태가 그다지 좋지는 않았다. 조는 폐허가 된 빌딩에서 칼에 찔린 후 배를 타고 만을 건넜다. 수술실에 들어갈 때쯤엔 이미 한 시간 이상이 경과한 뒤였다.

두 번째 의사는 조를 검사한 후, 칼이 복막을 찌른 각도로 보아 비장 손상이 가능하다고 판단해 다시 상처를 열었다. 스페인 의사는 돈값을 했다. 비장의 상처를 치료하고 복벽에 곪기 시작한 담즙을 제거했다. 그래도 큰 상처는 여전히 심각했기에 그달이 끝나기 전에 두 번 더 수술을 받아야 했다.

두 번째 수술 후 깨어났을 때 누군가 침대 발치에 앉아 있었다. 시야가 흐려 눈앞에 거즈가 드리워진 기분이었지만 그래도 큰 머리와 긴 턱은 알아볼 수 있었다. 꼬리도. 꼬리가 다리를 때렸다. 그리고 그제야 퓨마가 눈에 들어왔다. 퓨마는 굶주린 눈으로 그를 보았다. 조는 숨이 막혔다. 목덜미도 땀으로 미끈거렸다.

퓨마가 자기 윗입술과 코를 핥았다.

놈이 하품을 했는데 그 엄청난 이빨 앞에서는 차라리 두 눈을 감고 싶었다. 지금껏 뼈를 우두둑 반으로 부러뜨리고 생으로 고기를 찢어냈을 새하얀 치아.

놈은 입을 다물고 다시 그를 보았다. 그리고 두 발을 배 위에 대고는 머리를 향해 다가왔다.

그라시엘라가 물었다.

"퓨마라니?"

그가 진땀까지 흘리며 그녀의 얼굴을 보았다. 아침이었다. 창문을 통해 바람이 시원하게 불어 들어왔다. 바람에서 동백나무 냄새가 났다.

수술이 끝난 후 3개월간은 성관계마저 금지당했다. 술, 쿠바 음식, 조개류, 땅콩, 옥수수도 마찬가지였다. 관계 금지 때문에 그라시엘라와 멀어질지도 모른다고 걱정했지만(그녀도 마찬가지였다.) 결과는 오히려 그 반대였다. 두 달째쯤, 그녀를 행복하게 해 줄 방법을 개발했기 때문이다. 입. 몇 년간 몇 차례 시도해 본 적은 있었지만 지금은 그녀에게 쾌락을 선물할 유일한 방법이 된 것이었다. 그녀 앞에 무릎을 꿇고 두 손으로 엉덩이를 잡은 다음 입으로 그녀의 자궁 입구를 핥았다. 신성한 동시에 사악하고 음란하면서도 방종한 대상이긴 했지만 비로소 무릎을 꿇을 가치가 있는 상대를 찾아낸 셈이었다. 허벅지 사이에 머리를 넣는 것만으로, 이토록 순수하고 유익한 기분과 감촉을 얻을 수 있다는 사실을 알았다면, 사내가 여자한테 뭘 주고받아야 하는지에 대한 편견쯤은 옛날옛적에 내던졌을 것이다. 처음에는 그라시엘라도 저항했다. 안 돼, 그건. 남자가 할 짓이 아니야. 난 목욕해야 해. 게다가 비위가 상할 거야…… 하지만 지금은 오히려 중독 증세까지 보일 정도였다. 그녀가 그의 은혜에 보답하기 전 달엔, 하루에 평균 다섯 차례나 했다.

의사들이 마침내 자유를 허락했을 때, 조와 그라시엘라는 9번가의 집 덧문을 닫아걸고 2층 아이스박스에 먹을거리와 샴페인을 채운 다음 이틀 동안 침대와 욕조를 떠나지 않았다. 이틀째가 저물 무렵에야 덧문을 다시 열었다. 저녁노을에 물든 침대 위에 누워 천장 선풍기에 땀에 젖은 몸을 말리는데 그라시엘라가 이렇게 말했다.

"더 이상은 없을 거야."

"무슨 소리야?"

"남자. 자기는 죽을 때까지 내 유일한 남자야."

그녀가 손바닥으로 배의 흉터를 쓸었다.

"정말?"

그녀는 그의 목에 입을 대고 바람을 내뿜었다.

"그래, 그래, 그래."

"아단은 어쩌고?"

남편 이름을 언급하자, 그녀의 눈에 처음으로 경멸의 빛이 스쳤다.

"아단은 남자도 아니야. 자기가 남자지. 미 그란 아모르(나의 위대한 사랑)."

"자기도 최고의 여자야. 맙소사, 날 봐, 완전히 빠졌잖아."

그가 말했다.

"나도 자기한테 빠졌어."

조는 방을 둘러보았다. 그토록 이날을 기다렸건만 막상 어떻게 해야 할지 막막했다.

"에, 그래도…… 쿠바에서는 이혼이 불가능하지 않아?"

그녀가 고개를 저었다.

"본명으로 돌아갈 수도 없지만 돌아간다 해도 교회에서 허락하지 않을 거야."

"그럼 영원히 그자의 유부녀인 건가?"

"명목상으로는."

"하지만 명목이 그렇게 중요해?"

그의 질문에 그녀가 웃었다.

"말 되네."

조는 그녀를 위로 들어 올리고는 갈색 나신과 갈색 눈을 보았다.

"투 에레스 미 에스포사(당신은 나의 아내야)."

그녀가 두 손으로 눈을 훔쳤다. 촉촉한 웃음이 저도 모르게 새어 나왔다.

"이제 자기가 내 남편이야."

"파라 시엠프레(영원히)."

그녀가 따뜻한 손바닥을 그의 가슴에 대고 고개를 끄덕였다.

"영원히."

21장

앞길을 밝혀라

사업은 계속 번창했다.

조는 리츠의 거래를 성사하기 위해 서둘렀다. 존 링링이 건물은 팔겠다면서도 땅은 못 팔겠다고 난색을 표하는 바람에 변호사들을 보내 양자가 만족할 조정안 마련이 가능한지 알아보게 했다. 최근에 양측은 99년 임대 계약에 동의했으나 카운티의 공중권 문제 때문에 다시 주춤했다. 결국 조는 매수꾼들을 보내 새러소타 카운티의 조사관들을 매수하고, 탤러해시에서는 주 정치가들을 구워삶았다. 그리고 워싱턴으로 사람을 보내 국세청과 상원의원들을 상대로 로비를 벌였다. 주로 페스카토레 패밀리에 지분이 있는 매음굴, 도박장, 마약 소굴을 들락거리는 자들이었다.

최초의 성공은 파이넬러스 카운티에서 빙고를 합법화한 것이었다. 그다음에는 주 전체를 겨냥해 빙고 합법화 법안을 올렸다. 주의

회는 가을 회기에 청문회를 열고 가능하면 1932년 초에 투표를 하기로 했다. 마이애미에서는 매수하기가 훨씬 쉬웠다. 게다가 데이드와 브라워드 카운티가 패리뮤추얼 베팅을 합법화한 덕에 말 그대로 땅 짚고 헤엄치기 수준이었다. 조와 에스테반이 마이애미 친구들을 위해 고육지책으로 사둔 땅이 있는데, 그곳도 마침내 경마장으로 개조하기 시작했다.

마소는 비행기를 타고 와서 리츠를 둘러보았다. 최근에 암과의 싸움에서 가까스로 이겨냈다는데 어떤 종류의 암이었는지는 마소와 의사들만 알았다. 말로는 치료가 애들 장난처럼 쉬웠다고 떠들었으나 그동안 머리가 벗어지고 얼굴은 반쪽이 되었다. 머릿속까지 뒤죽박죽되었더라고 숙덕거리는 사람들도 있었다. 조는 아직 마소가 노망이 들었다는 증거를 찾지 못했지만. 그는 불어난 자산 규모에 만족을 표했고 조의 아이디어에 흡족해했다……. 도박에 대한 거부감을 깨려면 지금이 적기다. 금주법이 눈앞에서 처참하게 붕괴하지 않았던가. 주류 합법화에 쏟아부은 돈은 곧바로 정부가 챙기겠지만, 합법적인 카지노와 경마 세금에 들인 돈이라면, 도박장과 맞장 뜨겠다는 얼간이들한테서 벌어들인 이익만으로도 충분히 상쇄할 수 있었다.

매수꾼들도 조의 예감대로 맞아떨어졌다고 보고하기 시작했다. 국내 분위기도 무르익었다. 플로리다의 이쪽에서 저쪽 끝까지, 미국의 이 끝에서 저 끝까지 모조리 돈줄에 허덕이는 도시들뿐이었다. 조는 사람을 보내 무한에 가까운 배당을 약속했다. 카지노세, 호텔세, 주세, 유흥세, 방세, 주류 면허세, 정치가들이 특히 좋아하는 초

과이득세까지…… 예를 들어, 카지노로 하루 80만 달러 이상을 벌어들이면 수익의 2퍼센트를 주정부에 돌려주어야 한다. 사실, 카지노야 80만 달러 이상 수익을 올리더라도 당연히 추가분을 감추고 신고하겠지만, 정치가들이야 자기 주머니만 채우면 그만인지라 굳이 더 알려고 들지 않았다.

1931년 말, 신참 상원의원 둘, 하원의원 아홉, 고참 상원의원 넷, 카운티 대표 아홉, 판사 둘을 휘하에 두었다. 무엇보다 과거 KKK단의 핵심 인물인《탬파 이그재미너》의 편집자 호퍼 휴잇도 매수했다. 플로리다 걸프 해안의 최고급 카지노가 일자리를 제공하면 사람들은 압류당한 집을 되찾을 수 있고, 계약을 제대로 처리하려면 변호사들도 더 필요하니 변호사가 가난에 허덕일 이유도 없으며, 더 나아가 문서작성을 정확하게 처리하기 위해서 법원 직원들도 필요하다고 떠들어대지만…… 정작 왜 아직까지 이렇게 많은 사람이 굶주리고 있느냐며, 평론과 비판적 기사를 통해 조의 논리에 문제 제기를 하고 나섰던 인물이었다.

조가 차를 타고 귀향 열차까지 바래다었주는데 마소가 이렇게 말했다.

"뭐든 필요한 일 있으면 마음대로 처리해라."

"감사합니다. 그렇게 하죠."

조가 대답했다.

"아주 대단한 일을 해냈어. 충분히 생각해 줄 테니 아무 걱정하지 마라."

도대체 뭘 생각하고 무슨 걱정을 할 필요 없다는 얘기일까? 그는 허허벌판에서 큰일을 이루어냈다. 그런데 마소는 지금 흡사 자릿세를 뜯을 채소 가게 하나 점지해 준 듯 말하지 않는가. 직접 느끼지는 못했지만 영감의 머리가 꼬였다는 소문이 반드시 헛소리만은 아닐 수도 있겠다.

"아참, 아직 껍데기리 상실한 꿀통이 있다는데 사실이냐?"

조가 마소의 말을 이해하기 위해선 몇 초가 필요했다.

"아, 그 밀주꾼 말씀입니까?"

"그래, 그놈."

꿀통 밀주꾼이란 다름 아닌 터너 존 벨킨이었다. 세 아들과 함께 비합병 팔메토의 증류소에서 곡주를 만들어 팔았는데 사실 누구한테 해를 끼칠 의도는 없었다. 그저 한평생 팔아오던 물건을 팔고, 뒷방을 도박판으로 내주고, 작은 집 하나를 창녀 집으로 굴릴 생각이었을 뿐이다. 다만 조직에 들어오거나 자릿세를 내거나, 페스카토레의 상품을 팔라는 제안을 하면 한사코 고개를 절레절레 흔들었다. 그저 지금껏 해왔던 대로, 예전에 탬파를 부르크 부두라고 부르고 황열병으로 죽은 사람이 자연사로 죽은 사람보다 세 배나 많던 시절 할아버지와 아버지가 해왔던 방식 그대로 살아가고 싶을 뿐이었다.

"현재 조치 중입니다."

조가 대답했다.

"내가 듣기로 벌써 6개월째 조치만 하고 있다더군."

"석 달입니다."

"그럼 없애버려."

차가 멈춰 섰다. 마소의 개인 경호원인 세페 카르보네가 문을 열고 나가 햇볕 속에 서서 대기했다.

"애들이 알아서 할 겁니다."

조가 대답했다.

"애들만 보내라는 얘기가 아냐. 네가 끝내란 말이다. 필요하다면 직접."

마소가 차에서 내렸다. 영감은 필요 없다고 했지만 조도 따라가 배웅해 주었다. 솔직히 마소가 떠나는 것까지 확인하고 싶었다. 확인해야 했다. 그래야 한숨 돌리고 긴장을 풀 수 있었다. 마소가 주변에 있으면 삼촌이 같이 눌러살겠다며 죽어라 따라다니는 기분이었다. 아니, 그보다 더했다. 마소는 자신이 호의를 베풀고 있다고 생각하고 있으니 말이다.

마소가 떠나고 며칠 후, 터너 존을 살짝 손봐주라고 부하 둘을 보냈지만, 하나는 잔뜩 겁을 먹고 돌아오고 하나는 엄청 두들겨 맞고 병원으로 실려 갔다. 그것도 아들도 무기도 없이 터너 존 혼자 한 짓이라고 했다.

일주일 후, 조가 터너 존을 만났다.

살은 차에 남기고, 조는 홀몸으로 터너의 오두막 앞, 비포장도로에 섰다. 적갈색 지붕의 건물. 현관 한쪽이 무너지고 다른 쪽에는 코카콜라 아이스박스가 놓여 있었다. 빨간색이 어찌나 반짝이는지 매일 광을 내는 모양이라는 생각까지 들었다.

터너 존의 아들 셋이 겨울 면내의 차림으로 나와(어디에서 뒹굴다 왔는지 붉은 모직 스웨터에 눈까지 덕지덕지 붙었지만 셋 다 구두도 신지 않왔다.) 조의 몸을 수색했다. 그들은 새비지 32구경을 빼앗은 다음 다시 한 번 조사했다.

그 후 조는 오두막으로 들어가 터너 존 맞은편에 앉았다. 둘 사이엔 다리 높이가 맞지 않는 나무 탁자가 있었다. 조는 탁자를 제대로 세우려다 포기하고, 터너 존에게 왜 부하들을 때렸는지 물었다. 터너 존은 마르고 큰 키에 표정은 지극히 심각했다. 눈과 머리카락은 정장과 같은 갈색이었다. 그는 놈들의 표정이 너무 위협적이어서 때렸다고 대답했다. 그런 놈들 얘기 들어봐야 뻔하지 않소?

"그런 식으로 나오면 주위 시선 때문에라도 당신들을 죽일 수밖에 없다는 걸 알지요?"

조가 묻자, 터너 존도 그 정도 각오는 했다고 대답했다.

"그런데 왜 그러는 겁니까? 그냥 자릿세 조금 내면 될 텐데?"

"이보슈. 당신 아버지, 아직 살아 계신가?"

터너 존이 물었다.

"아뇨, 돌아가셨죠."

"그래도 아버지 아들일 거 아뇨. 내 말이 틀렸소?"

"맞습니다."

"당신한테 증손자가 스물이라도 여전히 그 양반 아들이겠지."

그 순간 불쑥 북받친 감정은 솔직히 조로서도 예상 밖이었다. 결국 눈물이 맺히기 전에 터너 존에게서 황급히 시선을 돌렸다.

"예, 그럴 겁니다."

"영감한테 자랑스러운 아들이 되고 싶겠지? 당연히 당신을 남자 대 남자로 봐주길 바라잖소?"

"예, 물론, 당연합니다."
조가 대답했다.
"에, 나도 마찬가지라우. 나한테도 괜찮은 꼰대가 있었지. 맞을 짓을 하면 죽어라 패기는 했지만 그래도 꼰대가 술에 취하면 그 정도는 아니었다오. 기껏 코를 골면 머리를 찰싹 때리는 수준이었지. 내가 코 하나는 기똥차게 골았는데, 우리 꼰대도 피곤하면 성질이 지랄 같았거든. 그래도 그것만 빼면 진짜 좋은 영감이었다오. 꼰대가 이렇게 내려다보며 가르침이 제대로 먹혀들었는지 지켜보았으면 하는 게 아들들의 바람 아니겠소? 지금도 꼰대가 나를 지켜보며 이렇게 말할 거다, 이 말이오. '터너 존, 다른 사람한테 자릿세나 내라고 널 키운 줄 아냐? 그것도 함께 일하지도 않는 자한테?'"
그가 조에게 손바닥을 보여주었다. 커다란 흉터.
"내 돈을 원하오, 커글린 씨? 그럼, 내 가족과 함께 위스키를 만들고 우리가 농장을 운영하도록 도와주시오. 땅을 가꾸고 작물을 돌려 심고 소젖을 짜고 말이오. 무슨 말인지 알겠소?"
"압니다."
"그럼, 더 이상 할 얘기 없소."
조가 터너 존을 보고 천장을 보았다.
"정말 춘부장께서 내려다보고 계시다고 생각합니까?"
터너가 흰 이를 드러내며 씩 웃었다.
"이봐, 난 알아. 그렇게 생각하는 게 아니라."
조가 바지 지퍼를 열고 데린저를 꺼냈다. 몇 년 전 매니한테서 빼앗은 총이었다. 그 총이 터너 존의 가슴을 겨냥했다.

터너 존이 길고 느린 숨을 뱉어냈다.
"남자가 한번 총을 뽑으면 방아쇠를 당겨야 합니다. 맞죠?"
조가 물었다.
터너 존은 아랫입술을 핥았지만 총에서 시선을 떼지는 않았다.
"이 총 종류를 압니까?"
조가 다시 물었다.
"여자들이 쓰는 데린저 아뇨?"
"아뇨. 이건 '그래, 제길, 해보고 싶은 대로 해봐' 총입니다."
그가 일어났다.
"여기 팔메토에선 영감 하고 싶은 대로 해요. 알겠습니까?"
터너 존은 눈을 끔벅이는 것으로 대답을 대신했다.
"하지만 힐스버러나 파이넬러스 카운티, 새러소타에는…… 절대 당신 상표가 나오거나 술이 돌아다니면 안 됩니다. 알겠죠?"
터너 존이 다시 눈을 끔벅였다.
"대답하세요."
"알겠소. 약속하리다."
터너 존의 대답에 조도 고개를 끄덕였다.
"이제 춘부께서 뭐라 하실 것 같습니까?"
터너 존이 총구를 보고 조의 팔을 지나 눈을 보았다.
"저 양반도 또다시 내 코 고는 소리에 시달리게 될 줄 알고 식겁했을 거요."

조가 도박을 합법화하고 호텔을 사들이느라 애쓰는 동안 그라시엘라도 여기저기 구호시설을 만들었다. 주로 고아와 미망인 들을 위한 시설들이었다. 최근 들어 남자들이 전시의 군인들처럼 가족을 떠나는 일이 빈번해지면서 사회 문제가 되다시피 했기 때문이다. 우유나 담배 한 개비를 얻어 오겠다거나 일자리가 있다는 소문을 듣고는 후버빌의 임대 아파트와 탬파의 오두막을 떠나 다시는 돌아오지 않았다. 남자들의 도움이 없으면 여자들은 종종 강간의 피해자나 최하급 창녀로 전락하고 말았다. 아이들은 갑자기 아버지를(때로는 엄마까지) 잃고 거리와 뒷골목으로 내몰렸는데, 그 이후 들려온 소식은 대개가 억장이 무너지는 내용들뿐이었다.

어느 날 그라시엘라가 조를 찾아 욕탕으로 들어왔다. 손에는 럼을 탄 커피 두 잔이 들려 있었다. 그녀는 옷을 벗고 물속으로 미끄러져 들어오더니 조의 성을 써도 되는지 물었다.

"나하고 결혼하게?"

"교회에서 말고. 그건 안 돼."

"좋아……"

"그래도 우린 결혼한 것 맞지?"

"그럼."

"그럼 나도 자기 성으로 불리고 싶어."

"그라시엘라 도밍가 마엘라 로자리오 마리아 콘체타 코랄레스 커글린?"

그녀가 그의 팔을 찰싹 때렸다.

"그렇게 중간 이름이 길지 않아."

그가 상체를 기울여 키스한 다음 다시 물러났다.

"그라시엘라 커글린?"

"시(예.)."

"물론 영광입죠."

"아, 됐다. 건물을 몇 채 샀어."

"건물을 몇 채 샀다고?"

그녀가 그를 보았다. 사슴 눈망울처럼 순수한 저 갈색 눈동자라니.

"세 채. 음, 같은 곳인데…… 응, 옛 페레스 공장 옆에 건물들 있지?"

"팜?"

그녀가 끄덕였다.

"버림받은 여자들과 아이들한테 쉴 곳을 마련해 주고 싶어."

놀랄 것도 없었다. 최근에 그라시엘라가 그런 여자들 얘기만 늘어놓았으니 말이다.

"남미의 투쟁 명분에 변화라도 생긴 건가?"

"난 자기와 사랑에 빠졌어."

"그런데?"

"그래서 자기 때문에 거취가 많이 좁아졌잖아."

조가 웃었다.

"그래?"

그녀가 미소 지었다.

"꼼짝도 못하는걸. 아무튼 잘 될 거야. 언젠가 이윤을 낼 수도 있고 다른 세상에 모범이 될 수도 있잖아?"

그라시엘라는 토지개혁과 농부들의 권익 향상, 부의 공동 분배를 꿈꾸었다. 근본적으로 정의를 믿기도 했지만 조가 보기엔 지구가 기저귀를 벗을 때쯤 이미 멸종해 버린 개념들이었다.

"다른 세상에 모범은 다 뭐야?"

"왜 못 할 것 같아? 정의로운 세상."

그녀는 대수롭지 않다는 듯 그에게 거품을 뿌렸으나 실제로는 진지하기가 그지없었다.

"그러니까 다들 먹을 만큼 먹고 둘러앉아 노래 부르고, 내내 미소만 짓는 세상 얘긴가?"

그녀가 다시 그의 얼굴에 거품을 묻혔다.

"무슨 뜻인지 알잖아. 더 나은 세상. 안 될 이유가 뭐야?"

"탐욕. 우리가 어떻게 사는지 봐."

그가 두 손으로 욕실을 가리켰다.

"하지만 자기도 돌려주잖아. 지난해에도 재산의 4분의 1을 곤살레스 의료원에 기부했으면서."

"내 생명을 구해 줬으니까."

"재작년엔 도서관을 지었고."

"그래야 내가 좋아하는 책을 보관하잖아."

"책이 모두 스페인어인데?"

"아니면 내가 어떻게 스페인어를 배우겠어?"

그녀는 발 하나를 그의 어깨에 걸치고 머리카락에 발바닥을 문질러 가려움을 해소했다. 그녀는 그러고도 발을 치우지 않았다. 조는 그 발에 입을 맞추었다. 문득 지고지순한 행복감에 젖어 있음을 깨달았다. 천국이 따로 없다지만 요즘이라면 자주 겪는 기분이다. 귓속을 울리는 그녀의 목소리. 주머니 속에 담아둔 그녀의 사랑. 어깨에 걸친 그녀의 발.

"우리도 좋은 일을 할 수 있어."

그녀가 고개를 숙이며 말했다.

"하고 있어."

그가 대답했다.

"그동안 나쁜 일 많이 했잖아."

그녀는 가슴 아래의 비누 거품을 들여다보았다. 언제라도 자신의 내면으로 사라질 것만 같은 표정. 그녀가 욕조에서 나가기 위해 수건을 집으려 했다.

"이봐."

그가 불렀다.

그녀가 눈을 들었다.

"우린 나쁜 사람이 아니야. 좋은 사람이라고 말할 자신은 없지만…… 그저 다들 겁을 먹고 있을 뿐이야."

"누가 겁을 먹어?"

그녀가 물었다.

"누군들 아니겠어? 전 세계가 다 그래. 이런 신을 믿고 저런 신을 믿고 이런 내세를 믿고 저런 내세를 믿는다고 최면을 걸잖아. 어쩌면 정말 믿을 수도 있겠지만, 동시에 그런 최면의 본질에는 '우리가 잘못되면 어쩌지? 정말 세상이 이런 곳이라면? 그렇다면, 망할, 차라리 대궐 같은 집을 짓고 집채만 한 차를 사고 값비싼 넥타이핀과 진주 손잡이 지팡이도 잔뜩 사고……'"

그녀가 웃기 시작했다.

"'에 또…… 엉덩이와 겨드랑이 씻어주는 화장실도 만드는 게 낫겠다. 나한테 필요하잖아?'"

그도 키득거렸지만 웃음소리는 곧바로 비누 거품에 묻혀버렸다.

"'하지만, 잠깐, 난 신을 믿어. 안전빵이 좋으니까. 그리고 탐욕도 믿어. 역시 안전빵을 위해서.'"

"그래서 그렇다는 얘기야? 우리가 겁에 질려서?"

"이유야 더 있을지도 모르지. 내가 아는 건 우리 모두 겁에 질렸다는 사실뿐이야."

그녀는 거품을 스카프처럼 목에 두르고 고개를 끄덕였다.

"이곳에서 우리 존재가 의미 있었으면 좋겠어."

"자기가 어떤 생각하는지 알아. 이봐, 여자들과 아이들을 구하고 싶지? 좋아. 나도 자기의 그런 점을 사랑하니까. 하지만 여자들을 손아귀에서 놓지 않으려는 놈들도 분명 있을 거야."

"나도 알아. 그래서 자기 사람들 두어 명이 필요해."

그녀가 노래를 부르듯 말했다. 이래 봬도 난 자기가 생각한 것보다 똑똑한 여자라고.

"두어 명?"

"음, 처음엔 넷. 그런데…… 부하 중에 제일 거친 사람들이면 좋겠어."

그녀가 미소를 지었다.

그해는 어빙 피기스의 딸, 로레타가 탬파에 돌아온 해이기도 했다.

그녀는 아버지 부축을 받으며 기차에서 내렸다. 둘은 팔짱을 끼고 있었다. 로레타가 머리부터 발끝까지 검은 옷을 입은 데다, 어빙이 팔을 꼭 붙들고 있어 정말 상중으로 보이기도 했다.

어빙은 로레타를 하이드파크 집에 가두고 가을 내내 모습을 드러내지 않았다. 로스앤젤레스로 떠날 때에도 휴가를 냈지만 딸이 돌아온 다음에도 계속 휴가를 연장했다. 바깥일은 아내가 맡았는데 항상 아들을 데리고 다녔다. 동네 사람들의 증언에 따르면, 그 집에서 나오는 소리라고는 기도나 찬송뿐이었으나 둘 중 어느 쪽인지에 대해서는 의견이 분분했다.

10월 말, 마침내 집에서 나왔을 때 로레타는 흰옷 차림이었다. 그날 저녁 부흥회에서도, 흰옷을 입은 건 자기 의사가 아니라 예수 그리스도의 뜻이며, 이제부터 그분의 가르침과 결혼하겠다고 선언했다. 그녀는 피들러스 코브의 부흥회 무대에 올라가 악의 세계로 추락한 과정에 대해 설명했다. 알코올과 헤로인과 마리화나가 그곳으로 이끌었으며 무차별적인 간음이 매음을 불렀고, 연이어 마약과 방탕의 밤 속으로 더 깊이 빠져들고 말았다. 그 옛날 그녀가 자살하지 못하도록 예수님께서 기억조차 막아두셨던 죄악들이건만…… 그런데 왜 예수께서 제 생존에 그렇게 관심이 많으셨냐고요? 바로 탬파, 세인트피터즈버그, 새러소타, 브래덴턴의 죄인들에게 당신의 진리를 대신 전파하게 하려 하셨기 때문이랍니다. 그리하여 그분이 보시기에 합당하다면 이 못난 죄인은 그분의 메시지를 플로리다를 넘어 미국 전역에 알리며 다닐 겁니다……

수많은 연사가 부흥회 신도들 앞에 섰지만, 로레타의 연설은 다른 연사와 달리 열정도 분노도 없었다. 조용히 목소리 한번 높이지 않고 말하는 바람에 청중들은 상체까지 기울여야 했다. 그녀가 돌아온 이후 어찌나 표정이 험악해졌는지 어빙한테는 아무도 쉽게 다가가지 못했다. 그녀 또한 담담하게 타락한 세계를 증언하는 동안 아버지를 힐끗힐끗 돌아보곤 했다. 주님의 의지를 잘 알지 못하나, 당신의 아이들이 타락함을 보시고 크게 낙담하셨다는 말씀을 들었습니다. 이 세상에서도 얼마든지 선을 구할 수 있습니다. 이 땅에 미덕을 심으셨다면 미덕도 거둘 것입니다.

"이 나라가 곧 무절제한 음주 세계로 돌아간답니다. 럼에 취한 남편이 아내를 때리고, 위스키에 취해 집에 성병을 들이고, 진 때문에 게으름에 빠져 직장을 잃으면 은행은 훨씬 더 많은 아이를 길거리로 내몰겠죠. 아니, 은행은 죄가 없습니다. 은행을 비난하지 마세요. (속삭이듯) 죄를 통해 이윤을 얻는 사람들을 나무라야죠. 술로 육신을 능욕하고 나약하게 만드는 이들을 욕하세요. 밀주업자들과 포주를 욕하고, 주님께서 보시는 앞에서 우리 선한 도시에 불경을 전파하도록 부추기는 사람들을 벌하세요."

실제로 하느님은 탬파의 선한 주민 일부를 보내 커글린-수아레스 클럽 두 곳을 습격하고 럼과 맥주 통을 도끼로 응징하셨다. 조는 보고를 받고 디온을 발리코에 보내 철제 통을 사들여 주점의 나무통을 모두 교체한 다음 어떤 놈이 치고 들어와 도끼를 휘두르는지 지켜보았다. 그놈의 성스러운 팔에서 성스러운 손목이 아작 나는 꼬락서니를 기필코 보고 싶었다.

시가 수출회사 사무실에 앉아 있을 때였다. 아일랜드, 스웨덴, 프랑스에 고급 담배를 수출하는 합법적인 회사이지만 시가를 즐기지 않는 나라들인지라 매년 조금씩 손실을 보던 참이었다. 그런데 갑자기 어빙과 그의 딸이 문을 열고 들어오는 게 아닌가?

어빙은 조에게 짧게 고갯짓을 했지만 시선을 마주치지는 않았다. 딸 사진을 보여준 이후 지금껏 내내 그런 식이었다. 그동안 거리에서 마주친 것만 서른 번은 넘건만.

"로레타가 할 얘기가 있다는군."

조가 하얀 드레스 차림의 예쁜 처녀를 올려다보았다.

밝고 촉촉한 눈.

"예, 아가씨, 괜찮다면 앉으시죠."

"그냥 서 있을래요."

"좋으실 대로."

"커글린 씨, 아버님에게 듣기로 한때는 좋은 분이셨다더군요."

그녀가 말했다.

"지금은 아니라는 말씀으로 들리는군요."

로레타가 목청을 가다듬었다.

"커글린 씨의 자선사업에 대해서는 알고 있습니다. 동거 중인 여성의 자선사업도요."

"동거 중인 여성이라."

조가 로레타의 표현을 곱씹었다.

"예. 이보르 지역사회는 물론 그레이터탬파에서도 자선사업에 열심이라더군요."

"아내한테도 이름이 있답니다."

"아무튼 그녀의 선행은 본질적으로 일시적일 수밖에 없어요. 종교적인 의미를 철저히 거부하고 하나뿐인 주님을 끌어안으려는 시도 자체를 거부하니까요."

"아내 이름은 그라시엘라입니다. 그리고 천주교도랍니다."

조가 반박했다.

"공식적으로 주님의 손에 인도받지 않는 한 아무리 좋은 의도라 해도 결국 악마를 돕는 행위입니다."

"와우, 세상에, 저로서는 도무지 모를 말씀이군요."

조가 탄성을 질렀다.

"아니, 아세요. 커글린 씨가 아무리 좋은 일을 하신다 해도, 그간 저지른 악행은 물론 주님을 등진 죄까지 사할 수는 없습니다. 그 정도는 저도 커글린 씨도 알고 있어요."

"어떻게 그렇죠?"

"커글린 씨는 돈을 벌기 위해 불법으로 타인을 탐닉에 빠뜨립니다. 사람들의 나약한 마음…… 그러니까 게으름과 음주와 추악한 탐욕을 악용하지 않나요? 다행히도 이제 죄악에서 자유로울 수 있답니다."

그녀가 슬프고도 친절한 미소를 지어 보였다.

"글쎄요, 그럴 마음은 없습니다만."

"아뇨, 있어요."

"로레타 양, 정말 사랑스러운 분이로군요. 아가씨가 설교를 시작한 이후 잉걸스 목사님의 양 떼가 세 배로 늘어났다는 얘기도 들었습니다."

어빙이 다섯 손가락을 들었다. 눈은 바닥을 향한 채였다.

"오, 죄송합니다. 벌써 다섯 배로 뛰었군요, 세상에."

로레타는 절대 미소를 버리지 않았다. 너무도 부드럽고 슬픈 미소. 네가 입을 열기 전에 무슨 말을 할지 안다고 장담하는 미소. 네 말은 입 밖에 나오기도 전에 헛소리라고 단죄하는 미소.

"로레타, 나는 사람들이 좋아하는 상품을 판매합니다. 그리고 헌법 수정안 제18조도 올해 안에 폐지될 겁니다."

"그렇지 않네."

어빙이 입을 앙다물고 내뱉었다.

"아니면, 벌써 끝났던지요. 어느 쪽이든 금주법은 죽었습니다. 그 법을 악용해 가난한 사람들을 억압했지만 결국 실패했죠. 중산층이 더 열심히 일하도록 만들고 싶었겠지만 결국 호기심만 부추긴 꼴이었습니다. 지난 10년간 그 어느 때보다 술이 더 많이 팔렸으니까요. 이유를 압니까? 사람들은 술을 원했습니다. 그리고 술 마시지 말라는 강제는 원치 않았죠."

"하지만 커글린 씨, 그렇게 본다면 간음도 마찬가지 아닌가요? 사람들은 간음하길 원하지 간음하지 말라는 얘기는 듣고 싶어 하지 않아요."

"그럼 하지 말아야죠."

"예?"

"얘기하지 말라는 말입니다. 사람들이 간음을 원한다면 특별히 말려야 할 이유가 뭔지 모르겠군요, 피기스 양."

"그러다가 짐승과 자려고 하면요?"

"그런가요?"
"예?"
"짐승과 자고 싶어 하느냐고 물었습니다."
"그런 사람도 있어요. 제멋대로 하게 내버려두면 질병이 퍼지고 말 거예요."
"죄송하지만 음주와 수간이 어떤 관계가 있는지도 모르겠군요."
"그렇다고 관계가 없는 얘기도 아니잖아요?"
이제 그녀도 자리에 앉았다. 두 손은 맞잡아 무릎에 얹었다.
"아니, 관계없는 얘기입니다. 제 생각은 그래요."
"하지만 커글린 씨 주장일 뿐이에요."
"예, 그리고 누군가는 아가씨의 신앙을 그렇게 부를 겁니다."
"그럼 하느님을 믿지 않으세요?"
"아뇨, 로레타, 내가 믿지 않는 건 당신네 하느님이에요."
조가 어빙을 건너다보았다. 그의 속이 펄펄 끓고 있다는 생각이 들었지만 언제나처럼 어빙은 시선을 피하기만 했다. 어빙은 그저 두 손을 내려다보기만 했다. 지금은 두 손 다 단단히 주먹을 쥔 채였다.
"하느님은 커글린 씨를 믿습니다. 언제든 악마의 길을 포기하실 거예요. 전 알아요. 커글린 씨의 내면을 보니까요. 반드시 참회하여 예수 그리스도의 세례를 받고 위대한 선지자가 되실 거예요. 이곳 탬파의 언덕에서 죄 없는 도시를 내려다보듯 너무도 선명하게 보니까요. 아, 예, 커글린 씨께서 놀리실까봐 말씀드리자면, 탬파에 언덕이 없다는 정도는 저도 압니다."
"그렇겠죠. 언덕은커녕 작은 둔덕 하나 찾기 어려운 곳이니."

그녀가 진짜 미소를 지었다. 몇 년 전, 가판대나 모린 상점 잡지 코너에서 보았던 바로 그 미소였다.

미소는 어느덧 슬프고도 딱딱한 미소로 바뀌었고 눈은 더 밝아졌다. 그녀가 장갑 낀 손을 데스크 너머로 내밀어 그도 악수했다. 그 장갑 안에 얼마나 많은 주삿바늘 자국을 감추고 있을까?

"언젠가 커글린 씨를 성령으로 구원해 드리겠습니다. 믿으셔도 돼요. 제가 뼛속 깊이 느끼고 있거든요."

"아가씨가 하고 싶다고 할 수 있는 일이 아니에요."

"그렇다고 못 한다는 뜻도 아니겠죠."

"그 정도는 나도 장담할 수 있습니다. 내 생각이 아가씨 의견만큼 존중받지 못할 이유가 도대체 뭐죠?"

로레타의 미소가 밝아졌다.

"틀렸으니까요."

조, 에스테반, 페스카토레 패밀리에게는 불행한 일이었지만, 로레타의 인기는 치솟고 더불어 정통성도 올라갔다. 몇 개월 후, 그녀의 전도 활동 덕분에 카지노 정책도 위기에 빠졌다. 애초에 사람들이 그녀를 대중 앞에 내세운 까닭은, 사실 그녀를 이 지경까지 내몬 상황이 재미있다고 생각해서였다. 요는 놀려먹기 위해서였다. 미국 경찰서장의 딸이 할리우드에 갔다가 창녀가 되어 돌아와 헛소리를 나불대는데, 두 팔을 뒤덮은 주사 자국을 촌놈들이 성흔으로 착각하고 있으니 왜 아니겠는가. 하지만 그녀가 부흥회의 밤에 나타난다는 소문만으로 도로가 자동차와 도보 여행자들로 벅적였고, 그녀의 설교를 접하면서 조롱의 논조도 변하기 시작했다. 로레타는 대중의 눈을 피해 달아나기는커녕 오히려 끌어들였다. 이제는 아예 하이드파크와 웨스트탬파, 탬파 부두는 물론 이보르까지 찾아다니며, 그동안 끊었던 커피까지 사 마셨다.

로레타는 낮에는 종교 얘기를 별로 하지 않았다. 언제나 공손한 태도로 만나는 사람과 가족의 안부를 꼼꼼하게 챙겼다. 이름을 잊는 법도 없었다. 게다가 소위 '시련의 시기'를 보낸 탓에 다소 늙어 보이기는 했지만 여전히 놀랍도록 아름다웠다. 그것도 너무도 미국적인 미모였다. 적포도주처럼 붉고 도톰한 입술, 순수하면서도 애잔한 눈빛, 아침에 배달된 우유의 스위트크림처럼 부드럽고 하얀 피부.

기절초풍할 마법이 일어나기 시작한 때는 1931년, 유럽 금융위기의 후폭풍이 전 세계를 덮치며 경제회복의 마지막 희망까지 삼켜버린 직후였다. 그녀는 술과 욕정과 (보다 최근에는 주로) 도박의 병폐는 물론, 하느님이 신탁으로 알려주었다는 탬파의 비전에 대해서까지 설파했다. 자체의 죄악으로 까맣게 타버릴 탬파, 황무지에는 주택 대신 잿더미와 숯 더미와 연기밖에 남지 않을 것이며…… 그녀는 롯의 아내를 거론하며 절대 되돌아보지 말 것을 간청했다. 절대 돌아보면 안 돼요. 주님의 사랑과 기도로, 아이들에게 자랑스러운 세상을 남겨주겠다는 열정으로 백색의 사람들을 모아, 백색의 집과 백색의 의상들만으로 빛나는 도시를 건설해야 해요. 그녀는 연설 도중 눈이 왼쪽, 오른쪽으로 까뒤집히는가 하면 온몸이 흔들리다가 그 자리에 혼절하기 일쑤였다. 경련을 일으키거나 저 아름다운 입에서 침을 흘리기도 했으나 대개는 그냥 잠든 것처럼 보였다. 특히 하층계

급에서 그녀의 인기가 치솟은 데는 무대에 엎드려 있을 때조차 너무나 예쁘다는 사실도 한몫했다. 크레이프 천으로 만든 의상이 어찌나 얇은지, 완벽한 가슴과 흠 하나 없이 날씬한 두 다리를 훔쳐볼 수도 있었다.

로레타가 그런 식으로 무대에 누워 있는 것이야말로 말 그대로 신이 있다는 증거였다. 오직 하느님만이 그렇게 연약하면서도 그렇게 아름답고 그렇게 강력한 존재를 만들 수 있었다.

추종자들 대다수가 그녀의 명분을 제멋대로 해석했다. 그중에서도 백미는 지역 깡패들이 도박을 무기 삼아 공동체를 파괴하려 한다는 얘기였다. 머지않아 국회의원과 시의원들이 조의 매수꾼들에게 "곤란하다." 또는 "상황을 좀 더 지켜보아야겠다."라는 답을 보내왔다. 물론 그렇다 해도 그에게서 받은 돈까지 돌려주는 자는 아무도 없었다.

사업 확장의 기회가 빠른 속도로 사라지고 있었다.

로레타 피기스가 어쩌다 급작스러운 종말을 맞았는데 사람들이 단순 '사고'로 받아들인다면? 그럼, 상당 기간 추모 물결이 지나기만 하면 카지노도 지을 수 있게 될 것이다. 어차피 예수를 죽어라 좋아했잖아? 그 둘을 붙여준다면 그것도 큰 선물 아닌가? 사실 그런 생각도 해봤다.

어떻게 할지 방법도 알았다. 그런데 지시를 내리지는 못했다.

조는 그녀가 설교하는 모습을 직접 보기로 했다. 그래서 하루 면도를 하지 않고 농기구나 사료를 파는 사람처럼, 깨끗한 면 작업복, 흰 셔츠, 짧은 넥타이 위에 캔버스 재킷을 걸치고 밀짚모자를 깊이 눌러썼다. 운전은 샬에게 맡겼다. 그날 밤 잉걸스 목사가 사용하기로 했다는 야영지 근처에 내려 좁고 더러운 소나무 숲길을 지나자 곧바로 군중의 뒤쪽이었다.

연못 가장자리에 누군가 나무 상자로 작은 무대를 만들어놓았다. 로레타가 중앙에 서 있었다. 아버지는 왼쪽, 목사가 오른쪽이었는데 둘 다 고개를 숙이고 있었다. 로레타는 환각에 빠진 건지 꿈을 꾸는 건지 알 수 없는 이상한 소리를 해댔지만 늦게 온 탓에 어느 쪽인지는 알 수 없었다. 하얀 드레스와 하얀 보닛 모자 차림에, 검은 연못과 어두운 하늘을 등진 모습이 마치 별 하나 없는 하늘의 보름달처럼 보였다. 그녀의 말은 이런 식이었다. 한 가족이 이상한 나라에 왔어요. 엄마, 아빠, 어린 아기, 모두 셋이었죠. 아버지는 사업가로 회사 일 때문에 파견을 나왔는데, 운전사가 올 때까지 기차역에서 나오지 말고 안에서 기다리라는 지시를 받았어요. 그런데 역사가 너무 더웠어요. 멀리에서 여행 왔기 때문에 바깥 구경도 하고 싶었죠. 그래서 셋이 밖으로 나오는데 곧바로 표범 한 마리가 앞을 막아서는 거예요. 석탄 양동이만큼이나 시꺼먼 놈이 말이에요. 그리고 미처 생각도 해볼 겨를도 없이 표범은 셋의 목을 갈가리 찢어놓아요. 사업가는 죽어가면서 표범이 아내의 피로 갈증을 채우는 광경을 보죠. 그런데 그때 어떤 남자가 다가와 총으로 검은 표범을 쏴 죽였어요. 남자는 죽어가는 사업가에게, 회사에서 보낸 운전사라고 자신을 소개하며 왜 지시대로 기다리지 않았냐며 안타까워했답니다.

예, 기다리지 않았어요. 그런데, 왜 기다리지 않은 걸까요?

예수님도 그와 같답니다. 기다릴 수 있습니까? 세속의 유혹에 굴복해 가족이 갈기갈기 찢기도록 만들 건가요? 아니면 우리 주 예수 그리스도께서 돌아오실 때까지 사랑하는 사람들을 야수로부터 지킬 방법을 고민하실 건가요?

"여러분은 그 정도로 나약합니까?"

로레타가 물었다.

"아뇨!"

"시대는 어둡고 인간은 너무 나약한 존재이기 때문에?"

"아뇨."

그녀가 하늘을 가리켰다.

"저는 약합니다. 하지만 그분께서 제게 힘을 주시죠. 제 심장을 채워주십니다. 그분의 바람을 이루기 위해 제겐 여러분의 도움이 필요합니다. 여러분의 힘이 있어야, 그분의 말씀을 전도하고 그분의 역사를 실천하고, 검은 표범들이 우리 아이들을 잡아먹거나 추악한 죄악으로 심장을 더럽히지 않게 지킬 수 있답니다. 그러니, 여러분, 도와주실 거죠?"

무리는 "예."와 "아멘."과 "주여."로 화답했다. 로레타가 두 눈을 감고 흔들리기 시작하자 모두가 신음을 내뱉었다. 그녀가 무릎을 꿇고 쓰러질 때는 헉 하고 숨을 삼켰고, 마침내 옆으로 쓰러진 다음에는 하나같이 한숨을 내뱉었다. 사람들은 일제히 앞으로 쏠려 갔으나 그렇다고 무대에 오르지는 않았다. 무리는 로레타가 아닌 그 어떤 존재를 향해 손을 내밀고, 고함을 치고 약속을 했다.

로레타는 바로 그 관문이었다. 죄와 어둠과 두려움이 없는 세계로 들어가는 관문. 혼자가 아닌 세상. 그들에게는 이미 하느님이 있고 로레타가 있었다.

"오늘 밤에 처리해야 해."

디온이 말했다. 조의 집 3층 갤러리였다.

"난들 그 생각 안 해봤겠냐?"

조가 되물었다.

"중요한 건 생각이 아니라 행동이야, 대장."

조는 리츠를 그려보았다. 조명이 창밖으로 쏟아져 검은 바다를 비추고 음악 소리가 주랑 현관을 흐른다. 음악이 바다 저 멀리 울려 퍼질 때면, 테이블에선 주사위가 달그락거리고 사람들이 승자에게 환호를 보낸다. 그리고 그는 턱시도 차림으로 서서 그 모두를 지배할 것이다.

생명이란 뭘까? 지난 몇 주간 너무도 여러 번 곱씹었던 질문이다.

사람들은 항상 죽는다. 건물을 짓다가 죽고 무더위에 선로를 깔다가도 죽는다. 전 세계를 보면, 하루도 빠짐없이 감전으로 죽고 산업 재해로도 죽는다. 이유는? 뭔가 가치 있는 건물을 짓고 동포를 고용하고 인류의 식탁에 식량을 제공하기 위하여.

로레타의 죽음은 도대체 어떤 차이가 있지?

"있을 거야."

그가 중얼거렸다.

"에?"

디온이 그를 바라보았다.

조가 사과하듯 한 손을 들었다.

"난 못 하겠다."

"내가 하면 돼."

디온이 항변했다.

"우리가 무도회 표를 끊을 때는 그 결과에 책임을 지겠다는 뜻이야. 적어도 그래야 한다는 정도는 알겠지. 하지만 우리가 대신 일을 해 주고 대신 잔디를 깎는 동안, 느긋하게 잠들 수 있는 사람들? 그 사람들은 표를 사지도 않아. 다시 말해서 실수를 한다 해도 우리와 똑같은 벌을 받지는 않는다고."

조가 말했다.

디온이 한숨을 내쉬었다.

"그년 때문에 우리 사업이 깡그리 망가지고 있어."

조는 해가 저물어 다행이라고 생각했다. 덕분에 갤러리도 어두웠기 때문이다. 디온이 그의 눈을 똑똑히 본다면 조의 결심이 얼마나 부질없는지, 왜 그가 돌아오지 못할 다리를 건너 다시는 돌아보지 못할 지경에 이르렀는지 알았을 것이다. 맙소사, 상대는 여자 하나잖아!

"안다. 하지만 결심했어. 그 여자 머리카락 하나 건드리지 마."

"후회할 거야."

디온이 투덜댔다.

"안 해."

조가 단언했다.

일주일 후 존 링링의 수하들이 만남을 청했다. 조는 상황이 끝났음을 직감했다. 물론 일시적인 현상일 뿐이었다. 당분간 잠잠하기야 하겠지만 어차피 나라는 다시 흥청거릴 수밖에 없었다. 방탕으로 흥청거리고 열정과 쾌락으로 흥청거리리라. 아무튼 탬파는 로레타 피기스의 영향 아래 다른 방향으로 흔들리고 있었다. 술을 허용하는 문제에서조차 그녀를 극복할 수 없다면 합법화는 먼 나라 얘기일 수밖에 없었다. 더욱이 도박 문제라면 완전히 침몰 지경이었다. 존 링링은 조와 에스테반에게 부하들을 보내 리츠 문제를 좀 더 생각해 보자며, 경제가 나아지면 나중에 재검토해 보겠다고 덧붙였다.

회동은 새러소타에서 있었다. 조와 에스테반은 롱보트키로 돌아와, 멕시코 만을 화려하게 장식할 뻔한 호텔 건물을 바라보았다.

"죽이는 카지노가 되었을 겁니다."

조가 중얼거렸다.

"다시 기회가 있을 거야. 세상은 돌고 도는 법이니까."

"다 그런 건 아닙니다."

조가 고개를 저었다.

22장
가라사대 성령을 소멸치 말며

로레타 피기스와 조가 마지막으로 만난 건 1933년 초였다. 오랜만에 청명한 날이었지만 아침부터 안개가 어찌나 짙던지 이보르 거리가 거꾸로 뒤집히기라도 한 것 같았다. 조는 복잡한 심경으로 팜 애버뉴의 보도를 따라 걷고 있었다. 살 우르소가 반대편 보도에서 보조를 맞추고 레프티 다우너는 자동차로 길 가운데를 따라 역시 나란히 운전 중이었다. 조금 전 확인한 소문에 따르면 마소가 다시 내려올 생각이라고 했다. 올해만 벌써 두 번째였다. 무엇보다 그에게 직접 말하지 않았다는 사실이 껄끄러웠다. 오늘 아침 신문에, 루스벨트 대통령 당선자가 최대한 빠른 시일 내에 컬런-해리스 법을 비준하는 식으로 금주법을 실질적으로 폐기할 계획이라는 기사가 떴다. 오래가지 않으리라는 정도는 알았지만 아직 제대로 준비를 하지 못한 상태였다. 준비가 미흡하기에, KC, 신시내티, 시카고, 뉴욕, 디트로이트 같은 신흥 밀주 도시의 조폭들이 그 뉴스를 어떻게 받아들일지 또한 짐작에 불과할 수밖에 없었다. 오늘 아침 침대에 앉아 정확히 어느 달 어느 주에 루스벨트가 환호의 펜을 휘두를지 계산하려 했으나 그라시엘라가 어젯밤에 먹은 파에야를 계속 토하는 바람에 도무지 정신을 집중할 수가 없었다. 언제나 강철 같은 위장을 자랑하던 그녀였건만 최근 보호소 세 곳과 자선기금 단체 여덟 곳을 관리하는 바람에 스트레스가 극심한 모양이었다.

그녀가 문간에 서서 손등으로 입을 훔쳤다.

"조지프. 아무래도 일이 생긴 것 같아."

"무슨 일?"

"음…… 아기가 생겼나봐."

순간 조의 머릿속에 떠오른 생각은 그랬다. 보호소의 고아 하나를 데려왔다는 얘긴가? 그래서 그녀의 왼쪽 엉덩이 너머를 훔쳐보려는 순간 그 말뜻이 이해가 되었다.

"자기가……?"

그녀가 미소 지었다.

"임신……"

그가 침대를 내려와 그녀 앞에 섰다. 부러지기라도 할까봐 함부로 안아줄 수도 없었다.

그녀가 두 팔로 그의 목을 감쌌다.

"아무것도 아냐. 그냥 자기가 아빠가 되는 거야."

그녀가 그에게 키스했다. 두 손이 뒤통수를 쓰다듬는데 이상하게 따끔거렸다. 아니, 온몸이 따끔거렸다. 마치 아침에 깨어나 새로운 살갗으로 갈아입기라도 한 기분이었다.

"무슨 말이든 해봐."

그녀가 궁금해하는 눈으로 그를 보았다.

"고마워."

그가 말했다. 다른 말은 하나도 생각이 나지 않았다.

"고맙다고?"

"자기는 놀라운 엄마가 될 거야."

그녀가 그의 이마에 자기 이마를 기댔다.

"자기도 위대한 아빠가 될 거고."

살아남을 수만 있다면. 그가 생각했다.

그녀의 눈을 보니 그녀도 같은 생각을 하고 있었다.

때문에 그날 아침 조는 식욕을 잃은 상태로 니노의 커피숍에 들어갔다. 유리창 안을 들여다볼 생각도 못했다.

커피숍에는 테이블이 세 개뿐이었다. 이렇게 좋은 커피를 제공하는 장소로서는 터무니없이 좁았지만 그마저 둘은 KKK단이 차지했다. 외부인이야 잘 모르겠지만 설령 후드를 벗고 다른 옷을 입고 있다 해도 조가 알아보는 데는 아무 어려움이 없었다. 클레멘트 도버, 드루 올트먼, 브루스터 잉걸스, 나이도 많고 좀 더 똑똑한 부류가 한 테이블을 차지했고, 줄리어스 스탠턴, 헤일리 루이스, 칼 조 크루슨, 찰리 베일리가 나머지 테이블을 차지했다. 어쨌거나 하나같이 멍청이들인 데다, 십자가를 태우기 전에 저들이 먼저 열이 올라 타버릴 부류들이었다. 게다가 자기가 얼마나 멍청한지 모르는 멍청이들이 대개 그렇듯, 비열하고 무자비하기가 하늘을 찔렀다.

문지방을 넘는 순간 적어도 매복은 아니라는 건 눈치챘다. 표정만 봐서는 놈들도 조의 등장이 무척이나 의외인 모양이었다. 이곳에 그냥 커피를 마시러 왔거나 주인을 협박해 보호비를 뜯어낼 생각이었을 것이다. 살이 바로 밖에 있기는 했지만 실내에 함께 있는 것과 같을 수는 없었다. 조는 정장 재킷을 벗어 치워 두었지만 손은 그대로 재킷 밑에 두었다. 총과는 지척의 거리였다. 이 특별한 무리의 대가리는 잉걸스, 러츠 소방서 9호 차 소방관이었다.

놈이 비릿한 미소를 지으며 고개를 끄덕이다가 조의 등 뒤를 향해 눈짓을 했다. 창가 옆 세 번째 테이블. 조가 돌아보니 로레타 피기스가 앉아 상황을 지켜보는 중이었다. 조는 엉덩이에서 손을 떼고 다시 정장 재킷을 매만졌다. 탬파베이의 마돈나와 총싸움을 벌일 생각은 추호도 없었다.

조가 고갯짓으로 화답하자 잉걸스가 말했다.

"또 보자고."

조가 모자를 건드려 인사하고 돌아서려는데 로레타가 불렀다.

"커글린 씨, 앉으세요. 부디."

"아니, 아닙니다. 로레타 양. 평화로운 아침을 방해하고 싶지 않군요."

"제발."

그녀가 애원했다. 그때 카페 여주인 카르멘 아레나스가 테이블에 다가왔다.

조는 어깨를 으쓱하며 모자를 벗었다.

"늘 마시던 대로 줘요, 카르멘."

"예, 커글린 씨. 피기스 양은?"

"저도 같은 걸로."

조가 자리에 앉아 모자를 무릎에 올려놓았다.

"저기 신사분들은 커글린 씨를 싫어하나보죠?"

로레타가 물었다.

그러고 보니 오늘 입은 옷은 흰색이 아니라 밝은 복숭아색에 가까웠다. 보통 사람들이 눈치채지 못했겠지만 순백은 이미 로레타 피기스의 정체성이 된 터였다. 다른 옷을 입으니 어쩐지 벌거벗은 모습을 보는 기분이었다.

"적어도 일요일 디너파티에 날 초대하지는 않을 겁니다."

"왜요?"

그녀가 테이블 위로 상체를 기울이는데 카르멘이 커피를 가져왔다.

"내가 유색인종과 자고 유색인종과 일하고 유색인종과 친하게 지내기 때문이죠."

그가 어깨 너머를 보았다.

"뭐 빠진 것 있소, 잉걸스?"

"우리 친구 넷을 죽였어."

조가 고갯짓으로 화답하고 로레타를 돌아보았다.

"오, 내가 친구 넷을 죽였다는군요."

"정말인가요?"

"오늘은 흰옷을 입지 않았군요."

"하얀색이나 마찬가지예요."

474

"그 색을 아가씨의…… 에, 추종자들이 좋아합니까?"

그도 '추종자'보다 더 나은 표현을 찾고 싶었으나 결국 실패했다. KKK단 사람들이 일어나 나가면서 일부러 조의 의자나 발을 걸어 찼다.

"다음에 보자."

도버가 으르렁거리곤 로레타에게는 모자 인사로 예의를 차렸다.

"아가씨, 그럼."

무리는 하나씩 빠져나가고 이제 조와 로레타뿐이었다. 어젯밤에 내린 비가 발코니 홈통에서 똑똑 떨어져 인도로 흘러내렸다. 조는 커피를 마시며 로레타의 표정을 살폈다. 2년 전 아버지 집에서 걸어 나온 이후 눈의 총기는 더 이상 보이지 않았다. 검은 상복과 부활의 흰 드레스를 맞거래한 대가이리라.

"아버님이 왜 커글린 씨를 그렇게 싫어하죠?"

"난 범죄자예요. 그분은 과거 경찰서장이셨고."

"하지만 그때는 좋아하셨어요. 제가 고등학교 다닐 때만 해도 커글린 씨를 가리키며 '저 양반이 이보르의 시장이다. 평화를 지켜주니까.'라고 하신걸요."

"하, 그런 말씀을 하셨다고요?"

"예."

조는 커피를 조금 더 마셨다.

"그때는 좋은 시절이었죠."

그녀도 커피를 홀짝였다.

"무슨 일을 했기에 이렇게 미워하시는 걸까요?"

조가 고개를 저었다.

이번에는 그녀가 그를 살펴보았다. 길고도 불편한 1분이 지났다. 그동안 그도 그녀의 눈을 마주 보았다. 마침내 그녀도 사실을 읽어냈다.

"내가 어디에 있는지 아버지한테 알려준 분이군요."

조는 아무 말 없이 이를 악물기만 했다.

그녀가 고개를 끄덕이다가 테이블을 내려다보았다.

"당신이었군요. 뭐가 있었죠?"

"사진 몇 장."

"그래서 아버지한테 보여주었나요?"

"두 장을 보여줬죠."

"얼마나 있었는데요?"

"수십 장."

그녀가 다시 고개를 떨어뜨리고 잔 받침 위에서 컵을 돌렸다.

"우리 모두 지옥에 떨어질 거예요."

"내 생각은 달라요."

그녀가 다시 커피 잔을 돌렸다.

"다르다고요? 지난 2년 동안 연설하고 기절하고 하느님께 영혼을 맡기는 동안 뭘 배웠는지 아세요?"

그가 고개를 저었다.

"이곳이 천국이라는 사실이에요. 우리는 지금 천국에 있어요."

그녀가 거리를 가리키고 머리 위 천장도 가리켰다.

"그런데 왜 이렇게 지옥 같은 거죠?"

그녀가 간신히 미소를 회복했다. 부드럽고 잔잔한 미소.

"우리가 망가뜨렸으니까요. 이곳이 낙원이에요. 우리가 잃어버린 낙원."

그녀가 믿음을 잃었다는 사실에 놀랍게도 조의 아쉬움도 깊어졌다. 이유는 모르겠지만, 누군가 전지자와 직접 통한다면 로레타였으면 좋겠다는 생각을 했던 것이다.

"그래도 처음 시작할 때는 믿음이 있었겠죠?"

그가 물었다.

그녀가 투명한 시선으로 그를 마주 보았다.

"너무도 분명하게. 당연히 하느님의 영감이 있어야 했어요. 내 피가 불로 바뀐 느낌이었죠. 활활 타오르는 불이 아니라, 은은하면서도 영원히 꺼지지 않을 온기 같은 불 말이에요. 어린애처럼 그렇다고 믿었던 모양이에요. 사랑받는 느낌이 너무도 평화롭고 너무도 분명해서, 삶이 항상 이러하리라고 믿었어요. 부모님은 항상 내 곁에 있고 세상은 탬파와 같으며, 세상 사람 모두가 내 이름을 알고 내 행운을 빌어주어야 했어요. 그렇게 어른이 되고 난 서부로 떠났죠. 그런 식의 믿음이 삽시간에 거짓말이 된 때가 언제인 줄 아세요? 내가 특별하지도 안전하지도 않음을 깨달았을 때가 언제인 줄 아세요?"

그녀가 팔을 돌려 주사 자국을 보여주었다.

"그 때문에 아주 비싼 대가를 치러야 했어요."

"하지만 이곳에 돌아온 후에는? 그러니까 당신의 그……"

"시련의 시기?"

그녀가 되물었다.

"그래요."

"내가 돌아왔을 때, 아버지는 엄마를 집에서 내쫓고 나를 죽도록 패면서 무릎 꿇고 기도하는 법을 가르쳤어요. 죄인이자 탄원자가 되어, 사리사욕을 모두 버리고 기도하라고 했죠. 그러자 불꽃이 돌아왔어요. 어린 시절 잠들던 침대 옆에 무릎을 꿇고 있었어요. 하루 종일 무릎을 꿇고 한 주 내내 거의 잠을 이루지 못했는데…… 그런데 불꽃이 돌아와 심장을 채우고 자신감을 북돋워주었어요. 내가 얼마나 그 불꽃을 그리워했는지 아세요? 세상의 그 어떤 마약, 그 어떤 사랑, 그 어떤 산해진미보다도 더 그리웠어요. 어쩌면 불꽃을 돌려주셨을 하느님보다 더 간절했으니까요. 그건 확신이에요, 커글린 씨. 확신. 그 무엇보다 찬란한 거짓말이죠."

둘 다 아무 말도 하지 못했다. 카르멘이 새 커피를 가져와 두 사람의 빈 잔과 바꿔주었다.

"지난주에 엄마가 돌아가셨어요. 아세요?"

"아니, 못 들었어요, 로레타. 안됐군요."

그녀는 손짓으로 조의 사과를 물리치고 커피를 조금 마셨다.

"아버지의 신앙과 내 신앙 때문에 엄마가 집을 나갔어요. 엄마는 아버지한테 늘 이렇게 말했죠. '당신은 하느님을 사랑하지 않아요. 자신이 그분께 특별하다는 생각을 믿는 거죠. 그분이 당신을 보고 있다고 믿고 싶은 거예요.' 엄마가 죽었다는 소식을 듣고서야 그 말 뜻을 알았어요. 난 하느님한테서 어떤 위안도 받지 못했어요. 하느님이 누군지 알지도 못해요. 그저 엄마가 돌아왔으면 좋겠어요."

그녀는 몇 차례 혼자 고개를 끄덕였다.

남녀가 가게로 들어오자 종이 딸랑거렸다. 카르멘이 카운터 뒤에서 나와 두 사람을 안내했다.

그녀는 커피 잔 손잡이를 어루만졌다.

"하느님이 정말 존재할까요? 물론 그렇다고 믿고 싶어요. 이왕이면 친절한 분이라면 좋겠네요. 괜한 바람이겠죠, 커글린 씨?"

"그럴 겁니다."

"커글린 씨 말대로, 간음한 자를 영원한 불 속에 던져 넣는다는 말을 믿지는 않아요. 그 외에 다른 신을 믿는다고 지옥에 처넣지도 않으실 거예요. 제가 믿는 건…… 아니 믿고 싶은 건…… 하느님은 우리가 그분의 이름으로 저지르는 죄를 최악의 죄로 여기실 거예요."

조가 그녀를 빤히 바라보았다.

"절망 때문에 우리 자신에 반해 짓는 죄도 마찬가지입니다."

"오, 그렇다고 절망하지는 않아요. 커글린 씨는요?"

그녀가 밝은 목소리로 물었다.

그가 고개를 저었다.

"전혀."

"커글린 씨의 비밀은 뭔가요?"

그가 키득거렸다.

"커피숍에서 하기엔 조금 은밀한 얘기 같군요."

"알고 싶어요. 제가 보기엔……"

그녀가 카페를 둘러보았다. 그리고 그 순간 그녀의 눈에 처절한 체념의 빛이 스쳐 지나갔다.

"완벽한 분 같거든요."

그가 미소 지으며 강하게 고개를 저었다.

"정말이에요."

그녀가 고집했다.

"전혀 아닙니다."

"정말이에요. 비결이 뭐죠?"

그는 잠시 커피 잔 받침을 만지작거릴 뿐 아무 말도 하지 않았다.

"어서요, 커글린 씨……"

"그녀 덕분입니다."

"예?"

그가 테이블 너머로 로레타를 보았다.

"그녀. 그라시엘라. 내 아내. 나도 하느님이 존재하기를 바랍니다. 정말로 간절하게. 하지만 그렇지 않다면? 그럼 아내만으로도 충분해요."

"만일 그분을 잃게 되면요?"

"그럴 생각 없습니다."

"하지만 만에 하나라도?"

그녀가 테이블 위로 상체를 기울였다.

"그럼 나한테 머리만 남고 심장은 없겠죠."

두 사람은 아무 말 없이 앉아만 있었다. 카르멘이 와서 커피를 채워주었다. 조는 설탕을 조금 넣으며 그녀를 보았다. 문득 그녀를 끌어안고 다 괜찮아질 거라고 말해 주고 싶어 미칠 것만 같았다.

"이제 어떻게 할 생각입니까?"

그가 물었다.

"무슨 뜻이죠?"

"로레타는 이 도시의 기둥이에요. 망할, 한창 잘나가는 나를 공격해 승리까지 따냈잖아요. KKK단 놈들이라면 불가능한 일이었어요. 법으로도 해낼 수 없는 일이었는데⋯⋯ 그런데 로레타가 해낸 겁니다."

"알코올을 없애지는 못했어요."

"대신 도박을 죽였죠. 로레타가 오기 전만 해도 떼놓은 당상이었건만."

그녀가 미소를 지으며 두 손으로 입을 가렸다.

"그래요, 제가 해냈죠?"

조도 함께 미소를 지었다.

"예, 해냈어요. 지금이라면 당신을 따라 벼랑에서 뛰어내릴 사람도 수천 명은 될 거요, 로레타."

그녀가 씁쓸히 웃으며 양철 천장을 올려다보았다.

"누구도 나를 따르길 원치 않아요."

"사람들한테 그렇게 말해 봤습니까?"

"아버지가 고집이 보통이 아니세요."

"어빙?"

그녀가 고개를 끄덕였다.

"아버지한테는 시간을 줘요."

"예전엔 엄마를 끔찍이 사랑하셨어요. 내 기억에도 어머니 곁에 있을 땐 몸을 부르르 떠셨거든요. 너무도 만지고 싶으셨겠지만 자식들이 주변에 있기에 온당치 못하다고 생각하신 거예요. 그런데 엄마가 돌아가셨을 때 아버지는 심지어 장례식에도 가시지 않았어요. 아버지 상상 속의 하느님이 허락하지 않는다고 생각하신 거죠. 아버지의 하느님은 함께 나누지 않아요. 아버지는 매일 밤 의자에 앉아 성서를 읽지만 분노에 눈이 멀어 있죠. 예전에 당신이 엄마한테 하시던 식으로, 아니 그보다 더 심하게 딸이 사내들한테 농락당했기 때문이에요.”

로레타는 테이블 위로 상체를 기울이며 검지로 설탕 가루를 문질렀다.

"아버지는 어두운 집 안을 돌아다니며 반복해서 단어 하나만 외운답니다."

"단어?"

그녀가 그를 올려다보았다.

"참회하라. 참회하라. 참회하라. 참회하라.”

"아버지한테 시간을 줘요."

조가 다시 말했지만 달리 할 말이 없었기 때문이다.

몇 주 후, 로레타는 흰옷으로 돌아갔다. 그녀가 설교를 할 때마다 여전히 청중으로 인산인해를 이루었다. 개중에는 속임수라며 인상을 찌푸리는 사람도 있었지만, 그녀는 방언을 하고 입에 거품을 무는 등, 몇 가지 새로운 기술도 선보였다. 목소리도 두 배는 크고 우렁찼다.

어느 날 아침 신문에 그녀의 사진이 나왔다. 리 카운티에서 열린, '하느님의 성회 본부총회' 집회에서 연설하는 장면이었다. 달라진 건 하나도 없었지만 처음에는 전혀 다른 인물인 줄 알았다.

1933년 3월 23일 아침, 루스벨트 대통령이 컬런-해리슨 법안을 비준해, 알코올 3.2퍼센트 이하의 맥주와 와인의 제조와 판매를 허용했다. 그해 말 루스벨트는 헌법 수정안 제18조가 역사 속으로 사라지리라고 단언했다.

트로피케일에서 에스테반과 만나기로 했는데, 평소와 달리 조가 약속 시간에 늦었다. 아버지의 시계가 느려진 탓에 최근에는 종종 그런 일이 있었다. 지난주에는 하루에 5분씩 늦어지더니 지금은 평균이 10분, 때로는 15분이나 늦었다. 수리해야겠다고 생각했지만 문제는 수리하는 동안 수중에서 떼어낼 수밖에 없다는 데 있었다. 불합리한 반응임을 모르는 바는 아니었지만 잠시라도 시계와 떨어진다고 생각하니 도무지 견딜 수가 없었다.

골방에서는 에스테반이 최근 하바나 여행에서 찍은 사진을 액자에 넣고 있었다. 이번에 올드시티에 새롭게 문을 연 클럽인 주트의 야간 오프닝 행사 사진이었다. 그가 사진을 보여주었다. 다른 사진들과 마찬가지로, 술 취한 멋쟁이 부자들, 멋쟁이 여편네들과 딸년들. 밴드 옆에 무희 한두 명…… 다들 쾌락에 취해 눈빛이 번들거렸다. 조는 힐끗 보는 둥 마는 둥, 예의상 감탄의 휘파람을 불어주었다. 에스테반은 사진을 액자의 유리판 위에 뒤집어놓고 자신과 조의 잔에 술을 따라 액자들 사이에 내려놓은 뒤 다시 작업을 재개했다. 접착제 냄새가 어찌나 지독한지 서재의 찌든 담배 냄새가 전혀 느껴지지 않을 정도였다. 맙소사, 그런 일이 가능하다니.

"웃으라고. 우린 이제 진짜 거부가 될 테니까."

에스테반이 잔을 들며 말했다.

"먼저 페스카토레가 인정해야겠죠."

조가 토를 달았다.

"뭐라고 개지랄하면 잘 꼬셔서 합법적인 사업 하나 안기면 돼."

"절대 안 할 겁니다."

"이미 늦었어."

"파트너가 한둘이 아니잖아요. 아들도 셋이나 되는걸요."

"아들놈들이라면 나도 빠삭하네. 한 놈은 변태, 한 놈은 마약쟁이, 한 놈은 여편네와 여친들을 툭하면 두들겨 팬다던데, 몰래 남색을 밝히기 때문이라더군."

"예, 하지만 마소한테 그런 얘기가 먹히겠어요? 게다가 기차가 내일 들어오는데."

"그렇게 빨리?"

"그렇다네요."

"음, 난 평생 그런 친구들과 일을 해왔어. 영감 정도는 우리가 다룰 수 있을 거야. 자넨 그럴 만한 가치가 있네."

에스테반이 잔을 다시 들며 덧붙였다.

"고맙습니다."

조도 이번에는 술을 마셨다.

에스테반이 다시 액자를 만지작거렸다.

"그러니까 웃어."

"노력 중입니다."

"그라시엘라 때문인가?"

"예."

"무슨 일인데?"

임신이 티가 나기 전까지는 아무한테도 얘기하지 않기로 했지만, 오늘 아침 일하러 나가기 전, 그녀가 볼록 나온 배를 가리키며 어쩌면 오늘쯤 비밀을 알아차리는 사람이 있겠다고 말했다.

그래서 에스테반에게 솔직하게 얘기했다. 그러자 놀랍게도 10년 묵은 체증이 가라앉는 기분이었다.

"임신했어요."

에스테반이 고개를 들더니 손뼉을 치며 책상에서 돌아 나와서는 조를 끌어안고 등을 여러 차례 두드려주었다. 손에 힘을 너무 주어서 등이 아플 정도였다.

"이제 정말 남자가 되었군."

"오, 지금까지는 아니었나요?"

"맙소사, 정말 남자라고 생각했던 건가?"

에스테반이 손짓으로 턱도 없는 말이라는 시늉을 하자 조가 장난처럼 그의 배에 주먹을 날렸다. 에스테반도 조금 더 다가와 조를 다시 안아주었다.

"정말 잘 했네, 이 친구야."

"고맙습니다."

"그라시엘라도 좋아하던가?"

"예, 정말로요. 신기해요. 뭐라고 해야 할지 모르겠지만, 정말 몸 전체에서 에너지가 뿜어져 나오는 것 같더라고요."

둘은 세상의 모든 아버지를 위해 건배했다. 에스테반의 덧문 밖으로 이보르의 금요일 밤이 깊어가며, 화려한 정원과 나무 조명과 돌

벽을 어둡게 물들였다.

"이곳이 맘에 드나?"

"예?"

"처음 왔을 때만 해도 자넨 정말 무기력해 보였어. 머리도 죄수처럼 짧은 데다가 말도 정말 빠르게 했거든."

조가 웃었다. 에스테반도 함께 웃었다.

"보스턴이 그리운가?"

"예."

조가 대답했다. 사실 이따금 몸서리치도록 그리웠다.

"그래도 이제는 이곳이 자네 고향이야."

조가 끄덕였다. 어쨌든 막상 그렇다고 생각하니 충격이 없지는 않았다.

"그런 것 같습니다."

"기분은 이해하네. 그렇게 세월이 흘렀건만 나도 탬파에 대해서는 모르는 게 태반이니까. 그래도 이보르만은 하바나처럼 빠삭하지. 어느 한 곳을 고향으로 선택하라면 나도 난감할 정도라니까."

"마차도가 물러날 것 같습니까?"

"마차도는 끝났어. 시간은 조금 걸리겠지만 이미 끝났네. 공산주의자들은 몰아내고 싶어 하는데 미국이 허락하지 않는 것뿐이야. 나와 친구들한테 멋진 대안도 있다네. 아주 온건한 인물인데, 하기야 요즘 세상이 온건한 사람을 받아들일 자세가 되었는지는 솔직히 모르겠구먼. 생각할 거리가 많으면 골칫거리도 많아지는데, 국민들은 제 편을 좋아하지 줄다리기는 딱 질색이거든."

그가 인상을 찌푸리며 덧붙였다.

그는 유리를 액자에 넣고 코르크판으로 뒤를 덮고 다시 접착제를 발랐다. 그리고 작은 타월로 번진 접착제를 닦아낸 다음 뒤로 물러나 작품을 감상했다. 만족스러운 표정. 그는 다 마신 잔들을 카운터로 가져갔다가 다시 술을 따라 가져왔다.

"로레타 피기스 얘기는 들었지?"

그가 조의 잔을 돌려주며 물었다.

조가 잔을 받았다.

"힐스버러 강 위를 걷기라도 했답니까?"

에스테반이 조를 보았다. 무척이나 의외라는 표정이었다.

"자살했어."

그 말에 조가 술잔을 들다 말고 움찔했다.

"언제요?"

"어젯밤."

"어떻게……?"

에스테반이 몇 차례 고개를 젓고 책상 뒤로 돌아갔다.

"에스테반, 어떻게 죽었습니까?"

그가 정원을 내다보았다.

"짐작엔 아무래도 다시 헤로인에 빠진 것 같아."

"그래서요……?"

"그렇지 않고서야 불가능한 일이었거든."

"에스테반."

조가 재촉했다.

"자기 생식기를 잘라냈네, 조지프. 그다음엔……"

"망할. 말도 안 돼."

"……그다음엔 목울대를 끊었어."

조가 두 손으로 얼굴을 감쌌다. 한 달 전에 커피숍에서 만났을 때의 모습이 떠올랐다. 격자무늬 치마와 하얀 양말, 샌들 차림으로 겨드랑이에 책 몇 권 챙기고 경찰서 계단을 올라오던 모습도 떠올랐다. 비록 상상일 뿐이지만 두 배나 생생한 광경…… 자신의 피로 가득 채운 욕조. 스스로 몸을 난도질한 채 영원히 비명을 지르듯 입을 벌리고 있는 모습…….

"욕조였죠?"

에스테반이 무슨 뜻이냐는 듯 인상을 찌푸렸다.

"욕조라니 뭐가?"

"자살한 곳요."

에스테반이 고개를 저었다.

"아니, 침대였어. 아버지 침대."

조가 다시 두 손으로 얼굴을 가리고 가만히 있었다.

"부디 자책하지 않길 비네."

한참 후 에스테반이 먼저 입을 열었다.

조는 아무 말도 하지 않았다.

조는 두 손을 내리고 긴 한숨을 내뱉었다.

"서부로 떠난 여자야. 서부로 떠난 여자답게 서부에서 먹힌 게고. 자네가 한 짓이 아니지 않은가."

조는 술잔을 책상 모퉁이에 내려놓고 깔개 이 끝에서 저 끝까지

왔다 갔다 했다. 적당한 말을 찾기 위해서였다.

"어차피 우리 일 때문에 일어났습니다. 우리 일요? 한 분야가 다른 분야를 먹여 살리는 식이죠. 술 판 돈으로 여자들을 끌어들이고 여자들은 마약을 위해 돈을 냅니다. 마약을 하면 다시 순순히 이방인들한테 몸을 팔아 우리한테 돈을 내고요. 여자들도 당연히 이 시궁창에서 빠져나가려고 애는 쓰지만…… 어떻게 붙들고 일을 시키는지 아시죠? 굴욕을 주고 매질을 해요, 에스테반. 아시잖습니까. 도망가봐야 어차피 짭새한테 붙잡히고 말겠죠. 그럼 누군가 가서 멱을 딴 다음 강물에 던져버리는 겁니다. 우린 지난 10년간 경쟁자를 향해 총알을 퍼부으며 지냈어요. 뭣 때문에요? 빌어먹을 돈 때문입니다."

"법 밖에서 사는 삶의 추한 일면일 뿐일세."

"오, 망할. 우리는 치외법인이 아니라 조폭입니다."

조가 소리 질렀다.

에스테반은 잠시 그의 눈을 마주 보다가 입을 열었다.

"자네 기분이 그렇다면 더 얘기해 봐야 무슨 소용이겠나. 우리가 형제들까지 간수할 수는 없어, 조지프. 솔직히 그 친구들이 스스로 처신할 수 없다고 가정하는 것부터 모욕이 될 걸세."

그는 책상의 액자 사진을 하나씩 들추며 감상하기 시작했다.

로레타, 로레타, 로레타. 우리는 그대에게서 계속 빼앗고 또 빼앗으면서도 여전히 그대가 전사로 남아 있기를 기대했군요.

조가 속으로 한탄했다.

에스테반이 사진을 가리켰다.

"이 사람들을 봐. 춤추고 마시고 살아가고 있네. 이유는? 내일 당장 죽을까봐 두렵기 때문일세. 자네와 나도 내일 죽을 수 있어. 여기 손님들…… 예를 들어 이 양반이……"

에스테반이 하얀 디너재킷에 불도그 인상의 땅딸보를 가리켰다. 그의 뒤로 여자들이 떼로 모여 있었는데 마치 그를 어깨에라도 짊어질 기세였다. 여자들은 하나같이 금속 장식으로 반짝거렸다.

"……차를 몰고 집에 가다가 죽는다고 가정해 보게. 수아레스 리저브를 너무 많이 마셨기 때문이라면 그렇다고 우리 잘못이라고 해야 하나?"

조는 불도그 뒤쪽의 사랑스러운 여성들을 보았다. 대부분 쿠바인이라 머리카락과 눈이 그라시엘라와 똑같았다.

"우리 잘못인가?"

에스테반이 재촉했다.

한 여자만 예외였다. 카메라가 아니라 액자 밖을 보는 여자. 카메라 플래시가 터지는 순간 누군가 방에 들어와 부르기라도 한 것 같았다. 머리카락은 모래색에 눈은 겨울만큼이나 투명했다.

"예?"

조가 물었다.

"우리 잘못이냐고 물었네. 누군가……"

"이 사진 언제 찍었죠?"

"언제?"

"예, 예. 언제죠?"

"주트 클럽이 개업한 날."

"그래서 언제 개업했는데요?"

"지난달."

조가 책상 너머로 에스테반을 보았다.

"분명한가요?"

에스테반이 웃었다.

"내 클럽이야. 당연히 분명하지."

조가 술을 입에 털어 넣었다.

"다른 때 찍었다가 지난달에 찍은 사진과 섞였을 가능성은 전혀 없습니까?"

"뭐? 아니 없네. 다른 때라면?"

"예를 들어 6년 전쯤."

에스테반이 키득거리며 고개를 저었지만 눈은 이미 불안감으로 어두워졌다.

"아니, 아니, 아냐, 조지프. 절대로. 이 사진은 한 달 전에 찍힌 걸세. 도대체 왜 그래?"

"여기 이 여자 보이죠? 1927년에 죽었습니다."

조가 손가락으로 에마 굴드를 가리켰다.

제3부

폭력의 아이들
1933 – 1935

23장
이발

"그 여자가 확실해?"

다음 날 조의 집무실, 디온이 물었다.

조는 안주머니에서 사진을 꺼내 책상에 내려놓았다. 어젯밤 에스테반이 액자에서 꺼내준 사진이었다.

"직접 봐."

디온의 눈이 이리저리 뒤지다가 한군데 머물더니 결국 왕방울만 해졌다. 그가 조를 곁눈질했다.

"오, 이런, 에마가 맞는군. 그라시엘라에게 말할 거야?"

"아니?"

"아니, 왜?"

"넌 네 여자한테 있는 대로 까발리냐?"

"나야 입 뻥긋 안 하지. 하지만 대장은 나보다야 애처가잖아. 아이도 있고."

조가 천장을 올려다보았다.

"그건 그래. 솔직히 아직 말하지 않은 이유는 어떻게 말해야 할지 난감해서다."

"간단해. 이렇게 말하는 거야. '자기야, 내가 자기 만나기 전에 홀딱 반했던 여자 기억나지? 죽었다고 했잖아, 응? 에, 근데 세상에, 살아 있더라고. 그것도 자기 고향에서! 그런데 그 여자 여전히 죽여주는 킹카인 거 지? 킹카 얘기가 나왔으니 말인데 오늘 저녁에 킹크랩 어때?'"

살은 문가에 서서 고개를 숙인 채 키득거렸다.

"그게 재미있냐?"

조가 디온에게 물었다.

"내 평생 최고야."

디온이 온몸을 흔들며 키득거리는 바람에 의자까지 덜그럭거렸다.

"디온, 난 지금 6년간의 분노에 대해 얘기하고 있어. 지난 6년 동안……"

조가 적당한 단어를 찾지 못한 채 두 손을 들어 보였다.

"그 분노 때문에 찰스타운에서 살아남았어. 그 분노 때문에 마소를 지붕에 매달았고 앨버트 화이트를 탬파에서 쫓아냈다고. 망할……"

"덕분에 왕국을 세웠잖아."

"그래."

"그래서 언제 만나러 갈 거야? 나 대신 감사 인사도 전해 줘."

조가 입을 벌렸지만 역시 할 말을 찾지는 못했다.

"이봐, 대장. 대장도 알다시피, 난 처음부터 그 여자가 싫었어. 어쨌든 대장은 그 여자한테 홀딱 빠졌지. 그라시엘라한테 얘기하라는 이유는, 내가 그라시엘라를 좋아하기 때문이야. 그것도 많이."

"나도 좋아해요."

살이 말했다. 조와 디온이 돌아보니 살은 오른손까지 들고 있었다. 톰슨 기관단총은 왼손에 들었다.

"미안."

디온이 살을 가리켰다.

"이유가 있어서 하는 얘기다. 어렸을 때 대장과 내가 서로 엿 먹인 일이 있었지. 네놈한테야, 이 양반이 늘 대장이었지만."

"아가리 닫겠습니다요."

살이 지퍼 잠그는 시늉을 했다.

디온이 조를 돌아보았다.

"어렸을 때 서로 엿 먹인 적 없잖아."

조가 항변했다.

"아니, 있어."

"아니, 네놈이 나를 엿 먹인 거지."

"대장이 먼저 엿 먹인 거야."

"그래서 더 이상 발등 찍지 않겠다고?"

조는 잠시 가만히 있었다.

"오, 할 얘기가 있었는데."

"뭔데?"

"마소가 방문한다잖아. 아, 그리고 어빙 피기스 얘기는 들었지?"
"로레타 얘기는 들었다."
디온이 고개를 저었다.
"로레타 얘기는 다 알아. 하지만 어젯밤? 어빙이 아르투로의 가게에 왔다더라고. 죽기 전날 밤 로레타가 마지막으로 거기서 약을 빨았거든."
"그래서……"
"에, 그래서, 아르투로를 죽기 직전까지 두들겨 팼어."
"설마."
디온이 고개를 저었다.
"'참회하라, 참회하라.'라고 연신 씨부렁거리면서 죽어라 주먹을 휘두르더래. 아르투로는 눈 하나를 잃었고."
"망할, 그래서 어빙은?"
디온이 검지를 들더니 관자놀이 앞에서 한두 바퀴 돌렸다.
"템플 테라스의 정신병원에 60일 보호관찰로 처넣었대."
"맙소사, 그래서? 제길, 손 좀 쓰지 그랬어?"
순간 디온의 얼굴이 시뻘게지더니 살 우르소를 돌아보았다.
"야, 넌 못 본 걸로 해. 오케이?"
"보다뇨?"
살이 되묻는 순간 디온이 조의 얼굴을 후려갈겼다.
어찌나 세게 쳤는지 조는 책상에 부딪치고 말았다. 조는 책상에서 튕겨 나오자마자 32구경을 꺼내 디온의 군턱 아래를 겨누었다.
"네놈이 또 생사 문제에 뛰어드는 꼴 지켜볼 생각 없다. 아무 상관

없는 일에 죽자 사자 달려들 게 뻔하니까. 쏴, 제길! 방아쇠 당기란 말이야."

디온이 두 팔을 활짝 벌렸다.

"못 할 것 같아?"

"쏴도 상관없다. 또 불 속에 뛰어드는 꼴 보는 것보다야 나으니까. 제길, 네놈은 내 형제야. 알아먹었냐, 이 돌대가리 아일랜드 대장 놈아? 이제 나한테는 세피나 파올로 이상이란 말이다. 제길, 그런데 형제를 또 잃으라고? 난 그렇게는 못 해."

디온이 조의 손목을 잡아 방아쇠에 자기 손가락까지 얹고는 턱 주름 깊이 박아 넣었다. 그리고 두 눈을 감고 입술을 힘껏 깨물었다.

"아무튼, 언제 건너갈 생각이야?"

그가 물었다.

"어디?"

"쿠바."

"내가 언제 쿠바 간댔냐?"

디온이 인상을 찌푸렸다.

"왕년에 대장이 죽고 못 살던 여자가 죽었다가 살아나 지금 500킬로미터 남쪽에서 숨 쉬고 있다잖아. 그런데 알면서도 그냥 앉아 있겠다고?"

조는 총을 빼내 총잡이에 다시 넣었다. 언뜻 보니 살이 백지처럼 창백한 얼굴로 찜질 수건처럼 진땀을 흘리고 있었다.

"마소 건을 처리하자마자 가야지. 영감이 어떻게 나올지 알잖아."

"그 문제 때문에 온 거야. 께름칙한 구석이 한둘이 아니거든."

디온이 가죽 공책을 꺼내 페이지를 넘겼다. 그가 어디든 들고 다니는 수족 같은 공책이었다.

"예를 들어?"

"영감 일당이 기차 절반을 차지했어. 엄청난 인원이라는 얘기야."

"늙었잖아. 항상 간호사가 따라붙고 가끔 의사도 데려오겠지. 데리고 다니는 총잡이도 넷이나 되고."

디온이 고개를 저었다.

"이번엔 최소 총잡이만 스물이야. 간호사 스물이 아니라. 지금 8번가의 로메로 호텔에 묵고 있었는데, 호텔 전부를 빌렸어. 이유가 뭐지?"

"보안?"

"늘 탬파베이 호텔을 잡고 그것도 한 층만 차지했어. 그 정도면 보안도 확실하고. 그런데 이보르 중심가의 호텔 전체를 징발한 이유가 뭘까?"

"단순히 편집증이 심해졌을 수도 있어."

조가 말했다.

그녀를 만나면 도대체 무슨 말부터 해야 할까? 날 기억하느냐고?
아냐, 너무 촌스러워.

"대장, 잠깐만이라도 잘 들어봐. 영감은 곧바로 이곳에 오지도 않았어. 일리노이 센트럴에서 시작해, 디트로이트, KC, 신시내티, 시카고를 거쳤지."

"그래. 위스키 동업자들이 있는 지역이지."

"계파 보스들이 있는 곳이기도 해. 뉴욕과 프로비던스를 빼면 입김이 제일 센 노친네들이야. 영감이 2주 전에 어디 갔는지 알아?"

조가 책상 너머 친구를 보았다.

"뉴욕과 프로비던스?"

"그래."

"그래서 네 생각은?"

"모르겠어."

"그러니까 우리를 제거할 명분을 찾기 위해 전국 순례를 했다?"

"어쩌면."

조가 고개를 저었다.

"말이 안 돼, 디온. 5년 만에 조직의 이익을 네 배로 뻥튀기했잖아. 우리가 왔을 때만 해도 여긴 기껏 송아지 치는 마을이었다고. 지난해만 해도 럼만으로…… 그래, 1100만 달러를 긁어모았다고."

"1150만. 그리고 네 배 이상이었지."

디온이 정정해 주었다.

"그런 황금거위를 잡겠다고? 나도 마소가 '조지프, 넌 내 아들과 다를 바 없다.' 하는 개소리를 믿지는 않아. 하지만 영감도 동료는 존중해. 게다가 우린 최고 아니야?"

디온이 끄덕였다.

"우리를 제거하려 든다면, 그야말로 개소리라는 데는 나도 동의해. 하지만 낌새가 안 좋단 말이야. 제길, 속이 느글거리는 게 기분도 지랄 맞아."

"어젯밤에 먹은 파에야 때문이야."

디온이 씁쓸하게 웃었다.

"그래, 그럴 수도."

조가 일어나 블라인드를 열고 공장 바닥을 내다보았다. 디온은 걱정이 많았다. 하지만 걱정하라고 돈을 주고 있으니 그 역시 자기 할 일을 할 뿐이었다. 결국 이 분야에 속한 사람들은 누구나 돈을 벌기 위해 움직이고 있다. 그야말로 간단한 공식이다. 나도 돈을 벌었다. 돈 가방과 럼을 시보드에 산더미처럼 실어, 마소의 나한트 저택 금고를 채우라고 보내지 않는가. 우리는 매해 그 전해보다 더 많이 벌어들였다. 마소는 인정머리가 없었다. 건강이 나빠지면서부터는 변덕도 죽 끓듯 하고 무엇보다 탐욕스러워졌다. 그리고 내가 바로 그 탐욕을 채워주었다. 탐욕의 위를 그득그득 채워 주었다. 그런데 나를 없앤다고? 빈털터리가 되고 싶은 건가? 게다가 나를 제거할 이유가 없잖아? 지시를 어긴 적도 없고 뒷주머니를 챙기지도 않았는데. 마소의 자리를 위협한 적도 없고…….

조가 창가에서 돌아섰다.

"무슨 짓을 해도 좋으니까. 이번 모임에서 반드시 나를 지켜내라."

"모임에선 못 지켜. 걸림돌이 한두 개가 아니야. 영감은 대장을 호텔 건물로 걸어 들어오게 할 거야. 통째로 빌렸으니 지금쯤 손님들도 모두 내쫓고 있을 테고 우리 애를 심는 것도 물 건너갔어. 무기를 들여갈 수도 없고. 대장도 아무것도 모르고 들어가겠지만 우리도 밖에서 눈뜬장님 신세긴 마찬가지겠지. 만일 영감이 대장을 내보내지 않겠다고 한다면?"

디온이 검지로 책상을 몇 차례 두드렸다.

"그럼, 못 나와."

조가 한참 동안 친구를 보았다.

"근거 있는 얘기야?"

"육감."

"육감은 사실이 아니야. 사실로 따진다면 나를 죽일 가능성은 거의 없어. 일단 득 될 일이 없잖아."

조가 따졌다.

"대장이 뭔가 놓쳤을 가능성은?"

로메로 호텔은 10층짜리 적벽돌 건물이고 8번 애버뉴와 17번 스트리트 모퉁이에 있다. 고객은 주로 회사 측에서 볼 때 탬파 호텔을 제공하기엔 무게감이 떨어지는 세일즈맨들이었다. 객실마다 화장실과 세면기가 있고 시트도 이틀마다 교체한다. 룸서비스는 오전에 부를 수 있고, 금요일과 토요일은 저녁 시간에도 가능하다. 물론 훌륭한 호텔이지만 궁전과는 거리가 한참 멀다.

조, 살, 레프티는 현관문에서 아다모와 지노 발로코를 만났다. 칼라브리아 출신의 형제들인데 지노는 조가 찰스타운 큰집에 있을 때부터 아는 사이였다. 다섯 명은 잡담을 하며 로비를 통과했다.

"지금 어디 살아요?"

조가 물었다.

"세일렘. 그렇게 나쁘진 않수다."

"정착했어요?"

지노가 고개를 끄덕였다.

"이탈리아 여자를 만났지. 좋은 여자야. 애도 둘이고."

"둘? 뭐가 그렇게 바빴어요?"

"난 대가족이 좋다우. 대장은?"

아무리 잡담이 즐겁다 해도 조폭 총잡이 나부랭이한테 그라시엘라의 임신 사실을 알릴 생각은 없었다.

"아직 고민 중이에요."

"너무 끌지 마슈. 애는 한 살이라도 젊었을 때 키워야지."

이런 풍경은 늘 매혹적이지만 동시에 바보 같다는 생각도 들었다. 엘리베이터를 향해 걸어가는 5인조 악당. 넷은 기관총을 들고, 다섯 모두 권총을 찬 주제에 한가로이 아내와 아이들 얘기나 나누고 있다니.

엘리베이터 안에서도 조는 지노와 함께 아이들 얘기를 나누며, 매복의 징후를 냄새 맡으려 애썼다. 일단 엘리베이터 안에 들어서자, 탈출로에 대한 망상은 모조리 깨지고 말았다.

아니, 어차피 상황은 그게 전부였다. 망상. 현관문을 통과하는 순간 자유를 포기한 셈이었다. 어떤 이유에서든 마소가 조를 처단하기로 했다면 그것으로 상황은 종결일 수밖에 없었다. 엘리베이터는 더 큰 감옥 내의 작은 감옥에 불과했지만, 현재 감옥에 갇혀 있다는 사실만은 논쟁의 여지가 없었다.

아무래도 디온의 판단이 옳았다.

어쩌면 틀리고.

알아낼 방법은 단 하나.

발로코 형제는 뒤에 남고 셋만 승강기에 올랐다. 일라리오 노빌레가 엘리베이터를 맡고 있었다. 비쩍 마른 데다 황달에 걸려 안색이 누렇게 떴지만 총만은 귀신같이 다루는 자였다. 소문에 따르면 개기일식 와중에 소총으로 벼룩의 똥구멍을 뚫고, 톰슨으로 창턱에 이름을 새기는 데 유리창에 흠 하나 내지 않는단다.

꼭대기 층으로 오르는 동안에는 일라리오와도 가볍게 잡담을 했다. 일라리오의 경우에는 키우는 개가 화제였다. 리비어의 집 마당에서 비글 몇 마리를 키우는데 다들 성격이 온순하고 귀가 무척 부드럽단다.

하지만 승강기에 타면서 새삼 디온이 확실하게 감을 잡았다는 생각이 들었다. 발로코 형제와 일라리오 노빌레는 다들 유명한 총잡이였다. 근육질도 아니고 모사꾼도 아니지만 킬러인 것만은 분명했다. 10층 복도에서는 파우스토 스카르포네가 기다리고 있었다. 또 한 명의 총잡이 귀신이었다. 단, 그렇다고 해도 머릿수만으로 따지면 복도에서는 전혀 꿀리지 않았다. 마소의 부하 둘, 조의 부하 둘.

마소가 직접 호텔 최고의 스위트룸인 가스파리야의 문을 열고 나와 조를 안아주었다. 두 손으로 얼굴을 잡고 이마에 키스한 뒤 다시 안고 등을 힘껏 두드려주었다.

"어떻게 지내나, 조?"

"아주 좋습니다, 페스카토레 씨. 감사합니다."

"파우스토, 조랑 같이 온 애들도 잘 챙겨라."

"총을 빼앗을까요, 페스카토레 씨?"

마소가 인상을 찌푸렸다.

"그럴 필요 없다. 그냥 편하게 쉬게 해. 오래 걸리지 않을 테니까. 샌드위치든 뭐든 먹고 싶다면 룸서비스 불러. 이 친구들이 주문하면 뭐든지 들어주고."

그는 조를 스위트룸으로 데려가 문을 닫았다. 창밖으로 뒷골목이 보이고 바로 옆 노란색 벽돌건물도 보였다. 1929년에 파산한 피아노 공장인데, 지금은 남은 거라곤 벽돌 벽에서 바래가는 이름 호레이스 R. 포터와 널빤지를 덧댄 창문들뿐이었다. 다른 창문들 밖도 대공황을 연상시킬 정도로 전망이 휑하기만 했다. 그쪽으로는 이보르, 그리고 힐스버러 부두로 이어지는 수로가 보였다.

거실 공간 중앙의 떡갈나무 커피테이블 주변에 팔걸이의자 네 개를 배치했다. 순은 커피포트와 순은 크림통과 순은 설탕 그릇이 가운데 있고, 아니스 술병과 작은 술잔 세 개도 놓여 있었다. 술잔에 이미 술을 따라두었는데, 마소의 차남 산토가 앉아 조를 올려다보았다. 산토가 자기 커피를 따르고 오렌지 옆에 잔을 내려놓았다.

산토 페스카토레는 서른한 살이었다. 다들 디거라고 불렀지만 산토 자신을 포함해, 그 이유를 기억하는 사람은 아무도 없었다.

"조, 기억하지, 산토?"

"어쩌면요."

그가 의자에서 어정쩡하게 일어나며 어정쩡하게 악수를 청했다.

"디거요. 반갑수다."

"또 만났군요."

조가 맞은편에 자리를 잡자 마소가 테이블을 돌아가 아들 옆에 앉았다.

디거는 오렌지 껍질을 까 커피테이블에 던졌다. 당혹감과 의심 때문인지 말상의 얼굴은 마치 이해불가의 농담이라도 들은 사람처럼 항상 오만상이었다. 머리는 검은 곱슬인데 벌써부터 이마가 벗어지기 시작했다. 턱과 목에는 군살이 붙고 눈은 아버지를 닮아 잘 깎은 연필심만큼이나 작고 까맸다. 전체적으로 둔한 분위기여서 아버지의 마력과 교활함을 물려받지는 못한 듯 보였다. 아마도 그럴 필요가 없었기 때문이리라.

마소가 커피를 따라 맞은편에 앉은 조에게 밀어주었다.

"어떻게 지냈냐?"

"잘 지냈습니다. 페스카토레 씨는요?"

마소가 손을 앞뒤로 뒤집어 보였다.

"좋았다가 나빴다가 그렇지, 뭐."

"좋은 날이 더 많아야죠."

마소가 아니스 잔을 들어 그 말에 응답했다.

"그래, 그래야지. 건배."

조도 잔을 들었다.

"건배."

마소와 조는 술을 마셨고, 디거는 오렌지 조각을 입에 넣고 우걱우걱 씹었다.

이따금 하는 생각이지만, 비록 거친 사업이기는 해도 예상 외로 평범한 사내들이 많았다. 아내를 사랑하고 토요일 오후에 아이들과 산책하는 남자, 자동차 수리를 하고 동네 식당에서 수다를 떠는 남자, 동네 사람들이 색안경을 끼고 본다고 걱정하면서 일요일이면 꼬박꼬박 교회에 나가 가족의 먹을거리를 위해 카이사르만큼 못된 짓을 했다며 속죄하는 사내들까지.

하지만 순수한 돼지 새끼들도 많았다. 재주라고는 동료들의 목숨을 여름날 창턱에서 허우적대는 파리 새끼처럼 하찮게 여기는 능력뿐인 끔찍한 멍청이들.

디거 페스카토레는 후자에 속했다. 그런 유형이야 수도 없이 많이 만났지만, 놈은 더군다나 아버지가 개척한 사업인 탓에 선택의 여지없이 그 속에서 태어나 엮이고 말려든 부류였다.

지난 몇 년간, 조는 마소의 아들 셋을 만났다. 팀 히키의 독자인 버디도 만났고, 마이애미의 찬치의 아들들, 시카고의 바로네의 아들들, 뉴올리언스의 디자코모의 아들들도 만났다. 아버지들은 산전수전, 공중전까지 거치며 자수성가한 사람들이라, 강철 같은 의지와 어느 정도 비전도 겸비했다. 동정심하고 거리가 멀기는 해도, 어느 누구도 부인할 수 없는 사나이들이었다. 사나이 중의 사나이.

그런데 아들들은 한 놈도 예외 없이 인간 말종이 따로 없었다.

두 번째 오렌지 씹는 소리가 방 안을 가득 채우는 동안, 마소와 조는 마소의 여행과 더위, 그라시엘라와 아직 태어나지 않은 아기 애기를 나누었다.

애깃거리가 떨어지자 마소가 자리 아래에서《탬파 트리뷴》한 장을 꺼내더니, 술병을 들고 돌아와 조 옆에 앉았다. 그러고는 두 잔을 더 따른 뒤 신문을 펼쳤는데, 헤드라인 아래 로레타 피기스의 얼굴이 두 사람을 노려보았다.

마돈나의 죽음

"카지노를 말아먹은 그년이냐?"

그가 물었다.

"예, 그렇습니다."

"왜 그때 처리하지 않았지?"

"역풍이 만만치 않았을 겁니다. 주 전체가 지켜봤으니까요."

마소가 다시 오렌지 조각 껍질을 벗겼다.

"맞는 말이지만 이유는 아니야."

"예?"

마소가 고개를 끄덕였다.

"그 술장사 놈은 왜 죽이지 않았냐? 1932년인가? 내가 얘기하지 않았냐?"

"터너 존 말씀입니까?"

다시 끄덕끄덕.

"서로 원만하게 합의했습니다."

마소가 이번에는 고개를 저었다.

"내가 언제 합의하라고 했냐? 죽이라고 했지. 네가 지시를 어긴 이유도 이 미친년을 죽이지 않은 이유하고 같아. 조지프, 넌 킬러가 못 돼. 그게 문제란 말이다."

"문제요? 언제부터 문제가 된 겁니까?"

"지금부터. 넌 갱이 못 돼."

"그렇게 말씀하시면 섭섭합니다, 마소."

"그저 반사회적 성향일 뿐이야. 고작해야 멋쟁이 악당 정도지. 듣자 하니 사업을 합법화할 생각이라며?"

"예, 고민 중입니다."

"그럼 너를 대체해도 상관없다는 얘기냐?"

조가 미소 짓다가 키득거리며 웃었다. 그러고는 담배를 찾아 불을 붙였다.

"마소, 제가 이곳에 왔을 때, 연간 총수입은 100만 달러에 불과했습니다."

"안다."

"제가 온 이후로는요? 연평균 1100만 달러입니다."

"하지만 대개가 럼 때문이지. 그 시대는 이미 지났어. 넌 여자들과 마약을 무시했다."

"다 헛소리입니다."

조가 반박했다.

"뭐라고?"

"제가 럼에 집중한 이유는, 예, 수지가 제일 좋기 때문입니다. 그렇다 해도 마약 판매도 65퍼센트 상승했습니다. 여자들도 마찬가지입니다. 내가 이곳에 온 후 거리가 네 곳 더 늘었죠."

"더 늘릴 수도 있었어. 여자애들 얘기를 들어보니 매질도 안 하는 모양이더군."

조는 자신도 모르게 로레타의 얼굴을 내려다보고 있었다. 고개를 들었다가 다시 떨어뜨렸다. 이제 한숨을 내쉬는 건 그의 몫이 되었다.

"마소, 저는……"

"페스카토레 씨라고 불러."

조는 아무 말도 하지 않았다.

"조지프, 우리 친구 찰리가 우리 운영 방식을 바꾸고 싶어 한다."

'우리 친구 찰리'는 뉴욕의 럭키 루치아노다. 일명, 죽음의 황제.

"바꾸다뇨?"

"럭키의 오른팔이 유대 놈인 점을 감안하면 솔직히 변화야 개소리지. 아, 물론 부당하다는 것도 안다."

조는 어색한 미소를 짓고 마소가 계속 이어가기를 기다렸다.

"찰리 말은, 이탈리아가 항상 윗자리를 차지해야 한다는 거야. 오직 이탈리아 놈들만."

마소는 거짓말을 하고 있지 않았다. 터무니없는 개소리이기는 했다. 럭키가 똑똑하기는 하지만 마이어 랜스키가 없으면 좆도 아니라는 사실을 모르는 사람은 없다. 로어이스트사이드 출신의 유대인 랜스키. 그자는 이런저런 구멍가게를 묶어 주식회사로 만드는 데 그 누구보다 혁혁한 공을 세웠다.

하지만 조는 꼭대기에 올라설 생각은 추호도 없었다. 그저 현재의 지역사업만으로도 만족했다.

마소에게도 그렇게 얘기해 주었다.

"넌 너무 얌전해."

마소의 평가는 그랬다.

"그렇지 않습니다. 전 이보르를 경영할 뿐입니다. 그리고 럼이라면, 예, 말씀대로 사양사업이죠."

"네가 주무르는 건 이보르 이상이야, 조지프. 탬파보다 훨씬 광범위하고. 다들 그 정도는 안다. 이곳에서 빌럭시까지 걸프 해안이 전부 네 구역 아니야? 잭슨빌까지의 반출 통로와 북쪽 통로 절반이 네

수중에 있어. 장부를 살펴봤다. 아예 왕국을 지어놓았더군."

"그래서 이런 식으로 감사 표시를 하는 겁니까? 하지만 조는 대신 이렇게 말했다.

"그래서 찰리가 '아일랜드 놈은 안 돼.'라고 했다면 난 어떻게 되는 거죠?"

"내가 하라는 대로."

그 말은 디거한테서 나왔다. 지금은 오렌지를 마저 해치우고 끈적거리는 손을 의자 팔걸이에 문질러 닦았다.

마소는 조에게 신경 쓰지 말라는 눈치를 보냈다.

"자문역이다. 함께 지내면서 디거한테 이것저것 가르치고 주변 사람들한테 소개도 하고 그래라. 골프나 낚시를 가르쳐도 좋고."

디거가 새우 눈으로 조를 노려보았다.

"면도하고 구두끈 매는 법 정도는 나도 알아."

또라이 새끼, 그것도 제대로 못 하잖아. 조는 그렇게 말하고 싶었다.

마소가 조의 무릎을 한번 다독였다.

"돈 얘기를 하자면 몫이 조금 줄어드는 정도야. ……뭐, 걱정할 필요는 없다. 이번 여름에 부두에 들어가 제대로만 장악하면 할 일은 얼마든지 있으니까. 약속한다."

조가 고개를 끄덕였다.

"어느 정도까지 말입니까?"

"디거가 네 몫을 떠맡는다. 너도 팀을 꾸려 버는 대로 챙겨라. 세금은 생색만 내고."

조가 창문을 보았다. 골목을 내다보는 자들. 바다를 건너다보는 자들. 그는 천천히 열부터 거꾸로 세었다.

"나를 소두목으로 내모는 건가요?"

마소가 다시 그의 무릎을 두드렸다.

"인력 재배치야, 조지프. 찰리 루치아노의 지시에 따라서."

"찰리가 그럽니까? '탬파의 조 커글린을 갈아치워.'"

"아니, '이탈리아 출신만 대가리에 올려.'라고 했다."

마소의 목소리는 여전히 부드럽고 친절했지만 약간의 좌절도 묻어났다.

조는 잠시 호흡을 고르고 목청을 가다듬었다. 영감은 언제든 노신사의 마스크를 벗고 그 안에 도사린 야만 식인종의 본색을 드러낼 수 있는 존재였다.

"마소, 디거에게 왕관을 씌우는 건 좋은 생각입니다. 우리 둘이 함께 힘을 합치면요? 그럼 주를 정복하고 쿠바도 먹을 수 있습니다. 그 정도 연줄은 있으니까요. 하지만 내 관할은 현재 상태로 있어야 합니다. 내가 소두목으로 내려간다고요? 그럼, 현재의 10분의 1밖에 벌지 못해요. 거기에 매달 들어가는 비용은 어쩌죠? 항만 노조와 시가 공장 주인들을 쥐어짜서요? 그쪽엔 힘이 하나도 없습니다."

"그게 문제의 핵심일 수도 있다. 그런 생각 안 해봤냐, 똑똑이?"

조가 마소를 보았다.

마소도 그의 눈을 마주 보았다.

"내가 만든 곳입니다."

마소가 끄덕였다.

"이 도시에서 루 오미노보다 열 한 배 많이 벌어드렸습니다."

"내가 허락해 줬기 때문이다."

"내가 아니면 불가능했습니다."

"어이, 똑똑이, 그건 네 생각이야."

디거가 끼어들었다.

마소가 아들을 다독였다. 그 모습이 정말로 개를 달래는 듯 보였다. 디거가 의자에 등을 기대자 마소가 조를 돌아보았다.

"너를 써먹거나 말거나, 조지프, 우리 마음이다. 그런데 너는 별로 고마워하는 것 같지가 않더군."

"예, 내 생각도 똑같습니다."

이번에는 마소가 조의 무릎에 손을 얹고 살짝 비틀었다.

"네놈은 나를 위해 일한다. 너 자신을 위해서도, 주변의 스페인 놈들이나 깜둥이를 위해서도 아니야. 화장실 똥을 치우라고 지시하면 네가 어떻게 해야 하는지는 아냐?"

그가 미소 지었다. 목소리도 여전히 부드러웠다.

"제길, 내가 내키면 네놈 계집애를 죽이고 집도 아작 낼 수 있어. 그 정도는 알잖아, 조지프, 응? 여기 대장 노릇을 하기엔 넌 머리가 너무 커졌어. 그뿐이다. 전에도 문제가 있었잖아?"

마소는 조의 무릎에서 손을 떼어 얼굴을 두드렸다.

"그래서 소두목이 될 거냐? 아니면 내 화장실 설사 똥부터 치울 거냐? 나야 둘 다 상관은 없지만."

만일 게임에 뛰어들어야 한다면 며칠 정도는 여유가 있다. 우선 지인들에게 얘기하고 전력을 총집결해 체스판을 정확히 배치해야겠다. 마소와 부하들이 기차를 타고 북쪽으로 돌아가는 동안 뉴욕으로 날아가 직접 루치아노와 담판을 짓자. 영감의 책상에 대차대조표를 펼쳐놓고 조가 벌어줄 돈과 디거 페스카토레 같은 저능아가 말아먹을 사업을 명확하게 보여주면 그만이다. 럭키라면 상황을 정확히 파악할 것이다. 그러면 이 상황 또한 피를 거의 흘리지 않고 헤쳐 나갈 수 있다.

"소두목을 맡겠습니다."

조가 대답했다.

"아, 그래야지. 그래, 잘 생각한 거야."

마소가 활짝 웃으며 조의 두 뺨을 꼬집었다.

마소가 의자에서 일어나자 조도 따라 일어섰다. 둘은 악수를 하고 포옹을 했다. 마소는 아까 꼬집은 두 뺨에 입까지 맞추었다.

조는 디거와도 악수하며 함께 일하기를 오랫동안 기대했다고 아부를 떨었다.

"내 밑에서 일하는 거야."

디거가 지적해 주었다.

"예, 밑에서…… 옳은 말씀입니다."

조가 문을 향해 걸어갔다.

"오늘 저녁 어때?"

마소가 물었다.

조가 문가에 멈춰 섰다.

"좋죠. 트로피케일 9시, 괜찮습니까?"

"좋고말고."

"옙. 최고 자리를 예약해 두겠습니다.

"아주 좋아. 그리고 그 전에 그놈부터 처리해."

"예? 누구 말씀이죠?"

마소가 자기 잔에 커피를 따랐다.

"네 친구. 뚱보 놈."

"디온?"

마소가 고개를 끄덕였다.

"그 친구는 아무 짓도 하지 않았습니다."

조가 항변했다.

마소가 그를 올려다보았다.

"제가 뭘 놓친 거죠? 그 애는 돈도 잘 벌고 총도 잘 다룹니다."

"쥐새끼야. 6년 전에도 널 팔았지. 지금부터 6분, 6일, 6개월, 언제든 또 배신할 거야. 내 아들 옆에 쥐새끼 박아 넣을 생각 없다."

"아닙니다."

"아니라니?"

"나를 팔지 않았습니다. 형이 그랬죠. 말씀드렸는데요."

"그래, 들었다, 조지프. 네놈이 거짓말한 것도 알아. 거짓말은 한 번이면 족해."

그가 커피에 크림을 타면서 검지를 세웠다.

"그런데 이미 기회를 써버렸잖아? 저녁 식사 전에 그 돼지 새끼를 죽여."

"마소. 맹세합니다. 형이 그랬어요. 사실입니다."

"사실이라고?"

"예."

"거짓말한 게 아니라고?"

"거짓말 아닙니다."

"이번에도 거짓말이면 어떻게 되는지 알지?"

맙소사, 내 구역을 빼앗아 쓰레기 아들한테 줬으면 이제 됐잖아. 그러니 그만하자.

"예, 알고 있습니다."

"이놈 참 왕고집이로군."

마소가 각설탕을 컵에 떨어뜨렸다.

"고집이 아니라 사실입니다. 맹세합니다."

"만일 조금이라도 거짓말이라면…… 알지?"

"예, 조금이라도 거짓말이면."

마소가 천천히, 슬픈 듯 고개를 저었다. 그러자 조 뒤쪽의 문이 열리며 앨버트 화이트가 방으로 걸어 들어왔다.

24장
종말에 대처하는 방법

앨버트 화이트의 첫인상은 3년 만에 너무도 늙었다는 사실이었다. 흰색과 크림색의 정장과 50달러짜리 각반은 보이지 않았고, 구두는 이 나라 방방곡곡의 거리와 텐트에서 노숙 생활을 하는 낙오자들의 누더기 신발보다 별로 나을 것도 없어 보였다. 갈색 정장을 입고 있었지만 옷깃은 해지고 팔꿈치는 닳아빠졌다. 머리도 실제로 미친년 산발머리가 따로 없었다.

두 번째는, 그의 오른손에 살 우르소의 톰슨이 들려 있었다. 총 개머리에 난 자국으로 보아 살의 총이 분명했다. 톰슨을 무릎에 올려놓고 앉을 때면 살은 습관처럼 왼손으로 개머리판을 문질렀다. 1923년 루 오미노 밑에서 일하기 위해 탬파에 오기 직전, 아내가 발진티푸스에 걸려 죽었는데 아직도 결혼반지를 빼지 않은 친구다. 그래서 살이 톰슨을 문지를 때마다 개머리 금속판을 긁어놓았던 것이다. 총을 만진 지도 몇 년이 지나 지금은 푸른 기운이 거의 남지 않았다.

앨버트는 총을 어깨에 걸친 채 다가와 조의 스리피스 정장을 살펴보았다.

"앤더슨 앤드 셰퍼드?"

그가 물었다.

"H. 헌츠맨."

조가 대답했다.

앨버트가 고개를 끄덕이더니 자기 재킷 왼쪽을 열어 조에게 라벨을 보여주었다. 크레스지.

"이곳을 떠난 후로 가세가 조금 기울었지."

조는 아무 말도 하지 않았다. 할 말이 없었다.

"보스턴에 돌아갔을 때 거의 깡통을 찰 지경이었다. 망할, 분말까지 팔아봤으니까. 그러다가 노스엔드의 지하실에서 베페 누나로를 우연히 만났지. 나하고 친구였거든. 아주 옛날 얘긴데, 페스카토레 씨와 이놈의 불행한 오해가 일어나기 훨씬 전이야. 조, 그래서 베페와 한참을 얘기했다. 네놈 이름은 아니지만 디온 이름은 금세 나오더라. 알지? 베페가 예전에 디온과 그 형 파올로와 신문 가판대에서 놀았잖아, 응?"

조가 고개를 끄덕였다.

"이제 네놈도 상황이 어떻게 돌아가는지 눈치챘을 거야. 베페가 그러더군. 평생 파올로를 알고 지냈지만, 걔가 은행 턴다고 누군가를 배신했다면 어떤 미친놈이 그 말을 믿겠냐고. 게다가 동생과 경찰서장 아들을 속여?"

앨버트가 한 팔로 조의 목을 감쌌다.

"그래서 내가 그랬다. '파올로는 배신하지 않았다. 디온이지. 디온이 나한테 와서 거짓말했거든? 그래서 알지."

앨버트가 창가로 가는 바람에 조도 끌려갈 수밖에 없었다. 창밖으로 골목과 호레이스 포터의 텅 빈 피아노 창고가 내려다 보였다.

"그때 베페가 그러더라고. 아무래도 페스카토레 씨한테 얘기하는 게 좋겠다고. 그래서 여기까지 온 거야. 두 손 들어."

조가 두 손을 들자 앨버트가 몸수색을 했다. 마소와 디거도 어슬렁어슬렁 창가에 와 섰다. 앨버트는 조의 허리춤에서 새비지 32구경, 오른쪽 발목에서 데린저 단발총, 그리고 왼쪽 구두에서 잭나이프를 찾아냈다.

"더 있냐?"

앨버트가 물었다.

"대개는 그 정도로 충분해요."

"끝까지 해보겠다?"

앨버트가 한 팔로 어깨동무를 했다.

마소가 끼어들었다.

"화이트 씨 문제라면, 조, 그 정도는 너도 짐작했겠지만······"

"그 정도라뇨?"

"템파를 잘 알잖아, 응?"

마소가 조를 향해 굵은 눈썹을 찡긋했다.

"그래서 네놈이 필요 없게 된 거야. 병신 새끼."

디거가 이죽거렸다.

"말조심해라. 이 상황에서까지 그러면 쓰냐?"

마소가 인상을 찌푸렸다.

모두가 창을 향해 돌아섰다. 마치 커튼이 열리고 인형극이 시작하기를 기다리는 아이들 같았다.

앨버트가 모두의 면전에서 톰슨 총을 들었다.

"멋진 총이야. 네가 이 총 주인을 안다며?"

"예, 알아요."

문득 자신이 목소리에서 슬픔이 배어 나온다는 생각이 들었다.

1분 정도 창을 보며 서 있는데, 갑자기 비명 소리가 들리고 맞은편 노란색 벽돌담 아래로 그림자가 곤두박질쳤다. 살이 쏜살같이 창문을 가로지르며 두 팔을 미친 듯이 허우적댔다. 잠시 후 올가미가 목을 당기자, 머리가 위로 홱 젖혀졌고 두 다리가 튕겨 올라갔다. 추락은 허공에서 끝났다. 시신은 앞뒤로 흔들리며 두어 번 건물을 드나들다가 로프에 매달린 채 빙글빙글 돌았다. 바로 눈앞에서 교수형을 보게 할 계획이었겠지만 로프의 길이를 잘못 계산했거나 남자의 체중을 간과했을 것이다. 결국 시신은 10층과 9층 사이에서 늘어졌고 관객들은 시신의 정수리를 내려다보아야 했다.

하지만 레프티의 로프는 정확했다. 그는 비명도 없이 떨어졌다. 두 손으로 올가미를 붙들고 있었는데 완전히 체념한 표정이었다. 듣고 싶지 않았지만 언제든 일어나리라 생각했던 비밀을 엿들은 사람의 표정이 저럴 것이다. 그는 흡사 마술가가 만들어낸 요술처럼 바로 눈앞에 나타났다. 손으로 로프의 무게를 지탱한 덕에 목은 부러지지 않았다. 그는 몇 차례 위아래로 요동을 치다가 창문을 걷어차기 시작했다. 그렇다고 절박하거나 발작적인 동작도 아니었다. 그보다는 기이할 정도로 정교하고 활력이 있었으며 사람들이 지켜보고 있는데도 표정 하나 변하지 않았다. 로프 끝이 목울대를 누르는지 로프를 끌어당겼지만 혀는 이미 아랫입술 너머로 늘어졌다.

조는 그에게서 생명이 빠져나가는 모습을 지켜보았다. 천천히. 그리고 철저히. 빛은 겁 많은 새처럼 레프티를 떠났으나, 일단 둥지를 벗어나자 빠른 속도로 멀리멀리 날아가 버렸다. 그나마 다행이라면, 마지막 순간 레프티가 두 눈을 감았다는 정도겠다.

조는 레프티의 잠든 얼굴과 살의 정수리를 보며 용서를 구했다.

이제 곧 만날 거야. 아버지도 만나고 파올로 바르톨로와 어머니도 볼 수 있겠지?

그러면?

난 이 상황을 감당할 만큼 용감하지 못해. 절대로.

그러면?

신이여, 제발. 부디. 저는 어둠을 만나고 싶지 않습니다. 뭐든 하겠으니 부디 자비를 베푸소서. 이렇게 죽을 수는 없습니다. 오늘 죽을 수는 없습니다. 이제 곧 아비가 되고, 그녀도 엄마가 됩니다. 우린 좋은 부모가 되어 아이를 훌륭하게 키울 겁니다.

아직은 죽을 수 없어.

놈들 손에 잡혀 창문으로 끌려가는데 자신의 숨소리가 들렸다. 창밖으로 8번 애버뉴와 이보르의 대로들, 그 너머 바다가 보였다. 그리고 창에 다다르기 전 총소리가 들렸다. 그 위치에서는 거리의 사람들이 5센티미터 길이의 성냥처럼 보였다. 성냥개비들이 톰슨과 권총과 브라우닝 자동소총을 쏴댔다. 대개는 모자와 레인코트와 정장 차림이었는데 여기저기 경찰복도 보였다.

경찰은 페스카토레의 부하들과 한편이었다. 조의 부하들은 거리에 쓰러져 있거나 자동차 밖으로 반쯤 걸쳐져 있었다. 총을 쏘는 아이들도 있었으나 한눈에도 열세가 분명했다. 에두아르도 아르나스는 가슴에 한 방 맞고 양장점 쇼윈도까지 날아갔다. 노엘 켄우드도 등에 총을 맞고 쓰러져 도로를 긁어댔다. 나머지는 그도 알아볼 수 없었다. 총격전은 서쪽으로 이동했다. 처음엔 한 블록, 그리고 두 블록. 부하 하나가 플리머스 페이튼을 몰고 16번가 모퉁이의 가로등을 들이받았는데, 미처 빠져나오기도 전에 경찰과 페스카토레의 부하 둘이 자동차를 포위해 톰슨을 퍼부어댔다. 차 주인은 주세페 에스포시토지만 지금 운전자가 누구인지는 알 수 없었다.

달아나, 바보들아! 그냥 달아나!

마치 그의 지시를 듣기라도 한 듯 부하들이 응사를 중지하고 흩어졌다.

마소가 조의 목덜미에 손을 댔다.

"다 끝났다."

조는 대답하지 않았다.

"이렇게 끝나서 유감이로군."

"그래요?"

조가 이죽거렸다.

페스카토레의 차와 탬파 경찰차들이 8번가를 질주했다. 몇 대는 이미 7번가의 북쪽이나 남쪽으로 갔다가 다시 9번이나 6번가로 돌아와 부하들을 에워싸기 시작했다.

그래도 부하들은 용케 몸을 피했다.

누군지는 모르겠지만 거리를 달리는가 싶더니 다음 순간 시야에서 사라졌다. 페스카토레의 차들이 모퉁이마다 진을 쳤고 총잡이들은 총을 조준하고 사냥에 나섰다.

6번가의 여관 현관에서도 누군가 쓰러졌지만 그 순간 놈들이 찾아낼 수 있는 유일한 커글린-수아레스 편으로 보였다.

부하들은 하나씩 빠져나갔다. 연기처럼. 그곳엔 더 이상 아무도 남아 있지 않았다. 경찰과 페스카토레 패밀리가 거리를 쓸고 다니다가 서로 손가락질을 하고 고함을 질러댔다.

"제길, 다들 어디로 토낀 거야?"

마소가 앨버트에게 물었다.

앨버트가 두 손을 들고 고개를 저었다.

"조지프, 어떻게 된 거냐?"

"조지프라고 부르지 마라."

조가 으르렁거렸다.

마소가 그의 얼굴을 찰싹 때렸다.

"어떻게 된 거냐니까!"

"사라졌지. 말 그대로 뿅 하고."

조가 영감의 왕방울 같은 눈을 노려보았다.

"그래?"

"그래."

급기야 마소는 소리를 지르며 악다귀를 써댔다. 끔찍한 소음.

"망할, 다 어디로 사라졌어?"

"터널. 터널로 들어간 모양입니다."

앨버트가 대답했다.

마소가 그를 돌아보았다.

"터널이라니?"

"이 동네 지하에 많아요. 놈들이 술을 들여오는 통로죠."

"그럼 애들을 터널로 들여보내."

디거가 끼어들었다.

앨버트가 엄지를 젖혀 조를 가리켰다.

"터널에 대해 아는 애가 거의 없을 겁니다요. 이 새끼 작품이니까. 내 말이 맞나, 조?"

조가 끄덕였다. 처음에는 앨버트, 그다음이 마소였다.

"여기는 우리 마을이다."

"그래, 너 잘났다. 하지만 더 이상은 아니다."

앨버트가 톰슨 개머리로 조의 머리를 내리쳤다.

25장
고지 탈환

조가 깨어났을 때는 사방이 암흑이었다.

아무것도 보이지 않았고 말도 할 수 없었다. 처음에는 누군가 두 입술을 꿰맸다고 확신했지만, 일이 분 후 테이프로 입을 봉했을지 모르겠다는 생각이 들었다. 그렇게 생각하자 풍선껌으로 발라버린 듯 입 주변으로 끈적거리는 감촉이 전해지기도 했다.

눈은 테이프가 아니었다. 처음에는 칠흑처럼 어두웠는데 시간이 지나면서 울이나 로프 따위의 눈가리개가 언뜻언뜻 드러났다.

후드야. 놈들이 후드를 뒤집어씌웠어. 조는 직감으로 그렇게 결론 내렸다.

두 손은 등 뒤로 묶였다. 이번에는 로프는 아니라 금속 종류였다. 두 발도 묶인 채였다. 그나마 움직이는 것으로 보아 그다지 단단한 매듭은 아닌 듯했다. 이삼 센티미터 벌린 다음에야 속박의 저항이 느껴졌다.

조는 오른쪽으로 누워 있었다. 얼굴이 닿은 부분은 나무인데 따뜻한 온기가 전해졌다. 어디선가 썰물 냄새가 났다. 비린내도 나고 생선 피 냄새도 났다. 아까부터 엔진 소리가 들렸지만 그게 뭔지 깨달은 건 어느 정도 시간이 지나서였다. 평생 배를 탔기 때문에 어떤 종류의 엔진인지는 쉽게 알 수 있었다. 이윽고 또 다른 감각이 더해지면서 짐작은 확신으로 굳어졌다. 찰싹거리며 선체를 때리는 파도, 전체적으로 위아래로 흔들거리는 느낌…… 기껏 느낌에 불과했으나, 아무리 집중을 하고 주변의 소음을 분리해도 다른 엔진 소리는 찾을 수가 없었다. 사람 목소리도 들리고 갑판을 분주히 오가는 발소리도 들렸다. 한참 후엔 가까이에서 누군가 담배를 빨아들이고 내뱉는 숨소리도 분간해 냈다. 분명 다른 엔진 소리는 없었고 배도 그다지 빠른 속도가 아니었다. 어쨌든 느낌은 그랬다. 달아나는 것 같지도 않았다. 요컨대 아무도 배를 쫓아오지 않는다는 얘기다.

"누가 앨버트 데려와. 깨어났다."

그리고 사람들이 조를 들어 올렸다. 한 손이 후드 안으로 들어와 머리카락을 잡았고 다른 손 두 개가 겨드랑이를 받쳤다. 조는 바닥을 질질 끌려가 의자에 내동댕이쳐졌다. 엉덩이 아래는 딱딱한 나무였다. 발바닥과 등으로도 딱딱한 나무 널빤지를 느낄 수 있었다. 누군가의 두 손이 손목을 더듬는가 싶더니 수갑도 풀렸다. 하지만 자유를 느끼는 것도 잠시, 놈들은 두 손을 의자 등 뒤로 돌려 다시 철컥 수갑을 채웠다. 누군가 두 팔과 가슴을 의자에 묶었다. 어찌나 빡빡하던지 숨 쉬기도 어려울 지경이었다. 곧이어 두 다리도 의자 다리에 묶었는데 역시 움직이는 건 불가능했다.

놈들이 의자를 뒤로 젖히는 통에 비명을 질렀지만 테이프에 막혀 버렸다. 의자를 다른 곳으로 밀고 가고 있었다. 후드를 뒤집어쓰고는 있었지만 그는 두 눈을 질끈 감았다. 콧구멍을 빠져나오는 숨소리가 너무도 절박하고 절실했다. 만일 호흡으로 애원할 수 있다면 지금이 딱 그랬다.

의자가 멈춘 곳은 벽이었다. 조는 40도 정도 기울어진 채 앉아 있어야 했다. 두 발과 의자 앞다리도 바닥에서 30~45센티미터 정도 떨어진 듯 보였다.

누군가 구두를 벗겼다. 양말을 벗기고 후드도 벗겼다.

갑작스러운 불빛에 눈을 빠르게 깜빡여야 했다. 아니, 그냥 빛이 아니라 플로리다의 빛이었다. 두꺼운 잿빛 먹구름을 지나왔음에도 상상을 초월할 정도로 강렬한 햇빛. 태양은 보이지 않았지만 빛은 용케도 구릿빛 해수면을 비추었다. 빛은 잿빛 속에 살고, 구름 안에 살고 바닷속에 살았기에, 눈부실 정도는 아니더라도 뜨거운 기운을 느끼기에는 충분했다.

어느 정도 빛에 적응하면서 제일 먼저 초점이 잡힌 물건은 아버지 시계였다. 시계가 눈앞에서 대롱거리더니 이윽고 그 뒤 앨버트의 얼굴이 형체를 찾아가기 시작했다. 그는 조가 지켜보는 가운데 싸구려 조끼 주머니를 열어 그 안에 시계를 떨어뜨렸다.

"난 기껏 엘진으로 버티던 참이었다."

그가 두 손을 무릎에 얹고 상체를 숙이더니 조에게 가볍게 미소를 지어 보였다. 그의 등 뒤로 남자 둘이 뭔가 무거운 물건을 끌고 다가

왔다. 검은색 금속에 은빛 손잡이. 남자들이 다가오자 앨버트가 과장을 섞어 절을 하고는 뒤로 물러섰다. 남자들은 물건을 조의 맨발 바로 아래까지 밀어 넣었다.

얼음 통. 여름 칵테일 파티에서 볼 법한 종류였다. 보통은 얼음과 백포도주와 고급 맥주를 채우겠지만 지금은 얼음이 없었다. 와인도, 고급 맥주도.

그저 시멘트뿐.

조는 몸부림을 쳤지만 그래봐야 무너진 벽돌집에 깔린 채 발버둥을 치는 격이었다.

앨버트가 뒤로 돌아가 등받이를 때리자 의자가 앞으로 기울며 조의 두 다리가 시멘트에 박혔다.

앨버트는 과학자가 된 양 초연한 호기심을 담아 조가 버둥거리는 모습을 지켜보았다. 조가 움직일 수 있는 신체부위는 머리뿐이었다. 다리가 통에 잠기는 순간 꼼짝도 할 수가 없었다. 시멘트가 빠르게 굳어가는 터라 다리는 벌써부터 꿈쩍도 할 수가 없었다. 시멘트를 혼합하고 어느 정도 시간이 흘렀는지 발이 들어갈 때도 느낌이 스펀지 틈새를 파고드는 것 같았다.

앨버트는 바로 앞에 쪼그리고 앉아 조의 눈을 들여다보았다. 시멘트가 굳어가며 스펀지 속에 갇히는 것 같은 기분이 발바닥부터 시작해 마치 뱀처럼 똬리를 틀며 발목을 조여왔다.

"생각보다 시간이 많이 걸릴 거야."

앨버트가 빈정거렸다. 조는 왼쪽의 작은 방파제를 보고는 결국 마음을 접기로 했다. 아무래도 에그몬트키처럼 보였기 때문이다. 그 너머에는 오로지 물과 하늘뿐이었다.

일라리오 노빌레가 앨버트에게 캔버스 소재의 접의자를 가져왔다. 그도 애써 조의 시선을 피했다. 앨버트는 바닥에서 일어나 햇볕이 얼굴을 비껴 가도록 의자의 위치를 조절한 뒤, 두 손을 무릎 사이에서 잡고 상체를 앞으로 내밀었다. 배는 예인선이었다. 조의 의자는 보트 앞쪽을 향했으며 뒤는 조타실이었다. 예인선은 조가 보기에도 탁월한 선택이었다. 속도가 빠른 데다 아무리 좁은 곳이라도 급회전이 가능하기 때문이다.

앨버트는 토머스 커글린의 시곗줄을 잡고 요요를 선물 받은 아이처럼 한참을 돌렸다. 허공으로 던졌다가 손바닥으로 잽싸게 낚아채기도 했다.

"이 시계 느려. 알고 있었냐?"

말을 할 수 있다 해도 조는 대꾸하지 않았다.

앨버트가 어깻짓을 했다.

"이렇게 크고 비싼 시계가 제길. 시간 하나 못 맞추냐? 돈이 아무리 많으면 뭐해, 응? 조, 내 말이 맞지? 이 세상 돈을 다 가져도, 제길 세상은 어차피 돌아갈 대로 돌아가게 되어 있어."

앨버트가 흐린 하늘을 보고 다시 잿빛 바다를 보았다.

"이 바닥엔 2등이 없어. 누구나 대가가 뭔지도 알지. 삐끗하면 한 방에 가는 거야. 사람을 잘못 써? 판을 잘못 읽어?"

그가 딱 소리를 내며 손가락을 튕겼다.

"그럼 그걸로 끝이다. 여편네가 있다고 했냐? 애새끼도? 이런, 안 됐군. 내년 여름에 메리올드 잉글랜드로 휴가를 계획했다고? 오, 이런, 지금 막 계획이 바뀌었다. 이래서야 내일 숨이나 쉴 수 있겠냐? 섹스하고 처먹고 목욕도 하겠다고? 아니, 아냐, 이제는 못 해."

그가 상체를 더욱 기울이며 손가락으로 조의 가슴을 찔렀다.

"네놈은 멕시코 만 밑바닥에 앉아 있을 거거든? 세상에 하직 인사 하고? 물고기 두 마리가 콧구멍을 파고 들어가고 몇 마리가 눈을 쫀다 해도 넌 하나도 모를 거야. 그때쯤 하느님하고 같이 있을 테니까. 아니면 악마하고 있든지…… 어디든 못 있겠냐, 조?"

그가 두 손으로 구름을 가리켰다.

"아직 살아 있으니까 마지막으로 실컷 봐둬라. 숨도 맘껏 쉬고. 언제 또 산소 구경 해보겠어? 이제 곧 죽을 텐데?"

그가 시계를 조끼 주머니에 넣은 뒤 두 손으로 조의 얼굴을 잡고 이마에 키스했다.

시멘트가 딱딱하게 굳어 발가락과 발꿈치와 발목을 조였다. 압박감이 어찌나 강하던지 발가락뼈 몇 개가 부러진 것만 같았다. 아니면 모조리 박살 났던가.

조는 앨버트의 주의를 끌고는 왼쪽 안주머니를 향해 깜빡거렸다.

"일으켜 세워."

"아니, 내 주머니를 봐."

조가 외쳤다.

"어버버버버버버! 커글린, 이젠 쪽팔림도 불사하시겠다? 살려 달라고 애원하시겠다?"

놈들이 조의 가슴에서 로프를 끊어냈다. 지노 발로코가 쇠톱을 가져와 무릎을 꿇고 의자 앞다리를 썰기 시작했다.

"앨버트, 이 주머니를 봐. 이 주머니. 주머니!"

하지만 테이프 때문에 정말로 어버버버버버 하는 소리만 들렸다.

그래도 그는 외칠 때마다 고개를 꺾어 시선을 주머니로 향했다.

앨버트는 웃으며 놀려댔다. 조직원들도 몇 명 조롱에 끼어들었는데 파우스토 스카르포네는 아예 원숭이 흉내까지 냈다. 우우 소리를 내며 겨드랑이를 긁어댄 것이다. 그래도 조는 계속 고개를 왼쪽으로 젖혔다.

왼쪽 의자 다리가 떨어져 나갔다. 뒤이어 지노는 오른쪽을 자르기 시작했다.

"아주 튼튼한 수갑이지만…… 벗겨줘라. 이제 달아날 데도 없으니까."

앨버트가 일라리오 노빌레에게 지시했다.

결국 앨버트를 낚는 데 성공했다. 놈도 조의 주머니를 살펴보고 싶었지만 먼저 패자의 유혹에 넘어간 것처럼 보여선 안 되었다.

일라리오가 수갑을 벗겨 앨버트 발밑에 던졌다. 아직은 공손히 대할 생각이 없다는 얘기였다.

오른쪽 의자 다리마저 끊어내자 의자가 조의 몸에서 떨어져 나갔다. 조는 시멘트 통 안에서 똑바로 일어서야 했다.

"단 한 번 손을 사용하게 해 주마. 입에서 테이프를 뜯어내도 좋고, 네 쓰레기 같은 목숨을 구걸할 건수를 내놓아도 좋아. 단 둘 다는 안 된다."

앨버트가 경고했다.

조는 주저하지 않고 주머니에서 사진을 꺼내 앨버트의 발밑에 집

어딘졌다.

앨버트가 갑판에서 사진을 집을 때 그의 왼쪽 어깨 너머로 작은 흑점 하나가 나타났다. 방향은 에그몬트키 너머였다. 앨버트는 눈썹을 찡그린 채 특유의 오만한 미소를 지으며 사진을 보았다. 사진에서는 특별한 구석을 찾을 수가 없었다. 그가 눈을 깜빡이며 눈동자를 왼쪽으로 오른쪽으로 천천히 움직이기 시작했다.

흑점은 검은 삼각형으로 바뀌어, 번들거리는 잿빛 바다를 빠른 속도로 가르며 다가왔다. 예인선이 아무리 빠르다 해도 저 속도를 이길 수는 없으리라.

앨버트가 조를 노려보았다. 크게 분노에 찬 표정. 비밀을 건드렸기 때문에 화가 난 것은 아니었다. 그가 화가 난 이유는 바로 조 못지않게 암흑 속에 빠졌기 때문이었다.

지금껏 내내 에마가 죽었다고 믿었건만.

이런, 앨버트, 그 문제라면 우리 둘 다 그 여자의 노리개였어.

조는 그렇게 말하고 싶었다.

비록 15센티미터 너비의 테이프로 입을 가리기는 했지만 앨버트도 분명 그의 미소를 보았을 것이다.

검은색 삼각형은 또렷하게 배의 모습을 갖추었다. 전형적인 소형 발동선으로, 고물에 승객이나 술병을 더 많이 싣기 위해 개조한 종류였다. 덕분에 속도는 3분의 1로 줄었지만 그럼에도 물 위에서라면 타의 추종을 불허할 정도로 빨랐다. 남자 몇이 갑판에 나와 손가락질을 하거나 서로 옆구리를 찔러댔다.

앨버트가 직접 조의 입에서 테이프를 뜯어냈다.

발동선의 엔진 소리가 들리기 시작했다. 먼 곳에서 말벌 떼가 몰려오기라도 하듯 붕붕거리는 소리였다.

앨버트가 조의 얼굴에 사진을 들이댔다.

"이 아인 죽었어."

"당신 눈에 죽은 사람으로 보이나?"

"어디에서 찍었는지 말해."

"말해 주지. 나한테 아무 일도 없다는 보장만 있다면."

앨버트가 두 주먹으로 조의 양쪽 귀를 후려쳤다. 하늘이 머리 위에서 빙빙 돌았다.

지노 발로코가 이탈리아어로 소리치며 우현을 가리켰다.

두 번째 배가 나타났다. 역시 개조한 발동선이며, 약 400미터 거리의 흙더미 뒤쪽에서 빠져나왔다. 배 안에는 모두 네 명이 타고 있었다.

"에마는 어디 있지?"

귓속이 심벌즈 교향곡처럼 윙윙거렸다. 그가 거듭 고개를 저었다.

"나도 말하고 싶지만, 물에 빠져 죽고 싶지도 않아."

앨버트가 발동선 두 척을 차례로 가리켰다.

"저 배들이 우릴 이길 수 있을 것 같냐? 몰라서 그래? 멍청한 놈, 그 애 어디 있어?"

"어디, 생각 좀 해봅시다."

조가 이죽거렸다.

"어디냐?"

"사진 속에."

"이건 옛날 사진이다. 고작 옛날 사진으로……"

"오, 처음엔 나도 그렇게 생각했지. 그런데 말이야, 거기 턱시도 입은 얼간이를 봐, 키 큰 놈, 오른쪽 피아노에 기대 있지? 팔꿈치 옆 신문을 보라고. 당신도 헤드라인은 보이겠지?"

루스벨트 대통령 당선자 마이애미 암살 음모에서 구사일생.

"지난달 사건이에요, 앨버트."
발동선은 두 척 모두 300미터 이내까지 접근했다.
앨버트가 배를 보고 마소의 부하들을 둘러보고 다시 조를 보았다. 그가 입을 삐죽 내밀며 긴 한숨을 내뱉었다.
"놈들이 널 구해 줄 것 같으냐? 우리 배가 크기도 두 배에다 높이도 유리하다. 저런 배 여섯 척이 와봐라. 깡그리 성냥개비로 만들어 줄 테니까."
그가 부하들을 돌아보았다.
"쓸어버려."
놈들이 거널뱃전을 따라 흩어지더니 무릎을 꿇었다. 조가 세어보니 모두 열둘이었다. 다섯은 우현, 다섯은 좌현. 일라리오와 파우스토는 뭔가 찾으려는지 선실로 달려갔다. 갑판에 포진한 자들은 대부분이 톰슨 총, 일부는 권총을 들고 있었고 장거리 사격에 필요한 라이플은 하나도 없었다.
일라리오와 파우스토는 그 점을 간파하고 선실에서 나무 상자 하나를 끌어냈다. 처음 깨달았지만, 거널뱃전 갑판에 삼각대가 붙박여 있고 그 옆에 연장통도 있었다. 아니, 다시 보니 삼각대가 아니라 갑판 거치대였다. 화기 장착용. 그것도 무진장 큰 총이어야 했다. 일라리오가 상자에 손을 넣더니 30-06 탄창 벨트를 두 개 꺼내 거치대 옆에 놓았다. 그리고 파우스토와 함께 다시 상자 안에서 1903년식 10연발 개틀링 포를 들어내 거치대 위에 올려놓고 장착하기 시작했다.

발동선 소리도 점점 커져갔다. 지금은 200미터 정도 거리였다. 개틀링이 아니라면 사정거리는 여전히 100미터 정도 남겠지만 일단 저 괴물을 갑판 거치대에 장착하고 나면 1분에 900발이 허공을 가를 것이다. 어느 선박이든 걸리는 날엔 남는 건 상어밥뿐이다.

"어디 있는지 말해. 그럼 빨리 끝내주마. 단 한 방. 네놈은 느끼지도 못할 거야. 기어이 독 잔을 받겠다면 실토한 후에도, 온몸을 갈가리 찢어 햇볕에 녹아 내릴 때까지 갑판에 쌓아두겠다."

부하들이 서로 고함을 치며 위치를 바꾸기 시작했다. 발동선들이 변칙적으로 움직이기 시작했기 때문이다. 좌현의 배는 뱀처럼 꾸불거리며 접근했고 우현의 공격선은 엔진 소음을 올리며 좌우로 요동쳤다.

"말해."

앨버트가 윽박질렀다.

조가 고개를 저었다.

"제발."

아무도 듣지 못할 정도로 작은 목소리였다. 배 엔진 소음과 개틀링을 조립하는 소리 때문에 조도 간신히 들을 정도였다.

"난 그 애를 사랑해."

"나도 사랑했어."

"아니, 내가 사랑한다."

앨버트가 으르렁거렸다.

마침내 개틀링 설치가 끝이 났다. 일라리오는 탄띠를 채우고 급탄기에 입김을 불어 혹시 있을지 모를 먼지를 제거했다.

앨버트는 상체를 기울이고는 먼저 주변을 둘러보았다.

"나도 이러고 싶지 않아. 누가 좋아서 이래? 난 그저 그 애가 웃을 때나 내 머리에 재떨이를 던질 때의 감정을 느끼고 싶을 뿐이다. 젠장, 섹스 같은 건 아무래도 좋아. 그냥 호텔 목욕가운 차림으로 커피 마시는 모습만 봐도 좋단 말이다. 넌 그러고 있잖아, 응? 스페인 여자하고?"

"그렇지."

조가 대답했다.

"그런데 그 여자 소속이 어디야? 깜둥이? 스페인 사람?"

"둘 다."

조가 대답했다.

"그런데도 기분이 이상하지 않아?"

"앨버트, 도대체 기분이 이상할 이유가 뭐지?"

스페인 미국 전쟁 참전 용사 일라리오 노빌레가 개틀링의 크랭크 손잡이를 맡고 파우스토가 화기 아래의 좌석을 차지했다. 첫 번째 탄띠가 할머니 담요처럼 그의 무릎을 덮었다.

앨버트가 38구경을 꺼내 조의 이마에 박았다.

"말해라."

네 번째 엔진 소리가 들릴 때는 이미 때가 늦었다.

조는 그 어느 때보다도 깊이 앨버트의 눈을 들여다보았다. 그리고 그 누구보다도 죽도록 공포에 질린 존재를 보았다.

"싫다."

파루코 디아스의 비행기가 서쪽 구름에서 나왔다. 배를 향해 곤두박질칠 때 보니 디온이 뒷좌석에 서서 기관총을 겨누고 있었다. 파루코 디아스가 몇 달 동안 조의 불알을 붙들고 늘어진 끝에 기어이 설치 허가를 받은 총이었다. 디온은 두툼한 고글을 썼는데 웃고 있는 것처럼 보였다.

디온과 기관총이 겨냥한 첫 목표는 개틀링이었다.

일라리오가 왼쪽으로 돌아서는 순간 디온의 총알이 큰 낫을 휘두르기라도 한 듯 귀를 날리고 목을 끊어냈다. 총알 세례는 총과 거치대와 갈고리를 때리고 파우스토 스카르포네를 휩쓸었다. 파우스토가 두 팔을 마구 휘젓다가 쓰러지며 사방에 피를 뿜어냈다.

갑판도 난장판이었다. 나무와 금속과 불꽃이 튀고, 조직원들은 몸을 숙이고 웅크리거나 비명을 지르거나 허겁지겁 무기를 챙겼다. 두 명이 바다 위로 떨어졌다.

파루코 디아스의 비행기가 선회하다가 구름을 향해 치솟았다. 그동안 총잡이들도 정신을 차리고 주섬주섬 일어나 응사를 시작했다. 비행기가 가파르게 오를수록 사격도 거의 수직에 이르렀다.

그중 일부는 되돌아오기도 했다.

앨버트도 어깨에 한 방을 맞았다. 다른 놈도 목덜미를 움켜쥐고 갑판 위에 쓰러졌다.

소형 발동선들이 사정거리에 들어왔으나 앨버트의 부하들은 이미 파루코의 비행기에 응사하기 위해 등을 돌린 터였다. 배가 거칠게 요동치는 데다 조의 부하들도 명사수는 아니었지만 사실 그럴 필요도 없었다. 엉덩이든 무릎이든 배든 닥치는 대로 맞추기만 하면 되었기 때문이다. 갑판 위 조직원 3분의 1이 픽픽 쓰러지며 비명을 질러댔다. 엉덩이, 무릎, 배, 맞는 부위는 달라도 비명 소리는 똑같았다.

비행기가 돌아왔다. 앨버트의 부하들은 갑판에서 총을 쏘았고, 디온은 소방수가 호스로 물을 뿌려대듯 기관총을 갖고 놀았다. 실제로 소방대장처럼 보일 정도였다. 앨버트가 일어나 32구경을 조에게 겨누었지만, 순간 뱃고물이 먼지와 지저깨비의 폭풍에 휩싸이고 놈들이 융단 폭격에 휩쓸렸다. 앨버트도 그 와중에 사라져 보이지 않았다.

조는 총알 파편에 팔을 맞았다. 이어서 병뚜껑만 한 지저깨비가 날아와 머리를 때리고 왼쪽 눈썹과 왼쪽 귀 윗부분을 조금씩 뜯어낸 다음 바닷물 위로 떨어졌다. 조는 욕조 아래에서 콜트 45구경을 주웠다. 탄창을 분리해 손바닥에 떨어뜨려보니 최소한 탄알이 여섯 발은 남아 있었다. 그는 철컥 소리를 내며 다시 탄창을 끼웠다.

카르미네 파로네가 도착했을 때쯤 조는 얼굴 왼쪽이 완전히 피범벅이라 실제보다 더 끔찍해 보였다. 카르미네는 조에게 수건을 건넨 후, 신입 피터 월리스와 함께 도끼로 시멘트를 깨기 시작했다. 이미 굳은 줄 알았는데 그렇지도 않은 모양이었다. 도끼와 삽을 열대여섯 차례 휘두르자 조는 마침내 자유의 몸이 되었다.

파루코 디아스가 물 위에 비행기를 세우고 시동을 껐다. 비행기가 물 위를 미끄러지며 다가왔다. 디온이 배에 올랐고, 뒤이어 부하들이 올라와 부상자들을 죽이며 돌아다녔다.

"괜찮은 거야?"

디온이 조에게 물었다.

리카르도 코르마르토가 젊은 사내를 쫓아갔다. 고물 쪽으로 질질 기어가고 있었는데 두 다리가 박살이 나기는 했지만 다른 부위는 흡사 랍스터 구이를 먹기 위해 외출이라도 하는 사람처럼 멀쩡했다. 낙타색 정장에 크림색 셔츠도 깨끗하고 망고 색의 타이는 어깨 위에 떡하니 걸쳐져 있었다. 코르마르토가 척추에 한 방을 쏘자 사내가 긴 한숨을 토해 냈다. 두 번째 총알은 머리에 박혔다.

조가 갑판에 쌓인 시체들을 돌아보며 월리스에게 지시했다.

"영감이 아직 살아 있으면 데려와라."

"예, 알겠습니다, 보스."

월리스가 대답했다. 발목을 움직여보았으나 너무 아팠다. 그가 조타실 아래 사다리에 한 손을 얹으며 디온을 불렀다.

"질문이 뭐였지?"

"괜찮은지 물었는데?"

"오, 보다시피."

조가 대답했다.

거널뱃전 옆에서 남자 하나가 이탈리아어로 살려달라고 애원했지만 카르미네 파로네는 가슴에 총을 쏜 뒤 바닷물에 차 넣었다.

파사니가 지노 발로코를 똑바로 뒤집었다. 지노는 두 손을 내밀고 있었지만 옆구리에서 피가 너무 많이 쏟아져 나왔다. 저 친구와 애들 키우는 얘기를 했는데. 아이가 생기면 좋은 시절은 영원히 안녕이라면서…….

지노도 다른 자들과 똑같은 반응을 보였다.

"기다려요. 잠깐만……"

하지만 파사니는 심장을 쏜 다음 역시 바닷물에 차 넣고 말았다.

조가 시선을 돌렸다. 이번에는 디온이 그를 예의 주시하고 있었다. 잔뜩 걱정스러운 표정으로.

"놈들도 우리를 싹쓸이할 생각이었어. 끝까지 찾아내서. 대장도 알지?"

조는 눈을 끔뻑이는 것으로 대답을 대신했다.

"이유가 뭐지?"

조는 대답하지 않았다.

"그러지말고, 대장, 대답해. 놈들이 왜 우리를 죽이려는 거냐고?"

조는 그래도 대답하지 않았다.

디온은 분노로 이글거리는 얼굴을 조에게 들이밀었다. 코가 닿을 정도로 가까워졌다.

"탐욕 때문이야. 제길, 그것도 그냥 탐욕이 아니라 끝없는 탐욕이라고. 절대 만족을 모르니까. 아무리 처먹어도 배부른 줄 모르는 놈들이니까."

디온이 얼굴을 거두었다. 조는 친구를 한참 동안 보았다. 그때 누군가 더 이상 죽일 놈이 남지 않았다고 보고했다.

"우리도 마찬가지야, 디온. 너, 나, 페스카토레. 취해서 그래."

"응?"

"밤 얘기다. 우린 밤에 취했어. 낮에 살면 낮의 규칙에 따라 살겠지. 우리는 밤에 사니까 밤의 규칙을 따라야 하는 거야. 그런데 말이야, 디온? 실제로 우리한텐 규칙 자체가 없어."

디온이 잠시 생각해 보았다.

"그다지 많지는 않겠지. 그래."

"그래서 나도 지쳐가나봐."

"그래. 그래 보인다."

디온이 인정했다.

파사니와 윌리스가 앨버트 화이트를 끌고 와 조 앞에 떨어뜨렸다. 뒤통수가 날아가고 심장이 있던 자리엔 검은 핏덩이뿐이었다. 조는 시체 옆에 앉아 앨버트의 조끼 주머니에서 아버지의 시계를 회수했다. 잠깐 살펴보았지만 특별히 훼손된 것 같지는 않았다. 조는 시계를 주머니에 넣고 갑판에 주저앉았다.

"영감 눈을 똑바로 보려고 했는데."

"그건 왜?"

디온이 물었다.

"영감 눈을 똑바로 보고 이렇게 말하고 싶었거든. '날 잡았다고 생각했지? 하지만 내가 당신을 잡은 거야.'"

"몇 년 전에도 기회가 있었잖아."

디온이 조에게 손을 내밀었다.

"그래도."

조가 디온의 손을 잡았다. 디온이 그를 일으켜주었다.

"잊어, 그런 기회는 두 번 다시 오지 않아."

26장
암흑 속으로

로메로 호텔로 통하는 터널은 12번 부두에서 시작한다. 그곳에서 출발해 이보르 시까지 지하로 가면 여덟 블록 거리인데 완주에는 15분 정도가 걸린다. 물론 터널이 만조로 범람하지 않고 쥐 떼들로 뒤덮이지 않아야 했다. 조의 일당으로서는 다행스럽게도 부두에 도착했을 때 한낮인 데다 썰물 때였다. 그들은 터널을 10분 만에 주파했다. 다들 더위를 먹고 탈수 현상까지 있는 데다 조의 경우엔 부상까지 당했지만, 에그몬트키에서 배를 타고 오는 동안 모두 정신무장을 해둔 터였다. 만일 마소가 조의 예상보다 절반만 똑똑하다 해도, 앨버트한테서 언제까지 소식을 들어야 할지 한계를 두었을 판이다. 상황이 틀어졌다고 판단하면 당연히 지체 없이 달아날 것이다.

터널 끝에 사다리가 있었다. 사다리 위쪽은 보일러실, 보일러실을 지나면 부엌이다. 부엌 다음이 매니저 집무실, 그다음이 프런트

데스크. 마지막 세 곳이라면 문 뒤에 뭐가 있는지 보고 들을 수 있지만 사다리 위와 보일러실만은 죽음의 의문부호였다. 철문은 항상 잠겨 있고 그마저도 비밀번호를 알아야 열 수 있다. 로메로 호텔은 한 번도 기습당한 적이 없었다. 에스테반과 조가 주인을 매수하고 주인이 다시 담당 수사관을 매수해 눈감아주기 때문이기도 하지만, 호텔 자체가 특별히 관심 대상이 되지 못했다. 비밀술집을 운영하는 것도 아니고 단지 증류와 배급만 했기 때문이다.

철문은 빗장이 세 개에 자물통도 안쪽에 달려 있었다. 어떻게 문을 통과할지 논의한 끝에, 그중 최고의 명사수 카르미네 파로네가 사다리 꼭대기에서 엄호하고, 디온이 산탄총으로 자물쇠를 날려버리기로 결정했다.

"만일 저 문 안에 누가 있다면 우린 독 안에 든 쥐야."

조가 말했다.

"아니, 나와 카르미네만 독 안에 든 쥐야. 망할, 솔직히 잘못 튄 총알에 맞아 뒈질 수도 있다고. 나머지 겁쟁이들? 니미, 그대들은 통째로 튀김구이가 될지어다."

그가 조에게 미소 지었다.

조와 나머지 부하들은 사다리를 타고 내려가 터널 바닥에 섰다. 디온이 카르미네에게 "마지막 기회."라고 말한 다음 경첩을 향해 한 발을 쏘았다. 굉음이 엄청났다. 엄청난 강도의 금속과 금속이 충돌했으니 당연한 일이었다. 디온은 주저하지 않았다. 핑핑, 총알 튀는 소리가 터널을 일주하고 있건만 두 발 그리고 세 발을 연이어 발사했다. 호텔에 누군가 남아 있다면 지금쯤 그쪽을 향해 달려오고 있을 것이다. 망할, 사람이 있는 곳이 10층뿐이라면 당연히 조의 일당이 이곳에 있다는 사실도 알 것이다.

"가자, 어서."

디온이 소리쳤다.

카르미네는 살아남지 못했다. 조직원들이 사다리를 오르는 동안 디온이 그의 시체를 빼내 벽에 세워두었다. 정체 모를 금속 조각이 눈을 뚫고 뇌에 박힌 것이다. 그가 성한 눈으로 동료들을 바라보았다. 담뱃불도 붙이지 못한 담배가 아직 입술에 매달려 있었다.

부하들이 걸쇠에서 문을 뜯어낸 다음, 보일러실을 통과하고 증류실과 그 너머 부엌으로 진입했다. 부엌과 매니저 집무실 사이의 문에는 중앙에 둥근 창이 있어 좁은 접근 통로와 고무 바닥이 보였다. 집무실은 문이 조금 열려 있었고 안은 완전히 난장판이었다. 빵가루 범벅의 파라핀지, 커피 잔들, 빈 맥주병, 넘쳐흐르는 재떨이들.

디온이 슬쩍 보고 조에게 말했다.

"늙어 죽을 생각은 해본 적도 없어."

조는 한숨을 내쉬며 문을 통과했다. 다른 사람들도 매니저 집무실을 지나 프런트 뒤쪽으로 빠져나왔다. 그때쯤 호텔이 비어 있다는 확신이 들었다. 매복이 아니라 그냥 텅 빈 것이다. 매복을 할 생각이었다면 당연히 보일러실이어야 했다. 일망타진을 위해 좀 더 깊숙이 유인한다 해도 당연히 부엌이어야 했다. 로비는 병참술의 악몽이다. 숨을 곳도 뿔뿔이 흩어질 곳도 많은 데다 불과 열 발짝만 가면 거리로 빠져나갈 수 있기 때문이다.

조는 일부를 엘리베이터를 통해 10층으로 보내고 나머지는 계단을 이용하게 했다. 마소가 예상 외의 매복 작전을 시도했을 경우에 대비하기 위해서였다. 부하들이 돌아와 10층이 깨끗하다고 보고했다. 1009호와 1010호에서 살과 레프티의 시체를 찾아냈다.

"둘 다 아래로 데려와."

조가 지시했다.

"옙, 알겠습니다."

"그리고 누가 사다리로 다시 가서 카르미네도 데려와라."

디온이 담뱃불을 붙였다.

"맙소사, 내가 카르미네 얼굴을 쏘다니."

"네가 쏜 게 아니야. 총알이 잘못 튀었지."

조가 반박했다.

"그게 그거야."

디온이 투덜댔다.

조도 담뱃불을 붙이고 포체타에게 팔을 내밀어 상처를 확인하게 했다. 포체타는 파나마에서 의무병으로 근무했다.

"상처를 치료하고 약도 드셔야 합니다, 보스."

"약은 많아."

디온이 농담을 했다.

"진짜 약 말입니다."

포체타가 말했다.

"뒷문으로 나가서 나한테 필요한 약을 가져오든지, 아니면 의사라도 데려와."

조가 지시했다.

"예, 알겠습니다."

포체타가 대답했다.

탬파 경찰 중에서 조 일당이 매수한 대여섯이 전화를 받고 달려왔다. 그중 하나가 호송차를 끌고 와 조는 살과 레프티, 그리고 카르미네 파로네와 작별을 고했다. 카르미네는 불과 90분 전에 조를 시멘트 통에서 구해 준 친구였다. 하지만 누구보다 마음이 아픈 친구는 살이었다. 함께 지낸 5년 세월을 회상하는 것만으로도 가슴이 아렸다. 집에 초대해 저녁 대접을 한 것도 셀 수 없을 정도였다. 밤이면 이따금 샌드위치를 싸 오기도 했다. 그리고 무엇보다, 그의 목숨을, 그리고 그라시엘라의 목숨을 구해 주지 않았던가.

디온이 그의 등에 손을 댔다.

"이럴 때가 제일 힘들어."

"우리가 그 친구한테 괜히 그랬어."

"뭐?"

"오늘 아침, 내 사무실에서. 너하고 내가 그 친구한테 괜히 힘들게 했어, 디온."

디온이 두 번 고개를 끄덕이고 성호를 그었다.

"다시는 이런 일이 없어야겠지?"

"글쎄, 모르겠다."

"뭐든 명분이 있어야 해."

"대단한 명분이라도 있으면 좋겠다."

조가 뒤로 물러나자 부하들이 시신들을 냉동차에 실었다.

"당연히 명분이 있지. 그를 죽인 새끼들과 빚을 청산해야 한다는 뜻이니까."

하역장에서 빠져나오니 의사가 프런트데스크에서 기다리고 있었다. 의사가 상처를 소독하고 꿰매는 동안 조는 경관들의 보고를 들었다.

"오늘 영감 편에 선 경관들 말인데요, 영감한테 뇌물을 먹는 부류인가요?"

조가 3구역의 빅 경사에게 물었다.

"아닙니다, 커글린 씨."

"거리에서 우리 식구를 쫓고 있다는 사실은 알았겠죠?"

빅 경사가 고개를 떨구었다.

"그랬을 겁니다."

"내가 보기에도 그래요."

조가 동의했다.

"경찰을 죽일 수는 없어."

디온이 주장했다.

"왜 안 되지?"

조가 빅의 눈을 들여다보며 물었다.

"반발이 크니까."

디온이 대답했다.

조가 빅을 돌아보았다.

"페스카토레와 함께 있던 경찰에 대해 압니까?"

"오늘 총질한 경찰들 말입니까? 지금 시말서를 쓰고 있습니다. 시장도 화가 났고 상공회의소도 사색이 되어 있습니다."

조가 빅의 머리에서 경찰모를 쳐서 떨어뜨렸다.
"시장이 화가 나? 상공회의소? 다들 웃기지 말라고 그래! 내가 화가 났다. 화가 나서 미치겠단 말이야!"
실내에 어색한 침묵이 흘렀다. 다들 눈을 어디에 두어야 할지 난감하기만 했다. 다른 사람들은 물론, 디온조차도 조가 언성을 높이는 모습을 본 적이 없었던 것이다.
조가 빅에게 다시 말을 할 때는 그의 목소리도 평소 말투로 돌아와 있었다.
"페스카토레는 비행기 안 타요. 배도 싫어하고. 이 도시에서 빠져나갈 방법은 두 가지뿐이라는 얘기지. 호위를 받으며 41번 도로 북쪽으로 가든지, 아니면 기차에 탔겠지. 그러니, 빅 경사, 저 망할 모자 집어 들고 놈부터 찾아내요."

몇 분 후 매니저 집무실. 조가 그라시엘라에게 전화했다.
"몸은 어때?"
"자기 아들이 야만인이야."
그녀가 대답했다.
"내 아들, 응?"
"차고 차고 차고…… 내내 발길질이라니까."
"좋게 생각해. 넉 달만 참으면 되잖아."
"미워 죽겠어. 다음번엔 자기가 애를 가져봐. 그래서 숨도 헐떡거려보고 5분마다 오줌 누러 가고 그래야 해."
"다음번엔 그렇게 하지, 뭐."

조가 꽁초를 버리고 새 담배에 불을 붙였다.

"오늘 8번 애버뉴에서 총격전이 있었다며?"

그녀가 물었다. 목소리가 훨씬 작고 딱딱해졌다.

"응."

"끝났어?"

"아직."

"전쟁하는 거야?"

"응, 전쟁."

"언제 끝날 것 같아?"

"몰라."

"끝나기는 하고?"

"몰라."

한동안 두 사람 모두 아무 말도 하지 않았다. 조는 그녀가 담배 피우는 소리를 들었다. 물론 그라시엘라도 그가 담배꽁초 빠는 소리를 들었을 것이다. 아버지의 시계를 보니 이제는 30분이나 늦게 가고 있었다. 배에 있을 때 시간을 맞추었건만.

"자긴 모르지?"

그녀가 결국 입을 열었다.

"모르다니."

"우리가 만난 그날 이후 계속 전쟁 중이었다는 사실. 싸우는 이유도 모르면서."

"먹고 살려고."

"죽는 게 사는 거야?"

"아직 안 죽었잖아."

"오늘 해 저물기 전에 죽을 수 있어. 정말로. 오늘 이긴다고 해도 다음 전쟁도, 또 그다음 전쟁도 있잖아. 자기가 하는 일은 폭력이 너무 많아. 결국 폭력에 당하고 말 거야. 기어이 자기를 찾아내고 말 테니까."

아버지도 그렇게 말했다.

조는 담배를 빨아들인 다음 천장을 향해 내뿜고 연기가 흩어질 때까지 지켜보았다. 그녀 말이 틀리다고 할 수는 없었다. 아버지 말도 어느 정도는 사실이었으니까. 하지만 지금은 사실 여부를 따질 여유가 없었다.

"지금으로서는 솔직히 할 말이 없어."

"나도."

"이봐."

"응?"

"아들인지는 어떻게 알아?"

"내내 걸어차니까. 자기처럼."

"아."

그날 오후, 탬파에서 떠나는 기차는 오렌지블라섬 특급열차뿐이었다. 시보드의 정기노선 두 편은 이미 떠났고 내일까지는 차편이 없었다. 오렌지블라섬은 겨울 시즌에만 탬파를 왕복하는 고급 여객열차로, 마소와 디거 일당의 문제는 기차표가 이미 매진이라는 데 있었다.

그래서 차장을 매수하려고 진땀을 흘리는 와중에 경관 몇 명이 나타났다. 평소 뇌물을 먹인 경찰들이 아니었다.

마소와 디거는 오번 세단 뒷좌석에 앉아 있었다. 유니언 역 바로 서쪽 공터에 있었는데, 그곳이라면 적벽돌로 지은 역사, 생크림처럼 새하얀 내부, 그리고 그 뒤에서 이어지는 다섯 개의 선로까지 훤히 보였다. 뜨거운 철길들이 이 작은 건물에서 뻗어 나가 끝없이 펼쳐진 평야를 가로지르고 국토의 동맥처럼 북쪽과 동쪽과 서쪽으로 뻗어 나갔다.

"기차에 탔어야 해. 기회가 조금이라도 남았을 때."

마소가 투덜댔다.

"트럭이 있잖아요. 그게 더 나아요."

디거가 반박했다.

"트럭으로는 빠져나가지 못해."

"그냥 우리 차를 운전하고 가죠."

디거가 투덜댔다.

"고급 차에 검은색 모자 쓴 이탈리아 놈들이 빌어먹을 오렌지 숲을 통과하는데 놈들이 모를 것 같냐?"

"밤에만 운전하면 되잖아요."

마소가 고개를 저었다.

"지금쯤 도로도 봉쇄했을 게다. 아일랜드 새끼들이 여기서 잭슨빌까지 도로를 모두 먹어치웠잖아."

"에, 그래도 기차는 아니에요, 아버지."

"아냐, 맞아."

마소는 고집을 꺾지 않았다.

"잭슨빌에 가면 비행기를 구할 수 있어요."

"비행기를 타자고? 죽고 싶어 환장했냐? 난 죽어도 싫다."

"아버지, 비행기는 안전해요. 차라리 기차가 더……"

"위험하다고?"

마소가 대신 마무리를 하는데, 갑자기 대기가 퍽 하고 진탕하더니 1.6킬로미터 거리의 들판에서 연기가 피어올랐다.

"오리 사냥인가?"

디거가 혼잣말처럼 중얼거렸다.

마소는 아들을 건너다보았다. 세 아들 중 제일 똑똑하다는 놈이 저 모양이라니 가슴이 미어졌다.

"이 근처에 오리가 있더냐?"

"그러면요?"

디거가 새우 눈을 했다. 그로서는 도저히 짐작이 불가능했다.

마소가 씁쓸한 눈으로 아들을 보았다.

"놈이 선로를 폭파한 거야. 망할 네 돌머리는 순전히 엄마 탓이다. 계집년들이 국그릇하고 체스를 해도 이길 능력이 없으니, 원."

마소와 부하들은 플랫의 공중전화 옆에서 기다렸다. 앤서니 세르비도네가 돈을 가득 채운 옷 가방을 들고 미리 탬파베이 호텔로 출발했다. 한 시간 후 객실을 모두 확보하고 확인했다는 전화가 걸려 왔다. 현재까지는 경찰도 없고 지역 깡패도 없다. 먼저 수색 팀을 들여보내라고 지시했다.

부하들은 지시대로 했다. 사실 예인선의 참패로 남은 인원도 많지 않았다. 그 배에 열두 명, 아니, 얼치기 낙오자 앨버트 화이트까지 포함해 열세 명을 보냈다. 덕분에 지금은 일곱 명과 마소의 개인 경호원 세페 카르보네뿐이었다. 세페는 마소가 자란 고향인 시실리의 북서 해안 마을인 알카모 출신이다. 나이가 훨씬 어려 마소와는 함께 자란 적이 없지만, 그럼에도 태생이 태생인지라 무자비하고 무모하고 죽음을 두려워하지 않기는 마소 못지않았다.

앤서니 세르비도네가 다시 전화를 걸어, 수색 팀이 예약 층과 로비를 확인했다고 보고했다. 세페는 마소와 디거를 탬파베이 호텔 뒷문으로 데려가 직원용 엘리베이터를 타고 7층으로 올라갔다.

"얼마나 오래 걸리죠?"

디거가 물었다.

"내일모레. 그때까지 죽어 지내야 한다. 그 새끼도 그렇게 오랫동안 도로 봉쇄를 유지할 수는 없어. 그다음엔 마이애미로 차를 몰고 가 기차를 타면 된다."

"여자가 있어야겠어요."

디거가 말했다.

마소가 아들의 뒤통수를 힘껏 갈겼다.

"죽어 지낸다는 말이 무슨 뜻인지 모르냐? 여자? 섹스할 년? 왜, 그년한테 친구도 몇 명 데려오라 그러지? 총잡이 둘하고? 이런 병신 새끼를 봤나."

디거가 머리를 긁적였다.

"사내대장부니까 당연히 꼴리죠."

"사내대장부 같은 소리 하고 자빠졌네. 여기 사내놈이 하나라도 있으면 내 손에 장을 지지겠다."

엘리베이터가 7층에 다다르자 앤서니 세르비도네가 셋을 맞이하고 마소와 디거한테 각각 열쇠를 건넸다.

"방도 확인했냐?"

앤서니가 고개를 끄덕였다.

"깨끗합니다. 방 하나하나 모두."

마소가 앤서니를 만난 곳은 찰스타운이었다. 그곳에선 누구나 마소에게 충성을 다했는데, 거역은 곧 죽음을 뜻했기 때문이었다. 반대로 세페는 알카모에서 그 지역 보스인 토도 바시나의 추천장을 들고 찾아와 지금껏 마소가 셀 수 없을 정도로 혁혁한 공을 세운 부하였다.

"세페, 내 방을 다시 한 번 확인해 봐."

마소가 지시했다.

"오시죠, 보스. 이리로."

세페가 레인코트에서 톰슨을 꺼내 마소의 스위트룸 밖에 모인 무리를 헤치고 안으로 들어갔다.

앤서니 세르비도네가 가까이 다가왔다.

"놈들이 로메로에 있답니다."

"누구?"

"커글린, 바르톨로. 쿠바 놈들과 거기 붙은 이탈리아 놈들이죠."

"커글린? 확실해?"

앤서니가 고개를 끄덕였다.

"틀림없습니다."

마소가 잠시 두 눈을 감았다.

"부상도 없다더냐?"

"있습니다. 머리를 크게 찢기고 오른팔에 파편을 맞았죠."

앤서니가 재빨리 보고했다. 희소식을 알릴 수 있어 그나마 기뻤던 것이다.

"니미럴, 그 새끼가 패혈증으로 뻗을 때까지 기다려야 하겠군."

마소가 투덜댔다.

"그럴 시간이 어디 있어요?"

디거가 눈치 없이 한마디 했다.

덕분에 마소는 또다시 두 눈을 질끈 감고 말았다.

디거가 양쪽에 부하를 대동하고 자기 방으로 내려갈 때쯤 세페가 마소의 스위트룸에서 나왔다.

"깨끗합니다, 보스."

"너하고 세르비도네가 문밖에서 지켜라. 나머지 애들도 훈족 국경의 백부장처럼 경계하라고 하고, 알았나?"

"알았습니다."

마소는 방으로 들어가 레인코트와 모자를 벗고 술도 한 잔 따랐다. 호텔에서 올려 보낸 아니스였다. 술은 다시 합법화되었다. 적어도 대부분은. 아직 미진한 부분도 있지만 결국은 다 풀릴 것이다. 미국이 다시 정신을 차린 것이다.

이런 망신을 당하다니. 정말로.

"나도 한 잔 주쇼."

돌아보니 조가 창가 긴 의자에 앉아 있었다. 새비지 32구경은 무릎에 놓여 있었는데 총구에 맥심 소음기를 장착한 채였다.
마소는 놀라지 않았다. 전혀. 단, 궁금한 점이 하나 있었다.
"어디 숨어 있었던 게냐?"
그가 술잔을 따라 조에게 가져갔다.
조가 술잔을 받았다.
"숨어?"
"세페가 방을 뒤졌을 때."
조는 32구경으로 의자를 가리켰다.
"숨지 않았어. 저기 침대에 앉아 있었지. 세페가 들어오기에 이렇게 물었지. 내일 살아서 누군가를 위해 일할 생각 없느냐고."
"그게 다야?"
마소가 물었다.
"아니, 디거 같은 얼치기 저능아를 권좌에 올려놓겠다는 당신 욕심 탓이지. 우린 여기서 잘 지냈어. 아주 잘. 그런데 당신이 내려와 하루아침에 말아먹은 거야."
"인간 본성이 다 그렇잖아?"
"아무 문제 없는데 괜히 건드리는 거?"
마소가 고개를 끄덕였다.
"망할, 정말 아무 문제 없었다고."
"그래, 하지만 문제야 만들면 그만이지."
"그 빌어먹을 탐욕 때문에 오늘 얼마나 많은 사람이 죽은 줄 알아? 이, 무식한 이탈리아 영감아, 엉?"

"너도 아들을 낳게 되면 이해하게 될 거야."

"이해해? 그래, 내가 뭘 이해해야 하지?"

마소가 어깨를 으쓱했다. 마치 언어로 표현하면 자신의 뜻이 더러워지기라도 한다는 표정이었다.

"아들놈은 어때?"

"지금? 이미 끝났을 거야."

조가 고개를 저었다.

마소는 디거의 모습을 그려보았다. 옆방에서 뒤통수에 총알을 맞고 거꾸로 쓰러진 채 카펫에 피를 흘리고 있을 아들. 놀랍게도 슬픔은 너무나 깊고도 갑작스러웠다. 너무도 어둡고 어두웠기에 무기력하고 끔찍하기까지 했다.

"네가 내 아들이었으면 했다."

마소가 조에게 말하는데 목소리가 잔뜩 갈라져 나왔다. 문득 술 생각이 났다.

"재미있군. 난 당신이 내 아버지가 아니라 천만다행이라고 생각했는데."

총알은 마소의 목을 뚫었다. 마소가 마지막으로 본 것은 아니스 잔에 떨어지는 피 한 방울이었다.

그리고 온 세상이 암흑으로 돌아갔다.

마소는 잔을 떨어뜨리고 무릎을 꿇고 커피테이블에 머리를 박았다. 오른쪽 뺨으로 떨어진 탓에 두 눈이 왼쪽 벽을 공허하게 바라보았다. 조는 자리에서 일어나 소음기를 보았다. 그날 오후 3달러를 주고 철물점에서 구입한 물건인데, 소문에 의하면 의회가 가격을 200달러로 올렸다가 완전히 불법화할 예정이란다.

안됐군.

조는 마소의 정수리에 확인사살을 했다.

복도로 나오니, 부하들도 저항 없이 페스카토레의 졸개들을 무장해제 하고 있었다. 사실, 저항이 있을 것 같지도 않았다. 디거 같은 쓰레기를 두목으로 앉힐 만큼 자신들을 파리 목숨 취급한 자다. 그런 두목을 위해 싸울 자가 어디 있겠는가. 조는 마소의 스위트룸을 나와 문을 닫고 주변 사람들을 둘러보았다. 이제 어떻게 되는지 다들 불안한 눈치였다. 디온도 디거의 방에서 나와 모두 한동안 복도에 서 있었다. 13인의 남자와 기관총 몇 정.

"아무도 죽이고 싶지 않다. 당신, 죽고 싶나?"

그가 앤서니 세르비도네를 보았다.

"아닙니다, 커글린 씨. 죽고 싶지 않습니다."

조가 복도를 둘러보자 몇 명이 심각한 표정으로 고개를 저었다.

"죽고 싶은 사람 없나? 좋아, 보스턴으로 돌아가고 싶으면 얼마든지 가도 좋다. 이곳에 남아 일광욕도 즐기고 미인도 만나고 싶다면 일거리를 주겠다. 요즘엔 일자리가 많지 않으니 관심 있는 사람만 나중에 얘기해."

조는 더 이상 할 말이 없었다. 그는 어깨를 으쓱한 다음 디온과 함께 승강기를 타고 로비로 내려왔다.

일주일 후 뉴욕, 조와 디온은 미드타운 맨해튼의 보험회사를 찾아갔다. 럭키 루치아노의 사무실이 있는 곳이다.

지금껏 가장 위협적인 인물이 가장 겁이 많다고 믿었건만 이제 그 가설은 창밖으로 날아가 버렸다. 루치아노는 두려움이 없었다. 아니, 그보다 감정 비슷한 것조차 없었다. 오로지 저 깊고도 깊은 죽음의 바다 같은 눈 속에서 검고 무한한 분노가 언뜻언뜻 스칠 따름이었다.

이 남자가 두려움에 대해 안다면 두려움으로 상대를 두렵게 하는 방법뿐이었다.

옷은 흠 하나 없었다. 피부가 연육기로 두드린 쇠고기 같지만 않았다면 기막히게 잘생긴 얼굴이었을 것이다. 1929년에 빗맞은 총격에 오른쪽 눈이 비뚤어졌다고 들었다. 두 손이 어찌나 큰지 사람 두 개골을 토마토처럼 으깰 수 있을 것처럼 보였다.

"네놈 둘도 저 문으로 걸어 나가고 싶겠지?"

둘이 자리를 잡자 그가 말했다.

"예, 그렇습니다."

"그럼 내가 왜 보스턴 경영진을 갈아치워야 하는지 얘기해 봐."

조와 디온이 설명했다. 얘기하는 동안에도, 저 검은 눈 속에서 긍정이든 부정이든 이해의 실마리를 잡아보려 애를 썼으나 그야말로 대리석 바닥에 대고 떠드는 기분이었다. 고작해야 그의 눈에 비친 자신의 모습을 볼 뿐이었고 그나마도 조명이 제대로 비출 때뿐이었다.

얘기를 다 듣자, 럭키가 일어나 창문으로 6번 애버뉴를 내다보았다.

"네놈들이 그 아래서 난장판을 벌여놓았더군. 광신녀는 어떻게 된 거야? 자살했다던가? 그년 아비가 경찰서장 아니었어?"

"강제 퇴역했습니다. 얼마 전 듣기로는 정신병원에 있답니다. 더 이상 해가 되지는 않을 겁니다."

"딸년이 문제가 됐잖아. 네놈이 방치했고. 그래서 물러 터졌다는 얘기가 나온 거 아냐. 겁쟁이란 얘기는 아냐. 그건 나도 알겠어. 1930년에 기가 막히게 군함을 털었다는 얘긴 들었다. 그런데 1931년에는 밀주하는 놈을 손도 대지 않았어. 게다가 그 미친년 말이다, 커글린. 그년 때문에 카지노도 말아먹었지?"

"사실입니다. 변명하지 않겠습니다."

"그래, 잘 생각했다."

루치아노가 말했다. 그가 책상 너머 디온을 보았다.

"그래, 네놈이라면 밀주하는 놈을 어떻게 처리했을까?"

디온이 머뭇머뭇 조를 돌아보았다.

"그 새끼 보지 말고. 날 보고 똑똑하게 말하란 말이다."

루치아노가 윽박질렀다.

그래도 디온이 계속 조를 봐서 조가 지시를 내려야 했다.

"사실대로 말씀드려, 디온."

디온이 럭키를 돌아보았다.

"당연히 박살을 냈을 겁니다, 루치아노 씨. 세 아들놈을 포함해서 온 가족을 몰살했을 겁니다."

그가 손 관절을 꺾어 우두둑 소리를 냈다.

"그럼 예수쟁이 년은?"

"실종처럼 꾸밀 수 있었습니다."

"어떻게."

"추종자 놈들한테 여자를 성녀로 만들어주겠다고 제안합니다. 놈들이야 여신께서 순결한 몸으로 하느님께 갔다고 하면서 자기세뇌

하면 그만이니까요. 물론 우리가 토막 내 악어 먹이로 던졌다는 사실만은 확실하게 해두겠습니다. 그래야 다시는 성가시게 굴지 않을 테니까요. 어쨌든 그 후에도 여자 이름을 받들고 찬가를 부르는 일이라면 얼마든지 환영합니다."

"페스카토레가 쥐새끼라고 했던 놈이 너냐?"

"예."

루치아노가 조를 돌아보았다.

"이해가 안 되는데 말이야. 너를 2년 동안 빵에 처넣은 새끼를 어떻게 믿을 수 있지? 그 사실을 알면서도?"

"믿지 않습니다."

조가 대답했다.

루치아노가 끄덕였다.

"마소 영감한테 괜히 긁어 부스럼 만들지 말라고 설득할 때 우리 생각도 그랬다."

"그래도 허락하셨습니다."

"네 새로운 술 사업에 우리 트럭과 노조를 사용하지 않겠다고 버티면 그러라고 했을 뿐이야."

"마소는 그런 말 하지 않았습니다."

"안 해?"

"예. 무조건 아들 부하가 되라고만 했죠. 이 친구를 죽이라는 말도 했고."

루치아노가 한참 동안 조를 노려보았다.

"좋아, 그래서 하고 싶은 말이 뭐야?"

그가 마침내 입을 열었다.

"이 친구를 보스로 인정해 주십시오."

조가 엄지로 디온을 가리켰다.

"뭐?"

디온이 기겁했다.

루치아노는 처음으로 미소를 지었다.

"그래서 네놈은 자문으로 남고?"

"예."

"잠깐만. 잠깐만 기다려요."

디온이 끼어들었다.

루치아노가 디온을 보았다. 어느새 미소가 사라졌다. 디온도 재빨리 분위기를 파악했다.

"영광으로 알겠습니다."

"어디 출신이냐?"

루치아노가 물었다.

"시실리의 망가나로라는 동네입니다."

루치아노가 눈썹을 치켰다.

"난 레르카라 프리디에서 왔지."

"오, 큰 동네입니다."

디온이 대답했다.

루치아노가 책상을 돌아 나왔다.

"레르카라 프리디를 '큰 동네'라고 부르는 걸 보면 정말 망가나로 같은 똥통 출신이 확실하군그래."

디온이 끄덕였다.

"그래서 도망쳐 나왔습니다."

"그게 언제야? 일어나봐."

디온이 일어났다.

"여덟 살이었습니다."

"고향에 가본 적은 있냐?"

"돌아갈 이유가 없습니다."

"다시 가보면 네놈이 누군지 알게 될 거야. 겉으로 드러나는 모습 말고 진짜 모습 말이야."

그가 디온과 어깨동무를 했다.

"이제 네가 보스다. (조를 가리키며) 이 친구가 두뇌고. 점심이나 같이 하지. 몇 블록 거리에 기가 막힌 식당이 있는데 이 도시에서 탕 맛이 최고야."

셋이 사무실을 빠져나와 엘리베이터로 향하는데 남자 넷이 주변을 에워쌌다.

"조, 너를 내 친구 마이어에게 소개해야겠다. 플로리다와 쿠바에서 카지노를 열겠다고 떠들던데……"

루치아노가 한 팔로 조를 끌어안았다.

"쿠바에 대해 잘 알지?"

27장
피나르 델리오의 신사 농부

조 커글린은 1935년 늦봄, 하바나에서 에마 굴드와 만났다. 사우스보스턴의 비밀술집을 턴 그날 이후로 9년 만이었다. 그날 아침 그녀가 얼마나 대담하고 차분했던지, 그래서 조 자신이 얼마나 긴장했던지 되새겨보았다. 그때는 그런 식의 긴장감을 홀딱 빠진 거라고 오해했고 그런 식의 매료를 사랑이라고 착각했다.

그와 그라시엘라는 1년 가까이 쿠바에 와 있었다. 처음에는 에스테반의 커피 농장 게스트하우스에 머물렀다. 하바나에서 80킬로미터 떨어진, 라스테라사스 고지였는데, 아침에 일어나면 커피콩과 코코아 잎 냄새가 단잠을 깨우고 숲 속에서 안개가 스멀거리며 피어올랐다. 저녁 햇살이 울창한 숲 너머로 질 때쯤엔 함께 산기슭 언덕을 산책했다.

어느 주말, 그라시엘라의 어머니와 동생이 놀러 왔다가 아예 눌러

앉았다. 그곳에 도착했을 때 기지도 못했건만 11개월도 채 되지 않은 토머스가 첫발을 떼기도 했다. 여인들은 앞뒤 재지 않고 아이의 응석을 받아주고, 닥치는 대로 먹여 아이를 절구통 허벅지가 달린 공으로 만들어놓았다. 아이는 걸음마를 하는가 싶더니 어느새 달리기 시작했다. 들판을 달리고 비탈길을 오르내리면 여자들은 열심히 그 뒤를 쫓아다녔다. 그리고 머지않아 토머스는 공이 아니라 날씬한 소년으로 성장했다. 아버지의 옅은 머리와 어머니의 짙은 눈을 물려받았다. 피부는 두 사람을 모두 닮아 코코아버터를 버무려놓은 색깔이었다.

그동안 포드 트라이모터 5-AT, 속칭 양철거위를 타고 탬파에 몇 번 드나들기도 했는데, 바람이 불 때마다 덜거덕거리고 예고 없이 기울어지거나 서기 때문에 그런 이름이 붙은 것 같았다. 두 번인가는 귀가 하도 멍해서 비행기에서 내린 후에도 하루 종일 아무것도 듣지 못했다. 기내 간호사들이 껌을 주고 솜으로 귀를 막기까지 했으나 여전히 원시적인 여행 수단일 수밖에 없었다. 그라시엘라도 질색을 하는 터라 결국 혼자 여행을 다녔고 그럴 때마다 그녀와 토머스 생각에 정말로 몸이 아프기까지 했다. 이보르의 집에서 한밤중에 깨어났을 때는 배가 너무나 아파 숨이 끊어지는 줄 알았다.

그래서 일이 마무리되면 바로 첫 비행기로 마이애미로 돌아가 무조건 택시를 타고 집으로 달려갔다.

그라시엘라도 탬파로 돌아가기 싫은 것은 아니었다. 하지만 돌아간다고 해도 절대 비행기를 타고는 아니었다. 더욱이 지금 당장은 돌아갈 생각이 없었다. (조는 그래서 실제로 돌아갈 생각이 없다는 뜻으로 받아들였다.) 결국 라스테라사스 언덕을 떠나지 못했다. 장모와 처제 베니타에 이어 막내 처제 이네스도 합류했다. 과거 그라시엘라, 장모, 베니타, 이네스 사이에 어떤 앙금이 있는지는 모르겠지만 세월과 토머스의 존재 덕분에 완전히 가라앉은 것 같았다. 어느 날은 여자들의 웃음소리를 따라가 보니 톰에게 여자 옷을 입히고 있었다.

얼마 후 아침, 그라시엘라가 이곳에 집을 살 수 있는지 물었다.

"여기?"

"음, 바로 이곳일 필요는 없어. 쿠바면 돼. 우리가 놀러 갈 수 있는 곳으로."

"놀러 간다고?"

조가 미소 지었다.

"응. 곧 다시 일해야 하니까."

그녀가 대답했다.

그녀가 실제로 일을 재개하지는 않았다. 쿠바로 돌아가는 길에 자선단체 관리를 맡긴 사람 집에 묵은 적이 있었다. 믿을 만한 남녀들인지라 그라시엘라가 10년 동안 이보르를 떠나 있다 해도 시설은 어느 곳 할 것 없이 잘 돌아갈 터였다.

"물론, 자기가 원하면 뭐든지."

"집이 클 필요는 없어. 고급일 필요도 없고 또……"

"그라시엘라, 자기가 원하는 대로 골라. 정말 마음에 드는데 팔지 않겠다고 하면 가격을 두 배로 불러."

그 당시 들은 바도 있지만, 비록 공황의 충격이 다른 국가보다 심각하기는 했지만 쿠바도 차츰 경기를 회복하기 위한 잠정적인 조치를 취해가고 있었다. 마차도의 독재 정권도 부사관 혁명으로 축출당하고 이제 혁명의 지도자 풀헨시오 바티스타가 그 자리를 희망으로 채워놓고 있었다. 공화국의 공식 대통령은 카를로스 멘디에타였지만 바티스타와 그의 군대가 쇼를 주도하고 있다는 사실을 모르는 이는 없었다. 미국 정부도 그런 식의 지배체계에 흡족해하며 마차도가 비행기를 타고 마이애미로 달아난 후부터는 쿠바 섬에 돈을 쏟아붓기 시작했다. 병원과 도로와 박물관과 말레콘 방파제를 따라 상업지구를 조성하는 데 필요한 돈이었다. 바티스타 대령은 미국 정부를 사랑했을 뿐만 아니라 미국 도박사들도 사랑했다. 때문에 조, 디온, 마이어 랜스키, 에스테반 수아레스는 정부 고위 공무원들과 자유롭게 접촉할 수 있었다. 이미 중앙공원과 타콘 상가 주변의 황금상권 일부에 90년 임대차 계약도 맺었다.

덕분에 돈은 무한대로 긁어모을 수 있었다.

그라시엘라의 표현에 따르면, 멘디에타는 바티스타의 애완견이고, 바티스타는 유나이티드 푸르트와 유나이티드 아메리카의 애완견이었다. 그가 국고를 탕진하고 국토를 유린하는 동안 미국은 그를 굳게 지지하고 지원해 주었다. 선행에도 이따금 악화(惡貨)가 필요하다고 믿었기 때문이다.

조는 반박하지 않았다. 그들 자신이 선행을 빙자해 악화를 추구했다는 사실도 언급하지 않았다. 대신 그녀가 찾은 집에 대해 묻기는 했다.

파산한 담배 농장으로, 피나르 델 리오 지구 내, 80킬로미터 서쪽 아르세나스 마을 교외에 위치했다. 농장에는 가족이 지낼 숙소가 있고 토머스가 뛰어놀 광활한 흑토 평야가 있었다. 조와 그라시엘라가 농장을 사들이던 날, 농장주인 과부 도메니카 고메스는 두 사람을 일라리오 바시갈루피에게 소개했다. 관심이 있다면, 담배 재배에 대해 뭐든 가르쳐줄 사람이라고 했다.

과부가 디트로이트 일렉트릭을 타고 떠난 후, 조는 팔자수염의 땅딸보를 보았다. 일라리오가 고메스와 있을 때 몇 번 본 적은 있지만 늘 뒤로 물러나 있었기에 경호원이거니 했다. 납치도 이따금 일어나는 곳이기 때문이다. 하지만 지금 보니 손이 크고 흉터가 많았으며 뼈도 완전히 통뼈였다.

그러고 보니 저 넓디넓은 땅으로 뭘 할지 생각해 본 적이 없었다.

그와 반대로 일라리오 바시갈루피는 생각을 많이 했다.

처음 만났을 때, 그는 먼저 자신을 일라리오라고 부르는 사람이 없다는 말부터 꺼냈다. 다들 '시기', 즉 담배맨이라고 불렀지만, 담배와 관련이 있어서가 아니라 어렸을 때 자기 성을 제대로 발음할 수가 없었기 때문이었다. 언제나 두 번째 음절에서 걸리고 말았던 것이다.

시기의 설명에 따르면, 아주 최근까지 아르세나스 마을의 20퍼센트가 고메스 농장 일을 하면서 생계를 꾸렸다. 그런데 고메스 어른이 술에 빠지고 말에서 낙마하여, 몸과 마음이 모두 병이 걸린 후로는 도통 일거리가 없었다. 시기의 말에 따르면, 벌써 세 번의 수확을 그냥 넘겼다. 마을 아이들 상당수가 바지가 없는 이유도 그 때문이었다. 상의는 잘 손질하면 평생 입을 수 있지만 바지는 엉덩이나 무릎이 늘 닳아버리기 때문이다.

그렇잖아도 차를 타고 아르세나스를 지나면서 엉덩이를 드러낸 아이들이 많아 이상하게 생각했다. 망할, 엉덩이를 드러내지 않으면 벌거벗고 다녀야 한다는 얘기잖아. 아르세나스는 피나르 델 리오의 언덕에 자리 잡았지만 실제 마을이라기엔 아무래도 부족한 점이 많았다. 기껏해야 마른 야자나무 잎으로 지붕과 벽을 두른, 다 쓰러져 가는 오두막들뿐이었으니 말이다. 사람들은 도랑 세 곳에 오줌, 똥을 배설하고 도랑에 흘러드는 강물을 마셨다. 굳이 시장이나 마을 지도자라 할 만한 인물도 없고 거리라고 해봐야 진창길이 고작이었다.

"농장에 대해서는 아무것도 몰라요."

피나르 델 리오 시티의 술집에 있을 때였다.

"제가 압니다. 아주 아주 잘 알기에 소인이 모르면 알 가치가 없습니다, 세뇨리타."

조는 시기의 눈을 들여다보았다. 신중하고 지혜로운 눈, 그리고 그 눈을 통해 과부와의 관계를 재평가할 수 있었다. 처음에는 과부가 경호를 위해 시기를 데리고 있다고 생각했는데, 지금은 생각이 바뀌었다. 고메스 부인이 농장을 처분하는 동안 자신의 생계를 고민한 시기가 고메스 부인이 구매자에게 농장 운영과 마을에 대해 얘기하도록 조종한 것이었다.

"그럼 어떻게 시작할 생각이오?"

조가 모두에게 럼을 따라주며 물었다.

"모판을 준비하고 밭을 갈아야 합니다요. 제일 먼저 할 일이죠. 주인님, 제일 먼저입니다. 재배는 다음 달부터 시작합죠."

"아내가 집을 수리하는 동안 방해가 안 되겠소?"

시기가 그라시엘라를 향해 연거푸 고개를 조아렸다.

"물론, 당연히 그래얍죠."

"그럼 일꾼들이 얼마나 필요하죠?"

시기는 씨를 고를 어른이나 아이들, 묘판을 짤 어른들이 필요하다고 했다. 곰팡이나 질병이 생기지 않도록 토지를 돌볼 어른이나 아이, 씨를 뿌리고 쟁기질을 하고 거세미와 땅강아지와 노린재를 잡을 어른과 아이도 있어야 했다. 농약을 뿌릴 비행사도 있어야 하지만 술을 너무 마시면 안 된다는 얘기도 해 주었다.

"맙소사, 도대체 일꾼이 몇 명이 필요하다는 얘기요?"

조가 물었다.

"아직 우듬지 치기, 포기 나누기, 추수는 얘기도 하지 않았는걸요. 잎도 묶어서 매달아 건조도 해야 합죠. 헛간에 불을 관리할 인력도 필요하고."

그가 끝도 없는 노동이 지겹다는 듯 커다란 손을 내저었다.

"그래서 얼마나 벌 수 있어요?"

그라시엘라가 물었다.

시가가 액수를 적어 테이블 너머로 밀어주었다.

조는 럼을 홀짝이며 금액을 보았다.

"그러니까, 푸른곰팡이나 메뚜기, 우박 따위가 없고, 피나르 델 리오에 햇볕만 제대로 내리쬔다면 투자액의 4퍼센트를 회수한다 이건가? 내 말이 맞소?"

그가 시기를 건너다보았다.

"예. 농장 4분의 1만 사용하고 있으니까요. 하지만 다른 밭에도 투자해서 15년 전 상태로 되돌린다면 5년 안에 부자가 되실 겁니다요."

"이미 부자인걸요."

그라시엘라가 대답했다.

"더 부자가 되십니다요."

"더 부자가 되는 데 관심이 없다면?"

"그럼 이런 식으로 생각해 보십쇼. 마을 사람들이 굶주리도록 내버려둔다면 어느 날 모두가 주인님 밭에서 잠을 잘 겁니다요."

조가 일어나 앉았다.

"협박인가?"

시기가 고개를 저었다.

"커글린 주인님이 어떤 분이신지 다 아는걸요. 유명한 양키 마피아이자 대령의 친구이십니다. 주인님을 협박하느니 차라리 바다 한가운데 헤엄쳐 들어가 목을 끊는 쪽이 더 안전하다더군요. 하지만 마을 사람들이 굶주리고 달리 갈 곳도 없다면, 어디에서 눈을 감겠습니까요?"

그가 심각한 표정으로 성호를 그었다.

"내 땅은 안 돼."

조가 투덜댔다.

"주인님 땅이 아닙니다요. 하느님의 땅입죠. 주인님은 빌린 겁니다요. 이 럼주? 목숨? 우리 모두 하느님께 빌린 것입죠, 그럼요, 그렇고 말고요."

그가 자기 가슴을 두드렸다.

본관 건물도 농장만큼이나 일손이 필요했다.

밖에서는 담배 재배가 한창, 안에서는 보금자리 꾸미기가 한창인 셈이었다. 그라시엘라는 벽에 다시 회를 바르고 페인트를 칠하게 했다. 가족이 도착했을 때쯤엔 건물 절반을 바닥까지 뜯어내 다시 깔았다. 화장실은 하나뿐이었지만 시기가 우듬지를 치기 시작할 때쯤 네 개로 늘었다.

담배도 벌써 키가 1미터 이상 훌쩍 자랐다. 어느 날 아침에는 일어나보니 공기가 너무도 부드럽고 달콤한 바람에, 그라시엘라의 목덜미를 보고 마음이 동하기까지 했다. 그라시엘라와 조가 발코니에 나가 담배밭을 바라볼 때 토머스는 요람에 잠들어 있었다. 조가 잠자리에 들 때만 해도 갈색이었건만 지금은 녹색 담뱃잎 위에 분홍색과 하얀색 꽃이 피어 부드러운 아침 햇살에 눈부시게 반짝였다. 조와 그라시엘라는 넓은 밭 너머를 보았다. 발코니에서 시에라 델 로사리오의 언덕배기까지 꽃들이 끝 간 데 없이 펼쳐졌다.

그라시엘라가 손을 뒤로 돌려 그의 목을 잡았다. 그는 두 팔로 아내의 배를 감고 턱을 어깨에 기댔다.

"이런데도 하느님을 믿지 않는다고?"

조는 한껏 그라시엘라의 향기를 들이마셨다.

"이런데도 악화가 선행을 낳을 수 있다는 사실을 믿지 못하겠다고?"

그녀가 키득거렸다. 두 손과 턱을 통해 그녀의 웃음이 전해졌다.

그날 오전 늦게 일꾼들과 아이들이 담배밭을 휩쓸고 다니며 가지

마다 꽃을 따냈다. 담배는 마치 거대한 새라도 되는 듯 잎을 펼쳐내, 다음 날 아침에 창밖으로 볼 때는 더 이상 땅도 꽃도 보이지 않았다. 농장은 시기의 관리 아래 아무 문제 없이 돌아갔다. 다음 단계에서는 마을 아이들이 더 많이 몰려왔다. 수십 명. 아이들이 밭에서 웃는 소리에 토머스도 덩달아 자지러지게 웃곤 했다. 저녁이면 서재에 앉아 아이들이 미개간지에서 야구놀이 하는 소리에 귀를 기울였다. 야구는 마지막 빛이 하늘을 떠날 때까지 이어졌는데, 도구라고 해 봐야 빗자루와 어디선가 주운 누더기 공이 전부였다. 쇠가죽 껍데기와 털실이 떨어져 나갔건만 용케도 코르크 공은 깨지지 않았다.

그는 아이들의 고함 소리와 딱 하고 공 때리는 소리를 들으며 그라시엘라의 말을 떠올려보았다. 얼마 전 토머스에게 동생을 만들어주자는 얘기였다.

그래, 아이가 꼭 하나일 이유는 없잖아?

집수리는 농장을 되살리는 일보다 더디게 진행됐다. 세뇨르 알바레스가 일주일 계약으로 아르세나스에서 170킬로미터를 달려와, 그라시엘라가 보존하기로 한 창문들을 수리하기로 했다.

얘기를 마친 후, 조는 미시오네스 거리의 보석상을 찾았다. 마이어가 추천한 상점인데, 아버지의 시계가 느려진 지 1년이 넘더니 지난달에는 완전히 멈춰 서고 말았다. 주인은 족제비 인상에 사팔뜨기의 중년이었다. 그가 조에게서 시계를 받아 뚜껑을 열면서 아무리 좋은 시계라도 10년에 한 번은 손질해야 한다고 설명했다. 여기 이 정교한 부품들 보이시죠? 다시 기름칠해야 합니다요.

"얼마나 걸리겠어요?"

조가 물었다.

"글쎄요. 시계를 분해해 부품 하나하나를 살펴야 하거든요."

"예, 그건 알아요. 그래서 언제까지 됩니까?"

"기름칠만 하고 고장이 없다면…… 4일 정도."

가슴이 콩닥거리기 시작했다. 마치 작은 새 한 마리가 지금 막 영혼을 떠나기라도 한 기분이었다.

"나흘이라. 더 빠르게 할 방법은 없습니까?"

남자가 고개를 저었다.

"세뇨르, 이게 하나라도 고장 나면 말입니다…… 보세요, 여기 부품이 얼마나 작은지 보이시죠?"

"그래요, 그래."

"그럼 시계를 통째로 스위스로 보내야 한답니다."

조는 잠시 더러운 창 너머로 더러운 거리를 내다보았다. 그러고는 정장 안주머니에서 지갑을 꺼내 미화 100달러를 꺼내 카운터에 놓았다.

"두 시간 후에 오리다. 그때까지 진단을 해놔요."

"뭘 하라굽쇼?"

"그때까지 스위스에 보낼지 여부를 말해 달란 말이오."

"예, 알겠습니다, 세뇨르."

보석상을 나온 뒤 자기도 모르게 올드하바나를 방황하고 있었다. 관능과 퇴폐의 도시 하바나. 지난해 수없이 드나들었지만, 이곳은 단순히 장소가 아니라 장소의 꿈이었다. 햇볕을 쬐며 꾸벅꾸벅 졸다가, 무기력과 권태의 무저갱을 탐닉하고 죽음의 고통을 향한 치명적인 관능과 사랑에 빠지는 꿈.

모퉁이 하나를 돌고, 다시 돌고, 세 번째를 돌자 좁은 거리가 하나 나왔다. 에마 굴드의 매춘업소가 있는 곳.

에스테반이 주소를 건네준 지 벌써 1년이 지났다. 앨버트 화이트와 마소와 디거와 불쌍한 살과 레프티와 카르미네가 비명에 가기 바로 전날 밤이었다. 어제 집을 나서면서 이곳에 오리라고 생각은 했지만 솔직히 받아들일 수가 없었다. 정말로 어리석고 경솔한 짓이기 때문인데 그 자신도 더 이상 경솔할 여력은 없었다.

여자 하나가 문 앞에 나와 호스로 어젯밤에 깨진 유리를 쓸어내고 있었다. 여자는 유리와 쓰레기를 도랑에 쓸어 넣었다. 자갈길을 따라 흘러 내려가는 도랑이었다. 여자는 고개를 들어 그를 보더니 호스를 늘어뜨렸다. 그렇다고 내려놓지는 않았다.

세월이 그녀에게 그다지 모질게 대한 것 같지는 않았지만 그렇다고 호의적이지도 않았다. 그러니까, 악습의 사랑에 취한 미인이랄까? 흡연과 음주에 찌들어 살아온 흔적이 이마와 입가, 아랫입술 아래의 주름살로 드러나고 있었다. 무척이나 습한 날씨였지만 속눈썹이 처지고 머리카락은 푸석거렸다.

그녀가 호스를 들고 다시 일을 시작했다.

"할 말 있으면 해."

"나를 보고 싶지도 않은 거야?"

그녀가 그를 향해 돌아섰지만 시선은 여전히 보도를 향했다. 그래서 결국 구두를 적시지 않기 위해 자리를 옮겨야 했다.

"사고가 생긴 후에 결심한 건가? '잘 됐다. 이 기회에 달아나자.'"

그녀가 고개를 저었다.

"아니라고?"

그녀가 다시 고개를 저었다.

"그럼 왜?"

"경찰이 쫓기 시작했을 때 운전사한테 그렇게 말했어. 달아나려면 차를 몰고 다리 밖으로 뛰어내리는 수밖에 없다고. 그런데 말을 듣지 않았어."

조가 다시 호스 물길을 피했다.

"그래서?"

"그래서 그자의 뒤통수를 쐈지. 차는 물에 빠지고 난 헤엄쳐서 빠져나와 마이클한테 갔어."

"마이클이 누구지?"

"그동안 내가 보험 삼아 관계를 유지하던 남자. 그가 호텔 밖에서 밤새도록 기다리고 있었지."

"왜?"

에마가 인상을 찡그렸다.

"자기하고 앨버트가 '너 없이 못 살아, 에마. 넌 내 삶이야, 에마.' 타령을 하기 시작하면서 나한테도 안전장치가 필요했거든. 둘이 서로를 날려버릴 수 있었으니까. 나 같은 년한테 뭘 기대해? 어차피 두 사람 굴레에서 벗어날 생각이었어. 빌어먹을, 두 사람 하는 꼬락서니를 봐."

"미안하군. 사랑해서."

조가 중얼거렸다.

"아니, 자긴 날 사랑하지 않았어. 갖고 싶었을 뿐이지. 잘빠진 도자기나 고급 정장을 원하듯이. 친구들한테 보이면서 '야, 진짜 물건이지?'라고 자랑하고 싶었던 거잖아."

그녀는 땅에 딱 달라붙은 유리 조각 하나를 치우려 애쓰는 참이었다. 돌 사이에 꽉 끼어 빠지지 않았던 것이다. 그녀가 다시 그를 보았다.

"난 물건이 아냐. 누구 소유가 되는 것도 싫고. 반대로 뭐든 소유하고 싶어."

"네가 죽은 것 때문에 괴로웠다."

조가 말했다.

"그래서? 고마워해야 해?"

"몇 넌씩이나."

"세상에, 어쩌자고 그랬어? 대단한 사내 나셨군."

그는 그녀에게서 다시 한 발짝 물러섰지만 정작 호스는 다른 방향을 겨누었다. 그는 처음으로 퍼즐을 전체적으로 볼 수 있었다. 마치 툭하면 사기를 당한 탓에 집을 나설 때마다 아내가 시계와 잔돈을 빼앗는 얼간이라도 된 기분이었다.

"버스 터미널 보관함에서 돈을 챙겨 갔군, 그렇지?"

그녀는 드디어 총알이 날아오나보다고 생각했다. 조는 두 손을 들어 총이 없다는 표시를 하고 그 자세를 유지했다.

"나한테 열쇠를 줬잖아, 기억나?"

그녀가 말했다.

도둑한테도 명예가 있다면 그녀의 말이 맞았다. 분명 열쇠를 주었다. 그러니 그 순간부터 어떻게 처리하든 그녀 마음이었다.

"그럼 죽은 여자는? 신체 일부만 찾아냈던데?"

그녀는 수도를 잠그고 매음굴 회벽에 등을 기댔다.

"앨버트가 새 여자를 구했다고 한 얘기 기억나?"

"아니, 별로."

"정말이었어. 차 안에 있더군. 이름은 듣지 못했지만."

"그 여자도 죽인 거야?"

그녀가 고개를 저으며 이마를 두드렸다.

"충돌사고 때 앞좌석 뒤에 머리를 부딪쳤어. 그때 죽었는지 나중에 죽었는지는 모르겠지만 솔직히 알아낼 생각도 없었지."

"한 번이라도 나를 사랑하기는 했나?"

그가 물었다.

그녀가 더욱 화가 난 표정으로 그의 얼굴을 노려보았다.

"물론, 사랑한 적도 있었을 거야. 서로 즐거웠잖아, 조? 자기가 집착하지 않고 편하게 대할 때는 정말로 좋았어. 하지만 자긴 늘 섹스를 예쁘게 포장하려고만 했지."

"포장하다니?"

"글쎄…… 뭔가 화려하게? 스스로도 감당할 수 없는 대상으로 만들어버린 거야. 조, 우리는 신의 아이들이 아니야. 진실한 사랑을 꿈꾸는 동화 주인공도 아니고. 우리는 밤을 살고, 발밑에서 잔디가 자랄 수 없을 정도로 미친 듯이 춤을 춰. 그게 우리 신조니까."

그녀는 담뱃불을 붙이고, 혀끝에서 담배 끝을 뜯어낸 다음 바람에 날렸다.

"내가 자기 소식을 못 들었을 것 같아? 이곳에 언제쯤 나타날지 고민하지 않았을 것 같아? 조, 이제 우린 자유야. 형제도 자매도 아버지도 없고 이제 앨버트 화이트도 없어. 우리뿐이라고. 날 보고 싶어? 그럼 언제든지 와."

그녀가 인도를 가로질러 그에게 다가갔다.

"함께 있을 때 즐거웠잖아. 지금도 그럴 수 있어. 열대에서도 인생을 즐기고 함께 떼돈을 벌 수 있다고. 새처럼 자유롭게."

"아니, 난 자유롭고 싶지 않아."

조가 말했다.

그녀가 고개를 갸웃하며 당혹스러워했다. 아니, 정말로 슬픈 것 같기도 했다.

"아냐, 우린 늘 자유만을 원했어."

"아니, 그건 네가 원한 거야. 그래, 이제 넌 자유야. 안녕, 에마."

그녀는 이를 악물고 아예 대답도 하지 않았다. 조의 작별 인사에 화답하는 순간 그나마 지켜왔던 자존심까지 송두리째 무너지고 말 것 같은 표정이었다.

사실 그런 식의 고집스럽고 완강한 자존심이라면 늙은 망아지와 버르장머리 없는 아이들한테서도 얼마든지 볼 수 있다.

"안녕."

그는 다시 인사하고는 뒤도 돌아보지 않고 나왔다. 아쉬움도 없었고 더 이상 할 말도 없었다.

보석상으로 돌아오니, 주인이 아무래도 시계를 스위스에 보내야겠다고 보고했다. 너무나 조심스럽고 불안한 말투였다.

조는 양도증서와 수리 의뢰서에 사인하고, 보석상 주인한테서 상세한 인수증을 받았다. 그는 인수증을 주머니에 넣고 가게를 나섰다.

잠시 후 구시가의 구도로에 서 있는데, 문득 어디로 가야 할지 아무 생각도 나지 않았다.

28장
복수

농장에서 일하는 아이들은 누구나 야구를 했지만 일부는 정말 열심이었다. 추수철이 다가오면서 몇 명이 손가락 끝에 반창고를 붙였다.

조가 시기에게 물었다.

"저 반창고는 어디에서 얻은 거요?"

"오, 몇 상자나 있는걸요, 주인님. 예전에 마차도 정부 지시로 의료진과 신문기자 몇 명이 온 적이 있습니다요. 마차도가 농부들을 얼마나 사랑하는지 보여주려는 의도였습죠. 기자들이 떠나자 의사들도 떠났는데, 장비를 다 챙겨 갔지만 우린 애들을 위해 반창고 한 상자를 빼돌렸죠."

"왜요?"

"담배 말아본 적 없으시죠?"

"그렇죠."

"에, 제가 이유를 알려드리면 다시는 그런 질문 못 하실 겁니다요."

"아마도."

담배 줄기는 이제 웬만한 남자보다 키가 컸고 잎은 팔보다 길었다. 토머스한테는 더 이상 담배밭으로 가지 못하게 했다. 길을 잃을 수도 있기 때문이었다. 어느 날 아침 추수꾼들(어린 아이는 거의 없었다.)이 도착해 제일 잘 자란 줄기의 잎을 뜯었다. 잎은 노새가 끄는 나무 썰매로 실어 나른 다음 다시 트랙터에 실었다. 트랙터는 농장 서쪽 끄트머리에 있는 건조창고로 이동했으며 그곳에서부터 일은 어린아이들 몫이 된다. 어느 날 아침, 조가 본관 현관에 나와 있는데, 잘해야 여섯 살이나 되었을 아이가 트랙터를 몰고 툴툴거리며 앞을 지나갔다. 썰매 위에는 담뱃잎이 산더미처럼 쌓여 있었다. 소년이 조를 보더니 활짝 웃으며 손을 흔들어주었다.

건조창고 밖에서는 썰매에서 담뱃잎을 끌어내 나무 그늘 아래 작업대에 올렸다. 담배를 묶는 곳으로 작업대에는 선반이 부착되어 있었다. 일꾼들은 모두 야구하는 소년들이며 저마다 손가락에 반창고를 감았다. 아이들은 선반에 막대기를 놓고 담뱃잎을 감은 뒤 막대 한 끝에서 다른 끝까지 담뱃잎 다발을 치렁치렁 매달았다. 아이들은 새벽 6시부터 저녁 8시까지 그 일을 했다. 당분간은 야구놀이도 불가능했다. 막대기에 단단히 매듭을 지어야 해서 노끈에 쓸려 손과 손가락이 찢어지는 경우도 다반사였다. 시기 말대로, 반창고가 그래서 필요했다.

"주인님, 이렇게 담배를 창고 끝에서 다른 끝까지 매달면요? 완전히 건조할 때까지 5일을 기다립니다요. 이 일은 성인 남자들만 합죠. 남자들이 창고 불을 돌보고 너무 습하지도 건조하지도 않도록 확인합니다. 꼬마애들요? 놈들은 나가서 야구놀이를 하죠."

그가 슬쩍 조의 팔을 치며 덧붙였다.

"물론 주인님께서 허락하신다면요."

조는 창고 밖에 서서 아이들이 담배 묶는 모습을 지켜보았다. 선반이 있기는 했지만 아이들은 두 팔을 뻗어야 간신히 담뱃잎을 묶을 수 있었다. 하루 열네 시간 꼬박 저렇게 팔을 혹사하는 것이다. 그가 시기에게 인상을 써 보였다.

"얼마든지. 맙소사, 일이 끔찍이 고되군."

"저도 저 일을 6년 동안 했는걸요."

"어떻게?"

"굶어 죽고 싶지 않았으니까요. 주인님 같으면 굶고 싶겠습니까요?"

조가 두 눈을 굴렸다.

"굶어 죽고 싶은 사람은 없습죠. 온 세상이 유일하게 동의하는 얘기 아닙니까요? 굶어 죽는 건 재미없다."

다음 날 아침 조는 건조창고로 시기를 찾아갔다. 시기는 담뱃잎을 적절하게 띄워서 매도록 감독하는 중이었다. 조는 시기를 끌어내 함께 들판을 건너고 동쪽 산마루를 내려가 제일 형편없는 들판에 멈춰섰다. 바위도 많고 언덕과 노두 때문에 하루 종일 해가 들지 않아 벌레와 잡초들도 극성이었다.

조는 수석 운전사 헤로데스도 건조창고 일이 많은지 물었다.

"추수 일을 돕기는 해도 애들만큼은 아닙니다만."

"잘됐군. 그 친구한테 이 땅을 갈라고 하게."

"여기선 아무것도 자라지 못하는뎁쇼?"

시기가 되물었다.

"그게 아닐세."

"그럼 왜 땅을 갑니까요?"

"평지니까 야구장 만들기가 더 좋지 않겠나? 안 그래?"

그날 투수 마운드까지 완성했다. 조가 토머스와 함께 창고 부근을 산책하는데 페레스라는 일꾼이 아들을 때리고 있었다. 마치 점심을 훔쳐 먹다 걸린 개를 벌주듯 아이의 머리를 마구 두들겨 패고 있었다. 아이는 여덟 살도 되지 않아 보였다.

"이봐."

조가 외치며 다가서려는데 시기가 그의 앞을 막아섰다.

페레스 부자가 당혹스러운 표정으로 돌아보더니, 다시 아비가 아들의 머리를 때리고 그다음엔 엉덩이를 여러 차례 두들겼다.

"꼭 저래야 하나?"

조가 시기에게 물었다.

토머스는 아무것도 모른 채 시기에게 달라붙었다. 요즘 부쩍 시기를 잘 따랐다.

시기는 조한테서 토머스를 받아 높이 들어 안았다. 토머스가 키득거렸다.

"페레스라고 아들을 때리고 싶겠습니까? 아침에 일어나 나는 오늘 나쁜 아비가 될 거야. 저놈이 커서 나를 증오하게 만들겠어. 이러 겠습니까? 아닙니다요, 주인님. 저 친구도 아침이면 식탁에 먹을 걸 챙겨줍죠. 아이들을 따뜻하게 해 주고, 마른 옷으로 갈아입히고 지붕이 새지 않도록 고치고 침대에 들어온 쥐를 잡아주는걸요. 아이들을 바른길로 인도하고 아내한테 사랑을 확인해 줍죠. 5분 동안은 혼자 생각도 하고 네 시간 동안 잠을 잔 다음 일어나 들판에 나가 일을 합니다요. 담배 농장을 향해 나갈 때면 아이들이 우는소리를 합니다. '아버지, 배고파요. 아버지, 우유가 없어요. 아버지, 나 아파요.' 매일 그 소리를 들으며 돌아오고 매일 그 소리를 들으며 일터로 나갑죠. 그러던 중, 주인님께서 아이에게 일거리를 줍니다요. 그건 생명을 구해 주는 일입죠. 예, 정말로 그렇습니다. 그런데 아들이 일을 그르친 겁니다. 그럼 맞아얍죠. 굶는 것보단 나으니까요."

"어떤 잘못을 했기에?"

"불을 지키라고 했는데 잠들어버렸죠. 작물을 몽땅 태울 뻔했습니다요. 하마터면 저놈도 타 죽을 뻔했고요."

시기가 토머스를 돌려주었다.

조가 다시 아버지와 아들을 보았다. 페레스가 한 팔로 아이를 감싸자 아이는 고개를 끄덕였다. 아버지는 작은 목소리로 얘기하고 아이의 옆머리에 여러 차례 입을 맞추었다. 가르침이 끝났다. 하지만 아이는 키스를 받으면서도 분이 풀리지 않은 표정이었다. 이윽고 아버지가 아이의 머리를 툭 쳤고, 둘은 함께 작업장으로 돌아갔다.

야구장을 완성하는 날, 담배도 건조창고에서 포장 작업장으로 옮졌다. 담배를 포장해 시장에 내놓는 일은 주로 여인들 몫이었다. 여자들은 아침에 언덕 농장으로 올라왔다. 다들 남자 못지않게 굳은 표정에 손도 튼튼했다. 여자들이 담배를 분류하고 등급을 매기는 동안 조는 아이들을 들판으로 불러 글러브와 새 공, 루이빌 배트를 선물하였다. 모두 이틀 전에 도착한 물건들이었다. 베이스 패드 세 개와 홈플레이트도 설치해 두었다.

그건 아이들에게 하늘을 나는 법을 보여준 것과 진배없었다.

초저녁 조는 토머스를 데리고 시합을 보러 갔다. 이따금 그라시엘라도 동행했지만 그녀가 나타나면 이제 막 사춘기에 접어든 아이 둘이 도무지 시합에 집중을 하지 못했다.

토머스도 얌전한 아이는 아니었기에 야구시합만은 열중했다. 두 손을 맞잡아 무릎 사이에 넣고는 조용히 앉아 지켜보는데, 물론 이해야 못 하겠지만 그래도 음악이나 따뜻한 물처럼 영향을 받는 것만은 분명해 보였다.

어느 날 밤 조가 그라시엘라에게 말했다.

"우리 말고, 마을에 희망이라곤 야구뿐이야. 야구를 좋아하더라고."

"다행이네, 그런데?"

"응, 대단해. 당신은 매일 '미국 타도'만 외치지만 우리도 좋은 일을 수출하잖아."

그녀가 인상을 찡그리며 갈색 눈을 깜빡였다.

"어차피 대가를 요구하잖아."

누군 아니고? 자유무역이 아니면 세상이 어떻게 돌아간단 말인가? 받은 게 있으면 대가로 뭐든 지불해야 하는 법이다.

아내를 사랑하지만 아내는 자신의 조국이 미국의 신세를 지고 있음을 인정하면서도, 양국 간의 교류로 더 잘살게 되었다는 사실만은 끝내 거부하려 들었다. 미국이 구해 주기 전에는 스페인의 방치 아래 말라리아와 도로 부족과 열악한 의료 환경 속에서 허덕이던 나라였다. 마차도는 그 수준에서 전혀 발전이 없었다. 하지만 이제 바티스타 장군을 필두로, 쿠바는 기간시설을 크게 확충했으며, 전국의 3분의 1, 하바나 절반이 옥내배관 시설과 전기의 혜택을 받았다. 학교도 많이 짓고 버젓한 병원도 몇 군데 생겼다. 평균수명도 늘고 치과도 생겼다.

좋다, 미국이 총칼을 앞세운 채 몇몇 호의를 수출한다. 하지만 어느 시대든 선진문명을 지닌 강대국은 늘 그런 식이었다.

이보르만 해도 그렇다. 나는 안 그랬나? 자기는 안 그랬나? 두 사람은 피 묻은 돈으로 병원을 짓고 럼주를 판 돈으로 거리의 여자와 아이들을 구해 냈다.

역사가 시작된 이후로 선행은 종종 악화를 지향했다.

그리고 이제 야구에 미친 쿠바에서, 막대기와 맨손으로 야구를 했던 이 촌구석에서 아이들은 가죽에서 빽빽 소리가 나는 새 글러브와 껍질 벗긴 사과처럼 샛노란 배트를 손에 넣었다. 그리고 매일 저녁 작업을 마치고, 담뱃잎에 붙은 줄기를 제거하고, 담배를 시트로 만들어 포장한 후, 바람에서 촉촉한 담배와 타르 냄새가 날 때쯤, 조는 시기와 함께 의자에 앉아 야구장의 기다랗게 늘어진 그림자를 지켜보며 외야에 쓸 잔디 씨앗을 어디에서 구입할지 의논했다. 지난번 씨앗은 흙이랑 잔돌이 너무 많았어. 시기가 이 근처 어딘가에 시합이 있다는 소문을 들었다기에 계속 주시할 것을 지시했다. 특히 가을이면 농장 일도 농한기에 접어들 것이다.

장날, 조의 담배는 창고에서 2등급 가격을 받았다. 평균 125킬로그램의 담배 400시트가 단독 구매자, 로버트 번스 담배 회사에 팔려 간 것이다. 로버트 번스는 가는 여송연을 제작해 미국 사회에 새로운 시가 바람을 일으킨 장본인이었다.

조는 남녀 노동자 모두에게 보너스를 주어 치하했다. 커글린-수아레스 럼 두 상자도 마을에 돌리고, 시기의 제안에 따라 버스를 한 대 대절해 야구팀을 태운 다음 비냘레스의 비호우에 데려가 생애 최초의 영화 관람을 시켜주었다.

뉴스영화는 독일에 뉘른베르크 법이 발효했다는 내용이 주를 이뤘다. 유대인들이 불안에 떨며 가구 일속을 버려둔 채 독일 밖으로 나가는 첫 기차를 타기 위해 역으로 몰려들었다. 조도 최근에 신문에서 읽은 내용이었다. 히틀러 총독이 1918년 이후 유럽을 지탱해온 평화조약을 위협하고 있다지만, 솔직히 저렇게 작고 우습게 생긴 남자가 이 정도로 미친 짓을 하리라고는 상상도 못 했다. 하지만 온 세상이 신경을 곤두세우고 지켜보고 있으니 전쟁이 날 가능성은 전혀 없었다.

그 뒤에 이어진 단신들은 별 볼 일 없었다. 그래도 아이들은 배꼽이 빠져라 웃어댔다. 두 눈은 그가 사준 야구 베이스만큼이나 휘둥그레졌다. 그러고 보니 영화에 대해 아무것도 모른 탓에 독일 뉴스

영화가 본영화인 줄 알았던 모양이다.
이윽고 본영화가 시작했다. 「동부 능선의 카우보이」라는 서부극으로 텍스 모란과 에스텔 서머스가 주연이었다. 검은 배경 위로 크레디트가 너무 빨리 올라가는 바람에 영화를 만든 사람들이 누구인지 신경 쓸 겨를도 없었다. 조 역시 영화관은 처음이었다. 사실 스크린에 스친 이름에 놀라 퍼뜩 고개를 들었을 때도 오른쪽 구두끈이 제대로 묶였는지 확인하려던 참이었다.

각본: 에이든 커글린

조는 시기와 소년들을 보았지만 아무도 눈치채지 못한 듯 보였다. 내 형이야. 내 형. 조는 누구한테든 자랑하고 싶었다.

늦여름, 제네바에 갔던 시계가 우편으로 돌아왔다. 공단 안감의 예쁜 마호가니 상자에 담겨 도착했는데 광까지 내서 무척 반짝반짝거렸다.
조는 너무나 기쁜 탓에 며칠이나 지나서야 여전히 조금씩 늦게 간다는 사실을 깨달았다.
아르세나스로 돌아오는 길에 영화 생각을 떨칠 수가 없었다. 웨스턴 무비, 그렇다. 화려한 총질에 절망에 빠진 아가씨, 무너져 내리는 벼랑길을 질주하는 포장마차…… 하지만 다른 얘기도 있었다. 대니 형이라서 가능한 얘기들…… 텍스 모란이 연기한 인물은 정직한 보안관인데, 그가 속해 있던 마을이 갑자기 추악하게 변하기 시작했다. 어느 날 밤, 마을 유지들이 모여 어느 가무잡잡한 이주농의 척결을 모의한 것이다. 누군가 농부가 자기 딸한테 추파를 던졌다고 주장했기 때문이다. 결국 영화는 급진적인 전제에서 발을 빼고 만다. 마을 사람들의 방법이 잘못 되었음을 깨달았기 때문이지만, 이주농은 이미 검은 모자의 외부인들에게 살해당한 후였다. 조가 이해하는 한, 영화의 메시지는 외부의 위험이 내부의 위험을 일소해 준다는 얘기였다. 물론 조뿐 아니라 대니 형의 경험으로도 완전히 개소리였다. 어쨌든 극장에서는 너무도 즐거웠다. 아이들도 미친 듯이 환호를 보냈으며, 집으로 돌아오는 버스 안에서는 나중에 자라서 총 여섯 자루와 벨트를 사자는 얘기를 떠들었다.

9월, 그라시엘라에게 편지가 도착했다. 그레이터이보르 운영위원회가 그녀를 올해의 여성으로 선정했다는 내용이었는데, 라틴계 지역의 불우한 이웃들을 위해 헌신한 공을 높이 샀다고 했다. 그레이터이보르 운영위는 쿠바, 스페인, 이탈리아 남녀로 구성되었고 한 달에 한 번 만나 공통 관심사를 토론했다. 원년에는 단체가 세 번이나 해산하고 그나마 만날 때도 거의 예외 없이 싸움으로 이어져 결국 식당 밖으로 내쫓기곤 했다. 싸움은 대개 스페인인과 쿠바인 사이에서 일어났지만, 이탈리아인들도 소외당하고 싶지 않았는지 한두 번 주먹을 휘둘렀다. 어쨌든 일단 그런 식으로 앙금을 털어내자, 위원들은 용케 탬파의 소수 이민자 세력 간의 공통기반을 마련하고 짧은 시일 내에 강력한 이해집단으로 성장했다. 위원회의 설명에 따르면, 그라시엘라가 동의할 경우, 10월 첫째 주말에 세인트피터즈버

그의 돈 세사르 호텔에서 개최하는 대회에서 시상하기로 했다.

"자기 생각은 어때?"

그라시엘라가 아침 식사를 하며 물었다.

조는 심기가 좋지 않았다. 최근 약간의 차이는 있지만 거의 같은 악몽을 되풀이해서 꾸던 참이었다. 가족과 함께였고 장소는 외국 같았다. 아프리카라는 생각은 들었지만 왜 그렇게 생각했는지는 불확실했다. 아마도 커다란 식물들이 에워싸고 또 무척 더웠기 때문일 것이다. 아버지가 저 멀리 들판 끝에서 나타났다. 말은 하지 않았다. 그저 숲 속에서 빠져나오는 표범들을 지켜볼 따름이었다. 노란 눈의 날렵한 야수들. 밀림처럼 황갈색인지라 눈치챘을 때는 이미 황천길이었다. 조는 첫 번째 퓨마를 보고 그라시엘라와 토머스에게 큰 소리로 경고했지만 이미 가슴을 타고앉아 목을 끊어버린 뒤였다. 야수의 새하얀 이빨 때문에라도 피가 너무도 새빨갰다. 퓨마가 두 번째 공격을 해 올 때 그는 두 눈을 질끈 감았다.

그가 커피를 새로 따르며 애써 악몽을 머리에서 떨쳐냈다.

"아무래도 당신이 이보르에 가볼 때가 되었나봐."

놀랍게도 집수리도 거의 끝이 났다. 지난주에는 조와 시기가 야구장에 잔디 뗏장을 입혔다. 당분간 두 사람을 쿠바에 묶어둘 이유는 없다. 쿠바가 막지만 않는다면.

쿠바를 떠난 건 우기도 막바지인 9월 말이었다. 먼저 하바나 항에서 출발해 플로리다 해협을 건너고, 증기선으로 플로리다 해안을 따라 북쪽으로 올라갔다. 탬파 항에 도착한 때는 9월 29일 저녁이었다. 세페 카르보네와 엔리코 포체타가 터미널에서 가족을 맞이했다.

둘 다 디온의 조직에서 빠르게 승진했다는데, 세페의 보고에 따르면 그가 도착했다는 정보가 샌 모양이었다. 그가 조에게 《트리뷴》 5면을 펼쳐 보였다.

이보르 신디케이트 거물 보스의 귀환.

기사에 따르면, KKK단이 다시 그를 협박하고 있으며 FBI가 기소를 고민 중이란다.
"맙소사, 이런 쓰레기는 어디서 찾아낸 거야?"
"외투를 주시죠, 커글린 씨."
조는 정장 위에 비단 레인코트를 입고 있었다. 하바나에서 구입했지만 리스본 수입품으로, 마치 제 피부를 걸치듯 가볍고 착용감도 자연스러웠다. 비가 아무리 내려도 흔적을 남기지 않는 것도 매력이었다. 배에서 내리기 한 시간 전부터 구름이 짙어지고 있었다. 쿠바의 지독한 우기를 겪은 터라 그다지 신경 쓰이지 않았지만 탬파의 비도 만만치는 않았다. 구름으로 보아 당장 내릴 것 같지는 않았다.
"옷은 내가 챙길 테니까 아내 가방 좀 도와줘."
"물론입니다."
네 사람은 터미널을 떠나 주차장으로 걸어갔다. 세페가 조의 오른쪽, 엔리코가 그라시엘라의 왼쪽이었다. 토머스는 조의 등에 업힌 채 두 손으로 아빠의 목을 감았다. 조가 시간을 확인하려는데 첫 번째 총성이 들렸다.
세페가 발밑에 쓰러져 즉사했다. 죽음이라면 조도 이력이 날 만큼

겪었다. 총알이 머리 한가운데를 관통했는데도 세페는 그라시엘라의 가방을 놓지 않았다. 세페가 쓰러지고 조가 돌아서는데 두 번째 총성이 들렸다. 저격수가 차갑고도 건조한 목소리로 무슨 말인가를 외쳤다. 조는 토머스를 어깨에 붙이고 그라시엘라를 향해 몸을 던졌다. 세 사람 모두 바닥을 뒹굴어야 했다.

토머스가 울음을 터뜨렸다. 조가 보기엔 아파서가 아니라 무서워서였다. 그라시엘라가 뭐라고 구시렁거렸다. 엔리코도 총을 쏘기 시작했다. 엔리코도 목에 총을 맞아 피를 흘리고 있었다. 출혈 속도가 너무 빨랐다. 피 색깔도 새까맸지만, 그래도 그는 차 밑에 몸을 숨긴 채 1917년식 콜트 45구경을 쏘아댔다.

이제 저격수의 말이 들렸다.

"참회하라. 참회하라!"

토머스가 울부짖었다. 통증이 아니라 두려움 때문이었다. 그 정도는 구분할 수 있었다. 조가 그라시엘라를 불렀다.

"당신 괜찮아? 다친 데 없어?"

"응. 숨이 가쁜 정도야. 어서 가."

조가 몸을 굴리며 32구경을 꺼내 엔리코와 합류했다.

"참회하라."

두 사람은 차 밑에서 저격수의 황갈색 부츠와 다리를 쏘았다.

"참회하라."

조가 다섯 번 시도했을 때 둘의 사격이 동시에 적중했다. 엔리코의 총알은 저격수의 왼쪽 부츠에 구멍을 냈고 조는 왼쪽 발목을 반으로 꺾어놓았다.

조가 돌아보니 엔리코가 기침을 한 번 하고 곧바로 숨을 거두었다. 너무도 순식간에 떠나고 만 것이다. 손에 든 총에서는 여전히 연기가 피어올랐다. 조는 자동차 후드를 뛰어넘어 어빙 피기스의 앞에 착지했다.

어빙은 황갈색 정장에 색바랜 흰 셔츠 차림이었다. 모자는 밀짚으로 만든 카우보이모자였다. 그가 콜트의 긴 총신에 기대 한 발로 일어났다. 박살 난 발은 발목에서 대롱거렸고, 손에서도 권총이 매달려 흔들렸다.

그가 조의 눈을 보았다.

"참회해라."

조는 총으로 어빙의 가슴을 겨누었다.

"무슨 개소리요?"

"참회하라고 했다."

"좋아. 누구한테?"

"주님."

"내가 참회하지 않는다고 누가 그랬지? 어차피 당신한텐 참회할 일 없는데."

조가 한 발짝 다가섰다.

"그럼 주님께 참회해. 내 앞에서."

어빙이 말했다. 호흡이 가늘고 가팔라졌다.

"아니. 그러면 어차피 당신한테 하는 꼴이야. 신이 아니라."

어빙이 몇 차례 경련을 일으켰다.

"그 앤 소중한 딸이었어."

조가 끄덕였다.

"내가 빼앗은 게 아니야, 어빙."

"마찬가지다."

어빙이 눈을 뜨고 조를 올려다보더니 허리 근처에 시선을 고정했다. 조가 내려다보았지만 아무것도 없었다.

"네 족속들 짓이다. 네놈 족속."

어빙이 되뇌었다.

"내 족속이라니?"

조는 질문을 하며 다시 가슴 아래를 보았지만 역시 아무것도 없었다.

"가슴에 주님이 없는 족속이지."

"나도 가슴에 신이 있어. 당신의 주님이 아닐 뿐이지. 그런데 로레타가 왜 당신 침대에서 목숨을 끊은 거지?"

"뭐라고?"

어빙은 이제 흐느끼고 있었다.

"그 집엔 침실이 셋이었어. 그런데 왜 당신 침실에서 자살한 거지?"

"이 역겹고 더러운 놈. 더럽고……"

어빙은 조의 어깨 너머를 보다가 다시 허리께를 보았.

결국 조도 호기심에 지고 말았다. 허리를 자세히 살펴보니 정말로 뭐가 있었다. 배에서 내릴 때도 말짱했건만. 그렇다고 허리에 맞은 것도 아니었다. 문제는 외투였다. 외투 안쪽.

구멍. 오른쪽 옷자락, 오른쪽 엉덩이 바로 옆에 완전히 동그란 구멍이 있었다.

어빙이 그의 눈을 보았는데 그 안에 끔찍한 죄책감이 들어 있었다.

"미안해. 정말 미안해."

어빙이 중얼거렸다.

조가 상황을 파악하려 애를 쓰는데 어빙은 지금껏 기다렸던 목표를 발견하고는 한쪽 발로 깡충거리며 곧바로 도로로 뛰어들었다. 석탄 트럭이 쏜살같이 치고 들어왔다.

운전사는 어빙을 치고 곧바로 브레이크를 밟았지만, 결국 그를 붉은 벽돌 길 위에서 갈아버린 격이 되고 말았다. 어빙은 타이어 밑으로 말려 들어갔고 트럭은 그의 뼈를 부수며 타넘었다.

조가 돌아서는데 트럭이 계속 미끄러지는 소리가 들렸다. 그는 외투의 구멍을 보고 총알이 뒤에서 관통했음을 깨달았다. 깨끗하게. 얼마나 아슬아슬하게 엉덩이를 벗어났는지는 그야말로 신만이 알 일이다. 그가 가족을 몸으로 덮는 순간 옷자락이 바람에 펄럭였을 것이다. 그렇다면······.

차 너머를 돌아보니 그라시엘라가 일어나려 하고 있었다. 그녀의 허리에서 피가 쏟아져 내렸다. 복부 전체에서. 그는 자동차 후드를 넘어 두 손과 두 발로 그녀 앞에 떨어졌다.

"조지프?"

그녀가 불렀다.

그녀의 목소리에서 두려움이 배어 나왔다. 체념이 배어 나왔다. 그는 외투를 찢어 접은 뒤 그녀의 사타구니 바로 위 상처를 찾아 힘껏 지혈했다.

"안 돼, 안 돼, 안 돼, 안 돼, 안 돼."

그녀는 더 이상 움직이려고도 하지 않았다. 아니, 움직일 수가 없었다.

젊은 여자가 터미널 문 밖으로 고개를 삐쭉 내밀었다. 조가 비명을 질렀다.

"의사 불러! 의사!"

여자가 다시 안으로 들어갔다. 토머스는 아빠를 바라보고 있었는데 입은 열었지만 아무 소리도 나오지 않았다.

"사랑해. 언제나 자길 사랑했어."

그라시엘라가 속삭였다.

조가 울부짖으며 이마를 그녀의 이마에 붙였다. 코트 자락으로 있는 힘껏 상처를 압박했다.

"안 돼. 안 돼, 안 돼. 당신은…… 당신은…… 안 돼!"

"쉿."

그녀가 속삭였다.

그가 머리를 들었을 때 그녀는 혼수상태에 빠져들고 있었다.

"당신은 내 전부야."

그가 말했다.

29장
황혼

조는 여전히 이보르의 친구지만 거의 아무도 그를 알지 못했다. 더구나 아내가 살아 있었을 때의 모습을 아는 사람은 더더욱 없었다. 당시에는 그런 세계에 있는 사람치고는 쾌활하고 놀랍도록 개방적이었다. 지금은 쾌활하기만 했다.

혹자는, 그가 아주 빨리 늙어갔다고 했다. 걸을 때도 머뭇거렸다. 마치 절름발이를 보는 듯했지만 다리를 저는 건 아니었다.

이따금 아들을 데리고 낚시를 가기도 했다. 대개는 황혼 무렵이었는데 농어와 연어가 그때 미끼를 잘 물기 때문이다. 그는 아들과 함께 방파제에 앉아 낚싯줄 매는 법을 가르쳐주었다. 그러다 가끔은 한쪽 팔로 아들을 감싸 안고 손으로 쿠바를 가리키며 조용히 귓속말을 했다.

〈끝〉

옮긴이 | 조영학

장르소설 전문 번역가. 한양대 영문학 박사 수료. 현재 상상마당에서 번역 강좌를 맡고 있다. 역서로는 『나는 전설이다』, 『스켈레톤 크루』, 『듀마 키』, 『모든 일은 결국 벌어진다』, 『가라, 아이야, 가라』, 『히스토리언』, 『임페리움』 등 60여 편이 있다.

리브 바이 나이트 밤에 살다

1판 1쇄 펴냄 2013년 12월 6일
1판 3쇄 펴냄 2020년 5월 14일

지은이 | 데니스 루헤인
옮긴이 | 조영학
발행인 | 박근섭
편집인 | 김준혁
펴낸곳 | 황금가지

출판등록 2009. 10. 8 (제2009-000273호)
주소 135-887 서울 강남구 신사동 506 강남출판문화센터 5층
전화 영업부 515-2000 편집부 3446-8774 팩시밀리 515-2007
홈페이지 www.goldenbough.co.kr

© ㈜민음인, 2013. Printed in Seoul, Korea

ISBN 978-89-6017-812-0 03830

㈜민음인은 민음사 출판 그룹의 자회사입니다.
황금가지는 ㈜민음인의 픽션 전문 출간 브랜드입니다.